Frieda Bergmann

Sonnenblumentage

Autorin

Frieda Bergmann hat Englisch, Geschichte und Deutsch in Regensburg und Dublin studiert. Ihren Debütroman veröffentlichte sie bei Twentysix im Selfpublishing, bevor sie für Blanvalet entdeckt wurde. Mit »Einmal Liebe zum Mitnehmen«, ihrer ersten Verlagsveröffentlichung, hat sich Frieda Bergmann einen lang gehegten Traum erfüllt. Nun erscheint mit »Sonnenblumentage« ihr zweiter romantischer Roman bei Blanvalet. Mit ihren Geschichten, die auch immer in ihrer zweiten Heimat Irland spielen, will sie ihren Lesern einen Urlaub für den Kopf bescheren.

Von Frieda Bergmann bereits erschienen

Einmal Liebe zum Mitnehmen

FRIEDA BERGMANN

SONNEN BLUMEN TAGE

ROMAN

blanvalet

MIX
Papier aus verantwortungsvollen Quellen
FSC® C014496

Klimaneutral*
Druckprodukt
ClimatePartner.com/14044-1912-1001

Penguin Random House Verlagsgruppe FSC® N001967

1. Auflage
Originalausgabe 2022 by Blanvalet
in der Penguin Random House Verlagsgruppe GmbH,
Neumarkter Str. 28, 81673 München

Redaktion: Beate De Salve
Umschlaggestaltung und -motiv: © Johannes Wiebel | punchdesign,
unter Verwendung von Motiven von stock.adobe.com
(VVadi4ka, Sergey Kishan, JeannaDraw, manees, Hanna, perori)
DK · Herstellung: sam
Satz: Vornehm Mediengestaltung GmbH, München
Druck und Bindung: GGP Media GmbH, Pößneck
Printed in Germany
ISBN 978-3-7341-1032-0

www.blanvalet.de

Für meine Tochter

Hast du dich schon einmal gefragt, was gewesen wäre,
wenn du

dich doch gemeldet hättest?
es doch gesagt hättest?
doch verziehen hättest?
doch gefahren wärst?
doch geschrieben hättest?
dich doch getraut hättest?

Was wäre, wenn?

Wie wäre dein Leben dann verlaufen?
Was wäre, wenn?

1

Dienstagmorgen, vorletzte Juniwoche

»Einen ungünstigeren Zeitpunkt zum Sterben hätte sie sich wirklich nicht aussuchen können«, stellt Frau Zeiler fest.

Das kann sie nicht wirklich gesagt haben! Ich ziehe den Rollhocker zu mir her, setze mich und werfe ihr einen kurzen Blick zu. Von hier unten sieht ihre Nase ebenso spitz aus wie das Zackenmuster auf ihrem altmodischen Kleid. Offenbar hat sie es tatsächlich gesagt und erwartet nun, dass ich ihr zustimme.

Das werde ich bestimmt nicht tun. Mein Ausbilder in München hat mir beigebracht, dass der Kunde alles bekommt, vor allem recht. Doch fünf Jahre später und über zweihundert Kilometer entfernt beschließe ich, dass man von dieser Regel gelegentlich abweichen muss.

Frau Zeiler bestellt einen Kranz im Namen des Kunstvereins. Ich schlage das Auftragsbuch auf und schreibe: *»Kunstverein, Kranz Chrysanthemen, ca. hundert Euro«*. Dahinter setze ich »Marie« in Klammern. So weiß meine Chefin, wer den Auftrag entgegengenommen hat.

»Was sollen wir auf die Schleife drucken?« Ich muss mich anstrengen, um die Frage höflich klingen zu lassen.

»In stillem Gedenken, Kunstverein Untergickelbach«, sagt Frau Zeiler. Dass sie sich nicht für »In großer Dankbarkeit« entscheidet, sagt viel über sie aus.

Am vergangenen Samstag ist Doktor Gesa Wagener gestorben. Sie war so etwas wie die Grande Dame des Ortes. Deswegen kommen die Untergickelbacher auch seit gestern und bestellen Sachen für die Beerdigung am Freitag. Die »Gärtnerei Kohlmann« ist zwar die einzige Gärtnerei am Ort, trotzdem ist es unglaublich, wie viele Kränze, Gestecke und Schalen die Leute allein heute Morgen geordert haben. Vor allem aber tratschen unsere Kunden. Und wie! Jedes Detail, das über die Begräbnisfeier durchdringt, wird intensiv diskutiert. Dabei finde ich die Abschiedsriten, die sich Frau Wageners Tochter ausgedacht hat, bisher nicht so ungewöhnlich. Aber sie passen eben nicht in das Bild von einer »anständigen« Trauerfeier, das man in Untergickelbach hat. Schon gar nicht, wenn die Apothekerin, Vorsitzende des Kunstvereins und Stifterin des Skulpturengartens zu Grabe getragen wird. Es gibt einen weiteren Grund, warum der Tratsch bisweilen sogar böse ausfällt: Die in Köln lebende Tochter hat alle Aufträge, die mit der Beerdigung in Zusammenhang stehen, nach Bamberg vergeben. Das Beerdigungsunternehmen stammt aus Bamberg, den Kuchen für den Leichenschmaus liefert eine Bamberger Bäckerei, der Grabstein kommt aus Bamberg, sogar den Pfarrer holt sie aus der Stadt.

Die Tür streift die Glöckchen an der Decke, und die nächste Kundin betritt die Gärtnerei und begrüßt uns. Sie hat eine leere Blumenschale dabei.

»Guten Tag, Frau Mellrich«, sage ich. »Lassen Sie die Tür ruhig offen. Es wird schon wieder so heiß!«

»Grüß Gott!«, sagt Frau Zeiler. »Grüß dich, Margot.«

»Grüß Gott, Erika«, erwidert Frau Mellrich.

Ich erkundige mich, ob Frau Zeiler noch einen Wunsch hat. Sie verneint, macht aber keine Anstalten, die Gärtnerei zu verlassen.

Also ziehe ich einen dicken Strich von links nach rechts und schreibe eine Dreiundzwanzig in die nächste Zeile des

Auftragsbuchs. Dann frage ich Frau Mellrich, was ich für sie tun kann.

Sie bestellt einen Kranz für den Geflügelzüchterverein: Gerbera, circa fünfzig Euro, Schleife in Dunkelgrün. »In ehrenvollem Gedenken« soll darauf stehen. Außerdem möchte sie Begonien.

»Für den Friedhof«, sagt sie und deutet auf die Schale.

Frau Zeiler informiert Frau Mellrich, dass sie sich für Chrysanthemen entschieden hat, und dann sagt sie ihn noch einmal, diesen Satz, den ich dermaßen unverschämt finde. Die Mine meines Bleistifts bricht ab, so stark habe ich aufgedrückt.

»Ich denke, das sucht sich niemand aus«, sage ich.

Frau Zeiler kräuselt die Lippen und wendet sich wieder Frau Mellrich zu. Von ihr wird sie eher die erwünschte Reaktion bekommen.

In den Monaten, die ich nun hier bin, habe ich bereits einiges erlebt. Weinende Angehörige, denen ich jede Entscheidung abnehmen musste. Angehörige, die sich bis aufs Blut gestritten haben, und Angehörige, die nichts ausgegeben haben, weil sie nichts vom Erbe »verschwenden« wollten. Jedes Mal bin ich höflich geblieben und habe mir meinen Teil gedacht, doch Frau Zeiler bringt mich an meine Grenzen.

»Angeblich soll sie ja einen bunten Sarg bestellt haben«, sagt Frau Mellrich und sieht mich fragend an.

»Darüber ist mir nichts bekannt«, behaupte ich, obwohl ich das auch schon gehört habe. Ich stehe auf und hole die Begonien.

»Na ja, jetzt wird sie ja wieder öfter nach Untergickelbach kommen müssen«, prophezeit Frau Mellrich. »Schließlich hat ihr ihre Mutter ja den Vorsitz im Kunstverein vererbt.«

»Angeblich will sie den übertragen: an eine Person *Ihres Vertrauens.*« Frau Zeilers Mund ist nur noch ein schmaler Strich. »Wenn du mich fragst, bekommt ihr die Großstadt nicht.«

»Was denkt sie sich bloß?«, entrüstet sich Frau Mellrich. »Schließlich hat ihre Mutter den Verein gegründet.«

»Vielleicht ist ihr das zu viel«, wende ich ein. »Und vielleicht glaubt sie, dass sie dem Vermächtnis ihrer Mutter besser gerecht wird, wenn das jemand anders übernimmt.«

Frau Zeiler wirft mir einen vernichtenden Blick zu. Soll sie. Vermutlich ärgert sie sich nur, weil sie nicht diejenige ist, die an Stelle der Tochter schalten und walten kann, wie sie will. Ich verlege mich aufs Einpflanzen und lasse die beiden schimpfen.

»Sie schert sich ja sowieso um nichts«, behauptet Frau Mellrich. »Sonst hätte sie die Beerdigung doch nicht ausgerechnet auf den Freitag gelegt. Sie weiß doch, dass wir alle eingespannt sind. Wie stellt sie sich das vor? Um fünf ist der Einzug der Festwirte. Sollen wir da in Schwarz hingehen?«

Frau Zeiler nickt eifrig. »Das wird so eine Hektik! Erst die Beerdigung, dann dürfen wir heim, um uns umzuziehen, und dann gleich zum kleinen Festzug.«

Ich denke, dass die Tochter im Moment anderes im Kopf hat als die Untergickelbacher Kirchweih, aber ich sage es nicht. Ich will nicht, dass …

»Sind Sie auch beim Festzug dabei?«, reißt Frau Zeiler mich aus meinen Gedanken.

»Leider nicht.« Ich drücke die Erde um die Begonien fest und wische die Erdkrümel mit einem Lappen von der Schale. Dabei verziehe ich den Mund und hoffe, dass ein Lächeln herauskommt.

»Aber das waren Sie letztes Jahr auch nicht …« Sie bricht ab, als sie Frau Mellrichs Gesicht sieht. Die hat die Augen weit aufgerissen und schüttelt den Kopf.

»Das Fräulein Marie war doch letztes Mal noch im Trauerjahr.«

Beide sehen mich mitleidig an. Ich seufze. *Das Fräulein.* Hier in Untergickelbach hat es sich ins 21. Jahrhundert gerettet, und auch da verweilt es schon ziemlich lange. Nun, ich habe mich daran gewöhnt. An das »Fräulein« und daran, dass es hier Regeln gibt, nach denen sich alle richten und die man selbst erst kennenlernt, wenn man dagegen verstößt. Vor allem aber daran, dass man in Untergickelbach zu allem eine Meinung hat. Dorfleben muss man lernen, und ich lerne jeden Tag etwas dazu. Die meisten Menschen kommen aus einem kleinen Ort und wollen die Welt kennenlernen. Bei mir ist es umgekehrt: Ich kenne die Welt – natürlich nicht die ganze, aber einen großen Teil davon – und bin in diesem Dorf hängen geblieben.

»Also schauen Sie sich den Festzug dieses Jahr noch an und steigen dann nächstes Jahr mit ein?«

Ich lächele und drücke mich so um eine Antwort.

»Dann ist das ja Ihre erste Kirchweih.« Frau Mellrich betrachtet mich, als hätte ich mich für eine Expedition zur ISS qualifiziert. »Sicher sind Sie schon sehr aufgeregt.«

»Es wird bestimmt toll«, sage ich ausweichend.

Wenn ich ihr jetzt offenbare, dass ich gleich nach der Beerdigung zu meinen Tanten fahre – oder vielmehr mit meinen Tanten wegfahre –, wird sie mich für verrückt erklären. Dann lande ich gemeinsam mit der Tochter der Apothekerin auf der Liste der Kirchweih-Saboteure.

»Unsere Kirchweih ist das schönste Fest überhaupt. Das wird Ihnen Ihr Freund dann schon zeigen.« Verzückung steht in Frau Mellrichs Blick. »Sie müssen bei uns vorbeikommen. Wir machen wieder den größten Kartoffelsalat der Welt. Das machen wir immer. Die Einnahmen spenden wir für den Kindergarten.«

»Ach, wie schön«, sage ich, und das empfinde ich wirklich

so. Was Untergickelbach besonders macht, ist, wie sich die Leute hier gegenseitig stützen und helfen. Nach dem Unfall durfte ich das am eigenen Leib erfahren.

Frau Mellrich legt einen Schein auf die Arbeitsfläche, und ich gebe ihr das Wechselgeld.

»Sagen Sie, Fräulein Marie …« Frau Zeilers Stimme ist sanft und süß. »War die Frau Wagener-Heinrich schon da? Wegen der Blumen?«

»Nein, noch nicht.«

»Ach!«

Frau Zeilers Blick verrät mir, dass sie es mir übel nimmt, dass ich ihr nichts zum Weitertratschen mitgegeben habe. Dass die Tochter der Apothekerin vorhin angerufen und ihr Kommen für den Nachmittag angekündigt hat, verrate ich bestimmt nicht. Nicht ihr. Das Post-it neben dem Telefon, auf dem ich diesen Termin notiert habe, scheint Frau Zeiler nicht entdeckt zu haben.

Die Kundinnen verabschieden sich und schlendern auf das Eingangstor zu. Schneller kann man nicht laufen, wenn man sich gleichzeitig das Maul zerreißt.

Während ich Balkonkästen bepflanze, muss ich an die Verstorbene denken. Der Kunstverein ist eine Institution in Untergickelbach. Sogar große Städte beneiden uns um den Skulpturenweg, zumindest betont das der Bürgermeister bei jeder Gelegenheit. Diese Attraktion ist allein Frau Wageners Kunstliebe zu verdanken – und wohl auch der Tatsache, dass sie Kompromisse nicht so gerne mochte.

Aus dem Kunstverein in Bamberg ist sie ausgetreten. Angeblich war keines der anderen Mitglieder darüber betrübt. Ihr Geld hat sie allerdings mitgenommen. Das muss den anderen dann doch wehgetan haben.

Hier in Untergickelbach konnte sie dann machen, was sie

wollte. So hat sie Anfang der Achtzigerjahre ein Stipendium ausgelobt: Künstler bekommen ein Jahr lang freies Wohnen sowie ein Atelier. Unter der Bedingung, dass sie zwei Kunstwerke gestalten, die dann in Untergickelbach verbleiben, können sie ihrer Kreativität freien Lauf lassen. Mama hat damals sogar drei gestaltet. Eine Skulptur – die wird verlangt, denn auf diese Weise wird der Skulpturenweg immer länger und attraktiver –, ein Wandgemälde und ein Bild. Letzteres existiert leider nicht mehr, aber daran will ich jetzt nicht denken.

Der Ort hat Frau Wagener also wirklich viel zu verdanken. Eigentlich müsste eine Straße nach ihr benannt werden oder der Kunstverein. Wenn es nach Frau Zeiler geht, wird Letzteres eher nicht geschehen.

»Du wirst es nicht glauben, wer später in die Gärtnerei kommt!«

Die Tür des Gewächshauses fällt zu – und ich leider nicht aus allen Wolken. Ich ziehe das Post-it ab, das ich vorhin neben das Telefon geklebt habe, und verstecke es hinter den Gläsern mit dem Blumendraht.

Meine Kollegin Elena poltert durch den engen Gang zwischen den Geranien, Petunien, Kapkörbchen und Husarenknöpfen. Im Verkaufsraum stellt sie zwei Thermosbecher auf dem Arbeitstisch ab und stemmt die Hände in die Hüften. Ihr Strahlen ist Scheinwerfer und Trommelwirbel zugleich.

»Nun sag schon!« Ich gebe mir Mühe, erwartungsvoll auszusehen.

»Ach, Marie!« Elenas Mundwinkel sinken nach unten, genauso wie ihre Arme. »Du weißt es bereits!«

»Was denn? Jetzt lass es schon raus.«

»Nein, ich mag nicht mehr. Du bist eine so schlechte Schauspielerin.«

»Ich wollte dir den Spaß nicht verderben«, erkläre ich und ziehe den Klebezettel wieder hervor. »Frau Wagener-Heinrich hat vorhin angerufen.«

Ich grinse und hebe meine Hand, Elena schlägt ein.

»Wir sind die Einzigen in Untergickelbach, zu denen sie kommt«, sagt sie, nicht ohne Stolz.

»Na ja, nicht ganz. Der Leichenschmaus findet doch in der ›Post‹ statt.«

Elena schüttelt den Kopf. »Nein, den hat sie abgesagt und stattdessen einen Caterer aus Bamberg engagiert. Sie bittet in die Villa, aber nur den engsten Kreis.«

»Oje! Jetzt haben sie wieder was zum Tratschen.«

»Frag nicht, was vorhin im Ort los war.« Elena legt ihre Handtasche auf die Ablage. Sie schiebt mir meinen Thermosbecher mit Cappuccino hin. Ich gebe der Brotdose einen Schubs, damit sie zu Elena rutscht. »Du musst dich heute leider mit Resteverwertungsbroten zufriedengeben. Fabian ist gestern mit seinen Kumpels über unseren Kühlschrank hergefallen. Später gehe ich einkaufen, dann hole ich uns wieder den guten Schinken.«

Elena nimmt sich eine Scheibe Vollkornbrot, beißt hinein und schließt genießerisch die Augen.

»Von mir aus kannst du jeden Tag Reste verwerten«, sagt sie mit vollem Mund und hebt den Brotdeckel ab. Sie inspiziert den Frischkäse, die letzten Kirschtomaten und den Schnittlauch, den ich schnell aus dem Balkonkasten abgeschnitten habe, und beißt noch einmal ab.

Irgendwann hat es sich ergeben, dass Elena Kaffee und Cappuccino aus ihrem Vollautomaten mitbringt und ich uns im Gegenzug die Pausenbrote belege. So helfen wir uns gegenseitig: Sie bewahrt mich vor Filterkaffee aus Fabians Kaffeemaschine, ich sie vor labbrigen Milchbrötchen aus dem Supermarkt.

Elena nimmt ihre Schürze vom Haken. Ungeschickt hantiert sie hinter ihrem Rücken mit den Bändern, bis ich sie ihr aus der Hand nehme und eine feste Schleife binde. Dabei kitzelt mich Elenas rasierpinselähnliches Pferdeschwänzchen im Gesicht. Ihre Haare glänzen immer, während meine Locken leider eher fad aussehen. Nougatbraun und seidig sind sie nur, wenn ich vom Friseur komme, den Rest der Zeit sind sie eher strohbraun und stumpf. Vielleicht sollte ich mal wieder eine Haarkur machen …

Elenas Blick fällt auf die lange Reihe an Blumenkästen, die ich heute Morgen bepflanzt habe. »Sag mal, seit wann bist du denn schon hier? Warst du überhaupt im Bett?«

»Keine Ahnung, seit fünf? Und ja, kurz«, beantworte ich zuerst die eine, dann die andere Frage.

Sie murmelt vor sich hin, dass es mir sowieso keiner danken wird, und zupft ein welkes Blatt von einer Geranie.

Aus dem Gewächshaus hole ich mir den letzten zu bepflanzenden Kasten her, befülle ihn mit Erde und setze die Petunien hinein. Ich kann gar nicht mehr zählen, wie viele es in den letzten Tagen waren. Für die Untergickelbacher ist Kirchweih ungefähr das, was für die Münchner das Oktoberfest ist. Der ganze Ort befindet sich im Ausnahmezustand. Jedes Geschäft baut Verkaufsstände auf, die Vereine planen Aktionen, der Kindergarten probt ein Lied, die Grundschüler die Eröffnungstänze, und der Frauenverein schmückt – unterstützt durch die Feuerwehr – die Hauptstraße.

Das Oberkommando hat unsere Chefin Annegret, deswegen halte ich auch die Stellung in der Gärtnerei. So kann sie von früh bis spät überwachen, dass die Girlanden akkurat hängen und alle Blumenkübel frisch bepflanzt sind. Und selbstverständlich will jeder, der entlang der Festzugsroute wohnt, unbedingt neue Blumenkästen vor den Fenstern haben.

Während ich den Kasten wegtrage, geht Elena zum Auftragsbuch, das neben dem Telefon liegt, und studiert die Eintragungen. Anschließend machen wir uns gemeinsam an die Biedermeiersträuße für den Gasthof »Zur Post«. Zur Kirchweih müssen die Tische dort natürlich besonders schön geschmückt sein, deshalb binden wir siebenundsechzig Sträußchen aus orangefarbenen Nelken, Schleierkraut und ein wenig Grün. Die Sträuße sehen aus wie der Tischschmuck auf den Hochzeitsfotos meiner Großeltern. Man hätte meinen können, wir sollten eine Retroparty ausstatten, doch die Restaurantchefin will sie exakt so haben.

»Ich bin schon gespannt, wann die Wagener-Heinrich kommt«, sagt Elena. »Hoffentlich bin ich dann noch da.«

»Sie hat einen Termin für heute Nachmittag gemacht! Um drei«, informiere ich sie.

Elena flucht leise, weil sie nur vormittags bei uns arbeitet.

Eigentlich hat sie Informatik studiert, aber sie hat schnell gemerkt, dass sie keine Freude an ihrem Bürojob in einer Frankfurter Bank hat. Stattdessen hat sie sich mit einem Onlineshop selbstständig gemacht. Sie verkauft Wildfleisch aus der Region. Nebenher betreibt sie eine Onlinezeitung in ungarischer Sprache, für die sie Berichte aus den renommierten deutschen und englischen Zeitungen übersetzt. Das ist in mehrerlei Hinsicht nicht ganz legal, lukrativ schon gar nicht, aber Elena findet, der Einsatz für freie Berichterstattung und Demokratie sei das wert. Leider bringt keiner dieser Jobs genug ein, sodass ihr nichts anderes übrig bleibt, als ihren Lebensunterhalt in der Gärtnerei aufzubessern. Ihr Freund Alex verdient zwar genug für fünf, aber sie will sich nicht abhängig machen, und darüber bin ich froh, denn mit Elena zu arbeiten ist einfach schön.

Meine Kollegin stellt ein Sträußchen zur Seite und sieht auf.

»Ich soll dir übrigens von Annegret ausrichten, dass du dich allein um die Wagener-Beerdigung kümmern musst. Sie schafft das nicht neben dem Kirchweih-Stress.«

»Alles klar.« Ich warte ab, ob noch irgendetwas kommt, vielleicht eine Erinnerung oder Ermahnung, die mir meine Chefin ebenfalls mitgeschickt hat. Wahrscheinlich sind es so viele Anweisungen, dass Elena sie in ihrem Kopf erst sortieren muss. »Hat sie noch was gesagt?«, frage ich irgendwann ungläubig.

»Nein.« Elena schüttelt den Kopf. »Das war alles.«

Ich soll die Wagener-Beerdigung wirklich alleine übernehmen? Es ist nicht Annegrets Art, uns Sachen alleine machen zu lassen. Sie hat immer das letzte Wort. Und das erste. Und eigentlich auch alle Wörter, die dazwischenliegen.

»Ja, du sollst das wirklich alleine machen, und ja, das war wirklich alles!« Elena fügt etwas auf Ungarisch hinzu und kneift kurz die Augen zusammen. »Es ist besser, irgendwann umzukehren, als dauernd in die falsche Richtung zu fahren«, sagt sie dann auf Deutsch.

Irgendwann hat meine Kollegin angefangen, ungarische Sprichwörter ins Deutsche zu übertragen. An meiner Reaktion sieht sie dann, ob die Worte auch einen Sinn ergeben. Meistens tun sie das nicht, und sie muss umfangreich erklären, was sie damit meint. Dann passen wir das Sprichwort an und lachen uns über unsere schiefen Versionen kaputt. Wahrscheinlich sind wir die Einzigen, die so etwas lustig finden, aber uns ist das egal.

Ihren heutigen Spruch glaube ich deuten zu können, und sie hat recht: Es ist an der Zeit, dass ich endlich zeigen darf, was ich kann. Wahrscheinlich ist der Grund, weshalb ich die Beerdigung »bekommen« habe, aber ein anderer. Annegret wird keine Lust haben, sich mit der Tochter der Verstorbenen auseinanderzusetzen, und deswegen schiebt sie mich vor.

Während meine Hände die Spießersträußchen zusammenstellen, denke ich über die Begräbnisfeier nach. Florentine Wagener-Heinrich, über die jeder spricht und die ich noch nicht kenne, achtet auf jedes Detail. Beerdigungen gehören zu unserem Alltag, aber irgendwie berührt mich diese besonders. Ich mag es, wie persönlich und liebevoll sie den Abschied für ihre Mutter gestaltet. Außerdem hat sich Frau Wagener damals nach dem Unfall sehr anständig verhalten. Auch wenn sie überhaupt nichts dafür konnte. Vielleicht will ich auch deswegen, dass alles passt. In meinem Kopf kombiniere ich Blumen, Blätter und Grün. Mir fällt so viel ein, dass ich mir den Notizblock vom Regal hole und mögliche Kombinationen festhalte. Als müsse ich mich vergewissern, dass ich das geschrieben habe, betrachte ich anschließend die Wörter, die auf dem Papier stehen. Aber es ist eindeutig: Das ist meine Schrift, und das sind meine Ideen. Meine Kreativität ist wieder da. Unfassbar!

Eigentlich hatte ich angenommen, ich hätte sie mit dem Unfall verloren. Ich denke immer Unfall, weil sich Brand so schrecklich anhört. Aber vielleicht ist es an der Zeit, dass ich Brand denken oder aussprechen kann. Schließlich scheint sich auch meine Kreativität wieder eingefunden zu haben. Offenbar hat sie sich nur ausgeruht. Wahrscheinlich hat sie sich zurückgezogen und getrauert, so wie ich, aber nun ist sie zurückgekehrt.

Wenn Florentine Wagener-Heinrich heute in die Gärtnerei kommt, werde ich sie mit meinen Ideen überraschen. Ich weiß noch nicht, mit welchen, aber ich weiß, dass ich welche haben werde: besondere, einzigartige. Ideen, die Frau Wagener gerecht werden und ihrer Tochter das Gefühl geben, einen außergewöhnlichen Abschied gestaltet zu haben.

Am Nachmittag bin ich wieder alleine in der Gärtnerei. Meine Chefin Annegret ist noch in Sachen Kirchweih unterwegs, Elena kümmert sich um ihren Onlineversand und Fabian bepflanzt die Beete vor dem Rathaus neu – auch die sollen zu den Festzügen in neuer Blütenpracht erstrahlen. Mir ist es ganz recht, denn das bedeutet, dass ich für den »Termin« mit Frau Wagener-Heinrich Ruhe habe.

In der Mittagspause habe ich bei Pizzaresten und Cola in der neuesten Ausgabe der *Floral Elegance* geblättert. Sie ist so etwas wie die *Vogue* für Floristen, und ich kann Stunden mit den Artikeln und Fotos in dieser Zeitschrift verbringen. Ehrlich gesagt, wären manche der Arrangements auch für meine Münchner Kunden zu extravagant gewesen. Aber ich liebe diese Bilder. Das ist meine Welt.

Und dann ist mir eine Idee gekommen, sowohl für das Sargbukett als auch für die Altargestecke, und zwar nicht irgendeine Idee, sondern eine, die sogar die anspruchsvolle Kölnerin zufriedenstellen wird. Zumindest hoffe ich das. Aus einer der Umzugskisten, die immer noch hinter der Tür in meiner Dachwohnung stehen, habe ich mein Portfolio geholt – darin sind all die Sachen, die ich während meiner Münchner Zeit gemacht habe –, und jetzt kann es losgehen.

Ich gehe in den Arbeitsraum hinter dem Verkaufsraum und knie mich neben das Hundekissen. Da ich alleine arbeite, habe ich Lio mit in die Gärtnerei genommen. Meine Hündin döst, aber ihr Schwanz klopft auf den Betonboden, als ich ihren Rücken streichle.

»Jetzt sind wir mal gespannt, ob die Tochter auf meine Ideen steht«, sage ich leise. »Mal sehen, wer und vor allem was noch alles kommt. Wegen der Kirchweih und der Beerdigung spielen hier alle verrückt.«

Um fünf vor drei tritt eine schlanke Dame durch die Eingangstür. Die Designerhose, das Seidentuch und die Chanel-Sonnenbrille verraten, dass sie schon lange in einer anderen Welt lebt. Ein wenig erinnert sie mich an mein altes Leben. Wahrscheinlich ist sie mir deshalb auf Anhieb sympathisch.

An der Seite der Dame geht ein Mann mit kurz geschnittenen grauen Haaren, eckiger Brille und einem grauen Hemd über einer dunklen Hose. Er wirkt sehr urban, sehr weltgewandt, sehr Zahnarzt mit Pilotenschein oder Agenturchef mit Motorboot.

»Guten Tag, Frau Wagener-Heinrich. Ich bin Marie Landauer.« Ich senke meine Stimme. »Darf ich Ihnen mein herzliches Beileid aussprechen?«

Frau Wagener-Heinrich schiebt die Sonnenbrille in ihre kurzen blonden Haare, begrüßt mich ebenfalls und bedankt sich. Zwischen dem alten Arbeitstisch und der Tür, die dringend einen Anstrich nötig hätte, wirkt sie wie ein Fremdkörper.

Der Mann stellt sich als Enno Heinrich vor und schüttelt mir fest die Hand, als ich auch ihm mein Mitgefühl bekunde.

Beide sehen sich um, und ich folge ihrem Blick, versuche, den Laden mit ihren Augen zu sehen. Oft habe ich mir ausgemalt, wie ich den Raum mit einem restaurierten Schrank oder einem Küchenbuffet ausstatten und darin Schildchen für den Kräutergarten und weitere Gartenaccessoires präsentieren würde, doch Annegret möchte das nicht. Wenn ich ihr von meinen Ideen erzähle, meint sie immer, sie führe einen Handwerksbetrieb, keine Blumenboutique für die gelangweilte Arztfrau. Und so empfangen wir unsere Kunden weiterhin neben dem schlammbraunen Baumarktregal mit den zusammengewürfelten Übertöpfen und den grün-gelben Düngerflaschen.

Frau Wageners Gesicht hat diesen erschöpften Ausdruck,

den ich bei fast allen trauernden Angehörigen sehe. Ich weiß genau, wie sie sich fühlt. Auch wenn sich der Tod angekündigt hat, überwältigt dich die Wucht der Trauer. Wie eine Welle, die deine Füße vom Boden reißt und dich umwirft. Bei mir war es genauso, nur dass niemand mit dem Brand gerechnet hat.

Ich frage Frau Wagener-Heinrich nach ihren Vorstellungen, und sie wünscht sich etwas Persönliches. Damit habe ich gerechnet. Seit ich weiß, dass sie kommt, habe ich darauf gehofft und gewartet, vor allem habe ich mich darauf vorbereitet.

»Hatte Ihre Mutter ein Lieblingsgemälde?«, frage ich.

An der Art, wie sie mich ansieht, erkenne ich, dass mein Bauchgefühl richtig war.

Sie runzelt die Stirn. »›Garten in Auvers‹ von van Gogh.« Ihre Antwort klingt fast wie eine Frage.

Ich mache mir eine Notiz. »Das ist gut!«

»Inwiefern?«, fragt Enno Heinrich und tritt näher heran.

»Ich hatte die Befürchtung, dass Sie mir etwas von Jackson Pollock oder Modigliani nennen. Das wäre eine Herausforderung geworden. Aber mit einem Garten kann ich wunderbar arbeiten.«

»Entschuldigung, wie heißen Sie noch mal?«, fragt Frau Wagener-Heinrich.

»Marie Landauer«, erwidere ich, und ich kann fast hören, was ihr durch den Kopf geht.

»Sind Sie die Tochter von Cassandra Landauer?«, fragt sie, und ich nicke.

Die beiden wechseln einen Blick. Damit haben sie offenbar nicht gerechnet. Wahrscheinlich erwarten sie jetzt umso mehr von mir.

»Wir waren in ihrer Ausstellung vor sieben Jahren«, sagt sie. »Mama war auch dabei.«

Ihre Stimme wird brüchig, und ich gebe ihr einen Moment.

Auch ich war bei der Ausstellung in Köln. »Nature!« – so hieß sie. Monatelang hatte Mama nur Blätter und Bäume gemalt. Menschen und Tiere, die mit dem Dickicht zu verschmelzen scheinen. Diese Arbeiten sollten der endgültige Durchbruch meiner Mutter sein. Nach zwanzig Jahren Restauratorinnen-Dasein, mit vom Mund abgesparten Auszeiten, in denen sie sich nur mit ihrer Kunst beschäftigen konnte, hatte sie es geschafft: *Art Basel, documenta, The European Fine Art Fair.* Die großen Zeitungen berichteten über sie, und sie hat zum ersten Mal gut verkauft. Richtig gut verkauft.

Konzentrier dich, ermahne ich mich und frage: »Haben Sie noch einen Wunsch, oder fällt Ihnen irgendetwas ein, worüber sich Ihre Mutter freuen würde?«

»Ihre Blumen«, sagt Frau Wagener-Heinrich. »Sie hat Stunden damit zugebracht, ihren Garten zu pflegen und zu bepflanzen, vor allem in den letzten Jahren. Deswegen hat sie sich auch immer geweigert, zu uns nach Köln zu ziehen – und natürlich wegen des Kunstvereins.« Sie schluckt und atmet tief durch.

Um ihr etwas Zeit zu geben, bücke ich mich, nehme das Handy aus meiner Handtasche, googele »Garten in Auvers« und betrachte das Bild. Anschließend hole ich mein Portfolio unter dem Arbeitstisch hervor und schlage es auf.

»Darf ich?«, fragt sie.

Als ich nicke, blättert sie durch die Seiten.

Das erste Foto zeigt siebenhundert Rosen, die ich an meinem ersten Tag als Lehrling für einen Heiratsantrag entdornen und kürzen musste. Danach kommen die Nelkensäulen. Das war mein schwindelerregendster Auftrag. Anlässlich des Jubiläums einer Modefirma haben wir meterhohe Steinsäulen mit einem Blumenmantel besteckt. Am bisher spannendsten

Tag meines Gärtnerinnenlebens durfte ich, gemeinsam mit der gesamten Belegschaft, einen Ballsaal für eine Krimiverfilmung dekorieren. Den Film habe ich unzählige Male angesehen, nicht wegen der Handlung, sondern weil der Verdächtige direkt vor dem von mir gebundenen Tischschmuck verhaftet wird.

Sie schlägt die Seite auf, die ich vorhin mit einem Post-it markiert habe. Eine Torte in Form einer Theaterbühne, komplett mit Schauspielern und Bühnenbild, prangt inmitten eines Waldes aus Zwergfichten und Miniaturlaubbäumen. Auf den Rängen sitzt das Marzipanpublikum. »250 Jahre Naturbühne Münsing« steht über den Bildern.

»Was halten Sie davon?«, frage ich, und sie legt den Kopf schief. »Wir haben damals den Wald um die Bühne herum fast detailgenau nachgestaltet. Das könnten wir mit dem Lieblingsgemälde Ihrer Mutter machen. Als Sargbukett.«

Enno Heinrich runzelt die Stirn. »Die Torte und die Figuren lassen wir aber weg. Das wäre dann doch … kurios.«

Ich muss kurz lachen, reiße mich aber sofort wieder zusammen und entschuldige mich.

»Ist schon gut.« Frau Wagener-Heinrich lächelt. »Ein wenig Heiterkeit kann ich gerade gut gebrauchen.«

Ihr Mann ergreift ihre Hand und drückt sie kurz.

»Erklären Sie es mir genauer«, bittet sie.

Ich rufe das Bild auf meinem Handy wieder auf.

»Wir nehmen einen Teil des Gemäldes, zum Beispiel eines der Beete.« Ich ziehe den Ausschnitt groß und halte ihr das Display hin. »Das gestalten wir als Bukett nach und arbeiten einige der Blumen aus dem Garten Ihrer Mutter ein. Kränze und Gestecke machen wir in den gleichen Farben.«

Frau Wagener-Heinrich überlegt, dann nickt sie. »Sie sind wirklich Cassandras Tochter.«

Bevor ich antworten kann, quietscht im Gewächshaus hinter uns eine Tür. Verwundert drehe ich mich um. Es ist meine Chefin, die hereinstapft, die Kundschaft grüßt und ihr Beileid bekundet. Ich finde es seltsam, dass Annegret nach so langer Zeit immer noch »du« und »Florentine« sagt.

»Wir sind gerade dabei, die Blumenarrangements zu besprechen«, teile ich ihr mit und hoffe, dass sie uns schnell wieder alleine lässt.

Leider verheißt ihre Reaktion etwas anderes …

»Deswegen bin ich auch hier. Deine Tante hat mich gebeten, dabei zu sein, Florentine.«

Mein Blick wandert zu Frau Wagener-Heinrich. Zwischen deren Augenbrauen hat sich eine steile Falte gebildet. Sie scheint von der Störung genauso wenig angetan zu sein wie ich.

»Ich habe Renate versichert, dass ich eine würdige und angemessene Blumenauswahl treffen werde«, sagt Frau Wagener-Heinrich.

Ihr Ton hat sich verändert, sie klingt nun sehr geschäftsmäßig.

»Unsere Trauerblumen sind das immer«, versichert Annegret.

Ich frage mich gerade, ob ich weitermachen soll oder ob sie nun übernimmt, als Frau Trautmann hereinkommt. Ist sie etwa die Schwester der Verstorbenen? Darauf wäre ich nie gekommen.

»Wir hatten ausgemacht, dass ich mich um die Blumen kümmere und du den Sarg bestellst«, sagt Frau Wagener-Heinrich statt einer Begrüßung.

»Ich dachte, es ist besser, wenn ich auch hier bin. Ich möchte meine Schwester wenigstens anständig unter die Erde bringen, wenn schon danach niemand mehr dabei sein darf.«

Frau Wagener-Heinrich zieht scharf die Luft ein und wendet sich mir zu. »Frau Landauer und ich werden uns schon auf etwas Angemessenes einigen, nicht wahr?«, fragt sie und scheint mich so um Unterstützung zu bitten.

Ich nicke und versuche, aufmunternd zu lächeln, weiß aber nicht, ob mir das gelingt.

Die Tante ignoriert mich völlig. »Nach dem bemalten Sarg gehe ich lieber auf Nummer sicher. Ich will Gesa ja nicht zum Gespött machen!«

»Deswegen haben wir uns auch für massive Eiche mit Gussgriffen entschieden«, sagt Frau Wagener-Heinrich.

»Und ohne Bemalung. So wie es sich gehört«, ergänzt Frau Trautmann. »Jetzt wollen wir darauf achten, dass ein würdiger Blumenschmuck dieses Bild abrundet.«

Den Wortwechsel habe ich verfolgt, ohne zu atmen. Ich spüre den Blick meiner Chefin auf mir ruhen.

»Orange Gerbera und rote Nelken«, schlägt sie vor. »Das wird gerne genommen und sieht sehr elegant aus.«

»So stelle ich mir das vor«, pflichtet Frau Trautmann ihr bei.

»Nein!«, widerspricht Frau Wagener-Heinrich. »Du hast deinen gediegenen Sarg und die Liedauswahl. Bei den Blumen gebe ich nicht nach! Die sollen zu Mama passen.« Sie beißt sich auf die Lippen.

Am liebsten würde ich Frau Trautmann aus der Tür schubsen und ihre Nichte in den Arm nehmen.

»Wir sind gestern zu einer Einigung gelangt«, schaltet sich Enno Heinrich ein. »Jetzt erwarten wir aber auch, dass du dich an die Absprache hältst.«

»Ihr macht den Leichenschmaus zu Hause statt im Gasthof, außerdem habt ihr alle Leute ausgeladen«, fasst Frau Trautmann zusammen. »Was sollen die denn jetzt denken?«

»Wir haben sie nicht aus-, sondern gar nicht erst eingeladen.

Florentine möchte einen Leichenschmaus im kleinen Kreis, also machen wir das so. Zur Beerdigung dürfen alle kommen.« Enno Heinrich spricht so ruhig, dass es fast bedrohlich wirkt.

»Wir haben etwas Wunderschönes ausgesucht«, sagt Frau Wagener-Heinrich. »Außerdem nimmt Frau Landauer ein paar Blumen aus Mamas Garten. Ich bin mir sicher, das hätte sie sich gewünscht.«

»Damit alle denken, wir können uns keine gekauften Blumen leisten?« Frau Trautmann spielt ihre Entgeisterung nicht, für sie ist das wirklich ein Problem.

Frau Wagener-Heinrich sieht zuerst mich an, dann Annegret.

»Ich möchte das hier«, sagt sie und zeigt auf mein Portfolio.

Annegret betrachtet kurz das Foto.

»So etwas machen wir nicht«, weigert sie sich dann.

Ich weiß nicht, wer gerade entsetzter ist, Frau Wagener-Heinrich oder ich. Was soll das? Natürlich machen wir das! Also, ich mache das. Weil es der Wunsch unserer Kundin ist, weil ich es kann und weil ich es möchte.

Was tut Annegret überhaupt hier? Warum kümmert sie sich nicht um ihre Kirchweihdekoration und lässt mich arbeiten? Ich soll die Beerdigung allein machen, hat sie mir ausrichten lassen. Dann soll sie mich aber, verdammt noch mal, auch schalten und walten lassen.

Los jetzt, riskier's einfach, denke ich und wende mich Frau Trautmann zu. »Sie können versichert sein, dass es ein sehr würdiges …«

Annegret wirft mir einen Blick zu, und ich verstumme.

»Du kannst gerne in Bamberg fragen, ob sie dir so etwas stecken«, sagt sie zu Frau Wagener-Heinrich. »Wir machen so etwas nicht.«

Warum tut sie das? Rächt sie nun die Untergickelbacher

Geschäftsleute, frei nach dem Motto »Verschmähst du uns, verschmähen wir dich«?

Ohne meine Chefin anzusehen, drehe ich mein Portfolio den Heinrichs hin, doch bevor ich etwas sagen kann, klappt Annegret den Ordner zu.

»Bei uns bekommt sie orange Gerbera und rote Nelken oder etwas in der Richtung.«

Es fühlt sich an, als hätte sie mir meine Mappe gegen den Kopf gedonnert.

»Wie du meinst«, sagt Frau Wagener-Heinrich. Sie dreht sich zu ihrer Tante um. »Wenn du einen eigenen Kranz willst, bitte schön. Um den Rest kümmere ich mich. Nur dass das klar ist.«

Sie strafft ihre Schultern und sieht mich an. Ich weiß nicht, wie ich diesen Blick deuten soll. Dann schiebt sie ihre Sonnenbrille vom Kopf zurück vor die Augen. Enno Heinrich öffnet die Tür.

»Ade, Florentine«, sagt Annegret.

»Ade«, erwidert Frau Wagener-Heinrich, und ich schaue ihr nach, wie sie mit ihrem Mann durch das Gartentor davongeht.

Frau Trautmann wendet sich an Annegret.

»Wir machen das so wie besprochen«, sagt sie so ungerührt, als habe sie nicht gerade die Schlacht um Helms Klamm nachgespielt.

»Du kannst dich auf mich verlassen«, versichert meine Chefin.

»Das weiß ich«, entgegnet Renate Trautmann.

So ist das in Untergickelbach: Die Alteingesessenen halten zusammen. Mit ihrem Wegzug hat Florentine diesen Bonus verspielt, wahrscheinlich legt sie auch keinen Wert darauf.

Ohne mich eines Blickes zu würdigen, verlässt Frau Trautmann die Gärtnerei.

Annegret kramt in der Kiste auf dem wackligen Holzregal und holt eine Spule Bindedraht heraus.

»Die Kästen für Schütz werden heute um halb fünf abgeholt«, informiert sie mich.

Dann geht sie, bevor ich die Fragen stellen kann, die mir durch den Kopf gehen. Wieso kann ich das Sargbukett nicht so stecken, wie die Kundin es will? Warum ist es ein Problem, ein paar Blumen aus dem Apothekergarten zu holen? Und weshalb, um alles in der Welt, lassen wir uns einen so großen Auftrag durch die Lappen gehen?

Ich verpasse der Zinkwanne unter dem Arbeitstisch einen Tritt, und sie kracht gegen die Wand. Dabei kippt sie um, und die Schnittreste, die wir darin sammeln, verteilen sich über den Boden.

»Ihr könnt mich alle kreuzweise«, murmele ich.

Lio kommt angelaufen. Sie stupst mich mit der Schnauze an und reibt ihren Kopf gegen mein Bein.

»Ich nehme zurück, was ich vorhin gesagt habe. Sie sind alle verrückt. Nicht nur während der Kirchweih!«

Mein Blick fällt auf mein Portfolio. Zwischen den Deckeln steckt alles, was ich kann und was ich nicht machen darf. Ich schlage es zu, lege es unter meine Handtasche und marschiere nach draußen.

Die Lieferung Erde von heute Morgen türmt sich vor dem Geschäft und muss in das äußere Gewächshaus, das nur noch als Lager genutzt wird, gebracht werden. Eigentlich sollte Fabian das machen, wenn er vom Rathausbeet-Bepflanzen kommt. Aber schwere Säcke auf Schubkarren zu wuchten ist genau das, was ich jetzt brauche.

Wie an den meisten Abenden, sehen wir uns auch heute nur kurz. Wir lassen uns unseren Freiraum, das macht uns aus.

In den letzten Monaten habe ich Raum gebraucht. Raum, um zu weinen, um mich zu erinnern, um über das, was geschehen ist, hinwegzukommen.

Fabian braucht auch seinen Freiraum: für den Fußballverein, die Feuerwehr, die Schafkopfabende und die diversen Treffen mit seinen Kumpels. Er findet es toll, so eine entspannte Beziehung zu haben. Immer wieder sagt er, dass er so jemanden wie mich noch nie getroffen hat. Damit meint er jemanden, der nicht überall mit hingehen will. Die Freundinnen seiner Kumpels wollen das offenbar. Ich bin froh, wenn ich nach der Arbeit lesen, Serien schauen oder zu Elenas Bauch-Beine-Po-Stunde gehen kann – Fitnesstrainerin ist sie nämlich auch.

Heute muss Fabian zum Baumbewachen. Es ist die Aufgabe der unverheirateten Männer zu verhindern, dass die Burschen aus den Nachbarorten den Kirchweihbaum stehlen.

Ich kenne diesen Brauch von der Maibaum-Tradition. Dass auch andere Bäume gestohlen werden, habe ich erst hier erfahren. Jedenfalls ist er wegen dieser wichtigen Aufgabe nach der Arbeit zum Fußballtraining gespurtet und dann hier unter die Dusche gesprungen.

Nun ja, »gesprungen« ist nicht ganz korrekt. Eher hat er viel Zeit unter dem Wasserstrahl verbracht, weil er mich mit hineingezogen und sich die eigentliche Duschhandlung ein wenig verzögert hat.

Fabian wohnt im ersten Stock seines Elternhauses in einer Wohnung mit weißen Wänden und grauen und schwarzen Möbeln. Er findet das männlich, ich mag es nicht besonders. Aber bei ihm haben wir mehr Platz als in meinem Dachgeschosszimmer eine Etage darüber. In meinem Anderthalb-Quadratmeter-Bad und dem Zimmer, das fast nur aus Dachschräge besteht, kann man existieren, aber nicht wohnen.

Eigentlich war es auch nur für ein paar Nächte gedacht, doch inzwischen sind Monate daraus geworden. Gut, meist bin ich ohnehin bei Fabian, aber ganz habe ich meine »Dachschachtel« nie aufgegeben.

Nun steht mein Freund mit einem Handtuch um die Hüften in seiner Küche und schlingt Schinkenbrot Nummer zwei hinunter. Vor dem Training hat er nämlich noch bei der Metzgerei haltgemacht, was ich ihm hoch anrechne. Vielleicht schafft er es irgendwann auch, wieder eine Flasche Cola in den Kühlschrank zu legen, nachdem seine Kumpels alles leergetrunken haben. Wenn er das gemacht hätte, hätte ich meine Cola heute Mittag nicht lauwarm trinken müssen. Und wenn sie kälter gewesen wäre, wären meine Ideen noch schneller zu mir gekommen … Aber gut. Ich nutze Schinkenbrot drei und vier, um ihm von der Begegnung mit Florentine und von Annegrets Absage zu erzählen.

»Du weißt doch, wie meine Mutter ist«, sagt er, während er die Kaffeekanne aus der Maschine nimmt und sich eine Tasse eingießt.

»Weißt du, was ich für ein solches Bukett und solche Kränze hätte verlangen können?«, frage ich.

»Hier doch nicht!«

Ich hole eine Untertasse aus dem Schrank und stelle seine Tasse darauf.

»Geschirrverschwendung«, sagt er.

»Dann nimm bitte einen Becher«, entgegne ich und setze mich auf den Metallstuhl mit dem schwarzen Kunstlederbezug.

»Frau Wagener-Heinrich ist Kölner Preise gewöhnt. Sie hätte das bezahlt.«

Er zuckt mit den Schultern und schneidet eine weitere Brotscheibe ab.

»Das wäre ein Achtel Gewächshausautomatik gewesen«, sage ich. »Oder ein Viertel Kühlraum.«

»Wieso sollte Mutti zu dir anders sein als zu mir?«, fragt er, nicht ganz zu Unrecht. Wie oft habe ich sie schon zu ihm sagen hören: »Das kannst du tun, wenn du einmal Chef bist, bis dahin wird es so gemacht, wie ich das will«?

Ich verstehe nicht, warum Annegret nicht stärker modernisieren möchte. Aber da beißt man bei ihr auf Granit.

»Wahrscheinlich will Mama die Trautmann nicht vergrätzen. Die kauft viel bei uns.«

»Hmm«, mache ich vage. Es wäre mir lieber, er würde sich ein bisschen mehr auf meine Seite stellen, statt seine Mutter in Schutz zu nehmen.

»Wird heut lang«, warnt er mich.

Ich nicke bloß, damit habe ich gerechnet. Das ist ja nichts Neues. Vor allem macht es mir nichts aus, weil ich selbst noch etwas vorhabe.

Beim Säckeschleppen vorhin habe ich einen Plan gefasst, und den werde ich durchziehen – ungeachtet der Konsequenzen. Die male ich mir lieber nicht aus, sonst verliere ich noch den Mut.

Lio und ich machen heute eine mittelgroße Runde. So ist sie zwar müde genug, um sich nachher hinzulegen, aber es ist noch nicht zu spät für einen unangemeldeten Besuch.

Eine Dreiviertelstunde später drückt mein zitternder Finger auf den runden Klingelknopf der Apothekervilla.

Das Gartentor öffnet sich mit einem Surren, ohne dass ich vorher meinen Namen nennen muss, und ich betrete den Vorgarten mit den alten Pflastersteinen und den Blumenrabatten.

Lio binde ich neben der Haustür an. Sie legt sich auf die Steine, die noch die Tageswärme gespeichert haben.

Die Tür geht auf.

»Ich habe mich schon gefragt, wann Sie kommen«, sagt Frau Wagener-Heinrich und macht einen Schritt zur Seite, damit ich eintreten kann.

2

Freitagmorgen, vorletzte Juniwoche

Wenige Stunden vor der Trauerfeier stecke ich die letzte Rose fest. Ich betrachte das Sargbukett von allen Seiten und zupfe die Trauerschleife zurecht. »*Wir vermissen dich. In Liebe – Florentine und Enno*« steht in goldenen Lettern auf weißem Samt.

Gähnend lasse ich meinen Kopf in den Nacken fallen und stemme meine Hände in den Rücken. Seit vier Uhr morgens bin ich auf den Beinen, um die inoffiziellen Aufträge für die Beerdigung fertigzustellen. Alles andere muss warten.

Ich nehme die handgeschriebene Liste ab, die ich an das Holzregal gepinnt habe, drehe sie um und streiche »*Kranz groß/wie besprochen*« und »*Sargbukett/wie besprochen*« durch. Den Bleistiftstrich durch »*vier Altargestecke und Bodenschalen für die Aussegnungshalle*« habe ich gestern Nacht gezogen, als Annegret beim Festwagenschmücken war und Fabian beim Aufbau geholfen hat. Baum bewachen, Bierbänke schleppen, Eröffnungsbraten-Essen. Jeden Abend hat er eine andere Verpflichtung. Die Kirchweih verlangt den Einheimischen wirklich viel ab.

Der Ausdruck mit dem Van-Gogh-Bild lehnt noch immer an dem Glas mit dem Blumendraht. Ich kann die Farben so deutlich sehen, das Rot, das Blau, das Grün. In den letzten Monaten war alles von einem Grauschleier überzogen. Jetzt sind sie klar und hell, und ich merke, dass etwas anders ist. Dass ich nicht nur anders sehe. Ich atme anders, und ich denke auch anders. Und das fühlt sich so gut an.

Ich betrachte das Bukett. Was Farbe und Form der Blumen angeht, habe ich versucht, nah am Original zu arbeiten. Hoffentlich mag es Frau Wagener-Heinrich genauso gern wie ich.

Meine anderen inoffiziellen Werke warten im Schuppen darauf, dass sie abgeholt werden. Ein bisschen bin ich mir vorgekommen wie in einem Thriller, vor allem, als ich versucht habe, den Kranz im kühlen Schuppen zu deponieren, ohne dabei Lärm zu machen. Das war schon beim Stecken so: Bei jedem Geräusch habe ich mich umgesehen und gehofft, dass Annegret nicht überraschend in der Gärtnerei auftaucht.

Langsam macht sich der fehlende Kaffee bemerkbar, und auch die Überstunden am gestrigen Abend legen sich auf meine Glieder. Lio schnarcht auf ihrer Matratze. Am liebsten würde ich mich dazulegen.

Gähnend greife ich nach meinem Handy. Einen Moment lang betrachte ich das Gemälde, das die Hülle ziert. Ein Meer aus Sonnenblumen, zwischen denen ein blaues Mädchen sitzt, von dem man nur die Umrisse erkennen kann. Kurz streichle ich über das Bild, dann reiße ich mich los.

Guten Morgen! Operation Van Gogh kann anlaufen, schreibe ich und schicke die Nachricht ab.

Als ich die App schließe, erscheint auf dem Display das Foto, das mich mit meiner Mutter zeigt. Wir sind beide groß, haben die gleichen blauen Augen und nougatbraune Haare, meine damals noch lang und mühsam geglättet, die meiner Mutter kürzer und lockig. Strahlend steht Mama in ihrer gelben Tunika da, den Arm um mich gelegt. Ich stelle fest, dass damals kein Röllchen über meine Jeans quoll und dass mein T-Shirt extrem gut saß. Mit meinem Zeigefinger drücke ich in die weiche Haut über meinen Hüften und beschließe, den abendlichen Birne-Bananen-Riegel- und Chipskonsum deutlich einzuschränken.

Draußen fährt ein schwarzer SUV vor und parkt nahe beim Schuppen. Elena steigt aus. Sie trägt eine schwarze Jeans, ein langärmeliges schwarzes Top, eine schwarze Beanie und eine Sonnenbrille.

»Sieht gut aus. Sehr *Ocean's Eleven*!«, sage ich leise.

Sie bedankt sich und überreicht mir eine schwarze Mütze und eine Sonnenbrille.

»Lass die Mission beginnen«, sage ich, und wir gehen zum Schuppen.

Über die Schulter blicke ich zum Wohnhaus der Kohlmanns. Es ist ausgeschlossen, dass sie sehen können, was wir hier tun. Außerdem müsste Annegret seit halb sechs wieder beim Schmücken der Festwagen sein. Heute ist der Einzug der Festwirte, morgen der Festzug der Kinder und Vereine. Das hat sie oft genug gesagt. Warum habe ich mir das eigentlich gemerkt?

»Was hat Alex denn dazu gemeint, dass er heute auf sein tolles Gefährt verzichten muss?«

Elena zuckt mit den Schultern. »Ich habe gesagt, dass ich dir helfen muss. Da war es okay für ihn.«

Ich mag Alex, und ich finde es toll, dass es ihm nichts ausmacht, seine Großkunden heute mit dem Mini seiner Freundin aufzusuchen. Er hat, ebenso wie Elena, Informatik studiert und wird tageweise von Firmen gebucht, um irgendetwas mit deren IT-Systemen zu machen. Was er genau tut, weiß ich auch nicht, aber er kann das wohl ziemlich gut.

Wir laden das Sargbukett und zwei der Altargestecke ein. Zu einem Song aus *Ocean's Twelve* fahren wir zur Aussegnungshalle. Ich liebe dieses Lied, bei dem sich der Verbrecher namens »Nachtfuchs« durch die Laserstrahlen windet, und es passt zu unserer Mission. Unsere Fracht ist zwar weniger wertvoll, aber was die Heimlichtuerei angeht, stehen wir den Gaunern in nichts nach. Das Display verrät mir, das der Song *Thé à la Menthe* heißt, und ich muss ihn unbedingt zu meiner Auto-Playlist hinzufügen. Wir bringen die Sachen in den Kühlraum und transportieren auf einer weiteren Fahrt den Kranz und den übrigen Schmuck dorthin.

Dann fährt Elena zur Tankstelle, um den Wagen auszusaugen. So freigiebig Alex auch sein mag, was das Verleihen seines Autos angeht, bei Blütenblättern und sonstigem Dreck auf seinen Sitzen ist er pingelig.

Vorher setzt mich Elena an der Gärtnerei ab. Ich sehe mich um, horche in die Gewächshäuser hinein und vergewissere mich, dass niemand da ist, dem ich meine Abwesenheit erklären müsste.

Lio öffnet träge ein Auge.

»Schlaf noch ein bisschen, meine Süße«, sage ich und streichle ihr über das kurze Fell. »In ein paar Stunden geht es los. Dann fahren wir in das tolle Hotel zu Vee und Hilda. Ich bin mal gespannt, womit sie uns diesmal überraschen!«

Seit ich denken kann, nenne ich Mamas Schwester nur Vee. Das sperrige Genoveva wollte, als ich zwei Jahre alt war, nicht über meine Lippen kommen, und später ist es dabei geblieben.

Jedes Mal, wenn ich mit ihr telefoniere, ergeht sich Vee in Andeutungen, was sie alles für mich vorbereitet hat. Überraschungen für sich zu behalten fällt ihr auch mit Mitte fünfzig ziemlich schwer.

»Bis dahin muss ich noch etliches wegarbeiten!«, ergänze ich seufzend.

Wie zur Bestätigung wedelt Lio kurz, dann gähnt sie und schließt die Augen wieder.

Der Vorstand des Turnvereins hat das in Auftrag gegeben, was ich einen »Annegret-Kranz« nenne: frisch und hochwertig, aber langweilig. Für diese erste offizielle Arbeit benötige ich einen Bruchteil der Zeit, die ich für die Wagener'schen Sachen benötigt habe.

Ich weiß nicht, warum Annegret Neuerungen als persönlichen Angriff auffasst. Wenn man ihr etwas Neues vorschlägt, schiebt sie das Kinn vor und verzieht das Gesicht. »Wir machen das weiter so wie bisher«, lautet ihre Standardantwort. Insofern war ihre Reaktion vorvorgestern abzusehen. Der Unterschied ist, dass ich bis jetzt nicht die Kraft hatte, meine Ideen durchzudrücken; dafür war ich zu sehr mit meinen eigenen Problemen beschäftigt. Allerdings muss ich mir nun dauernd Mut zureden und mir selbst versichern, dass es richtig war, die Wagener-Sachen auch gegen Annegrets Willen zu stecken.

Am Anfang dachte ich, dass ich das für die Gärtnerei mache, weil es viel Geld einbringt. Doch nun merke ich, wie sehr ich den Auftrag wollte und wie sehr ich die Bestätigung brauche. Ich musste mir beweisen, dass ich so etwas noch kann. Und irgendwie sind es auch die Untergickelbacher, die mich dazu gebracht haben. So wie sie über Florentine Wagener-Heinrich gesprochen haben, hätte sie alles von mir haben können. Selbst wenn sie Playmobilfiguren im Bukett gewollt hätte, wäre es mir eine Freude gewesen, sie zwischen den Blumen zu drapieren.

Keine halbe Stunde später streiche ich den Auftrag des Turnvereins von meiner To-do-Liste. Ich stütze meine Arme auf dem Arbeitstisch ab und lockere meine verspannte Rückenmuskulatur. In meiner Handtasche krame ich nach meiner Kaugummidose, finde sie aber nicht.

»Mensch, Fabi«, schimpfe ich. »Im Vorratsschrank sind drei frische Dosen. Musst du ausgerechnet die aus meiner Tasche nehmen?«

Wassertrinken vermag den schalen Geschmack in meinem Mund nicht zu vertreiben, und ich grummele vor mich hin.

Die Junisonne scheint durch die Glasdächer, und die Tropenluft aus den Gewächshäusern steht in dem winzigen Verkaufsraum, offene Türen und Fenster können da wenig ausrichten. Ich spüre Schweißtropfen an meinem Rücken entlangrinnen.

Die Kirchturmuhr schlägt acht, und im Radio beginnt der Nachrichtensprecher, die Schlagzeilen des Tages zu verlesen.

Gefolgt von Lio, die mir schläfrig hinterhertrottet, laufe ich über den gepflasterten Hof, entferne die Kette, die das Eingangstor nachts sichert, und öffne es. Mit dem Fuß schiebe ich einen Pflasterstein vor das grüne Metalltor, um es am Zufallen zu hindern. Ich denke an meine Gestecke, die in der Aussegnungshalle auf ihren Einsatz warten, und mein Bauch reagiert mit einem »Wenn das rauskommt, gibt es Ärger«-Kribbeln.

Es ist auch für die Gärtnerei, denke ich. Ich will keinen Lohn für die Überstunden, und Annegret kann mit diesen Einnahmen machen, was sie will! Bevor sie das Geld allerdings in den Betrieb stecken kann, wird sie ausflippen, und zwar, sobald ich ihr den Umschlag mit dem Geld gebe. Damit rechne ich. Insgeheim hoffe ich auch ein bisschen darauf, dass die Trauergäste die Gestecke so schön finden werden, dass mir Annegret in Zukunft etwas mehr Freiraum lassen wird. Natürlich ist das unwahrscheinlich, das ist mir klar, aber vielleicht geschieht ja das Unverhoffte.

Ich ziehe mein Handy heraus und betrachte die Fotos, die ich von den Wagener-Heinrich-Gestecken gemacht habe. Nein, ich muss mir definitiv keine Gedanken machen. Schon lange habe ich keinen so schönen Blumenabschied mehr kreiert.

Per Messenger schicke ich ein paar der Bilder an Vee. Umgehend kommen Emojis mit Herzaugen zurück.

Wunderwunderschön, schreibt sie.

Ich freue mich schon so auf das Wochenende, schreibe ich zurück.

Und wir uns erst. Wir sind auf dem Weg zum Flughafen, antwortet Vee. *Kommst du pünktlich weg?*

Müsste klappen. Ich bin gut in der Zeit.

Pass auf dich auf, mein Spatz! Bis später, schreibt sie.

Grüß Hilda von mir. Ich schicke ein Kuss-Emoji.

Meine Tante und ihre Frau haben die letzte Woche in Island verbracht. Hilda hatte dort ein Klassentreffen, und die beiden haben ein paar »Familientage« drangehängt, um Hildas Geschwister zu besuchen. Heute kommen sie zurück und fahren gleich zum Hotel weiter. Wenn die meisten anderen Menschen erschöpft die Beine hochlegen, starten meine Tanten erst richtig durch.

Deutlich zuversichtlicher mache ich mich an die restlichen Gestecke für die Beerdigung, danach kommen noch ein paar Sachen für die Kirchweih dran. Anschließend werde ich kurz auf dem Friedhof vorbeischauen, duschen, meine Tasche fertig packen und ins »Sankt Anna« fahren. Juhu!

Gegen halb zwölf stellt Fabian den Pritschenwagen ab und kommt durch das Gewächshaus in den Verkaufsraum. Er tritt von hinten an mich heran und gibt mir einen Kuss auf den Hals. Sein Atem riecht nach Kaugummi, und ich verkneife mir eine Bemerkung.

»Alles klar?«, fragt er und schlingt seine Arme ein wenig fester um mich.

»Alles gut.«

Auch nach einem Vormittag, an dem er säckeweise Erde geschleppt und meterweise Hainbuche um ein neues Einfamilienhaus gepflanzt hat, riecht Fabian, als wäre er frisch der Dusche entstiegen. Ich habe keine Ahnung, wie er das macht.

»Sind die Sachen im Schuppen?«, erkundigt er sich.

»Ja, alles dort.« Bis auf die Sachen, die ich heute Morgen

heimlich fortgeschafft habe. Mein Magen zwickt. Am liebsten würde ich es ihm verraten. Aber ich kann mich beherrschen. Noch.

Er sieht mir zu, wie ich ein weiteres Ansteckstäußchen in der flachen, mit Wasser gefüllten Schüssel deponiere.

»So schöne hatten wir noch nie«, sagt er. »Bei keinem Festzug. Never.«

Er drückt mir noch einen Kuss auf den Mund.

»Ich bring die Sachen in die Aussegnungshalle, und dann bleib ich gleich auf dem Friedhof und mach ein paar Gräber«, verkündet er und geht.

Durch das Fenster sehe ich ihm nach, wie er den Hof überquert. Erst jetzt merke ich, dass ich die ganze Zeit den Saum meines T-Shirts um meinen Zeigefinger wickle. Es ist besser, dass ich ihn nicht eingeweiht habe. Ganz bestimmt. So würde ich ihn bloß in eine blöde Situation bringen. Und mich auch.

Auf meinem Handy sind neue Nachrichten von Vee. Und von Hilda.

Vee: *Spatz, hier ist ein Vulkan ausgebrochen. Unser Flug wurde auf den Nachmittag verlegt. Ist das vielleicht ein Mist!*

Vee: *Hoffentlich können wir fliegen! Ich hab mir gleich gedacht, dass das ziemlich knapp ist.*

Hilda: *Mach dir keine Gedanken! Die Katla bricht alle naselang aus, das ist nichts Besonderes. Heute Nachmittag finden alle Flüge statt. Da starten die Maschinen dann ganz knapp hintereinander. Die kriegen hier schon alle weg, die wegwollen.*

Vee: *Haben nun einen Flug für 14.25 Uhr. Hoffentlich klappt das. Man kann den Rauch von hier aus sehen.*

Sie schickt ein Foto, das sie offenbar durch eine Fensterfront des Flughafens gemacht hat. Eine Rauchsäule zieht hinter grünen Hügeln auf. Es wirkt wie ein Großbrand.

Vee: *Sobald wir unser Gepäck haben, springen wir ins Auto und brausen zu dir. Mach's dir schön bis dahin. Ich melde mich, wenn wir gelandet sind. Ausgerechnet heute!*

Die Nachrichten sind mit Herzen und Kuss-Emojis dekoriert. Ihr schlechtes Gewissen scheint grenzenlos zu sein. Hastig tippe ich eine Antwort.

Ich: *Alles gut. Ich kann mich schon beschäftigen, bis ihr ankommt. Die Minibar ist sicher toll. Und ich werde mir auch zweimal hintereinander die Kaviargesichtspackung auftragen lassen. Alles auf eure Rechnung.*

Vee: *Mach das, Spatz!*

Meine Tante scheint so aufgeregt zu sein, dass sie offenbar nicht versteht, dass das ein Scherz sein sollte. Vielleicht war er auch einfach nicht gut.

Gegen ein Uhr räume ich meinen Arbeitsplatz auf. In anderthalb Stunden beginnt die Beerdigung, und in mir prickelt es, als hätte ich etwas angestellt. Aber das habe ich nicht! Ich habe Eigeninitiative bewiesen. Etwas, was meine Chefin nicht schätzt … Gut, wenn man es genau nimmt, habe ich sie hintergangen. Aber jetzt ist es zu spät, sich darüber Gedanken zu machen. Die Dinge werden ihren Lauf nehmen, und ich werde sehen, was dabei herauskommt. Ändern kann ich jetzt eh nichts mehr. Vielleicht sollte ich mich auf mein Wochenende konzentrieren. Auf das tolle Hotel, auf meine Tanten. Im Radio kam keine Meldung über den Vulkanausbruch, also hat Hilda wahrscheinlich recht: Es wird nicht so wild sein.

Bevor ich wegfahre, packe ich einen riesigen knallbunten Blumenstrauß in meinen Fahrradkorb. Den habe ich heute Morgen als Allererstes gebunden. Die Grabvase klemme ich auf den Gepäckträger. Dann radele ich zum Friedhof.

Der Lieferwagen der Gärtnerei parkt mit offener Heckklappe vor der Hintertür der Aussegnungshalle. Das habe ich erwartet. Womit ich nicht gerechnet habe, ist, dass Annegret dort steht. Was macht sie hier? Vielleicht will sie sich nur davon überzeugen, dass die Blumen pünktlich ankommen. Neben ihr sehe ich eine ältere Frau in einem altmodischen schwarzen Kostüm. Ein Hut mit Schleier verdeckt ihr Gesicht. Erst beim Näherkommen erkenne ich Renate Trautmann. Das sieht nicht gut aus, da sind sich mein Kopf und mein Bauch diesmal einig.

Ich hätte langsamer radeln sollen. Schweiß rinnt mir von der Stirn und tropft in meine Augen.

Bestimmt ist das ein Zufall, versuche ich, mir Mut zu machen. Doch wenn ich Annegret anschaue, schwindet meine Hoffnung. Ich kann ihr förmlich ansehen, wie gestresst sie von den tagelangen Kirchweihvorbereitungen ist.

»Schrecklich, dieses Durcheinander«, höre ich Frau Trautmann sagen. »Jedenfalls bin ich froh, dass zumindest mein Kranz angemessen aussieht.« Sie dreht sich zu mir um. »Wenn Sie sich doch nur um unsere Sachen gekümmert hätten!«

Ich weiß nicht, was ich entgegnen soll, also nicke ich bloß.

»Marie hätte alles gegeben, um das Sargbukett zu machen«, versichert Annegret und sieht mir dabei direkt in die Augen.

Noch bevor ich mir eine Antwort zurechtgelegt habe, verabschiedet sich die Kundin. Sie dreht sich sogar um und lächelt in meine Richtung, ehe sie über das Kopfsteinpflaster davonstöckelt.

Das war knapp. Vielleicht sollte ich Annegret jetzt sagen, was ich getan habe …

Während ich überlege, wie ich am besten beginnen soll, zieht meine Chefin einen weißen Umschlag aus der Tasche und hält ihn mir hin.

»Das soll ich dir geben. Der Bestatterlehrling meinte, das ist für uns, von Frau Wagener-Heinrich. Der Rest.« Sie schaut mich eindringlich an. »Kannst du mir erklären, welchen ›Rest‹ sie bezahlt?«

Oh nein, das ist noch schlimmer als ein Geständnis. Sie hat es über Umwege herausgefunden!

»Weiß ihre Tante …?«, beginne ich statt einer Antwort.

»Nein, Renate glaubt nach wie vor, eine Bamberger Gärtnerei hätte diese Zumutung verzapft, die da drin steht.«

Ich schlucke. Die »Zumutung« tut weh. »Neumodisches Zeug« hätte ich vertragen, »Zumutung« bohrt sich in meinen Bauch.

»Findest du die Sachen so hässlich?«, frage ich.

»Nein«, sagt sie, und das überrascht mich. »Aber Renate findet sie scheußlich. Und ich verdiene lieber jedes Jahr ein paarmal an ihr als einmal im Leben an ihrer Nichte. Wenn sie mitkriegt, dass die Sachen doch von uns stammen, kauft sie in Zukunft beim Schmittlein in Walsdorf.« Sie betrachtet den Umschlag. »Was hast du dir bloß dabei gedacht? Brauchst du Geld für deinen Urlaub?«

»Nein«, versichere ich mit Nachdruck, aber es fällt mir immer noch schwer, sie anzusehen.

»Hast du es für Fabian getan?«, rät sie weiter. »Braucht er Geld?«

»Nein, um Himmels willen, er hat keine Ahnung.«

Irgendwie wirkt sie erleichtert.

»Das ist so viel Geld, und ich wollte nicht, dass es an einen anderen Betrieb geht«, versuche ich eine Erklärung. »Ich habe alles außerhalb meiner Arbeitszeit gemacht. Du musst mir keine Überstunden zahlen. Bitte nimm es für … ich weiß nicht.«

»Ach, du findest, dass ich das Geschäft so schlecht führe, dass ich Unterstützung benötige?« Sie lächelt bitter. »Führ du mal einen Familienbetrieb, den du weitergeben willst!« Sie schnaubt. »Keiner will Geld für Blumen ausgeben, deshalb holen die Leute ihre Sachen im Supermarkt, und ich frage mich immer, wie ich das Geschäft erhalten soll.« Sie legt den Umschlag in meinen Fahrradkorb. »Das ist deins. Mach damit, was du denkst.«

Und dann geht sie.

Ich möchte noch so viel sagen – zum Beispiel, dass ich meinen Teil dazu beitragen will, dass die Gärtnerei gut dasteht, wenn Fabian sie übernimmt, und dass es von mir nicht so gemeint war –, aber dann halte ich inne. Vielleicht war es das ja doch?

Langsam kann ich keinen vernünftigen Gedanken mehr fassen. Ich umklammere die Lenkstange und starre auf die Pflastersteine. Mein Kopf ist so leer.

In dem Moment kommt Fabian vom Friedhof und stellt die Gießkannen auf die Ladefläche.

»Was ist denn mit Mutti?« Er reckt seinen Hals und schaut ihr nach. »Hat sich die alte Trautmann wieder beruhigt? Ey, schau dir das Zeug da drin mal an. Das sieht so hässlich aus!«

Das Kopfsteinpflaster verschwimmt vor meinen Augen. Ich nehme den Umschlag und drücke ihn Fabian in die Hand.

»Da«, sage ich. »Schenke ich dir.«

»Was ist denn das?« Er sieht in das Kuvert und stutzt.

Ich erzähle, nein, ich schreie, dass die hässlichen Gestecke von mir sind und dass mich heute alle mal gernhaben können.

Fabian steht da und starrt mich ungläubig an.

»Wie kannst du Mutti nur so etwas antun?«

Das ist es, was er denkt? Dass ich seiner Mutter etwas *angetan* habe?

Ich lehne mein Fahrrad gegen die Wand der Halle, der Lenker knickt ein, und es rutscht nach unten. Vorsichtig berge ich meinen Strauß. Er ist heil geblieben, Gott sei Dank. Das Rad lasse ich liegen.

»Vielleicht bin ich einfach ein egoistischer Mensch und wollte bloß zeigen, was für eine hervorragende Floristin ich bin«, entgegne ich. Fabian hasst Ironie. Wahrscheinlich sagt er deswegen nichts. Ich atme durch und versuche mich an einer Erklärung: »Sieht denn niemand, dass ich die Wünsche der Kundin erfüllt habe? Womöglich bringen euch meine Gestecke neue Kunden!«

»Das Zeug? Du hast doch gehört, was die Trautmann gesagt hat. Die Leute hier wollen so was nicht. Das nächste Mal steckst du es wieder so, wie wir es immer machen. Dann passt das doch!«

Ich muss an mich halten, um nicht komplett auszurasten.

»Du heulst mich die ganze Zeit voll, dass du nicht so arbeiten kannst, wie du willst. Und wenn ich dann einen Vorstoß mache, hältst du zu deiner Mutter?« Ich hole tief Luft. »Glaubst du, es ändert sich was, wenn du dauernd klein beigibst?«

Sein verständnisloser Blick macht mich noch wütender.

»Wegen der Gestecke meiner Mutter hat sich jedenfalls noch keiner beschwert.« Er steigt ein.

»Weißt du was?« Ich brülle wieder. »Ihr könnt mich alle mal!«

Ohne ein weiteres Wort fährt Fabian davon. Gott sei Dank muss ich sie alle ein paar Tage nicht sehen.

Die Hintertür der Aussegnungshalle lässt sich schwer öffnen. Der Raum mit den winzigen Fenstern dient als Lager für Stühle, Kerzen- und Notenständer. Es riecht nach Staub und dem Stoff der Sitzkissen, die sich hier stapeln. Oft deponieren wir hier die Gestecke, wenn an einem Tag mehrere Beerdigungen stattfinden.

Heute hängt ein Wald von Baumwollschnüren in der Luft,

weiße Ballons schweben unter der Decke. Noch eine Stunde bis zum Beginn der Trauerfeier.

Die Durchgangstür knarrt, als ich sie aufziehe. Die Sonne scheint durch die Glasfronten und lässt mich die Augen zusammenkneifen. Dort vorne stehen meine Gestecke, die heute schon als Offenbarung und als Katastrophe bezeichnet wurden.

Erschöpft lasse ich mich auf eine Bank sinken. Den Strauß lege ich neben mich. Einer der weißen Ballons aus dem Lagerraum ist ausgebüxt und tanzt im Lüftungswind an der Decke herum.

Ich lehne mich zurück und betrachte das Wandgemälde über dem Altar. Es stammt von Mama, aus der Zeit, als sie Stipendiatin des Kunstvereins war. Auf den ersten Blick wirkt es wie ein Durcheinander aus Strichen, Punkten und wellenförmigen Elementen in Grün- und Blautönen; an ein paar Stellen fällt die Nachmittagssonne auf roséfarbene Abschnitte. Doch als ich mich konzentriere und mich auf das Zusammenspiel einlasse, kann ich schon bald eine Wiese und Klippen erkennen, dahinter das Meer und die Sonne. Ich weiß nicht, was andere Leute sehen, für mich ist es eine Küstenlandschaft bei Sonnenaufgang. Ich liebe dieses Bild und die hoffnungsvolle Stimmung, die es an diesen traurigen Ort bringt. Auch jetzt, nach der Aufregung um die Trauergestecke, vermag es mich völlig aus der Welt herauszunehmen. Die Wellen scheinen meine Müdigkeit, meine Enttäuschung und meine Wut wegzutragen. Ich lege mein Gesicht in meine Hände. Nur eine Minute will ich noch meine Ruhe haben, dann werde ich gehen.

Jemand setzt sich neben mich, das kann ich deutlich spüren. Ist Fabian doch zurückgekommen?

Vorsichtig schiele ich zwischen meinen Fingern hindurch. Die Hose meines Banknachbarn ist aus dunklem Stoff.

»Alles gut bei Ihnen?«, fragt eine tiefe Stimme, und ich nehme die Hände von den Augen. Verwunderung lässt den Bestatter innehalten. »Sie sind das!«, stellt Paul Peerenboom fest und lächelt großväterlich. »Ich wusste nicht, dass Sie noch in Untergickelbach sind.«

»Ich bin wohl hier hängen geblieben«, sage ich und reiche ihm die Hand. Er nimmt sie und hält sie fest. »Da war viel Zufall mit im Spiel, dazu meine Heimatlosigkeit und die Hilfsbereitschaft der Familie Kohlmann.« Das ist mein Satz, ich kann ihn auswendig. Ich verwende ihn immer, wenn mich Leute fragen, was ich eigentlich hier tue.

»Sie sehen gut aus, wenn ich das sagen darf.«

Von jedem anderen hätte ich diese Bemerkung als unpassend aufgefasst, doch bei Paul Peerenboom spüre ich ehrliches Interesse.

»Es geht mir auch gut«, versichere ich und füge in Gedanken hinzu: Immer vorausgesetzt, die Kohlmanns drehen nicht alle durch. »Es ist, wie Sie es damals gesagt haben: Die Zeit ist mein größter Verbündeter.«

Wenn man einen geliebten Menschen betrauert, wünscht man sich jemanden wie Paul Peerenboom an seiner Seite. Das habe ich damals so empfunden, als er mich durch die dunkelsten Stunden meines Lebens begleitet hat. Deswegen wundert es mich, dass sein Institut nur selten Beisetzungen in Untergickelbach übernimmt.

Fünfzehn Monate, so lange ist der Brand schon her …

Ein blonder Mann, deutlich jünger als Herr Peerenboom, beginnt Liedblätter auszulegen. Das muss der Lehrling sein, der mich bei Annegret so in die Bredouille gebracht hat.

Danke, du Idiot, denke ich.

Licht fällt auf den Kranz und lässt das Rot der Mohnblumen, das Blau der Kornblumen und das Grün der glänzenden Aspidistra- und Eukalyptus-Cinerea-Blätter noch stärker leuchten.

Das habe ich gesteckt, denke ich.

»Frau Wagener-Heinrich hat nicht übertrieben. Es sieht wirklich aus wie auf dem Van-Gogh-Gemälde«, sagt Herr Peerenboom, und ich glaube, Bewunderung herauszuhören.

»Vielleicht denken Sie einmal an mich, wenn Sie einem Kunden eine Floristin empfehlen.«

Um diese Eigenwerbung auszusprechen, muss ich all meinen Mut zusammennehmen, und sofort frage ich mich, ob ich einen Fehler gemacht habe, denn Herrn Peerenboom verzieht sein Gesicht.

»Das würde ich sehr gerne, aber ich ziehe mich Ende des Monats aus dem Geschäft zurück«, teilt er mir mit. »Natürlich werde ich meinem Nachfolger ans Herz legen, an Sie zu denken.« Er steht auf.

»Schade, dass wir nicht zusammenarbeiten können«, sage ich.

»Oh, ich habe eine neue, spannende Aufgabe für meinen Ruhestand gefunden. Vielleicht laufen wir uns dabei das ein oder andere Mal über den Weg …«

Ich habe nicht das Gefühl, dass er mir Details erzählen will, deshalb wechsle ich das Thema.

»Kann ich Sie noch etwas fragen?«, bitte ich ihn. Als er nickt, fahre ich fort: »Wann geht es den Angehörigen wieder gut, nachdem jemand gestorben ist? Ich weiß um die Phasen, die man durchläuft, und dass sie bei Menschen unterschiedlich lang sein können. Aber kann es sein, dass es einem von einem Tag auf den anderen wieder …«

Ich kaue auf meiner Unterlippe herum. Mir fällt kein passendes Wort ein. »Gut geht« wäre zu viel, »funktioniert« zu technisch.

»Dass man sich wieder normal fühlt?«, frage ich schließlich.

»Ich denke, dass es so ist. Viele Leute sagen, dass sie mit einem Mal diese Kraft für Neues, für Veränderungen durchflutet. Sie nehmen ihre Umwelt wieder intensiver wahr.« Herr Peerenboom lächelt mich an. »Ist es bei Ihnen auch so?«

Ich nicke. »Irgendwie habe ich wieder so viel Energie und auch richtig Lust, etwas zu tun. Das klingt jetzt vielleicht komisch, aber die Welt wirkt auf mich wieder bunter.«

»Ich finde, das trifft es sehr gut«, sagt Herr Peerenboom.

»Gleichzeitig nehme ich auch wieder mehr am Leben teil, und dabei fallen mir so viele Sachen auf. Sachen, die ich vorher nicht wahrgenommen habe. Und das ist … nicht immer so toll.«

Herr Peerenboom hat diese komische Wirkung auf mich. Irgendwie will ich ihm alles erzählen. Nein, ich will eigentlich gar nicht – schließlich kenne ich ihn kaum –, aber in seiner Gegenwart purzeln die Worte einfach so aus mir heraus. Ob das an seinem Beruf liegt? Oder ist es seine Ausstrahlung? Auf mich wirkt er wie eine Mischung aus Weihnachtsmann und Psychologe.

»Sie können die Energie doch nutzen, um etwas zu verändern«, schlägt er vor, und ich grinse schief.

Herr Peerenboom steht auf, holt eine Leiter aus dem Nebenraum und fängt den Ausreißerballon ein.

»Hier!« Er drückt mir den Luftballon in die Hand. An der Schnur ist eine Karte befestigt, auf der *»Mein letzter Gruß an Dich«* steht.

»Die Untergickelbacher werden sich das Maul zerreißen«, spreche ich meine Befürchtung laut aus.

»Davon ist auszugehen«, pflichtet mir Herr Peerenboom bei. »Aber ich finde die Idee schön, und ich dachte mir, Sie möchten vielleicht auch ein wenig mit da oben kommunizieren.«

Er zieht einen Kugelschreiber aus der Westentasche und reicht ihn mir. Dann legt er mir kurz die Hand auf die Schulter.

»Kopf hoch!«, sagt er. »Und grüßen Sie Ihre Mutter von mir.«

Ich lächle und nicke.

Als ich die Halle verlasse, ist der Vorplatz menschenleer. Die Trauergäste sind noch nicht eingetroffen.

Ich nehme die Vase von meinem Gepäckträger und stelle den Strauß hinein. Der aufkommende Wind begleitet mich bis zur Urnenwand am Ende des Friedhofs. Am Brunnen fülle ich die Vase und platziere sie in der zweiten Reihe von links auf dem Boden. Dann setze ich mich auf die Bank, die gegenüber unter ein paar Birken steht. Ich nehme die Postkarte und beginne zu schreiben.

Dieses Wochenende fahre ich mit Vee und Hilda weg. Ich bin an deinem Geburtstag also nicht alleine, keine Angst. Heute habe ich die ganze Zeit an dich gedacht. Drehe ich durch, oder fängt jetzt das schöne Erinnern an? Wo auch immer du bist, ich hab dich lieb und vermisse dich.
PS Ich soll dich von Herrn Peerenboom grüßen.

Ich befestige die Postkarte an der Schnur des Ballons und gehe ein paar Schritte nach vorne, um zu verhindern, dass er sich in den Birken verfängt. Dann lasse ich ihn los.

»Happy birthday, Mama«, sage ich leise.

3
Was wäre, wenn sie geht

What butter and whiskey won't cure,
there is no cure for.

Was Butter und Whiskey nicht heilen können,
kann nicht geheilt werden.

IRISH SAYING

Freitagnachmittag, vorletzte Juniwoche

Eine halbe Stunde später als geplant packe ich Lio in den Kofferraum, werfe meinen Rollkoffer und meine Handtasche auf den Rücksitz und fahre los. Ich habe das Ortsschild »Untergickelbach« noch nicht passiert, da vibriert auch schon mein Handy.

Wer will denn ausgerechnet jetzt mit mir sprechen? Mir fallen nicht viele Leute ein, die da infrage kommen. Vielleicht Elena, weil sie zu irgendwas meine Meinung hören will, oder Annegret wegen der Beerdigung, möglicherweise auch Fabian, aus welchem Grund auch immer. Aber Elena wird sich selbst helfen, auf Annegret habe ich wirklich keine Lust, und Fabian würde ich unter Umständen Vorwürfe entgegenschleudern, die mir in ein paar Stunden leidtäten.

Hilda und Vee sind gerade irgendwo in der Luft, die können es also nicht sein.

Kurz nach dem Ortsschild fahre ich dennoch an den Straßenrand und greife zwischen den Sitzen hindurch, um mein Smartphone aus der Tasche zu ziehen.

Unbekannte Nummer.

Alle wichtigen Personen sind mit Mobil- und Festnetznummer in meinen Kontakten gespeichert. Wer immer das ist, wird warten müssen.

Kurz vor der Abfahrt zur A6 stehe ich im Stau. Lio schläft, und Fabian schreibt, dass er mir ein schönes Wochenende wünscht. Ich könnte antworten, habe aber gerade keine Lust dazu.

Das Radio informiert mich, dass ein Laster irgendwo vor mir seine Ladung von mehreren Hundert Litern Wein verloren hat, und die Moderatoren ergehen sich in vorhersehbaren Witzen. Wenigstens empfehlen sie eine Umleitung. Ich hoffe, dass sie gut ausgeschildert ist, denn blöderweise hat mein Navi das Zeitliche gesegnet, und ich bin so überstürzt aufgebrochen, dass ich vergessen habe, mein Handy noch einmal aufzuladen.

Wie kann man nur so kopflos starten? Blöder Tag, blöde Kohlmanns, blöde Beerdigung.

Ich versuche, mich ab- und meine Gedanken in Richtung Wochenende zu lenken, während sich die Autos, Wohnwagen und LKWs langsam in Richtung Abfahrt schieben. Dort fahre ich auf die Landstraße. Kleine Orte, Wiesen, Äcker, eine Burg auf einem Hügel. Eigentlich sieht es hier gar nicht so anders aus als in Untergickelbach, aber es fühlt sich anders an. Wie Entspannung, wie Wochenende, wie endlich raus!

Ich folge der Kolonne, bis wir irgendwann wieder auf die A6 geleitet werden.

Eine Meldung lässt mich aufhorchen, und ich drehe das Radio lauter.

»Kitzbühel – Österreichische Ermittler haben eine weitere Wohnung des Kunstsammlers Jonathan Genske entdeckt. Nachdem gestern ein anonymer Hinweis eingegangen war, verschafften sich die Behörden Zutritt zu dem Apartment in dem beliebten Ferienort. Dort fanden sie etliche Werke berühmter Künstler. Die Staatsanwaltschaft hat für heute Nachmittag eine Pressekonferenz angekündigt.

Vor vierzehn Monaten waren in der Münchner Wohnung des inzwischen verstorbenen Kunsthändlers Dutzende Gemälde gefunden worden, bei denen es sich zum großen Teil um wertvolle Originale handelt. Mittlerweile ist bekannt, dass Genske seinen Privatkunden Kopien der Gemälde verkauft und die Originale behalten hat.

Interessant ist dabei der Zeitpunkt der Entdeckung. Der anonyme Tipp kam einen Tag vor Beginn des Prozesses, bei dem die Kunden des Händlers gegen Genskes Erbin vor Gericht ziehen.

Zur Erinnerung: Die betrogenen Kunstliebhaber haben eine Sammelklage eingereicht und fordern von Marianne Genske-Harding die Herausgabe der Bilder sowie Schadenersatz in bisher unbekannter Höhe. Mit Spannung erwartet wird ebenfalls, ob die in Kanada lebende Frau dem Prozess heute persönlich beiwohnen wird.«

Der Fall beschäftigt die Medien seit mehreren Monaten. Wenn ich später im Hotel bin, muss ich unbedingt die Pressekonferenz verfolgen.

Warum Jonathan Genske die Bilder bei sich gehortet hat, weiß kein Mensch. Jedenfalls keiner, der darüber redet. Spekulationen gibt es viele, vor allem in Talkshows oder Zeitschriften, und die wildesten Theorien werden natürlich im Internet aufgestellt.

Früher, als Mama noch Gemälde restauriert hat, wäre in der Teeküche des Museums ebenfalls diskutiert und spekuliert worden. Irgendjemand hätte Jonathan Genske bestimmt gekannt oder jemanden gekannt, der ihn kennt. Dabei weiß ich nicht, was sie mehr beschäftigt hätte: dass ein Kunsthändler Kopien an die Kunden vertickt oder dass die Kopien so gut waren. Schließlich hat jahrelang keiner gemerkt, dass er gepflegt übers Ohr gehauen wurde. Abends hätte sich ein kleiner Kreis getroffen, und dann wären sie weitergegangen, die Diskussionen. Jeder hätte etwas zum Essen beigesteuert, und sie hätten bei viel Wein bis tief in die Nacht zusammengesessen. Irgendwie fehlt mir das.

Bis Schwandorf komme ich ohne Navi, ich kann mich erinnern, dass ich dort von der Autobahn abfahren muss. Mit ein wenig Glück habe ich bald einen Bademantel an, höre den Pool glucksen und nippe an einem fruchtigen Cocktail.

In meinem Kopf lege ich eine To-do-Liste an, auf der ich *»neues Navi kaufen«* und *»Powerbank im Auto deponieren«* notiere. Noch einmal will ich nicht orientierungslos durch die Landschaft irren.

An einem Feld lasse ich Lio kurz raus und öffne den Routenplaner. Doch ich habe kein Netz und will die verbleibenden drei Prozent Akku nicht mit einer Suche verbrauchen, die sowieso keinen Sinn hat. Wir fahren weiter. In der nächsten Ortschaft zeigt sich kein Mensch auf der Straße, den ich nach dem Weg fragen könnte, und ich werde unruhig. Zwar erwartet mich niemand, aber ich habe auch keine Lust darauf, ewig durch die Pampa zu irren.

Doch dann tauchen unvermittelt zwischen zwei Häusern weiße und rote Wimpel auf, die – ich kann mein Glück kaum fassen – drei Zapfsäulen überspannen. Ich bremse, wende mitten auf der Straße und komme neben einer der Säulen zum Stehen.

Als ich aussteige, überkommt mich für einen Moment die Sorge, es könne sich bei dem winzigen Häuschen um die Fünfzigerjahre-Ausstellung des Heimatmuseums handeln, so in der Zeit stecken geblieben wirkt die Tankstelle. Allerdings sind die Benzinpreise zeitgemäß hoch, und auch der Eimer mit dem Scheibenwasser sieht nicht aus, als sei er ein Artefakt aus früheren Jahrzehnten.

Ich lasse Lio aus dem Kofferraum, und sie beginnt sofort, die neue Umgebung zu erschnüffeln. Während der Zapfrüssel Benzin in meinen Wagen pumpt, sehe ich mich um. Weiße Fliesen bedecken die Wände des Tankstellenhäuschens, das mit »*Gina und Beppi verkaufen Benzin*« überschrieben ist. Auf der Scheibe lese ich: »*… und Kuchen*«.

In dem Backsteinbau nebenan befindet sich wohl die Autowerkstatt. Davor steht jedenfalls ein silberfarbenes Wohnmobil, unter dem zwei Beine in roten Arbeitshosen hervorlugen. Nachdem ich das Zapfventil wieder an die Säule gehängt habe, gehe ich zu dem Wagen. Schraubenschlüssel und andere Gerätschaften liegen verstreut auf dem Boden.

»Entschuldigen Sie bitte, könnten Sie mir sagen, wie weit es noch zum Hotel ›Sankt Anna‹ ist?«

Das Geräusch von Werkzeug, das Autobestandteile abklopft, verstummt, und nach einem Oberkörper im weißen T-Shirt taucht der Kopf einer Frau auf. Ein rotes Band hält ihre schwarzen Locken aus dem Gesicht. Die Frau – ich vermute, dass es sich um Gina handelt, sofern die Namen nicht frei erfunden sind – grinst.

»Es ist nicht mehr weit. Sie fahren weiter, biegen in der zweiten Ortschaft rechts und dann, nach nicht ganz einem Kilometer, scharf links ab. Sie können das nicht verfehlen, denn zunächst geht es einen Hügel hinauf, und dann führt Sie die Allee direkt zum Hotel.« Sie mustert mich.

»Wie war das noch mal? Rechts in der Ortschaft und dann …?«

»Gehen Sie rein, Beppi soll es Ihnen auf der Karte zeigen.« Sie wischt sich über die Stirn. »Ach ja, und richten Sie ihm bitte aus, er soll mit seiner Kuchenverkosterei aufhören und mir helfen. Den Halligan kann er auch gleich mitbringen.«

»Das mache ich. Vielen Dank.« Ich weiß zwar nicht, was ein Halligan ist, aber ich gehe davon aus, dass dieser Beppi versteht, was sie meint.

Lio trottet hinter mir her, als ich das Tankstellenhäuschen betrete. Der Duft von frisch gemahlenen Kaffeebohnen erfüllt den Raum. Seltsam, ich habe Gummigeruch erwartet, doch stattdessen verströmen hier Espresso und Kuchen ihren Wohlgeruch. Öl, Scheibenwaschkonzentrat und Zeitschriften füllen die Regale, die entweder jahrzehntealt oder täuschend echt nachgearbeitet sind. Hinter einer Glastheke liegen Bagel, Sandwiches und Törtchen, auf der Ablage dahinter steht eine italienische Espressomaschine.

Ein Mann, den ich vom Aussehen her eher in ein angesagtes Berliner Café gesteckt hätte, sitzt auf einer der knallrot bezogenen Bänke an einem hohen Tisch. Er hat ein weißes Hemd an, von dem meine Tante sagen würde, es sei gut geschnitten, und seine Beine stecken in kamelbraunen Hosen. Dazu trägt er schmale, geschnürte Schuhe. Alles sieht stilvoll aus, aber auch irgendwie cool. Gepflegter Bart, kurze zimtbraune Haare … Für jemanden, der hier nur kurz haltgemacht hat, um zu tanken, hat er es sich auf dem Platz zu gemütlich eingerichtet. Neben der Zeitung steht eine Kaffeetasse.

Was starre ich hier eigentlich so rum? Hastig senke ich meinen Blick, doch es ist zu spät: Er hat mich bemerkt und lächelt in meine Richtung. Schnell drehe ich mich zu den Magazinen um. Starren ist peinlich, starren und vom Angestarrten dabei erwischt werden, richtig peinlich, und ich nähere mich langsam der hochnotpeinlichen Zone, weil ich schon wieder hinschaue.

Also lenke ich meinen Blick auf die Regale und überlege, welche Zeitungen mich am Pool am meisten interessieren könnten. Von einem Cover blickt mich der Kunsthändler Jonathan Genske an. *»Vom Neunundsiebzigjährigen, der auszog, die Reichen zu betrügen«* steht darauf. Ich packe das Magazin ein.

Lio schnüffelt am Boden und am Regal, dann schleckt sie hingebungsvoll über die Folie eines Kindermagazins, das irgendeinen Plastikschrott als Beilage enthält.

»Lio, spinnst du! Lass das!« Ich reiße das angeschlabberte Magazin hoch. »Ach Hund, du altes Ferkel.«

Der Mann lacht und sieht mir dabei zu, wie ich mich nach einem Lappen oder etwas Ähnlichem umschaue. Als ich nichts finde, fahre ich mit dem Ärmel meines Shirts über die Folie. Bäh, das muss ich im Hotel sofort wechseln.

Muss ich das Teil jetzt eigentlich kaufen? Wenn er mich nicht beobachtet hätte, würde ich es vielleicht liegen lassen ... Nein, wenn ich ehrlich bin, würde ich das nicht. Ich würde es kaufen, weil ich mir sicher bin, dass man böse Aktionen doppelt und dreifach zurückbekommt. Das Karma schläft nie, und Schlabberzeitungen zurückzulegen ist ein blöder Grund dafür, später auszurutschen und sich den Kopf an den Poolkacheln aufzuschlagen.

»Find ich gut, dass Ihr Hund auch mal etwas zum Spaß lesen darf. Mir tun die Hunde immer leid, die nur ›Das intellektuelle Haustier‹ bekommen!«

Der Mann hat seine Lippen zu einem schelmischen Grinsen verzogen. Er spricht mit Akzent, scheint irgendwo aus dem englischsprachigen Raum zu kommen. Seine Stimme klingt warm und tief, so ähnlich wie die des Sängers, der den »Hold My Girl«-Hit hatte. George irgendwas.

Der Mann steht auf und kommt auf mich zu, was ein wenig dauert, weil er erst um ein Geländer herumlaufen muss, das den Cafébereich vom übrigen Tankstellenshop abtrennt.

»Ich bin Sean«, stellt er sich vor.

»Marie«, sage ich.

Sein Mund, seine Augen, seine Brauen – alles lächelt mich an. Sogar seine Nase stimmt mit ein, die zieht er nämlich ein wenig kraus.

Bevor ich etwas sagen kann, drängt sich Lio an mir vorbei, um Sean ebenfalls zu begrüßen. Sie reibt ihren Kopf an seinem Knie und blickt ihn an, als habe sie noch niemals jemand gestreichelt.

Ich rufe meinen aufdringlichen Hund zurück, aber Sean lacht nur und fährt Lio über den Kopf.

»Bleiben Sie hier, oder sind Sie auf der Durchreise?«, fragt er mich.

»Ich will ins Hotel. Mit meinen Tanten.« Warum sage ich das? Das interessiert ihn doch nicht. »Und Sie?«

»Ich arbeite hier. Also nicht direkt hier, sondern in der Nähe, auf einer Baustelle.«

In dem Moment kommt ein Mann durch eine Seitentür herein. Er schultert ein Tablett, auf dem sich unzählige Tellerchen mit Brownies befinden. So viele, dass man damit eine ganze Hockeymannschaft versorgen könnte – und wahrscheinlich auch ihre Gegner. Seine dunklen Haare trägt er nach hinten gegelt, und auch ohne rot-weiße Kleidung hätte mir seine Haartolle verraten, dass er zum Tankstellenpersonal gehört. Das muss Beppi sein. Nein, halt, es *ist* Beppi, der Name ist nämlich in Brusthöhe auf sein Shirt gestickt.

»Halligan, du bist nicht zum Vergnügen hier: Brownie-Verkostung, an die Arbeit.«

Das ist also der Halligan, nach dem Gina verlangt hat. Ich habe eher mit einem Werkzeug gerechnet, irgendetwas zum Schrauben oder Montieren. Die lockere Art, mit der ihn Beppi anspricht, lässt mich vermuten, dass er und Sean sich besser kennen.

»Gleich«, erwidert Sean und sieht mich an. »Willst du mitmachen?«

Hat er mich nicht gerade noch gesiezt?

Beppi stellt das Tablett auf dem Tisch ab. Die Brownies glänzen saftig und schokoladig auf den weißen Tellerchen. Lust hätte ich schon, aber irgendwie weiß ich nicht, ob das so eine gute Idee ist.

»Tut mir leid, aber ich werde im Hotel erwartet«, behaupte ich und nehme meine Sachen wieder in die Hand. Warum ich ablehne, kann ich selbst nicht sagen, wahrscheinlich ein Reflex. Ein blöder Reflex, wenn ich es recht bedenke, nachdem meine Tanten ohnehin noch länger unterwegs sein werden.

»Da kommst du in der nächsten halben Stunde sowieso nicht hin«, sagt Beppi.

»Aber ich dachte, es ist nicht mehr so weit«, sage ich.

»Ist es auch nicht, aber gleich kommt Schorsch.«

Und bevor ich mich erkundigen kann, wer dieser Schorsch ist, sehe ich ein paar Schafe die Straße entlangtrotten. Ihnen folgen weitere Schafe – so lange, bis beide Fahrbahnen unpassierbar sind.

»Schorsch möchte die Schönbachbrücke erneuert haben«, erzählt Sean, und ich höre ihm zu, kann meine Augen aber nicht von den Schafen abwenden. »Die Gemeinde hat sie absperren lassen, weil sie einsturzgefährdet ist«, erklärt er weiter. »Schorsch hat das ignoriert, seine Viecher drübergeschickt und ein Bußgeld kassiert. Nun treibt er jeden Freitagabend gegen halb sechs seine Schafe in die Hauptstraße und lässt sie dort eine halbe Stunde stehen.«

Ungläubig blicke ich auf die tierischen Demonstranten.

Beppi verteilt in der Zwischenzeit die Teller auf dem Tisch. »Um diese Zeit fährt nämlich der Bürgermeister hier durch, um seine Mutter im Nachbarort zu besuchen«, lässt er mich wissen.

»Gibt es keine andere Strecke?«

»Doch.« Beppi lehnt das leere Tablett gegen die Sitzbank. »Aber so läuft das hier. Der Bürgermeister kommt, stellt sich fünf Minuten hin und wartet. Dann kehrt er um und fährt über Kleinweißenfeld. So geht das seit Februar. Mal sehen, wem es als Erstes zu bunt wird.« Er grinst. »Sean liebt dieses Spektakel, er fühlt sich dann wie daheim.«

»Beppis Irlandkenntnisse beschränken sich auf die Kerrygold-Werbung«, behauptet Sean.

Aha, dann ist das wohl ein irischer Akzent, mit dem er spricht.

»Du kannst dich also ruhig noch zu uns setzen«, sagt Sean.

Wahrscheinlich hat er recht. Ich frage, ob ich mein Handy aufladen darf, und hole mein Ladekabel aus dem Auto. Beppi zeigt auf eine Steckdose neben dem Tisch, und ich setze mich.

Auf einem Fernsehbildschirm in der Ecke zeigt ein Nachrichtensender Gemälde aus Jonathan Genskes Besitz. Das blaue Band am unteren Bildrand informiert die Zuschauer darüber, dass es sich bei einzelnen Kunstwerken aus der Kitzbüheler Wohnung tatsächlich um die Originale handelt. Es werden eine Nummer sowie eine Internetadresse eingeblendet, unter der man sich melden soll, falls man eines dieser Gemälde gekauft hat und meint, getäuscht worden zu sein.

»Der raffinierte Hund«, sagt Beppi.

»Stell dir vor, du zahlst Zehntausende für ein Bild, und dann ist es eine Kopie!« Sean schüttelt den Kopf.

»Gina meinte heute Morgen, wer Bilder nur kauft, um

damit anzugeben, habe kein Original verdient.« Beppi zuckt mit den Schultern. »Da reiche es, wenn die Leute vor ihren Freunden behaupten könnten, sie hätten eine Million für das Ding an der Wand gezahlt. Wahre Kunst habe nur verdient, wer sie zu schätzen wisse.«

Sean sieht Beppi an. »Sieh an, eine Kunstrevolutionärin. Sie verbringt zu viel Zeit mit Maja.«

»Das ging während des ganzen Frühstücks so.«

Ich liebe diese Tankstelle. Es gibt Süßes und Kunstgespräche, und vor dem Fenster machen die Anwohner seltsame Sachen.

Beppi stellt ein Glas vor mich hin und gießt mir Wasser ein. Die Verkostung scheint eine sehr ernste Angelegenheit zu werden. »Gina ist der Meinung, Originale sollten in Museen hängen, dort hätten alle Leute etwas davon. Für die Privatleute tun es auch Kopien.«

Sean sieht auf meine Zeitschrift mit dem Genske-Titelblatt.

»Was sagst du denn zu dem Skandal?«, erkundigt er sich.

Bevor ich etwas antworten kann, erscheint ein Reporter auf dem Bildschirm. Alle drei blicken wir zum Fernseher in der Ecke. *»Sammelklage gegen Genske-Erbin«* steht auf dem roten Banner. Der Journalist berichtet live aus München.

»Der mit Spannung erwartete Prozess um die betrogenen Kunstsammler hat mit einem Knall begonnen. Die Anwälte der Kläger verkündeten, dass sie die Klage in allen Punkten zurücknehmen. Der Anwalt der in Kanada lebenden Marianne Genske-Harding gab an, man habe sich außergerichtlich geeinigt. Die Vertreter beider Seiten bestätigten, dass bereits ein Austausch stattgefunden habe.«

Nun schaltet sich die Nachrichtensprecherin aus dem Studio ein. *»Können sich die Sammler denn sicher sein, dass sie nun tatsächlich die Originale in Händen halten? Immerhin hatten sie* *auch vorher Gutachten, die ihnen die Echtheit der Bilder bestätigten. Pikanterweise sollen diese von der Ehefrau des Händlers erstellt worden sein.«*

Der Reporter vor Ort fasst sich mit der Hand ans Ohr, vermutlich, damit er seine Gesprächspartnerin besser hört.

»Die Fälschungen scheinen wohl so gut gelungen zu sein, dass sich selbst Experten haben täuschen lassen. Und es stimmt: Das Gutachten stammt von Barbara Genske, der Ex-Ehefrau des verstorbenen Kunsthändlers. Allerdings lebt sie in einem Pflegeheim, und man kann sie wohl aufgrund ihrer fortgeschrittenen Demenz nicht mehr befragen. Einer der Anwälte der Kläger hat mir vorhin versichert, dass man nun zwei unabhängige Gutachter hinzugezogen hat, die garantieren sollen, dass nun auch das Original-Bild im Haus der Besitzer hängt.«

Wieder werden beide Journalisten eingeblendet.

»Können Sie uns noch Näheres dazu sagen, wie es zu dieser überraschenden Einigung kam? Immerhin hat man ein langes Verfahren und eine Schlammschlacht erwartet.«

»Die Erbin, Frau Genske-Harding, ließ ihr Bedauern übermitteln und entschuldigte sich bei den Käufern. Außerdem hat sie versprochen, die Gemälde aller weiteren Geschädigten schnell und unkompliziert auszutauschen. Man stehe bereits in Kontakt.« Der Wind in München zerzaust die Haare des Reporters und zerrt am Mikrofon.

»Warum ist sie nicht selbst zum Prozess erschienen?«

»Frau Genske-Harding scheint es gesundheitlich nicht gut zu gehen. Informationen dringen so gut wie keine nach draußen, aber allem Anschein nach ist sie nicht in der Lage, einen Prozess durchzustehen.«

»Wird man das auch für die erst diese Woche gefundenen Bilder vereinbaren?«, will die Nachrichtensprecherin wissen.

Der Reporter nickt. *»Das hat mir der Anwalt bestätigt. Nach* *einer Prüfung durch unabhängige Gutachter sollen auch hier alle Käufer rasch das Original erhalten.«*

Wieder sieht man den geteilten Bildschirm.

»Was geschieht eigentlich mit den Kopien der Gemälde? Werden die vernichtet?«

»Das wird sicherlich nicht geschehen. Vielmehr kursiert das Gerücht, dass es eine Ausstellung geben soll. Welches Museum sich die ›berühmtesten Fälschungen der Gegenwart‹ gesichert hat, habe ich allerdings noch nicht gehört.«

»Hätten Sie mit einem solchen Ende gerechnet?«, fragt die Moderatorin.

Der Außenreporter hält wieder den Knopf in seinem Ohr fest.

»Mich überrascht diese Haltung nicht. Bis zu dem Skandal galt Genske als Vorzeigekunsthändler. Er hat sich in den Sechzigerjahren darum gekümmert, dass alle Gemälde, die sein Vater in den Dreißiger- und Vierzigerjahren erstanden hat, an die ursprünglichen Besitzer und Erben zurückgegeben wurden. Und das zu einer Zeit, als Beute- oder Raubkunst in den Medien noch kein Thema war. Insofern ist die Haltung der Erbin eigentlich nicht verwunderlich. Allerdings fragen sich viele, warum sie es überhaupt zu einem Prozess hat kommen lassen.«

Beppi schaltet den Fernseher stumm, und erst jetzt wird mir wieder bewusst, dass ich in der Tankstelle stehe.

»Wer auch immer sich die Bilder gesichert hat, die Leute werden ihm die Bude einrennen«, prophezeit Sean und lehnt sich zurück.

»Davon kannst du ausgehen«, sagt Beppi. Seine Augen wandern zum Bildschirm. Mit einer Hand reibt er seinen Nacken. »Ob das alles stimmt?«

»Was meinst du?«, fragt Sean.

»Na ja, es ist ja schon praktisch, dass die Ex-Frau und

damalige Gutachterin schwer dement ist und die Erbin zu krank, um zum Prozess zu kommen.«

»Das spielt doch keine Rolle«, sagt Sean. »Die Leute haben ihr Original, und irgendeine Galerie oder ein Museum verdient sich dumm und dämlich, wenn dort die Fake-Teile ausgestellt werden. Oder?«

Er sieht mich an, und mein Herz klopft etwas schneller.

»Irgendwie finde ich die Vorstellung schon lustig, dass irgendwo die Ex-Frau und die Schwester gemeinsam vor dem Fernseher sitzen und sich darüber kaputtlachen, wie sie die Welt genarrt haben«, sage ich.

Sean lacht. »In einer Villa mit Blick auf einen See. Und dann lassen sie sich Champagner von ihrem gut aussehenden jungen Butler bringen und feiern sich und ihren Plan.«

»Du hast *Ocean's Twelve* gesehen«, vermute ich.

»Genau daran habe ich gedacht«, bestätigt Sean. »George Clooney und Julia Roberts mit dem ›Nachtfuchs‹ auf der Terrasse.«

»Darf ich kurz daran erinnern, dass hier wichtige Entscheidungen anstehen«, sagt Beppi und deutet auf die Brownieparade.

Er reicht mir eine Kuchengabel. Der erste Bissen schmeckt saftig und süß, und ich kann mir nicht denken, dass einer der anderen Brownies besser sein kann als dieser.

Meine Gedanken sind immer noch bei den Gemälden und den Kopien, die offenbar so gut waren, dass Experten sie nicht ohne weiteres als solche erkannt haben.

Auch Sean gabelt Brownie-Stücke auf, dabei betrachtet er meine Einkäufe. Schließlich bleibt sein Blick an meiner Handyhülle hängen.

»Von wem ist denn das?«, fragt er.

»Es ist keines der Genske-Bilder.« Ich grinse.

»Wenn du das sagst …«

»Es ist von Cassandra Landauer und heißt *Sonnenblumentage.*«

»Alles in Ordnung?«, fragt Beppi.

»Ja, sicher. Ich musste nur gerade an etwas denken«, erwidert Sean. Noch einmal betrachtet er das Bild mit den Blumen und dem Mädchen, dann blickt er wieder hoch.

Nacheinander probieren wir die Brownies und kauen prüfend auf den Bissen herum, um eine Einschätzung abzugeben: zu viel oder zu wenig Schokostreusel, zu starker Likörgeschmack, zu trocken oder angenehm saftig. Beppi scheint jedes unserer Worte aufzusaugen und in einer gedanklichen Plus-Minus-Liste zu notieren.

»Ach du meine Güte«, sage ich plötzlich.

Beppi sieht mich entsetzt an. Wahrscheinlich vermutet er, ich kommentiere einen Brownie.

»Fast hätte ich es vergessen: Du sollst nach draußen kommen und Gina helfen.« Ich wende mich an Sean. »Und du auch.«

»Das mache ich schon noch«, sagt Beppi und bleibt sitzen.

Ich wundere mich über das lockere Verhältnis, das die Menschen hier anscheinend zur Zeit haben. Wenn ich es gewagt hätte, Annegret so lange warten zu lassen, hätte sie schon die halbe Gärtnerei zusammengebrüllt.

»Offenbar will sie dir beichten, was sie Dolores angetan hat.« Beppi grinst Sean breit an.

Ich habe keine Ahnung, von wem sie sprechen, doch es geht mich auch nichts an.

Draußen treibt der Schäfer seine Herde weiter. Ich bedanke mich für die Brownie-Verkostung und stehe auf.

Beppi sieht mich an. »Finales Urteil. Welcher war der beste?«

Mein Blick schweift über alle Teller, dann zeige ich auf mein erstes Stück mit den großen Schokostreuseln aus weißer, heller und dunkler Schokolade.

»Der hier, eindeutig.«

Beppi verbeugt sich und zwinkert mir zu. Dann geht er hinter die Kasse. Da ich immer noch nicht weiß, wohin ich fahren muss, nimmt Beppi ein Blatt und zeichnet mir den Weg auf. Während er das tut, fällt mir ein, dass ich jetzt das Navi auf dem Smartphone bemühen könnte, aber ich finde es so nett, dass er sich die Mühe macht, deswegen unterbreche ich ihn auch nicht.

»Dann wollen wir mal sehen, was sie mir zu beichten hat.« Sean erhebt sich und geht nach draußen. »*Take care,* Marie.«

»*See you*«, erwidere ich.

Ich bezahle die Tankfüllung sowie die Magazine, einschließlich Lios Schlabberzeitschrift, und verabschiede mich.

»Du solltest öfter vorbeikommen. Morgen backe ich Cupcakes.«

»Ich bin nicht von hier«, sage ich bedauernd.

Beppi mustert mich. »Schade …«

»Noch mal danke für die Brownies.« Ich nehme meine Sachen und stemme mit dem Ellbogen die Tür auf.

»Ciao!«, ruft er mir hinterher. »Übrigens, braver Hund!«

Ich wiege den Kopf hin und her und verkneife mir, ihn darüber aufzuklären, weshalb ich die Kinderzeitschrift erworben habe.

Draußen lasse ich Lio in den Kofferraum und steige ins Auto. Mein Handy lege ich auf den Beifahrersitz.

Ob Vee sich gemeldet hat? Ich widerstehe dem Versuch, das Display zu entsperren und nachzusehen, weil ich nicht mehr ewig hier herumstehen will. Also drehe ich den Zündschlüssel um und trete aufs Gaspedal. Im Wegfahren sehe ich, dass Sean neben dem Wohnmobil steht. Offenbar erklärt er Gina etwas, denn er gestikuliert wild mit den Armen. Sie scheinen so in ihr Gespräch vertieft zu sein, dass sie mich gar nicht wahrnehmen.

3
Was wäre, wenn sie bleibt

Ez van, ezt kell szeretni.
Man muss die Dinge lieben, wie sie sind.
UNGARISCHES SPRICHWORT

Elenas Version:
Man kann überall glücklich sein,
man muss es nur wollen.

Freitagnachmittag, vorletzte Juniwoche

Ich habe das Ortsschild »Untergickelbach« noch nicht passiert, da vibriert auch schon mein Handy. Wer will denn ausgerechnet jetzt mit mir sprechen? Mir fallen nicht viele Leute ein, die da infrage kommen.

Kurz nach dem Ortsschild fahre ich dennoch an den Straßenrand und greife zwischen den Sitzen hindurch, um mein Smartphone aus der Tasche zu ziehen.

Unbekannte Nummer. Alle wichtigen Personen sind mit Mobil- und Festnetznummer in meinen Kontakten gespeichert. Soll ich doch rangehen? Nein, ich bin auf dem Weg ins Wochenende. Wer immer das ist, wird warten müssen. Außerdem ist es komplett bescheuert, mit nur dreizehn Prozent Akkuleistung den Anruf einer unbekannten Nummer anzunehmen. Mein Bauchgefühl sagt mir aber, ich solle das tun, und das irrt sich selten. Trotzdem scheue ich mich, auf das Symbol mit dem grünen Hörer zu drücken. Das letzte Mal, als mich ein Unbekannter angerufen hat, habe ich erfahren, dass Mama ins Klinikum Bamberg eingeliefert worden ist.

Mein Magen zieht sich zusammen, und mein Daumen schwebt zitternd über dem Display. Dann drücke ich auf das Hörersymbol.

»Hallo?«, melde ich mich.

»Hallo? Marie? Hier ist Magnùs.«

Hildas Bruder. Ich presse meine Lippen aufeinander, und auf einmal ist mir speiübel. O Gott! Hoffentlich ist Vee und Hilda nichts passiert.

»Is everything alright?«, erkundige ich mich. Meine Stimme klingt fremd, hoch.

Er erklärt mir etwas auf Englisch, und ich muss mich konzentrieren. Obwohl er langsam spricht, ist er sehr schwer zu verstehen. Offenbar wurde der ganze Flugverkehr von und nach Reykjavík wegen des Vulkanausbruchs gecancelt. Vee und Hilda versuchen gerade, ihre Flüge umzubuchen, und müssen noch eine Nacht auf Island verbringen. Morgen werden sie kommen, aber sie wissen noch nicht, wann. Später wollen sie sich selbst melden.

Ich sage *»þakka þér fyrir«* und *»bless«,* die einzigen Worte, die ich auf Isländisch beherrsche. Er verabschiedet sich mit einem längeren Gruß, den ich nicht verstehe, der aber herzlich klingt. Dann lege ich auf.

Die Anspannung hat mich so weit nach vorne rutschen lassen, dass ich fast am Steuer klebe. Nun überflutet mich die Erleichterung, und ich lasse mich in den Sitz zurückfallen. Gott sei Dank ist ihnen nichts Schlimmes passiert.

Fiepend richtet Lio sich auf, legt ihre Schnauze zwischen die Streben des Hundegitters und blickt nach vorne.

»Was machen wir denn jetzt?«, frage ich sie. »Hierbleiben? Hinfahren?«

Meine Hündin ist keine Entscheidungshilfe. Sie gähnt und legt ihren Kopf neben die Kopfstütze. Im Rückspiegel sehe ich das *»Herzlich willkommen in Untergickelbach«*-Schild. Am liebsten würde ich losheulen. Ich habe mich so gefreut: Ein Gourmetmenü genießen, den Geschichten meiner Tanten lauschen, lachen, Cocktails trinken, in ein frisch bezogenes Hotelbett fallen … Das wäre mein Abend gewesen.

Und jetzt? Auf jeden Fall fahren, wie Vee und Hilda es gesagt haben?

Möglich, aber blöd. Ich mag es nicht, alleine im Lokal zu sitzen. Selbst fünf erlesene Gänge können das nicht ausgleichen.

Erst in diesem Moment wird mir klar, wie sehr ich mich auf diese Auszeit gefreut habe. Es ist so lange her, dass ich in einem schönen Hotel gewesen bin! So lange habe ich kein Menü mehr gegessen, bei dem nicht ein Gang aus Leberknödelsuppe, Braten oder Vanilleeis mit heißen Tiefkühlfrüchten bestand!

Dann fahr doch, sagt meine innere Stimme.

Ich weiß nicht, denke ich.

Vielleicht ist das auch ein Zeichen. Der Tag heute ist mies gelaufen. Wenn ich bleibe, könnte ich alles wieder geradebiegen und morgen nach Klosterweinting fahren, ohne ein schlechtes Gewissen zu haben.

Fabian hat sich bescheuert verhalten, sogar richtig bescheuert. Aber die, die den ganzen Schlamassel ausgelöst hat, war ich, insofern sollte ich ihn auch wieder in Ordnung bringen. Ich hasse es, wenn wir uns streiten. Eigentlich hasse ich es, wenn sich irgendjemand streitet. Das ist meine verdammte Harmoniesucht.

Ich könnte auf die Kirchweih gehen und Fabian überraschen. Die Kirchweih – oder Kerwa, wie er sagt – ist so wichtig für ihn, dass es seit Wochen kaum ein anderes Gesprächsthema mehr gibt. Letztes Jahr ist das an mir vorbeigegangen, und das war auch für alle in Ordnung. So kurz nach dem Brand hat mich jeder in Ruhe gelassen, doch das hat sich inzwischen geändert.

Andauernd finden Kirchweihen, Schützen- und Wiesenfeste statt. Ab und zu gehe ich mit Fabian dorthin, aber so richtig hat mich der Reiz dieser Veranstaltungen noch nicht gepackt. Ich bin nicht gerade der größte Fan von Besoffenen auf Bierbänken.

Vielleicht sollte ich lieber zu Hause bleiben und ihn damit überraschen, dass ich nicht gefahren bin. Allerdings fragt er dann, warum ich nicht nachgekommen bin, und da sehe ich die nächste Auseinandersetzung auf mich zukommen.

»Stell dich nicht so an«, sage ich leise zu mir. »Die paar Stunden kriegst du schon rum. Eventuell geht er ja früher nach Hause.«

Am besten, ich denke nicht so viel nach und bringe es einfach hinter mich. Könnte ja sein, dass es gar nicht so schlimm wird. Und morgen fahre ich dann zu Vee und Hilda, und wir machen uns ein schönes Wochenende. Vielleicht ist das wirklich eine glückliche Fügung.

Ich starte den Motor, Lio lässt sich auf den Kofferraumboden plumpsen, und wir fahren zurück. Je näher ich der Wohnung komme, desto besser wird meine Laune. Ich muss sogar schmunzeln, wenn ich mir Fabians verblüfftes Gesicht vorstelle. Umhauen werde ich ihn – im Dirndl.

Mama hat immer gesagt, man muss für alles offen sein

und Neuem eine Chance geben. Bestimmt gilt das auch für eine Kirchweih. Ich denke an Vee und Hilda. Sie sind oft umgezogen. Nicht so oft wie Mama und ich, aber öfter als das Durchschnittspaar. Wenn es sie nach Untergickelbach verschlagen hätte, würden sie ihre Dirndl anziehen und sich, eine Bratwurst in der Hand, unter die Feiernden mischen.

Als ich ankomme, ist das Kohlmann'sche Wohnhaus verwaist, doch das ist mir gerade recht. Ich gehe ins Dachgeschoss hinauf und schließe die Wohnungstür auf. Dort ist das Zimmer, das ich bewohnt habe, bevor ich dazu übergegangen bin, meine Nächte in Fabians darunterliegender Wohnung zu verbringen. Meine Schlafcouch ist nun meine Lese- und Fernsehcouch. Zusammen mit den Bücherregalen sowie einem winzigen Tisch mit zwei Stühlen ist sie alles, was man in das Zimmer mit der Dachschräge hineinbekommt. Seufzend stelle ich meine Reisetasche ab.

Ich gebe Lio ein Leckerli. Sie legt sich vor mir auf den Boden mit den hellblauen Fliesen aus den Siebzigerjahren und blockiert so das ganze Bad. Um in die Dusche zu kommen, muss ich über sie drübersteigen. Ich stelle das Wasser an und verdränge den Gedanken, dass ich heute Abend mit Vee und Hilda im Klosterhotel-Spa gewesen wäre.

Eine Frau auf YouTube erklärt mir, wie ich meine Haare zu einer Dirndlfrisur stecken kann. Nachdem ich das Kleid und die Schürze angelegt habe, bin ich verwundert, wie gut mir dieses Outfit steht. Vee hat es mir geschenkt, und ich habe es bisher noch nie getragen.

Ich googele, auf welcher Seite ich die Schleife binden muss, und bestücke die Handtasche mit Lippenstift, Taschentüchern und ein paar einzelnen Kaugummis, die ich in ein Döschen fülle. Mein Handy findet gerade noch Platz in dem winzigen Teil, und ich habe Mühe, sie zu schließen. Jetzt kann es losgehen: Bierfeste und ich – das nächste Kapitel.

»Du bist noch da!«

Die Überraschung steht Annegret ins Gesicht geschrieben, als ich im Dirndl die Treppe herunterkomme. Ich kann ihr ansehen, dass ihr etliches mehr durch den Kopf geht. Hoffentlich wärmt sie die Sargbukett-Geschichte nicht wieder auf!

»Hoppla, du scheinst ja heute was vorzuhaben«, sagt Harald, ihr Mann. Es ist seine Art zu sagen, dass er mein Outfit gut findet.

Ich bedanke mich für das Kompliment, doch Annegret wirft ihm einen unfreundlichen Blick zu.

»Ich komme morgen früh und helfe dir«, verspreche ich, an sie gewandt. Morgen ist der große Festzug, und es warten noch weitere Wägen darauf, geschmückt zu werden. »Wann brauchst du mich?«

Sie hebt den Kopf, öffnet den Mund und überlegt kurz.

»Wir fangen um fünf an«, sagt sie schließlich.

Weder ihre Schützentracht noch der hellrote Lippenstift und die frisch gefärbten Haare können darüber hinwegtäuschen, wie abgespannt sie aussieht. Vielleicht war es doch gut, dass ich geblieben bin ...

»Das schaffe ich.« Ich gehe nach draußen. »Habt ihr Fabian gesehen?«

»Im Bierzelt. Er ist mit seinen Freunden bei der Kapelle«, antwortet Harald. »Ganz vorne, in der zweiten Reihe. Kannst ihn gar nicht verfehlen.«

Er geht an mir vorbei in den Flur. Ich kann riechen, dass er es nicht bei einer Maß belassen hat. Mit einer Hand greift er nach dem Treppengeländer und beginnt umständlich, seine Schuhe auszuziehen.

Annegret mustert mich von oben bis unten. Ihr Blick bleibt an meinen High Heels hängen.

»Weißt du was? Ich fahr dich zur Festwiese, dann musst du mit den hohen Absätzen nicht so weit laufen.«

Ehe ich einwenden kann, dass es mir nichts ausmacht, zu Fuß zu gehen, stapft Annegret schon zu ihrem Toyota davon.

Sie bringt mich bis zu dem rot-weißen Absperrband, hinter dem der Festplatz beginnt.

»Danke fürs Herfahren«, sage ich.

»Danke, dass du Fabian nicht alleine lässt«, sagt Annegret, als ich mich für den Fahrservice bedanke, und lächelt müde.

Ich finde den Satz komisch. Deswegen nicke ich nur kurz und schließe dann die Tür. Sie fährt langsam zurück. Annegret hat, was Beziehungen angeht, eine vorsintflutliche Einstellung. Man lässt seinen Partner nicht alleine ausgehen (jedenfalls nicht so oft), Frauen und Männer können nicht befreundet sein, solche Sachen eben. Sie hasst es, dass Fabian eine beste Freundin hat, ich hingegen finde Sabrina großartig. Sie macht mit ihm den ganzen Kram, auf den ich keine Lust habe. Wie Bratwurstbraten beim Feuerwehrfest.

Die Untergickelbacher Kirchweih stellt sich als überschaubare Veranstaltung heraus. Karussell, Losbude und Schiffschaukel bilden zusammen mit Bratwurstwagen, Fischbraterei, Pizzastand und ein paar weiteren Fahrgeschäften eine Gasse, die direkt zum Bierzelt führt. In einer zweiten Gasse, die in den anderen Bierzelteingang mündet, reihen sich die aufwendigeren Fahrgeschäfte aneinander, ebenfalls von Essensständen flankiert.

Ganz Untergickelbach scheint auf dem Festplatz zu sein,

und so schiebe ich mich durch Großeltern mit übermüdeten Enkeln und Gruppen junger Menschen, die vor dem Getränkeausschank des »Untergickelbacher Schäferbräu« Bier trinken. Das Schlagergesäusel aus dem Zuckerwattewagen mischt sich mit den Hip-Hop-Sounds des Breakdance. Die gehen fast im dumpfen Bassgehämmer des Autoscooters unter. Dort stehen die Jugendlichen aus Untergickelbach und den Nachbardörfern herum, die offiziell noch kein Bier erwerben dürfen. Die Mädchen mit den kurzen Dirndln halten ihre Smartphones in die Luft, um ihre Kussmünder fotografisch einzufangen. Die Jungen neben ihnen sitzen breitbeinig da und versuchen, cool auszusehen.

Mein Magen zieht sich vor Aufregung zusammen. Ich bin so gespannt, was Fabian sagt! Der Singsang des Schaustellers, der eine weitere Rückwärtsfahrt ankündigt, verebbt, als ich das Bierzelt betrete. Es scheint bis auf den letzten Platz besetzt zu sein, und auch in den Gängen drängen sich die Menschen. Die Kapelle spielt Helene Fischer, und die Gäste grölen mit. Beim Eingang sitzen noch ein paar ältere Herrschaften an den Tischen, überall sonst tanzen die Frauen und Männer auf den Bänken. Die Luft ist feucht, und es riecht nach Bier. Die Musiker stimmen »Ein Prosit der Gemütlichkeit« an, und ich nutze die Zeit, in der die Leute Bierkrüge in die Höhe recken und sich auch die Besucher in den Gängen singend zur Bühne hinwenden, um Fabian und seine Truppe ausfindig zu machen.

Eine Hand legt sich von oben auf meine Schulter.

»Marie, was machst du denn hier?« Elena steigt von der Bank und fällt mir um den Hals. »Was ist passiert?«

»Ich fahre erst morgen. Lange Geschichte. Wo ist denn Fabian?«

Elena deutet nach rechts, und zwei Tische weiter sehe ich

die Leute, mit denen er Fußball spielt. Fabian entdecke ich nicht.

»Dort oben!«, sagt Elena, die meinen angestrengten Blick richtig deutet.

Zwischen den Spielern des FC Untergickelbach und ihren Frauen steht – auf dem Tisch – mein Freund.

»Du siehst toll aus!« Elena strahlt mich an.

»Steht dir gut«, sagt ihr Freund Alex. Er sieht müde aus.

»Seid ihr noch eine Weile da?«, frage ich.

Elena schüttelt den Kopf. »Bei Alex auf der Arbeit gab es heute Ärger.« Sie beugt sich vor und flüstert mir ins Ohr: »Es hat mit Lennard zu tun. Irgendetwas Unlauteres auf seinem Arbeitsnotebook. Mehr weiß ich auch nicht.«

Lennard ist einer von Fabians »Spezln«, er arbeitet ebenfalls im IT-Bereich. Wenn ich eine Firma hätte, würde ich aber eher Alex mit meinen Aufträgen betrauen. Ist so eine Bauchsache.

Elena und ihr Freund machen sich auf den Heimweg. Ich verabschiede mich und bewege mich in Richtung von Fabian und seinen Kumpels, die inzwischen wieder auf ihren Bänken sitzen.

Am Tisch angekommen, sehe ich ihn nicht mehr. Das darf doch nicht wahr sein, jetzt habe ich ihn verpasst!

Worauf ich überhaupt keine Lust habe, ist, hier zu warten, bis er von der Toilette – oder von woher auch immer – zurückkommt. Das liegt an den Fußballern. Bei niemandem fühle ich mich unwohler. Ich habe noch nie eine Gruppe getroffen, die so sehr von sich und ihrem Tun überzeugt ist. Irgendwie beneide ich sie um dieses Selbstbewusstsein, und irgendwie habe ich immer das Gefühl, dass sie mich seltsam finden. Außerdem weiß ich nie, worüber ich mit ihnen sprechen soll. Am liebsten würde ich vor dem Zelt warten, aber die Torhüterin der Damenmannschaft hat mich bereits entdeckt.

»Hi«, ruft sie. Es ist kein »Schön, dass du da bist«-Hi, vielmehr glaube ich »Was machst du denn hier?« herauszuhören.

Ich erwidere den Gruß. Gerne hätte ich ihren Namen dazugesagt, aber ich bin mir nicht sicher, wie sie heißt. Sie ist blond. Eng am Kopf geflochtene Zöpfe führen zu einem Pferdeschwanz.

»Hi!«, begrüßt mich Matze, der Torwart des FC Untergickelbach, der ihr gegenübersitzt.

»Wisst ihr, wo Fabian ist?«, frage ich und schaue den Tisch entlang.

»Der ist Essen holen«, sagt Matze.

»Kommst du erst jetzt?«, fragt seine Frau. Andrea müsste sie heißen, aber auch diesmal bin ich nicht sicher genug, um den Namen auszusprechen.

»Ja, ich wollte wegfahren, aber es ist etwas dazwischengekommen.«

»Du fährst zur Kirchweih weg?« Irritiert schaut sie mich an. »Wieso das denn?«

»Eigentlich war ich eingeladen, aber das hat sich verschoben.« Ich halte es für besser, vage zu bleiben.

Die Blonde unterhält sich bereits wieder mit der Frau neben ihr. Eine Kellnerin sammelt am anderen Ende des Tisches Maßkrüge ein.

Ich stelle mich auf die Zehenspitzen, schaue zu den Verkaufsständen und warte vergebens darauf, dass Fabian den Gang herunterkommt. Mir fällt auf, dass Sabrina auch nicht da ist, aber wahrscheinlich hatte sie ebenfalls Hunger und ist mitgegangen.

»Willst du dich setzen?«, fragt Matze. Er versucht, mir Platz zu machen, und als das nicht geht, ruft er den anderen zu, sie sollen ein bisschen zusammenrücken.

Die Fußballer sehen mich an, keiner nickt oder winkt, aber sie bewegen sich. Immerhin. Ich quetsche mich auf die paar Zentimeter Bank, die nun frei werden. Die Freundin der Blonden mustert mich, und ich überlege, was ich noch sagen kann, bis Fabian wiederauftaucht.

»Habt ihr dieses Wochenende ein Spiel?«, frage ich Matze, obwohl ich genau weiß, dass die Begegnung mit dem VfB Strullendorf erst nächstes Wochenende ansteht.

»Nein, erst nächsten Samstag«, sagt er erwartungsgemäß. »Derby. Wird schwer.«

Die Frauen gegenüber beäugen mich andauernd. Die Brünette flüstert und fixiert mich währenddessen. So bescheuert habe ich mich seit der neunten Klasse nicht mehr gefühlt. Ich konzentriere mich darauf, die Leute an den Nebentischen anzusehen und dabei immer wieder den Gang zu kontrollieren, in der Hoffnung, dass Fabian irgendwann kommt. Soll ich ihn suchen gehen? Aber bis ich mich zu den Theken vorgekämpft und die Schlangen abgesucht habe, ist er bestimmt wieder hier.

»Sag mal, ist das von Lola Paltinger?«, fragt jemand hinter mir.

Ich sehe mich um. Die Dunkelhaarige und Andrea – den Namen habe ich eben gehört – sowie ihre Nachbarin auf der anderen Seite, die in regelmäßigen Abständen an einer Wasserflasche nippt, schauen mich an.

»Ich weiß es nicht«, behaupte ich.

Okay, das ist eine Lüge; ich habe das Label beim Anziehen gesehen. Ich wollte hier nicht im Designerteil auftauchen – es ist anstrengend genug, den Künstlerinnentochter-Stempel loszuwerden –, aber ich hatte kein anderes Dirndl.

»Die sind sauteuer. Na ja, du kannst es dir ja leisten.«

»So viel verdient man in der Gärtnerei nicht«, entgegne ich.

Sie wechseln einen Blick. Ich kenne ihn – oder glaube zumindest, ihn zu kennen. Er besagt: *Deine Mutter hat dir ja wohl genug hinterlassen.* Jeder hier denkt, ich habe ein Vermögen in der Hinterhand, doch das stimmt nicht.

Meine Mutter hat meine Erziehung unkünstlerisch gestaltet. Sie war sogar ziemlich streng, was Hausaufgaben, Pünktlichkeit, Ausgehen und so weiter anging. Eher künstlerisch-nachlässig war sie allerdings bei meiner Absicherung. Eine Lebens- oder Ausbildungsversicherung hat sie nicht abgeschlossen.

Die Bilder bringen eine Leihgebühr, wenn sie in einem Museum oder einer Galerie hängen. Seit Mamas Kölner Ausstellung läuft das gut. Da wurde sie als neuer Stern am Kunsthimmel gelobt. Wer hätte gedacht, dass sie das nicht lange genießen kann …

Den Großteil des Geldes legt Vee an, einen kleinen Teil gibt sie an mich. Davon soll ich mir etwas gönnen. Meistens tue ich es zum Haushaltsgeld dazu, wenn wir nach der Hälfte des Monats mal wieder nichts mehr haben. Das weiß meine Tante nicht, zumindest rede ich nicht mit ihr darüber.

Am anderen Ende des Tisches stellt eine Kellnerin Maßkrüge ab. Schnell schieben die Männer und Frauen die Gläser über den Tisch, bis jeder der Sitzenden versorgt ist. Matze will mir sein Bier überlassen, aber ich lehne lächelnd ab.

»Wo ist denn die Maß vom Fabian?«, schreit er, und ein Bierkrug wandert durch die Hände hinunter, bis er vor mir auf dem Tisch landet.

»Wer Eier hat, der trinkt auf ex!«, brüllt ein blonder Mann von der anderen Seite.

Das ist Lennard. Seinetwegen hatte Alex heute Ärger. Ich frage mich, was da passiert ist. Lennard ist Spielführer in Fabians Mannschaft und gibt auch heute den Ton an. Alle hier kennen sich seit dem Kindergarten, sind Freunde und Konkurrenten. Fabian ist der Entertainer, Lennard der Chef. Mit seinem karierten Hemd, das über seinen trainierten Oberarmen spannt, und der Lederweste mit Stehkragen sieht er aus, als könne er in so einer Volksmusik-Schlager-Sendung auftreten.

Wie auf Kommando heben alle am Tisch ihre Krüge hoch und trinken. Ich habe keine Lust, eine ganze Maß in mich hineinzuschütten, und davon abgesehen auch keine Ahnung, wie ich das bewerkstelligen soll. Dennoch stemme ich das schwere Glas hoch und trinke ein paar Schlucke. Dann setze ich ab und sehe zu, wie die anderen ihre Gläser leeren. Zwei schaffen es nicht ganz, der Rest trinkt aus. Nur die Frau neben Matzes Freundin nuckelt an ihrem Wasser.

Lennard hat den Krug geleert, stellt ihn laut auf dem Biertisch ab und wischt sich über den Mund. Er stößt auf. Ein leerer Bierkrug nach dem anderen knallt auf die Tischplatte. Ich zucke zusammen und unterdrücke den Impuls, mir die Ohren zuzuhalten.

»Ey, wer hat denn da net ausgetrunken. Lusche, oder was?«

»Das war ich«, sage ich.

Alle Augen richten sich auf den Maßkrug, der vor mir steht und noch fast voll ist.

»Ach so«, sagt Lennard, bevor ich etwas hinzufügen kann.

Warum trinken sie nicht Tequila? Den kann ich auf ex leeren. Oder Baileys, das geht leicht. Aber ein Liter Bier? Das muss man nicht können.

Dennoch habe ich mir eben gewünscht, dass ich zumindest ein paar Schluck mehr getrunken hätte. Ich weiß, dass das doof ist, aber Gruppendruck funktioniert auch mit Mitte zwanzig noch. Armselig, aber wahr.

Neben mir taucht Sabrina auf. Sie trägt ein gelbes Dirndl und sieht so schön aus, dass ich mich frage, warum sie nicht auf den Werbeplakaten für die Untergickelbacher Kirchweih zu sehen ist. Sie balanciert ein Tablett, beladen mit Fischsemmeln, Rettich, Riesenbrezeln und zwei Tellern Käsecreme, die ich von Vee als »Obatzter« kenne und die hier »Gerupfter« heißt. Nachdem sie es auf dem Tisch abgestellt hat, gibt sie die Teller in die Hände, die sich ihr entgegenstrecken.

Am entgegengesetzten Ende steht Fabian mit einem ähnlichen Tablett und teilt halbe Hähnchen, Pommes und Stockfisch aus. Aufstehen kann ich nicht, da Sabrina den Weg blockiert, und sie ist noch mit der Raubtierfütterung beschäftigt. Mit dem letzten ausgegebenen Teller nimmt sie das Tablett hoch, dabei fällt ihr Blick auf mich. Sie reißt die Augen auf.

»Was machst du denn hier? Ich dachte, du lässt dich im Hotel verwöhnen.« Sie legt ihre Arme um meine Schultern und drückt rechts und links einen Kuss in die Luft.

Ich sage Hallo und erkläre ihr kurz, wieso ich doch hier bin.

»Ein Hoch auf die Spenderin«, tönt Lennard von der anderen Seite.

»Das kommt alles von Fabian«, ruft Sabrina und lacht.

Ich blicke auf die weißen Teller, die Rand an Rand auf dem Tisch stehen, und frage mich, ob Fabian das Wagener-Geld dafür genommen hat. Und dann denke ich daran, dass ich Anfang der Woche mein Bildergeld auf mein Girokonto geschoben habe, damit mich der Einkauf im Supermarkt nicht ins Minus rutschen lässt. Ich habe mir ja nicht unbedingt vorgestellt, dass er das Geld in die Haushaltskasse steckt. Aber muss er den Fußballverein durchfüttern?

»Mach damit, was du willst«, habe ich vorhin zu ihm gesagt, als ich ihm den Umschlag übergeben habe. Nun, offenbar tut er genau das. Trotzdem hoffe ich, dass er nicht alles hier auf den Kopf haut.

Ich sehe Fabian zu, der in eine Fischsemmel beißt, mit seinen Kumpels scherzt und mich noch nicht gesehen hat. Er hat sein Fußballergesicht aufgesetzt. So nenne ich es, wenn er strahlt, als könne ihm nichts und niemand etwas anhaben. Das erste Mal ist mir dieses Lächeln aufgefallen, nachdem seine Mannschaft eine andere haushoch geschlagen hat. Das Fußballergesicht kommt zum Einsatz, wann immer er ein Tor geschossen oder einen Gegner gefoult hat, aber nur, wenn »seine« Leute in der Nähe sind. Privat kann sich Fabian ganz offen und natürlich freuen, doch wenn er mit seinen Freunden feiert, packt er immer ein paar Entertainer-Pfunde drauf.

»Ich gehe mal rüber«, sage ich.

»Der soll schön herkommen«, entgegnet Sabrina und ruft Fabian.

Eigentlich ist es mehr ein Brüllen, und dabei winkt sie, als wären wir in Seenot geraten und liefen Gefahr, von einem Rettungsschiff übersehen zu werden. Sie deutet auf mich und breitet die Arme aus, als präsentiere sie den Preis in einer Fernsehshow.

Fabian legt den Kopf schief, dann grinst er breit und drängelt sich durch die Bierbänke. Auf der anderen Seite angekommen, nimmt er mein Gesicht in beide Hände und küsst mich so, wie sich Leute in einem Film küssen – in sehr alten Filmen. Er biegt meinen Oberkörper nach hinten und presst seine Lippen auf meine.

Ich mag es nicht, wenn er so eine Show abzieht, aber immerhin scheint er sich wirklich zu freuen.

»Saugeil, dass du da bist«, flüstert Fabian, als er mich loslässt, und schaut an mir herunter. »Wahnsinn, wie du aussiehst. Echt der Wahnsinn!«

Die Kapelle beginnt wieder zu spielen, und es scheint, als habe ich Glück. Sie bringen Hits, die ich mitsingen kann.

»Na, komm, rauf auf die Bank«, sage ich. Nicht so sehr, weil ich tanzen möchte, sondern weil ich die Scharte mit dem Bierkrug auswetzen will. Mir ist es egal, ob sie mich für eine Langweilerin halten, aber ich will, dass mein Freund gut dasteht.

Fabian strahlt mich an, schiebt mich auf die Bank und klettert dann selbst nach oben. Wir tanzen, die Bierbank schwankt, und die Band spielt »Here I Go Again« von *Whitesnake*.

Fabian tanzt eng hinter mir, singt in mein Ohr und hält mich an der Taille. Wahrscheinlich hat er Angst, dass ich herunterfalle. Beim Refrain von »Don't Stop Believing« sieht er mir in die Augen, und es fühlt sich so an, als wären wir ganz alleine hier, ohne das feiernde Bierzelt um uns herum.

»Hätt' gar nicht gedacht, dass du so abgehen kannst«, sagt einer seiner Freunde, als die Kapelle wieder eine Pause macht.

Ich zucke mit den Schultern.

Fabian springt von der Bank und hilft mir herunter.

»Magst du was essen?«, fragt er.

Hunger habe ich, großen sogar, doch noch größer ist mein Verlangen nach etwas zu trinken. Ich recke den Kopf und versuche zu erkennen, wie lang die Schlange am Stand ist.

»Nicht da«, sagt er. »Der Langwieser-Metzger hat die besten Bratwürste, da gehen wir hin.«

Er streicht mir über den Kopf, als könne er nicht glauben, dass ich tatsächlich vor ihm stehe, packt mich unter den Achseln und hebt mich hoch.

»So geil, dass du hier bist«, sagt er noch einmal und küsst mich.

Er dreht sich zum Biertisch um und klopft mit der Faust zweimal auf den Tisch. So begrüßt oder verabschiedet man sich im Wirtshaus von Leuten, und im Bierzelt scheinen dieselben Regeln zu gelten. Alle am Tisch erwidern reflexartig das Klopfen.

»Gehst du schon?«, brüllt Lennard und reckt seine tätowierten Oberarme fragend in die Luft.

»Ich zeig meiner Frau jetzt die Kirchweih«, ruft Fabian und grinst.

Fabians Leute johlen, als hätte er etwas Unanständiges gesagt.

Er wendet sich wieder mir zu und legt den Arm um mich.

Sabrina wünscht uns viel Spaß.

»Gehst du nicht mit?«, fragt er.

Ich schlucke. Eigentlich dachte ich, dass er mit mir allein sein will, aber ich bemühe mich, nicht enttäuscht auszusehen.

»Nein, geht nur. Ich will nicht stören«, sagt Sabrina.

»Du störst uns nicht«, versichert Fabian. »Oder?«

»Nein, gar nicht!«, bestätige ich. Stören wäre zu viel gesagt. Ohne sie wäre es nur ein bisschen schöner. Andererseits ist sie immer so nett zu mir, dass ich mir mies vorkomme, wenn ich sie ausschließe. Letztendlich hatte er einen Abend mit seinen Freunden geplant, da kann ich schlecht verlangen, dass er alles stehen und liegen lässt, nur weil ich auf einmal auftauche.

Während wir uns einen Weg durch die Menschen bahnen, denke ich, dass es in jedem Fall besser ist, mit Fabians bester Freundin über die Kirchweih zu bummeln, als mit den Maßkrug-Wetttrinkern im Bierzelt zu bleiben.

Eine Bratwurstsemmel und einige Fahrten mit dem Kettenkarussell später ist mir schwindlig. Ob das an den wilden Drehungen liegt oder am »Kirchi«, kann ich nicht sagen. »Kirchi« – das ist der offizielle Cocktail der Kirchweih, der in der Cocktailbar der Feuerwehr serviert wird und den man laut Fabian gekostet haben muss. Ich setze mich neben dem Ausgang des Fahrgeschäftes auf die Bodenplatten und hoffe, dass sich der Schwindel bald verabschiedet.

Tatsächlich hören die am Losbudendach befestigten Teddys allmählich auf zu schwanken. Bisher haben Sabrina und Fabian alles bezahlt, deswegen gehe ich hinüber zum Roten Kreuz, erstehe Lose und bringe sie hinüber zu den anderen beiden.

»Die machen wir woanders auf«, sagt Fabian und springt hoch.

»Wo willst du denn hin?«, fragt Sabrina. Sie sieht aus, als würde sie auch gerne sitzen bleiben.

»Für meine Besten nur das Beste«, antwortet Fabian vage.

»Ah, das ist etwas anderes.« Sie streckt ihm die Hand hin und lässt sich hochziehen. Ich sehe fragend von einem zum anderen.

»Lass dich überraschen.« Fabian legt einen Arm um mich, den anderen um Sabrina und steuert einen weißen Pavillon an. *»Champagner- und Gourmetzelt«,* lese ich auf einer Tafel neben dem Eingang. Diese Einrichtung gibt es zum ersten Mal auf der Kirchweih, das weiß ich von meinen Kunden.

»Sucht ihr einen Platz, ich hole den Schampus.« Fabian verschwindet in Richtung Bar, und bevor ich irgendetwas sagen kann, läuft Sabrina zu einem freien Tisch in der hinteren Ecke.

Ich helfe ihr dabei, die leeren Gläser und den Champagnerkübel der Gäste, die vor uns hier gesessen haben, beiseitezustellen und schaue dann zu Fabian. Eine Dame in weißer Kochuniform schöpft Eiswürfel in einen silberfarbenen Kühler und steckt eine Flasche hinein. Fabian stellt den Kühler, auf dem *»Moët et Chandon«* aufgeprägt ist, auf den Tisch, platziert die Gläser daneben und macht sich daran, die Flasche zu öffnen.

»Lass mich das machen«, fordert Sabrina und nimmt ihm die Flasche aus der Hand.

Der Korken ploppt auf, und der Champagner perlt in die Gläser.

Dabei versuche ich zu vergessen, dass das Geld, mit dem Fabian die Flasche bezahlt hat, für einen Wocheneinkauf gereicht hätte. Ich liebe gutes Essen, aber wir können uns eigentlich keine großen Sprünge leisten. Und von dem Beerdigungsgeld hätten wir auch ein paar Tage wegfahren können.

Wir stoßen an und trinken.

Fabian legt den Arm um mich und drückt mir einen Kuss auf die Wange.

»Und? Geil, unsere Kirchweih, oder?« Er sieht mich erwartungsvoll an.

Der Abend ist wirklich schön, und ich habe mehr Spaß, als ich vermutet hätte.

Sabrina wechselt ein paar Worte mit den Leuten am Nebentisch, und ich nutze die Chance, um das anzusprechen, was mir auf der Seele brennt.

»Sag mal, können wir uns das leisten?« Die Wörter sind raus, aber es fühlt sich nicht gut an. Nachdem es jetzt schon egal ist, füge ich hinzu: »Ich meine, zusammengenommen ist das hier alles furchtbar teuer. Und …«

Ich denke daran, dass die Gaudi noch weitere drei Tage andauern soll, und mir wird erneut flau im Magen.

»Mach dir keine Gedanken, das passt schon.«

»Ja, aber …«

Sabrina kommt zurück.

»Alles okay?«, fragt sie und sieht uns an.

»Ich denke, ich muss Marie in mein kleines Geheimnis einweihen«, sagt Fabian und trinkt einen Schluck Champagner.

4
Was wäre, wenn sie geht

Life is like a cup of tea,
it's all in how you make it.

Das Leben ist wie eine Tasse Tee,
es kommt auf die Zubereitung an.

IRISH SAYING

Freitagabend, vorletzte Juniwoche

Niemals hätte ich hinter der Kirschlorbeerhecke einen Parkplatz vermutet. Erst als am Ende der Kastanienallee das weiße Schild mit der Begrüßung »*Herzlich willkommen im Hotel Sankt Anna*« auftaucht, ergänzt durch den Hinweis »*Bitte stellen Sie Ihren Wagen hier ab*«, lenke ich den Volvo hinter die hohe Blätterwand. In den Buchten parken Audis, BMWs, Mercedes und Porsches. Im Vorbeifahren betrachte ich die Kennzeichen. Offenbar haben Gäste aus ganz Deutschland ihren Weg ins Regensburger Hinterland gefunden. Ich stelle mein Auto neben einem schwarzen SUV ab. Der Lack des Nachbarautos glänzt, und die Felgen kosten wahrscheinlich mehr, als der Volvo insgesamt noch wert ist. Das lässt meine Familienkutsche noch schäbiger wirken, aber das macht nichts. Ich liebe dieses Auto, das mich und Mama zuverlässig durch halb Europa gebracht hat, in dem ich auf der Rückbank brezelbröselnd »Benjamin Blümchen« und »Die drei ???« gelauscht habe, bis ich irgendwann mit Boybands auf dem MP3-Player auf den Vordersitz gewechselt bin.

Beim Aussteigen achte ich darauf, meine Tür nicht zu weit aufzumachen, und schlängle mich aus meinem Gefährt. Dann strecke ich mich und öffne die Heckklappe. Lio macht einen Satz aus dem Kofferraum und verschwindet hinter der nächsten Hecke. Ich hoffe, dass sie für ihr Geschäft keinen Premiumreifen wählt, und zerre meinen Rollkoffer vom Rücksitz.

»Lass dich nicht einschüchtern«, sage ich zum Volvo, als ich die Tür zuschlage. »Was die dir an Eleganz voraushaben, machst du an Lebenserfahrung wett.«

Wo Hilda und Vee jetzt wohl sind? Über dem Atlantik oder vielleicht schon kurz vor der Landung?

Ich entsperre mein Handy. Verpasste Anrufe meiner Tanten und der unbekannten Nummer sowie unzählige Nachrichten ploppen auf. Entweder haben sie mich an jedem Schritt von der Flugverschiebung bis hin zum Boarding teilhaben lassen oder …

»Oh nein!« Ich sinke auf den Rand des Kofferraums. Anscheinend hat der Wind gedreht, und die Behörden haben den Flugverkehr für mehrere Stunden eingestellt.

Nun klärt sich auch, wer sich hinter der unbekannten Nummer verbirgt. Hildas Bruder hat versucht, mich zu erreichen, während meine Tanten mit Umbuchungsformalitäten beschäftigt waren. Ich spiele seine Sprachnachricht ab. Auf Englisch mit starkem isländischen Akzent erläutert er mir, was ich aus den Mitteilungen schon weiß und dass sich Vee und Hilda später melden werden.

Vee schreibt, dass sie für morgen einen Flug gegen Mittag ergattert haben, sodass sie noch rechtzeitig zur Galerieeröffnung ankommen werden. Die Nachrichten sind gespickt mit

Entschuldigungen, Umarmungen und Küssen in Text- und Emojiform.

Ich lasse mein Handy sinken und atme laut aus. Irgendwie scheint sich eine ganze Horde Würmer in diesem Tag eingenistet zu haben.

Lio kommt schwanzwedelnd angelaufen und guckt mich aufmerksam an.

»Sieht so aus, als würden wir erst mal allein bleiben.« Ich befestige die Leine am Halsband. »Bitte denk daran: Nicht jeder will mit dir spielen.«

Lio gibt einen Laut von sich, als wolle sie mir mitteilen, dass ich da etwas komplett falsch verstanden habe.

»Wir gehen jetzt auf unser Zimmer, und später suchen wir uns eine Wiese zum Spielen, okay?«

Meine Hündin tänzelt und wedelt zur Bestätigung.

Durch ein Steintor betrete ich die ehemalige Klosteranlage. Zwei bogenförmige Wege führen rechts und links hinauf zu einer eindrucksvollen Barocktreppe, die den Besucher zum Hoteleingang emporführt. Zwischen den gemauerten Aufgängen wachsen Lavendel, Rosen und Buchsbaum. Die modernen Formschnitte der Bäumchen stellen einen gelungenen Kontrast zu der prächtigen Sandsteinfassade her. Gleichzeitig harmonieren die Blätter mit dem Grün der Fensterläden.

Ich frage mich, wie viele Gärtner hier beschäftigt sind. Ob so eine Anlage etwas für Fabian wäre? Die Pflege der Gärten wäre sicher einfacher für ihn, vor allem aber hätten die Hakeleien mit seiner Mutter ein Ende.

Am Fuß der Treppe halte ich kurz inne, um Atem zu schöpfen, dann betrete ich das Hotel.

Der Duft von Rosmarin und Eukalyptus empfängt mich.

Lehn dich zurück, lass dich verwöhnen, wir sind für dich da, scheint dieses Raumparfüm vermitteln zu wollen, und bei mir funktioniert das sofort. Die Lobby ist mit Erdtönen und indirektem Licht moderner gestaltet, als ich das erwartet habe. Mit den winzigen Lämpchen, die sternenhimmelgleich an der Decke angeordnet sind, sieht der Raum aus wie eine zeitgemäße Version eines Palastzimmers aus Tausendundeine Nacht.

Maja Waldenstein, die Hotelbesitzerin, ist eine Bekannte von Vee. Sie hat sich einen Traum erfüllt, indem sie dieses alte Kloster erstanden und zu einem Hotel umgebaut hat. Vee war vor ein paar Monaten zur Eröffnung eingeladen und hat einen riesigen Artikel darüber geschrieben. Jetzt hat die Besitzerin sich auch noch eine Galerie gegönnt. Im Hotel – und die soll dieses Wochenende eröffnet werden. Mit Vee und Hilda kann ich ab und zu wieder Kunstluft schnuppern, und ich freue mich darauf.

Was wird eigentlich ausgestellt? Um ehrlich zu sein, ist mir das völlig egal. Hauptsache, wieder Kunst und Künstler und Kunstfans und Vee und Hilda. Mit ihnen machen solche Veranstaltungen noch mehr Spaß.

Ich warte, während das Paar vor mir unterschreibt und die Zimmerkarten in Empfang nimmt. Untergickelbach und mein gesamter Alltag, ja sogar meine Enttäuschung über meine verspäteten Tanten, all das scheint mit einem Mal ganz weit weg zu sein.

Neugierig sehe ich mich um. Zur rechten Seite hin öffnet sich ein hoher Raum. Violette, petrol- und senffarbene Sessel, Hocker und Sofas stehen um Tischchen gruppiert. Einzelne Gäste sitzen lesend vor Cappuccinotassen oder Teegläsern. Hinter einem Tresen räumt ein Kellner Tassen auf die Glasborde. Die zahlreichen Likörflaschen sowie das umfangreiche Whiskey- und Ginsortiment sollen vermutlich dabei helfen, einen Spa-Tag auch entspannt ausklingen zu lassen.

Was der Innenarchitekt nur sehr spärlich in sein Empfangskonzept integriert hat, sind Pflanzen. Einzelne Callablüten würden hier gut passen, und auch Sukkulenten kann ich mir vorstellen, vielleicht in einem Rahmen an der Wand. Oder man stellt ein üppiges Gesteck auf den Tresen und kleinere auf die Podeste an den Seiten …

»Arbeitshirn aus«, befehle ich mir flüsternd und schüttle blinzelnd den Kopf, als könnte ich so meine Gestaltungsfantasien besser abstellen.

Das Paar vor mir rollt seine Koffer in Richtung Aufzug, und ich trete an die Rezeption.

Wenige Minuten später öffne ich mit der Schlüsselkarte die Tür zur Familiensuite. Lio schiebt sich an mir vorbei in den Wohnbereich – na ja, eigentlich ist es eher ein Wohnsaal. Ich könnte all meine Möbel hier hineinstellen und trotzdem Joggingrunden laufen. Bodentiefe Fenster führen auf einen Balkon. Die Kommoden, Sideboards und Tische sind aus hellem Holz, Sessel und Couch sandfarben. Offenbar hat Vees Bekannte bei der Ausstattung der Zimmer viel Wert auf Stil und Harmonie gelegt.

An einer Wand hängt ein Gemälde von Turner. Kein Druck, sondern eine Kopie. Ich bin zwar selbst keine Künstlerin, habe bei meiner Mutter aber genug mitgekriegt, um zu sehen, wie gut die Arbeit ist. Kurz muss ich an das Gespräch in der Tankstelle denken. Wie lustig Sean auf Lios Geschlabbere reagiert hat! Außerdem hat er den gleichen Gedanken wie ich gehabt, als es um die Genske-Schwester und deren Schwägerin ging. Irgendwie fände ich es cool, wenn sich die beiden tatsächlich irgendwo ein schönes Leben machen würden und die Öffentlichkeit mit ihrer Krankheit nur genarrt hätten. Aber wahrscheinlich geht es den armen Frauen wirklich schlecht, und wir haben auf ihre Kosten blöde Witze gemacht.

Lio lässt sich grunzend vor dem Sofa nieder und holt mich

aus meinen Gedanken. Links sehe ich durch eine Tür ein großes Bett mit vielen Kissen, davor einen riesigen Fernseher. Rechts geht es in ein ähnlich ausgestattetes Schlafzimmer.

Als mein Blick auf ein Paket fällt, das neben der Schlafzimmertür steht und etwa so groß ist wie eine Waschmaschine, muss ich grinsen. Vees Überraschungspaket. Normalerweise transportiert sie die Kiste auf der umgeklappten Rückbank ihres Wagens. Klar, dass sie das Monstrum dieses Mal schicken musste. Als Reisegepäck im Flugzeug wäre es etwas unpraktisch gewesen. Sie denkt wirklich an alles!

Vee ist die wunderbarste und liebevollste Patentante, die man sich vorstellen kann. Dass sie obendrein bei einer Mode-und-Lifestyle-Zeitschrift arbeitet, ist nur ein Bonus. Sie beschenkt mich immer mit Klamotten und Accessoires, die in ihrer Redaktion liegen bleiben, und ich bin furchtbar gespannt, was sich in diesem Paket befindet. Am liebsten würde ich einmal kurz hineinsehen, aber das geht jetzt natürlich noch nicht. Ohne Vee und Hilda würde es auch nur halb so viel Spaß machen.

Ich laufe, nein tanze durch mein Schlafzimmer, in das Bad mit der freistehenden Badewanne und den beigen Marmorfliesen, am begehbaren Kleiderschrank vorbei, durch Vees und Hildas Zimmer und zurück in den Salon.

Lio springt auf und folgt mir. Sie hält das für ein Spiel.

Dann lasse ich mich auf mein Bett fallen. Ich wohne in einem suitegewordenen Traum! Und ich habe mir das verdient! Diesen Aufenthalt werde ich genießen, jeden Moment, jeden Schwimmzug im Pool, jeden Buchstaben in meinen Zeitschriften, jedes Essen, jeden Drink, jede Begegnung.

Ich muss Vee und Hilda zeigen, wo sie morgen schlafen werden, aber leider nimmt keine meiner Tanten meinen Anruf an. Also mache ich ein Selfie mit dem Wahnsinnsschlafzimmer im Hintergrund und schicke es ab. *Ich vermisse euch,* schreibe ich darunter. Und jetzt kommt sie doch, die Wehmut! Ich habe das wunderbarste Zimmer auf der Welt, und keiner ist da, der sich mit mir freuen kann. Also hier, vor Ort, mit mir.

Fabian! Ich rufe seinen Namen auf und drücke auf das Telefonhörersymbol. Fünfmal muss ich den Anruf starten, bis er rangeht.

»Ja«, höre ich ihn brüllen.

Im Hintergrund lassen Blasmusikklänge und Stimmengewirr keinen Zweifel an seinem Aufenthaltsort.

»Hi, Fabi, ich bin's. Ich wollte nur sagen, dass ich gut angekommen bin. Ich muss dir unbedingt was zeigen. Das Zimmer hier ist …«

»Du, ich hab jetzt keine Zeit«, unterbricht er mich. »Kannst dich ja morgen melden.«

Im Hintergrund stimmt der Chor der Bierzeltbesucher »Ein Prosit der Gemütlichkeit« an.

»Ja, sicher. Lass uns morgen reden …«

Er sagt etwas, was ich nicht verstehe. Offenbar war es sowieso nicht an mich, sondern an die Leute an seinem Tisch gerichtet. Dann ist das Gespräch auch schon zu Ende.

Der Ärger über das Telefonat lässt mich noch eine Weile auf das Display starren. Es war echt auch eine blöde Idee, ihn jetzt anzurufen.

Ich schaue nach, ob Fabian etwas gepostet hat und finde ein Video von auf der Bierbank tanzenden Menschen, die Helene Fischer grölen. Auf dem Account seiner besten Freundin tut sich ein bisschen mehr: Sabrina hat ein paar Bilder hochgeladen, und Fabian ist auf jedem davon zu sehen – Bier trinkend, singend, Fischbrötchen essend. Offenbar lassen sie es sich gut gehen: Mehr Teller mit Stockfisch, Hähnchen und Pommes würden jedenfalls nicht auf den Biertisch passen.

Auf einem Foto stecken Sabrina und Fabian die Köpfe zusammen und schneiden Grimassen. Glücklicherweise treibt sich Annegret nicht in sozialen Netzwerken herum. Nach dem Anblick dieses Bildes würde sie mir nächste Woche ganz sicher den »Man lässt seinen Freund nicht allein zur Kirchweih gehen«-Vortrag halten. Eines beweisen diese Fotos jedenfalls: dass ich in Untergickelbach gerade nicht vermisst werde.

Die Wut von vorhin brodelt wieder in mir hoch, und ich trommle mit meinen Zehen auf den Fußboden. Um mich abzulenken, trete ich hinaus auf den Balkon. Von hier aus habe ich eine tolle Aussicht auf den Hotelpark sowie die dahinter liegenden bewaldeten Hügel. Am Fuß des Klosterberges liegen die Gebäude eines Gutshofes wie eine Insel inmitten der dicht stehenden Bäume. Darüber leuchtet der Abendhimmel in einem satten Rotorange.

Das Korbgeflecht knarrt, als ich mich auf die Liege setze. Ich schaue auf die Wipfel und Zweige, die immer mehr mit der Dunkelheit verschmelzen, und atme die frische Abendluft ein. Bestimmt machen sich jetzt alle für das Abendessen fertig. Ich frage mich, ob ich mutig genug bin, alleine dort unten zu sitzen und das Menü zu genießen, oder ob ich feige bin und mir etwas aufs Zimmer kommen lasse.

Ein Videoanruf meiner Tanten lässt mein Handy vibrieren. Ich gehe ran und sehe im nächsten Moment Vee und Hilda, die mich erwartungsvoll anschauen. Bett und Bild im Hintergrund lassen mich vermuten, dass sie sich für das Flughafenhotel entschieden haben.

»Na, wie geht's dir, mein Spatz?«, erkundigt sich Vee.

»Alles gut. Das Hotel ist unglaublich! Und die Suite, ich meine, dieser Palast hier … mir fehlen die Worte.« Ich stehe auf und führe sie mithilfe meiner Handykamera durch die Zimmer, die sie hoffentlich in Kürze mit mir bewohnen werden. Natürlich sind sie genauso angetan wie ich. »Wisst ihr schon was wegen eures Flugs?«

»Morgen um elf soll es losgehen«, sagt Vee und kneift die Augen zusammen.

»Das klappt bestimmt.« Hilda schneidet eine Grimasse, weil Vee so besorgt ist. »Der Wind soll in der Nacht drehen. Abends sind wir dann bei dir und schauen uns die tollen Leute bei der Eröffnung an.« Sie wendet sich an Vee. »Hast du es ihr schon gesagt?«

»Es soll doch eine Überraschung sein!« Vee wirft ihrer Frau einen genervten Blick zu. »Jetzt wird das natürlich nichts mehr.«

»Noch weiß sie ja nichts«, meint Hilda beschwichtigend.

»Was habt ihr mir noch nicht gesagt?« Über das Handydisplay fixiere ich meine Tanten, die halblaut debattieren. »Morgen erfahre ich es sowieso, also könnt ihr es mir auch jetzt schon verraten«, versuche ich, mir Gehör zu verschaffen.

»Also gut.« Ich kann Vee ansehen, wie sehr es ihr gegen den Strich geht, mich bereits jetzt einzuweihen. »Morgen findet ein Event im Hotel statt. Maja eröffnet ja diese Galerie … im Hotel …«

Sie macht eine Pause, und ich nicke ungeduldig. Das weiß ich doch schon längst!

»Nun, wir sind nicht ganz zufällig dabei: Sie will ab Dezember die Bilder deiner Mutter ausstellen. Und morgen wird das verkündet.«

Mamas Bilder! Wie schön! Wie wunderbar!

»Welche denn?«, frage ich aufgeregt. »Und wisst ihr, welche Künstler noch gezeigt werden?«

»Alle – und keine.« Vee lächelt. »Es wird eine reine Cassandra-Landauer-Ausstellung werden. Noch größer als in Köln damals.«

Nicht ganz, denke ich. Kurz schaue ich auf das Sonnenblumengemälde auf meiner Handyhülle, und für einen Moment sticht es in meiner Brust. Dann reiße ich mich zusammen.

»Das ist ja ein tolles Geburtstagsgeschenk«, sage ich. »Wo auch immer sie ist, sie freut sich bestimmt wie verrückt.«

Vee beißt sich auf die Unterlippe. »Marie, es tut mir so leid, dass wir heute nicht da sind. Gerade heute.«

»Macht euch keine Gedanken. Wir holen das einfach morgen nach.« Ich lächle und hoffe, dass sie nicht sehen können, wie sehr ich mich anstrenge, unangestrengt auszusehen.

Als ich heute vom Friedhof nach Hause gefahren bin, sind mir die Tränen gekommen. Aber jetzt geht es mir eigentlich ganz gut. Vor allem, weil es Mama gefallen würde, dass ich an einem solchen Ort bin. Wehmütig bin ich trotzdem, und das Engegefühl in meinem Hals wird auch immer stärker.

Ich lächle schief, und meine Tanten wechseln einen Blick. Ihnen kann ich nichts vormachen.

»Wir haben uns etwas ausgedacht … Möchtest du dir das Abendessen aufs Zimmer kommen lassen?« Hilda grinst verschmitzt. »Wir machen das auch, und dann können wir Cassandras Geburtstag trotzdem zusammen feiern.«

Die beiden kennen mich so gut!

»Das wäre schön«, sage ich, und mein Herz entkrampft sich.

»Gut«, sagt Hilda. »Wir haben das nämlich schon arrangiert.«

Am nächsten Morgen weckt mich die Sonne. Ich blinzle, und die Farben des Turnergemäldes verschwimmen vor meinen Augen. Genüsslich rekle ich mich in dem wunderbaren Bett, in dem noch wunderbareren Zimmer, das nur einen einzigen Fehler hat: dass ich alleine bin – nun, zumindest ohne menschliche Gesellschaft. Lio liegt auf dem Boden und wedelt, als ich mich aufsetze.

Auf dem Tisch steht noch das Geschirr vom Abendessen. Wir hatten einen lustigen Video-Geburtstagsabend. Ich mit meinem Sterne-Menü, Hilda und Vee mit ihren Zimmerservice-Burgern. Wir haben so viel gelacht, dass mir der Bauch wehgetan hat. Mama hätte das gefallen, und bestimmt hat sie auch irgendwo mitgelacht.

Ein Blick auf die Uhr verrät mir, dass es seit Kurzem Frühstück gibt, und wenn ich jetzt schon mit Lio rausgehe, kann ich mein Essen anschließend weitgehend unbemerkt einnehmen. Seltsamerweise kommt es mir weniger komisch vor, alleine zu frühstücken, als alleine zu Abend zu essen.

Unter der Dusche probiere ich alle Einstellungen aus und lasse mich von oben beregnen, während die Seitendüsen meinen Rücken massieren. Es gibt sogar buntes Licht, das abwechselnd rot, grün und blau aus dem Duschkopf strahlt.

In ein flauschiges Duschtuch gewickelt, inspiziere ich anschließend die Fläschchen mit Körperlotion, Handcreme und Serum auf der Ablage, die alle von »Lena's Natural Beauty« stammen. Der Aufkleber mit den geschwungenen Buchstaben gibt »Im Lavendelhof« als Adresse an.

Kirschblüten-Duft entströmt der Flasche, als ich den Deckel abschraube. Ich tupfe etwas Lotion auf meinen Handrücken und schnuppere. *»Wir befüllen Ihnen die Behälter gerne wieder«* steht auf der Rückseite. Normalerweise nehme ich diese Fläschchen als Andenken mit, um das Hotelgefühl auch zu Hause noch genießen zu können, und einen Moment lang bin ich enttäuscht, dass ich diese wohl stehen lassen muss. Allerdings finde ich die Nachfüllidee so gut, dass ich es keinesfalls über mein umweltbewusstes Herz bringen werde, sie zu torpedieren. Nachhaltigkeit geht dann doch über Sammelleidenschaft.

Aus meinem Koffer hole ich ein weißes Oberteil und

eine dunkelblaue Hose. Beide stammen aus einem vorherigen Geschenkpaket meiner Tante, sind weit und bequem und sehen trotzdem ziemlich schick aus. So kann ich nach unserem Gassigehen auch gleich zum Frühstück – immer vorausgesetzt, Lio wischt ihren Sabber nicht an meiner Hose ab.

Im Foyer grüßen mich die Angestellten lächelnd und weisen mich im Vorbeigehen auf ihren »Ausschlafservice für Hundebesitzer« hin. Man kann den »*Morning Walk*«, wie sie es nennen, von einem professionellen Hundeausführer übernehmen lassen. Auch zu anderen Tageszeiten gibt es wohl einen Betreuungsservice, doch ich lehne das Angebot dankend ab.

Draußen hinter dem Parkplatz lasse ich Lio von der Leine. Sie erkundet die Wiese und nutzt die zahlreichen Büsche für ihr Morgengeschäft.

Ich setze mich auf eine Bank, um an Vee und Hilda zu schreiben und ihnen einen guten Flug zu wünschen. Dann mache ich mir mithilfe der sozialen Medien ein Bild von der Lage in Untergickelbach.

Fabian ist vor zweieinhalb Stunden das letzte Mal online gewesen. Ich schicke ihm ein Bild von Lio in der Wiese und schreibe ihm, dass ich später Behandlungen habe und er sich nicht wundern soll, wenn ich nicht gleich antworte.

Würde er sich denn wundern? Bei den vielen Kirchweihveranstaltungen am Samstag fällt ihm das vermutlich gar nicht auf.

Vee und Hilda haben mir ihre Termine überlassen, und so ist der gesamte Nachmittag mit Entspannungs- und Schönheitsanwendungen belegt. Fast vermute ich, dass sie zusätzliche Behandlungen gebucht haben – aus Sorge, ich könne mich einsam fühlen. Allerdings beginnt mein Verwöhnprogramm erst gegen Mittag, ich habe also noch viel Zeit!

Lio springt auf mich zu, bleibt vor mir stehen und wedelt.

Ich erkläre ihr, dass ich ihr Frisbee nicht dabeihabe, was sie bestimmt versteht. Wie ich meine Hündin kenne, gedenkt sie aber, diese Information so lange zu ignorieren, bis ich ihr Spielzeug aus dem Auto hole.

Der Wind trägt Wiesenblumenduft zu der Bank. Die Luft hier draußen ist so angenehm, dass ich keine Lust verspüre, mich in den Frühstücksraum zu setzen oder eine Liege im Wellnessbereich zu belegen. Stattdessen hole ich tatsächlich Lios Lieblingsspielzeug aus dem Auto, nehme die angebrochene Wasserflasche vom Beifahrersitz und setze einen Spaziergang als ersten Punkt auf meinen Tagesplan.

Nach ein paar Frisbeewürfen beschließt meine faule Hündin, dass sie genug gespielt hat, und trottet neben mir in Richtung Wald. Da keine anderen Spaziergänger in Sicht sind, verzichte ich auf eine Leine.

Wie immer, wenn ich durch einen Wald laufe, frage ich mich, warum ich nicht öfter dort spazieren gehe. Es duftet nach Pilzen und Moos, nach Wochenende, Entspannung und Loslassen. An einigen Stellen durchbricht die Sonne das Nadel- und Blätterdach.

Lio schnüffelt sich von Sonnenfleck zu Sonnenfleck, und ich schlendere hinterher. Das Waldvogelzwitschern lässt meine Gedanken pausieren. Unter meinen Füßen knacken die Tannennadeln.

Längst haben wir den Waldweg verlassen. Ich wandere vor mich hin, biege hier und dort ab und habe mich bald ein wenig verlaufen.

Durch die Bäume hindurch erkenne ich rote Dächer. Wenn ich mich nicht täusche, müsste das der Gutshof sein, den ich vom Balkon aus gesehen habe. Das wäre gut, denn von dort aus würde ich leicht wieder zurückfinden.

Meine Wasserflasche ist inzwischen leer, und auch mein

Magen erinnert mich daran, dass er heute noch nichts bekommen hat. Hoffentlich gibt es in diesem Gutshof ein kleines Café oder einen Bauernladen!

Ein Blick aufs Handy verrät mir, dass wir fast zwei Stunden durch den Wald gelaufen sind. Auch Lio muss ich eine Pause gönnen, bevor wir den Anstieg zum Hotel wagen.

Der Gutshof scheint renoviert zu werden und zum Kloster zu gehören, jedenfalls steht *»Umbau und Renovierung Altes Kloster«* auf der Bautafel neben dem Eingang. Lieferwagen und kleinere Lastwagen parken zwischen normalen Autos, Handwerker und Lieferanten wuseln zwischen den Fahrzeugen umher.

Ich trete durch das Eingangstor, über dem ein Banner mit dem Schriftzug *»Rosenhof«* prangt. Im Kreuzgang reiht sich Geschäft an Geschäft um die offene Fläche in der Mitte, die gerade von Gärtnern mit Rosen bepflanzt wird.

Neugierig schlendere ich über den Hof. Ich weiß zwar nicht, ob man das darf, aber die Leute sind alle gerade beschäftigt. Sie schleppen Kisten, montieren Ladeneinrichtungen oder räumen Waren ein, da interessiert sich bestimmt niemand für mich. Ich erkenne einen Pralinenladen, ein Schuh-, ein Taschen- und ein Spielzeuggeschäft. Offenbar stehen die Läden kurz vor der Eröffnung.

Zwischen zwei Ladenlokalen, bei denen man noch nicht erkennen kann, welche Geschäfte einziehen werden, gibt es einen Durchgang in einen weiteren Hof. Die Läden dort haben bereits eröffnet – nur geöffnet sind sie nicht, denn heute ist Ruhetag.

Beim Betrachten der ersten Schaufensterscheibe muss ich schmunzeln. Sie präsentiert die Produkte von »Lena's Natural Beauty«, mit denen ich heute Morgen bereits geduscht habe. Kurz schnuppere ich an meinem Unterarm, der immer noch nach Kirsch duftet und sich auch immer noch sehr gepflegt anfühlt. Anschließend pilgere ich an einem Geschäft für schöne Dinge, einer Papeterie, einer Weinhandlung, einer Rösterei und einem Gewürzladen vorbei.

Das Schaufenster von »Carlas Blumenliebe« gibt den Blick auf eine alte Ladentheke frei. Holzregale in Pastellfarben reihen sich an der Wand und präsentieren Übertöpfe, Kräuterschilder, Zubehör, Karten und Dekofiguren. Von so einem Geschäft träume ich – und davon, einmal eine königliche Hochzeit mit Blumen auszustatten, natürlich mit riesigem Team und gigantischem Budget. Kurz sehe ich meine Gestecke für die Wagener-Beerdigung vor mir, höre Annegret schimpfen und Fabian, wie er seine Mutter bemitleidet. Mein Magen beginnt zu grummeln, und ich verbanne Untergickelbach aus meinem Kopf.

Langsam wird mir übel. So lange wollte ich nie unterwegs sein, jedenfalls nicht ohne Frühstück. Hoffentlich hat hier irgendetwas offen! Ich habe keine Ahnung, wie ich sonst den Berg hinaufkommen soll.

Der nächste Hof ist schmal und langgezogen. Gerüste verdecken die linke Fassade, die rechte sieht fertig restauriert aus. Aber dort scheint sich kein Geschäft zu befinden, dort sind nur Fenster und eine einzige Tür.

Unter einer Kastanie sitzen Leute an zwei Biertischen.

So ein Glück, denke ich – nur um wenige hoffnungsvolle Schritte später zu erkennen, dass es sich um Bauarbeiter bei der Brotzeit handelt. Also kein Biergarten.

Ein Mann steht von einem der Tische auf, läuft zu der Tür im Gebäude daneben und bleibt dann stehen. Seine Aufmachung zeigt, dass er kein Bauarbeiter ist. Er schaut in meine Richtung und legt die Hand an die Stirn, um seine Augen von der Sonne abzuschirmen.

Darf man hier nicht hinein? Ich nehme Lio am Halsband und kehre um, bevor er mich auf die Sicherheitsbestimmungen hinweisen und rausschmeißen kann.

»Warten Sie!«, ruft er.

Ich drehe mich um, er winkt.

Lio erkennt, dass ich eine Sekunde unachtsam bin, und läuft wedelnd auf den Fremden zu. Der redet auf meine Hündin ein und streichelt sie, während ich mich in Bewegung setze, um mein hoffnungslos verdorbenes Tier zurückzuholen.

Mein Herz erkennt schneller als meine Augen, wer da über Lios Fell streichelt. Es macht einen Sprung und klopft heftig, als ich zu Sean aufschließe.

»Schön, Sie wiederzusehen«, sagt er. »Haben Sie mich gesucht?« Mein Gesichtsausdruck scheint meine Gedanken ziemlich genau wiedergegeben zu haben, denn er beantwortet seine Frage gleich selbst: »Natürlich nicht. Sie können ja gar nicht wissen, dass ich hier arbeite.«

Er krault Lios Kopf.

»Vermutlich klingt das, was ich gesagt habe, ziemlich eingebildet.« Sean lächelt und fährt sich mit seiner Hand durch die Haare. »Sie könnten es aber auch so verstehen, dass ich gehofft habe, Sie wiederzusehen«, schickt er hinterher. Dann richtet er sich auf, strafft seine Schultern und grinst.

Seine Unverblümtheit macht mich irgendwie verlegen, aber auf angenehme Weise.

»Ich habe etwas zu trinken gesucht«, sage ich. »Wir waren spazieren.«

»Da haben Sie sich ja eine ordentliche Strecke vorgenommen.«

»Ehrlich gesagt, hatte ich gar nicht geplant, so weit zu gehen.« Meine Kehle ist so trocken, dass ich hüsteln muss. »Die Geschäfte hier haben leider alle zu!«

»Stimmt. Gestern war Late-Night-Shopping für die Hotelgäste, und morgen ist verkaufsoffener Sonntag. Da gönnen sich die Besitzer heute eine Pause.«

»Gibt es hier irgendwo ein Café oder ein Geschäft, in dem ich etwas zu trinken erstehen kann?« Ich hebe meine leere Wasserflasche hoch.

»Es gibt sogar etwas Besseres«, sagt er. »Kommen Sie mit.«

Die Bauarbeiter stellen ihre Flaschen in einen Kasten und knüllen Brotzeitpapier zusammen. »Weiter geht's«, ruft einer in Seans Richtung. Dann verschwinden die Männer nach und nach durch das mit Netzen verhängte Gerüst oder das Eingangstor.

»Am Samstag machen wir zusammen Brotzeit«, erklärt Sean. Als er meinen verwirrten Blick sieht, fügt er hinzu: »Die Arbeiter in den Höfen sind von den Geschäftsleuten engagiert, mit denen habe ich nichts zu tun. Meine Leute hier sind mit der Sanierung und dem Umbau beschäftigt.«

Er geht auf das Gebäude zu, wartet vor der Tür und lässt mir den Vortritt. Der Raum hat eine Gewölbedecke und ist fast so groß wie der Wohnsalon meiner Suite. In der Mitte steht ein langer Holztisch, auf dem ein Notebook, Ordner und Pläne liegen; an der linken Wand blicke ich auf einen Schreibtisch mit einem Rechner und zwei Bildschirmen; daneben befindet sich ein Küchenmodul, dessen schwarzes Innenleben man hinter zwei Ahorntüren verschwinden lassen kann. Das Magnetboard an der Wand vor mir ist mit Fotos bedeckt: ein Treppenaufgang, Säulen, Fensterbänke, Nischen und Wandmalereien. Viele Wandmalereien.

»Was arbeiten Sie denn hier?«

»Die Anlage wird Schritt für Schritt restauriert und umgebaut, ich bin der Architekt.«

Ich nicke und betrachte die Fotos.

»Sind die aus dem Kloster?«, frage ich.

Sean nickt. »Alle aus dem Gebäude gegenüber.«

Auf einem größeren Bild ist eine Heiligendarstellung zu sehen, bei der an einigen Stellen die Farbe abgeplatzt ist.

»Hatten Sie einen Wasserschaden?«

Verwunderung spricht aus seinem Blick. »Sind Sie Restauratorin?«

»Nein, aber meine Mutter hat das lange gemacht, und mit der Zeit kriegt man ziemlich viel mit.«

Ich schaue mir die anderen Bilder an. Auf einem ist eine Jagdgesellschaft zu sehen, die aus einer Stadt in den Wald zieht. Weiter rechts verblassen die Figuren. Was ich deutlich erkennen kann, sind ein Bär und ein Wolf, die eine Stange tragen, an der ein gefangener Mensch hängt.

»Ist das die Darstellung einer ›Verkehrten Welt‹?«, frage ich. Aufregung lässt meine Stimme höher klingen. »Haben Sie hier eine ›Verkehrte Welt‹ gefunden?«

Jetzt habe ich ihn beeindruckt, das erkenne ich an der Art, wie er mich ansieht. Mein Herz pocht gegen meine Rippen.

»Das vermuten wir«, bestätigt er. »Oder vielmehr: Wir hoffen es. Unser Restaurator ist krank, und wir müssen warten, bis er kommt und das Bild freilegt.«

Fasziniert betrachte ich die Fotos. Ich kann mich noch gut daran erinnern, wie groß die Aufregung vor ein paar Jahren war, als man in Pirna ein solches Motiv gefunden hat. Damals war meine Mutter ganz aus dem Häuschen.

»Wenn sich das bewahrheitet, werden Sie sich hier vor Besuchern nicht retten können.«

»Das stimmt. Aber davon trennen uns noch viele Wenns.«

Ich sehe ihn fragend an.

»Irgendjemand ist auf die grandiose Idee gekommen, die Wände ziemlich haltbar zu verschalen«, erklärt er. »Methoden, das Bild unwiederbringlich zu vernichten, sind uns schon viele eingefallen, aber wir haben bisher noch keinen Weg gefunden, das Bild so freizulegen, dass es unversehrt bleibt. – Aber nun zu Ihnen.«

Er dreht sich um, geht zum Küchenmodul und öffnet den Kühlschrank.

»Ich habe Mineralwasser und Limonade. Hier am Ort gibt es zwei Jungbrauer, die die wildesten Craft-Beer-Sorten kreieren. Gute Limonade machen sie auch. Warten Sie … Zitrone-Basilikum, Minze-Melone, Holunder-Beere.« Er schiebt die Flaschen hin und her. »Karotte-Ingwer hätte ich noch, aber die schmeckt gewöhnungsbedürftig. Ein Spezi habe ich auch da, falls Sie einen eher traditionellen Durst haben.«

Ich entscheide mich für Zitrone-Basilikum, und er drückt mir eine eiskalte Flasche in die Hand. Dann sieht er Lio an.

»Keine Angst, wir haben dich nicht vergessen«, versichert er ihr und verschwindet durch die Holztür neben der Küche.

Kurz darauf kommt er mit einer Metallschüssel wieder, die er unter den Wasserhahn hält und dann für Lio auf den Boden stellt. Sie beginnt sofort zu trinken.

»Leisten Sie mir beim Essen Gesellschaft?«, fragt er.

»Haben Sie nicht gerade gegessen?« Was sage ich denn da? Vielleicht hat er noch Hunger. Und überhaupt – ich will doch mit ihm essen, warum kommen dann solche dummen Sachen aus meinem Mund?

Er sieht mich verschwörerisch an. »Meine Handwerker lieben Leberkäse, deswegen hole ich den auch jeden Samstag beim Metzger. Aber wenn ich ehrlich bin, kann ich ihn langsam nicht mehr sehen. Deswegen habe ich mich heute zurückgehalten.« Er zwinkert. »Und gerade bin ich darum recht froh.«

Ich presse meine Lippen aufeinander, damit ich nicht zu breit lächle. Vergeblich.

»Also, wenn Sie mich so fragen …« Mein Magen hat sich beim Wort »Essen« gerade schmerzhaft zusammengezogen. »Sehr gerne. Ich habe riesigen Hunger.«

Er hält eine Tüte hoch. »Sind Bagels okay?«

»Bagels sind wunderbar.«

»Ich mache noch schnell den Kaffee«, sagt er. »Falls Sie sich die Hände waschen wollen … durch die Tür und einfach geradeaus.«

Ich laufe durch einen Flur mit Terrakottafliesen. Die Holztüren sind teilweise angelehnt, und im Vorbeilaufen – im sehr langsamen Vorbeilaufen – erkenne ich eine Küche und ein Ess- oder Wohnzimmer. War das hier früher die Hausmeisterwohnung? Seltsam …

Das Bad ist zweckmäßig eingerichtet. Weiße Kacheln, Dusche, Waschbecken, Toilette, darüber ein winziges Fenster, das offen steht. Auf einem Regal liegen dunkelblaue Handtücher, die Seife kommt aus einem türkisfarbenen Glas-Spender. Die Klobrille fühlt sich kalt an meinen Oberschenkeln an. Es riecht nach einer Mischung aus Putzmittel und Pflegeprodukten. In der Dusche stehen Duschgel und Shampoo, alles von »Lena's Natural Beauty«. Die scheint hier eine Monopolstellung zu haben. Vielleicht kauft er dort ein, weil es nahe ist. Und weil er sie kennt. Wie gut er sie wohl kennt? Es muss nichts heißen, dass er diese Produkte in seiner Dusche stehen hat.

Was denke ich denn da? Das ist doch völlig absurd! Obwohl … ob er Single ist oder eine Freundin hat, würde mich schon interessieren.

Ich wasche mir die Hände und trockne sie an einem sehr frischen, sehr weichen Handtuch ab. Anschließend berühre ich den Stapel Duschtücher.

Damit trocknet er sich ab, schießt es mir durch den Kopf. Himmel, was mache ich denn da?

Ich ziehe meine Hand weg und gehe zurück in das Gewölbebüro. Lio liegt auf dem Boden und beobachtet Sean. Sie wartet, ob etwas für sie abfällt. Verfressenes Tier! Der Miniatur-Kaffeevollautomat im Küchenmodul mahlt und surrt.

Sean stellt eine Tasse auf ein Tablett.

»Cappuccino oder schwarz für Sie?« Er hält inne. »Eigentlich können wir doch Du sagen, oder? Das ist im Deutschen immer so schwierig. Ich weiß nie, wann der Zeitpunkt gekommen ist, um zu wechseln.«

»Eigentlich waren wir auch schon beim ›Du‹. Lass uns doch wechseln«, sage ich, und er lacht.

»Okay. Du.« Seine Augen strahlen mich an. »Wollen wir draußen essen?«

Wir setzen uns auf die Holzbank neben der Tür.

Sean deutet auf den Teller. »Der Bagel ist mit Frischkäse, Tomaten, Gurken und Schnittlauch; der hier mit Hummus und Gurken; und der hier mit Frischkäse, Hähnchen, Paprika und Gurke … und mir fällt gerade auf, wenn du keine Gurken magst, haben wir ein Problem.«

»Gurke ist wunderbar!« Ich lache. »Wohnt Beppi im Kühlschrank, oder hast du immer eine solche Auswahl hier?«

»Das ist hier Büro Schrägstrich Wohnung.«

Er macht eine ausladende Geste. Offenbar verbergen sich hinter den Türen, an denen ich auf dem Weg zum Bad vorbeigelaufen bin, seine Privaträume.

»Unter uns gesagt: Was Bagel angeht, kann Beppi einpacken«, sagt er und zwinkert. »Aber er ist der ungekrönte Brownie-und-Cupcake-König.«

Er hält mir den Teller hin, und ich nehme den Tomaten-Gurken-Bagel.

Wir kauen beide eine Weile vor uns hin, dann sieht Sean mich an.

»Was machst du eigentlich? Restauratorin scheinst du ja leider nicht zu sein. Sonst hätte ich mir von dir Tipps zur Rettung der ›Verkehrten Welt‹ erhofft.«

»Damit kann ich leider nicht dienen. Aber ich kann dir eine Girlande binden, damit keiner sieht, dass ein riesiges Loch im Mauerwerk klafft. Sukkulenten vertikal an der Wand hoch sind momentan auch angesagt, falls ihr moderner verhüllen wollt.«

»Du scheinst ja nicht viel Vertrauen in unsere Arbeit zu haben.«

»Daran liegt es nicht«, versichere ich. »Aber ich würde immer einen Plan B haben.«

»Du bist also Gärtnerin?«

»Ich bin Floristin. Und das mit den Sukkulenten würde ich gerne mal ausprobieren. Wenn ich den Kunden bei uns vorschlage, Sukkulenten an die Wand zu pappen – und dann auch noch ›verkehrt herum‹ –, halten die mich für durchgeknallt.«

»Und wo sind die Menschen noch so traditionsbewusst?«

»In der Nähe von Bamberg. Die Leute sind nett, aber eben ein wenig neuerungsscheu.«

»Und die Werkstatt deiner Mutter? Befindet die sich auch dort?«

»Nein. Meine Mutter hatte nie eine Werkstatt. Sie hat in Museen gearbeitet und dort die Arbeitsräume genutzt. In den letzten Jahren war sie allerdings Künstlerin.« Ich überlege kurz. »In dem Ort, in dem ich jetzt wohne, hatte sie ein Stipendium, und da ist sie leider auch gestorben. Vor fast anderthalb Jahren.«

»Das tut mir leid.«

»Ich gewöhne mich langsam daran, dass sie nicht mehr da ist.« Er sieht mich ernst an und nickt, als könne er das nachvollziehen. »Das heißt, ich kann mich jetzt wieder an die schönen Dinge erinnern. Wir haben viel erlebt, weil wir viel umgezogen sind. Für andere Leute mag das eine Belastung sein, für Mama war es ideal. Die Museen geben oft nur befristete Verträge heraus, deshalb hat sie immer eine Zeitlang gearbeitet, und wenn der Vertrag ausgelaufen ist, sind wir wieder in eine neue Stadt gezogen. Mit Mamas Kollegen habe ich viele lustige Geschichten erlebt. Leute, die den ganzen Tag mit alten Bildern arbeiten, sind manchmal etwas eigen. In letzter Zeit kommen ganz viele Erinnerungen, und oft muss ich lachen, wenn mir die seltsamen Sachen einfallen, die wir erlebt haben.«

»Wo hast du denn überall gewohnt?«

»In Berlin, Amsterdam, New York, Bilbao, Rom, Paris und so weiter.« Ich nehme mir die zweite Bagelhälfte.

»Wow, das ist die beeindruckendste Kindheit, von der ich je gehört habe.«

»Beeindruckend … ich weiß nicht. Manchmal wollten die Museen Mama halten und haben ihr eine Verlängerung oder sogar eine Festanstellung angeboten, aber sie wollte immer weiterziehen. ›Wenn man zu lange an einem Ort wohnt, sucht sich die Kreativität ein neues Zuhause‹, hat sie immer gesagt. Manchmal habe ich es gehasst, dauernd die Neue zu sein. Die anderen Schüler fanden mich immer wahnsinnig interessant, oder sie haben mich spüren lassen, dass ich nicht dazugehöre.«

»Aber mit fünfzehn, sechzehn finden Jungs die Neue doch spannend.«

»Ach ja, später war das dann wieder ganz nett.«

Vor meinem geistigen Auge sehe ich die Gänge der Highschool in Brooklyn und die Leute, mit denen ich mich damals bei den Freizeitanlagen im Hafen getroffen habe. Das waren komische Käfige, in denen man Basketball oder Fußball spielen konnte.

Ich beiße in meinen Bagel und kaue.

»Wo bist du denn aufgewachsen?«, erkundige ich mich.

»In Kerry. Aber gänzlich unspektakulär.«

»Hat dich die Arbeit hierherverschlagen?«

Oder die Liebe?, denke ich und hoffe, dass er mir jetzt nicht von der charmanten Maurermeisterin oder der umwerfenden Restaurantchefin vorschwärmt.

»Ich habe eine Weile in London gearbeitet und bin dann über Umwege zu diesem Job gekommen. Ein Kollege hat mich hierher empfohlen. Maja Waldenstein, also die Chefin in den beiden Klöstern, hat jemanden gesucht, der sich mit alten Baustrukturen auskennt. Und ich fand es spannend, eine komplette Klosteranlage umbauen zu können.«

»Ich habe die Höfe mit den Geschäften gesehen, die sehen toll aus.«

Seine Oberlippe schiebt sich über seine Unterlippe, als ob er sein Lächeln kontrollieren will, aber seine Mundwinkel verraten ihn.

»Das ist nur der Anfang. Seit drei Monaten gibt es eine Markthalle, alles für regionale Erzeuger. Mit einem Foodcourt, allerdings wollte Maja den ›Brotzeitplatzl‹ nennen, damit ihn die Einheimischen annehmen.« Mit seinem irischen Akzent ausgesprochen klingt der bayrische Ort noch gemütlicher.

»Von London ins ländliche Bayern – das muss man aber auch wollen. Als meine Mutter gestorben ist, bin ich in einem Nest hängen geblieben, und es fällt mir teilweise schwer, mich dort einzufinden. Vorher habe ich fast immer in großen Städten gewohnt. Außer, wenn meine Mutter ihre experimentelle Phase hatte und in eine Jurte gezogen ist.«

An seinem Blick glaube ich zu erkennen, dass das nicht der Wohnort seiner Wahl wäre.

»Spannend«, sagt er dennoch höflich.

Ich schüttle den Kopf. »Nach zwei Nächten bin ich zu meinen Tanten geflohen, bis Mama ihre nächste Stelle in Paris angetreten hat. Da waren dann wieder Asphalt und Mauern, außerdem Fenster und Keramik im Bad. Oder überhaupt ein Badezimmer.«

Nachdenklich wiegt er den Kopf hin und her. »Bayern gefällt mir gut, aber als Küstenkind vermisst man das Meer wahrscheinlich immer. Ich nehme an, ein Bergbewohner kann auch erst dann richtig schlafen, wenn er aus dem Fenster heraus die Gipfel sieht.«

»Fährst du oft nach Hause?«

»Ich war seit fünf Jahren nicht mehr dort«, gesteht er. »Aber ich habe auch keinen Anlaufpunkt mehr.«

Ich weiß nicht, was er damit meint, traue mich aber nicht zu fragen. Verlegen beiße ich in meinen Bagel und schiele zu Sean hinüber. Auch er scheint sich kauend eine Redeauszeit zu nehmen.

»Erzähl mir noch mehr von deiner Zeit unterwegs«, bittet er mich schließlich.

»Meine Großeltern hatten furchtbare Angst, dass ich verwahrlose, und hätten mich am liebsten ins Internat gesteckt. Aber Mama hat das eigentlich echt gut gemacht. Nach der Schule bin ich immer zu ihr ins Museum gegangen. Dort haben wir in ihrer Werkstatt oder im Museumscafé gegessen und über meinen Tag gesprochen. Dann hat sie weitergearbeitet, und ich habe meine Hausaufgaben gemacht. Sie war echt streng. In ihrer Kaffeepause hat sie mich immer abgefragt. Ich musste mich ans Fenster stellen, und für jede richtige Vokabel durfte ich einen Schritt nach vorne gehen. Erst wenn ich bei der Tür war, hatte ich Freizeit.«

Ich muss schmunzeln, als ich daran denke.

»Mama hat oft lang gearbeitet, sodass die Wachleute und

Putzkräfte mich kannten. Ich lag auf den Besuchercouches in den großen Sälen, habe Hörbücher oder Musik gehört, auf meinem Zeichenblock herumgekritzelt und mir ganz alleine die Bilder angeschaut. Die Putzfrauen haben mich mit Süßigkeiten, Kuchen und allem Möglichen gefüttert. Das war schön. Erst später ist mir bewusst geworden, was das für eine Umgebung war – und was für ein Privileg, dass ich da alleine mit all den Rembrandts, Monets und Cranachs lag.«

»Das stelle ich mir schön vor.«

»Halte ich dich eigentlich gerade von irgendetwas ab?«, frage ich und greife mir die vorletzte Bagelhälfte.

Er schüttelt den Kopf. »Am Ende der Arbeitswoche mache ich noch einen Rundgang, damit ich genau ermessen kann, was in der kommenden Woche ansteht, aber den kann ich zu jeder Zeit machen.« Er sieht mich an. »Möchtest du mitkommen und die ›Verkehrte Welt‹ sehen?«

»Gerne.« Mein Herz schlägt ein bisschen schneller, und ich hoffe, dass ich nicht rot werde. »Jetzt gleich?«

»Ja, klar.«

Mit einem solchen Programm habe ich im Traum nicht gerechnet. Eigentlich habe ich mir den Tag so vorgestellt, dass ich am Pool liege, lese und mit meinen Tanten tratsche.

»Oh nein! Wie viel Uhr ist es denn?«

Er blickt auf seine Armbanduhr. »Kurz vor elf.«

»Verdammt! Der Spa-Termin!« Eigentlich hatte ich mich auf den gefreut, doch gerade könnte er nicht ungünstiger liegen. »Meine Tanten haben mir Anwendungen gebucht, und die erste beginnt in einer Dreiviertelstunde.«

Er sieht mich komisch an, wahrscheinlich glaubt er mir nicht.

»Das ist jetzt keine Ausrede. Meine Patentante und ihre Frau sitzen auf Island fest, weil dieser blöde Vulkan ausgebrochen ist. Deswegen habe ich auch Termine für drei.« Ich lächle ihn an. »Ich möchte wirklich mit dir durchs Kloster gehen … also, ich meine, ich möchte wirklich die ›Verkehrte Welt‹ sehen.«

»Dann verschieben wir das einfach auf später«, schlägt er vor und lächelt ebenfalls. »Wie lange brauchst du denn?«

Ich muss kurz nachdenken.

»Leider den ganzen Nachmittag«, sage ich dann.

»Heute Abend kann ich leider nicht«, sagt er bedauernd.

Mein Mund sagt: »Oh schade«, bevor mein Gehirn diese Äußerung abgesegnet hat. Mir fällt ein, dass ich ja auch einen Termin habe. Den würde ich zwar nicht sausen lassen, aber zumindest verkürzen, wenn er …

»Aber später könnte ich. Ich denke, um halb elf müsste ich Zeit haben. Wäre das für dich okay?«

»Sicher!« Ich bin erleichtert. »Wieder hier?«

»Genau hier.« Er schaut auf seine Uhr. »Und jetzt sehen wir zu, dass wir dich pünktlich zu deinem Termin bringen.«

Sean verschwindet im Büro, kommt mit einem Autoschlüssel zurück und läuft mit mir und Lio zu dem vor dem Tor parkenden Land Rover. Autoreinigungstechnisch liegt er ganz auf meiner Linie, denn er muss erst einen Thermosbecher, die Tüte von einem Fast-Food-Restaurant und ein paar Krümel vom Beifahrersitz entfernen, bevor ich mich hinsetzen kann. Dann kutschiert er uns den Berg hinauf.

Er steuert dieses Schiff von einem Auto zügig und sicher, und mir wird nicht schlecht. Das ist für mich das Kriterium, nach dem ich Autofahrer einteile. Es gibt wenige Menschen, die über eine kurvige, enge Landstraße fahren können, ohne dass ich danach das Bedürfnis habe, mich neben das Auto zu legen und zu sterben.

Im Radio läuft »Savage Love«, draußen fliegen die Sträucher und Felder vorbei. Ich lehne mich in den Sitz und schiele zu Sean hinüber. Unsere Blicke treffen sich, wir grinsen, und er schaut wieder nach vorne.

»Wusstest du, dass Jason Derulo jeden Song damit beginnt, dass er seinen Namen sagt?«, fragt Sean.

»Wirklich? Und warum?«

»Das frage ich mich auch immer.«

»Vielleicht hört er seinen Namen so gern. In meiner alten Gärtnerei sollten wir Kunden immer mit ihrem Namen ansprechen, weil das bei ihnen ein Wohlgefühl auslöst und sie dann angeblich mehr kaufen. Vielleicht braucht er vor jedem Lied einen Extraschuss Selbstbewusstsein.«

Was rede ich denn da? So ein Blödsinn!

»Stell dir mal vor, du würdest vor jedem Blumenstrauß deinen Namen sagen. Oder ich würde vor jedem Gebäude, das ich betrete, erst mal ›Sean Halligan‹ sagen.«

»Das werde ich nächste Woche ausprobieren«, behaupte ich mit gespieltem Ernst.

»Ich bin gespannt, was dabei herauskommt«, sagt er und schmunzelt.

Viel zu schnell bringt Sean seinen Wagen vor dem Hotel zum Stehen. Wir tauschen Handynummern aus.

»Viel Spaß bei deinen Anwendungen«, wünscht er mir und sieht mir dabei direkt in die Augen. Seine sind blau. Blau wie die Hortensien auf dem Balkon meiner Tanten.

Mir wird ganz warm.

»Danke und bis später!«, sage ich, dann hüpfe ich aus dem Wagen und lasse Lio aus dem Kofferraum.

»Ich freue mich!«, sagt er, und ich bin froh, dass ich zu meinem Termin eilen kann und er nicht sieht, wie rot ich geworden bin.

Gegen achtzehn Uhr stehe ich in meinem Zimmer – entspannt von der Massage und so gepflegt wie nie zuvor in meinem Leben. Allerdings bin ich immer noch allein, und seit heute Nachmittag weiß ich, dass sich daran auch nichts mehr ändern wird. Alle Flüge aus und nach Reykjavík sind bis Montagmorgen gecancelt. Hildas Vulkanprognose hat sich leider nicht als zutreffend erwiesen, und Vee vergeht fast vor schlechtem Gewissen und bombardiert mich mit Sprach- und Textnachrichten.

Das bedeutet leider auch, dass ich heute Abend alleine auf diese Galerieeröffnung gehen muss. Der Unmut darüber hat mir die Pediküre und einen Teil der Maniküre verdorben – genauer gesagt, die Pflege der rechten Hand; während die Nägel der linken gefeilt und lackiert worden sind, habe ich mich langsam wieder gefangen. Inzwischen habe ich mich im Griff. Schließlich wird Mamas Ausstellung angekündigt, und für sie kann ich mich eine Zeitlang zwischen wildfremde Menschen stellen. Sie hätte sowieso kein Verständnis dafür, dass ich mich so anstelle. Außerdem habe ich danach ja mein ganz persönliches Kulturprogramm …

Der Gedanke daran lässt die Marienkäfer in meinem Bauch durcheinanderfliegen. Das haben sie ewig nicht mehr getan. Das erste Mal, dass ich sie bewusst wahrgenommen habe, war am Abend vor unserem Ausflug ins Disneyland Paris. Vee und Hilda wollten mit mir dorthin, während Mama gearbeitet hat. Als Mama zum x-ten Mal hereingeschaut hat und ich immer noch nicht geschlafen habe, habe ich ihr von diesem Kribbeln erzählt.

»Die Vorfreude schickt dir Schmetterlinge«, hat sie mir erklärt.

»Bei mir sind es eher Marienkäfer«, habe ich geantwortet.

Sie haben mich durch die Jahre begleitet, meine Marienkäfer, doch es ist lange her, dass ich sie gespürt habe. Aber jetzt sind sie da, und sie sind sehr aktiv. Ich weiß nicht so recht, was ich davon halten soll, aber es fühlt sich schön an, wie sie herumflattern.

Mein anderes Tier schläft. Der unterbeschäftigte Hundesitter hat sich während der Behandlungen erboten, mit Lio durch den Klostergarten zu toben. Jetzt streckt sie die Beine von sich, und ich muss mir keine Gedanken machen, dass es ihr später langweilig werden könnte. Wahrscheinlich wird sie meine Abwesenheit überhaupt nicht mitbekommen.

Zwischen zwei Anwendungen habe ich Fabian geschrieben, dass ich heute Abend alleine auf die Eröffnung gehe und weshalb das so ist. Seine Antwort trifft gerade ein. Er wünscht mir viel Spaß und schreibt, dass er jetzt Dienst am Cocktailstand der Feuerwehr hat – mit Sabrina, seiner besten Freundin. Später wollen sie ins Bierzelt und danach zum Kirchweih-Nachfeiern zu irgendeinem Kumpel in die Kellerbar der Eltern. Irgendwie haben sie es hier mit Kellern. Fast jede Familie hat einen Partyraum im Keller, mit selbst gebauter Bar, manchmal mit Discokugel. Kohlmanns bilden die Ausnahme. Sie feiern in einer Laube im Garten der Großeltern. Den Keller nutzt Fabian, um seine Sachen unterzustellen – und die Mountainbikes, Winterreifen und anderen Anschaffungen seiner Freunde, für die sie zu Hause keinen Platz haben.

Ich überlege, ob und wie ich ihm von der Klosterbesichtigung erzählen soll, da kommt ein Videoanruf herein. Offenbar plagt meine Tanten das schlechte Gewissen, obwohl sie nichts dafür können, dass sie auf Island festsitzen. Lächelnd streiche ich über das Display.

4
Was wäre, wenn sie bleibt

Nincsen rózsa tövis nélkül.
Keine Rose ohne Dornen.
UNGARISCHES SPRICHWORT

Elenas Version:
Irgendeine Blattlaus hockt sich immer
auf deine Lieblingspflanze.

Samstagabend, vorletzte Juniwoche

Durch die offene Balkontür trägt der Wind manchmal Musik oder die Durchsagen der Fahrgeschäfte herüber. Untergickelbach feiert Kirchweih, ich bin mit Vee und Hilda verabredet. Online. Eigentlich sollten wir jetzt in diesem tollen Hotel sein, bei dieser Bekannten von Vee. Aber der Vulkan hatte keine Ruhe gegeben, und nun hängen sie bis Montagmorgen auf Island fest. Hilda genießt es, ein bisschen länger bei ihrer Familie zu sein. Vee wirkt genervt, sie wollte wohl unbedingt zu dieser Galerieeröffnung. Ich dagegen habe es nicht über mich gebracht hinzufahren. Was sollte ich dort auch? Das Essen und das Hotel hätten mich schon gereizt. Aber so alleine … nein! Nach gestern Abend denke ich, dass es gut ist, dass ich hiergeblieben bin.

Ich hole mir eine Cola aus dem Kühlschrank und stelle

sie zu den Köstlichkeiten, die ich vor dem Notebook aufgebaut habe. Von mir aus kann sie losgehen: Mamas Geburtstagsfeier. Also die Nachfeier. Für andere mag es ein bisschen seltsam klingen, was wir hier tun, aber Mamas Geburtstag war immer etwas Besonderes: Sie hat sich wochenlang gefreut und es sich dann nicht nehmen lassen, selbst dafür zu sorgen, dass wir einen einmaligen Tag haben. Schenken durften wir – und das haben wir auch getan, reichlich und liebevoll –, der ganze Rest war uns aber verboten.

Mama hat an dem Tag immer das Feinkostgeschäft leer gekauft oder Essen für zehn beim Italiener um die Ecke bestellt, auch wenn wir nur zu viert waren. Und dann haben wir geschlemmt, bis wir fast geplatzt sind, haben gespielt und gelacht, bis wir irgendwann vor »Cinderella« – Mamas Lieblingsfilm aus Kindertagen – auf dem Sofa eingeschlafen sind.

Deswegen war es für uns klar, dass wir diesen Tag immer »in ihrem Sinne« begehen werden. Nun sind wir einen Tag zu spät dran, aber das ist okay. Wer rechnet schon mit einem Vulkanausbruch?

Mein Notebook gibt Ploppgeräusche von sich, und im nächsten Moment erscheinen meine Tanten auf dem Bildschirm. Es folgen Begrüßungen, Entschuldigungen, Beteuerungen. Es tut ihnen leid, dass sie in Island festhängen, und mir tut es leid, dass ich nicht zur Galerieeröffnung gefahren bin.

»Alles in Ordnung bei dir?« Vee sieht mich an, als wäre dies eine Online-Sprechstunde und nicht ein Geburtstagsessen.

»Na klar. Und bei euch?«

»Meine Familie freut sich. Und das Bett hier ist auch besser als das in dem Hotel am Flughafen.« Hilda beugt sich nach vorne. »Was hast du denn zum Essen?«

Ich halte meinen Teller so, dass sie ihn sehen können. »Das ist der Weltmeisterforellensalat, so nennt ihn der Fischereiverein zumindest, aber er hätte wirklich einen Preis verdient. Und das ist die Lasagne von Gianfranco. Die ist auch zum Niederknien.«

Vee lacht. »Deine Mutter hat auch immer die unmöglichsten Kombinationen gegessen.«

»Das habe ich Fabian auch gesagt. Aber er hat nicht mit sich reden lassen und wollte mir unbedingt mein Essen bringen.«

»Fabian ist auch hier?« Vee strengt sich an, freundlich zu klingen.

Ihre Mitarbeiter bei *Living My Way* mag sie damit täuschen, doch mir macht sie nichts vor. Für die Reportage »Traummann« würde sie meinen Freund eher nicht anfragen, auch wenn sie sich bemüht, das vor mir zu verbergen.

»Nein, der betreut heute Abend den Cocktailstand der Feuerwehr«, erkläre ich.

»Ach so«, sagt Vee.

»Was habt ihr denn zum Essen?«, versuche ich, das Thema zu wechseln.

Vee hält mir eine *Kjötsúpa,* eine Suppe mit Lamm, Gemüse, Reis und Kräutern, ins Bild. Es ist ihr Lieblingsgericht, wenn sie in Island ist, und sie behauptet immer, es schmeckt nirgendwo so gut wie in Hildas Heimatdorf. Hilda – ich habe es geahnt – hat die legendären isländischen Hotdogs, von denen sie schon seit Wochen schwärmt, vor sich.

Auch wenn ich Fabian sonst gerne um mich habe, bin ich ganz froh, dass er nicht da ist. Was hätte er denn von einem Abend, an dem wir uns in alten Geschichten verlieren? Eher nichts. Außerdem würde es sich komisch anfühlen. Wir haben uns erst so richtig kennengelernt, nachdem das mit Mama passiert ist. Wahrscheinlich wären meine Tanten und ich gehemmt, wenn uns ein »Fremder« zuhören würde.

Ich komme mir zwar gemein vor, wenn ich ihn so bezeichne, aber mir fällt auch nicht ein, wie ich das sonst ausdrücken soll. Für Mama war er ein Fremder, und für meine Tanten ist er das immer noch.

Und dann ist da unsere unausgesprochene Vereinbarung, an Mamas Geburtstag fröhlich zu sein. Wir wollen von einer alten Geschichte in die nächste stolpern und uns nicht darum kümmern, was andere denken.

»Seid ihr mir wirklich nicht böse, dass ich nicht zu der Eröffnung gefahren bin?«

Vee winkt ab. Sie zeigt sich verständnisvoll und betont, dass wir das nachholen werden.

»Im Dezember sind wir wieder eingeladen«, sagt Vee. »Dann eröffnet Maja Waldenstein den zweiten Teil ihrer Galerie. Mit Cassandras Werken. Eine Gesamtschau.«

Eine Gesamtschau. Unglaublich! Deswegen sollten wir also zu dem Empfang! Ich dachte eigentlich, Vee ist dort, weil sie darüber schreibt oder weil sie Maja kennt, dabei ging es tatsächlich um uns alle.

»Das ist ein wunderbares Geburtstagsgeschenk«, sage ich. »Sie wäre ausgeflippt vor Freude.«

»Maja baut gerade ein altes Kloster um. Im neuen Teil ist ihr Hotel, und im alten Teil soll diese Galerie sein. Du kannst mir glauben, wenn Maja so etwas macht, macht sie das tausendprozentig. Und im Dezember fahren wir alle hin und machen es uns richtig schön.«

Vee ist aufgeregt, deswegen redet sie ohne Punkt und

Komma. Das ist so eine Eigenart von ihr. Sie hat Angst, dass ich mich schlecht fühle, weil ich nicht gefahren bin.

»Maja Waldenstein hat außerdem vorgeschlagen, dass wir unsere Spendengala bei ihr abhalten. Sie würde das mit der Ausstellungseröffnung kombinieren.«

Diese Maja scheint ja wirklich sehr umtriebig zu sein.

Nach Mamas Tod haben wir die »Cassandra Landauer Stiftung« gegründet, weil wir über das Thema Organspende aufklären und viele Leute zum Spenden bewegen wollen. Mama konnte mit ihren Organen drei Menschen helfen. Das fanden wir so unendlich tröstlich, und die Briefe, die uns danach erreichten, haben uns zutiefst gerührt.

Vees Zeitschrift, vielmehr der gesamte Verlag, veranstaltet kurz vor Weihnachten immer eine Spendengala. Ursprünglich sind die Spenden jedes Jahr an eine andere Organisation gegangen, doch seit letztem Mal ist es »unsere Stiftung«, zu deren Gunsten die Gelder gesammelt werden. Vee legt sich immer ins Zeug, für den Abend spannende Gäste und tolle Musiker zu engagieren. Ich denke, das ist ihre Art, mit Mamas Tod fertigzuwerden.

»Das wird bestimmt gut, vor allem in Kombination mit der Ausstellung«, prophezeie ich. Dann fällt mir ein, dass es doch keine Gesamtschau sein wird, doch das sage ich nicht laut. Stattdessen verkünde ich, dass ich noch eine Torte im Kühlschrank habe, und wechsle so das Thema. »Die habe ich mir in Bamberg besorgt, bei der tollen Konditorei, in der wir damals waren. Oh, und Pralinen habe ich auch.«

»Ach, die hat Cassandra so geliebt.« Vee lacht. »Kannst du dich an den Typen aus Amsterdam erinnern? Wie hieß der doch gleich? ... Ach, ist ja auch egal. Jedenfalls hat er jeden Tag Pralinen am Museum abgegeben, weil er sich so in deine Mutter verguckt hatte.«

»Natürlich erinnere ich mich. Sie hat mich die nie essen lassen, weil sie Angst hatte, dass er was reingemischt haben könnte. Dabei sahen die so gut aus«, ergänze ich bedauernd.

»Gut so. Man kann nie wissen.« Vee hat als Chefredakteurin mit vielen durchgeknallten Leuten zu tun. Sie würde nie etwas essen, was ihr ein »Fan« zuschickt.

»Man schmeißt doch keine Pralinen weg!«, widerspricht ihr Hilda empört.

Sie ist eine Naschkatze, eine *sælgætisgrís.* So nennt sie mich manchmal, weil ich genauso auf Süßes stehe. Hilda würde für Pralinen eindeutig auch einen Krankenhausaufenthalt riskieren.

»Mama hat sie nicht weggeschmissen, sondern in die Teeküche der Museumsmitarbeiter gestellt – allerdings mit einem Warnhinweis versehen. Umgefallen ist niemand, soweit ich mich erinnern kann.«

Jetzt sind wir in Fahrt. Eine Anekdote geht in die nächste über. Ab und zu schiebe ich mir eine Gabel Forellensalat in den Mund. Meine Tanten genießen ihre Spezialitäten, und wir lachen. Mama hätte garantiert am lautesten gelacht.

Als es an der Tür klingelt, bleibe ich sitzen.

»Willst du nicht nachsehen, wer das ist?«, fragt Vee.

Ich zucke mit den Schultern. »Ist bestimmt für Fabian.«

Hilda wirft mir einen Blick zu, und mit einem Mal verstehe ich.

»Verrücktes Huhn«, sage ich, während ich aufstehe und zur Wohnungstür laufe.

Draußen steht ein Paketbote, der einen Karton in der Größe einer Waschmaschine hochgeschleppt hat. Er trabt die Treppen hinunter, ich rufe ihm ein Danke hinterher und zerre das Ungetüm durch den Flur ins Wohnzimmer.

Vee strahlt. »Es hat geklappt«, sagt sie zu Hilda. Dann wendet sie sich mir zu. »Eigentlich habe ich es ins ›Sankt Anna‹ geschickt, aber die waren so nett, es per Kurier zu dir bringen zu lassen.«

»Sogar in den ersten Stock«, ergänze ich staunend. »Wie hast du das denn hingekriegt?«

Meine Tante lächelt und schweigt.

»Na los! Wir wollen dein Gesicht sehen.« Hilda stützt ihr Kinn auf beide Hände, als würde gleich eine Doku über Arnold Schönberg kommen. Hilda ist Violinistin bei den Philharmonikern und der größte Schönberg-Fan, den ich kenne. (Ich kenne keine weiteren Schönberg-Fans, aber ich bin mir sicher, dass Hilda sie in ihrer Begeisterung übertrifft.)

Ich drehe mein Notebook so, dass meine Tanten das Paket sehen können. Dann hebe ich den Deckel ab und klappe die Frontseite auf. Auf der linken Seite hängen Kleiderhüllen auf einer zwischen zwei stabilen Pappwänden befestigten Kleiderstange. In Seidenpapier eingeschlagene Outfits liegen auf der rechten Seite übereinandergeschichtet. Ganz unten in der Kiste sehe ich Schuhkartons.

Meine Tante schenkt gerne und üppig. Trotzdem staune ich jedes Mal, wenn sie mir so ein Ungetüm präsentiert.

»Du bist völlig verrückt!«, murmele ich.

»Das bin ich«, gesteht Vee. »Aber das ist eine gute Art des Verrücktseins.«

Aus dreitausend Kilometern Entfernung sieht sie vergnügt zu, wie ich mit der Hand über die einzelnen Pakete streiche.

»Also, komm schon.« Hilda rutscht aufgeregt vor dem Bildschirm hin und her. Ein roséfarbener Aufkleber hält das Papier zusammen, in dem mein erstes Präsent liegt: ein schwarzes enges Kleid mit dünnen Trägern.

Ich schlüpfe aus dem Bild und in das Kleid. Dann stelle

ich mich vor die Kamera. Auf dem Monitor sehe ich die begeisterten Gesichter meiner Tanten.

»Für meine ganz persönlichen Holly-Golightly-Momente«, verkünde ich und befühle den glänzenden schwarzen Stoff.

»Unten sind die Basics: Jeans, Hosen, Pullover, Tops ... du weißt schon. Die brauchst du jetzt nicht«, dirigiert mich Vee. »Mach mal die Kleiderhüllen auf.«

Ich komme ihrem Wunsch nach und halte ein Kleid hoch. Mit den verschlungenen Kreisen in Rosa-, Orange- und Blautönen ist es ein wahres Kunstwerk.

»Das ist von unserem Künstler-Shooting«, verrät mir meine Tante. »Eine Hommage an Emilio Pucci und seine berühmten Muster.«

Wieder gehe ich aus dem Bild, tausche das schwarze Kleid gegen das bunte und kehre zurück. Hilda klatscht. Im Hintergrund höre ich Begeisterungsrufe auf Isländisch.

»Sie finden es alle toll«, dolmetscht Hilda.

Ihre Familie scheint inzwischen heimgekehrt zu sein und meiner Modenschau zu folgen. Hildas Nichten und Neffen winken in die Kamera, ihre Schwägerin erzählt irgendetwas und hebt die Daumen. Hilda kommt mit dem Übersetzen gar nicht hinterher.

Vee beugt sich vor. »Zieh mal das Türkisfarbene an.«

Ich fische weitere Teile aus den Kleiderhüllen. »Das mit der Schleife?«

»Das heißt Schluppe«, korrigiert mich meine Tante. »Und nein, das meine ich nicht. Das ist eher etwas für ein Vorstellungsgespräch.«

»Okay«, sage ich und lege das Schluppenkleid auf den Sessel.

Ich probiere mich schließlich noch durch das richtige türkisfarbene, ein dunkelblaues, ein leuchtend pinkes und ein mit Sommerblumen bedrucktes Kleid sowie einen Overall mit viel Hose und wenig Oberteil. Dieses Outfit kommt besonders gut an. Vor allem die isländische Verwandtschaft zeigt sich angetan, auch wenn ich keine Ahnung habe, was sie sagen.

Ich ziehe den Overall aus. Hier in Untergickelbach werde ich ihn bestimmt nicht tragen, so wie die meisten von Vees Sachen. Das Dirndl, das ich gestern anhatte, hing ebenfalls monatelang in der Kleiderhülle. Mit den Geschenken meiner Tante würde ich auffallen, und das will ich nicht.

»Wollten wir noch etwas sagen?«, fragt Vee, und Hilda schüttelt den Kopf. »Hast du etwas zum Anstoßen da?«

»Aber sicher!« Ich hole den Sekt aus dem Kühlschrank.

»Wir sind bereit. Du auch?«, fragt Vee vom Sofa aus, auf dem das Notebook steht.

Eine Männerstimme sagt etwas, was ich nicht verstehe.

»Mein Bruder beschwert sich darüber, dass er alkoholfreien Sekt bekommt«, übersetzt Hilda. »Aber er muss Schmerzmittel nehmen. – Was?«

Sie hört nach hinten, antwortet auf Isländisch.

»Er sagt, alkoholfreier Champagner sei, als würde die Musikschule Puccini spielen«, erklärt Vee mir dann und ignoriert ihren zur Dramatik neigenden Schwager. »Lass uns anstoßen«, fordert sie mich auf und stupst ihr Glas gegen das Display.

»Auf Mama«, sage ich und proste zurück.

»Auf meine Cassandra. Wir sind einen Tag zu spät mit dem Sekt, aber ich denke, das siehst du uns nach. Wir vermissen dich, meine Liebe, wo immer du auch bist.« Vee hält kurz inne. Sie schluckt. »Du hast eine wundervolle Tochter, und ich verspreche dir, dass wir das Wochenende nachholen werden.«

Ich kippe den Champagner herunter und versuche, damit die Tränen wegzuspülen, die Vees Trinkspruch heraufbeschworen hat.

»Das wird lustig«, sage ich.

»Ich hatte jetzt schon viel Spaß«, sagt Hilda. »So eine Anprobe müssen wir öfter machen.«

Sie hat recht, wir sollten das wiederholen, auch wenn ich nicht immer halb Island als Publikum brauche.

»Ich wünsche dir noch einen wunderbaren Abend.« Vee und Hilda winken, und die Isländer rufen verschiedene Sachen, vermutlich etwas wie »Viel Spaß« oder »Schönen Abend«.

»Den habe ich bestimmt«, sage ich und lege auf.

Eigentlich wollte ich es mir vor dem Fernseher gemütlich machen, aber irgendwie habe ich jetzt Lust auszugehen.

5
Was wäre, wenn sie geht

As you slide down the banister of life
may the splinters never point the wrong way.

Mögen die Splitter immer in die andere Richtung zeigen,
wenn du auf dem Geländer des Lebens herunterrutschst.

IRISH SAYING

Samstagabend, vorletzte Juniwoche

»Du hast ja fast nichts an! Gehst du immer so ans Telefon?«, fragt Vee mit hochgezogenen Augenbrauen, aber ich sehe genau, dass sie sich ein Lachen verkneift.

»Ich wusste doch, dass ihr es seid«, sage ich und halte das Telefon ein wenig höher, sodass es den Anschein hat, als würde ich ein Top tragen und nicht nur Unterwäsche.

»Die ganze Familie ist hier«, raunt Vee in die Kamera. »Moment«, sage ich, lege das Handy kurz ab und schlüpfe in den Bademantel.

»Ach, wir sind da nicht so.« Hilda grinst, wartet, bis ich mein Telefon wieder in der Hand habe, und schwenkt dann das Handy durchs Wohnzimmer. Außer ihrem Bruder, dessen Frau und den Kindern sitzen da weitere Menschen, die ich nicht kenne, um einen Esstisch und winken in die Kamera. Ich winke zurück.

Meine Tanten sind wieder bei Hildas Bruder untergekommen. Hilda freut sich über die Familienzeit, aber aus Vees Nachrichten lese ich eine gewisse Unruhe heraus. Es wurmt sie, dass sie nicht an dieser Galerieeröffnung teilnehmen kann, allerdings scheint es sie zu beruhigen, dass zumindest ich da hingehe. Auch wenn ich bestimmt der verzichtbarste Gast weit und breit bin.

»Wie war dein Tag? Und wie waren die Behandlungen?« Vee hat ihr Journalistinnengesicht aufgesetzt.

»Sehr entspannend. Das Öl bei der Ayurveda-Massage hat ein wenig seltsam gerochen, aber das muss wohl so sein. Jedenfalls sehen alle meine Körperteile sehr gepflegt aus, was uns gleich zum nächsten Punkt bringt: Was soll ich heute Abend anziehen?«

»Hast du nichts gefunden?«, fragt Vee und blickt mich halb entsetzt, halb enttäuscht an.

Jetzt, wo die beiden mir am Bildschirm dabei zusehen können, öffne ich die Kiste und veranstalte eine Modenschau. Die Wahl fällt einstimmig auf einen Einteiler: weite schwarze Hose, enges weißes Oberteil, vorne hochgeschlossen, viel freier Rücken.

»Sollte es dir hinten zu weit ausgeschnitten sein, kannst du es prima mit dem schwarz-weiß getupften Tuch kombinieren«, wirft meine Tante ein. Manchmal scheint sie wirklich meine Gedanken lesen zu können.

»Ich bin mir sicher, dass kein anderer Gast sein Outfit mit so viel Bedacht wählt.« Irgendetwas schwingt in Hildas Aussage mit, doch ich kann es nicht richtig greifen.

»Spatz, falls du Maja triffst – und davon gehe ich aus –, sag ihr liebe Grüße«, bittet mich Vee. »Ich habe ihr geschrieben, aber ich weiß nicht, ob sie meine Nachricht in der Vorbereitungshektik gesehen hat.«

Ich sage zu, dass ich mir die Gastgeberin schnappen werde, falls ich an sie herankomme. Anschließend winke ich meinen Tanten und der isländischen Sippschaft noch einmal zu, bevor ich den Videoanruf beende. Ich muss meine Haare noch machen, dann kann der Abend beginnen. Das Kribbeln nimmt zu, und es ist nicht die Galerieeröffnung, die mich so nervös macht.

Rosensträuße quellen aus den Bodenvasen, die den roten Teppich am Eingang flankieren. Elfenbeinfarbene Girlanden und Laternen schmücken den Innenhof. Von den Beeten aus erhellen Scheinwerfer die Sandsteinfassade des Klosterhotels »Sankt Anna«. Frauen und Männer in Abendkleidung drängen sich um die mit weißen Tischdecken überzogenen Stehtische. Servicepersonal bietet Champagner und andere Getränke auf Tabletts an. In der Mitte der Terrasse kümmern sich zwei Frauen und zwei Männer hinter einer Bar um die Cocktailwünsche der Gäste.

Ich lehne an einem Stehtisch. Neben mir steht ein Mann, der es offenbar für seine Aufgabe hält, mir Gesellschaft zu leisten. Er ist ein Bekannter von Vee. Ich vermute ja, dass meine Patentante ihn auf mich angesetzt hat, aus Sorge, ich könne mich hier langweilen. Manchmal übertreibt sie es wirklich. Über die Spa-Termine habe ich mich gefreut, über die Kleiderkiste sowieso, aber diesen Menschen hätte sie sich sparen können.

Phil Schörner – so heißt mein Reporter-Babysitter – langweilt mich mit Berichten über seine Aufträge, die ihn offenbar in jeden Winkel der Welt geführt haben. Während er erzählt, schraubt er Objektive und weitere Hilfsmittel auf die Kamera und entfernt sie dann wieder, um sogleich andere anzufügen. Ich höre gerade so aufmerksam zu, dass ich an den richtigen Stellen ein »Mhm« äußern kann.

Die Gäste um mich herum lehnen an den Tischen, trinken Champagner, nehmen Umarmungen und Luftküsse entgegen und erwidern diese. Der Smalltalk dringt nur als Rauschen an meine Ohren und konkurriert dort mit der Musik des Streichquartetts auf der Bühne.

Wie lange muss ich hier ausharren? Bis Mamas Ausstellung angekündigt wird und vielleicht noch ein paar Anstandsminuten?

Phil hat seine Saudi-Arabien-Anekdote beendet und geht los, um Leute zu fotografieren. Wenn er wirklich so begehrt ist, weshalb muss er dann diese Ausstellungseröffnung übernehmen?

Vee hat ja gemeint, dass Maja Waldenstein gut vernetzt sei, aber alles hat seine Grenzen. Ich wünsche mir, Vee und Hilda wären hier. Mit ihnen wäre es lustig …

Na ja, irgendwann wird dieser Zirkus schon vorbei sein. Irgendwann ist es 22.30 Uhr.

Beim Gedanken daran flattern die Marienkäfer wieder auf.

Es ist nur eine Besichtigung. Zwei Leute, die sich für Kunst interessieren, gehen durch ein altes Kloster, versuche ich, mein Gewissen zu beruhigen.

Wieso meldet sich das überhaupt? Fabian hat schließlich auf der Kirchweih auch seinen Spaß. Seine Kumpels, seine beste Freundin, Thekendienst, feiern, trinken, später Kellerbar, bestimmt kommt noch Playstationzocken dazu … alles, was er liebt. Und ich habe eben heute Abend Spaß beim Klosterbesichtigen mit dem Architekten. Den muss ich mitnehmen, andernfalls würde ich ja nicht hineinkommen. Sean ist also eine Notwendigkeit. Dass er total sympathisch und nicht unattraktiv ist, passt gut, sonst wäre die Besichtigung bestimmt langweilig. Also alles in Ordnung. Fabians und mein Abend unterscheiden sich gar nicht so sehr voneinander.

Champagner Nummer eins ist in meinem Kopf angelangt und sorgt dafür, dass ich meine Umgebung über alle Maßen scharf und deutlich wahrnehme. Das ist ein sicheres Anzeichen dafür, dass ich dringend etwas essen muss. Die Gäste an den Tischen holen sich Teller von einem Büfett.

Das sollte ich auch tun, überlege ich gerade, da bietet mir ein Kellner ein weiteres Glas Champagner an. Ich nehme es vom Tablett und trinke einen großen Schluck. Irgendwie muss ich die Vorträge des Fotografen, die mich sicher noch erwarten, schließlich ertragen. Natürlich könnte ich mich auch einfach woanders hinstellen, aber ich will nicht unhöflich sein.

Wie soll ich eigentlich nachher zum Alten Kloster kommen?

Ich schaue auf mein Glas. Der Volvo ist keine Option mehr. Das Hotel verfügt über einen Fahrservice, aber ich komme mir komisch vor, mich nachts zu einer Baustelle kutschieren zu lassen. Vielleicht sollte ich mir eines der Leihfahrräder reservieren. Die frische Luft würde mir helfen, ein paar Gedanken auszusortieren, damit ich in jeglicher Hinsicht fit bin für die Besichtigung.

Phil kommt wieder zurück – zu schnell für meinen Geschmack. Er beschwert sich über die Cocktailauswahl und fragt mich, ob ich schon einmal einen *Lima* getrunken habe. Von diesem Getränk habe ich noch nie etwas gehört, worüber sich Phil auf gönnerhafte Weise entsetzt zeigt. Er kündigt an, mir später einen Drink zu mixen, vorher müsse er aber ein wenig arbeiten – und sofort verschwindet er wieder zwischen den Leuten. Das mit dem Cocktail kann er vergessen, denke ich, und wickle mir das Tuch um den Oberkörper.

Alle sind entspannt, plaudern und haben Eröffnungsfeier-Spaß. Ich spiele mit dem Gedanken, ein weiteres Glas Champagner zu trinken.

»Sind Sie die Dame, die sich an einen anderen Tisch wünscht?« Verwundert schaue ich mich um.

Hinter mir steht Sean Halligan und sieht mich spitzbübisch an. Der Anzug verleiht ihm eine James-Bond-Ausstrahlung. Über seine Krawatte sind winzige gelbe Punkte verteilt.

»Kannst du hellsehen?«, frage ich.

»Es war nicht zu übersehen, was in dir vorgeht.«

»Dabei habe ich mich so bemüht, höflich zu wirken.«

»Nun, das hat nicht allzu gut geklappt.« Er lächelt mich an. »Was ist mit deinen Tanten?«

»Die sitzen immer noch fest!«

»Das tut mir leid.«

Mir eigentlich auch. Wenn das aber bedeutet, dass ich jetzt noch mehr Zeit mit Sean Halligan kriege, finde ich die Zickerei der Katla gar nicht so schlimm.

Sean weist mit der offenen Hand quer über die Terrasse. »Dort drüben ist ein Tisch mit lauter netten Leuten, die dich unglaublich gerne kennenlernen möchten.«

Ich blicke seiner Hand nach, ohne zu wissen, wohin er gedeutet hat.

»Ach wirklich?«, frage ich skeptisch.

»Ja.« Er nickt. »Spätestens, wenn sie sich fünf Minuten mit dir unterhalten haben, werden sie dich nicht mehr weglassen wollen.«

Als Sean mir sanft die Hand auf den Rücken legt, kribbelt meine Haut unter dem Stoff, und dieses Gefühl wandert bis hinauf zu den Schultern und dann weiter zu meinem Hals. Mein Herz klopft, und meine Hände fangen an zu zittern. Hastig umklammere ich meine Clutch, damit es niemand sieht.

»Was ist mit der Foto-Ausrüstung?«, frage ich mit Blick auf den Tisch.

»Die wird schon nicht wegkommen«, sagt er und legt den Kopf schief.

Wollen wir gehen?, heißt das wohl. Fast erwarte ich, dass er mir den Arm anbietet, doch dann hält er kurz inne.

»Ich muss Ihnen Ihre Tischdame entführen«, sagt er zu dem herannahenden Phil und zieht mich fort.

In der Mitte der Terrasse stehen die Leute dicht um die Bar gedrängt. Offenbar haben alle ihren Begrüßungschampagner ausgetrunken und möchten sich noch mit einem Drink versorgen, bevor es losgeht.

Sean ergreift meine Hand und führt mich durch die Menge. Seine Hand ist warm und trocken. An manchen Stellen fühlt sie sich ein wenig rau und schwielig an, als würde er beim Bau selbst mit anpacken. Meine Knie sind so weich, dass ich befürchte, sie versagen gleich ihren Dienst.

Irgendwie schaffe ich es trotzdem auf die andere Seite der Terrasse. Als Sean meine Hand loslässt, will ich am liebsten protestieren, so schade finde ich das.

An zwei Stehtischen, die jemand eng zusammengerückt hat, stehen vier Frauen und ein Mann. Der Mann trägt einen hellblauen Anzug, die Frauen Kleider in Gelb, Rot, Grün und Blau. Die Frau in Grün erkenne ich wieder: Es ist Gina von der Tankstelle. Sie trägt einen Traum von einem Petticoatkleid und ein dazu passendes Band in den Haaren. Ihr Oberkörper ist an vielen Stellen tätowiert. Die Tattoos sehen gut aus: viele kleine Motive an ihrem linken Oberarm, Worte, die aus ihrem Ausschnitt fließen. Die auffälligste Arbeit befindet sich an ihrem rechten Oberarm. Es ist der Kopf einer Frau. Ich ertappe mich schon wieder beim Starren und wende meinen Blick den anderen zu.

Sean legt seine Hand auf meinen Rücken und schiebt mich ein Stück näher an den Tisch.

»Das ist Marie«, stellt er mich vor. »Ihre Tanten konnten nicht kommen, und in der Gesellschaft, in der sie sich befand, konnte man sie nicht lassen.«

»Beim grapschenden Landrat?«, fragt die Frau in Gelb.

»Eher beim prahlenden Fotografen«, entgegne ich.

Sean grinst. »Das ist Lena, sie macht die Pflegeprodukte im Lavendelhof.« Lena ist die mit dem gelben Kleid, versuche ich, mir zu merken. »Robert und Cinzia führen das Weinkontor, und Carla hat den Blumenladen.« Hallos, His und Ciaos prasseln mir entgegen.

»Hallo«, erwidere ich mit einem Lächeln.

Cinzia, die Frau in Rot, arbeitet also mit dem gut aussehenden Mann. Mit seinen grauen Haaren, dem gepflegten Fünf-Tage-Bart und dem eleganten Anzug könnte er auch in einer Modeanzeige auftauchen. Nicht weil er so schön wäre, aber weil er etwas Interessantes hat. Carla – in Blau – führt offenbar den tollen Blumenladen. Sie beneide ich ein wenig.

»Weiß eigentlich jemand, mit welchem Künstler sie die Galerie eröffnen will?« Robert sieht sich um. »Gina?«

Alle Augen richten sich auf die Angesprochene.

»Ich gehe mir mal etwas zu trinken holen«, sagt sie ausweichend und lacht. »Es tut mir echt leid, aber ich habe versprochen, nichts zu verraten. Dauert auch nicht mehr lange.« Fort ist sie.

»Sie hat sich soeben ihr Extrastück Tiramisu verspielt«, behauptet Cinzia und lacht ebenfalls. Ihre Worte schmiegen sich einem sofort ans Herz. Anders kann ich ihren italienischen Akzent nicht beschreiben. »Weißt du etwas, Sean?«

Der winkt ab und schüttelt den Kopf. »Ich bin ebenso unwissend wie ihr alle.«

»Dann trinken wir auf unsere Unwissenheit«, schlägt Robert vor und legt den Arm um Cinzia.

Die zwei sind offensichtlich ein Paar. Sie wirken etwas älter als die anderen, die ich alle auf zwischen Mitte zwanzig und Mitte dreißig schätze.

»Marie hat kein Glas«, unterbricht ihn Cinzia, winkt einen Mitarbeiter her, fischt einen Champagner vom Tablett und reicht es mir.

Robert setzt noch einmal an. »Auf die Unwissenheit und – weil das ein komischer Grund ist – auf nette Menschen. Außerdem auf den Lavendelhof und auf Maja, die das alles möglich macht.«

In dem Moment kehrt Gina, einen Drink in der Hand, zurück.

»Und auf Sean, der sich so ritterlich um die Frauen in Not kümmert«, ergänzt sie. »Nichts für ungut, Marie. Ich bin sicher, du hättest dich da selbst rauslavieren können. Aber Sean packt eben gern seine Rüstung aus und eilt zur Hilfe.«

Sie grinst Sean an, doch der zieht die Nase kraus. Sein Mundwinkel verzieht sich spöttisch.

»Für jemanden, der gerade mein Ein und Alles geschrammt hat, lehnst du dich ganz schön weit aus dem Fenster!« Er sieht mich an und erklärt: »Ich habe ihr mein Wohnmobil für ein Wochenende ausgeliehen. Wenn ich geahnt hätte, dass sie nicht fahren kann, hätte ich das nie gemacht.«

Gina zeigt sich ungerührt. »Ich fahre sehr gut, mir ist nur dieser Felsblock in den Weg gesprungen. Die Polizei meinte auch, das sei ein großes Problem. Andere Wanderer hätten sich auch schon beschwert.«

»Ich werde dir nie wieder etwas borgen«, sagt Sean und kneift die Augen in gespieltem Ernst zusammen.

»Mit wem warst du eigentlich beim Wandern?«, will Carla wissen.

Gina zwinkert und grinst und bleibt die Antwort schuldig.

»Und wir trinken darauf, dass wir immer so nett zueinander sind«, unterbricht Cinzia den scherzhaften Disput, und wir stoßen wieder an.

»Dann können wir gleich auch noch darauf trinken, dass Sean nicht über seine eigenen Füße fällt, wenn er zur Bühne geht«, ruft Lena.

»Oder darauf, dass die Präsentation nicht hängen bleibt.« Carla sieht Sean mit einem Augenaufschlag an, der mir verrät, dass sie ihm in einem solchen Fall nur zu gern zu Hilfe eilen würde.

Vielleicht bilde ich mir das auch nur ein, und das ist einfach der normale Umgang hier. Jedenfalls mag ich es, wie sie sich gegenseitig aufziehen.

Sean lächelt die Frotzeleien weg. Wie er da so neben mir steht, wirkt er absolut entspannt, und ich ertappe mich dabei, wie ich mir wünsche, dass er seine Hand noch einmal auf meinen Rücken legt. Die Geste war so vertraut und beruhigend. Ein Mitarbeiter nimmt Sean beiseite und erklärt ihm irgendetwas seinen Auftritt betreffend.

Währenddessen machen Lena und Carla Platz für einen dunkelhaarigen Mann, damit er seinen Teller abstellen kann.

»Will Maja das Büfett nicht offiziell eröffnen?«, fragt Lena.

»Sieht nicht so aus.« Der Hinzugekommene schüttelt den Kopf, dann erst entdeckt er mich. »Hi, ich bin Michael. Whiskey im Lavendelhof.«

Ich stelle mich ebenfalls vor, und er nickt freundlich. Seine kurz geschnittenen Haare kräuseln sich. Eigentlich wirkt er wie der Bankberater, der dir einen Hauskredit vermittelt, seine Figur verrät allerdings, dass er ein Genießer ist.

»Ich habe übrigens heute ein paar außergewöhnliche Sachen bekommen«, berichtet er. »Wenn ihr Lust habt, lasse ich euch später probieren. Wo schon das EFA ausgefallen ist …

Also je nachdem, wie lang das hier geht. Sonst machen wir das morgen.«

Die anderen zeigen sich begeistert, doch ich habe keine Ahnung, wovon er spricht.

»Das EFA – Endlich FeierAbend – ist unsere Feier am Samstagabend«, erklärt mir Lena, die offenbar gemerkt hat, dass ich nichts verstehe. »Wir läuten gemeinsam das Wochenende ein und fressen Robert und Cinzia ratzekahl.«

»Das stimmt! Wir werden bald zumachen müssen, wenn ihr weiter so über uns herfallt«, sagt Cinzia. Es ist sogar mir klar, dass sie das nicht ernst meint.

»Möchtest du auch kommen? Nachher?« Michael stopft sich ein Horsd'œuvre in den Mund.

Ich weiß nicht, was ich antworten soll. Schließlich will ich ja mit Sean durchs Kloster gehen. Doch mein anpassungssüchtiges Ich antwortet: »Gerne«, bevor ich überlegen kann. Ein Abend mit den Lavendelhöflern, wie ich sie in meinem Kopf getauft habe, klingt verlockend. Natürlich nicht so verlockend wie ein Abend mit Sean.

Es ist doch wirklich gemein. Entweder man weiß nicht, was man machen soll, oder man bekommt gleich zwei tolle Optionen für einen Abend. Eine lustige, gesellige und eine … ich versuche, vor mir selbst zu verbergen, dass ich soeben »romantische« gedacht habe. Nein, nein. Natürlich ist es eine »kulturelle« Option. Genau, eine interessante, kulturelle und einzigartige Möglichkeit, eine sehr seltene Wandmalerei zu sehen. Schließlich kommt man nicht oft zu so einer Führung.

Sean hat sein Gespräch beendet und wendet sich wieder dem Tisch zu.

»Michael will uns seine neuen Whiskeys vorstellen. Robert, Cinzia, die Laurent-Geschwister, Lena und ich, alle gehen mit. Bist du dabei?«, fragt ihn Carla.

Ihr Blick und ihr betont cooler Tonfall verraten, dass sie Wert auf Seans Anwesenheit legt.

»Ich habe noch einen Termin«, sagt er.

Ah, so macht man das, denke ich. Aber ich stolpere über das Wort »Termin«. Das bin ich also, ein »Termin«?

Das Wort zwickt in meinem Bauch. Ich will kein Termin sein. Vielleicht deute ich etwas in diese Abendaktivität hinein, was da gar nicht ist. Vielleicht will er mir wirklich nur das Wandbild zeigen, aus reiner Höflichkeit. Offenbar bin ich ein Programmpunkt auf der Liste, die Sean heute Abend abarbeitet.

Wahrscheinlich ist es gut, dass ich die Whiskeysache zugesagt habe. Während ich überlege, spüre ich unter dem Tisch Seans Hand ganz sanft an meiner. Es könnte eine zufällige Berührung gewesen sein. Oder auch nicht.

»Einen Termin? Am Samstagabend?« Carla klingt ungläubig und ein wenig ungehalten. Das scheint ihr selbst aufzufallen, denn sie schiebt in versöhnlicherem Tonfall hinterher: »Musst du wieder so lange arbeiten?«, und legt ihre Hand auf seinen Arm. »Sean ist unser Workaholic«, sagt sie dann zu mir. »Wir fragen uns alle, wann er schläft. Dauernd macht er die Nacht zum Tag.«

Okay, hier scheint jemand eindeutig sein Revier zu markieren. Warum sonst demonstriert sie mir gerade, wie gut sie ihn kennt?

»Musst du noch ein paar von Majas VIPs bespaßen?« Robert sieht ihn an.

»So ist es«, bestätigt Sean.

Bevor ich mir Gedanken machen kann, ob er wirklich einen Auftrag der Hotelchefin erhalten hat, ist sie wieder da, die winzige Berührung. Ganz vorsichtig stößt seine Hand gegen meine und streicht sanft darüber. Dann zieht Sean sie so schnell wieder weg, dass ich mich selbst frage, ob das gerade wirklich passiert ist.

Es ist passiert. Denn die Marienkäfer schwärmen aus und bringen meinen ganzen Körper zum Vibrieren. Ich schiele zu Sean hinüber. Sollte er ein Pokerface haben, hat er das gerade aufgesetzt.

Carla lässt nicht locker. »Aber danach kannst du doch kommen?«

»Ich muss mal sehen«, sagt er ausweichend.

»Marie haben wir schon gefragt, und sie kommt«, sagt Gina und grinst ihn an.

Oh nein. Warum hat sie das denn gesagt? Sie kann ja nicht wissen, dass ich der »Termin« bin! Oder doch? Wie soll ich Sean bloß mitteilen, dass ich nicht wusste, wie ich höflich ablehnen soll, ohne unsere Pläne zu offenbaren. Sean sieht mich nicht an, und ich will auf keinen Fall anfangen zu flüstern. Seine Hände liegen auf dem Tisch, unauffällig berühren geht also auch nicht.

Carla kündigt an, zur Bar zu gehen, und fragt, ob sie etwas mitbringen soll. Alle sagen, sie wollen sich überraschen lassen. Ich lächle und nicke.

»Wie lange spielt dein Bruder eigentlich?« Robert sieht Gina an.

»Sie sind für den ganzen Abend engagiert. Vor und zwischen den Programmpunkten spielen sie jeweils ein paar Stücke, später übernimmt dann der DJ.«

Ich sehe mich um, ob irgendwo eine Rockabilly-Band ihre Instrumente aufbaut, kann aber keine weitere Bühne entdecken. Mit einer solchen musikalischen Untermalung hätte ich nicht gerechnet. Wenn allerdings auch ein DJ auflegen soll, kann es ja sein, dass hier alle möglichen Musikrichtungen präsent sind.

Mein Blick fällt auf eine Frau im Rollstuhl, die von der höher gelegenen Terrasse auf die Menschen herabschaut. Mit ihrem weißen Pagenkopf, den roten Lippen, dem eleganten Cape und der edlen Handtasche wirkt sie wie eine Schauspielerin oder eine Opernsängerin. Sie hat einen Arm auf die Balustrade gelegt und beobachtet aufmerksam das Geschehen, das sich nur knapp zwei Meter unter ihr abspielt. Kann sie vielleicht nicht herunterkommen und braucht Unterstützung?

Nein, das kann es nicht sein. Sie wirkt so, als habe sie ihren Platz für den Abend gefunden. Außerdem taucht nun der Portier neben ihr auf.

Ich wende mich ab und suche weiter nach Beppi.

Sean kriegt das mit und beugt sich zu mir herüber.

»Dort ist er«, sagt er, und als ich Beppi immer noch nicht finde, legt Sean seine Hände an meine Oberarme und dreht mich in Richtung des Streichquartetts. »Links«, verrät er.

Und tatsächlich: Hinter dem Cello sitzt Beppi, seine Tolle etwas zahmer frisiert, die Augen geschlossen. Vielleicht fixiert er auch das Notenblatt, das kann ich aus der Entfernung nicht erkennen.

»Den ehemaligen Musikhochschüler vermutet fast niemand in ihm«, sagt Sean.

Fasziniert beobachte ich, wie Beppi völlig in der Melodie aufzugehen scheint. Durch Hilda habe ich einiges an Konzerterfahrung, und für mich klingt sein Spiel sehr professionell.

»Er gehört in ein Orchester«, sage ich. »Macht er das mit der Tankstelle nebenher?«

»Nein.« Sean schüttelt den Kopf. »Er hat die Hochschule nicht abgeschlossen. Es war wohl eine Zeitlang etwas holprig in seinem Leben. Gina hat ihn – wohl gemeinsam mit Maja Waldenstein – wieder auf einen … ebenen … oder richtigen Weg zurückgebracht.«

Maja Waldenstein scheint ja wirklich überall mitzumischen. Hotel leiten, altes Kloster umgestalten, Menschen retten. Ich bin gespannt, was sie noch alles macht. Seans Hände liegen immer noch an meinen Armen, und am liebsten würde ich mich an ihn lehnen. Das kann ich nicht machen! Stattdessen drehe ich meinen Kopf in seine Richtung.

»Mit dem Whiskeytrinken wurde ich vorhin komplett überrumpelt«, flüstere ich. »Ich wusste nicht, was ich sagen sollte.«

»So etwas habe ich mir schon gedacht«, sagt er nahe bei meinem Ohr. »Wir finden eine Lösung.«

Er lächelt mich an, und sein Blick verschmilzt mit meinem. Jetzt bin ich mir sicher, dass ich kein Termin bin. Mit einem Mal scheint sich eine wohlige Wärme in meinem ganzen Körper auszubreiten.

»Ich bin schon gespannt auf deinen Vortrag«, sage ich, um die Situation aufzubrechen.

»Dann seid ihr schon zu zweit. Aber außer Maja und dir interessiert das niemanden.«

Der Mitarbeiter von vorhin gibt Sean ein Zeichen.

»Bis gleich«, sagt er, löst seine Hände von meinen Armen und begibt sich in Richtung Technik.

Die Marienkäfer drehen komplett durch und sausen durch meinen Bauch.

Carla kommt mit einem Tablett voller bunter Cocktails an den Tisch zurück.

»Maja hat echt an alles gedacht. Sie hat so eine Art Cocktail-Unterhaltungskünstler engagiert. Er mixt Lima-Cocktails und erzählt von seiner Andenreise.« Sie hebt ein Longdrinkglas, um den anderen einen goldbraunen Drink zu zeigen, in dem jede Menge Eiswürfel schwimmen.

Ich versuche, meine Mimik im Zaum zu halten. Anscheinend gibt es Leute, die Phil beeindrucken kann.

Das Licht der zahlreichen Girlanden und Laternen auf der Terrasse erlischt. Scheinwerfer lenken die Aufmerksamkeit der Gäste auf die Bühne, auf der nun eine schmale Frau in einem schwarzen Abendkleid das Mikrofon ergreift. Das muss Maja Waldenstein sein. Stofffächer sind zu einem hochgeschlossenen Kleid zusammengefügt, das ihren schlanken Körper eng umhüllt. Es ist mehr ein Kunstwerk als ein Kleid. Die kurz geschnittenen grauen Haare und das Make-up lassen sie zu einer der schönsten Frauen werden, die ich je gesehen habe. Ein bisschen erinnert sie mich an Vee.

Unsere Gastgeberin bedankt sich bei den Musikern, die einen herzlichen Applaus von den Gästen erhalten, dann begrüßt sie die Anwesenden. Während sie kurz ein paar Ehrengäste namentlich nennt, taucht Beppi bei uns am Tisch auf.

»Bist du zufrieden?«, fragt ihn seine Schwester.

Er wiegt den Kopf hin und her. Ich beobachte, wie Gina ihm etwas zuflüstert, vermutlich ein Lob, denn Beppi scheint sich zu entspannen. Dann beginnt Maja Waldenstein mit ihrer Rede.

»Als ich etwa fünf oder sechs war, nahmen mich meine Eltern mit zu einer Kerkovius-Ausstellung in die Staatsgalerie in Stuttgart. Seitdem hatte ich den Wunsch, dass meine Bilder auch einmal in einer Galerie hängen und vielen Menschen Freude bereiten. Ich habe sogar vor dem Spiegel meine Eröffnungsrede geübt. Fünfzehn Jahre später – ich studierte inzwischen Kunst – ließ mein Dozent meine Kommilitoninnen und Kommilitonen um die Leinwand herumtreten, an der ich gerade arbeitete. ›Darf ich Ihnen einmal zeigen, wie man es nicht macht?‹, fragte er. Dann drehte er sich zu mir um und meinte: ›Sie können froh sein, wenn Sie venezianische Gondeln vor einem Sonnenuntergang oder röhrende Hirsche für ein Möbelhaus malen dürfen. Eine O'Keeffe oder Kahlo werden sie nie.‹«

Sie lächelt verschmitzt.

»Also widmete ich mich meiner zweiten Leidenschaft, der Pharmazie«, fährt sie dann fort. »Mit etwas mehr Erfolg, wie Sie vielleicht wissen.«

Die Lacher aus dem Publikum hat sie eingeplant, das kann ich sehen. Auch die Leute an meinem Tisch schmunzeln. Dass Maja Waldenstein mit Naturarzneien und einer Kosmetiklinie ein Vermögen verdient hat, weiß ich von Vee.

»Der Kunst bin ich dennoch treu geblieben. Und vielleicht ist es ja meine Berufung, die Kunst von begabten Menschen sichtbar zu machen. Der Zufall – oder war es das Schicksal? – wollte es, dass ich im ›Sankt Anna‹ und im Alten Kloster meine Lebensträume verwirklichen kann. Dieses Hotel zu führen und es mit seinen Gästen zu erleben beseelt mich jeden Tag aufs Neue. Der Traum, durch Galerien zu wandeln, wann ich immer ich will, wird heute Wirklichkeit – und, wenn alles nach Plan läuft, im Dezember gleich doppelt. Heute eröffnen wir hier im ›St. Anna‹ unsere Dauerausstellung. Und wir haben etwas Großartiges und Spannendes für Sie vorbereitet. Lassen Sie sich überraschen.«

Sie lächelt geheimnisvoll.

»Im Dezember werden wir im Alten Kloster ›Sankt Anna 2‹ einweihen und dort mit Wechselausstellungen anspruchsvolle Kunst der Gegenwart präsentieren. Doch bevor wir das Geheimnis um die Ausstellungen lüften, möchte ich Ihnen einen weiteren Künstler vorstellen, denn die Räume selbst sind schon Grund genug, sich das ›Sankt Anna 2‹ anzusehen. Eine gelungene Verschmelzung von Alt und Neu, von Denkmal und Moderne. Aber darüber soll Sie der Experte informieren. Meine Damen und Herren, mein geschätzter Architekt Sean Halligan.«

Sean betritt die Bühne, und mein Gehirn fügt endlich das Offensichtliche zusammen. Ich war so damit beschäftigt, mich auf Sean zu freuen, also auf die Tour, dass ich nicht geschaltet habe: Er macht das »Sankt Anna 2«. Er baut ein Haus für Mamas Bilder. Oder vielmehr: Er baut es um.

Die Pläne, die er dem Publikum vorstellt, fesseln mich nun umso mehr. Er spricht mit einer Leidenschaft, die ansteckend wirkt. Am liebsten würde man sofort aufbrechen und das Kloster besichtigen. Also, ich würde das tun. Aber den anderen Gästen scheint es genauso zu gehen, sie hören ihm zu, als sei er der Architektur-Messias.

Mein Blick schweift über die Frauen am Tisch, und ich frage mich, in welchem Verhältnis sie zu Sean stehen. Vertraut wirken sie alle. Ob er mit Carla oder Lena auch nachts durchs Kloster spaziert? Wenn ich ehrlich bin, wäre ich gerne die Einzige, die dieses Privileg genießt …

Was soll das denn? Was denke ich denn da? Ich sollte mich lieber auf den Vortrag konzentrieren.

Viel zu schnell überreicht Sean das Mikrofon an Maja, die sich bei ihm bedankt. Das Streichquartett spielt wieder, und Sean kehrt an den Tisch zurück. Die anderen ziehen ihn mit seinem Vortrag auf, indem sie irgendwelche Sachen erfinden, die ihm angeblich passiert sind, doch er lächelt nur.

Nach dem Stück bleibt Beppi bei den Musikern sitzen, und Maja Waldenstein betritt erneut die Bühne.

»Bevor ich Ihnen nun enthülle, welche Dauerausstellung wir heute eröffnen, lassen Sie mich kurz auf das ›Sankt Anna 2‹ eingehen. Zur Eröffnung haben wir es geschafft, uns ein wahres Highlight zu sichern.« Sie macht eine dramatische Pause. »Ab Dezember werden wir Ihnen dort eine Gesamtschau der Werke von Cassandra Landauer zeigen.«

Ein Schauer durchläuft meinen Körper. Applaus quittiert

diese Ankündigung, sogar einzelne »Ahs« und »Ohs« sind zu hören. Manche Leute hier kennen Mama, haben von ihr gehört, von ihrer Kunst, und das macht mich unglaublich stolz. Schade, dass sie nicht hier ist. Sie hätte das so genossen. Ich nippe an meinem Champagner. Alle Werke meiner Mutter an einem Ort. Wie wunderbar.

Nun ja, nicht alle. Sanft streiche ich mit dem Zeigefinger über die gemalten Sonnenblumen auf meiner Handyhülle in meiner offenen Clutch. Ich will jetzt nicht traurig sein, nicht jetzt, nicht heute.

Sean dreht den Kopf zu mir und sieht mich an. Sein Blick wandert zu meiner Handyhülle, dann wieder zu mir. Er hat es sich gemerkt! In der Tankstelle hat er mich nach der Künstlerin gefragt, und er hat es sich gemerkt. Ich beiße mir auf die Lippen, um nicht ertappt zu lächeln, und erwidere seinen Blick. Dass er richtig vermutet, kann ich ihm ansehen.

»Bildungslückenalarm«, sagt Lena. »Kann mir jemand sagen, wer Cassandra Landauer ist? Was macht die denn?«

In so einer Situation weiß ich nie, was ich sagen soll. Aber eigentlich ist die Frage ja ganz einfach zu beantworten.

»Vor allem Frauenportraits und Skulpturen, aber auch Naturdarstellungen, sehr abstrakt«, sage ich schließlich.

»Gut?«

»Ich finde schon, aber ich bin nicht ganz unparteiisch. Ich bin ihre Tochter.«

»Ach, cool«, sagt Carla. »Bist du auch Künstlerin?«

»Nein, ich bin in deiner Branche tätig«, sage ich. »Ich bin Floristin.«

Bevor sie etwas erwidern kann, spricht Maja wieder. Ich bin froh, denn als Nächstes hätte sicher irgendjemand gefragt, ob oder warum Mama verhindert ist.

Maja Waldenstein wirkt wie jemand, der dabei ist, den

Weihnachtsmann anzukündigen, als wisse sie schon, dass er nicht weit entfernt fliegt und seinen Schlitten gleich hier zwischen den Gästen landen wird.

»Wenn Sie ins Musée d'Orsay gehen, erwarten Sie Monet und Cézanne und Signac, nach Amsterdam fahren Sie, um Rembrandt und Vermeer zu betrachten, und wenn Sie moderne Kunst sehen wollen, gehen Sie in die Tate Gallery oder ins MoMA.«

An Selbstbewusstsein mangelt es ihr nicht, denke ich, offenbar aber an jemandem, der sie in ihrer Selbstwahrnehmung korrigiert. Ihre Ausstellung in einem Atemzug mit diesen Museen zu nennen … Denn wo sonst sollte diese Aufzählung hinführen?

»Und wenn Sie *Galerie im ›Sankt Anna‹* hören, werden Sie in Zukunft auch an etwas Besonderes denken: Wir haben sie nun hier, die Werke, von denen die Kunstwelt spricht. Meine Damen und Herren, das ›Sankt Anna‹ freut sich, Ihnen die berühmtesten Fälschungen der Kunstgeschichte aus der Sammlung Genske präsentieren zu können. Freuen Sie sich auf *›FAKES‹*.«

Zu dramatischer Musik fahren die Scheinwerfer in Richtung der Eingangstüren, diese werden von Mitarbeitern im Anzug aufgezogen. Leinwände versperren den Durchgang. *»FAKES«* steht grell und groß darauf. Mit einem Knall bersten die Leinwände, ein Glitzerregen ergießt sich um die Türen, und der Zugang ist frei.

»Willkommen in der Dauerausstellung des Museums ›Sankt Anna‹«, verkündet Frau Waldenstein. »Ich wünsche Ihnen viel Spaß.«

Sie hat die Genske-Bilder. Das ist unglaublich! Natürlich werden viele Leute hierherkommen. Es ist immer noch kein MoMA, aber eindeutig eine Attraktion.

Erste Neugierige bewegen sich auf die Türen zu. An unserem Tisch erwachen die Lavendelhöfler aus ihrer Starre.

Robert hat sich als Erster gefangen. »Ich fasse es nicht«, presst er hervor.

»Und du hast es gewusst«, sagt Carla zu Gina, die den Kopf hin und her wiegt. »Frau Laurent, ich muss schon bitten! Du hättest uns ja mal einen Tipp geben können!«

»Sie hat es nicht mal mir gesagt«, beschwert sich Beppi und sieht seine Schwester vorwurfsvoll an. Irgendwie scheint er aber auch nicht verwundert zu sein.

»Sollen wir auch?«, fragt Lena und spricht damit aus, was ich denke.

»Lassen wir doch den ersten Ansturm vorbeigehen«, schlägt Cinzia vor, womit sie auch recht hat.

Mit einem Mal steht Maja Waldenstein neben mir.

»Guten Abend«, sagt sie. »Schön, dass Sie da sind. Die liebe Genoveva hat mir Grüße aus Island übermittelt. Das ist aber auch eine ärgerliche Sache.«

Ich begrüße sie ebenfalls und frage mich, woher sie weiß, dass ich ich bin. Sicherlich hat sie dafür ihren Assistenten.

»Ja, meine Tanten sind wirklich traurig, dass es nicht klappt.«

»Mit den Werken Ihrer Mutter haben wir einen hochkarätigen Einstieg für das ›Sankt Anna 2‹. Ich freue mich sehr darauf.«

Ich lächle. »Meiner Mutter hätte es bestimmt gefallen, dass ihre Bilder in dieser Atmosphäre präsentiert werden.« Ich hole Luft. »Wir freuen uns alle sehr auf Dezember.«

»Bis dahin wird dieser grauenhafte Vulkan ja wohl Ruhe gegeben haben.« Maja Waldenstein bestellt sich einen Whiskey Sour bei einer der Servicekräfte, der ihr umgehend gebracht wird. Dann wendet sie sich den anderen am Tisch zu und flüstert: »Auf euch, Kinder. Was würde ich nur ohne euch machen?«

»Die meistbesprochenen Bilder Deutschlands herholen?«, sagt Carla.

Maja schürzt die Lippen. »Irgendetwas Fulminantes musste es doch sein. Wir sind hier sonst nicht mit Sehenswürdigkeiten gesegnet, und wenn Hotel und Kloster laufen sollen, brauchen wir viele Gäste – nicht nur die Leute aus dem Umland.«

Lena beugt sich über den Tisch.

»Wie bist du denn an die Genske-Bilder rangekommen?«, möchte sie wissen. »Kennst du jemanden, der jemanden kennt, der die Erbin kennt?«

»Ich kenne die Erbin«, verkündet Maja ungerührt.

Ich bin nicht die Einzige, die nach Luft schnappt.

»Noch von früher!«, ergänzt sie. »Und ich habe ihr versichert, je eher sie die Sachen an die Öffentlichkeit bringt, desto schneller hat sie wieder ihre Ruhe.«

»Du überraschst uns immer wieder«, sagt Robert.

Maja Waldenstein lächelt überlegen und gleichzeitig zurückhaltend. Als Cinzia zum Eingang der Galerie schaut, legt sie ihr die Hand auf den Arm.

»Ich lasse euch später hinein, wenn alle weg sind. Oder morgen Abend. Oder irgendwann nächste Woche. Sagt mir einfach, wann es euch passt. Ihr müsst nicht mit dem Fußvolk durch.« Maja Waldenstein wendet sich mir zu. »Das gilt natürlich auch für Sie. Mein Assistent kann Sie morgen vor 10 Uhr in Ruhe durch die Ausstellung geleiten. Sagen Sie ihm einfach, wann Sie Zutritt wünschen.«

Ich bedanke mich. Es hat auch Vorteile, Landauer zu heißen. Zumindest hier, in dieser Umgebung.

Maja Waldenstein richtet sich auf. »Mir wäre es am liebsten, wenn ihr ein wenig Stimmung macht und die Tanzfläche bevölkert. Ich will keinen Stehempfang, ich will eine richtige Sause. Die Bilder haben es verdient.«

Sie legt ihre Hand um Beppis Arm und drückt ihn kurz.

»Schön hast du gespielt«, lobt sie ihn und wechselt einen Blick mit Gina. Dann lehnt sie sich an den Tisch. »So, Kinder, erzählt mir von euch, bevor ich bei den Ehrengästen gut Wetter machen muss. Ich bin gar nicht mehr im Bilde, nachdem ich die letzten Tage nur in Sachen ›*FAKES*‹ unterwegs war.«

»Heute sind alle gefrustet«, berichtet Gina. »Ich habe Seans Wohnmobil nicht zum Laufen bekommen, Beppi findet nicht den richtigen Cupcake, und Carla kann ihre Bewerbungsschreiben nicht mehr sehen.«

»Sind sie so schlecht?«, fragt Maja teilnahmsvoll.

»Eher im Gegenteil, da sind etliche gute Leute dabei. Aber alle kann ich nicht nehmen, und alleine kann ich es auf Dauer auch nicht schaffen.«

Majas Blick hellt sich auf. »Carla, wir machen ein Floristen-Casting, so etwas wie diese Kuchensache im Fernsehen. Das ist unterhaltsam für die Hotelgäste, und du bekommst deinen Mitarbeiter. Lass uns morgen zusammen frühstücken, dann klären wir die Details, und mein Assistent übernimmt den Rest. Oh, das wird großartig!« Sie strahlt die Lavendelhöfler an.

»Meinst du wirklich?« Carla tritt einen Schritt zurück.

»Ach Herzchen, Entscheidungen aus dem Bauch heraus sind immer die besten«, versichert Maja. »Wir sehen uns später. Und nicht vergessen: Tanzt schön!«

Sie verlässt uns, um sich drei Tische weiter zu den Gästen zu gesellen.

»Schau. So schnell lösen sich deine Probleme, wenn du Maja kennst«, sagt Gina.

»Ich weiß nicht … Ich brauche erst ab September jemanden. Oktober würde auch reichen.« Carla bleibt skeptisch.

»Das wird sicher ein riesiger Spaß«, sagt Robert, und Cinzia nickt zustimmend.

»Ich lasse es mir durch den Kopf gehen«, verspricht Carla, noch immer nicht überzeugt.

»Wenn Ihre Majestät sagt, du machst ein Casting, dann machst du eines«, frotzelt Beppi.

Der DJ legt »Feel it still« auf, und Beppi nimmt Lena bei der Hand, um sie auf die Tanzfläche zu ziehen.

Ich gehe mich kurz frisch machen, kämme meine Haare und lege noch einmal Lippenstift auf. Dann werfe ich einen Blick auf mein Handy, während *DNCE*s »Cake by the Ocean« durch das gekippte Fenster schallt. Vee wünscht mir einen schönen Abend, Elena hat eine Packung gebrannte Mandeln fotografiert und das Bild mit *»Damit du auch etwas von der Kirchweih hast«* untertitelt.

Fabians Nachricht ist kurz: *Viel Spaß im Hotel. Wird bestimmt lang heute.*

Ich überlege, ob ich etwas antworten soll, mir fällt aber nicht ein, was das sein könnte.

Zurück auf der Terrasse frage ich mich, wie lange ich wohl weg war, so viele Gäste haben inzwischen den Weg auf die Tanzfläche gefunden, mittendrin die Leute von meinem Tisch. Sie tanzen zu »Hypnotized« von *Purple Disco Machine,* und ich kann verstehen, weshalb so viele Menschen ihnen gefolgt sind: Es macht einfach unheimlich Spaß, ihnen zuzusehen.

Cinzia und Robert tanzen Discofox, der Rest so, wie ich auch zu diesem Lied tanzen würde. Lena, Beppi, Carla und die anderen fallen auf, weil sie sich ungewöhnlich, fast dramatisch bewegen. Aber es wirkt nicht aufgesetzt. Sie haben einfach Spaß, und das steckt an.

Ich lege meine Clutch auf den Tisch und fange Beppis Blick ein. Er tanzt auf mich zu und tut so, als würde er mich an einem unsichtbaren Seil auf die Tanzfläche ziehen. Ich lache und folge ihm.

Sean steht mit Maja Waldenstein bei einer Gästegruppe und plaudert.

Die Musik wechselt zu »Say so« von *Doja Cat.* Ich liebe dieses Lied und tanze zwischen den Lavendelhöflern. Gina lächelt. Lena spiegelt meine Tanzbewegungen. Beppi nimmt meine Hand und dreht mich.

Ohne dass ich es bemerkt habe, ist Sean auf die Tanzfläche gekommen. Er tanzt bei Carla, etwas weiter weg.

»Du siehst toll aus«, sagt Beppi und dreht mich wieder. Mit der anderen Hand greift er nach Lena und lässt sie sich ebenfalls drehen.

Die ersten Takte von »Savage Love« schallen aus den Lautsprechern und mit ihnen die unvermeidliche Namensnennung des Sängers. Sean sieht zu mir herüber und grinst. Ich mag es, wie unangestrengt er tanzt, seine Bewegungen sind cool, und jetzt kommt er auf mich zu.

Beppi lässt meine Hand los und nimmt sofort die von Carla. Sean tanzt neben mir, und unsere Blicke verbinden sich immer wieder. Ich kann nicht anders als zu lächeln. Die Marienkäfer surren in mir und heben alle ab, als er sich zu mir beugt.

»Wollen wir gehen?«, fragt er leise.

Ich spüre seinen Atem neben meinem Ohr, und mein Bauch zieht sich zusammen.

»Kannst du schon weg?«, frage ich.

»Den Rest schafft Maja alleine«, flüstert er und lächelt. Wieder legt er seine Hand auf meinen Rücken – wieder dorthin, wo der Stoff ist, ganz unaufdringlich, aber wunderschön.

Zu »Follow You« von den *Imagine Dragons* laufen wir durch

die Lounge und den Empfangsbereich. Sean hält mir die Tür auf, und im Hintergrund höre ich die letzten Zeilen der ersten Strophe. Das Ganze wirkt fast wie in einer Choreografie, zu der ich tanze, obwohl ich sie nicht geprobt habe. Aber es funktioniert. Weil ich die Musik mag, weil ich in ihr aufgehe, weil es einfach Spaß macht und weil Sean an meiner Seite ist.

Vor dem Hoteleingang parkt ein Roller.

»Bereit für die Tour?«, fragt Sean.

5
Was wäre, wenn sie bleibt

Bor be, ész ki.
Der Wein hinein, die Vernunft hinaus.
UNGARISCHES SPRICHWORT

Elenas Version:
Mit genug Wein findest du
auch Idioten gut.

(Immer noch) Samstagabend, vorletzte Juliwoche

Nach dem Gespräch mit Vee und Hilda bin ich so gut drauf, dass ich der Kirchweih noch eine weitere Chance geben will. Richtig dicke Freunde werden wir wohl nie sein, dieses Volksfest und ich, aber ab und zu werden wir es miteinander aushalten. Vor allem möchte ich Fabian unbedingt von der Ausstellung erzählen und dass zum allerersten Mal eine Gesamtschau von Mamas Werken gezeigt wird.

Sein Thekendienst endet um halb zehn, und er freut sich, dass ich ihn abhole. Er freut sich wirklich. Gemeinsam mit Sabrina steuern wir das Gourmetzelt an, und nach den guten Neuigkeiten kommt mir ein Glas Champagner gerade recht. Ich gehe zur Theke, um drei Gläser zu bestellen, als Fabian sich neben mich stellt.

»Ich mach das schon«, sagt er und bestellt eine Flasche.

Vor den Mitgliedern des Kochclubs will ich keine Diskussion beginnen, also lasse ich ihn gewähren. Mir fällt das Geheimnis wieder ein, von dem er gesprochen, das er mir aber nach wie vor nicht verraten hat. Gestern habe ich nicht daran gedacht. Das haben diverse Fahrgeschäfte, das Feuerwerk und die After-Hour-Party im »Bananas« – einer Kneipe, die auch Fabian nur zu Kirchweihzeiten betritt – verhindert. Daheim sind wir ins Bett gefallen, und für morgens hatte ich Annegret meine Hilfe zugesagt. Aber jetzt fällt es mir wieder ein. Jetzt, wo mein Freund wieder den Großkotz gibt. Von mir aus könnte er fünf Flaschen Champagner ordern, wenn wir nicht immer wieder so knapp bei Kasse wären. Manchmal weiß ich auch nicht, wo unser Haushaltsgeld so schnell hingeht. Aber um das herauszufinden, müsste ich ein Haushaltsbuch führen, und das wiederum ist mir zu spießig. Außerdem sind Lebensmittel nun mal teuer.

Vor Sabrina will ich ihm nicht von der Ausstellung erzählen, also höre ich den beiden zu, wie sie den Kirchweih-Samstag noch einmal nacherleben. Der Champagner will mir nicht richtig schmecken, und auch die Freude über diese neue Kloster-Galerie schmilzt langsam dahin.

Sabrinas Schwestern kommen ins Zelt, und mein Freund holt noch eine Flasche Champagner. Dann stehen wir da, Fabians Arm liegt um meine Taille. Er erzählt, und die Frauen hängen – gemeinsam mit ihren Freunden – an seinen Lippen und lachen sich kaputt. Ich versuche, mir nichts anmerken zu lassen, doch spätestens als Fabian auch noch die sündhaft teuren Häppchen holt, kann ich nichts mehr trinken. Die Häppchen will ich auch nicht.

»Bist du müde?«, fragt er mich.

»Wollen wir nicht woandershin?«, frage ich. »Es ist so

teuer hier.« Ich will keine Spielverderberin sein, aber eine gute Miene kann ich zu diesem verschwenderischen Spiel auch nicht mehr machen.

Fabian sieht mich forschend an. »Ah, ich weiß schon«, meint er, dann nickt er gönnerhaft. »Ich bin dir noch eine Geschichte schuldig.«

Während Sabrina mit ihren Schwestern und deren Freunden im Gourmetzelt bleibt, zieht Fabian mit mir weiter. Ich bin gespannt auf sein »Geheimnis«, wie er es gestern genannt hat – und eigentlich habe ihm ja auch etwas zu erzählen.

Vor dem rot-weiß gestreiften Zelt des Frauenbundes stehen Biergartengarnituren. Ich sitze auf einem roten Klappstuhl und zerfurche den Festplatzkies mit meinen Füßen. Immer wieder bohre ich meine Ferse in die Steine und ziehe meinen Fuß nach hinten, sodass sich bereits ein kleiner Graben gebildet hat.

Fabian kommt und stellt zwei große Teller vor uns hin. Die Servietten hat er vergessen, aber ich will jetzt nicht aufstehen und welche holen.

Ich bin gespannt auf seine Offenbarung und hoffe, dass sein Geheimnis mir nicht die Freude an meiner Neuigkeit verdirbt.

Fabian setzt sich, nimmt die Gabel und fängt an zu essen. Ich berühre mein Besteck nicht, sehe ihn so lange an, bis er innehält.

»Also«, sage ich.

»Jetzt sei halt nicht so ungeduldig«, sagt er und grinst.

Mir ist nicht nach Lachen zumute, weil die Szenarien, wie er an das Geld gekommen sein kann, in meinem Kopf immer beängstigender werden. Etwas Kriminelles würde er zwar niemals tun, das weiß ich, aber meiner Fantasie hat das offenbar noch niemand erzählt.

»Meine Eltern wissen nichts davon, und das soll auch so bleiben«, beginnt er, und mein Fuß beginnt wieder, im Kies zu scharren. »Mein Pate hat zu meiner Firmung ein Konto angelegt und mir regelmäßig Geld überwiesen. Bis ich achtzehn war, für den Führerschein. Ich habe aber damals im Fitnessstudio an der Theke ausgeholfen, Schlüssel ausgegeben und so was, und davon konnte ich den Führerschein zahlen. Da meine Eltern aber ausgeflippt wären, wenn sie davon gewusst hätten, hab ich so getan, als wäre es das Geld vom Konto.«

Mein Fuß verlegt sich aufs Wippen, und ich warte auf das Ende der Geschichte.

»Was ist denn so schlimm daran, in einem Fitnessstudio zu arbeiten?«

»Sie wollten, dass ich in der Gärtnerei helfe, und das habe ich auch. Aber sie haben mir bloß fünf Euro die Stunde gegeben, und Eddie hat mir zwölf gezahlt. Schwarz. Dort hab ich an zwei Nachmittagen so viel verdient wie zu Hause in der ganzen Woche.«

»Und das ist nie rausgekommen? In Untergickelbach?« Ungläubig kneife ich die Augen zusammen.

»Die Leute im Studio sind eher nicht so die Blumenkäufer«, sagt er.

Das sehe ich ein. Eddi führt kein schickes Studio, sondern eine Art Muckibude. Aber diejenigen, die dorthin gehen, haben schließlich auch Freunde oder Frauen, die sich kennen, und irgendwann kommt so was doch zur Sprache. Ich kann mir nicht vorstellen, dass in Untergickelbach irgendetwas geheim bleibt.

»Es gibt Sachen, über die redet man, und Sachen, da

macht man das halt nicht«, klärt mich Fabian auf. »Außerdem ist es lang her.« Er macht eine wegwerfende Handbewegung. »Mein Pate hat damals gesagt: ›Gönn dir was Schönes‹, und das tue ich. Inzwischen ist das mein Kirchweih-Konto, und einmal im Jahr lass ich es krachen, ohne an die Preise zu denken.«

»Aha«, sage ich.

Eine Kirchweih in Saus und Braus ist zwar nicht das, wofür ich das Geld ausgeben würde, aber wenn ihm das so am Herzen liegt, soll er das eben machen. Seine Freunde kaufen dauernd neue Fernseher, Handys und andere Geräte, obwohl die alten noch einwandfrei funktionieren, für Fabian ist es eben die Kirchweih.

»Und das war das Geheimnis?«, frage ich. Gerade weiß ich nicht, ob ich erleichtert oder enttäuscht bin. Was Geheimnisse angeht, habe ich nie etwas Lahmeres gehört. Andererseits bin ich froh, dass Fabian nicht mit Anabolika dealt.

»Das war der erste Teil.« Er lächelt selbstzufrieden. »Ich schiebe immer noch Geld auf das Konto, weil ich einen Weg gefunden habe, mit PowerMAXX fast das Doppelte zu verdienen.«

Das klingt nicht gut, denke ich, und mein Magen gibt mir recht, indem er sich zusammenzieht.

Fabian verkauft Eiweißzeug für Sportfreaks. Ein bisschen an die Leute hier, das meiste übers Internet. Bisher dachte ich, er bezieht das über Eddi, aber da scheine ich wohl falschzuliegen.

»Ich hab einen Typen gefunden, der mir das viel billiger verkauft. Weißt du, der importiert das. Auf die Art kann ich's unter dem normalen Ladenpreis anbieten und verdien noch mehr.« Er sieht mich an, als habe er soeben die Geschichte des Warenhandels revolutioniert.

»Und das Geld kommt auf das Konto.« Meine Feststellung klingt wie eine Frage.

»Genau«, sagt er und fängt wieder an zu essen.

Ich nehme meine Gabel und picke ein Kartoffelstück auf, halte aber auf dem Weg zum Mund inne, denn nun bin ich wirklich besorgt. Um ihn, um seine Kunden, um die eventuellen Folgen, wenn sich das Ganze als doch nicht so unproblematisch herausstellt.

»Ist das eigentlich legal? Und sicher? Wer weiß, was da beigemischt ist, wenn du das so viel günstiger bekommst?«

»Da passiert nichts. Das ist woanders bloß billiger als bei uns, und ich nutz das.« Er zuckt mit den Schultern.

Ich schildere ihm meine Bedenken, aber offenbar hat er keine Angst, dass Sägespäne, belastete Zutaten oder andere Substanzen enthalten sein könnten, die nichts in einem Nahrungsergänzungsmittel zu suchen haben.

Mir fallen meine Zubutteraktionen ein. Warum kommt er nicht auf die Idee, so etwas zu machen? Bin ich blöd, weil ich mein Geld für Lebensmittel ausgebe statt für einen Städtetrip, den ich mir seit Monaten verkneife?

»Jetzt iss doch. Der Kartoffelsalat schmeckt echt weltmeisterlich.«

Fabian spachtelt den Kartoffelsalat in sich hinein, und auch ich fange an zu essen. Vielleicht mache ich mir zu viele Gedanken.

»Deine Sachen, die du für die Wagener-Heinrich gesteckt hast ...«, wechselt er das Thema. »Meins ist es zwar nicht, aber wir könnten so was machen. Oder mal andere Sträuße. Nicht ganz so krass, aber schon was Modernes. Meine Eltern ...«

Er sticht die nächste Kartoffel an.

»Ich würde es ihnen so gern beweisen, aber meine Mutter lässt ja nicht mit sich reden. Es nervt mich dermaßen, dass sie mich nicht mehr machen lässt.« Fabians Gesicht nimmt einen harten Ausdruck an. »Ich hätte so gute Ideen, aber sie sagt immer bloß: ›Das kannst du machen, wenn du hier Chef bist.‹ Das kotzt mich echt an.«

Trotz all der Hakeleien, die ich bisher mitgekriegt habe, hatte ich immer angenommen, die Kohlmanns seien auf einer Linie. Annegret gibt den Ton an, Fabian motzt, sie streiten, aber im Grunde passt es. Annegret sagt, sie wird das nicht anders handhaben, als ihr Vater es getan hat, und Fabian spielt mit. Klar, manchmal ist er genervt. Dass er es mit seinen Plänen ernst meint, ist mir neu.

Bin ich eine schlechte Freundin, weil mir das nicht aufgefallen ist? Oder hat er es einfach noch nie offen zugegeben?

»Soll ich mit ihr reden?«, biete ich an.

»Du weißt doch, dass das nichts bringt.« Er verzieht das Gesicht.

»Und wenn wir einen Plan machen, ein Konzept ausarbeiten?« Ich bin gerade in Hochform. »Wir schreiben auf, was du ändern willst, stecken uns ganz konkrete Ziele, rechnen durch, wie viel das kostet, und zeigen ihr das.« Er legt die Stirn in Falten. »Du machst mit ihr einen Zeitrahmen aus, ein halbes Jahr zum Beispiel, und dann gucken wir, wo wir stehen. Alles, was sich bewährt, setzen wir weiterhin um, andere Sachen verbessern oder lassen wir.«

»Das kannst du nicht machen! Nicht, wenn meine Mutter sich dauernd in alles einmischt.«

Ich denke nach und nehme eine Gabel Kartoffelsalat. Die Kartoffeln sind weich, schmelzend, leicht salzig, die Sauce ein wenig säuerlich. Im Stillen zolle ich den Landfrauen Respekt. Sie hätten es verdient, ins Guinnessbuch zu kommen, wenn nicht für den größten, dann für den besten Kartoffelsalat.

Während ich kaue, überlege ich, was wir machen könnten. Auf einem Schild stehen die Namen der verarbeiteten Kartoffeln: Gunda, Sieglinde und Linda. Ich überlege, auf welcher Kartoffel ich wohl gerade herumkaue, ob es Sieglinde oder Gunda ist. Linda stelle ich mir anders vor.

Daneben hängen Bilder der stolzen Bauern und Fotos der Höfe. *»Bioladen«* und *»Biokäserei«* steht dort. *»Urlaub auf dem Bauernhof.«*

»Sollen wir deine Eltern in den Urlaub schicken?«

»Wieso?«

»Wir schicken sie weg, und währenddessen krempeln wir die Gärtnerei um. Wir streichen, bessern aus, modernisieren und setzen deinen Plan um, und wenn sie wiederkommen, überraschen wir sie mit den Veränderungen.«

»So lange ist kein Urlaub der Welt. Das schaffen wir nicht in zwei Wochen.«

Ich sehe Fabian an, und plötzlich habe ich einen Flashback. Er und ich in der Cafeteria des Bamberger Klinikums. Sein Vater auf der Intensivstation mit einem Schlaganfall, meine Mutter mit einem Infarkt, wir voller Angst.

Als Vee mich abgelöst hat, damit ich schlafen kann, hat mich Fabian auf einen Automatenkakao eingeladen. Ängste und Sorgen teilt man mit Fremden oft leichter als mit der eigenen Familie, und so haben wir stundenlang dort gesessen und geredet. Er hat mir Mut gemacht und mich mit seiner unbekümmerten Art abgelenkt. Ich habe ihm von meiner Verzweiflung erzählt, von dem unerwarteten Anruf. Davon, dass das Feuer sie im Schlaf überrascht hat und ich nicht weiß, ob sie wieder aufwachen wird. Dass ich ihre Sachen für sie retten will, aber keine Ahnung habe, wie ich an die herankommen soll, weil die Feuerwehr das Haus abgesperrt hat.

Obwohl das Haus einsturzgefährdet war, bin ich hineingegangen, um zu sehen, ob noch etwas heil ist. Am Ende habe ich es sogar geschafft, ein paar Dinge in eine Tasche zu packen, aber nicht viel, weil ich so weinen musste.

Am nächsten Abend stand Fabian wieder vor mir, auf dem Flur der Intensivstation. Er hat mich auf den Parkplatz des Klinikums zu einem Lieferwagen geführt. »Umzüge Geier«, das werde ich nie vergessen. Der Wagen war voller Umzugskisten.

»Wir haben alles eingepackt, was das Feuer oder das Löschwasser nicht zerstört haben«, hat er gesagt.

Wir, das habe ich später erfahren, waren er und Sabrina. Ich weiß noch, dass ich ihm um den Hals gefallen bin. Tagelang hatte ich mir den Kopf darüber zerbrochen, was man wohl für Genehmigungen braucht, um jemanden ins Haus zu schicken. Fast wäre ich selbst noch einmal hingefahren, aber ich wollte Mama nicht alleine lassen. Und dann kam Fabian. Er hat das Verbot ignoriert, ist einfach nachts ins Haus und hat es ausgeräumt.

»Es ist nichts mehr drin. Du musst dir keine Sorgen machen.« Und bevor ich mir noch Gedanken darüber machen konnte, wo ich die Habseligkeiten meiner Mama lagern soll, hat er mir den Keller seiner Großeltern angeboten. Dort ständen sie trocken und sicher, hat er erklärt. Für mich hatte Fabian damals ein unsichtbares Superheldencape an.

In der nächsten Nacht habe ich ihm Kakao und belegte Brote aus der Biobäckerei gebracht. Er hat mir von seinen Träumen erzählt, von seiner Landschaftsgärtnerei. Und als ich ins Hotel wollte, hat er mir das Dachgeschosszimmer im Haus seiner Eltern angeboten. Ein paar Tage später ist Mama gestorben.

Über die Landschaftsgärtnerei haben wir seitdem selten

geredet. Vielleicht ist es jetzt an der Zeit. Vielleicht sollte ich Fabian zu seinem Traum verhelfen. Meine Energie ist zurück, möglicherweise sollte ich sie dafür nutzen …

Meine Gedanken kehren in die Gegenwart zurück. Mir fällt Fabians Schwester ein. Seine Schwester, die sich nach Costa Rica verliebt hat, seine hochschwangere Schwester.

»Britta kriegt das Baby doch in sechs Wochen?«, frage ich.

»Wenn alles normal läuft. Wieso?«

»Deine Eltern wollen doch sicher bei der Geburt dabei sein und ihren Enkel sehen. Sie sind immer so glücklich nach den Videotelefonaten, und deine Schwester fragt die ganze Zeit, ob sie endlich einmal kommen. Wäre das nicht unsere Chance?«

Es fühlt sich komisch an, das so zu formulieren. Eigentlich möchte ich Britta nicht dazu benutzen, Annegret und Harald aus dem Weg zu kriegen. Aber im Endeffekt ist das eine Situation, bei der jeder gut wegkommt. Fabians Eltern kommen endlich nach Costa Rica, sehen ihre Tochter und ihre Enkel, und wir hätten ein paar Wochen Zeit. Fabian könnte sich als Geschäftsführer beweisen und seine Ideen verwirklichen.

»Wie viel hast du noch vom Wagener-Heinrich-Geld?«

Er sieht mich an, und ich habe das Gefühl, dass etwas in ihm anspringt.

»Alles, das habe ich nicht angerührt«, versichert er. »Meinst du, es reicht für zwei Tickets?«

Er nimmt sein Handy heraus und sucht eine Preisvergleichsseite für Flüge. Ich mache mir weniger Gedanken um die Finanzierung. Dass Annegret und Harald wirklich in eine Maschine steigen, macht mir eher Sorgen.

»Da bleibt sogar noch was übrig«, stellt Fabian erfreut fest. »Außerdem habe ich bei Schorsch noch was gut.«

Schorsch ist mit ihm bei der Feuerwehr. Er darf sich gerne

bei Fabian revanchieren. Als er sich im letzten Sommer von seiner Freundin getrennt hat, hat er etliche seiner Sachen im Keller von Fabians Großeltern verschwinden lassen. Ich finde das unsäglich, aber gut, sollen sie machen. Es gibt dort mehrere Abteile, die von den Mietern nicht genutzt werden. Immer mal wieder kommen seine Freunde, um Mountainbikes oder ihre Skiausrüstung unterzubringen. Meine Kisten aus Mamas Haus lagern ebenfalls in diesem Keller, wahrscheinlich irgendwo neben Fabians Proteinzeug, das mir immer noch Bauchschmerzen bereitet. Ich selbst war noch nie dort. Mir reicht es zu wissen, dass Mamas Sachen sicher und trocken stehen.

Die Aussicht, seine Eltern für einige Zeit loszuwerden, scheint meinen Freund zu beflügeln.

»Das Grundstück hinter den Gewächshäusern ... Wir machen dort eine Baumschule«, überlegt er. »Dann können wir unser eigenes Zeug in die Gärten pflanzen und müssen nur ein paar Sachen zukaufen. Und vorne baue ich ein paar Mauern und Zäune auf, nur immer einen Meter als Muster, damit sich die Kunden das vorstellen können.«

»Wolltest du dort nicht mal einen Schaugarten machen?«

»Das wäre natürlich der Hammer.«

»Dann mach doch. Genug Platz hast du schließlich. Und deine Eltern scheinen mit dem Grundstück ja nichts vorzuhaben, oder?«

Er schüttelt den Kopf.

Hinter der Gärtnerei grenzt eine Wiese an die Gewächshäuser an. Groß genug, um drei Einfamilienhäuser darauf zu errichten. Die Kohlmanns nutzen sie nicht, außer zum Lagern von Brettern oder Brennholz. Einen Teil des Grundstücks, sozusagen das vierte Einfamilienhaus, haben sie an den Nachbarn verkauft.

»Dann leb dich aus«, ermuntere ich ihn. »So nutzt es keinem was.«

Fabian hält kurz inne, dann strahlt er. »Eigentlich hast du recht.«

»Mit dem Verkaufsraum sollten wir auch etwas machen«, sage ich. »Es gibt Metallarbeitsplatten im Baumarkt. Die sind nicht teuer, und wenn wir die einpassen, wird es gleich viel ordentlicher aussehen.«

»Dann bekommst du so einen schönen alten Küchenschrank für Übertöpfe und andere Deko«, sagt Fabian. »Den schleif ich dir ab, und wir streichen ihn.«

»Daran erinnerst du dich?« Ich weiß gar nicht mehr, wann ich ihm erzählt habe, dass ich mir so etwas wünsche. Aber es rührt mich, dass er daran denkt. »Richtig gut wäre ein Kühlraum für Blumen. Der Schuppen tut's noch eine Weile, und wenn es gut anläuft, könnten wir das als Nächstes in Angriff nehmen.«

Ich hole mein Handy aus der Tasche und rufe »Wonderprint« auf. Dort gibt es Starterpakete für neue Firmen. Wir sind zwar nicht richtig neu, aber ein paar Flyer, Aufkleber, Plakate, Werbeschilder für Fahrzeuge und Poloshirts mit Logo würden uns bestimmt guttun.

Grinsend wischt Fabian auf dem Display seines Mobiltelefons hin und her. Schließlich zeigt er mir ein Logo. Dort steht »Gärtnerei Kohlmann« in Großbuchstaben, ein Zweig wächst durch die Vokale des Namens.

»Wow, das sieht schön aus. Sehr schlicht und zeitlos.«

Fabian wird rot, und seine Augen leuchten, als er mir verrät, dass er es designt hat. Er schaut auf die Bilder der Bauern und der Kartoffeln.

»Wenn du willst, fotografieren wir deine Sträuße und Gestecke, auch das wilde Zeug, und dann ziehen wir es auf

Fotoleinwände, und die hängen wir dort auf, wo das Regal jetzt ist. Das fällt eh bald auseinander.«

»Wenn wir Rollschränke kaufen, können wir die Bänder und Drähte und alles andere dort verstauen. Das sieht ordentlicher aus.«

Gemeinsam sitzen wir dort, ignorieren den Kartoffelsalat und erneuern die Gärtnerei.

Ich bin aufgedreht, kann den aufgemöbelten Laden deutlich vor mir sehen. Am liebsten würde ich sofort hingehen, die alten Sachen hinauswerfen und die Wand streichen.

Fabian drückt meine Hände.

Als wir wieder zu Hause sind, können wir nicht einschlafen. Wir sitzen im Wohnzimmer und malen unsere Pläne auf eine Tapetenrolle. Fabian hat ziemlich konkrete Gartenbaupläne, die alle gut klingen.

Dann haben wir Sex auf der Rolle. Die Pläne zerknittern, und wahrscheinlich werden wir neue malen müssen, aber das ist uns egal. Wir haben ein Ziel, einen gemeinsamen Plan.

»Ich werde alles tun, damit du deine Landschaftsgärtnerei kriegst«, verspreche ich ihm, als ich mich hinterher an ihn kuschle. »Dein Traum soll wahr werden, und ich werde dir dabei helfen. Versprochen!«

Das klingt sogar für meine Ohren etwas dramatisch, aber in dem Moment meine ich jedes Wort so, wie ich es sage.

»Was wolltest du mir eigentlich erzählen?«, fragt er.

»Hat Zeit«, sage ich.

6
Was wäre, wenn sie geht

May the sound of happy music
and the lilt of Irish laughter
fill your heart with gladness
that stays forever.

Möge der Klang fröhlicher Musik
und irischen Lachens
dein Herz mit einer Freude erfüllen,
die ewig bleibt.

IRISH SAYING

Samstagnacht, vorletzte Juniwoche

Der Roller rüttelt so heftig über den Asphalt, dass mein Körper kribbelt und meine Hände zittern. Sean fährt einen vorsichtigen Slalom um die Schlaglöcher. Der Nachtwind streicht über die wenigen nackten Stellen an meinen Schultern und Armen, die mein Punkteschal nicht bedeckt.

Wir halten vor seiner Bürotür, und Sean holt seinen Rucksack sowie einen Schlüsselbund, an dem die Schlüssel der gesamten Anlagen zu klimpern scheinen. Dann durchqueren wir mehrere Höfe, bis er vor einer Holztür stehen bleibt.

»Da drinnen ist sie«, sagt er und sieht mich stolz an. »Die ›Verkehrte Welt‹.«

Wir stapfen unzählige Stufen einer Wendeltreppe hinauf, bis Sean schließlich stehen bleibt und eine Metalltür aufzieht. Es riecht ein wenig modrig, und der Holzboden knirscht unter unseren Füßen. Dabei ist es ziemlich dunkel. Das Mondlicht dringt nur schwach durch die abgehängten Fenster.

Sean steht so nah bei mir, dass ich seine Wärme spüren kann. Wir berühren uns nicht, aber eine winzige Bewegung würde genügen, um Körperkontakt herzustellen. Gerade kostet es mich viel Kraft, mich nicht in seine Richtung zu lehnen.

Sean geht einen Schritt nach vorne und drückt einen Hebel nach unten. Mit einem Mal ist es so hell, dass ich meine Augen zusammenkneifen muss. Ich zwinkere und sehe große Neonröhren an der Decke, eine Beleuchtung wie in einer alten Turnhalle. Der Raum ist mit einer hässlichen dunkelbraunen Verschalung versehen.

»Das stammt noch aus der Zeit, als hier Schulklassen und Jugendgruppen gewohnt haben«, erklärt Sean. Er greift nach einer Leiter, die an der Wand lehnt. »Ich denke, du willst es von Nahem sehen?«, sagt er fragend, aber da steige ich schon die Sprossen empor.

Man kann die Gliedmaßen des Hirschen und des Bären noch klar erkennen. Auch der Jäger, der gefesselt zwischen den Tieren getragen wird, ist deutlich zu sehen. Lediglich der Ast, an dem er wohl hängt, ist so verblasst, dass es wirkt, als würde er zwischen seinen Bewachern in der Luft schweben. Ich erkenne Hasen und Füchse, dahinter Pferde.

Die Leiter wackelt ein wenig, als Sean die Sprossen auf der anderen Seite hochsteigt.

»Wahnsinn, oder?«, sagt er. »Ich hoffe so sehr, dass wir den Rest unversehrt freilegen können. Wie kann man so etwas nur hinter einer Verschalung verschwinden lassen?!«

»Meine Mutter musste einmal einen Renoir freilegen, den

ein dementer Sammler mit seinem eigenen Werk übermalt hat«, erzähle ich, ohne den Blick vom Bild abzuwenden.

Sean und mich trennen nur wenige Zentimeter. Seine rechte Hand befindet sich ganz nah an meinem Rücken, seine linke nahe bei meiner.

»Der Mann war wenigstens krank, aber die Leute von der Jugendherberge fanden das hier *ordentlicher.*«

Ich drehe meinen Kopf und sehe ihn ungläubig an.

»Doch! Das meine ich absolut ernst.« Er dreht seinen Kopf zu mir. »Wir haben den Herbergsvater von damals ausfindig machen können und wollten von ihm erfahren, ob er sich erinnern kann, womit die Platten festgemacht wurden oder wie viel von dem Gemälde vor der Verschalung erhalten war. Er hat uns angesehen, als wären wir verrückt, das hässliche Bild wieder freizulegen.«

Ich nicke. Meine Hand rutscht ein wenig tiefer, sodass sich sein Zeigefinger und mein kleiner Finger fast berühren.

In dem Moment lässt mich ein klatschendes Geräusch zusammenfahren. Dem ersten folgt ein zweites, und auch Sean sieht sich um.

Eine Ratte hat sich von einem Bretterstapel herunterfallen lassen und tippelt nun an der Wand entlang, ein Artgenosse folgt ihr. Ich ziehe meinen Kopf ein, klammere mich an der Leiter fest und schließe die Augen. Alles Getier mit langem Körper und Schwanz ist mir zuwider.

Dann spüre ich Seans Arme an meinen Armen, seine Hände, die mich festhalten.

»Gleich sind sie weg!«, sagt er.

Ich zwinkere ein bisschen.

»Schau nicht die Ratten an, sondern mich.«

Mein Herz schlägt laut gegen meinen Brustkorb. Ich klammere mich an den Sprossen fest, will gleichzeitig aber auch loslassen, herunterspringen und aus diesem Zimmer rennen. Angestrengt lausche ich, doch es sind keine Trippelgeräusche zu hören.

»Sind sie weg?« Ich öffne die Augen einen Spalt, mehr traue ich mich nicht.

»Keine mehr da«, antwortet er. Seine Hände liegen immer noch auf meinen Armen. »Traust du dich runter? Die ersten drei oder vier Sprossen kann ich dich halten, aber dann geht das nicht mehr, so lang sind meine Arme nicht.«

»Ich schaffe das schon alleine«, versichere ich und bereue es sofort, denn er lässt mich los.

Die Leiter ruckelt, als er absteigt. Ich atme durch. Mein Körper ist so verkrampft, dass ich vorsichtig nach jeder Sprosse taste, bevor ich meinen Fuß darauf setze.

»Ich bin hinter dir«, sagt Sean. »Es kann nichts passieren.« Ich spüre, wie seine Hand meinen Schuh fasst und meinen Fuß auf die nächste Sprosse führt.

Als ich unten stehe, legt er seine Hände auf meine Schultern und sieht mich an.

»Alles gut?«, vergewissert er sich.

»Wird gleich wieder. Ich weiß, es sind nur große Mäuse, aber ich finde sie so widerlich.« Es schüttelt mich. »Können wir gehen? Ganz schnell, bitte.«

»Na klar. Geh du voraus. Ich lösche das Licht und komme gleich nach.«

Das muss er mir nicht zweimal sagen. Ich stürme durch die Tür und die Treppen hinunter.

Etliche Meter vom Eingang entfernt bleibe ich stehen. Mein ganzer Körper zieht sich vor Ekel zusammen. Mein Herz klopft heftig gegen meine Rippen, und ich muss würgen.

Sean taucht hinter mir auf, legt mir die Hand auf den Rücken.

»Komm her!« Er richtet mich auf und nimmt mich in den Arm.

Ich spüre sein Hemd und den warmen Körper darunter, seine Arme, die mich umfassen. Mein Atem wird gleichmäßiger, mein Herzschlag langsamer.

»Es tut mir leid«, sagt er neben meinem Ohr.

»Das muss es nicht. Schließlich hast du die Ratten nicht dort ausgesetzt«, entgegne ich und höre ihn lachen.

»Nein, wirklich nicht.«

Ich schlinge meine Arme fester um ihn. Eine Weile will ich noch so stehen bleiben. Umarmungen nach einem Schock gehören zum medizinischen Notfallrepertoire und sind somit nicht verwerflich. Auch Sean scheint nichts gegen eine Verlängerung dieser Umarmung zu haben.

»Leider habe ich keinen Schnaps im Rucksack«, sagt er bedauernd.

»Das wird schon wieder.« So gut ich jetzt einen Schnaps gebrauchen könnte, ich darf auf gar keinen Fall Alkohol trinken – also nicht noch mehr Alkohol. Es fällt mir ohnehin schon schwer, mich unter Kontrolle zu halten, und wenn ich jetzt etwas Hochprozentiges trinken würde, könnte ich für nichts mehr garantieren. Das darf nicht passieren. Einen schönen Abend zusammen verbringen, gemeinsam durchs Kloster laufen, reden und lachen, das alles ist okay. Alles andere – und damit meine ich die ganzen Dinge, die mir im Kopf herumgeistern – ist überhaupt nicht in Ordnung. Deswegen muss ich darauf achten, dass die Fantasien in meinem Kopf bleiben und keinesfalls Wirklichkeit werden.

»Irgendwie schade, dass du auf Ratten so reagierst«, sagt Sean. »Ich werde dir nie meinen Lieblingsfilm zeigen können. Da kommen R. O. U. S.es vor. Das sind …«

»*Rodents of Unusual Size*«, vollende ich seinen Satz. »Ich

liebe *Die Braut des Prinzen.* Trotz der Rattenszene. Bei der kann ich auch sitzen bleiben. Beim dritten Teil von *Indiana Jones* muss ich allerdings rausgehen oder vorspulen, wenn sie sich durch den Kanal in den Katakomben bewegen.«

»Kann ich verstehen. Welchen *Indiana-Jones*-Teil magst du denn am liebsten?«

»Den dritten, aber den ersten mag ich auch. Der zweite wäre okay, wenn sie die Frauenrolle nicht so dämlich angelegt hätten, und den vierten habe ich nur einmal gesehen. Der ist schrecklich. Wie ist das bei dir?«

»Ich gehöre, genau wie du, zu den *Indiana-Jones*-Nostalgikern.« Er streicht mir über die Oberarme, und die Berührung kommt überall in meinem Körper an.

Ich lege den Kopf an seine Brust. Wenn ich jetzt nach oben gucke, küssen wir uns, also darf ich auf keinen Fall aufsehen. Dabei möchte ich so gerne!

Widerwillig löse ich mich aus der Umarmung. Einen Moment lang stehen wir uns gegenüber.

»Kannst du noch?«, fragt er dann. »Also, möchtest du noch etwas sehen? Oder soll ich dich zurückbringen?«

Ich schüttle den Kopf. Auch wenn es mich alle Kraft kosten wird, ich werde jeden Augenblick auskosten.

Über uns steht der Vollmond. Je weiter wir laufen, desto kleiner werden die Klostergebäude und desto weiter stehen sie auseinander. Schlagartig wird es kühler. Ich knote mein Tuch auf und drapiere es so um meine Schultern, dass es die nackte Haut bedeckt.

»Möchtest du mein Jackett?«, fragt er fürsorglich.

»Danke schön.« Ich schüttle den Kopf. »Noch geht's.«

Noch kann ich mich und meine Emotionen kontrollieren. Ein Kleidungsstück von ihm, aufgeladen mit seiner Wärme und seinem Geruch, würde das erschweren. Ich bin auf der

Hut, vor mir selbst und dem, was ich sagen könnte, vor dem, was ich tun könnte.

Wahrscheinlich wäre es besser, die Tour unter einem Vorwand abzubrechen und ins Hotel zurückzukehren, nur gibt es im Moment nichts, was ich weniger will. Ich möchte nicht weg von Sean, sondern ihm noch länger zuhören, noch mehr über ihn erfahren.

Gedanken werde ich mir morgen machen. Jetzt versuche ich, diesen Ausflug auf eine Weise zu genießen, die es mir ermöglicht, auch hinterher noch in den Spiegel zu schauen.

»Wo gehen wir hin?«, erkundige ich mich.

»Jetzt kommt der Höhepunkt unserer Tour. Lass dich überraschen.«

»Besser als Ratten von ungewöhnlicher Sprunglust?«

»Die kann nichts toppen«, sagt er. »Aber das, was jetzt kommt, ist auf andere Art besser.«

Die letzten Häuser des Klosterkomplexes schließen unmittelbar an eine Wiese an. Dahinter liegt der See. Das Wasser döst silbergrau unter dem nachtblauen Himmel. Der Mond versteckt sich hinter einem Wolkenvorhang, und der Wald auf der gegenüberliegenden Seite legt sich wie ein schwarzes Band um das Ufer.

Ich suche nach einem Turm, einer Statue, einer Brücke, irgendetwas Menschengemachtem, denn ich bin mir sicher, dass wir nicht hierhergewandert sind, um die Aussicht auf das Wasser zu genießen.

Sean scheint mit seinen Augen das Ufer zu scannen, das Gesuchte aber nicht zu finden.

»Eigentlich sollte hier ein Boot liegen«, erklärt er schließlich. Seine Verwirrung ist ihm deutlich anzumerken. »Als ich heute Nachmittag hier unten war, habe ich es auch noch gesehen.«

Er läuft ein Stück am Ufer entlang.

»Kann ich dir helfen?«, frage ich.

Statt einer Antwort höre ich ein Klirren. Es klingt, als würden Flaschen gegeneinanderstoßen, darauf folgt ein lautes Fluchen. Sean schimpft auf Irisch, deswegen kann ich nicht verstehen, was er sagt, aber es muss so etwas wie »Diese Drecksgören« gewesen sein. Vermutlich führt er nun in seiner Muttersprache aus, was er alles mit diesen Jugendlichen tun möchte. Dann wechselt er ins Englische.

»Von mir aus können sie hier feiern. Das ist mir egal! Aber danach sollen sie ihren Kram wegräumen.«

Es klirrt wieder, diesmal klingt es, als hätte er gegen die Flaschen getreten. Darauf folgt ein weiterer Fluch. Ohne es zu wollen, muss ich lächeln.

Wir reden einen Mischmasch aus Deutsch und Englisch miteinander. Deutsch, wenn es um Architektur geht, Englisch, wenn wir normal reden. Irisch habe ich aus seinem Mund noch nicht gehört, und irgendwie mag ich es, dass er auch diese raue Seite hat.

Mein Blick gleitet über den See, zu der Insel, zum Wald.

»Sean?«, rufe ich. »Da draußen, links von der Insel, kann es sein, dass das …«

Der nächste Schwall von Flüchen lässt einige Vögel aus den Bäumen aufflattern.

Oh, mein Gott, ich stehe so darauf, wenn er flucht!

Ich gehe zu ihm hin und lege ihm eine Hand auf den Arm.

»Was hattest du denn geplant?«, will ich wissen.

»Ich wollte mit dir zu der Insel hinüberfahren, weil ich dir dort etwas zeigen möchte.«

»Gibt es ein zweites Boot?«

Er schüttelt den Kopf.

Ich gehe in die Knie und halte eine Hand ins Wasser. Es ist frisch, nicht unangenehm kalt.

»Sollen wir schwimmen?«, schlage ich vor.

»Wie bitte?« Er mustert mich von oben bis unten. »Du bist sehr cool, Marie Landauer.«

»Du auch, Sean Halligan.«

Er grinst. »Das sind ehemalige Fischteiche. Als das Neue Kloster, also das jetzige ›Sankt Anna‹, zu einem Schloss umgewandelt wurde, meinte der Besitzer wohl, dass der Blick auf einen See angemessener ist als der auf einen Karpfentümpel. So ist auch die Insel entstanden. Der Adlige, der etwas auf sich hielt, leistete sich eben eine Insel. Insofern ist das Wasser bloß knie-, höchstens hüfttief. Zumindest auf dieser Seite.«

»Na dann …« Ich zerre mir die Schuhe von den Füßen und kremple meine Hose hoch. Der Saum starrt bereits vor Dreck, und ich bin froh, dass Vee nicht sieht, dass ich mit diesem sündhaft teuren Teil zu einer Abenteuertour aufgebrochen bin. Die Schuhe binde ich mit den Riemen zusammen und hänge sie mir über die Schulter.

»Tadaa!« Ich richte mich auf und breite die Arme auseinander wie eine Zauberkünstlerin, die soeben ihren Trick beendet hat.

»I'm on a tour with superwoman«, sagt Sean schmunzelnd und zieht Schuhe und Strümpfe aus und seine Hose hoch.

Mein Herz reagiert unmittelbar auf seine Worte und presst sich gegen meinen Brustkorb, als wolle es aus mir ausbrechen und Sean zufliegen. Zum Glück ist es dunkel, und er kann nicht sehen, dass mein Gesicht glüht.

»Gib her!« Er nimmt sich meine Schuhe, ignoriert meinen Hinweis, dass sie sehr dreckig sind, und legt sie sich über die Schulter.

Ich setze meinen Fuß ins Wasser. Das Ufergras streift meine Haut, und ich zucke kurz zusammen.

Es ist nur Gras, rede ich mir gut zu, keine Viecher.

Langsam ziehe ich den zweiten Fuß nach und schaudere wieder, als auch dieser auf etwas Weiches tritt.

Schlammiger Boden, noch ein wenig Gras, versuche ich, mich zu beruhigen.

Neben mir watet Sean mit großen Schritten in den See, bleibt stehen, sieht sich um.

»Doch zu kalt?«, fragt er.

Ich schüttle den Kopf. »Alles klar. Ich muss mich nur an das Weiche gewöhnen.«

»Du hast Angst, dass es hier Ratten gibt!«, sagt er und läuft zu mir. Seine energischen Schritte bringen das Wasser zum Rauschen. »Ist es das?«

Es ist mir peinlich, das zuzugeben, aber er hat leider recht.

»Soll ich dich tragen?«, fragt er.

»Nein, ich schaffe das schon. Ich will meinen *Superwoman*-Status nicht verlieren.«

»Das wirst du nicht«, sagt er, dann dreht er sich um und hebt die Arme zum Himmel, als wolle er das Wasser beschwören. »Ratten dieses Sees, schaut auf diese Frau«, ruft er. »Sie hat Superkräfte, und an eurer Stelle würde ich mich nicht mit ihr anlegen.«

Dann dreht er sich um.

»Hilft das?«, fragt er mit einem schelmischen Grinsen.

Eigentlich will ich etwas sagen, aber ich pruste los, wovon sich auch Sean anstecken lässt.

»Wenn du einen Stab in der Hand hättest, würde es noch überzeugender wirken«, sage ich und muss wieder loslachen.

»So à la St. Patrick, meinst du? Ist es okay, wenn ich es ohne Stab probiere, dafür aber meine Rede noch durch Beispiele verstärke?«

Ich zucke mit den Schultern. »Versuchen wir es.«

»Eine Berührung mit …«

»Du musst von vorne anfangen«, unterbreche ich ihn. »Sonst wissen sie ja nicht, wer gemeint ist.«

»Das hatte ich nicht bedacht«, sagt er, um dann fortzufahren: »Ratten dieses Sees, schaut auf diese Frau. Eine Berührung mit ihren magischen Beinen würdet ihr nicht überleben, denn sie sendet Stromstöße aus. Haltet also Abstand. Ihre magischen Augen verzaubern jeden, der ihrem Blick begegnet. Eure Artgenossen hat sie bereits mit einem Blick getötet. Ich an eurer Stelle würde es nicht darauf ankommen lassen.«

Er nimmt die Arme herunter und dreht sich um.

»Gut so?«, vergewissert er sich mit gespieltem Ernst.

»Ich denke, das hat geholfen. Nun bleibt uns nur zu hoffen, dass die Kommunikationswege der Ratten nicht so schnell funktionieren, sonst wissen sie nämlich, dass das nicht stimmt.«

»Ist doch egal«, sagt er. »Entweder sie machen sich gerade vor Angst in die nicht vorhandenen Hosen, oder sie lachen sich tot. Beides erfüllt seinen Zweck.«

Er macht eine auffordernde Geste mit seiner Hand, und ich setze tapfer einen Fuß vor den anderen. Dabei ertrage ich, dass sich meine Zehen in eklig weichen Schlamm graben, und konzentriere mich auf das Ziel.

Was Sean mir wohl zeigen will? Er geht ganz nah bei mir. Sollte ich stolpern oder straucheln, würde er mich halten können. Bestimmt gehen wir deswegen so nahe beieinander.

Mit großen Armbewegungen balancieren wir den unebenen Grund aus, teilweise stoßen unsere Hände gegeneinander. Es wäre so leicht, seine Hand zu nehmen, aber das verbiete ich mir, auch wenn ich sie so gerne in meiner spüren würde.

Wir erreichen die Insel, und ich lasse mich ins Gras fallen. Davon, dass ich den Anzug noch ein zweites Mal tragen werde, gehe ich nicht aus.

»Respekt, Herr Rattenbeschwörer, du solltest das beruflich machen.«

»Mein Problem ist, dass unser Inselheiliger schon ziemlich gut aufgeräumt hat und die Jobperspektiven entsprechend mau sind.«

»Dann eben doch Architektur«, sage ich achselzuckend. »Brauchen wir die Schuhe, oder können wir barfuß gehen?«

»Schau'n mer mal«, sagt er auf Bayerisch, aber mit irischem Akzent und grinst. »Das habe ich hier gelernt.«

»Passt scho'«, sage ich. »Das habe ich gelernt. Das gilt als hohes Lob.«

An Land fühlt sich das Gras angenehm an, was wahrscheinlich daran liegt, dass es meine Füße nicht umwabert und ich einschätzen kann, was als Nächstes kommt.

Sean führt mich unter Laubbäumen hindurch, deren Kronen sich fast berühren. Die Bäume und Sträucher hier stehen so dicht, dass man nicht erkennen kann, was einen dahinter erwartet.

Und dann steht sie plötzlich vor uns, eine Sandsteinfassade. Selbst vom Ufer aus konnte ich nicht erahnen, dass sich hier ein Gebäude befindet, dafür ist die Vegetation zu dicht.

Ich schätze, dass es mindestens drei Stockwerke hoch ist, jeweils drei romanische Fenster befinden sich im ersten und zweiten Stock, auf unserer Ebene sind es drei Rundbogentüren. Ist das ein Jagdschloss?

Drei der Seitenmauern sowie das Dach sind eingebrochen, einzelne Steine liegen noch auf dem Boden. Sträucher überwuchern die Mauerreste, Farne wachsen aus Fensterhöhlen, es riecht nach Moos und Pilzen.

Die Begeisterung, mit der Sean seinen Vortrag gehalten und mich hierhergeführt hat, ist nichts gegen die Euphorie, die jetzt in seinen Augen steht. Ich bin gespannt, was er mir zeigen will.

Im Innenraum des Schlosses hat sich ein Birkenkindergarten angesiedelt, umgeben von den Birkenjugendlichen etwas außerhalb. Ein Teil des Treppenhauses steht noch, eine Art Absatz oder Empore. Erklimmen kann man sie allerdings nicht mehr, denn die Treppe dazu fehlt. Die Rückwand scheint auch erhalten zu sein, ebenso wie Teile der Decke.

Sean erklärt, dass sich die Leute Steine, Türen und Fenster geholt haben, nachdem die Besitzer das Schloss in den Zwanzigerjahren des letzten Jahrhunderts aufgegeben hatten. Er stellt sich hinter die Birkenjugendlichen mit Blick auf die Rückwand und beginnt, im Rucksack zu wühlen. Schließlich drückt er mir eine Taschenlampe in die Hand und richtet sich auf. Er zeigt auf das, was von der Decke noch übrig ist, und fordert mich auf, den Schalter auf »On« zu stellen.

Ich sehe eine weiße Wand mit einem halbrunden Fenster und warte darauf, dass er mir erklärt, warum sie den Höhepunkt unserer Tour darstellen soll. Er greift nach der Lampe und zieht den Strahl auf die Decke, schiebt ihn etwas nach links. Nun sehe ich eine Stuckverzierung, deren Blumen und Blätter sich an der Wand entlangwinden.

»Wie schön«, sage ich.

Er schüttelt den Kopf und schiebt den Kegel noch ein wenig höher, dann legt er seinen Zeigefinger unter mein Kinn. Ich atme flach. Sanft hebt er meinen Kopf. Ich spüre sein Gesicht ganz nah neben meinem.

»Da«, flüstert er.

Im Schein der Lampe entdecke ich eine Mohnblume mit drei Blüten, sie ist direkt an die Decke gemalt. Daneben steht etwas geschrieben, wahrscheinlich der lateinische Name der Pflanze, von hier unten kann ich das nicht genau erkennen. Der Künstler hat die Blätter und Blüten so exakt gemalt, dass sie fast wirken, als hätte er sie fotografiert und das Bild an die Decke geklebt.

Sean lässt den Kegel weitergleiten. Dort sehe ich Frauenschnabel und eine Rose. Blüte, Blätter und Stiel sind so exakt gezeichnet, dass man das Gefühl hat, man könne sie von der Decke lösen und in eine Vase stellen. Und wieder winzige Buchstaben daneben, aber bevor ich versuchen kann, sie zu entziffern, fährt Sean den Schein ein wenig weiter zu einigen – ebenfalls unfassbar realistischen – Vergissmeinnicht.

»Das ist einmalig«, flüstere ich und bemerke, wie er lächelt. »Ist das euer Highlight für die VIPs?«

»Diese Decke hat noch nicht einmal Maja gesehen, und die hat sonst jeden Stein analysiert«, erwidert er, und ich hebe skeptisch die Augenbrauen. »Wir sind bei unserer Erstbegehung auch auf der Insel gewesen, aber nur einmal darüber gelaufen, um festzustellen, dass das Schloss stark verfallen ist. Und sie ist nicht der Typ für heimliche Bootsausflüge.« Er sieht mich an. »Du bist also Premierengast. Wie mache ich mich bis jetzt?«

»Fragst du so etwas immer?«

»Wenn ich Sachen vorher schon einmal gemacht habe, fühle ich mich normalerweise recht sicher.« Er grinst. »Soweit ich weiß, ist dies eine der wenigen Decken, die Blumen lexikongleich abbildet. Der Erbauer war Pflanzenkundler, und hier muss sich die Bibliothek befunden haben, die er mit seinem Lieblingsforschungsobjekt hat dekorieren lassen.«

Ich kann den Blick kaum von den Darstellungen lösen, und es tut mir in der Seele weh, dass ein großer Teil der Decke eingestürzt ist und damit auch die Blumen verloren gegangen sind.

Irgendwann muss ich den Kopf nach unten senken, da mein Nacken vom Nach-oben-Schauen steif geworden ist.

»Können wir uns setzen?«, frage ich. »Oder willst du schnell wieder weg?«

»Ich möchte gerade nirgendwo anders sein.«

Alles in mir kribbelt. »Warte kurz«, sage ich, wickle mich aus meinem Schal und breite ihn auf dem Boden aus.

»Der Multifunktionsschal«, stellt er lachend fest. »Ich bin verblüfft, wie viele Meter Stoff du um deine Schultern trägst.«

»Man weiß nie, wofür man das braucht. Sollten wir später in eine *Indiana-Jones*-Notsituation kommen, können wir uns aus dem dritten Stock abseilen.« Ich zwinkere und setze mich auf den weichen Stoff. »Findest du nicht, dass das Gebäude hier so eine Heiliger-Gral-Atmosphäre hat? Im Endeffekt rechne ich jeden Moment damit, dass irgendwelche Schurken … die Tür eintreten, wollte ich eigentlich sagen, aber das ist ja bereits für sie erledigt worden.«

Er setzt sich neben mich und sieht mir in die Augen.

»Ich weiß grad nicht, ob ich es besser finde, dass du *Indiana Jones* kennst, dass du so ausgeprägte Alte-Gebäude-Fantasien hast, dass ich mit dir eine beinah wortlose Tour machen kann oder dass du ein Strandlaken um den Hals mit dir herumschleppst.«

Ich habe keine Ahnung, was ich darauf erwidern soll, mein Herz klopft zu schnell und zu laut. Denken kann ich gerade nicht. Also schweige ich lieber und nehme die Taschenlampe, um sie auf die Decke zu richten.

»*A penny for your thoughts*«, sagt Sean.

»Die sind eindeutig mehr als einen Penny wert«, kontere ich.

»Das bezweifle ich nicht …« Er schenkt mir wieder so einen Blick, der ein Prickeln durch meinen Körper sendet.

Wir sitzen sehr nahe beieinander. Ich müsste mich nur vorbeugen, dann …

Hastig zwinge ich mich, diesen Gedanken abzubrechen, und suche ein unverfängliches Thema.

»Woher kennst du eigentlich die Tankstellen-Geschwister?«, erkundige ich mich.

»Wir sind fast gemeinsam hier eingetroffen. Als sie damit begannen, die Tankstelle herzurichten, habe ich den Umbau des Hotels übernommen. Irgendwann habe ich unter den bunten Wimpeln getankt und einen Kaffee getrunken, und so haben wir uns gefunden.«

»Was hat die beiden hierherverschlagen?«

»Wahrscheinlich brauchten sie Abstand, Beppi eher einen Neuanfang.«

Er nimmt zwei Flaschen Bier aus dem Rucksack, öffnet die eine mit der anderen und reicht sie mir.

»Die Frau auf deiner Handyhülle … Bist das du?«, wechselt er das Thema.

Ich sehe ihn überrascht an. »Wie bist du darauf gekommen?«

»Na ja, in der Tankstelle meintest du, das Bild sei von Cassandra Landauer. Und da zwischen den Sonnenblumen ein Mädchen sitzt, dachte ich, dass sie vermutlich dich gemalt hat.«

»Das hat sie, aber da gab es mich noch gar nicht richtig. Sie hatte damals einen Auftrag – das wird dich jetzt freuen – in Irland, und bei einem Ausflug hat sie diese Kirche gesehen, deren Decke mit Sonnenblumen bemalt war. Kurz vorher hatte sie erfahren, dass sie mit mir schwanger ist, und dann hat sie *Sonnenblumentage* gemalt. Sie wusste noch nicht mal, dass ich ein Mädchen bin, aber sie hat es wohl geahnt, denn sie hat ›*To my unborn daughter*‹ darauf geschrieben.« Ich zeige ihm die winzige Signatur.

»Das ist eine wunderschöne Geschichte. Ich bin schon gespannt auf das Bild, wenn es im Dezember hierherkommt.«

»Das wird es leider nicht.« Ich schlucke. »Es sei denn, es

passiert ein Wunder. Aber verbrannte Gemälde kann wohl niemand zurückholen.« Ich konzentriere mich auf die Blumen an der Decke. »Es gab einen Brand in Mamas Atelier … sie hat einen Infarkt erlitten, vermutlich als sie gesehen hat, dass ihre Werke brennen.«

»Oh, entschuldige, das habe ich nicht gewusst.«

»Wie auch?« Ich sehe ihn an. »Irgendwann besuche ich diese Kirche. Mama wollte immer mit mir hinfahren, aber jetzt mache ich es eben alleine.«

»Falls du eine Begleitung brauchst, kannst du dich gerne bei mir melden.«

»Und du würdest mit mir alle Kirchen in Kerry abklappern?«, frage ich ungläubig.

»Das auch. Und dann würde ich dich in ein Boot setzen und mit dir nach Church Island fahren. Dort gibt es nämlich eine solche Decke.«

»Du veräppelst mich schon wieder.«

Er schüttelt den Kopf. »Church Island liegt vor meiner Heimatinsel, und dort gibt es eine Kirche, deren Decke mit Sonnenblumen bemalt ist. Ich weiß nicht, ob es diese sind, aber ich zeige sie dir gerne.«

Ich weiß nicht, was ich sagen soll, aber ich nehme seine Hand und drücke sie kurz.

»Erzähl mir von dir«, bittet er mich.

»Was willst du denn wissen?«, frage ich. »Ich möchte gerne einmal die Blumendekoration für eine königliche Hochzeit machen und einmal eine Reise auf einem fliegenden Teppich unternehmen. Das wäre das Wesentliche in Kurzversion.«

»Ich hätte gerne die Langversion«, entgegnet er lachend. »Fang bei den Kinderkrankheiten an, mach bei deinem Lieblingsessen weiter, und erzähl mir dann alles bis hin zu dem Kuscheltier, das du heimlich behalten hast.«

Ich lehne mich zurück, stütze mich auf meine Unterarme und beginne. Nachdem ich ihn über Blinddarm-OPs, meine peinlichsten Highschoolmomente in Brooklyn und Käse-Sahne-Spaghetti aufgeklärt und ihm verraten habe, dass meine lilafarbene Stoffschildkröte Mimi heißt, ist Sean an der Reihe. Einige Stunden später weiß ich, dass er am University College in Dublin seinen Abschluss gemacht und außerdem in Italien, Frankreich und in den USA studiert hat. Wir stellen fest, dass wir uns elf Wochen lang tatsächlich zur selben Zeit in den Vereinigten Staaten aufgehalten haben. Wir mögen beide Pizza mit Gorgonzola und sind der Meinung, dass Nudeln am besten schmecken, wenn sie lang sind und man sie auf der Gabel aufdrehen muss. Beide haben wir *Suits* mehrmals gesehen. Sean will sich *Downton Abbey* ansehen, nachdem ich ihm versichert habe, dass die Figuren wahnsinnig gut gezeichnet sind und niemand die Dienstboten nicht mögen kann. Im Gegenzug verspreche ich, mir *Homeland* anzuschauen. Wir sind beide der Ansicht, dass Remixes von Liedern unnötig sind, außer bei »Easy« – da ist die Version von *Faith No More* besser als das Original.

Inzwischen machen sich die Vögel in den Bäumen um uns herum bemerkbar. Müde bin ich nicht. Wir sitzen so nah nebeneinander, dass ich fast die Härchen auf seinen Unterarmen spüren kann und sich unsere kleinen Finger beinah berühren. Wenn ich ehrlich bin, möchte ich nie wieder von hier weg.

Später, aber irgendwie viel zu früh, steuert Sean den Roller in Richtung Hotel. Ich sitze hinter ihm, die Hände an seiner Taille. Hinter den Hügeln geht die Sonne auf. Noch sind die Felder dunkel, aber nach und nach schieben sich die Sonnenstrahlen über die Landschaft.

Ich kann mich nicht erinnern, wann ich das letzte Mal die Nacht durchgemacht habe. Vor allem kann ich mich nicht erinnern, dass es jemals so schön gewesen ist.

Ich schließe meine Arme fester um Sean. Seine Hand legt sich kurz auf meine, um gleich danach wieder das Lenkrad zu umfassen.

Vor dem Hotel stellt er den Roller ab. Ich ziehe meinen Helm aus und halte ihn vor meinen Körper gepresst. Gleich wird Sean den Helm übernehmen und sich von mir verabschieden.

»Ich bring dich noch zur Tür«, sagt er, nimmt seinen Helm ab und schwingt sein Bein über den Roller.

Nebeneinander laufen wir die Treppen zu der schweren Eingangstür hinauf. Mein Herz rast, genauso wie meine Gedanken. Am liebsten würde ich ihn küssen, hier, auf dem Weg zu meinem Zimmer, im Zimmer. Mein Mund, meine Hände, mein Herz wollen ihm ganz nah sein, und als ich mir das eingestehe, läuft ein Schauer durch meinen Körper.

Seine Hände nähern sich meiner Taille, berühren sie kaum, schweben mehr daneben. Er zieht mich an sich. Meine Hände legen sich um seinen Oberkörper, ich spüre seine Wärme. Mein Gesicht ist ganz nah bei seinem. Ich atme sein Rasierwasser ein, spüre seine Bartstoppeln an meinen Lippen.

»Ich kann das nicht, ich hab einen Freund.«

Er weicht zurück – oder war ich das? Seine Hand liegt noch an meiner Taille, doch jetzt nimmt er sie weg und schaut auf den Boden. Wir sind wie zwei Schauspieler, die den Text vergessen haben.

»Es tut mir leid, aber ich kann das nicht«, wiederhole ich. »So bin ich nicht, bei mir muss das alles seine Ordnung haben. Du bist … Ich finde dich wunderbar. Aber so darf es nicht anfangen.«

Er sieht mich an, als hätte ich gerade etwas gesagt, was so nicht im Skript steht. Dann scheint er sich zu fangen. Er richtet sich auf und lächelt.

»Gute Nacht, Marie.«

»Gute Nacht«, erwidere ich automatisch. »Sean, ich …«

»Denk nicht so viel nach«, sagt er, steigt auf den Roller und fährt davon.

Im Hotel verzichte ich auf den Aufzug und nehme die Treppen. Oben angekommen, will sich meine Tür nicht öffnen lassen. Mehrmals muss ich die Schlüsselkarte durch den Leser ziehen, doch irgendwann knackt es, und ich kann die Tür aufschieben.

Ich stürze ins Zimmer, lasse mich aufs Bett fallen und bleibe liegen.

Lio hebt den Kopf, wedelt und legt sich wieder hin.

Meine Haut kribbelt, und mein Gehirn ist leer gedacht. Ich zerre mir den Overall vom Körper, gehe ins Bad und stelle mich eine Ewigkeit unter die Lichterdusche. Nachdem ich mir alle Spuren des Abends aus dem Gesicht geschrubbt habe, verstecke ich es unter einer dicken Schicht Feuchtigkeitscreme.

Kaum bin ich in einen ruhelosen Schlaf gefallen, treibt mich Lios Winseln wieder aus dem Bett, und ich laufe mit ihr vor das Hotel.

Das Mobiltelefon in meiner Hand wird zu einer echten Gefahr für mich, weil ich dauernd versucht bin, eine Nachricht loszuschicken. Ich will es erklären, will kitten, klarstellen, bereinigen. Das Schlimmste ist, dass ich gar nicht weiß, ob es etwas zu bereinigen gibt.

Vee hat mir eingeschärft, dass man in emotionalen Ausnahmesituationen keine Nachrichten abschicken darf. Ich bin kurz davor, gegen diese Regel zu verstoßen, halte mich aber daran, auch wenn es mir unsagbar schwerfällt.

Während ich mich an mein Handy klammere, überwache ich das Display, damit ich es auf keinen Fall verpasse, wenn Sean etwas schreibt. Mein Gehirn analysiert jedes seiner Worte, die Tonlage, in der er sie gesagt hat, seine Gesten, einfach alles.

Der Abend war aus Träumen gemacht. Die Erinnerung an ihn schmerzt.

Am liebsten würde ich mich verkrümeln, aber das kann ich nicht. Vee und Hilda haben Zeit, Liebe und ein Vermögen in diesen Hotelaufenthalt investiert, deswegen bringe ich es nicht übers Herz, einfach abzureisen. Bis zum Abend muss ich durchhalten. Das wird der längste Sonntag meines Lebens.

Als Erstes steht mein Privattermin in der Galerie an. Dort versuche ich, mich auf die Bilder zu konzentrieren, was mir nicht gelingt. Majas Assistent hat sein Tablet auf ein Fensterbrett gelegt und tippt vor sich hin, während ich vorgebe, die Kunst zu genießen. Mehrmals sage ich mir, dass ich vor den Bildern stehe, über die jeder spricht. Vor den sagenhaften Kopien aus der Genske-Sammlung. Von wem die Bilder wohl stammen? Irgendwo ist jemand, der diese Bilder erschaffen hat und nicht darüber sprechen darf oder kann oder will. Ob er oder sie einmal hierherkommt und sich die Bilder ansieht? An anderen Tagen hätte ich diese Fragen bestimmt spannend gefunden, aber heute steht mir einfach nicht der Sinn danach.

Später übergebe ich Lio an den Hundesitter, und sie wedelt wie verrückt. Er hat eine Tasche voller Hundespielzeug dabei und geht mit ihr in den Park. Wahrscheinlich weigert sie sich heute Abend ins Auto zu steigen und will bei ihm bleiben.

Im Spa hoffe ich, dass eine dieser Massagen Wunder bewirken kann. Ich möchte wieder denken können, ohne dass es wehtut. Warum habe ich nicht anders reagiert? Ich weiß zwar nicht, wie ich hätte reagieren sollen, aber ich habe das Gefühl, etwas kaputt gemacht zu haben.

Mein Kopf schmerzt vom Gedankenumherwälzen. Ich will auf »Zurückspulen« drücken, an der Stelle anhalten, an der wir vom Roller steigen, und ab da alles besser machen. Dann könnte ich Sean jetzt Nachrichten schreiben, er könnte lustig zurück- und wir an unserer Geschichte weiterschreiben.

Vor allem aber könnte ich in Ruhe darüber nachdenken, was ich will. Dann würde ich nicht in der »Was habe ich bloß getan?!«-Bredouille stecken.

Der gestrige Abend kommt mir vor wie eine Sternschnuppe. Ich habe sie gesehen, das Wunder nicht fassen können und sie verglühen lassen, ohne mir etwas zu wünschen. Ich fühle mich wie der größte Versager der Menschheit.

Nach der Ganzkörpermassage geht eine Nachricht auf meinem Handy ein. Fabian teilt mir mit, dass er sich beim Fischerstechen den Knöchel verstaucht hat. Er schickt mir ein Foto von seinem Bein, das dick bandagiert ist, und eines, auf dem er schräg grinst.

Brauche dringend Pflege. Heute Abend Couch statt Bierzelt, schreibt er. *Oder gleich ins Bett und durchschlafen. Bin total platt.*

Ich bemitleide ihn und fühle mich schlecht. Bei jedem einzelnen Buchstaben, den ich tippe. Es ist nichts passiert, sage ich mir. Aber das ist es nicht, was mir so wehtut.

Nach den Behandlungen gehe ich in meine Suite, die ich irgendwie nicht mehr genießen kann. Ich schaue aus dem Fenster auf das Alte Kloster und den See. Dann packe ich meinen Koffer und meine Hündin ins Auto und fahre nach Untergickelbach.

Stille empfängt mich, als ich gegen acht die Wohnungstür aufschließe. Ob er sich wirklich hingelegt hat?

»Fabi?«

Keine Antwort. Ich stelle meine Handtasche ab, der Rollkoffer liegt noch im Auto.

Lios Pfoten tapsen über den Linoleumboden, als sie sich durch die Tür schiebt.

Um keinen Lärm zu machen, halte ich die Klinke heruntergedrückt, bis ich die Tür an den Rahmen herangeführt habe. Dabei tänzle ich von einem Bein aufs andere, seit einer halben Stunde muss ich dringend auf die Toilette. Langsam habe ich Bedenken, das Bad nicht mehr rechtzeitig zu erreichen. Trotzdem bemühe ich mich, auch diese Tür möglichst lautlos zu schließen, dann reiße ich mir die Hose herunter und lasse mich auf die Kloschüssel fallen.

Erleichtert bleibe ich sitzen und sehe mich um. Auf dem Boden vor mir liegt Fabians kariertes Hemd, das er auf dem Verletzungsfoto getragen hat, und die dazugehörige Lederhose. Auf dem Badewannenrand lagern Salbe und Verbandsmaterial. Eine elastische Binde schlängelt sich von der Wanneninnenseite über die Kacheln auf den Teppich. Der Eukalyptus-Minz-Geruch des Schmerzgels wabert durch den Raum.

Ich wasche mir die Hände, drehe den Verschluss auf die Tube, wickele den Verband wieder auf und entferne die Make-up-Reste aus meinem Gesicht.

Dann schleiche ich barfuß über den Flur und schiebe die Schlafzimmertür auf. Drinnen sind die Jalousien heruntergezogen. Ich möchte kein Licht machen, um Fabian nicht zu wecken, und laufe auf Zehenspitzen zum Bett.

Draußen fährt ein Auto vorbei, dann ist wieder alles still.

Vorsichtig setze ich mich an den Rand der Matratze und

taste nach meinem Freund, als mir auffällt, dass ich keine Atemgeräusche höre.

»Fabi?«

Keine Antwort, kein Atmen.

Ich taste ins Bett, spüre Decken, aber keinen Körper darunter. Die Nachttischlampe, die ich anknipse, gibt mir Gewissheit.

»Das darf doch nicht wahr sein!«

Fassungslos starre ich auf seine Seite des Bettes, die ungemacht, aber leer ist.

Zurück im Flur sehe ich, dass sein Haustürschlüssel fehlt. Ich stehe da, mit nackten Füßen auf dem kalten Laminat, und komme mir dämlich vor. War doch klar, dass er auf keinen Fall darauf verzichten wird, mit seinen Kumpels weiterzufeiern.

Ein wenig ärgere ich mich darüber, dass er mit seinem Foto Mitleid erregt und so hilflos tut, nur um dann doch auszugehen. Dann erinnere ich mich daran, wie ich die letzte Nacht verbracht habe, und sage mir, dass ich kein Recht habe, ihm Vorwürfe zu machen. Eigentlich ist alles so wie erwartet. Ich habe doch gewusst, dass er am Sonntag bis in die Puppen feiern wird und dass ich in eine leere Wohnung zurückkehren werde. Also brauche ich mich nicht aufzuregen.

Es ist mitten in der Nacht, ich liege in meinem Bett und kann nicht schlafen. Der Vorhang bewegt sich leicht, durch das gekippte Fenster strömt frische Luft ins Zimmer.

Die letzten Stunden habe ich putzend, schrubbend und wienernd verbracht. In der Küche, im Bad, im Wohnzimmer. So habe ich mich abgelenkt und versucht, das Wochenende hinter mir zu lassen. Das Wochenende und Sean Halligan. Es war ein Traum, und ich bin zurück in der Wirklichkeit. Den

Traum habe ich selbst beendet, indem ich ehrlich war, und wahrscheinlich war das auch besser so. Zumindest versuche ich, mir das zu sagen.

Hier in Untergickelbach habe ich eine Beschäftigung gefunden, die mir geholfen hat, die schlimmen Monate nach Mamas Tod durchzustehen. Die erste Zeit hat sich angefühlt, als würde ich durch Nebel stapfen. Also habe ich auf meine Füße geschaut und einfach einen Fuß vor den anderen gesetzt, bin Fabian und seiner Familie gefolgt. Aufstehen, waschen, anziehen, arbeiten, zu Mittag essen, wieder arbeiten, duschen, Abendessen, Bett. Die Kohlmanns haben mir ein Dachzimmer und meinem Tag Struktur gegeben. Und sie haben mich in Ruhe gelassen. Für mich war es das richtige Maß an Familienessen und Alleinsein. Irgendwann waren Fabian und ich dann zusammen. Mehr so nebenbei. Tagsüber habe ich »Annegret-Sträuße«, »Annegret-Kränze« und »Annegret-Sargbuketts« gefertigt und mich in meinen Gedanken verloren. Alles, was für mich zählte, war, dass ich mich beschäftigen konnte, dass ich abgelenkt war. Auf welche Weise ich die Blumen zusammengestellt habe, war mir egal.

Das Gesteck nach dem Van-Gogh-Gemälde war anders, anspruchsvoll, einzigartig. Und zu meiner eigenen Überraschung hat es mich glücklich gemacht, an so etwas zu arbeiten. Das war wieder ich.

Eigentlich ist das Blödsinn, denn ich bin ja die ganze Zeit ich. Nur hat es sich in den letzten Monaten so angefühlt, als würde ich alles durch einen Schleier wahrnehmen. Als wäre ein Trauer-Filter über alles gelegt. Nun sieht die Welt wieder normal aus. Deutlich, klar, ohne Filter eben. Und das fühlt sich gut an. Jetzt muss ich sehen, wie ich mich zurechtfinde. Muss mit meinen Füßen auf dem Boden bleiben. Meine Rolle hier finden, meinen Alltag und meine Arbeit gestalten.

Vor allem aber muss ich aufhören, an Sean Halligan zu denken. Ich muss aufhören zu überlegen, was er über mich denkt, wie er mich sieht, ob er mich kontaktieren wird und ob er mich überhaupt kontaktieren will.

Wenn er das wirklich wollte, hätte er es schon getan, sagt die Pessimistin in meinem Kopf.

Vielleicht sitzt er da und macht sich die gleichen Gedanken, sagt die Optimistin in meinem Herzen.

Das Kopfkissen riecht nach Waschmittel und Wäschestärke. Ich hoffe jetzt einfach mal, dass Fabian mir damit eine Freude machen wollte, und nicht, dass er das Bett neu beziehen musste, weil er zu viel getrunken hatte und sich übergeben musste.

Die Haut an meinen Händen spannt, und ich überlege, ob ich mir Handcreme holen soll. Aber unter der Decke ist es warm, und ich bringe es nicht über mich, barfuß über den kalten Boden ins Bad zu laufen.

Meine Haare sind noch ein bisschen feucht vom Duschen. Hoffentlich hole ich mir keine Erkältung.

Es ist 5 Uhr 37, als Fabian die Wohnungstür aufsperrt, das verrät mir mein Handydisplay auf dem Nachttisch. Normalerweise bekomme ich nicht mit, wenn er vom Feiern oder Playstationzocken zurückkommt. Heute hat mich das Scheppern meines eigenen Schlüsselbundes geweckt, den ich an die Türklinke gehängt habe, statt ihn ins Schloss zu stecken, damit Fabian zwar reinkommt, ich die Schlüssel aber trotzdem morgens nicht suchen muss.

Den Ablauf, der nun folgt, kenne ich. Fabian geht immer ins Badezimmer, auf die Toilette – die Tür lässt er dabei offen –, dann putzt er sich die Zähne. Licht aus im Bad, Licht aus im Flur. Anschließend fällt er neben mir ins Bett, legt seine Hand an meine Hüfte, schiebt sich von hinten an mich heran, atmet seine Zahnpasta-Bier-Fahne in meine Richtung und schläft ein.

Doch heute geht er direkt ins Wohnzimmer. Eine Weile liege ich im Bett und überlege, ob ich aufstehen soll. Was macht er denn dort?

Irgendwann schlage ich die Bettdecke zur Seite und schiebe meine Beine hinaus in die Kälte. Im gleichen Moment geht die Wohnzimmertür auf, also springe ich zurück ins Bett und zerre die Decke über mich.

Durch die halb offene Schlafzimmertür sehe ich das Display seines Smartphones leuchten. Er scheint etwas zu lesen, dann schreibt er. Was kann so wichtig sein, dass er jetzt da draußen steht und auf seinem Handy herumtippt? Sonst hat er kein Problem damit, neben mir liegend auszumachen, wer wen zum Auswärtsspiel mitnimmt und wer zurückfährt, sodass die anderen etwas trinken können. Wahrscheinlich braucht wieder einer seiner Kumpels einen Keller, um etwas vor seiner Freundin zu verstecken.

Als er hereinkommt, liege ich auf der Seite. Fabian nimmt ja an, dass ich schlafe, also tue ich auch so. Er lässt sich ins Bett fallen, greift an meine Hüfte und schiebt sich an mich heran. Ich bemühe mich, gleichmäßig zu atmen, und halte meine Augen geschlossen.

Eine halbe Stunde später klingelt mein Wecker, ich stelle ihn aus und stehe auf. Fabian liegt da und schnarcht.

Es ist Montag; Elena und ich kümmern uns heute allein um die Gärtnerei. Annegret hat irgendeinen Termin mit Harald. Ich bediene Kunden, fertige Gestecke und Sträuße – nach Annegret-Art natürlich – und lebe meinen Putzdrang weiter aus.

Dabei lasse ich es zu, dass meine Gedanken zu Sean Halligan wandern. Ich analysiere Begebenheit für Begebenheit und komme zu dem Schluss, dass er mit mir geflirtet hat. Das war keine Führung für die kunstaffine Landauer-Tochter – die macht man tagsüber und in ein bis zwei Stunden. Nein, meine Führung war anders. Das war ein Date. So hat es sich angefühlt, auch wenn ich mir das Samstagnacht nicht eingestehen wollte. Es war ein Date! Und zwar eines, bei dem alles gepasst hat: die Umgebung, die Stimmung … Sogar das Wetter hat mitgespielt, der Nachthimmel hat die Beleuchtung übernommen, die Gebäude und die Kunst haben uns Gesprächsanlässe geliefert.

Na gut, Letzteres stimmt nicht ganz. Wir haben das Kloster nicht gebraucht, um uns zu unterhalten. Es ist mir so leichtgefallen, mit Sean zu reden, und es war so schön, ihm zuzuhören.

Sogar in dieser blöden Situation vor der Tür habe ich ihm ehrlich gesagt, warum ich ihn nicht küssen darf. Ich hätte ja gewollt, und ich habe ihm sogar gesagt, wie gut ich ihn finde …

»Hast du einen Rückfall?« Elena holt mich aus der Beziehungssprechstunde, die ich mit mir selbst abgehalten habe.

Ich sehe sie fragend an und überlege, wohin ich zurückfallen könnte. Schließlich frage ich sie.

»Deine Mutter«, erklärt Elena. »Bist du traurig? Ist es, weil sie Geburtstag hatte?«

»Nein«, antworte ich und drücke die Geranie in die Grabschale. Dabei bleibe ich hängen, und ein ganzer Trieb bricht ab. Fluchend grabe ich die Pflanze wieder aus.

»Was hast du dann? Irgendwas ist mit dir.«

Elena sieht mir zu, wie ich die Geranie unter Schnittabfällen verschwinden lasse. Sie und ich sprechen über alles Mögliche, auch über Beziehungssachen, aber bisher waren das eher allgemeine Dinge, nichts Konkretes über Alex und sie oder über Fabian und mich.

Ich sehe mich um und lausche, ob jemand die Gärtnerei durch das Gewächshaus betreten hat, ohne dass wir es bemerkt haben.

»Ich glaube, ich brauche mal ein Frauengespräch«, sage ich dann.

»Na klar.« Sie sieht mich verständnisvoll an.

»Jetzt nicht. Nicht hier.«

»Oh. Verstehe!«, sagt sie.

Wie gut, dass das Familienmittagessen an den Tagen um die Kirchweih ausfällt. So kann ich mit Elena reden, ohne eine Ausrede zu erfinden. Elena geht sonst immer gleich nach ihrer Schicht. Heute bleibt sie, und ich kann nicht sagen, wie dankbar ich ihr bin. Um kurz nach zwölf suchen wir uns eine Bank, auf der wir ungestört reden können. Dort erzähle ich ihr von meinen Erlebnissen am Wochenende, und sie hört einfach zu.

»Für mich klingt das nach dem Beginn einer wunderschönen Liebesgeschichte«, sagt Elena, als ich geendet habe.

Sie macht mir keinen Vorwurf, erinnert mich nicht daran, dass ich mit Fabian zusammen bin. Da ich ihr meine Gewissensqualen geschildert habe, ist das auch nicht nötig.

»Aber sein Verhalten am Schluss«, sage ich. »Das zeigt doch, dass ich mir das alles nur eingebildet habe, oder? Wieso ist er denn einfach gegangen?«

»Ach was!« Sie lächelt. »Er hat sich gentlemanlike aus der Affäre gezogen, also im wahrsten Sinne des Wortes.«

»Und ich stehe jetzt da wie die gefrustete Kuh, die ihn mal eben für einen spannenden Abend missbraucht.«

»Du bist heute sehr dramatisch«, sagt Elena. »Damit hat er doch auch dir einen guten Ausweg angeboten. Kein Drama. Kein peinliches ›Hab dich nicht so, er muss es doch nicht erfahren‹. Für mich gewinnt er durch seine Reaktion, ehrlich gesagt, noch mehr.«

Mit dieser Einschätzung habe ich nicht gerechnet. Ich wiege den Kopf hin und her, scharre mit dem Fuß über die Grashalme unter der Bank.

»Ich komme mir trotzdem schrecklich vor«, gestehe ich. »Schließlich habe ich ihm den ganzen Abend nicht erzählt, dass ich einen Freund habe, und ihn im Unklaren gelassen. Damit bleibe ich die gefrustete Kuh – oder die dumme Kuh, die auf Affären aus ist.«

»Bist du das denn? Das eine oder das andere?«

»Ich weiß es nicht, wirklich nicht.« Ich seufze. »Aufs Fremdgehen bin ich auf keinen Fall aus, dafür wäre Sean auch viel zu schade.«

Ich rolle meine Schultern vor und zurück und drehe meinen Kopf von links nach rechts, als könnte ich so meine Gedanken in Bewegung bringen und zu einer Lösung lenken.

»Fabian würde ich das auch nicht antun«, ergänze ich und presse die Lippen aufeinander. »Hätte ich aber fast. Viel hat nicht gefehlt.«

Mein Oberkörper sinkt auf meine Oberschenkel.

»Oh, Elena! Du hättest ihn sehen und mit ihm reden sollen. Er ist einfach … es hat einfach so gut gepasst.« Ich schiele über meinem Arm hoch. »Und er riecht so gut. Als er mich nach dem Rattenvorfall in den Arm genommen hat … Oh Gott, das war so unglaublich. Und jetzt bin ich ratlos.«

»Ich nicht«, sagt Elena. »Schau mal, das Ganze hier, die Arbeit bei den Kohlmanns, die unterfordert dich doch. Als Beschäftigung, um wieder ins Leben zurückzufinden, war das ideal. Aber jetzt? Du musst dich nun fragen: Kannst du das auf Dauer? Und vor allem: Willst du das auf Dauer? Annegret gibt die Gärtnerei in den nächsten sieben oder acht Jahren nicht ab. Hältst du das so lange noch aus? Oder suchst du dir etwas anderes?«

Ich nicke, während mein Gehirn Elenas Analyse verarbeitet. Eigentlich weiß ich das ja und traue mich nur nicht, die Gedanken zu Ende zu denken oder zu einem logischen Ganzen zusammenzufügen.

»Es gibt ein Casting«, sage ich.

Elenas Augenbrauen rücken zusammen.

»Mach, was du für richtig hältst, aber ich denke schon, dass du weiterhin mit Blumen arbeiten solltest.«

Jetzt hält sie mich für durchgeknallt, und ich muss lachen, obwohl mir eigentlich nicht danach zumute ist.

Ich erzähle ihr von dem Floristen-Casting, das Maja Waldenstein und Carla planen, und zeige ihr die Ankündigung auf der Homepage des Hotels.

»Anfang August. Da hast du noch ein paar Wochen«, stellt Elena fest. Sie rät mir, es zu probieren. »Absagen kannst du immer noch!«, sagt sie. »Und mit Fabian … Du kannst woanders arbeiten und die Beziehung weiterführen, oder du nimmst den Wechsel der Arbeitsstelle als Grundlage für ein neues Leben.«

»Aber ich kann hier doch nicht einfach alle Zelte abbrechen. Da komme ich mir undankbar vor. Und unfair.« Ich zwirble meinen T-Shirt-Saum um meinen Finger. »Immerhin hat er mir durch eine sehr schwere Phase geholfen. Nun wäre ich mal an der Reihe. Ich meine … Sollte ich ihm nicht helfen, seinen Traum von der Landschaftsgärtnerei zu verwirklichen? Das wäre doch eigentlich nur fair.«

Sie zuckt mit den Schultern. »Meinst du nicht, dafür ist er in erster Linie selbst zuständig?« Elena legt den Kopf in den Nacken und scheint zu überlegen. »Liebst du Fabian?«, fragt sie schließlich.

Die Frage trifft mich. Vielleicht, weil ich mich selbst nicht getraut habe, in diese Richtung zu denken. Vielleicht aber auch, weil ich nicht sofort aus voller Überzeugung mit Ja antworten kann.

»Ich versteh dich schon, du willst fair sein. Aber ist es denn fair, wenn du Fabian eigentlich nicht mehr liebst? Wenn du nur aus Dankbarkeit bleibst oder weil du ihn nicht verletzen willst?« Elena legt ihre Hände auf meinen Arm. »Marie, Menschen verändern sich. Sie gehen weiter, und Beziehungen enden. Das ist traurig, das tut weh. Aber es ist nichts Schlimmes.« Sie hält inne. »Ich suche gerade nach etwas anderem als ›Das ist das Leben‹, aber ich finde nichts.«

Um zehn vor eins stehen wir auf und gehen in Richtung Gärtnerei.

»Ich bin fast erleichtert, dass es darum ging«, gesteht Elena und klemmt sich ihre Wasserflasche unter den Arm.

»Wieso? Was hast du denn erwartet?«, frage ich und lache.

Die Schwere ist von mir abgefallen. Es tut mir gut, dass sie mich versteht und dass sie mir keine Vorwürfe gemacht hat. Ich muss versuchen, die Dinge pragmatischer zu sehen. So wie Elena.

»Ich dachte schon, du heulst dich aus, weil Fabian gestern Abend irgendeine Scheiße gebaut hat.«

Ich bleibe stehen und sehe sie an.

»Wie kommst du denn darauf?«, frage ich überrascht.

»Alex hat sich mit seinen Kumpels noch eine Pizza bei Gianfranco geholt. Beim Wegfahren hat er Sabrina und Fabian im Auto gesehen und sich gewundert, dass die beiden alleine unterwegs sind.«

»Bestimmt sind die anderen noch nachgekommen«, sage ich.

Diese Antwort ist so ein Reflex, den ich durch Annegret erworben habe. Das sage ich immer, wenn sie Sodom und

Gomorrha wittert, sobald Fabian etwas mit Sabrina unternimmt.

»Kann sein«, sagt Elena. »Ich bewundere dich jedenfalls dafür, dass du da so cool bist. Mich würde das stören.«

»Ich bin mir sicher, dass da nichts ist«, sage ich, und das bin ich wirklich. Fabian mag sich gegen seine Mutter zu wenig durchsetzen, aber er betrügt mich nicht.

Mir fällt die Handyaktion von gestern Nacht ein, dann denke ich an das frisch bezogene Bett. Elena würde beides als Indizien für ihre Sabrina-Theorie nehmen. Aber da liegt sie falsch. Bestimmt.

»Denk doch mal an dich«, sagt Elena, bevor sie sich verabschiedet. »Du bist dein ganzes Leben dorthin gereist, wo deine Mutter hinwollte oder -musste. Reise doch mal an einen Ort, den du sehen willst.«

Auf dem Weg zurück hallt unser Gespräch in mir nach. Was will ich denn?, frage ich mich, und ich bin überrascht, wie schwer es ist, diese Frage zu beantworten.

Mein Blick schweift aus dem Fenster, und ich entdecke einen Mann auf dem Grundstück hinter den Gewächshäusern. Dort lagert Fabian manchmal Steine oder Holz, wenn er einen Garten anlegen will, und dort – so ist sein Plan – will er einen Schaugarten anlegen. Zumindest sagt er das, angefangen hat er allerdings noch nicht, weil er … Ich weiß eigentlich auch nicht, wieso er das noch nicht in Angriff genommen hat.

Weil du ihm bisher nicht geholfen hast?, fragt mich mein schlechtes Gewissen.

Ich beobachte, wie der Fremde die Wiese abläuft, immer wieder stehen bleibt, die Hände in die Hosentaschen steckt und sich umsieht.

Schließlich gehe ich raus.

»Entschuldigung«, rufe ich, als ich auf seiner Höhe angekommen bin. »Das ist Privatbesitz. Sie dürfen das Grundstück nicht betreten.«

Er kommt näher. Erst jetzt erkenne ich Herrn Reisig, den Grabsteinhändler.

»Ich weiß«, sagt er. »Seit heute Morgen gehört das Grundstück aber mir.«

»Ach, Sie sind es«, sage ich.

Das ist wieder einmal typisch. Die Letzte, die etwas erfährt, bin wie immer ich. Was für eine blöde Situation!

Ich versuche ein Lächeln. »Ich habe Sie gar nicht erkannt.« Meine Güte, ist das peinlich!

Herr Reisig steckt seine Hände in die Hosentaschen.

»Macht doch nichts«, erwidert er.

»Schönen Tag und, äh, viel Spaß mit Ihrer Neuerwerbung!«, sage ich und verschwinde wieder in der Gärtnerei.

Jetzt erklärt sich auch, was die Kohlmanns heute Morgen gemacht haben. Warum verkaufen sie die Wiese jetzt? Brauchen sie Geld? Aber wofür? Vielleicht habe ich doch etwas bewegt. Ob Annegret doch modernisieren will? Das wäre toll. Aber warum verkauft sie dann ausgerechnet dieses Grundstück? Den Ort, auf dem Fabian den Schaugarten errichten will? Ob seine Eltern von seinem Traum wissen?

Nach Geschäftsschluss gehe ich in mein Dachzimmer und dusche heiß. Beim Arbeiten ist mir eine andere mögliche Erklärung für den Grundstücksverkauf eingefallen. Die Kohlmanns unterstützen Britta, ihre Tochter. Fabians Schwester lebt in Costa Rica und baut mit ihrem Mann ein Haus, da braucht sie auf jeden Fall Geld. Ich schüttle meine nassen Haare, als könne ich so meinen Kopf besser frei kriegen, denn ehrlich gesagt, bin ich gerade mit meinen eigenen Sachen beschäftigt.

Ich hole mir ein Notizbuch und male mit schwungvollen Buchstaben »*Was ich vom Leben will!*« auf die erste Doppelseite. Um die Buchstaben zu gestalten, nehme ich mir viel Zeit, weil ich Angst vor dem habe, was mir vielleicht einfällt. Dann blättere ich auf die nächste Seite und schreibe ein Plus auf die eine und ein Minus auf die gegenüberliegende Seite. Es wird meine »Untergickelbach-Liste«, und mein Hirn spuckt so viele Sachen aus, dass ich mit dem Schreiben kaum nachkomme. Im Endeffekt wird es auch eine Plus-Minus-Beziehungsliste … Das kann ich mir ruhig eingestehen.

Nach einer Weile steht es sieben zu sieben, und ich überlege, ob ich einzelne Punkte unterteilen soll, um eine Tendenz zu erhalten. Doch auch als ich »*Lässt mir meine Freiheit*« positiv aufgedröselt habe und gleichzeitig »*Wir machen zu wenig gemeinsam*«, »*Feuerwehr, Fußball und Kumpels stehen an erster Stelle*«, »*Sonntags immer bei seinen Eltern essen*« auf die Negativseite gestellt habe, ergibt sich eine Pattsituation.

Die Tür geht auf, und ich schaffe es gerade noch, das Buch unter das Kissen zu schieben, als Fabian auch schon im Zimmer steht.

»*Klopft nie an*« wandert gedanklich auf die Negativseite, die damit kurzfristig ein Übergewicht erhält.

»Was machst du denn hier?«, frage ich und wundere mich, dass er keine Lederhosen trägt. »Bist du nicht heute mit den Leuten von der Feuerwehr im Zelt?«

Bei den »ultimativ besten Abenden des Jahres« war einer mit den engen Freunden, einer mit den Fußballern, einer mit den Leuten von der Feuerwehr und noch einer mit den Kumpels von früher geplant.

»Genug gefeiert. Ich will mal wieder etwas mit dir machen.« Bis jetzt haben wir uns nur in der Gärtnerei gesehen. Geredet haben wir kaum. Dafür war er zu verkatert. Er hat nur kurz gefragt, wie es war, und ich habe »Schön« geantwortet und ein paar Belanglosigkeiten angefügt.

Er wirft sich auf die Couch, nimmt mich in den Arm und küsst mich.

Eigentlich ist mir gerade nicht danach, aber ich will jetzt auch nicht erklären, wieso ich nicht mag. Also lasse ich mich darauf ein, versuche aber gleich darauf, den Lippenkontakt beiläufig zu beenden.

»Soll ich dir Nudeln machen?«, fragt er.

Mein Gehirn ist noch im Analysemodus, und ich bin selbst erstaunt, zu welcher Frage es mich verleitet.

»Wollen wir uns eine Pizza holen? Mir wäre mal wieder nach einer Speciale von Gianfranco.« Ich beobachte sein Gesicht genau.

»Können wir auch«, sagt er. »Ich mag aber heute nicht mehr aus dem Haus, und er liefert doch nicht.«

Ich denke an Elenas Worte. Fabian hätte sagen können: »Die hatte ich gestern erst.« Hat er aber nicht. Kombiniert mit der Handyaktion letzte Nacht – oder besser gesagt heute Morgen –, wirkt das seltsam.

»Ich habe Sahne und Lachs besorgt«, sagt er stattdessen. »Und Spaghetti.«

Das ist ein echter Liebesbeweis, denn Fabian mag eigentlich keine Nudeln, bei denen man bei Tisch »arbeiten« muss. Er bevorzugt Penne oder Fusilli, weil man die einfach in den Mund schieben kann.

Wieder muss ich an Elena denken und daran, dass Fabian heute Morgen im Flur Nachrichten geschrieben hat.

Annegret hätte eine eindeutige Erklärung dafür, aber in diese Richtung will ich nicht denken.

»Außerdem war ich gestern mit Sabrina erst dort«, sagt er dann.

Wusste ich doch, dass da nichts läuft!

»Wir sind vorher Marcel über den Weg gelaufen, und der hat sich total danebenbenommen. Zuerst hat er sie ›Schlampe‹ genannt und dann mich auch noch blöd angemacht.«

Dass etwas mit ihrem Ex-Freund vorgefallen ist, ergibt Sinn für mich. Bereits als Marcel und Sabrina noch ein Paar waren, hat er Fabian nicht gemocht, war übertrieben eifersüchtig. Er ist schon ausgeflippt, wenn jemand Sabrina auch nur etwas länger angesehen hat.

In einer Musikkneipe in Bamberg hat er Hausverbot, weil er dort einem Gast eine verpasst hat. Komischer Mensch! Keine Ahnung, warum Sabrina mit ihm zusammen war. Was aber für mich viel wichtiger ist: Ich habe geahnt, dass ich mich auf Fabian verlassen kann. Die Positivseite der Liste bekommt Zuwachs.

»Lass uns die Nudeln machen«, sage ich und drücke mich hoch.

Soll ich die Wiese ansprechen? Oder verschiebe ich das lieber auf morgen? Es ist so schön und so selten, dass er hierbleibt, anstatt etwas mit seinen Kumpels zu machen, da will ich die Stimmung nicht kaputt machen.

Wir gehen hinunter in seine Wohnung und kochen. Nach dem Essen schauen wir einen Film und schlafen auf der Couch ein. Irgendwann nimmt mich Fabian mit ins Bett. Ich schaffe es gerade noch, in mein Schlafshirt zu schlüpfen, da falle ich auch schon in die weichen Kissen.

Nachdem die Kirchweih zu Ende ist, hat uns der Alltag schnell wieder. Wie jeden Dienstag arbeitet Annegret in der Gärtnerei, Fabian kümmert sich um den Friedhof und die Gartenarbeiten, und wir essen gemeinsam zu Mittag.

Heute hat Harald Spiegelei und Bratkartoffeln gebraten.

Die Kohlmanns sprechen über Kunden, und ich warte auf eine Gesprächspause.

»Gestern war Herr Reisig auf der Wiese hinter den Gewächshäusern«, erzähle ich, als keiner ein neues Thema beginnt. »Er sagt, die gehört jetzt ihm.«

»Wir müssen was tilgen«, sagt Annegret, und ich sehe, wie sämtliche Farbe aus Fabians Gesicht weicht.

Er starrt auf seinen Teller und führt die Gabel zum Mund, doch die Bewegung erinnert mich mehr an einen Roboter als an meinen Freund, der gewöhnlich mittags sein Essen hinunterschlingt.

»Der Reisig hat vor anderthalb Jahren die Fläche nebenan gekauft«, fügt Harald hinzu. »Und jetzt braucht er mehr Platz. Das ist alles.«

Unter dem Tisch lege ich meine Hand auf Fabians Oberschenkel.

Mein Freund isst weiter.

Ich lasse die Hand liegen, warte, dass er seine darauflegt oder meine zumindest kurz drückt. Als nichts dergleichen passiert, ziehe ich sie wieder zurück.

Meine Fingernägel bohren sich in meine Handfläche. Die Kohlmanns und ihre verdammte Nichtkommunikation! Besprechen, diskutieren, Lösungen finden – so bin ich aufgewachsen, und irgendwie habe ich angenommen, dass das überall so funktioniert. Natürlich habe ich mich mit Mama auch mal gefetzt, aber anschließend haben wir uns wieder vertragen.

Bisher habe ich die Kohlmann'sche Art akzeptiert, andere Familien, andere Regeln, doch im Moment macht es mich wahnsinnig. Wie kann man nur so bescheuert miteinander umgehen? Annegret entscheidet etwas – keine Ahnung, ob mit Harald zusammen oder im Alleingang –, und Fabian darf zwar mitreden, aber Rücksicht auf seine Meinung oder seine Befindlichkeiten wird nicht genommen. Und jetzt wird »seine« Wiese verkauft, und er sitzt schweigend da und isst.

Ich nehme meine Gabel in die Hand und pikse eine Kartoffelscheibe auf. Kartoffel-Zwiebel-Speck-Geruch steigt mir in die Nase. Mein Magen verweigert sich.

Ich stoße mit meinem Fuß gegen Fabians Knöchel. Als er weder aufsieht noch etwas sagt, kann ich mich nicht mehr zurückhalten.

»Auf der Wiese wollte Fabian den Schaugarten anlegen. Hätte es da keine andere Möglichkeit gegeben?«

Ich sehe Annegret an. Sie kaut, und ich merke, dass es ihr nicht passt, dass ich mich einmische. Egal.

»Der Schaugarten, so wie Fabian ihn plant, würde bestimmt viele Kunden anlocken«, rede ich weiter. »Das wäre eine tolle Werbung für die Gärtnerei. Die Pläne waren unglaublich, *sind* unglaublich. Kann er den vielleicht woanders anlegen?«

Harald schüttelt den Kopf. »Die Leute schauen sich das an, und dann fahren sie in den Baumarkt und machen das selbst«, behauptet er mit vollem Mund. »So ein Garten bringt gar nichts. Jedenfalls nicht uns.«

»Und wenn nur jeder Zehnte einen Auftrag erteilen würde, wäre das schon ein Gewinn. Außerdem wäre es für Fabian eine Möglichkeit zu zeigen, was er kann.«

Ich sehe meinen Freund an und finde, dass er sich langsam mit einbringen könnte. Doch offenbar hat er daran kein Interesse.

»Lass einfach«, sagt er, steht auf und geht in den Flur.

Ich sehe ihm nach und würde ihm am liebsten mein Besteck an den Hinterkopf donnern. Das ist *seine* Auseinandersetzung, die ich hier führe, *sein* Schaugarten, für den ich hier kämpfe – und er steht auf und geht.

Die Tür zum Badezimmer quietscht.

»Fabian hat so viele Ideen und Pläne, ich denke, du solltest ihm mehr zutrauen und ihn mehr machen lassen. Schließlich soll er das Ganze hier mal übernehmen. Du kannst ja das Heft in der Hand behalten, aber man muss seinen Mitarbeitern auch Freiheiten geben – und seinem Nachfolger erst recht.«

Annegret wirft mir einen eisigen Blick zu.

»Mein Sohn hat viele Freiheiten«, behauptet sie. »Und wenn er mir etwas beweisen will, soll er machen.«

»Wie denn, wenn du ihm die Wiese wegnimmst?« Langsam ist es mir egal, was sie denken und ob ich mich im Ton vergreife.

»Er hat jahrelang Zeit gehabt, dort etwas zu machen. Er hätte bloß was sagen müssen.«

Darauf fällt mir nichts ein, weil sie recht hat. Fabian redet dauernd von seinem Traum, aber er tut viel zu wenig dafür. Das stört mich auch.

Harald beginnt den Tisch abzuräumen, während Annegret sich die Post vornimmt. Ich schnappe mir ein paar Gläser und bringe sie in die Küche, wo Harald gerade dabei ist, den Geschirrspüler einzuräumen.

»Er hat es gewusst«, sagt er, als ich hinausgehe. »Dass die Wiese verkauft wird.«

Ich sehe ihn aus großen Augen an und weiß nicht, was ich sagen soll.

Die Badezimmertür steht offen, Fabian ist nicht mehr dort. Als ich die Wohnungstür oben öffne, höre ich draußen den Pritschenwagen wegfahren. So ein Feigling!

Der Spiegel im Flur zeigt mir mein Gesicht. Es ist so knallrot, dass ich wie die Comicversion von mir selbst wirke. Mein Freund läuft vor mir weg. Warum? Ich bin auf seiner Seite! Warum lässt er mich nicht helfen?

Ich greife mir mein Handy und schicke ihm eine Sprachnachricht. Gut, es ist eher eine Schreinachricht, doch im Moment ist es mir einerlei, ob ihm das in seiner Situation hilft oder nicht. Wenn er glaubt, er kann die Nichtkommunikation seiner Familie auf unsere Beziehung übertragen, hat er sich geschnitten.

Wie lange macht er das schon? Ist es das erste Mal, dass er mir so etwas verheimlicht?

Die Wutwelle rollt heran und bricht. Am liebsten würde ich Sachen zerschlagen, verlege mich aber darauf, gegen die Flurkommode zu treten. Das tue ich nur einmal, weil die Schmerzen, die ich nun in meinem Fuß verspüre, keinem Menschen helfen.

Aus dem Küchenschrank hole ich zwei Birne-Banane-Riegel und stopfe mir den ersten in den Mund. Auf der festen Masse herumzukauen bringt mich herunter.

Am Nachmittag sind Annegret und ich alleine in der Gärtnerei.

»Ich gehe die Gräber herrichten«, rufe ich durch den Verkaufs- in den Arbeitsraum, in dem Annegret eine Schale bepflanzt.

Ob sie mich gehört hat, weiß ich nicht, und es ist mir auch egal. Auf die Grabpflegearbeiten bin ich normalerweise nicht sonderlich scharf, aber heute genieße ich es, dass ich für eine Weile weit weg von allen Kohlmanns arbeiten kann.

Nach knapp dreieinhalb Stunden habe ich allen Wildwuchs von den Gräbern entfernt, die Pflanzen gegossen und Verblühtes weggezupft. Obwohl ich mir Zeit gelassen habe, bin ich fast zwei Stunden schneller fertig als Fabian. Wahrscheinlich unterhält er sich ständig mit den Friedhofsbesuchern.

Ich könnte mit den Gräbern beginnen, die morgen zur Pflege anstehen, oder zurück in die Gärtnerei gehen. Da ich keine Lust habe, in der Nähe von Annegret zu sein, beschließe ich, mir eine längere Pause zu gönnen. Ich setze mich auf die Bank bei Mamas Urnengrab und starre vor mich hin. In Gedanken erzähle ich ihr, was mich so wütend macht, obwohl ich glaube, dass sie das sowieso alles mitgekriegt hat.

»Was will ich?«, frage ich mich, und Sean Halligan taucht so schnell in meinen Gedanken auf, dass ich kurz erschrecke.

Gemeldet hat er sich nicht. Aber ist das verwunderlich, nach dem misslungenen Abschied am Sonntagmorgen?

Wenn er dich wirklich interessant fände, würde er dich kontaktieren, sagt eine leise – und gemeine – innere Stimme.

Wer sagt denn, dass er nicht, genau wie du, vor dem Handy sitzt und überlegt, ob er schreiben soll?, sagt eine andere Stimme.

So etwas würde von Mama kommen.

Wenn du nicht aufpasst und viel Zeit und Kraft investierst, wird dir die Beziehung zu Fabian entgleiten, schaltet sich Stimme Nummer eins wieder ein. Los, fahr hin und klär das!

Ich sage mir, dass ich aufstehen soll, bleibe aber sitzen.

6
Was wäre, wenn sie bleibt

Amelyik tyúk sokat kotkodácsol, keveset tojik.
Ein Huhn, das viel gackert, legt wenig Eier.
UNGARISCHES SPRICHWORT

Elenas Version:
Schöne Reden sind nur dann wirklich schön,
wenn du danach auch deinen Hintern hochkriegst.

Dienstagabend, letzte Juniwoche

Der Bauch-Beine-Po-Kurs, den Elena jeden Dienstag hält, ist einer meiner wenigen festen Termine. Nachdem die anderen Kursteilnehmerinnen gegangen sind, sitzen sie und ich auf dem Turnhallenboden, und ich erzähle ihr von den Plänen, die Fabian und ich geschmiedet haben. Wir haben sie in den letzten Tagen noch ein wenig verfeinert. Viel Zeit hatten wir nicht, dazu war Fabian noch zu sehr mit der Kirchweih beschäftigt.

»Ich fresse einen Besen, wenn Annegret wirklich zu Britta fliegt«, sagt sie. »Allerdings ist in der Ferienzeit nicht viel los im Geschäft. Und sie könnte Britta nach der Geburt helfen. Vielleicht stehen eure Chancen doch nicht so schlecht.«

Dann reißt sie die Augen auf. »Was ich dir noch erzählen

wollte: Gestern Abend haben sie Sabrinas Ex verhaftet, aber er ist schon wieder auf freiem Fuß.«

»Wieso denn das? Davon hat Fabi gar nichts erzählt.«

»Ich hab's auch vorhin erst erfahren. Angeblich verkehrt er in seltsamen Kreisen, und wenn es dort gilt, jemandem einen Denkzettel zu verpassen, scheint er das zu übernehmen. Aber das sind nur Gerüchte.«

»Und mit so einem war Sabrina befreundet?«

»Wo die Liebe hinfällt«, erwidert Elena achselzuckend. »Man erzählt sich, dass er Verbindungen zu irgendwelchen Geldeintreibern hat. Und wenn einer Schulden macht, bricht sich halt die Tochter oder die Frau ein Bein, der Sohn hat einen Unfall mit dem Skateboard ... Damit derjenige mit den Schulden weiß, dass er sie schnellstmöglich zurückzahlen muss. Gestern hat er wohl einen Typen angefahren, und jemand hat sich das Nummernschild gemerkt.«

Mir kommt das Ganze sehr wild vor, Untergickelbacher Tratsch eben. Oft habe ich Sabrinas Freund zwar nicht getroffen, etwas seltsam war er schon. Aber seltsame Leute gibt es viele, und es kann ja nicht jeder gleich kriminell sein.

Später stelle ich mich in meiner Dachkammer unter die Dusche, dabei muss ich an Sabrinas dubiosen Ex-Freund denken – und an die Gerüchte, die über ihn kursieren. Sabrina tut mir wahnsinnig leid. Eine Trennung ist immer schlimm, aber wenn man dann auch noch Angst haben muss, dass einem der Ex etwas antut, ist das umso furchtbarer.

Ich lasse das heiße Wasser über meinen Körper fließen und versuche, an etwas Schönes zu denken. An unsere Pläne. Morgen wollen wir einen Vorstoß wagen und Annegret und Harald die Reise vorschlagen. Fabian hat mit seiner Schwester gesprochen, und sie will auch alles tun, damit das klappt. Im Reisebüro – Annegret hat kein Vertrauen in Internetbuchungen – hat uns Schorsch Flüge herausgesucht. Hoffentlich haben sie Lust wegzufahren.

Na ja, Lust haben sie wahrscheinlich schon, aber ich bezweifle, dass Annegret auch loslassen kann. Sie und Harald haben ihre Tochter so lange nicht gesehen. Eigentlich müssen sie das Angebot annehmen.

Die Badezimmertür knarrt, und ich erschrecke furchtbar, als Fabian plötzlich im Dampf erscheint und verkündet, er habe etwas zum Abendessen mitgebracht.

Eigentlich sollte er beim Fußballtraining sein, und das lässt er nicht einmal ausfallen, wenn es hagelt. Außerdem sitzen er und seine Kumpels nach dem Dienstagstraining immer in der Vereinsgaststätte zusammen und spielen Karten. Diese Schafkopfrunden sind wie Nachrichten gucken – nur eben mit auf Untergickelbach begrenzten Themen. Wenn man nicht teilnimmt, hat man keine Ahnung, was gerade los ist. Zudem bringt der Gaststättenaufenthalt regelmäßig kleinere Aufträge ein: Hecken schneiden, Bäume stutzen, Rasen mähen. Alles, was die Leute eigentlich selbst machen könnten, wozu sie aber keine allzu große Lust haben. Dass Fabian das heute auslässt, wundert mich.

Wenige Minuten später finden Lio und ich ihn am Herd vor. Er röstet Knoblauchzehen in Olivenöl an. In einem Topf sprudeln Nudeln in Salzwasser.

»Einfach, aber lecker«, sagt er.

Ich wundere mich über das geruchsintensive Essen und darüber, dass es Nudeln gibt. Kohlenhydrate sind Fabians Feinde, wenn ihn mal wieder der Fitnesswahn packt. Normalerweise gibt sich das nach einiger Zeit. Aber seit zwei Wochen verschmäht er Pasta und Co, natürlich mit Unterbrechung zur Kirchweih. Nudeln zum Abendessen – für mich ist das ein Traum, für Fabian momentan eigentlich undenkbar.

»Das wird jetzt ultragut«, sagt er, ohne mich anzusehen. »Ich streng mich ab sofort an. Es wird sich einiges ändern, das verspreche ich dir. Wir machen was ganz Großes zusammen.«

Auf dem Tisch stehen eine Flasche Wein, bereits entkorkt, zwei Weingläser und Teller für uns beide.

»Erst einmal müssen deine Eltern wirklich fahren. Es ist zwar nicht so, dass wir das sonst nicht hinkriegen, aber es würde verdammt schwer werden.«

»Die fahren. Ich hab das im Gefühl.«

Ich hoffe, dass er recht hat.

Auf der Küchenbank sitzend, beobachte ich, wie Fabian am Herd hantiert. Er ist nicht im Vereinsheim, sondern kocht für mich, will Zeit mit mir verbringen. Was für ein Schritt!

Ich schenke mir Wein ein und lehne mich zurück. Lio legt sich neben meine Füße. Fabian erzählt, was er heute gepflanzt und wen er alles getroffen hat. Es gibt Pizzatomaten aus der Dose und dazu frische Garnelen, die Pfeffermühle und die Kräutergewürzdosen wirbeln durch die Luft. Mein Freund wirkt wie ein Barkeeper, der seine Gäste bei Laune halten will. Dabei erzählt er mir, dass Gianfranco ihm dieses Rezept verraten hat, obwohl er sonst niemanden in seine Küchengeheimnisse einweiht. Ich höre ihm zu und schenke mir ein zweites Glas ein.

»Ich hole uns noch einen Wein«, sagt er, und bevor ich sagen kann, dass diese Flasche noch fast voll ist, nimmt er sein Handy, steckt es ein und verschwindet aus der Wohnung.

Fabian KOCHT, tippe ich in mein Handy.

Die verdutzten Emojis, die mir Elena schickt, bestärken mich darin, dass mein Freund gerade über seinen Schatten springt.

In der Pfanne zischt es. Ich greife nach dem Kochlöffel und löse die Garnelen, die sich am Pfannenboden angelegt haben.

Fabian kommt mit der Flasche wieder, küsst mich in den Nacken, holt ein Sieb aus dem Schrank, stellt es in die Spüle und lässt die Nudeln hineinplumpsen. Einige fallen daneben und trudeln auf dem Boden der Spüle im abfließenden Nudelwasser hin und her. Er fischt sie mit den Fingern heraus und wirft sie auf die anderen Nudeln.

»Uh ... heiß«, sagt er und grinst. Als er meinen Blick sieht, fügt er hinzu: »Die nehme ich.« Er macht sich daran, die Pasta auf unsere Teller zu häufen.

Ich nehme einen Krug aus dem Schrank und halte ihn unter den Wasserhahn. Das Display auf Fabians Handy leuchtet auf. Er entsperrt es, tippt eine Antwort und legt es wieder hin.

»Wollen sie wissen, warum du nicht kommst?«, frage ich.

»Ja, ja, genau«, sagt er und dreht sich weg. »So, alles fertig, wir können essen«, verkündet er und blickt noch einmal auf den kleinen Bildschirm, auf dem eine Nachricht eingeht.

»Hast du gehört, dass Sabrinas Ex verhaftet worden ist?«, frage ich und berichte, was mir Elena erzählt hat.

Fabian zuckt mit den Schultern. »Der ist und bleibt ein Idiot.« Er erzählt mir, dass Marcel schon öfter Probleme mit der Polizei hatte. »Irgendwann buchten sie ihn ein! Besser heute als morgen.«

»Und Sabrina?«, frage ich. »Wie geht es ihr denn?«

»Gut«, antwortet Fabian knapp und würzt mit Pfeffer nach. »Die packt das.«

Ohne aufzublicken, vermischt er die Zutaten und befördert dabei ein paar Nudeln neben die Pfanne. Schnell steckt er sie sich in den Mund.

Manche Menschen verblüffen mich. Wenn man meinen Exfreund verhaftet hätte, würde mir das nahegehen. Aus verschiedenen Gründen. Dass Sabrina das so cool hinnimmt, erstaunt mich.

»Müssen wir uns Gedanken machen – also, um dich?«, frage ich. »Immerhin bist du der beste Freund. Nicht dass er dir auch noch was tut.«

»An mich traut er sich nicht ran«, behauptet Fabian, noch kauend. »Dann hätte er meine ganzen Kumpels gegen sich.«

Ich bin mir nicht sicher, ob das diesen Typen von irgendetwas abhalten würde. Bis jetzt schien es nicht so, als ob er große Angst vor dem FC Untergickelbach hätte, und schließlich ist hier jeder mit dem Fußballverein verbandelt.

Während Fabian weiter in der Pfanne rührt, setze ich mich und gieße Wasser in mein Glas. Mir ist nicht wohl bei der Sache. Nein, ich finde es gruselig: den Freund, die Racheakte ...

»Mach dir keine Gedanken«, sagt Fabian, stellt unsere Teller auf den Tisch und setzt sich.

Wahrscheinlich hat er recht, denke ich und fange an zu essen. Es schmeckt gut. Die Nudeln haben Biss, die Sauce ist fruchtig und würzig zugleich.

Fabian erzählt von der Kirchweih, vom Fischerstechen und davon, wer wann was ausgegeben hat. Das Ganze garniert er mit ein paar Geschichten, die man nur witzig findet, wenn man selbst dabei war und vorher viel getrunken hat.

Ich lache trotzdem, weil ich will, dass es ein guter Abend wird, und weil ich Sabrinas seltsamen Ex-Freund vergessen will. Mein voller Magen stimmt mich versöhnlich.

»Wolltest du mir nicht auch etwas erzählen?«, fragt er und spült seine Nudeln mit einem Schluck Wein herunter.

Das stimmt. Vor lauter Zukunftsplänen habe ich meine

Geschichte fast vergessen. Natürlich habe ich immer wieder an Mamas Bilder gedacht und habe auch einmal das »Sankt Anna« gegoogelt – dieses Hotel von Vees Bekannter –, aber Fabian habe ich noch nichts erzählt.

»Wir haben anscheinend eine absolute Sensation verpasst!«, sage ich. »Ihre Bekannte, diese Hotelbesitzerin, hat sich die Genske-Gemälde gesichert und wird sie permanent in ihrer Galerie ausstellen. Wahnsinn, oder?«

An seiner Reaktion merke ich, dass er dafür kein Verständnis hat. Das Display seines Handys leuchtet auf, und er liest. Wenigstens tippt er keine Antwort. Dann erzähle ich ihm, dass ich mit meinen Tanten im Dezember das Hotelwochenende nachholen will, weil dann dort der zweite Teil der Galerie eröffnet werden soll.

»Und weißt du, welche Künstlerin ab Dezember dort ausgestellt wird?« Ich sehe ihn triumphierend an. »Cassandra Landauer.«

»Cool«, sagt er. Fabian schiebt sich ein paar Nudeln in den Mund. »Sind die Bilder danach mehr wert?«

»Das weiß ich nicht. Und das ist doch auch nicht wichtig. Überleg doch mal. Alle Bilder, die Mama gemalt hat – und vielleicht auch ihre Skulpturen –, werden in dieser Galerie zu sehen sein. Du, ich habe mir das im Internet mal angesehen: Diese Bekannte von Vee modelt eine ganze Klosteranlage um, mit coolen Geschäften und einem Markt und Eventräumen und eben einer Galerie. Von der gibt es bisher nur Animationen, aber die sehen unglaublich aus.«

Ich schlucke und schiele auf meine Handyhülle. »*Sonnenblumentage* fehlt halt.« Und die anderen Bilder, füge ich in Gedanken hinzu.

»Das kann man eben nicht ändern«, sagt Fabian. Bisher hat er gegessen, jetzt schaufelt er. Das macht er immer, wenn er genervt ist. »Du musst dich endlich damit abfinden. Dem Bild hinterherzutrauern macht es auch nicht besser. Vor allem zieht es dich bloß runter, und das kann ich nicht mit ansehen.«

Sein Tonfall steht in direktem Gegensatz zu dem, was er sagt.

»Warum bist du denn so genervt?«

»Weil du immer wieder von dem Bild anfängst. Warum lässt du dich davon so runterziehen? Du hast so viele Bilder von deiner Mutter, da kannst du doch auf eins verzichten.«

»Es ist aber nicht eins. *Sonnenblumentage, Leaves of Red, Leaves of Blue* und *Leaves of Green* sind nicht mehr da.« Meine Aufzählung klingt trotzig.

»Du fängst aber immer wieder von dem einen an. Dabei hast du doch selbst gesagt, dass es fast nichts wert ist.« Er verdreht die Augen.

Das ist gemein. Ich rede schon kaum noch darüber, weil er immer so genervt ist. Außerdem würde er es ohnehin nicht verstehen, selbst wenn ich es noch tausendmal erkläre.

»Ich mach mir einfach Sorgen um dich«, behauptet er.

»Das kannst du aber auch anders zeigen. Musst du mich so anmaulen?«

»Ich maul doch nicht.«

Für seine Begriffe tut er das vermutlich tatsächlich nicht. Die Kohlmanns haben insgesamt einen recht rüden Umgangston. Daran werde ich mich wohl nie gewöhnen können.

Sonnenblumentage mag ja, objektiv betrachtet, nicht viel wert sein, trotzdem ist es für mich das wichtigste und wertvollste Gemälde auf der ganzen Welt, denn es ist *mein* Bild. Dass es verbrannt ist, hat wehgetan. Dass die *Leaves*-Trilogie nicht mehr da ist, finde ich auch furchtbar, aber an *Sonnenblumentage* hängt nun einmal mein Herz.

Daran, dass die Bilder ein Opfer der Flammen geworden sind, scheint es keinen Zweifel zu geben. Die Versicherung hat so schnell gezahlt, dass sogar Vee verwundert war. Ein Teil von mir will sich trotzdem nicht damit abfinden, dass die Bilder nicht mehr existieren. Irgendwie habe ich immer gehofft, dass ein Anruf vom Paketdienstleister oder von der Galerie kommt.

Entschuldigen Sie bitte, aber durch ein bedauerliches Versehen haben wir hier ein Paket vergessen, und leider war ein Gemälde Ihrer Mutter darin.

Ich weiß, dass diese Geschichte so unrealistisch ist, dass es wehtut. Aber Pakete werden vergessen, Lagerhallen sind groß, und kein Mensch kann mir erzählen, dass da nicht einmal ein Paket hinter ein Regal rutscht.

Fabian will von alldem nichts hören.

»Jetzt freu dich doch, dass du Geld kriegst«, fordert er. »Ja, es war dein Bild, aber sie hat so viele gemalt. Häng dir doch eines von denen auf!«

Er steht auf und holt ein Päckchen Zigaretten aus seiner Jackentasche. Neben Fabians Teller leuchtet das Display seines Mobiltelefons auf. Er hat vergessen, es mit hinauszunehmen. Es blinkt noch ein paarmal, bestimmt seine Fußballkumpels. Dann kommt Fabian wieder herein und beginnt, die Teller abzuräumen.

»Dein Handy hat vibriert«, teile ich ihm mit.

»Okay«, sagt er, nimmt das Smartphone und liest.

»Von den Fußballern?«, frage ich.

»Hm. Ist es schlimm, wenn ich noch eine Runde zum Schafkopfen gehe?« Er beugt sich über den Tisch und streichelt mir über die Wange. »Wenn du traurig bist, bleibe ich.«

»Kein Problem. Geh nur.«

Er wirkt erleichtert. »Ich räum noch schnell die Küche auf, und dann geh ich noch auf einen Sprung. Du musst nicht aufbleiben, es wird bestimmt spät.«

7
Was wäre, wenn sie geht

May you have the hindsight to know where you've been
the foresight to know where you are going
and the insight to know when you have gone too far.

Mögest du im Nachhinein wissen, wo du gewesen bist,
mögest du voraussehen, wo du hingehst,
und es einsehen, wenn du zu weit gegangen bist.

IRISH SAYING

Dienstagabend, letzte Juniwoche

Fabian steht am Herd. Er hat Knoblauchzehen geschnitten und röstet sie in Olivenöl an. In einem Topf kochen Nudeln in Salzwasser. Ich wundere mich über das geruchsintensive Essen und darüber, dass es schon wieder Nudeln gibt. Kohlenhydrate am Abend versucht er eigentlich zu vermeiden. Sagt er zumindest. Gut, ab und zu zieht er das durch, aber nie wirklich lange. Auf dem Tisch stehen eine Flasche Wein, bereits entkorkt, zwei Weingläser und Teller für uns beide.

Fabian erzählt, was er heute gepflanzt und wen er alles getroffen hat, und ich ringe mit mir. Dieses allgemeine Gelaber nervt mich. Gleichzeitig überlege ich, ob ich zu egoistisch bin. Er ist nicht im Vereinsheim, sondern will Zeit mit mir verbringen. Vielleicht ist das ein erster Schritt. Vielleicht sollte ich den Abend auf mich zukommen lassen.

Es fällt mir schwer, nicht von heute Mittag anzufangen, deswegen setze ich mich, schenke mir Wein ein und hoffe, dass mich der Alkohol schweig- oder eher duldsam macht.

Er hätte die Stoffsets nehmen können, denke ich, als ich die schwarzgrauen Plastikteile unter den Tellern betrachte. Sofort tadle ich mich für diesen Gedanken. Schließlich strengt er sich an. Das muss ich ihm zugutehalten.

Aber warum strengt er sich gerade jetzt so an? Will er sein bescheuertes Verhalten von heute Mittag wiedergutmachen? Er wirft die Pfeffermühle und die Kräutergewürzdosen durch die Luft wie ein Barkeeper, der seine Gäste bei Laune halten will und erzählt mir, dass Gianfranco ihm dieses Rezept verraten hat.

Ich schenke mir ein zweites Glas ein.

Hör auf zu trinken, sagt mir mein Bauch, und da ich auf ihn vertrauen kann, stelle ich den Wein hin.

Irgendetwas stimmt hier nicht, und ich muss herausfinden, was es ist. Oder waren die letzten Tage einfach ein bisschen viel? Bin ich zu misstrauisch? Hinterfrage ich plötzlich alles, was Fabian tut und sagt, weil ich annehme, dass er sehr viel mehr *nicht* sagt?

Fabian KOCHT, schreibe ich an Elena.

Die verdutzten Emojis, die sie mir schickt, bestärken mich darin, wachsam zu sein.

Als wir essen, leuchtet das Display von Fabians Handy auf. Er entsperrt es, antwortet und legt es wieder hin.

Mein Hirn arbeitet, und ich weiß nicht, ob ich in alles etwas hineininterpretiere oder ob ich gerade auf der richtigen Spur bin. Wahrscheinlich deute ich bloß jede seiner Aktionen so, dass sie in mein Schema passt. Bestimmt will er mir nur etwas Gutes tun, doch anstatt mich zu freuen, drehe ich hier durch.

Fabian steht auf und geht auf den Balkon. Ich bleibe in der Küche.

Neben seinem Teller leuchtet das Display seines Handys auf. Er hat vergessen, es mit hinauszunehmen.

Stand da eben Sabrina? Ich werde nicht so tief sinken, seine Nachrichten zu lesen.

Kaum dass es erloschen ist, leuchtet das Display noch einmal, und ich hechte über den Tisch, um zu sehen, wer geschrieben hat.

Essen funktioniert immer. Hab ich dir doch gesagt, dass sie das mag, steht da und darüber: *Sabrina.*

Ich will mich gerade wieder setzen, da schickt sie die nächste Nachricht.

Kommst du nachher noch mal? Ich glaub, wir brauchen uns heute beide.

Unsanft lande ich auf der Bank.

Das kann man auch freundschaftlich verstehen, sage ich mir.

Wie bescheuert bist du eigentlich?, scheint meine Vernunft mir zu sagen.

Ich darf jetzt nicht zulassen, dass Zweifel mein Denken übernehmen.

Wir lassen uns unsere Freiheiten, erinnere ich mich. Und: Ich finde es gut, dass er eine beste Freundin hat.

Dann trifft mich die Erkenntnis: *Ihr* hat er es erzählt. Mit ihr teilt er seine Probleme.

Dafür ist sie auch seine beste Freundin, denke ich, aber es verletzt mich trotzdem. Sehr sogar.

Fabian kommt wieder herein und beginnt damit, die Teller abzuräumen.

»Dein Handy hat vibriert«, sage ich und bemühe mich, beiläufig zu klingen.

»Okay«, sagt er, geht zu seinem Mobilgerät und liest.

»Von den Fußballern?«, frage ich und schäme mich schon für den Fall, dass er gleich sagt, Sabrina brauche noch etwas Trost.

»Hm. Ist es schlimm, wenn ich noch eine Runde zum Schafkopfen gehe?«

Einatmen. Ausatmen. Einatmen. Ausatmen. Seine Kumpels könnten ebenfalls geschrieben haben. Vor Sabrina.

Ich zwicke mich in meinen Oberschenkel, um mich nicht zu verraten. Ich will keine misstrauische Zicke sein. Die blöde, gutgläubige Kuh, die man belügt, bin ich aber auch nicht.

»Oder soll ich bleiben?«, fragt er.

»Kein Problem. Geh nur«, sage ich.

Er wirkt erleichtert. »Ich räum noch schnell die Küche auf, und dann schaue ich noch auf einen Sprung im Vereinsheim vorbei. Du musst nicht aufbleiben, es wird bestimmt spät.«

Gefolgt von Lio, laufe ich in meine Dachkammer und rufe Elena an. Eine Nachricht zu tippen dauert mir zu lange. Als sie nicht rangeht, hinterlasse ich ihr eine Sprachnachricht. Eigentlich sind es eher drei, weil mein Finger vor Aufregung immer wieder von der Aufnahmetaste rutscht.

Fabian kommt hoch und verabschiedet sich, küsst mich auf den Mund. Dann höre ich, wie er das Haus verlässt, in sein Auto steigt und wegfährt.

Meine Füße wackeln nervös hin und her. Meine großen Zehen schlagen immer wieder gegeneinander. Die rechte Hand knetet die Finger meiner linken.

Soll ich jetzt hinterherfahren oder hierbleiben? Misstrauische Zicke oder gutgläubige Kuh?

Noch einmal rufe ich Elena an, aber sie scheint ihr Telefon nicht zu hören.

Misstrauische Zicke oder … verantwortungsbewusste Hundebesitzerin.

Lio, die sich gerade auf dem Teppich niedergelassen hat, sieht mich verständnislos an, als ich mit der Leine winke. Normalerweise ist sie kaum zu halten, wenn ich nur in Richtung des Hakens gehe, auf dem Leine und Halsband hängen, doch heute dreht sie sich grunzend zur Seite und weigert sich aufzustehen.

Dann halt nicht, denke ich, ziehe meine Schuhe an und die Tür hinter mir zu. Unten schwinge ich mich auf mein Rad.

Nach zehn Minuten langsamer Fahrt – schließlich will ich nicht, dass Fabian mich sieht – erreiche ich die Straße, in der Sabrinas Wohnung liegt. Mehrfamilienhaus, Maisonnettewohnung, sehr modern. Auf der Straße steht Sabrinas gelbes Cabrio. Sie scheint also zu Hause zu sein, dafür sprechen auch die erleuchteten Fenster.

Auf der Straße stehen die Autos der Anwohner Stoßstange an Stoßstange, Fabians Wagen ist nicht dabei. Fast bin ich erleichtert. Hoffentlich habe ich mich geirrt.

Ich biege in die Feuerwehreinfahrt ein. Dann sehe ich es. Auf dem Stellplatz zu Wohnung Nummer sieben steht das Auto meines Freundes.

Die Entdeckung trifft mich so sehr, dass ich absteigen muss. Mein Mund ist trocken, und die Übelkeit kocht in meinem Magen hoch wie Sauce, die man im Topf zu hoch einstellt. Erst blubbert sie vor sich hin, dann wirft sie erste Blasen, und schließlich explodieren sie. Wenn ich nicht so geschockt wäre, würde ich mich übergeben.

Ich stelle mein Fahrrad ab und gehe ein paar Schritte vor. Von dort aus kann ich auf den Balkon schauen, aber ich denke – oder hoffe –, dass man mich nicht sehen kann. Zumindest nicht gleich.

Dort oben, eine Flasche Bier in der Hand, steht Sabrina, neben ihr mein Freund.

Jetzt will ich es wissen!

Ich ziehe mein Handy heraus, atme durch und schreibe an Fabian.

Wenn du etwas trinken willst, mach ruhig. Ich kann dich später im Vereinsheim abholen. Bin noch nicht müde.

Ich sehe, wie sich die grauen Haken blau färben. Dann schreibt er.

Lass nur. Einer von den Jungs fährt mich bestimmt. Geh ruhig ins Bett. Wird spät.

Wie benommen steige ich auf mein Rad und fahre zurück zur Wohnung. Untergickelbach ist wie ausgestorben. Ein einziges Auto überholt mich.

Weinen muss ich nicht. Was mache ich jetzt? Bleibe ich da und warte auf ihn, um ihn damit zu konfrontieren? Oder soll ich gleich meine Sachen packen?

Automatisch fahre ich zu Elenas Wohnung. Ich brauche jetzt jemanden zum Reden.

Hinter mir blenden Scheinwerfer auf. Die Straße ist doch breit, wieso fährt der denn nicht vorbei?

Ich höre ein Quietschen und ein Scheppern, dann wird es dunkel.

Elena hasst es, dass Alex raucht. Er muss dazu auf die Terrasse, und selbst dort kann sie es nicht gutheißen. Vielleicht wird das in Zukunft anders sein, denn Alex stand auf der Terrasse, als mich das Auto umgefahren hat. Das erfahre ich erst später. Auch dass der Fahrer nicht stehen geblieben ist, erzählt mir Elena erst im Krankenhaus. Jedenfalls ist Alex über die Hecke gesprungen und hat dann einen Rettungswagen gerufen. Von alldem habe ich nichts mitbekommen. Ich bin erst wieder zu mir gekommen, als sich der Sanitäter über mich gebeugt hat.

Elena bleibt bei mir, als sie mich durchchecken, wartet mit mir und auf mich, wenn ich wieder irgendwo durchleuchtet werde. Ich kann mich nicht bewegen, ohne dass Schmerzen in mein Knie schießen und nur langsam wieder abklingen. Außerdem ist mir schlecht. Ich weiß nicht, ob das vom Sturz kommt oder von dem, was ich gesehen habe.

Zwischen den Untersuchungen erzähle ich ihr von Fabian und Sabrina. Elena hält meine Hand und tröstet mich. Sie findet immer die richtigen Worte.

Am nächsten Morgen sitze ich im Krankenhausbett und starre aus dem Fenster auf die Bamberger Wohnsiedlungen, ohne sie wirklich zu sehen. Das liegt nicht an der Gehirnerschütterung. Die Polizei hat mich befragt, und meine Angaben sind so schlecht, dass sie glauben, ich wolle den Täter decken. Das ist bestimmt nicht meine Absicht, aber ich kann ihnen nichts beschreiben. Wie auch? Es ging ja so schnell …

Vee kommt heute. Sie hält noch ihre Redaktionskonferenz und fährt dann gleich los.

»Bring Umzugskartons mit«, habe ich ihr gesagt.

Fabian hat sich um fünf auf meinem Handy gemeldet. Offenbar ist er da erst nach Hause gekommen.

Wo bist du?, hat er geschrieben.

Ich habe Elena antworten lassen, habe ihr gesagt, sie solle so tun, als sei ich in einer Untersuchung. Das hat sie gemacht.

Fabian ist dann wohl zum Krankenhaus gefahren, doch sie haben ihn nicht zu mir gelassen. Darum habe ich gebeten. Ich wollte ihn nicht sehen.

Ich sage nicht »Herein«, als es klopft. Die Tür öffnet sich dennoch. Den riesigen Rosenstrauß hat er selbst gebunden, das sehe ich gleich, denn er legt das Grün immer etwas zu hoch an. Kein Wunder, dass Annegret ihn nur im Notfall an die Schnittblumen lässt.

Er kommt näher, sieht mich an, als sei ich aus Porzellan, und bleibt vor meinem Bett stehen. Ich rühre mich nicht.

»Wie geht's dir?«, erkundigt er sich.

»Ich habe eine Gehirnerschütterung und eine Patellasehnenruptur.«

Und einen Freund, der mich belügt, füge ich in Gedanken hinzu.

»Wo warst du?«, frage ich.

»Marie, ich war letzte Nacht in der Notaufnahme«, sagt er. Er spricht schnell. »Aber sie haben mir nicht gesagt, wo du bist.«

»Das meine ich nicht. Wo warst du vorher?«

»Das hab ich dir doch gesagt.« Er schaut auf mein Knie. Mit den weißen Bandagen sieht es gar nicht so schlimm aus, aber ohne Verband ist es dick, rot und geschwollen. »So eine Sauerei, einfach wegzufahren. Hast du jemanden erkannt? Wer war das denn?«

»Ich glaube, das weißt du besser als ich.«

Er sieht mich an, als würde ich kompletten Blödsinn reden.

»Zieh bitte keine Show ab. Von mir aus kannst du dich vor Sabrina als Held und Beschützer aufspielen. Aber wenn ihr Ex das dann an mir auslässt, hört der Spaß auf.«

»Ich hab keine Ahnung, wovon du sprichst.«

»Wo warst du?«

»Hä?«

»Wo warst du gestern Abend?« Ich betone jede Silbe, und es ist mir gleichgültig, ob das dramatisch oder übertrieben klingt.

»Das habe ich dir doch gesagt.«

»Ich weiß, was du gesagt hast, aber ich würde doch gerne die Wahrheit hören.«

»Was soll das? Spinnst du?«

Ich erschrecke über seine Heftigkeit, und Fabian zuckt zusammen, als er meine Reaktion sieht. Offenbar fällt ihm ein, dass man so nicht mit Kranken spricht.

»Ich weiß wirklich nicht, was du meinst«, versichert er, diesmal deutlich ruhiger.

»Dann schau mich bitte an, und überlege dir gut, ob du mich weiterhin anlügen willst.«

Er hebt die Hände, als würde ich völlig irres Zeug reden.

»Seit wann geht das mit Sabrina?« Meine Stimme klingt so ruhig, dass ich mich selbst vor mir fürchte.

»Da ist nichts.«

»Ach komm, Fabian, jetzt lüg mich wenigstens nicht an. Ich habe dein Auto gesehen.«

Jetzt ist er still. Seine Augen verengen sich zu schmalen Schlitzen.

»Ach. Nachspioniert hast du mir also.« Er lacht hämisch und sieht mich an, als müsse ich mich schämen.

»Ich hatte ja offenbar allen Grund dazu.«

»Du hast doch keine Ahnung.« Er kann mich nicht ansehen.

»Dann weih mich ein.«

»Wieso, wenn du eh schon alles weißt?« Er spricht jetzt mit dem überheblichen Tonfall, den ich sonst nur zu hören bekomme, wenn er mit seinen Freunden zusammen ist.

»Ist das dein Ernst?«, frage ich. »Soll es so enden?«

Er sieht nicht auf, aber ich kann erkennen, dass er damit nicht gerechnet hat. Bis jetzt war das für ihn offenbar ein gewöhnlicher Streit. Er hat wohl gedacht, ich spiele die eifersüchtige Freundin. Dass ich mich trennen will, hat er nicht erwartet.

Als er mich wieder anschaut, ist sein Blick kühl.

»Ist vielleicht besser so«, sagt er, wirft die Blumen auf die Bettdecke und geht.

»Du Arsch«, schreie ich ihm hinterher, und die Schwester, die gerade hereinkommt, sieht mich schockiert an.

»Ich komme später noch mal wieder«, stammelt sie und verlässt das Zimmer.

Die Wut lässt die Äderchen um mein Auge herum pochen. Ich muss mich in die Kissen legen, so schwindlig ist mir.

Kurz darauf kommt die Pflegerin wieder, misst meinen Blutdruck und zieht die Jalousien ein Stück herunter.

»So können wir Sie nicht entlassen«, sagt sie, worüber ich mich zusätzlich aufrege.

Und das alles nur seinetwegen!

7
Was wäre, wenn sie bleibt

A cél szentesíti az eszközt.
Der Zweck heiligt die Mittel.
UNGARISCHES SPRICHWORT

Elenas Version:
Wenn du mal eine gewisse Zeit
ohne Annegret verbringen willst,
ist fast jedes Mittel erlaubt.

Freitag, letzte Juniwoche

Nichts reibt die Nerven so sehr auf, wie Annegret über einen Ozean zu bekommen. Nichtsdestotrotz gelingt es uns am Ende mit der vereinten Hilfe des örtlichen Reisebüros, des Koffergeschäfts in Bamberg (Annegret hat Angst, dass ihr jemand Drogen in den Koffer packt) und von Harald, der seit Jahren einmal woanders Urlaub machen will als auf dem Campingplatz am Wörthersee. Dass es im Endeffekt schneller geht als erhofft, ist Britta zu verdanken. Sie hat ihre Eltern so bekniet, doch schon zu ihrem Geburtstag am vierten Juli zu kommen, dass es Annegret dann plötzlich gar nicht schnell genug gehen konnte. Außerdem steigen die Flugpreise mit Beginn der Ferienzeit enorm, was für Fabians sparsame Eltern ein weiterer Grund war, rasch zu handeln – auch wenn sie die

Tickets gar nicht selbst bezahlen. Am Donnerstagabend fahren Annegret und Harald in ein Flughafenhotel, damit sie am Freitagmorgen in die Maschine nach San José steigen können.

Uns kommt es sehr entgegen, die beiden mal nicht ständig um uns zu haben. So können wir renovieren und einen großen Schritt in Richtung Zukunft machen. Fast acht Wochen Ruhe! Ich kann es kaum glauben.

Am Tag eins der neuen Freiheit bereite ich Schalen für den Friedhof vor. Fabian hat heute in aller Frühe den Leihbagger geholt und gräbt damit den Garten seines ehemaligen Schuldirektors um. Wenn er das erledigt hat, wird er die Gelegenheit nutzen, um mit den Erdarbeiten auf dem Schaugartengrundstück zu beginnen. Gestern haben wir bereits neue Arbeitsplatten im Baumarkt besorgt, und weil einer von Fabians Kumpels dort arbeitet, das Auslaufmodell zum Mitarbeiter-Supersonderpreis bekommen. Wenn wir uns ranhalten, kann ich morgen auf meiner neuen Arbeitsplatte Gestecke binden.

Durch das Gartentor kommen Frau Heller und Frau Barth, dahinter Frau Löhlein. Gut, dass ich zwei Schalen schon fertig habe: Begonien für Frau Heller, da das Grab an der Friedhofsmauer wenig Sonne bekommt, und hitzebeständige Beetrosen für Frau Löhlein, Sonnenlage neben dem Hauptweg. Die Damen neigen zur Ungeduld. Frau Barth hat nichts vorbestellt, aber sie will sicher auch etwas für das Grab ihres Bruders. Mit dem Handbesen fege ich ein paar Blätter und Erdkrümel von der Arbeitsplatte.

Ich begrüße die Kundinnen, zeige die Schalen, ernte zufriedenes Gemurmel und stecke Geldscheine in den schwarzen Gärtnerei-Geldbeutel. Frau Barth möchte einen Strauß für die Vase an der Urnenwand. Ich schlage Lilien vor und gehe in den Schuppen.

Als ich wiederkomme, diskutieren die Damen angeregt. Anders als vermutet, sind sie nicht am Aufenthaltsort der Kohlmanns interessiert.

»Kein Wort hat sie gesagt. Kein Wort«, ereifert sich Frau Barth. »Und dann schaut man raus, und plötzlich sitzt dieser Mann auf dem Balkon. Und dann winkt er auch noch – in meinen Garten! Ich hatte keinen BH an … sonst sieht mich ja nie jemand, wenn ich Wäsche aufhänge.«

»Hast du den Umzugswagen letzte Woche nicht gesehen?« Frau Heller scheint die Situation gründlicher überwacht zu haben. »Der Klempner hat auch drei Tage davorgestanden. Mit drei Mann ist der angerückt. Der Först hat es gemacht.«

Die letzte Bemerkung kann man als klare Kritik an dem neuen Bewohner verstehen. »Der Först« ist eine Bamberger Installationsfirma, und als Untergickelbacher lässt man die ortsansässige Firma Frisch das Bad kacheln. Das wird der Neue noch lernen.

Oder auch nicht, denke ich schmunzelnd.

»Gestern hat den ganzen Tag der ›Möbel Bienlein‹ vor dem Haus gestanden. Eine neue Küche haben sie eingebaut.«

»Vom Bienlein! Da hat sich aber jemand was gegönnt.«

Während ich die Lilien zu einem festen Strauß binde, fügt mein Gehirn die Informationen zusammen. Bei dem Haus, über das sie sprechen, muss es sich um die Apothekervilla handeln. Vom Balkon aus kann man bestimmt in das heckengeschützte Grundstück von Frau Barth sehen.

Die Kundinnen ereifern sich weiter.

»Ich frage mich wirklich, wann er eingezogen ist. Und dann winkt der einfach so rüber!«

Langsam vermute ich, Frau Barth will damit kokettieren, dass der Villenbewohner sie gegrüßt hat.

»Wissen Sie, wer da eingezogen ist?«, fragt mich Frau Barth nun, und zu ihrem Bedauern muss ich das verneinen.

Gespannt bin ich schon, wer sich diese Villa geleistet hat. Im Immobilienfenster der Untergickelbacher Sparkasse ist sie jedenfalls nicht aufgetaucht. Der Verkauf scheint also schnell vonstattengegangen zu sein.

Um vier kommt Fabian aus dem Direktorengarten zurück. Meine Mittagspause habe ich bereits dazu genutzt, die Regale auszuräumen und die Materialien in Kisten zu sortieren. Fabian und Erich, unsere Gelegenheitsmitarbeiter, reißen die Arbeitsflächen und Regale heraus und laden sie auf den Pritschenwagen. Anschließend bessert Erich die Wände mit Spachtelmasse aus, und dann mache ich mich mit Elena ans Streichen.

Bis er sich um sieben zum Freitagstraining verabschiedet, verwandelt Fabian die Wiese in eine Mondlandschaft. Ich schicke Elena nach Hause und streiche die letzte Wand alleine fertig. Um halb neun sind meine Arme lahm, mein Rücken schmerzt, und meine Beine zieren Sprenkel von Arktisweiß.

Zufrieden säubere ich Farbrollen und Gitter und lege sie zum Trocknen hin. Fenster und Türen sichere ich so, dass sie nicht durch einen Windstoß zufallen können. Bis ich mit Lio von unserer Abendrunde zurückkomme, will ich alles gut durchlüften. Auch das ist Untergickelbach: Wenn ich die Hoftore abschließe, kann ich den Rest getrost offen lassen, und niemand wird sich an den Geranien oder den Erdsäcken bedienen.

Lio schnüffelt sich von Lampe zu Bordstein und von Strauch zu Baum. Vielleicht gelingt es mir ja, in Erfahrung zu bringen, wer nun die Apothekervilla bezogen hat …

Die Fensterläden auf der dem Skulpturenweg zugeneigten Seite sind weit offen, doch erkennen kann ich nicht viel. In einem Zimmer steht eine Leiter deutlich sichtbar im Raum, davon abgesehen, erhasche ich nur einen Blick auf den Stuck, der anscheinend auch im oberen Stockwerk die Decke ziert.

Es riecht nach frisch gemähtem Gras. Hinter der Hecke sind scharrende Geräusche zu hören, vielleicht ein Rechen. Ich frage mich, ob ich langsam schon »veruntergickelbache« oder ob sich mein Forscherdrang mit normaler menschlicher Neugierde erklären lässt.

Ich frage mich, ob Mama es gut fände, dass Fabian und ich die Gärtnerei-Umgestaltung in Angriff genommen haben. Ich hoffe es einfach.

Als ich aus meinen Gedanken auftauche, hat das Rechenrattern aufgehört. Ich leine Lio an, und zusammen trotten wir in Richtung Gartenausgang.

Vor der Garageneinfahrt der Villa steht ein Mann. Er hat die Arme in die Seite gestützt und trägt ein kariertes Hemd, das lose über einer Arbeitshose flattert.

»Hallo!«, rufe ich freudig und winke.

Der Mann blickt auf und schirmt mit einer Hand das Abendsonnenlicht von den Augen ab. Wahrscheinlich kann er mich nur schemenhaft erkennen. Ich nehme Lios Leine kurz, gehe auf ihn zu und strecke meine Hand aus.

»Sie sind also der neue Villenbewohner. Herzlich willkommen in Untergickelbach, Herr Peerenboom.«

Jetzt hat er mich auch erkannt. Freundlich schüttelt er meine Hand.

»Ja, wer hätte das gedacht? Frau Wagener-Heinrich hat einen Käufer gesucht – und ich einen ruhigen Ort, an dem ich meinen Ruhestand genießen kann.« Er hebt beide

Hände wie in einem Werbevideo. »Wir haben das Ganze nach der Beerdigung per Handschlag besiegelt. Und jetzt bin ich Villenbesitzer.«

Er lacht, als könne er es selbst noch nicht ganz begreifen.

»Möchten Sie einen Blick hineinwerfen?«, fragt er dann. »Ich will Sie aber nicht aufhalten.«

Ich versichere ihm, dass ich nichts vorhabe und sehr gerne die Villa von innen sehen würde.

Herr Peerenboom führt mich vom Keller bis unters Dach, durch lichte Räume mit altem Parkett und blau-weiß gemusterten Fliesen, mit Stuck und Friesen, mit Holzvertäfelungen und Kaminen. Noch sind die Räume recht leer, abgesehen von einem der Schlafzimmer, in dem ein Feldbett steht.

»Ich möchte erst alles fertig haben, bevor ich die Möbel an Ort und Stelle bringe. Und einiges möchte ich selbst machen. Ich habe ja jetzt viel Zeit«, erklärt er.

Nach der Hausführung zeigt er mir seine Küche. Die ist bereits eingebaut, was ich ja von den Kundinnen gehört habe. Ich mag die dunkelgrünen Schränke in Hochglanzoptik.

Lio bekommt eine Schale Wasser und ich eine Apfelschorle. Dann sitzen wir an der riesigen Kücheninsel, und er erzählt mir, was er alles vorhat.

»Frau Wagener-Heinrich hat jemanden gesucht, der die Stiftung übernimmt, und für mich ist das ein Geschenk. Vermutlich wird es ewig dauern, bis ich mich eingearbeitet habe, aber das ist etwas, was mich reizt.«

Angesichts der Menge an Ordnern und Büchern, die in einem der Zimmer auf dem Boden aufgereiht stehen, will ich das gerne glauben.

»Wenn Sie jemanden suchen, mit dem Sie Ihre Ideen besprechen wollen, melden Sie sich. Ich will mich nicht einmischen, aber es wäre herrlich, ab und zu wieder über Kunst zu reden.«

»Hoffentlich bereuen Sie das nicht, denn ich habe schon jetzt tausend Fragen, und ich habe mich erst zwei Abende mit den Ordnern beschäftigt.« Er lacht zaghaft. »Die Stiftung braucht zusätzliche Ausstellungsräume, nicht einmal die Hälfte der Bilder befindet sich in der alten Schule. Eigentlich bräuchten wir drei ehemalige Schulgebäude, um das alles aufzuhängen. Und das Schlimme ist, das lagert hier alles im Keller. Nicht auszudenken, wenn der Kanal überläuft ... Nerve ich Sie schon?«

»Nein, ich finde es spannend. Machen Sie weiter«, fordere ich ihn auf und schenke mir noch Apfelsaft nach.

Es ist nach zwölf, als ich den Schlüssel zu Fabians Wohnungstür umdrehe. Er sitzt in Boxershorts und T-Shirt vor der Spielekonsole und schießt Zombies ab.

»Wo kommst du denn her?«, fragt er mich.

»Ich dachte nicht, dass du schon da bist«, sage ich.

»Was soll das denn jetzt heißen?«, entgegnet er gereizt.

Ich vermute, dass er mit seinem Training nicht zufrieden ist, spreche das aber vorsichtshalber nicht an.

»Ich hab die Gärtnerei zugemacht. Da stand alles offen«, motzt er.

»Das hätte ich schon noch gemacht«, erwidere ich. »Hast du die Wände gesehen?«, frage ich.

»Hm, schaut gut aus«, sagt er. »Und wo warst du jetzt?«

»Ich war noch was trinken«, erzähle ich. »Du errätst nie, wo und mit wem!«

Eine Woche später sieht der Verkaufsraum so einladend aus, dass ich mich frage, warum wir nicht schon viel eher das Farb- und Arbeitsplattenwunder vollbracht haben. Die Kosten waren minimal, aber mit den schmalen Schränken, hinter deren Metalltüren die Arbeitsutensilien verschwunden sind, sieht der Raum sehr ordentlich und einladend aus.

Am liebsten würde ich Annegret Fotos schicken, aber das lasse ich vorsichtshalber. Stattdessen scanne und maile ich ihr die Buchhaltung. Sie ist zwar erst eine Woche weg, aber schließlich ist Freitag, und lieber schicke ich die Sachen einmal öfter, als eine Beschwerdemail zu bekommen.

Ansonsten scheinen Fabians Eltern ihren Aufenthalt zu genießen. Sie schicken Fotos von der hochschwangeren Britta, von Abendessen auf einer riesigen Terrasse mit Meerblick und unendlich viele Bilder von Carlos, dem Enkel.

Etwas später bedankt Annegret sich für die Abrechnungen. Das ist echt nett – und auch ein bisschen ungewohnt. An ihrer Stelle hätte ich wirklich anderes zu tun als den Buchhaltungskram. Aber so ist sie nun mal. Anstatt sich nach ihrer Rückkehr an die Bücher zu setzen, rechnet sie lieber alle paar Tage nach, damit wir auch ja nicht den Laden ruinieren.

Fabian fährt in den Hof und hupt so oft hintereinander, dass ich nach draußen gehe und nachsehe, was er will. Er springt aus dem Wagen, nimmt mich an der Hand und führt mich zur Ladefläche. Dort liegt, mit Gurten festgezurrt, ein altes Küchenbuffet. Es ist ein wenig spießiger, als ich es mir vorgestellt habe, aber bei »Abgabe gegen Abholung« darf man nicht so wählerisch sein.

»Komm, sag's mir!«, sagt Fabian.

»Du bist echt toll!«, sage ich und kröne das Ganze mit einem Kuss.

»Ich bin der beste Freund, den man sich wünschen kann, Babe!«

»Keine Einwände!«, sage ich.

Die Abwesenheit seiner Eltern hat ihn in eine Art Rausch versetzt, und wenn er den nutzt, um einen Schaugarten zu bauen, soll es mir egal sein, dass er sich dauernd selbst lobt.

Ich werfe noch einen Blick auf das Buffet.

»Mit Kreidefarbe wird das ein Schmuckstück«, sage ich.

Noch weiß ich nicht, ob ich Mintgrün, ein pastelliges Lila oder Rosé nehmen soll. Vielleicht auch Hellblau? Oder jede Tür und jede Schublade in einer anderen Farbe? Gleich morgen, nachdem ich die Gärtnerei zugemacht habe, werde ich Farbe kaufen gehen ...

Was meinen Samstagmorgen in der Gärtnerei sehr aufwertet, ist die Espressomaschine, die in unserer Küche eingezogen ist. Der Kumpel, von dessen Oma das Küchenbuffet stammt, will sich ein besseres Modell zulegen und hat uns seine alte – die eigentlich noch eine recht neue ist – günstig überlassen. Was genau Fabian bezahlt hat, weiß ich nicht. Viel kann es jedenfalls nicht gewesen sein, da wir uns eine solche Maschine im Leben nicht leisten könnten und momentan alles in die Gärtnerei stecken. Aber ich liebe den Luxus, Kaffee auf Knopfdruck zu bekommen! Jetzt kann ich mich mit Elena abwechseln. Einen Tag bringt sie den Kaffee mit, am anderen ich. Und ich kann sogar zwischendurch unsere Becher auffüllen. Herrlich ist das!

Nachdem ich die Gärtnerei geschlossen habe, telefoniere ich ausführlich mit Vee. Ich erzähle ihr von unseren Gärtnereiplänen und dem, was wir diese Woche schon geschafft haben. Ich trage mein Handy extra in den Hof hinunter, um ihr das Küchenbuffet zu zeigen, das in der leeren Garage auf sein »Makeover« wartet.

Sie warnt mich, nicht zu viel von meinem eigenen Geld zu investieren. Ab da verläuft der Rest unseres Gesprächs schleppend. Ich ärgere mich über ihre Worte. Zum einen bin ich nicht blöd, und zum anderen geht sie das nichts an.

Wütend kicke ich gegen den Eimer, in dem ich Pinsel und andere Utensilien transportiert habe, sodass er quer durch die Garage und gegen ein Regal fliegt. Zwei Bretter scheppern zu Boden; Schwämme, Sprühflaschen und Dosen liegen überall verteilt.

Fluchend fische ich die Sachen, die unter das Regal gerollt sind, wieder hervor. Ausgerechnet das Bord mit Fabians Autopflegesachen hat sich komplett auf den Boden entleert. Als ich unter das Regal taste, landen meine Finger in einer klebrigen Masse. Politur fließt unter dem Regal hervor, und ich stöhne auf. Es wird ewig dauern, bis ich das Zeug vom Boden gekriegt habe, und dann muss ich es unbedingt ersetzen, denn man weiß nie, wann Fabian den Autopolierrappel bekommt.

Ich schimpfe ein wenig vor mich hin, weil ich nun Autopflegepampe wegputzen muss, anstatt mein Buffet herzurichten.

Nachdem ich den Boden und meine Finger gereinigt habe, steige ich ins Auto und fahre zum Baumarkt. Bevor ich die leere Dose ganz weit unten im gelben Sack zur Ruhe gebettet habe, habe ich sie noch fotografiert.

Dann stehe ich vor einem Regal, das ich in meinem Leben bestimmt kein zweites Mal aufsuchen werde, und halte mein Handy an Dosen, die alle irgendwie gleich aussehen. Eines ist sicher: Den nächsten Eimer kicke ich aus der Garage heraus statt hinein. Schnell wird das hier nicht gehen, und wenn Fabian nichts merken soll, muss ich wohl oder übel anfangen, die Aufschriften zu studieren. So eine Zeitverschwendung!

Ich unterdrücke den Impuls, etwas durch den Baumarkt zu kicken, und nehme die erste Dose vom Regal. Die scheint es schon mal nicht zu sein. Nächste Dose.

»Hallo. Schön, Sie zu sehen«, sagt eine bekannte Stimme hinter mir. Ich schaue in die freundlichen Augen von Herrn Peerenboom. »Sie überraschen mich immer wieder«, ergänzt er mit Blick auf die Politur in meiner Hand.

»Leider muss ich Sie enttäuschen, das hier gehört nicht zu meinen Hobbys. Unter Autofreunden gelte ich als Schwerverbrecherin. Wenn die zeigen wollen, wie man sein Auto nicht behandelt, laden sie ein Foto von meinem Wagen hoch.«

Er schmunzelt. »Und das wollen Sie in Zukunft verhindern.«

Ich weihe ihn in mein Dilemma ein. Er sieht sich das Foto genau an, und dann lesen wir so lange Pflegelabel, bis wir schließlich die richtige Dose gefunden haben.

»Ein toller Laden«, sagt er und blickt sich um.

Der »Wiesen-Weber« ist tatsächlich ein Phänomen, weil er, verglichen mit den Baumarktketten, winzig ist, aber trotzdem alles führt, was man für Garten, Haus oder eben Autopflege benötigt.

»Und so angenehm leer«, fügt er noch hinzu.

»Ganz Untergickelbach ist beim Fußball«, sage ich.

»Und Sie sind kein Fan?«

»Ab und zu schon, mein Freund spielt. Aber ich habe ein Herzensprojekt, und dem will ich mich heute widmen.«

Ich erzähle ihm von dem Küchenschrank, während ich zum Farbregal gehe und viele Dosen Kreidefarbe kaufe, damit ich meine Arbeit nicht noch einmal unterbrechen muss.

Mir fällt ein, dass ich nicht nachgesehen habe, ob genug Schleifpapier da ist. Aber ich habe keine Ahnung, von welcher Firma der Kohlmann'sche Schleifer ist.

Herr Peerenboom bietet mir an, dass ich seinen nehmen kann, bevor ich irgendetwas kaufe, was nicht passt.

»Ich habe mir vor dem Umzug so viel Schleifpapier zugelegt, dass ich damit die Möbel der gesamten Straße von Lack befreien könnte.«

Das sagt er so liebenswürdig, dass ich sein Angebot nicht ablehnen will. Er bietet mir sogar an, die Maschine vorbeizubringen.

Eine Dreiviertelstunde später hält sein Wagen vor dem Tor der Gärtnerei, und ich bitte ihn herein. Er überreicht mir einen grünen Koffer und einen dicken Packen Schleifpapier.

Auf meine Frage hin, ob er sich den Schrank einmal ansehen will, erwidert er, darauf habe er nur gewartet. Außerdem will er wissen, ob ich den Fleck wegbekommen habe.

Ich zeige ihm den Garagenfußboden, der selbst bei oberflächlichem Hinsehen meine Tat offenbart. Später wird das nicht mehr der Fall sein, denn ich gedenke die Spuren durch geschicktes Kistenrücken zu verbergen. Die Dose steht schon wieder unschuldig neben den anderen Autopflegesachen.

»Darf ich?«, fragt Herr Peerenboom.

Als ich nicke, holt er eine Sprühflasche hervor und verteilt den Schaum auf dem Boden. Wäre da nicht der beißende Geruch, der an Haarfärbemittel erinnert, man hätte es für Sahne halten können.

»In vierzig Minuten sieht man nichts mehr«, verspricht er.

Ich hoffe, dass der Reiniger kein Loch in den Garagenboden frisst, und schiele skeptisch auf den Schaum, der angriffslustig vor sich hin bitzelt.

Ich frage Herrn Peerenboom, ob er mit mir Kaffee trinken will, und als er Ja sagt, öffne ich meine letzte Packung Schoko-Haferkekse, um ihm etwas anbieten zu können.

Während wir darauf warten, dass der Schaum – den er tatsächlich von einem Tatortreiniger hat! – wirkt, plaudern wir über unsere Erfahrungen als Neu-Untergickelbacher, und ich gebe ihm ein paar Insider-Tipps: Wäsche nicht am Sonntag raushängen, Auto samstags waschen und einmal pro Woche vor dem Haus kehren – sehr wichtig!

Ich hole mehr Kaffee, weil es so gemütlich ist, und nach dieser Tasse begutachten wir den Fleck ... oder vielmehr die Stelle, an der er gewesen sein muss. Dieses Tatortreinigungs-Zeug muss ich auch haben!

Nach der Kaffeelehrstunde übernimmt Herr Peerenboom kurzerhand die Schleifmaschine und beginnt damit, Türen und Seiten vom alten Lack zu befreien, während ich die bisher unlackierten Borde mit Farbe anstreiche. Ein bisschen habe ich den Eindruck, er hat die ganze Zeit geplant, mir zu helfen. Wir arbeiten nebeneinanderher, und wenn nicht gerade die Schleifmaschine läuft, reden wir über Paris.

Er war mit seiner verstorbenen Frau häufig dort und kennt sich so gut aus, als habe er dort gewohnt. Vor allem kann er so unterhaltsam erzählen!

Einmal wollte seine Frau ins Centre Georges-Pompidou, er lieber ins jüdische Museum. Als sie sich ein paar Stunden später wieder trafen, stellten sie erschrocken fest, dass sie ihre Tochter im Buggy nicht dabeihatten. Beide waren davon ausgegangen, der jeweils andere wäre mit ihr unterwegs. Glücklicherweise hatte sich die Concierge ihres kleinen Hotels des Kinderwagens angenommen und die kleine Geneviève versorgt.

»Meine Frau war Französin«, sagt er und hebt beide Arme, als habe er bei der Namenswahl keine Chance gegen sie gehabt.

Ich sehe Herrn Peerenboom an, wie er sich über die Schranktür beugt und hingebungsvoll die Farbe abschleift. Manche Menschen gehören zu den Guten und strahlen das auch aus. Er ist so jemand.

Die Maschine heult auf, weil sie keinen Kontakt mehr zum Holz hat, dann verstummt sie, als Herr Peerenboom ihr den Strom abdreht.

Er sieht mich belustigt an. »Was hecken Sie denn gerade aus?«

»Ich frage mich, ob Sie Pizza mögen ...«

Auf meinem Beifahrersitz liegen zwei Pizzakartons. Aus ihnen duftet es nach Teig und Käse, und ich werde mich auch in einigen Tagen noch an sie erinnern, denn mein Wageninneres neigt dazu, Gerüche sehr lange festzuhalten. Vornehmlich speichert es Hund und Hundepups. Diese Erfrischungssprays, die laut Werbung jegliche Geruchserinnerung tilgen sollen, arbeiten sich an meinen Sitzen erfolglos ab.

Ich bin extra zwei Orte weitergefahren, weil es bei Gianfranco die beste Pizza im Umkreis gibt. Es war gar nicht so leicht, Herrn Peerenboom zu diesem Abendessen einzuladen.

»Sie werden doch den Samstagabend nicht mit einem alten Knacker wie mir verbringen wollen«, meinte er.

Schließlich ist es mir doch gelungen, ihn davon zu überzeugen, dass ich genau das will. Meine Alternative wäre gewesen, Nudeln mit Olivenöl zu essen und vor dem Fernseher einzuschlafen. Was er gemacht hätte, weiß ich nicht. Trotz der höflichen Ablehnung hatte ich den Eindruck, dass er sich auf das Essen mit mir freut.

An der Apothekervilla springt Lio voraus, wedelt und lässt sich von Herrn Peerenboom ausgiebig streicheln, bevor sie ins Haus läuft, als gehöre es ihr. Er nimmt mir die Pizzen ab und geht vor mir die Treppen hinauf.

Auf der schieferfarbenen Theke liegt ein heller Läufer, auf dem zwei Teller stehen. In der Mitte befindet sich eine Platte mit unzähligen Antipasti. Es duftet nach Gemüse, Knoblauch und gutem Olivenöl.

»Wann haben Sie die denn gemacht?«, frage ich.

Er lächelt. »Die machen sich fast von alleine.«

Durch die Terrassentür sehe ich, wie der Wind die Blätter der Buchenhecke bewegt. Auf der Terrassenmauer stehen gelb-graue Amphoren, dahinter befindet sich die Rasenfläche. Drinnen lassen mich die eleganten dunkelgrünen Küchenfronten und das warme Licht vergessen, dass der Raum hinter mir noch komplett kahl ist.

Ich schaue auf die sorgsam gefalteten Stoffservietten neben dem Teller, das Silberbesteck, die liebevoll angerichtete Vorspeise. So muss es sein, wenn man bei seinem Vater eingeladen ist.

Mir fehlt da ein wenig der Vergleich, weil die Treffen mit meinem Vater selten sind und sich meist im öffentlichen Raum abspielen. Es ist zwar immer nett, aber auch unverbindlich. Wir kennen uns, wir finden uns in Ordnung, wir treffen uns ab und zu, weil man das tun sollte, wenn man ziemlich eng verwandt ist, und verbringen zwei, drei Stunden miteinander, die sogar ganz schön sind. Dann verabschieden wir uns, ohne uns in der Zeit zwischen zwei Begegnungen groß zu vermissen.

Wie will man auch vermissen, was man nicht kennt? Meine Mutter hat sich damals verliebt, aber irgendwie hat es dann doch nicht gepasst – so hat sie es mir zumindest immer erzählt. Doch einmal meinte sie, es sei ein Fehler gewesen, ihm nicht zu sagen, wie viel er ihr bedeute. Seitdem weiß ich nicht mehr, was stimmt. Hat es nicht gepasst, oder hat sie etwas verpasst? Vielleicht sollte ich das meinen Vater fragen, wenn wir uns das nächste Mal treffen …

Grundsätzlich denke ich, wir würden beide auch gut ohne die Zusammenkünfte auskommen. Wahrscheinlich verabreden wir uns nur deshalb alle anderthalb Jahre, damit wir uns später nichts vorwerfen müssen.

Aber so – so wie mit Herrn Peerenboom – sollte es sein. Er ist so, wie ich mir den idealen Vater vorstelle.

Er stellt ein Glas vor mich hin.

»Wir müssen dringend etwas ändern«, sagt er. »Und zwar unsere Anrede. Ich bin Paul.«

»Und ich Marie«, erwidere ich, und ein Gefühl der Wärme strömt von meinem Herzen aus durch meinen ganzen Körper.

Er gießt mir Prosecco ein.

»Der ist alkoholfrei«, sagt er. »Schließlich musst *du* noch fahren.«

Er grinst, sichtlich stolz, dass ihm das Du so leicht über die Lippen gegangen ist.

»Es ist lustig, ich habe gerade das Gleiche gedacht«, sage ich.

»Dass kein Alkohol drin ist?«

»Dass wir uns duzen sollten.«

Wir stoßen an und trinken, dann hält er mir den Brotkorb hin.

»Die hast du aber hoffentlich nicht selbst gebacken?«, frage ich.

»Nein, die sind gekauft. In der Oberen Königsstraße gibt es diesen wunderbaren Bäcker.«

Während ich mir die Tomaten mit Kräutern, die Paprikaschoten mit Frischkäse, den Ziegenkäse und die Kapernäpfel schmecken lasse, frage ich mich, ob ich ihn auf seine Kinder ansprechen kann, traue mich aber nicht.

»Wie bist du eigentlich in Untergickelbach hängen geblieben?« Er benutzt meine Worte – so habe ich es vor ein paar Wochen in der Aussegnungshalle gesagt.

»Als Mama dieses Stipendium hier bekommen hat, habe ich sie immer damit aufgezogen, dass sie jetzt in der Provinz wohnt. Und dann habe ich sie ein paarmal besucht. Irgendwann wollte so ein Typ, der die Hecke geschnitten und das Gras gemäht hat, mit mir ausgehen. Aber ich hatte kein Interesse.«

Ich stocke, weil ich daran denken muss, wie damals das Telefon geklingelt hat. Schon beim Klingeln habe ich gehört, dass etwas passiert ist – nun, zumindest habe ich mir das eingebildet.

Ich erzähle, dass meine Mutter und Fabians Vater gleichzeitig auf der Intensivstation lagen, und davon, wie wir uns gegenseitig aufgebaut haben.

»Er war zu der Zeit genau der Mensch, den ich gebraucht habe, und jetzt, da es mir besser geht, würde ich ihm gerne auch helfen. Aber es ist alles schwierig. Sehr schwierig sogar.«

Paul nickt und lässt mich erzählen.

Etwas später stellt er Trüffelpralinen auf den Tisch. Offenbar hat er alle Feinkostgeschäfte in Bamberg abgeklappert, denn diese sind aus der Manufaktur in der Langen Straße. Ein Geschäft, bei dem ich immer stehen bleibe und zusehe, wie die Verkäuferinnen Pralinen mit Handschuhen oder Zängchen in die Tüten heben.

Ich nehme mir eine Kugel mit weißer Schokolade. »Darf ich dich auch etwas fragen?«

»Sicher.« Er sieht mich an. »Du willst wissen, was mit meiner Frau passiert ist, oder?«

Ich nicke.

»Adeline hatte einen schweren Unfall, und die Ärzte haben uns wenig Hoffnung gemacht, aber irgendwann mussten wir sie gehen lassen.« Sein Blick gleitet in den Garten, dann redet er weiter. »Wenigstens konnte sie noch einigen Menschen helfen. Mit ihrem Herz und anderen Organen. Für mich war das tröstlich.«

Ich lege meine Hand auf seine. Manchmal versteht man sich ohne Worte.

Um Viertel vor drei wache ich auf, weil im Flur Licht brennt. Ich muss ins Badezimmer und will nachsehen, wieso Fabian noch nicht ins Bett gekommen ist.

Im Flur stolpere ich über seine Schuhe. Was macht er bloß?

Ich verschiebe die Toilettenangelegenheit und öffne die Tür zum Wohnzimmer, wo mein Freund auf dem Sofa sitzt und wild auf seinem Handy herumtippt. Als ich eintrete, erschrickt er.

»Kannst du nicht lauter gehen?«

»Kannst du mich vielleicht nicht anmotzen?«, kontere ich. »Übrigens: Ja, ich hatte einen schönen Abend. Danke der Nachfrage. Magst du mir erzählen, was dich nervt, und dann ins Bett kommen?«

»Wenn ich was nicht leiden kann, dann ist das Klugscheißerei mitten in der Nacht.«

»Du kannst mich mal.« Ich schließe die Tür lauter, als es für diese Uhrzeit angemessen ist. »Lass deinen Frust auf dem Platz, oder lass ihn an deinen Kumpels aus, aber nicht an mir.«

Fabian entgegnet etwas, was ich nicht verstehe. Eigentlich will ich auch gar nicht wissen, was er gesagt hat.

Ich gehe auf die Toilette und dann ins Bett. Dort liege ich, die Arme auf die Decke gepresst, und überlege, ob ich oben auf der Couch schlafen soll. Meine Füße wackeln und stoßen gegeneinander.

Irgendwann höre ich, wie Fabian die Wohnzimmertür schließt und durch den Flur kommt. Vor dem Bett bleibt er stehen.

»Tut mir leid, das war grad blöd«, entschuldigt er sich. Draußen brennt noch Licht, und so kann ich sehen, dass er auf seine Lippe beißt. Offenbar ist er ziemlich betrunken. »War heute nicht so toll. Ich hab einen Elfmeter versemmelt, und vom Platz hätten sie mich auch fast gestellt.«

»War sonst noch was?«, frage ich.

Er schaut auf den Boden und schüttelt den Kopf.

Ich werde nie verstehen, wie man sich wegen eines verlorenen Fußballspiels so aufregen kann. Allerdings habe ich auch nie lange genug an einem Ort gewohnt, um tatsächlich in eine Mannschaft aufgenommen zu werden. Wenn ich Wert darauf legen würde, hätte ich das in Untergickelbach angehen können, aber so wichtig ist mir dieses Mannschaftsgefühl nun auch wieder nicht.

Als er sich ins Bett fallen lässt, wippt mein Körper auf der Matratze hoch und runter.

»Du bist viel zu gut für mich«, sagt er und kuschelt sich an meine Schulter.

Er riecht nach Zahnpasta und Mundwasser. Ganz hat er das Bier damit nicht übertünchen können.

Am nächsten Morgen weckt mich Kaffeeduft. Fabian hat Frühstück gemacht. Das heißt so viel wie »Entschuldigung, ich habe mich wie ein Idiot benommen.« Er hat sogar Semmeln und frische Hörnchen geholt. Auf meinem Teller liegt die *Süddeutsche*. Es tut ihm also richtig leid.

Ich setze mich und überfliege die Überschriften auf der Titelseite.

»Was hast du eigentlich gestern gemacht?«, fragt er und hält mir den Brotkorb hin.

»Am Nachmittag habe ich das Küchenbuffet abgeschliffen und gestrichen.«

»Toll.«

»Toll« ist ziemlich wenig für den Aufwand, den ich betrieben habe, doch ich belasse es dabei.

»Es ist wirklich toll geworden, aber ich hatte auch großartige Unterstützung. Im Baumarkt habe ich Herrn Peerenboom getroffen, und er hat mir geholfen. Als Dankeschön habe ich ihn zum Essen eingeladen.«

Fabian lässt seine Vollkornsemmel sinken. »Du hast *was*?«

Ich sehe ihn an und überlege, worauf sich seine Frage bezieht.

»Das ist ja wohl das Mindeste«, entgegne ich schließlich.

»Und wenn euch jemand gesehen hat? Wo wart ihr?« Er tut so, als hätte ich eben gesagt, ich sei nackt über den Marktplatz getanzt.

»Erstens kann ich essen gehen, mit wem ich will. Und zweitens hat uns bestimmt niemand gesehen, denn wir waren bei ihm zu Hause.«

Er steht so abrupt auf, dass er mit seinem Knie gegen das Tischbein stößt.

»Was machst du denn bei ihm daheim?«, fragt er ärgerlich.

Ich finde die Frage so unmöglich, dass mir zunächst gar nichts einfällt, was ich darauf erwidern kann.

»Du bist andauernd bei Sabrina«, sage ich schließlich.

»Sie ist aber nicht uralt. Wenn euch jemand gesehen hätte!«

»Also, entschuldige mal, gibt es etwa eine Altersbeschränkung, mit wem man essen gehen darf?«

»Ich will einfach nicht, dass du mit dem abhängst.«

»Das tue ich auch nicht. Wir haben gegessen und uns unterhalten, und es war schön.« Ich hole Luft. »Du gehst Karten spielen, Playstation zocken und was weiß ich was, und ich sage kein Wort. Dann musst du auch akzeptieren, wenn ich Zeit mit Paul verbringe.«

»Ach, mit Paul, soso.« Er verzieht hämisch das Gesicht. »Was soll denn ›was weiß ich was‹ heißen?«

»Gar nichts, das sagt man halt so.«

»Hat dich meine Mutter auf mich angesetzt?«

»Sag mal, spinnst du? Ich lasse mich von niemandem auf irgendetwas ansetzen, aber ich mache in meiner Freizeit auch, was ich will.«

Er schnauft abfällig.

Innerlich schimpft er weiter, das sehe ich ihm an.

»Wenn du mit mir das Küchenbuffet abgeschliffen hättest, anstatt einer deiner tausend Freizeitaktivitäten nachzugehen, hätte ich dieses Angebot gar nicht angenommen.« Mir fällt ein, dass es einen riesigen Streit gegeben hätte, als ich die Politur heruntergeworfen habe.

»Du hättest doch mitgehen können. Dann hätten wir dein Buffet eben ein andermal gemacht«, argumentiert er.

»So, wann denn? Am Sonntag geht es nicht, weil die Schleifmaschine zu laut wäre, und unter der Woche bist du bis abends im Garten unterwegs. Anschließend hast du dann Training, Feuerwehr oder Stammtisch …«

Er öffnet die Kühlschranktür, nimmt die volle Milchflasche heraus, setzt sie an die Lippen und trinkt. Fünffache Provokation! Erstens: Ich hasse es, wenn er aus Flaschen trinkt! (Aus Bierflaschen oder aus kleinen Flaschen, die nur er benutzt, ist es okay, aber aus dieser bietet er vielleicht noch einmal Gästen etwas an.) Zweitens: Ich hasse es, wenn er die neue Flasche öffnet, obwohl die alte noch nicht leer ist. Und da sind sie schon, die Provokationen drei, vier und fünf: Rülpsen, diesen ekligen Ahhh-Wohlfühllaut ausstoßen und dann den Mund mit dem Handrücken abwischen.

Ich stehe auf und gehe. Nachher wird er in mein Dachzimmer kommen, und ich werde ihm verzeihen. Das weiß ich, weil wir solche blöden Streits dauernd haben. Aber gerade kann ich es nicht ertragen.

8
Was wäre, wenn sie geht

A little fire that warms
is better than a big fire that burns.

Ein kleines Feuer, das dich wärmt, ist besser
als ein großes Feuer, das dich verbrennt.

IRISH SAYING

Donnerstag, letzte Juniwoche

In ihrem nächsten Leben sollte Vee einen Trennungsservice aufmachen. Oder eine Agentur für unangenehme Erledigungen. Sie hat mich im Krankenhaus besucht, um sich zu vergewissern, dass ich noch in einem Stück bin, und den Arzt gelöchert, mit welchen Maßnahmen wir das lädierte Knie wieder hinbekommen.

Dann ist sie zu Kohlmanns gefahren und hat meine Sachen ausgeräumt. Meine persönlichen Dinge hat sie selbst eingepackt. Obendrein hat sie Fabian den Termin hinterlassen, an dem die Umzugsfirma meine Möbel abholt. Viel müssen die Möbelpacker nicht transportieren, nur die paar Sachen, die in der Dachkammer stehen. Sollten Verzögerungen eintreten, werde Fabian die Kosten tragen, hat sie ihm mitgeteilt.

Er hat sich verdrückt und sie machen lassen. Das sieht ihm ähnlich! Allerdings kann Vee auch sehr einschüchternd wirken; insofern kann ich fast verstehen, dass er das Feld geräumt hat.

Nun sitzt sie neben meinem Bett, streichelt mir immer wieder über den Arm und versucht, mich abzulenken. Irgendwann fallen mir die Kisten mit Mamas Sachen ein, die immer noch im Keller von Fabians Großeltern stehen.

»Das haben wir gleich«, sagt sie und telefoniert noch einmal mit der Spedition. Sie arrangiert, dass die Kisten zusammen mit meinen anderen Sachen abgeholt und eingelagert werden, bis ich eine neue Wohnung gefunden habe. Vees Keller ist zu klein, um die ganzen Sachen aufzunehmen, sonst hätte sie alles gleich zu sich liefern lassen. Morgen werde ich entlassen und fahre mit Vee nach München.

Elena besucht mich im Krankenhaus und umarmt mich. Mein sonstiger Abschied von Untergickelbach ist kurz und knapp. Wir holen Lio ab, und ich verabschiede mich von Annegret. Es ist komisch, aber das Beziehungsende bedeutet gleichzeitig auch das Ende meiner Arbeit in der Gärtnerei.

Fabian lässt sich nicht blicken, doch das tut mir nicht leid. Ich nehme allerdings an, dass die Nachwehen noch kommen.

Sie kommen nicht. Jedenfalls nicht so stark, wie ich befürchtet habe.

In den folgenden Tagen sitze ich in Vees und Hildas Altbauwohnung mit den Stuckdecken und dem Möbelmix aus Antiquitäten und Designerteilen, unter die sich gelegentlich ein IKEA-Regal gemogelt hat, und warte, dass der Kummer kommt. In der Vorratskammer habe ich alles, was man zur Pflege seines Liebeskummers braucht: Schokolade, Kekse, Chips, Wein, Eis.

Am ersten Abend stopfe ich mich vorbeugend voll, damit der Kummer, wenn er kommt, auf eine Unterlage trifft. Dann liege ich im Bett, und mir ist übel von den ganzen Sachen, die ich in mich hineingefuttert habe. Es ginge mir besser, wenn ich mich auf die Seite drehen könnte, aber das macht mein Bein nicht mit.

Ich fühle mich elend, jedoch nur, weil ich alles durcheinandergegessen habe – und weil ich so gar keine Trauer empfinde. Enttäuschung? Ja. Wut? Klar. Gewaltfantasien? Nein, nicht mal die. Und das tut weh.

Im Krankenhaus und auch hier bei Vee und Hilda habe ich nichts anderes getan, als über Fabian und mich nachzudenken. Doch jeden Tag komme ich zum selben Ergebnis, und es frustriert mich: Offenbar waren wir einfach Freunde, die sich in einer Ausnahmesituation gefunden und gebraucht haben. Freunde, die miteinander ins Bett gegangen sind, die aber ihre gemeinsame Basis verloren oder nie gefunden haben. Vielleicht hat mich die Trauer nicht merken lassen, dass da nicht mehr ist. Es schockiert mich, wie ich mich so belügen konnte.

Fabian postet seltsame Dinge: eine Rose, von der Blütenblätter abgefallen sind, unterlegt mit »I Need You To Hate Me« von *JC Stewart*. Ich finde das peinlich, unsere Trennung so zur Schau zu stellen. Am liebsten würde ich ihn blockieren, doch dann kriege ich nicht mit, was er sonst noch so in den sozialen Medien teilt.

Ob er wirklich leidet? Trägt man das so nach draußen? Oder zieht er eine Show ab?

Sabrina hat einen dämlichen Kalenderspruch gepostet: »Freunde sind diejenigen, die nicht fragen, warum du am Boden liegst, sondern diejenigen, die dich aufheben.« »Leave a Light On« von *Tom Walker* läuft im Hintergrund. Schade um das schöne Lied.

Was soll das? Spielen sie jetzt Theater und tun so, als wären sie sich nähergekommen, als sie ihn getröstet hat?

Mist! Aus Versehen habe ich auf »Like« getippt. Ein Herzchen schwirrt über das Display.

Verdammt! Warum kann man so etwas nicht rückgängig machen.

Etwas später erreicht mich eine Nachricht von Sabrina. *Wir haben wirklich nichts miteinander,* schreibt sie.

Ich weiß nicht, ob ich das glauben soll. Eigentlich hat sie immer ehrlich gewirkt. Aber es macht keinen Unterschied. Untergickelbach ist für mich vorbei. Sollen sie doch denken, was sie wollen. Sollen sie doch Geschichten erfinden und vor ihren Freunden diese Version erzählen. Für mich spielt das keine Rolle. Aber zumindest bin ich jetzt sauer. Das hätte ich schon die ganze Zeit sein können.

Mir fehlen meine Spaziergänge mit Lio. Vor allem, weil ich da besser nachdenken kann, als wenn ich herumsitze. In der Früh geht Hilda mit ihr raus, und nachmittags balgen sich die Kinder aus der Wohnung unter uns fast darum, mit ihr in den Englischen Garten zu gehen. Ein Glück, dass mein Hund so geduldig ist.

Meine Tanten geben sich alle Mühe, mich zu pflegen und mich bei Laune zu halten. Sie schleifen mich in ihre Lieblingslokale und sehen alte Filme oder Dokus mit mir an.

An einem Abend schaue ich eine Dokumentation über Jonathan Genske auf dem Notebook.

»Das interessiert mich auch«, sagt Hilda und öffnet die Mediathek auf dem Fernseher.

Vee kommt ebenfalls dazu, als wir uns den Bericht über das Leben des Kunsthändlers ansehen, dessen Image durch die Fälschungssache einen massiven Knacks bekommen hat.

»Oh, eine Kelly Bag«, sagt Vee, als Schwarz-Weiß-Aufnahmen einer Ausstellung aus den Sechzigerjahren gezeigt werden.

Ich sehe sie verständnislos an. Sie nimmt die Fernbedienung, spult eine Sequenz zurück und hält das Bild an.

»Da hinten, die Frau trägt eine Kelly Bag. Benannt nach Grace Kelly, der späteren Fürstin von Monaco. Auf Auktionen kann ein so altes Exemplar heute sechsstellige Beträge einbringen. Vor ein paar Jahren ist eine Birkin Bag ...«

»Die kenne ich aus den *Gilmore Girls*«, unterbreche ich sie und ernte ein Kopfschütteln von meiner Tante.

»Wenigstens kennst du sie«, sagt sie. »Jedenfalls hat man auf einer Auktion über dreihunderttausend Dollar dafür gezahlt.«

Vee startet die Doku wieder. Wir reisen durch die Kunstwelt der vergangenen Jahrzehnte und spielen Kelly-Bag-Suchen. Es ist unglaublich, in wie vielen Szenen die Frau mit der Tasche auftaucht. Immer im Hintergrund, selten länger als ein paar Sekunden, aber sie scheint immer da zu sein.

»Was meint ihr, wer sie ist?«, frage ich meine Tante.

»Entweder eine Kunstliebhaberin oder ebenfalls eine Händlerin?« Vee zuckt mit den Schultern.

»Oder sie stalkt Genske«, werfe ich ein.

»Vielleicht ist sie seine Lebensgefährtin«, überlegt Hilda. »Kannst du das nicht mal herausfinden?«

Sie sieht Vee an, aber die rollt mit den Augen. Anscheinend ist die Geschichte für ihre Zeitschrift nicht interessant genug.

Sonst liege ich auf der Couch im Wohnzimmer oder in meinem Bett im Gästezimmer. Angekommen bei null. Ich habe keinen Job, ich habe keine eigene Wohnung, ich habe noch nicht einmal Freunde, denen ich das mitteilen kann. Aus meinen kurzen Schulzeiten sind nur lose Kontakte geblieben. Solche, denen man schreibt, wenn man in den sozialen Medien liest, dass sie Geburtstag haben. In München war die Arbeit mein Freund. Mit den Kollegen habe ich mich schon verstanden, bin auch mal mit ihnen essen gegangen, aber etwas Dauerhaftes hat sich nicht entwickelt.

Bin ich so schrecklich, oder ist die Welt so mit sich selbst beschäftigt?

Die Einzige, die sich nach mir erkundigt, ist Elena. Als das Display meines Handys aufleuchtet und sie fragt, wie es mir geht, kommen mir die Tränen. Mein Knie tobt, und ich steigere mich in das Versagerbild hinein, das ich von mir habe.

»Du musst deinen eigenen Willen am teuersten halten«, übersetzt Elena wieder eines ihrer Sprichworte.

»Das verstehe ich nicht«, gestehe ich.

Gerade ist für mich alles anstrengend, auch das Nachdenken.

»Das, was du willst, muss dir am wichtigsten sein«, versucht sie eine Erklärung. »Mensch, Marie, du kannst komplett neu starten. Du kannst endlich das Leben führen, das du dir erträumst. Eigentlich ist das ein Geschenk.«

Natürlich hat sie recht, das weiß ich.

»Für mich ist es gerade anstrengend«, sage ich trotzdem.

»Hast du eigentlich was von dem irischen Architekten gehört?«, wechselt sie das Thema.

Habe ich nicht, und das macht mich trauriger als mein Beziehungsende. Elena findet, dass es nur zeigt, wie anständig er ist. Ich sehe es eher als Zeichen dafür, dass er nicht interessiert ist.

»Soll ich mich zu dem Casting anmelden?«, frage ich.

»Das hast du noch nicht gemacht?«, fragt sie entsetzt zurück.

Vielleicht hat sie recht.

8
Was wäre, wenn sie bleibt

Nem amint akarnánk, hanem amint lehet.
Wir können nicht so (tun), wie wir es wollen,
sondern wie es möglich ist.
UNGARISCHES SPRICHWORT

Elenas Version:
Wenn dich Mauern begrenzen,
musst du sie eben bunt anmalen.

Mittwoch, Mitte Juli

Seit zwei Stunden knie ich auf einer Schaumstoffunterlage und zerre Gräser aus den Fugen. Meine Knie schmerzen, und Lust habe ich keine mehr, aber es gibt sonst nichts zu tun. Ich habe bereits den Schuppen komplett ausgeräumt, entrümpelt und wieder eingeräumt. Sogar alle Fenster sind geputzt, innen und außen. Wenn morgen auch so wenig los ist, werde ich die Rahmen neu streichen.

Ich blicke hinüber zu Elena, die den Kies zwischen den Frühbeeten gleichmäßig verteilt. Im Verkaufsraum warten alle Drähte, Bänder und Schleifen sortiert und beschriftet auf ihren Einsatz. Mit den geblümten Gartenschäufelchen, den Küchenhandtüchern mit den Lavendelblüten und den Übertöpfen in Pastellfarben sieht das Küchenbuffet sehr einladend aus. Leider finden das bisher nur Elena und ich (und natürlich Fabian, auch wenn ihm diese Dekosache eher egal ist), sonst hat nämlich kaum jemand die Gärtnerei betreten.

Letzte Woche hatten wir zwei Beerdigungen und ein paar Geburtstage und damit genug zu tun, doch diese Woche laufen die Geschäfte eher schleppend. Es graut mir davor, die Unterlagen an Annegret zu schicken. Wenn sie die Belege sichtet – und lange wird sie dafür nicht brauchen –, hält sie endgültig den Beweis dafür in den Händen, dass wir unfähig sind, eine Gärtnerei zu leiten.

Natürlich muss das nichts aussagen. Im Juli ist immer wenig los, nur deswegen sind die Kohlmanns ja gefahren. Außerdem hat es sich in Untergickelbach herumgesprochen, dass die Chefin im Urlaub ist, und die Leute wollen sich lieber von ihr persönlich beraten lassen. Aber in Annegrets Welt sind diese Wochen mit den miesen Einnahmen genau das, was einen erwartet, wenn man Fabian und mir das Geschäft überlässt.

An Maria Himmelfahrt kommen Fabians Eltern wieder. Hoffentlich kriegen wir in den nächsten Wochen so viele spontane Aufträge rein, dass wir üppige Rechnungen vorweisen können. Aber wenn ich ehrlich bin, verdienen wir richtig gutes Geld nur mit runden Geburtstagen (keiner im Auftragsbuch), Hochzeiten (nö) und Firmenjubiläen (auch nicht). Solche Ereignisse sprechen die Kunden in aller Regel Wochen oder sogar Monate vorher mit uns ab. Okay, Beerdigungen kommen kurzfristig herein, aber natürlich wünsche ich mir nicht, dass jemand stirbt, nur damit unsere Bücher passen.

Vielleicht schaut sie auch nicht so genau hin. Vorgestern sind die Babys gekommen. Dass es Zwillinge sind, hatten die Eltern für sich behalten. Alejandro und Joaquin. Süß.

Sehr sogar. Die Kleinen sind wohlauf, Annegret und Harald aus dem Häuschen, Britta und ihr Mann froh, dass sie am Anfang Unterstützung haben. Fabian freut sich auch, aber die Spieluhr und die Babydecken musste natürlich ich ordern und verschicken. Hoffentlich hält die Freude über die Enkel Annegret davon ab, allzu kritisch mit unseren Umsätzen zu sein.

Noch etwas anderes macht mir Bauchschmerzen. Auch wenn wir wenig zu tun hatten, habe ich es genossen, alleine entscheiden zu dürfen. So sehr, dass ich mit Grauen daran denke, wie es sein wird, wenn Annegret hier wieder das Kommando übernimmt. Gestern Nacht hatte ich sogar einen Albtraum, in dem sie mich wegen eines Gestecks heruntergeputzt hat, das gar nicht von mir stammte, was sie mir aber nicht geglaubt hat. Ich bin aufgewacht, bevor ich die Angelegenheit klären konnte, allerdings begleitet mich das schlechte Gefühl schon den ganzen Tag.

Am Nachmittag ruft eine Frau an, die zwei Schalen für ein Grab auf dem Friedhof in Bamberg haben möchte. Sie fragt, ob wir sie direkt auf das Grab stellen können.

Ich sage Ja, bepflanze die Schalen und liefere sie anschließend selbst nach Bamberg. Dort schlendere ich durch die Gräberreihen, um mir die Anpflanzungen der Kollegen anzusehen. Ich entdecke schöne Schalen und Arrangements – natürlich auch langweilige Sachen aus dem Baumarkt –, aber nichts, was wir nicht auch hinkriegen würden. Ich frage mich, ob die Leute sich nichts anderes wünschen oder ob sie nichts Individuelleres angeboten bekommen.

Auf dem Weg zum Auto bleibe ich vor den Blumengeschäften am Friedhof stehen. In dem Flachbau sind zwei Gärtnereien untergebracht. Im rechten Geschäft verkündet ein selbstgemaltes Schild *»Wir schließen zum Ende des Mo-*

nats«. Ich bleibe eine Weile stehen und betrachte den Laden.

Wäre das etwas für mich? Mit der Konkurrenz nebenan könnte das schwierig sein, aber vielleicht ist es auch eine Chance ...

Nach Feierabend beginne ich mit meiner Recherche über die Gärtnerei in Bamberg, doch eine Webseite existiert nicht, und am Telefon erreiche ich niemanden. Kein Wunder, es ist schon nach achtzehn Uhr!

Eine Nachricht ploppt auf meinem Handy auf. Fabian verspätet sich. Er bittet mich, in der Wohnung seiner Eltern die Blumen zu gießen, und fragt, ob ich einige Rechnungen in Umschläge stecken und frankieren kann. Er würde sie auf dem Weg zum Feuerwehrtreffen zum Briefkasten bringen.

Im Büro finde ich braune Kuverts, jedoch keine weißen Umschläge mehr. Obwohl wir Fabians Eltern ganz offiziell vertreten, fühle ich mich nicht gut dabei, hier Schubladen zu öffnen. Ich überlege, ob ich auf meinen Freund warten soll, kann aber schon hören, wie er mich wegen meines Zögerns auslacht und mir sagt, ich solle mich nicht so anstellen. Also sehe ich in die zweite Schublade, die voller kleiner Sparkassenhefter steckt, in denen man Kontoauszüge ablegt.

Die unterste Schublade klemmt, allerdings erkenne ich durch den wenige Zentimeter breiten Spalt mehrere Packungen mit Umschlägen. Leider komme ich nicht dran, weshalb ich die gesamte Schublade heraushebe. Ich entnehme eine Packung weißer Umschläge und knie mich auf den Boden, um nachzusehen, was die Lade blockiert.

Ein Kontoauszugsheftchen hat sich aus der übervollen Lade verabschiedet und ist über die hintere Schubladenwand abgestürzt. Ich berge das Heftchen, was nicht einfach ist, weil es zwischen Schubladenschiene und Schreibtischrückwand klemmt. Als ich es herausbekomme, weist es viele verknitterte Seiten auf, und auch die Außenwand des Hefters hat einen riesigen Knick.

Während ich die Seiten glattstreiche, fällt mein Blick auf eine fünfstellige Summe. Vierzigtausend Euro haben Annegret und Harald vom benachbarten Grabsteinhändler bekommen. *»Grundstück«* ist als Verwendungszweck angegeben.

Das Datum liegt im Februar letzten Jahres, drei Tage vor Mamas Unfall. Das ist mir bekannt. Was mich allerdings verwundert, ist die folgende Kontobewegung: Am nächsten Tag ist die gesamte Summe abgehoben worden.

»Das geht dich nichts an«, sage ich mir und schließe das Heftchen, streiche den Knick gerade und platziere den mit *»Konto privat«* gekennzeichneten Hefter weit hinten in der übervollen Schublade. Dann baue ich die unterste Schublade wieder ein, stecke die Rechnungen in die Umschläge und platziere sie auf dem Schreibtisch.

Eine Weile fixiere ich die Schubladen. Mir gehen die vierzigtausend Euro nicht aus dem Sinn. Wieso braucht man so viel Geld? Ein Auto haben sich Harald und Annegret nicht gekauft, und auch von einer Kreuzfahrt oder anderen teuren Anschaffungen habe ich nichts mitbekommen.

Meine Gedanken kreisen weiter um die Summe. Ich kann es mir selbst nicht erklären, aber eins weiß ich instinktiv: Ich sollte den Plan mit dem eigenen Geschäft verfolgen.

9
Was wäre, wenn sie geht

May your home always be too small
to hold all your friends.

Möge dein Haus immer zu klein sein,
um alle deine Freunde aufzunehmen.

IRISH SAYING

Freitag, Anfang August

Einen Tag vor dem Casting fahre ich mit dem Zug nach Klosterweinting. Lio ist bei Vee und Hilda geblieben, so kann ich mich ganz auf den Wettbewerb konzentrieren. Ich nehme ein Taxi zum Hotel. Ginas und Beppis Tankstelle hat bereits auf Nachtbetrieb umgestellt. *»EC-Karten-Tanken«* verspricht das Schild in blauer Schrift auf weißem Grund. Der Verkaufsraum und das Café liegen dunkel hinter der Scheibe mit dem nostalgischen Schriftzug. Ein wenig habe ich gehofft, Beppi zu sehen, wie er Cupcakes oder Flammkuchen auftischt und verkostet, aber dafür bin ich wohl zu spät dran.

Sean hat sich nicht gemeldet.

»Warum sollte er auch? Er geht schließlich davon aus, dass du einen Freund hast«, meinte Elena nur dazu.

Ich habe mich auch nicht gemeldet. Ich habe viele, viele Male überlegt, ob ich es tue, aber dann wusste ich nie, wie ich anfangen soll. Ich kann ja schlecht schreiben: *Hallo, ich bin nicht mehr mit meinem Freund zusammen. Können wir bitte da weitermachen, wo wir aufgehört haben?* Oder: *Können wir den Abend noch einmal wiederholen?*, was ein bisschen weniger aufdringlich klingt.

Außerdem würde das nicht so ohne Weiteres funktionieren. Spaziergänge, egal wohin, sind bei mir gerade nicht drin. Zwar benötige ich die Gehhilfen nicht mehr, aber langes Stehen oder Laufen bereitet mir zuerst Mühe und dann Schmerzen.

Beim Wettbewerb morgen muss ich mich zusammenreißen. Hoffentlich kann man sich zwischendurch setzen …

Zwölf Stunden später stehe ich mit den anderen Teilnehmern neben einer Bühne und warte darauf, dass ich mich dem Publikum vorstellen kann.

Majas Assistent – seit dem Vortreffen weiß ich, dass er Arved Herzog heißt – hat uns vorhin noch einmal über die Regeln aufgeklärt. Er nennt sie »Regularien«.

Mit mir sind es vierzehn Bewerber, die um den Job wetteifern werden. Es wird vier Runden geben. Nach jeder scheiden mehrere Teilnehmer aus, bis am Schluss zwei Finalisten übrig bleiben.

Der Moderator ist Leander Spon, ein schmaler Mann mit Dreitagebart und beigefarbenem Anzug, der – das haben wir bei der Einführung erfahren – in einer Nachmittagsserie einen Chirurgen spielt und einmal wöchentlich das Kulturprogramm des Regensburger Lokalsenders präsentiert. Er begrüßt das Publikum und macht ein paar Aufwärmwitze, die er jeweils beklatschen lässt. Dann stellt er die Jury vor, zu der Carla gehört, die zukünftige Chefin. Daneben fungieren Maja Waldenstein als Hausherrin, Frau von Süderburg, eine

Regensburger Wohltäterin, und Edith Weerth, Vorsitzende eines sogenannten Red Hat Clubs, als Jurorinnen.

Jetzt sind wir an der Reihe. Der Moderator ruft uns auf die Bühne, nennt unsere Namen und verrät, wo wir herkommen. Später sollen sich die verbliebenen sechs Teilnehmer dem Publikum ausführlicher vorstellen, für den Anfang genügt offenbar das Nötigste. Altersmäßig schätze ich meine Konkurrenten auf Anfang zwanzig bis Mitte vierzig, was aber nichts über ihre Fähigkeiten aussagt.

Die ersten beiden Teilnehmer werden höflich beklatscht. Den dritten Kandidaten hingegen empfängt ein solcher Beifallssturm, dass wir uns hinter der Bühne befremdet anschauen.

»Ich sehe, Sie haben Ihren Fanclub dabei«, kommentiert der Moderator, und der Angeber bestätigt, dass ihn seine Familie sowie seine Kumpels vom Eishockeyverein hierherbegleitet haben.

Und ich Depp habe Vee und Hilda abgesagt! Wenn sie hier wären, hätten wenigstens zwei Leute überschwänglich geklatscht.

Auch die nächsten drei Kandidaten werden von sehr vielen unterstützt. Innerlich solidarisiere ich mich mit den ersten beiden Teilnehmern, weil sie offenbar, ebenso wie ich, ohne Gefolge antreten.

Die Nummer sieben geht zu ihrem Platz, und der Moderator ruft Kandidatin Nummer acht auf die Bühne. Das bin ich. Ich nenne meinen Namen und gebe München als Herkunftsort an. Die Leute applaudieren, schreien und jubeln so begeistert, dass ich mich irritiert umschaue, um diesen Ausbruch zu lokalisieren. Mir fallen viele lila gekleidete Damen mit roten Hüten auf. Von dem Tisch rechts hinten bekomme ich sogar Standing Ovations. Ich kann es kaum fassen: Beppi und Gina sitzen mit den Lavendelhöflern Cinzia, Lena und Michael sowie zwei Männern, die ich noch nicht kenne, zusammen und jubeln mir zu.

Mein Herz klopft zum Zerspringen. Ich winke ihnen, während ich mich zu meinem Arbeitstisch begebe. Dort liegen Messer, Schere und Bindedraht bereit. Auf Regalen hinter den Zuschauern stehen große Eimer mit Blumen, außerdem Schachteln mit Steckmoos, Bändern und weiteren Utensilien, die ich von hier aus nicht erkennen kann. Dieses Lager ist mit weißen Bändern abgesperrt – wahrscheinlich, um zu verhindern, dass jemand etwas herausnimmt oder hinzufügt.

Noch einmal drehe ich mich zum Lavendelhöfler-Einheimischen-Tisch um, weil ich sichergehen will, dass ich mir das nicht eingebildet habe. Außerdem möchte ich noch einmal genau nachsehen, wer alles an dem Tisch sitzt. Die beiden Männer, die ich nicht kenne, unterhalten sich mit Lena. Sean ist nicht da, und es ist auch kein freier Stuhl zu sehen.

Die Enttäuschung trifft mich wie ein Faustschlag.

Das heißt noch gar nichts, sage ich mir. Konzentrier dich auf das Wesentliche. Du kämpfst hier um einen Neuanfang.

Applaus begleitet die letzte Kandidatin an ihren Tisch. Gleich geht es los. Ich muss jetzt alles geben und darf mich nicht mit Sachen beschäftigen, die ich nicht ändern kann.

Am liebsten würde ich mir noch einmal die aufmunternden Nachrichten von Elena, Vee und Hilda durchlesen und ihre guten Wünsche inhalieren. Das geht aber nicht, weil mein Handy – gemeinsam mit den Mobiltelefonen aller anderen Teilnehmer – hinter der Bühne verwahrt wird, damit uns niemand heimlich coachen kann.

Der Moderator scherzt nun mit den Damen der Jury und bittet Frau von Süderburg, die erste Aufgabe vorzustellen. Sie geht ans Mikrofon und liest von der Karte ab, die sie in der

Hand hält. Dabei kratzt ihre Stimme, als würde sie jeden Tag Zigarren rauchen.

»Kreieren Sie einen Geburtstagsstrauß für die Aufsichtsratsvorsitzende eines großen Konzerns. Sie ist konservativ und liebt das Gediegene. An die Blumen, fertig, los!«

Auch ihr Lachen kratzt, als sie sich über ihren Starterwitz amüsiert.

Ich stürme zu dem Tisch, auf dem die Blumen aufgebaut sind, und wähle Rosen, Nelken, Schleierkraut und Eukalyptusblätter. Im Grunde genommen, verlangt die Jury einen Annegret-Strauß, den kriege ich im Schlaf hin. Zurück an meinem Arbeitsplatz besehe ich die Blumen, tausche zwei aus, weil die Köpfe nicht regelmäßig sind, und binde einen straffen Strauß. Gemessen an den Vorlieben meiner ehemaligen Chefin ist der Strauß recht modern, doch so, wie ich Carla und die anderen Jurymitglieder einschätze, hoffe ich, deren Geschmack getroffen zu haben. Genau wissen kann man das nie.

Am Ende überlege ich, ob die nörgelnde Tante von Frau Wagener-Heinrich mit dem Strauß zufrieden wäre, und komme mit mir überein, dass sie diesen ohne Murren bezahlt hätte. Ich richte die Blumen noch etwas ebenmäßiger aus und blicke mich um. Auch die meisten anderen Teilnehmer haben ihren Strauß fertiggestellt oder sind kurz vor dem Abschluss. Nur die Kandidaten vier und zehn binden noch.

Als der Gong erklingt, heben alle Teilnehmer die Hände, um deutlich zu signalisieren, dass wir nichts mehr verändern werden. Erst jetzt merke ich, dass ein Kameramann durch die Reihen läuft und unsere Aktionen auf die Leinwand überträgt. Helfer übernehmen die Sträuße und platzieren sie auf einer langen Tafel, dann ruft Leander Spon die Jury herbei. Die Damen inspizieren unsere Werke, geben kurze Kommentare ab und tragen die Punkte auf einem Tablet ein.

Nun übernimmt der Moderator wieder. Nacheinander fliegen die Namen der Kandidaten auf die Leinwand. Leanders Stimme bebt, wenn er sie nennt, dann formt sich eine Zahl aus goldenem Konfetti. Jedes Jurymitglied hat zehn Punkte zu vergeben.

Der erste Kandidat erreicht neununddreißig Punkte, was vom Publikum jubelnd gefeiert wird. Nummer zwei bekommt zweiunddreißig Punkte und herzlichen Applaus. Die Ergebnisse der nächsten Kandidaten liegen jeweils zwischen diesen Punktzahlen, nur Nummer sechs bleibt mit sechsundzwanzig Punkten deutlich darunter.

Nun taucht mein Name auf der Leinwand auf. Mein Körper ist so angespannt, dass ich kaum atmen kann. Dann erscheint eine goldene Neununddreißig hinter meinem Namen. Erleichterung und Freude lassen mich auf der Arbeitsplatte zusammensinken. Der erste Schritt ist geschafft.

Ich höre »meinen« Tisch jubeln, drehe mich um, presse eine Hand ans Herz und atme aus. Ich lächle in ihre Richtung, und Cinzia, Gina, Beppi, Lena und Robert, der inzwischen auch eingetroffen ist, lächeln und winken zurück. Gina formt ein Herz mit ihren Händen.

Auch Nummer zehn bleibt unter dreißig Punkten. Die vier Teilnehmer mit den wenigsten Punkten müssen gehen. Der DJ blendet aufmunternde Musik ein, und das Publikum verabschiedet sie mit einem herzlichen Applaus.

Die Vorsitzende der Rothüte liest die zweite Aufgabe von einer Moderationskarte ab: »Gestalten Sie ein Tischgesteck anlässlich der Jahreshauptversammlung eines namhaften Autoherstellers.«

Offenbar rechnet Carla damit, dass die Seminarräume von großen Firmen genutzt werden, oder aber »Taufe«, »Beerdigung« und »Geburtstag« waren ihr als Themen zu wenig originell. Die Hochzeit hebt sie sich wahrscheinlich fürs Finale auf. Die Zuschauer wollen bestimmt »was fürs Herz«.

Wieder ist die Zeit knapp bemessen. Ich laufe zum Materialtisch, lasse meinen Blick über die Sachen schweifen und hoffe auf eine Inspiration, die sich glücklicherweise auch einstellt. Ich schnitze Moosschwämme so zurecht, dass sie die Form eines VW Käfers haben, und bestecke sie mit roten Röschen. Für die Scheiben nehme ich Storchschnabelköpfe, die ich Blüte an Blüte nebeneinandersetze, damit sie die Form von Front- und Seitenscheiben ergeben. Beim Anblick der Steckdraht-Scheibenwischer und der Stoßstangen aus kleinen Margeriten fällt auch bestimmt nicht auf, dass ich keine Zeit für Außenspiegel habe. Moment, ich verdrahte zwei Minimargeriten und stecke sie so neben die Seitenscheiben, dass sie die Position von Außenspiegeln haben.

Ein paar Sekunden atme ich durch und werfe dabei einen Blick auf die Tische der anderen. Bisher war ich so auf mein Gesteck konzentriert, dass ich völlig vergessen habe, dass um mich herum Leute zusehen oder ebenfalls ums Weiterkommen kämpfen.

Auf dem Tisch schräg vor mir und neben mir haben die Teilnehmer einmal ein Audi- und einmal ein Mercedes-Logo kreiert. Hinter mir erhasche ich einen Blick auf ein Nelkengesteck, das auch bei einer Hochzeit oder einem siebzigsten Geburtstag den Tisch schmücken könnte. Mir wäre das zu beliebig, aber anderen mag das gefallen.

Nach ein paar Ausbesserungsarbeiten erscheint der Countdown auf der Leinwand. Die Damen des Red Hat Club zählen laut mit. Bei null angekommen, jubeln sie so laut, dass sie den Gong übertönen. Wieder werden unsere Arbeiten begutachtet, wieder gibt es Glitzerspektakel auf der Leinwand.

Offenbar habe ich wieder in meinen Prüfungsmodus gefunden. Ich hatte nie mit Aufregung zu kämpfen, wenn eine Klassenarbeit anstand. Vielleicht lag das daran, dass mir meine Mutter immer gesagt hat, dass ich mein Bestes geben soll und mir dann um den Ausgang keine Sorgen machen muss. Sie hat mir immer das Gefühl vermittelt, dass sie mich liebt, egal welche Noten ich nach Hause bringe. Die Weinkrämpfe und Prüfungsblackouts der anderen waren mir fremd.

Mir wird klar, welche Kraft mir meine Mutter mitgegeben und zu welcher Stärke sie mich erzogen hat. Fast kommt es mir so vor, als ob dieses Feuer, mit dem sie ihre Kunst gemacht hat, jetzt in mir aufflammt.

Dramatische Musik und Applaus holen mich ins Hier und Jetzt zurück. Der erste Name steht schon auf der Leinwand. Achtunddreißig Punkte gehen an die Nummer eins, und damit nimmt der Mitstreiter auch genau diesen Platz in der Gesamtwertung ein. Von den anderen bekommt keiner mehr Punkte, und so reihen sich die weiteren Kandidaten hinter ihm ein.

Nun erscheint mein Name. Ruhig betrachte ich, wie die Buchstaben nacheinander auf der Leinwand einfliegen. Der Moderator lässt sich lange Zeit, doch ich bleibe gelassen. Neununddreißig Punkte glitzern hinter meinem Namen, und ich lache freudig auf.

»Mein« Tisch ist außer Rand und Band. Die Damen in Rot und Lila bedenken jeden Kandidaten mit überschwänglichem Applaus. Vielleicht war meiner jetzt sogar ein wenig überschwänglicher, aber das kann ich mir auch nur einbilden.

Die Gesamtwertung wird eingeblendet, und mein Name steht an der Spitze. Der Moderator verabschiedet vier weitere Kandidaten, dann verkündet er die Mittagspause.

Zusammen mit den anderen Teilnehmern laufe ich hinter die Bühne. Dort trägt uns Arved auf, uns einen »pfiffigen« (sein Wort, nicht meins) Satz zu überlegen, eine Art Motto für die Teilnahme. Ich hasse solche Sätze, die spontan und witzig klingen sollen, aber nur aufgesetzt wirken.

Nun ja, was soll's. Irgendetwas wird mir schon einfallen, zur Not muss Google helfen.

Im an die Terrasse angrenzenden Raum ist für uns ein Büfett aufgebaut. Ich lasse mich auf einen Stuhl fallen und werfe einen Blick auf mein Handy, das ich mir von einem Mitarbeiter geben lasse. Vor Beginn der nächsten Runde werde ich es wieder abgeben müssen. Ich hinterlasse Vee und Hilda eine ausführliche Sprachnachricht und betrachte dann das Büfett. Zwei Kandidaten essen an getrennten Tischen, die anderen sind verschwunden.

Eigentlich wollte ich mich in der Mittagspause hinlegen, um Kraft zu schöpfen. Natürlich müsste ich mir den Handywecker stellen, damit ich die Fortsetzung des Wettbewerbs nicht verschlafe. In »Es wäre vernünftig, wenn du jetzt schläfst«-Situationen neige ich dazu, alles zu tun, außer zu schlafen, um dann wenige Minuten, bevor der Alarmton seine Steeldrum-Karibik-Sounds in mein Schlafzimmer schickt, in Tiefschlaf zu verfallen.

Langsam fordern Anstrengung und Konzentration doch ihren Tribut. Ich gehe zum Büfett und bitte den Mitarbeiter um einen doppelten Espresso.

Als ich von draußen meinen Namen höre, drehe ich mich um. An der Absperrung neben der großen Terrassentür steht Beppi und winkt.

»Soll ich dir was zu trinken holen?«, ruft er.

»Ich werde hier versorgt«, sage ich und hebe die Espressotasse hoch, die der Mitarbeiter soeben vor mir platziert hat.

»Darfst du uns besuchen?«, fragt Beppi.

»Ich weiß nicht, ich frage mal nach.«

Majas Assistent hat nichts dagegen, also nehme ich mir

noch eine Cola von den bereitgestellten Getränken und laufe neben Beppi zu meinen Unterstützern.

Die Marienkäfer fliegen so schnell hoch, dass ich kurz stehen bleibe, und mein Herz klopft wie wild. Hinter dem Tisch der Lavendelhöfler steht er: Sean. Er ist gekommen.

Wie lange steht er da schon? Die Tische in der zweiten Reihe habe ich nur wahrgenommen, aber die Leute nicht bewusst angeschaut. Hat er meine letzte Runde gesehen? War er bei der Punktevergabe schon da?

Er redet mit Lena. Sie lehnt sich nach vorne und lacht ihn an. Dabei berührt sie seinen Arm. Als ich zum Tisch der Lavendelhöfler laufe, sehe ich, wie sie Sean einen Wangen-Luftkuss gibt – zumindest hoffe ich, dass Luft zwischen ihren Lippen und seiner Wange war –, und laufe weiter.

Robert und Gina umarmen mich, Cinzia drückt mir zwei Küsse auf die Wange und überschüttet mich mit Lob, Michael klatscht mich ab. Ich drehe mich in Richtung Stehtisch, aber Sean ist nicht mehr da.

Robert rückt mir einen Stuhl zurecht, und Cinzia schenkt mir ein Glas Wasser ein. Meinen Hinweis, dass ich schon etwas zu trinken habe, ignoriert sie.

»Du brauchst viel Flüssigkeit, schließlich musst du dich konzentrieren.«

Genau dasselbe hätte Hilda jetzt auch gesagt, denke ich. Sie stellen mir Salem und Firas vor, die auch ein Geschäft im Lavendelhof haben, und mich unterstützen, obwohl sie mich gar nicht kennen. Lavendelhöfler-Zusammenhalt. Ich begrüße sie freundlich, habe aber gerade keine Kapazitäten für neue Bekanntschaften.

Gina will mir etwas zu essen holen, aber ihr Bruder klärt sie darüber auf, dass es ein Teilnehmerbüfett gibt. Fragen prasseln auf mich ein – Wie sind die anderen Kandidaten? Was passiert hinter der Bühne? Wie kommst du auf deine Ideen? –, und ich bemühe mich, sie zu beantworten.

Sean steht da. Er lauscht, sagt aber nichts zu mir.

»Wollt ihr nichts essen?«, frage ich.

Die ganze Zeit schon pilgern Gäste an uns vorbei und kommen mit Tellern voller Fingerfood zurück.

»Gute Idee«, sagt Beppi. »Können wir dich kurz allein lassen?«

Cinzia bietet an, bei mir sitzen zu bleiben, und die anderen strömen zum Büfett.

»Was hat es eigentlich mit den roten Hüten auf sich?«, frage ich und betrachte die Damen, die überall an den Tischen sitzen.

Cinzia beugt sich zu mir herüber. »Ich wusste es auch nicht, aber ich habe sie gefragt. Die rotbehüteten Damen gehören einer Gesellschaft an, die sich der Lebensfreude verschrieben hat. Das heißt, sie fahren zusammen in der Weltgeschichte herum und haben Spaß. Das ist alles.«

Ich blicke zu dem Tisch neben uns, an dem die Frauen, alle bestimmt über fünfzig, scherzen und lachen. Die machen es richtig, denke ich.

»Hallo, Nummer eins«, höre ich plötzlich seine Stimme neben mir. Sofort bekomme ich Gänsehaut.

Ich drehe mich zu ihm hin und lächle.

»Hallo, Herr Architekt.«

Er hat mich »Nummer eins« genannt. Das heißt, entweder er hat zugesehen, oder er hat sich bei den anderen nach mir erkundigt. Ich verbuche das als gutes Zeichen.

»Vor ein paar Wochen hast du eine Teilnahme noch abgelehnt«, erinnert er mich und setzt sich neben mich.

»Ich habe einen neuen Beziehungsstatus, einen neuen Wohnort, und an dem neuen Job arbeite ich gerade.«

Dass ich das so auf den Punkt bringe, hätte ich nicht gedacht. Ich bin total im Wettbewerbsmodus.

»Sieh mal einer an. Und jetzt bist du wegen der Genske-Bilder hier?«

Ich grinse. »Vielleicht auch wegen der Architektur.«

»Gewinn das Ding, dann erzähl ich dir alles über die Gebäude hier.« Er greift in seine Hosentasche.

Ein Kellner kommt an den Tisch und fragt, ob wir etwas trinken möchten.

»Ich habe alles, was ich brauche«, versichert Sean.

Der Kellner sieht mich an, und ich schüttle den Kopf, weil die Gänsehaut, die nun auf meinen Armen und meinem Rücken erscheint, offenbar mein Sprachzentrum lähmt.

Seans Hand liegt auf seinem Oberschenkel. Irgendetwas hält er fest. Vielleicht ein Bonbon, das er sich unauffällig in den Mund schieben will, sonst würde er nicht so zögerlich dasitzen.

Beppi stellt seinen Teller auf den Tisch. »Ihr könnt jetzt gehen.« Wir sehen ihn verwirrt an. »Ans Büfett.«

Cinzia lächelt und steht auf.

»Ich warte noch ein wenig«, erwidert Sean.

Das finde ich so schön, dass ich grinse.

Die Lavendelhöfler kommen nach und nach wieder, setzen sich und beginnen zu essen.

»Kannst du deine Kreativität einmal an etwas anderem zeigen als an Gebäuden?«, frage ich.

»Ich werde mir größte Mühe geben«, verspricht Sean.

»Ich soll irgendein tolles Motto für die zweite Runde aus dem Hut zaubern, und ich habe keine Ahnung, was ich sagen soll.«

»Das kriegen wir hin.« Er sieht sich um. »Hört mal, Marie braucht ein Motto, wenn sie auf der Bühne vorgestellt wird. Irgendwelche Ideen?«

»Für uns ist es völlig klar, dass du ins Finale kommst. Und

dass du gewinnst.« Beppi pikst ein paar Salatblätter mit der Gabel auf. »Du brauchst keinen Spruch.«

»*Don't count your chickens before they are hatched*«, sagt Sean.

»Das ist mein Ernst. Da muss ich keine Hühner zählen, geschlüpft oder ungeschlüpft«, entgegnet Beppi und schiebt sich das Salatpaket in den Mund.

»Willst du nicht, dass sie gewinnt?« Gina tritt an den Tisch und sieht Sean an. Sie klingt ungehalten.

»Natürlich will ich das«, sagt Sean. »Wir dürfen aber ihr Glück nicht gefährden.«

Gina stellt trotz meiner Ablehnung einen Teller vor mich hin. Das ist lieb, sonst würde ich wahrscheinlich nicht zum Essen kommen. Solange Sean hier sitzt, fällt es mir sehr schwer, mich vom Tisch wegzubewegen.

»Bist du etwa abergläubisch?« Gina sieht Sean an, halb fassungslos, halb belustigt

»Nein, aber vorsichtig!«

»Können wir uns bitte einen Spruch überlegen?«, schalte ich mich ein. »Oder ihr erzählt mir von eurer Woche, von irgendetwas Belanglosem. Ich brauche ein bisschen Ablenkung.«

»Keine unserer Aktivitäten ist in irgendeiner Weise belanglos«, kommentiert Gina gespielt entrüstet.

»Wir helfen dir jetzt, dein Motto zu finden. Ich bitte um Ideen«, sagt Sean.

»Ich weiß was«, behauptet Beppi. »Hey, ihr anderen, ihr braucht gar nicht weiterzumachen. Wir wollen Marie als Kollegin. Mit euch will keiner arbeiten, und zum EFA laden wir euch auch nicht ein.« Er schiebt sich die nächste Gabel Salat in den Mund und mampft zufrieden weiter.

»Ein bisschen lang«, finde ich. »Außerdem kommt es sicher komisch rüber, wenn ich dort oben in der ›Wir-Form‹ von mir rede.«

»Iss du in Ruhe, ich mache das schon«, sagt Sean, dann wendet er sich an Beppi. »Von der Grundidee gut, aber zu aggressiv. Außerdem muss sie dann EFA erklären.«

Die Lavendelhöfler diskutieren, lachen und tauschen Vorschläge aus, die ich niemals auf der Bühne sagen könnte. Aber ich bin stolz, dass man mir nicht erklären muss, dass EFA für E*ndlich* F*eier*A*bend* steht, und fühle mich schon sehr zugehörig. Während ich esse, versuche ich, eine sinnvolle Alternative zu finden. Sean sitzt neben mir und moderiert. Immer wenn ich kurz in seine Richtung blicke, sieht er mich an. Manchmal schaut er dann schnell weg, manchmal treffen sich unsere Blicke. Neben ihm fühle ich mich so wohl, so sicher. Ich muss diesen Wettbewerb einfach gewinnen.

Ein Mitarbeiter tritt an mich heran und bittet mich, wieder hinter die Bühne zu gehen. Ich lege mein Besteck hin und versichere ihm, dass ich gleich kommen werde.

»Was soll ich denn jetzt sagen?«, frage ich in die Runde, und langsam werde ich doch ein wenig panisch.

»Spontan kommt meistens am besten rüber«, sagt Robert.

»Außerdem kommt es darauf an, was du in der nächsten Runde bindest, nicht auf einen komischen Satz.«

Cinzia macht eine Handbewegung, als wolle sie meine Bedenken wegfegen. »Da geht es nur darum, die Sympathie der Zuschauer zu gewinnen, und wir mögen dich doch schon. Beppi hat außerdem unsere Nebentische bezirzt.« Ich schaue auf zwei Red-Hat-Club-Tische. »Die sind auch für dich.«

Mein letzter Blick gilt Sean. Er lächelt und streckt beide Daumen in die Höhe.

»*Go, get them*«, sagt er.

Unter weiteren guten Wünschen und »Wir drücken die Daumen«-Rufen gehe ich in Richtung Bühne. Die anderen Teilnehmer haben sich bereits dahinter versammelt. Majas

Assistent lässt uns Nummern ziehen. Daraus ergibt sich die Reihenfolge der Kandidatenvorstellung. Für die anderen Teilnehmer scheint das ein Riesending zu sein, doch mir ist es egal, an welcher Stelle ich diese Peinlichkeit mitmachen muss. Es wird die fünfte sein.

Arved klärt darüber auf, dass die Nummer nur für die Vorstellungsrunde relevant ist. Arbeiten werden wir weiterhin an unserem angestammten Tisch. Nach der kommenden Runde werden nur noch die zwei Finalisten übrig sein.

Hoffentlich bin ich eine von ihnen.

»Das ist ja wie bei *Germany's Next Topmodel*«, sagt eine blonde Teilnehmerin neben mir.

Nach dem Blick des Assistenten zu urteilen wäre sie jetzt ausgeschieden, wenn er irgendetwas zu entscheiden hätte.

Wir haben keine weiteren Fragen, also betritt der Moderator die Bühne. Nach zwei mittelmäßigen und einem peinlichen Witz ruft er den ersten Teilnehmer zu sich.

Wir erfahren, dass die Eins seine Glückszahl ist, weil er am ersten Januar Geburtstag hat, und deswegen sei das auch der Platz, mit dem er den Wettbewerb zu beenden gedenke. Sein Selbstbewusstsein möchte ich haben! Leander möchte noch Weiteres zur Person und zum Werdegang des Angebers wissen. Oh nein, das da oben dauert ja ewig!

Die Nummer zwei kommt aus der Hallertau, stellt sich als »bayerischer Flowerboy« vor und singt das auch noch. Ich weiß nicht, ob der DJ so geistesgegenwärtig agiert oder ob der Blumenjunge das vorher mit ihm abgesprochen hat, jedenfalls scheint es ein ähnliches Lied wirklich zu geben, und er trällert »I bin a bayerischer Flowerboy«. Im Anschluss erfahren wir, dass er in seinem Heimatort bereits zum Hopfenkönig gekürt worden ist und sich heute den nächsten Titel sichern will.

Alle haben sich etwas überlegt. Und ich habe diesen Hinweis des Moderators grandios unterschätzt!

Wie lange habe ich noch? Vor mir sind noch zwei Leute. Mir bleiben wenige Minuten, um etwas Brauchbares zu finden. Das versetzt mein Gehirn in einen so großen Stress, dass ich überhaupt keinen vernünftigen Gedanken fassen kann.

Die nächste Kandidatin tritt am Wochenende als Hiphop-Künstlerin auf, kann beatboxen und gibt eine Kostprobe ihres Könnens. Ich habe das Gefühl, gleich in Ohnmacht zu fallen.

Hey, das wäre doch etwas: Ich falle einfach um. Dann brauche ich kein Motto, muss nicht »Alle meine Entchen« singen, und einen Mitleidsbonus kriege ich auch.

»Frau Castingteilnehmerin?«

Sean steht am Absperrband und bedeutet mir mit einer Geste herüberzukommen.

Ich blicke mich kurz um. Majas Assistent redet mit den Technikern, und die anderen Kandidaten scheinen mit sich selbst beschäftigt zu sein, also laufe ich hinüber.

»Außenstehende dürfen die Teilnehmer weder persönlich noch über digitale Hilfsmittel beraten«, referiere ich zwinkernd die Teilnahmeregeln.

»Dafür fehlt mir auch jegliche Qualifikation«, sagt er. »Ich wollte dir noch mal viel Glück wünschen und …«

Sean legt etwas in meine Hand, unauffällig, so wie die Erfolgsmenschen in den amerikanischen Serien Trinkgeld übergeben. Kurz spüre ich, wie sich seine Hand auf meine legt. Etwas Kleines, Festes liegt zwischen unseren Handflächen, und ich umschließe es mit meinen Fingern.

»Darf ich schauen?«, frage ich.

»Gleich. Den habe ich, seit ich sieben bin, und er hat mir immer Glück gebracht. Ich leihe ihn dir für die nächste Runde.«

»Danke schön.« Das ist alles, was ich sagen kann.

Freude, Dankbarkeit und Glück durchströmen meinen Körper. Ich halte das kleine Teil, von dem ich immer noch nicht weiß, was es ist, in meiner Hand. Besser kann sich Gewinnen auch nicht mehr anfühlen.

Er legt seine Hand fest auf meine Schulter. »Und jetzt gehst du da rauf und gewinnst das Ding.«

Ich verziehe mein Gesicht. »Ich weiß immer noch nicht, was ich sagen soll.«

Auf der Bühne jodelt eine Kandidatin, und das Publikum spendet frenetischen Applaus.

»Hörst du das?«, frage ich Sean. »Ich bin verloren.«

»Ach, das ist nur Show.« Er zuckt mit den Schultern, als seien das Blumenlied, die Jodelei und die Hiphop-Performance unwichtig. »Sag, wie du heißt und weshalb du hier bist. Was anderes interessiert nicht.«

»Genau so klingt das.« Ich zeige frustriert in Richtung Zuschauerbereich, wo die Leute immer noch klatschen und jubeln.

»Es würde mich nicht wundern, wenn Maja irgendwelche Leute engagiert hat, die nur dazu da sind, das Publikum zu unterhalten. Bestimmt hat sie eine Agentur beauftragt, ihr opernsingende Gärtner zu vermitteln. Lass dich nicht unterkriegen.« Sean lässt mich los. »Weißt du, was mein Vater in solchen Situationen immer gesagt hat?«

»Irgendetwas, was ich auf der Bühne verwenden kann?«

»*Get it fucking done and don't bother me.*«

»Damit werde ich sicher die Herzen des Publikums erobern.«

Er zieht mich an den Schultern zu sich heran und hinterlässt ein »Toi, toi, toi« neben meinem Ohr.

Ein Gefühlsrausch lähmt meinen ganzen Körper. Ob das

hilfreich war, weiß ich nicht, aber schön war es. Wunderwunder-wiederholungsbedürftig-schön.

»Wo bleiben Sie denn?« Majas Assistent winkt mich her und beäugt Sean kritisch. Ich befürchte schon, dass er mich wegen unerlaubter Kontaktaufnahme disqualifizieren wird, doch als Sean die Hand hebt, grüßt er mit einer »Ach, du bist das«-Geste zurück.

Ich laufe zur Bühne, blicke schnell in meine Hand und auf das hellbraune Plastikhäschen mit dem Keks, bevor ich es in meine Hosentasche schiebe.

Schon ruft Leander meinen Namen auf, und ich trabe die Stufen hinauf.

»Und hier kommt unsere nächste Kandidatin. Sagen Sie uns noch einmal kurz, wie Sie heißen und woher Sie kommen.«

»Ich bin Marie Landauer und wohne in der Nähe von München.«

Lauter Jubel aus Richtung meines Unterstützertisches übertönt den Applaus der anderen Zuschauer. Gina hält ein Plakat hoch, auf dem »*We love Marie*« steht. Lena ist wieder da und verteilt bunte Kartons an die anderen.

»Sie wohnen da. Heißt das, Sie kommen woandersher?« Leander Spon strahlt mich showmasterlich an, und ich starre auf seine Zähne, die er offensichtlich gebleacht hat.

»Das ist nicht so leicht zu beantworten.«

»Jetzt sind wir aber neugierig.«

»Ich bin in einem Rettungswagen vor den Türen einer Hamburger Klinik auf die Welt gekommen.«

»Hatten Sie es so eilig?«

»Gar nicht. Meine Mutter wollte unbedingt noch ein Rubens-Gemälde fertig restaurieren, und ich wollte den Rubens unbedingt noch sehen, bevor er wieder in einer Privatsammlung verschwindet.«

Einige Lacher ertönen im Publikum.

»Dann sind Sie also een Hamburger Deern. Eine schöne Stadt, um dort aufzuwachsen.«

»Das müssen Sie jemanden fragen, der dort aufgewachsen ist.«

»Weihen Sie uns ein. Wo sind Sie groß geworden?«

»Der Job meiner Mutter hat häufige Umzüge erfordert. Die Stationen alle aufzuzählen würde den Rahmen sprengen, und wir haben ja noch ein bisschen Arbeit vor uns.«

»Sie scheinen eine wahre Kosmopolitin zu sein. Weshalb wollen Sie da einen Job in der bayerischen Provinz?«

»Die großen Städte kenne ich schon, jetzt schau ich mir den Rest der Welt an.«

»Und Ihr Motto?«

»Wird schon werden«, sage ich.

Vor einer Minute hätte ich vielleicht noch *»Let's go win this thing«* gesagt, aber das kommt mir vermessen vor.

Das Publikum applaudiert, und ich gehe an meinen Platz. Der nächste Kandidatenplausch geht an mir vorbei. Mein Bauch zieht, als könne er sich nicht für eine Richtung entscheiden. Das war jetzt nicht gut. Meine Vorstellung ist deutlich kürzer ausgefallen als die der anderen vor mir.

An den Tischen um mich herum sind keine Kandidaten mehr. Lediglich der Flowerboy wartet neben mir auf unsere nächste Aufgabe. Kurz drehe ich mich zu meinem »Fanclub« um. Beppi wirft mir eine Kusshand zu, Gina reckt beide Daumen nach oben, Sean lächelt und nickt. Ich glaube *»You did great«* von seinen Lippen lesen zu können.

Auf den Materialtischen stehen Moosschwämme und Kranzformen.

Jetzt kommt die Beerdigung, denke ich.

Ein bisschen wundere ich mich, dass man für so ein lebensfrohes Event eine eher traurige Aufgabe auswählt. Aber erstens sind wir noch nicht im Finale, und zweitens kriege ich nach der Zeit bei den Kohlmanns Beerdigungen im Schlaf hin. Mir soll es also recht sein.

Maja übernimmt das Mikrofon und verkündet die nächste »Challenge«.

»Zum Todestag eines bekannten Dichters bestellt der Fankreis ein Gesteck, um es an dessen Denkmal niederzulegen. Kreieren Sie ein fantasievolles Gedenkarrangement.«

Fast beginne ich zu jubeln. Das ist meine Aufgabe, ich brauche nur noch eine tolle Verbindung zum Künstler! Eine raffinierte Art und Weise, die Trauerfloristik-Künste zu überprüfen, ohne den Anlass allzu traurig zu gestalten – da haben Carla und Maja wirklich ganze Arbeit geleistet.

Während die anderen zu den Materialtischen stürmen, bleibe ich an meinem Arbeitsplatz stehen und überlege. Gibt es irgendeinen Dichter, der gleichzeitig malt? Fällt mir eine Künstlerfreundschaft ein – zwischen Poeten und Malern?

Ich zermartere mir das Gehirn, aber abgesehen von Tischbein und Goethe, habe ich keine Idee. So viel kenne ich von diesem Maler nicht, und das einzige Bild, das mir einfällt, zeigt keine Blumen. Bei Malern, deren Gemälde ich gut kenne, weiß ich keinen Dichterfreund zu nennen.

Gut, ich könnte eine Freundschaft erfinden und einfach das Van-Gogh-Sarggesteck in kleinerer Ausführung nachstecken. Das könnte meine Notfallstrategie werden.

Inzwischen erregt mein Verharren am Arbeitstisch auch die Aufmerksamkeit des Moderators.

»Was passiert an Tisch acht? Hat sie einen Blackout? Ist sie von der Aufgabe überfordert?«

Ich sehe mich gezwungen, kurz zu reagieren, und signalisiere Leander, dass alles in Ordnung ist. Dann stütze ich wieder den Kopf in die Hände, versuche, die Moderatorenstimme sowie alle anderen Leute auszublenden, und denke nach.

Ich weiß, dass da etwas ist. Irgendwo in einem der Museumsräume, in denen ich Geschichten hörend auf einer Bank gelegen habe, gab es das passende Bild.

Nach und nach rufe ich mir dir Räume ins Gedächtnis, gehe die Wände durch. Wo ist das Bild? Ich weiß, dass es da ist. Irgendwo hing ein Bild, das diese Künstler-Dichter-Verbindung hat.

Ich durchstöbere mein Gedächtnis, schließe die Gemälde aus, die nicht infrage kommen. Nicht der Rembrandt, nicht der Renoir, nicht der Degas, nicht die Kahlo, nicht …

Halt, da war es. Ich sehe das Bild vor mir. Wie heißt die Künstlerin?

Ich rufe das Bild in meiner Erinnerung auf. Natürlich! Manchmal liegt die Lösung so nah, dass man sie förmlich übersieht.

Ich atme aus, gehe zum Materialtisch und suche weiße und gelbe Blumen zusammen. Etwas Grün benötige ich auch. Alles, was ich an Zweigwerk finde, ist für meine Zwecke fast ein wenig dünn, aber wenn ich die vorhandenen Äste zusammenbinde, könnte es gehen.

»Die Phase der Ideenlosigkeit an Tisch acht scheint vorbei zu sein«, höre ich im Hintergrund den Moderator spekulieren. »Ich sehe, dass die heimatlose Kandidatin nun verschiedene Blumen zusammensucht.«

Du Idiot, denke ich. Dass man vor einem Auftrag nachdenkt, scheint dir völlig fremd zu sein. Und »heimatlos« ist ja wohl eine bodenlose Frechheit.

Ich schiele zu meinem Tisch hinüber. Die anderen sitzen auf ihren Plätzen, als würden sie das Tennisfinale in Wimbledon sehen, nur dass sich ihre Köpfe nicht hin- und herbewegen. Es gibt mir so viel Ruhe, hier ein paar Leute im Rücken zu haben, die mitfiebern, während ich stecke und binde.

Der Moderator kündigt die letzte Minute an. Ich pflücke eine Fluse von den Zweigbündeln und zupfe an den Blättern, nur um mich zu beruhigen.

Die Zeit ist um. Eine Mitarbeiterin kommt und lässt sich von mir ein paar Stichworte zu meiner Kreation geben. Ich erkläre ihr, was ich mir dabei gedacht habe, und buchstabiere dann zwei Namen, während sie alles notiert. Da mir kein Titel einfällt, googelt sie kurz, und ich deute auf einen Bildtreffer.

Leander ruft die Jury herbei. Die Damen schreiten die Werke ab. Der Moderator erläutert die Arrangements, während sich die Jurymitglieder eifrig Notizen machen. Ich sehe mir die Sachen an und überlege, wie viele Punkte ich geben würde. Leider kann ich nicht objektiv sein, da ich weiß, welche Arbeit von welchem Teilnehmer stammt.

Der Angeber hat einen Kranz gefertigt und quer über diesen ein Blumenband aus Hortensien gelegt. Als Auftraggeber hat er sich den Rilke-Fanclub auserkoren. Dafür wird er viele Punkte erhalten, dessen ist er sich sicher.

Genial ist auch das Birnengesteck für den Fontane-Fanclub. Für mich wäre der Flowerboy damit im Finale.

Die Hip-Hop-Gärtnerin hat die Initialen von Johann Wolfgang von Goethe gesteckt. Die Arbeit ist einwandfrei, aber ganz ehrlich – auf Goethe kommt doch jeder. Da liegt der Rilke-Gedenkkranz deutlich vorne. Der Zusammenhang zwischen dem Nelkengesteck und Friedrich Schiller erschließt sich mir nicht. Hoffentlich geht das der Jury genauso. Damit müsste die Jodlerin raus sein.

Der Miniaturhügel mit dem Moosdach für die Tolkienfans sieht ebenfalls toll aus. Jetzt kommt es darauf an, ob die Jury *Herr der Ringe* gelesen hat und ob es sie gepackt hat. Wenn man kritisch ist, könnte man fragen, ob Tolkien als Dichter durchgeht. Aber weiter kann ich den Gedanken nicht verfolgen, denn nun spricht Leander Spon über mein Gesteck.

»Dies ist einem Stickbild von Susan Mary Yeats nachempfunden, und es soll an deren Bruder William Butler Yeats erinnern.« Der Moderator spricht Yeats mit langem I aus.

»Das heißt *Jä-its*«, ruft jemand aus dem Publikum. Ich könnte schwören, dass diese Korrektur von Sean kam.

Die Jurydamen neigen sich nach vorne und besehen die Blumen. Carla runzelt die Stirn, als sie die Zweigbündel betrachtet, was meinen Magen veranlasst, sich ebenfalls zusammenzuziehen.

Auf der Leinwand erscheint das Bild von Susan Mary Yeats. *Embroidery* – Stickbild – steht daneben, weil in der Schnelle wohl niemand herausfinden konnte, ob das Kunstwerk einen Titel hat und welcher das ist. In einem kleineren Fenster daneben überträgt der Kameramann das Livebild von meinem Gesteck.

Unter den Zuschauern rumort es, einzelne beginnen zu klatschen, dann erschallt der Applaus im ganzen Raum.

Ich bin so leer und aufgeregt und angestrengt, dass ich nicht beurteilen kann, ob ich etwas Gutes abgeliefert habe. Mein Bauchgefühl – auf das ich sonst immer zählen kann – hat sich bereits verabschiedet.

Alle starren nach vorne, warten auf die Punktevergabe.

Bitte, bitte, bitte, lass mich dabei sein!

Ich stehe neben den anderen fünf Teilnehmern, meine Augen fixieren die Leinwand, und ich habe das Gefühl, gleich umzufallen.

Die bisher erzielten Punkte werden eingeblendet. Es muss schon mit dem Teufel zugehen, wenn ich das Finale verpasse, gerade nach diesem Publikumserfolg.

Die Leinwand wird dunkel. Sechs rote Balken erscheinen

und wachsen von links nach rechts. Die unteren beiden bleiben nach wenigen Zentimetern stehen, der dritte schafft es bis zur Hälfte. Die anderen drei kriechen über den schwarzen Hintergrund. Immer weiter. Fast sieht es so aus, als würden drei Teilnehmer das Finale erreichen. Das wäre mir egal. Hauptsache, ich bin dabei. Ein weiterer Balken bleibt stehen. Die zwei oberen wachsen noch ein kurzes Stück und verharren dann nah am rechten Rand des Feldes.

Goldglitter enthüllt die Punkte. Hundertfünfzehn Punkte stehen hinter dem Balken Nummer eins, hundertelf hinter dem zweitlängsten. Namen sind noch keine zu sehen.

Mein Herz klopft. Die Aufregung blockiert mein Gehirn. Hoffentlich bin ich dabei. Hoffentlich! Hoffentlich! Hoffentlich!

Leander Spon kündigt an, dass wir nun erfahren, wer auf die Plätze sechs, fünf und vier gekommen ist. Die Musik wummert dramatisch. Meine Fingernägel bohren sich in meine Handinnenfläche. Mein Mund ist trocken. Ich hasse es, dass er sich so viel Zeit lässt.

Bunter Glitter flimmert über die Leinwand, und drei Namen bauen sich hinter den kurzen Balken auf.

Meiner ist nicht dabei. Ich atme auf.

Das Publikum klatscht, die Hiphopperin umarmt die Jodlerin und den Tolkienfan.

Jetzt gilt es. Der Angeber. Der Flowerboy. Und ich. Zwei kommen ins Finale, einer scheidet aus. Es muss *einer* sein, weil ich die eine bin, die unbedingt an dieser letzten Runde teilnehmen muss.

»Aber wer hat es nun ins Finale geschafft?«, fragt Leander Spon und wieder setzt dramatische Musik ein.

Jetzt sag es endlich, denke ich.

»Wer kommt ins Finale unserer Castings? Wer wird gleich

noch einmal antreten?«, fragt der Moderator, und am liebsten würde ich ihm das Tablet aus der Hand reißen. Ganz sicher steht dort bereits das Ergebnis.

Warum lassen sich die Techniker bloß so viel Zeit? Macht endlich!

Gold glittert über die Leinwand, explodiert feuerwerksgleich über den ersten zwei Balken.

Dann erscheinen die Namen.

Stille. Dann Jubel und Applaus. Einzelne Pfiffe.

Der Tumult dringt als Rauschen an mein Ohr. Ich stehe da, regungslos, und starre auf meinen Namen neben dem roten Balken. Marie Landauer steht da. Neben Balken Nummer drei.

O Gott, das darf nicht sein!

Der Flowerboy neben mir quietscht vor Freude.

Ich kann mich nicht rühren. Eigentlich müsste ich ihm gratulieren. Ihm und dem Angeber. Aber ich kann nichts anderes tun, als auf die Leinwand zu starren. Langsam dringt es in mein Bewusstsein, was das bedeutet: Ich werde nicht im Finale antreten, ich werde nicht gewinnen, ein Arbeitsplatz im Lavendelhof ist passé.

Leander Spon sagt irgendetwas. Wie durch eine Wand höre ich den Applaus, ein paar Pfiffe sind auch dabei, doch die können nun auch nichts mehr ausrichten. Das Urteil ist gefallen. Gemeinsam mit den anderen Verlierern verlasse ich die Arena.

Als ich hinter der Bühne ankomme, verschwimmen die Lautsprecher, die Tische und der Boden vor meinen Augen. Nein, nicht jetzt. Ich habe keine Lust, zwischen den umherwuselnden Assistenten und Hotelmitarbeitern zu weinen.

Ich gehe durch die Lounge und durch die angelehnte Tür auf der gegenüberliegenden Seite, laufe über eine schmale Treppe in den Garten. Hier werde ich bleiben, bis ich die Kraft habe, mich vor Leuten zu zeigen.

In einer Nische zwischen zwei Gebäudeteilen wachsen Küchenkräuter und Gemüse in buchsbegrenzten Beeten. Rosen wuchern die Klosterwand hinauf.

Ich lasse mich auf eine Bank fallen, atme durch und warte auf die Tränen. Sie kommen, kurz und heftig, dann versiegen sie wieder. So ist das bei mir immer. Ärger, Trauer und Wut nisten sich bei mir ein und belagern mich länger, als es mir lieb ist, doch die Tränen bleiben nur auf eine Stippvisite.

Ich starre auf die Kräuter und lasse die Leere in meinem Inneren zu. Hätte ich mein Handy hier, würde ich Vee schreiben, aber das kann ich auch später noch machen. Schreiben ist so eine Tätigkeit, die wieder Tränen hervorruft.

Schritte auf der Treppe lassen mich tiefer rutschen. Niemand soll mich so sehen.

Die Schritte verstummen.

Geh weg, denke ich.

Dann höre ich, wie eine Frauenstimme sagt: »Hab sie.« Ehe ich mich versehe, lässt sich Gina auf den Platz neben mir fallen.

»Keine Ahnung, was die sich gedacht haben; dein Gesteck war unglaublich«, sagt sie. »Bestimmt hat dir das die von Sonstwas eingebrockt. Ich wette, die hat einen so konservativen Geschmack, dass das in ihrer Welt keinen Anklang findet.« Sie schubst ein Steinchen mit ihrem Schuh weg. »Sollte ihr Auto auf dem Nachhauseweg kaputtgehen, werde ich es nicht reparieren. Soll sie doch den Automobilclub herbestellen!«

Ohne eine weitere Ankündigung breitet sie ihre Arme aus und schließt sie um mich. Das kommt so unerwartet, dass die Tränen doch hochschießen, sich nicht im Augenwinkel halten lassen und die Wange hinunterfließen.

»Kannst du Autos reparieren?«, fragt sie.

»Leider nein«, schniefe ich.

»Wir wollen dich alle so gerne behalten.«

»Ich würde auch gerne bleiben, aber ich kann nichts, außer Blumen zusammenstellen.« Ich schniefe, stütze die Ellbogen aufs Knie und lege das Gesicht in die Hände.

Der Kies knirscht und kündigt an, dass noch jemand den Kräutergarten betreten hat. Hoffentlich geht die Person wieder, wenn sie sieht, dass wir hier nicht gerade ein Freudenfest feiern. Aber weiteres Knirschen verheißt das Gegenteil.

Ich schiele hoch und sehe Turnschuhe, eine grau-karierte Hose – auf coole Weise kariert, nicht auf spießige Weise – und ein schwarzes Hemd. Da ist er! Mein Herzklopfen und mein Bauchkribbeln haben mir auch so schon verraten, dass es Sean ist, der vor mir steht. Die Nachmittagssonne scheint mir ins Gesicht, sodass ich seines nicht erkennen kann.

Gina richtet sich auf. »Ich geh dann mal wieder nach oben und buhe den Sieger aus.«

Sie grinst Sean an, steht auf und klopft ihm auf die Schulter.

»Bitte nicht buhen. Der kann ja nichts dafür«, sage ich.

»Klatschen werde ich sicher nicht. Höchstens so.« Sie klatscht zweimal betont langsam in die Hände und setzt ein düsteres Gesicht auf.

»Das Gesicht solltest du dir für die von Sonstwas aufheben«, sage ich.

»Da habe ich noch ein schlimmeres auf Lager«, behauptet Gina und stöckelt davon.

Sean steht noch immer vor mir.

»Darf ich?«, fragt er und zeigt auf die Bank.

»Gerne. Ist aber die Verlierer-Bank.«

»So ein Bullshit, du warst großartig! Deine Blumen waren aus einer anderen Welt, und sogar deine Bühnenperformance konnte man ertragen.«

»Ich fand mich sehr charmant.«

Er lächelt. »Wer nicht absolut blind ist, hat gesehen, was du draufhast. Und der Rest war Pech. Es ist ein Wettbewerb, und du weißt ja, wie das mit dem Geschmack so ist.«

»Du meinst, dass man darüber streiten kann?«

»Nein, dass manche offenbar keinen haben.«

Obwohl mir nicht danach zumute ist, muss ich lachen.

»Ich hätte im Leben nicht damit gerechnet, dass du ausscheidest. Dein letztes Gesteck, eigentlich alle deine Sachen, waren überirdisch schön.«

»Übertreib mal nicht.«

»Außerdem hast du Yeats geehrt. Man sollte dich zur Irin ehrenhalber ernennen.«

»Danke schön. Gibt's da einen Job obendrauf?«

»Leider nein. Nur die Ehre!« Er streckt seine Beine aus und zieht sie wieder heran. »Es ist sehr schade, dass du die Stelle nicht bekommst. Ich hätte dich gerne hier gehabt.«

Dieses warme Gefühl durchflutet meinen Körper und lindert die Enttäuschung. Aber es löst auch eine neue Tränenwelle aus. Mir wird immer bewusster, dass ich nicht nur einen Wettbewerb verloren habe. Das hier wäre mein Neuanfang gewesen, vor allem wäre ich nahe bei Sean gewesen.

Ich beiße mir auf die Lippen, was absolut blöd ist, denn wie sollen Zähne, die sich innen in die Lippen bohren, den Tränenfluss verhindern? Die Tränen sind ja nicht im Mund. Ich will nicht weinen, nicht vor Sean, nicht jetzt. Dennoch schwappt eine Träne über mein Lid und bahnt sich ihren Weg über meine Wange.

Er legt eine Hand auf meine Schulter, warm und beruhigend. Ich spüre seine andere Hand auf der anderen Schulter, dann zieht er mich an sich und legt beide Arme fest um meinen Oberkörper. Sean hält mich, während die Tränen fließen, und seine Umarmung ist wie Heimkommen, Sichersein, Aufgehobensein. Irgendwann geben die Tränen auf.

Nach einer Weile richte ich mich auf und streiche mir die Strähnen aus dem Gesicht, die sich aus meinem Arbeitsdutt gelöst haben. Mir fällt der kleine Hase ein, und ich hole ihn aus der Tasche.

»Ich hoffe, ich habe das Glück nicht kaputt gemacht«, sage ich und gebe ihn zurück.

»Wer weiß, vielleicht ist es ja dein Glück, dass du heute verloren hast.«

Ich sehe ihn zweifelnd an. »Also, wenn Carlas Blumenladen nächste Woche nicht einstürzt und mich unter sich begräbt, weiß ich nicht, was daran gut sein soll.«

»Fürs Erste: Meine Gebäude stürzen grundsätzlich nicht ein!«, sagt Sean und schüttelt missbilligend den Kopf. »Und dann: Es ist ja noch nicht das Ende. Wer weiß, was noch kommt.«

Ich richte mich auf und stütze meine Hände auf die Knie.

»Weißt du, was wir jetzt machen?«

Er zuckt mit den Schultern.

»Wir gehen hoch, und ich sehe mir den Rest des Finales an. Ich werde das Ganze mit Anstand und als faire Verliererin zu Ende bringen. ›*Hold your head high, learn and start again*‹, hat meine Lehrerin in Brooklyn gesagt, und das mache ich jetzt.«

Er strahlt und nickt. »Das machen wir.«

Wir gehen aus dem Kräutergarten, hinauf auf die Terrasse. Fast tut es mir ein bisschen leid, dass Sean jetzt keinen Grund mehr hat, mich in den Arm zu nehmen und zu trösten.

Auf der Terrasse ist das Duell der Casting-Finalisten in vollem Gange. Die Uhr auf der Leinwand zeigt verbleibende sieben Minuten und dreiundvierzig Sekunden an.

Am Tisch der Lavendelhöfler herrscht eine trotzige Entspanntheit. Lena, Gina und Robert hängen in ihren Stühlen. Cinzia wischt auf ihrem Mobiltelefon herum. Es ist dieses Wischen, das ausdrückt, dass man mit der Situation überhaupt nicht einverstanden ist, aber auch keine Möglichkeit sieht, sie zu ändern.

Lena sieht mich als Erstes und überschüttet mich mit Mitleidsbekundungen. Die anderen stimmen mit ein und machen ihrem Ärger und ihrem Unverständnis über die Juryentscheidung Luft.

Mir tut es so gut, aufgefangen zu werden. Ihr Mitgefühl hüllt mich ein wie eine warme Decke.

Trotzdem versetzt es mir einen Stich, als ich zu den Finalisten hinaufsehe. Sie haben den Job im Sinn, wahrscheinlich aber keine Ahnung, wie viel mehr sie hier gewinnen können. Ich wüsste das alles zu schätzen, doch ich stehe hier und muss zusehen, wie sich jemand anders meinen Job unter den Nagel reißt.

Am Ende wird es der bayerische Flowerboy mit einem Hochzeitsstrauß, an dem ich nichts auszusetzen habe. Das Brautbukett hat es verdient. Ich gönne es ihm trotzdem nicht, ringe mich aber zu einem Anstandsapplaus durch und merke, wie mir noch einmal die Tränen kommen.

Wieder regnet es Goldglitter, diesmal aber in Wirklichkeit und auf den Sieger. Die Jurymitglieder gratulieren, und während Leander noch abmoderiert, tauscht sich Carla schon mit ihrem neuen Mitarbeiter aus.

Seans Hand liegt auf meinem Rücken, und ich genieße die Wärme, die von ihr ausgeht, sowie den Trost, den sie mir spendet. Außerdem sendet die Berührung ein Prickeln aus, das sich in meinem Nacken sammelt. Diese Berührung lässt alles andere unwichtig erscheinen. Eigentlich will ich nur bei Sean sein, und so wie ich sein Verhalten heute deute, scheint es ihm mit mir nicht anders zu ergehen.

Die Veranstaltung ist zu Ende, und an den Tischen um uns herum werden Stühle zurückgeschoben. Die Damen mit den roten Hüten diskutieren die Gestecke und überlegen, ob sie vor dem Abendessen noch in den Spa-Bereich oder doch lieber spazieren gehen sollen.

»Im Biergarten im Agneshof spielt nachher eine Jazzband«, verkündet Robert, und schon sind alle dabei, Pläne zu machen, wo sie sich treffen und wer wen mitnimmt.

»Kommst du mit?«, fragt Sean, und auch sein Blick vermag meinen ganzen Körper kribbeln zu lassen.

»Hey.« Ein Schlüssel baumelt zwischen unseren Gesichtern. Beppi ist von irgendwoher zurückgekommen und holt mich aus meiner Versunkenheit. »Schönen Gruß von Dolores. Sie wartet draußen auf dich.«

»Endlich«, sagt Sean und greift nach dem Schlüssel. Er zwinkert Gina zu.

Mein Bauch begreift eher als mein Gehirn, dass sie hier über jemanden reden, den ich nicht auf dem Schirm hatte. Die Magenwände ziehen sich zusammen und auseinander, und eine leichte Übelkeit beginnt sich in mir auszubreiten.

»Schau mich nicht so an«, sagt Gina an Sean gewandt. »Du könntest dich ein bisschen besser um sie kümmern.«

Sie zuckt mit den Schultern und dreht sich um, als wolle sie weitere Vorwürfe abwehren.

Ich trete einen Schritt vor, um Seans Hand von meinem Rücken zu lösen.

»Meine Nächte auf dem Sofa sind gezählt«, sagt Sean und atmet aus. Er wirkt erleichtert. »Wie wollen wir es später machen? Soll ich euch abholen? Halb neun?«, fragt er in Richtung von Gina und Beppi, und als sie zustimmend nicken, sieht er mich an. »Soll ich dich auch einsammeln?«

»Ich weiß nicht«, sage ich, obwohl ich eigentlich Nein sagen will.

Den Wettbewerb zu verlieren ist eine Sache. Sean mit einer Frau zu sehen, mit der er offenbar zusammen ist, zumindest aber die Nächte verbringt, ist etwas, was ich heute nicht ertragen kann.

»Komm schon«, sagt Beppi. »Wir lenken dich ab.«

»Das wird lustig«, verspricht Sean.

»Ich schau mal«, sage ich vage und komme mir sehr feige vor. »Wahrscheinlich fahre ich lieber nach Hause.«

Endlich eine ehrliche Aussage. Das fühlt sich besser an. Zwar kläglich besser, aber immerhin.

Sean sieht mich an. Fast habe ich das Gefühl, dass er enttäuscht aussieht, aber das bilde ich mir sicher nur ein.

Außer einem Paar mit E-Bikes bin ich die Einzige am Bahnhof. Mein Knie schmerzt, was kein Wunder ist, denn so lange am Stück habe ich es seit dem Unfall nicht mehr belastet.

Ich lasse mich auf eine Bank fallen und rekapituliere die ganzen beschissenen Stunden noch einmal. Mitten in meine Gedanken hinein vibriert mein Handy. Zu meiner Überraschung meldet sich Majas Assistent.

»Wo sind Sie denn?«, fragt er ungehalten, und ich finde es unmöglich, welchen Ton er mir gegenüber anschlägt.

»Auf der Heimreise.« Ich gebe mir keine Mühe, freundlicher zu reden als er.

»Frau Waldenstein möchte mit Ihnen sprechen.«

Damit habe ich nicht gerechnet. Quietschend und zischend fährt die Bahn ein.

»Sind Sie etwa im Zug?«, fragt er, und ich verneine. »Steigen Sie nicht ein, und gehen Sie nicht weg! Ich melde mich wieder.«

Ich lege auf und starre auf das Display. Wenn Maja etwas wegen der Ausstellung besprechen will, kann sie mir auch eine Mail schicken.

Auf dem anderen Gleis hält eine weitere Regionalbahn. Eine Handvoll Menschen steigt aus und in den Zug ein, in dem ich auch sitzen sollte.

Mit einem Mal steht ein Mann neben mir, tippt sich an die Mütze und begrüßt mich.

»Frau Waldenstein erwartet Sie.«

Das muss ihr Chauffeur sein.

Er nimmt meine Tasche, und ich folge ihm zu einer Limousine. Durch das heruntergelassene Fenster sehe ich Maja Waldenstein.

»Sie sind ja schwerer zu erreichen als die amerikanische Vize-Präsidentin«, sagt sie, und ich frage mich, ob sie das nur so sagt oder ob sie wirklich mit ihr in Kontakt steht. »Ich fahre nach Wien, und wir könnten Sie ein Stück mitnehmen. Auf dem Weg könnten wir Pläne machen.«

»In Ordnung«, sage ich und frage mich, was sie meint. Dann steige ich ein.

»Waren Sie sehr enttäuscht darüber, dass Sie das Finale nicht erreicht haben?« Maja sitzt mir gegenüber und sieht mich an.

»Meine Konkurrenten waren allesamt begabte Floristen«, antworte ich ausweichend.

»Ihre Diplomatie und Höflichkeit in allen Ehren, aber Sie wissen, dass Sie um Längen besser gewesen sind als alle anderen.«

»Hätte ich dann nicht gewinnen müssen?«

Maja kneift die Augen zusammen. »Das hätten Sie in der

Tat. Sie haben für Ihr Yeats-Gesteck zweimal die Höchstpunktzahl, einmal neun Punkte und einmal nur zwei Punkte erhalten.« Mit so wenig hatte ich nicht gerechnet. Ich muss schlucken. »Ich war diejenige, die Ihnen die zwei Punkte gegeben hat.«

Ich halte inne und die Luft an. Sie? Warum hat sie das gemacht? Natürlich hat sie keine Ahnung, was sie mir damit verbaut hat.

»Was hätte ich denn Ihrer Meinung nach besser machen sollen?«

»Oh, gar nichts. Es war perfekt.«

Die Frau neben mir tickt nicht richtig, das steht fest. Hat sie Probleme, Zahlen richtig zu lesen? Hat sie sich womöglich vertippt? Am liebsten würde ich sie so etwas fragen. Aber ihr Auftreten verbietet es, frech zu sein. Also, laut frech zu sein. In Gedanken geht das.

»Wenn ich Ihnen mehr Punkte gegeben hätte, wären Sie ins Finale gekommen. Weiß der Himmel, welche Genialität Sie da abgeliefert hätten.«

»Erklären Sie mir jetzt auch noch, weshalb ich mich darüber freuen soll?«

»Das Publikum erwartet, dass der Sieger in Carlas Geschäft anfängt. Wenn die Leute erfahren, dass die Erstplatzierte ihre Stelle dort nicht antritt, machen wir uns ja unglaubwürdig.«

Ich blinzle und verstehe kein Wort.

»Seit ich im ›Hotel Sacher‹ logiert habe, sind mir die grandiosen Gestecke dort nicht aus dem Sinn gegangen, und dann habe ich beschlossen, dass wir auch einen Hausfloristen brauchen. Eine Hausflorist*in*. Also habe ich mir überlegt, dass ich das Casting nutze, um mir jemanden auszusuchen. Und Sie haben mir am besten gefallen.«

»Und deswegen haben Sie mich aus dem Finale gekegelt?«

Sie nickt. »Lange Rede, kurzes Angebot: Möchten Sie hier im Hotel arbeiten und mir jede Woche neue ungewöhnliche Ideen präsentieren?«

Wie sie da so neben mir sitzt, erinnert sie mich an die englische Königin. Nicht vom Aussehen her, aber ihre Haltung, ihr Ton und ihre Mimik haben etwas Hoheitsvolles.

»Was sagen Sie?«, fragt sie ungeduldig. »Können Sie sich vorstellen, hier zu arbeiten?«

Immer noch versuche ich zu erfassen, was mir Maja Waldenstein gerade angetragen hat.

»Sehr, sehr gerne«, sagt mein Mund.

Ich höre es wie aus weiter Ferne, lehne mich zurück und atme aus.

»Eigentlich wusste ich schon vor dem Casting, dass ich Sie will. Ich habe mit den vorherigen Chefs der Teilnehmer gesprochen – in München hält man große Stücke auf Sie.«

Uff. Einen Moment habe ich befürchtet, sie hätte Annegret angerufen.

»Hätten Sie nicht einfach ein Vorstellungsgespräch führen können?«, frage ich.

Sie antwortet, wie ich es erwartet habe.

»Aber Herzchen, wo bleibt denn da der Spaß?«

9
Was wäre, wenn sie bleibt

Mindenkinek megvan a maga baja.
Jeder hat seine eigenen Sorgen.
UNGARISCHES SPRICHWORT

Elenas Version:
Das Glück ist dein Gast,
nicht dein Mitbewohner.

Freitag, Anfang August

Fabian ist beim Fußballtraining, und ich gehe mit Lio spazieren. Meine Gedanken wälzen sich von rechts nach links und wieder zurück, und ich bin Lio dankbar, dass sie mich einfach denken lässt. Sie schnüffelt an jeder Grundstücksecke und an jeder Laterne. Es dauert eine ganze Weile, bis wir unser Ziel erreicht haben: die Apothekervilla.

Ich hoffe, Paul freut sich über unangekündigte Besucher. Dass er zu Hause ist, vermute ich, da im ersten Stock die Balkontüren offen stehen.

Lio macht sich mit einem »Wuff« bemerkbar, ich drücke den Klingelknopf. Pauls Kopf erscheint an einem der Fenster, und er strahlt, als er uns sieht.

»Ihr kommt gerade rechtzeitig. Ich brauche jemanden, der mich für meine Arbeit lobt.«

Das tun wir auch, nachdem er uns ins Obergeschoss geführt hat. Also zumindest ich, Lio verlegt sich weiterhin aufs Schnüffeln. Das Zimmer hat einen jadegrünen Anstrich. Es wirkt kühl und hell, ein Ort, an dem man gerne nachdenkt oder aufwacht.

»Eigentlich wollte ich hier ein Gästezimmer einrichten, aber vielleicht ist das doch der Ort für die Bibliothek«, überlegt er laut.

Ebenso stolz zeigt er mir auch das Wohnzimmer. Hier hat er zwei professionelle Maler werkeln lassen. Sie haben das Blumenfries, das bisher weiß überstrichen gewesen ist, wiederhergestellt. Ich bin ganz verliebt in die Blüten. Alles sieht so leicht und fröhlich aus, und Paul freut sich, dass ich so angetan bin.

»Möchtest du vielleicht mit mir zu Abend essen?«, fragt er, als wir unseren Rundgang beendet habe.

»Sehr gerne«, sage ich erfreut und biete auch gleich meine Hilfe an.

Paul legt mir ein riesiges Holzbrett sowie ein scharfes Profimesser hin und überlässt es mir, aus dem Kühlschrank herauszuholen, worauf ich Appetit habe. Anschließend verabschiedet er sich kurz, um zu duschen, bleibt aber in der Tür noch einmal stehen.

»Wenn ich wiederkomme, erzählst du mir in aller Ausführlichkeit, was du auf dem Herzen hast«, sagt er, dann ist er weg.

Ich wasche Kopfsalatblätter und würfle Tomaten, Gurken und Paprikaschoten. Dabei genieße ich es, in dieser Küche zu sein. Die Küchenzeile in Fabians Wohnung ist eher funktional. Dort ist mit Herd, Kühlschrank und Geschirrspüler alles, was man benötigt, aber mit den dunklen Fronten und den Schwarz-Weiß-Fotografien von schnellen Autos an der Wand bleibt immer diese Jungmännerküchen-Atmosphäre.

Die Küchen in den Wohnungen, in denen ich mit Mama gewohnt habe, hatten eher Ferienwohnungscharme. Meist waren sie ein bisschen abgewohnt und darauf ausgelegt, dass man ein paar Tage mit Fertiggerichten herumbringt, nicht darauf, dort monatelang einen Teenager zu bekochen. Was Mama auch nicht gemacht hat. Unsere warmen Mahlzeiten haben wir ab und zu in einem Museumscafé oder Restaurant eingenommen. Das kam freilich nicht allzu häufig vor, weil Mama ihr Geld stets für die nächste Künstlerauszeit zusammengehalten hat. In aller Regel gab es Baguette und Käse, und dafür waren diese Küchen in Ordnung, aber schön war keine einzige.

Bei Paul ist es anders. Ich mag das dunkle Grün der Schränke und das indirekte Licht, die Granitarbeitsplatte, das gerahmte Autogramm seines Lieblingskochs an der Wand über den Kochbüchern. Ich liebe die schmale Tür, die auf die kleine Terrasse seitlich am Haus hinausführt und durch die frische Luft hereindringt. Mir gefällt der Holztisch mit den bequemen Stühlen, die man eher als Sessel bezeichnen könnte und die zu langem Essen, Diskutieren und Beisammensein einladen.

So will ich später auch einmal wohnen. Eine solche Küche möchte ich haben. Ich setze »gemütliche Küche« auf die Liste meiner Ziele. Nicht auf die ersten, teilweise noch unbesetzten Plätze, aber irgendwo zwischen acht bis zwölf sollte so eine Küche stehen.

Das Knarzen der Flurdielen kündigt Paul an und holt mich in die Gegenwart zurück. Er trägt ein frisches Poloshirt und eine gebügelte Hose und riecht nach Duschgel. Ich erzähle ihm, dass mich seine Küche inspiriert hat, und er lächelt.

»Dein Tisch erinnert mich an früher«, sage ich. »Wir haben in so vielen Wohnungen gelebt, aber eins war immer gleich: Egal, wo wir gewohnt haben, es waren abends viele Leute da. Die Museumsleute saßen um den Tisch, haben geredet, gegessen und diskutiert, und ich fand das immer urgemütlich. Das war in Paris genauso wie in New York oder Bilbao. Ich saß dabei und hab mich geborgen gefühlt, auch wenn ich nicht immer alles verstanden habe. Am nächsten Morgen haben Mama und ich dann gemeinsam aufgeräumt und dabei geredet. Es war einfach schön.«

»Wir haben früher samstags so zusammengesessen«, erzählt Paul lächelnd. »Der Samstag war unser Familienabend. Meine Frau und ich sind da nie ausgegangen, und auch Verabredungen mit Freunden haben wir immer auf andere Tage gelegt. Stattdessen haben wir Kuchen gebacken – meine Frau oder ich, je nachdem, wer mehr Zeit hatte –, gemeinsam zu Abend gegessen und danach gespielt. Meine Kinder wollten immer ›Cluedo‹ oder ›Das Spiel des Lebens‹ spielen, meine Frau hat Wissensspiele geliebt.« Er scheint mit seinen Gedanken ganz weit weg zu sein.

»Was war dein Lieblingsspiel?«

»›Die Siedler von Catan‹«, sagt er.

Wieder frage ich mich, was mit seinen Kindern passiert ist. Ist jetzt der geeignete Zeitpunkt, ihn darauf anzusprechen? Vielleicht wartet er sogar darauf, aber ich traue mich nicht so richtig.

»Hast du ein Lieblingsspiel?«, fragt er, bevor ich zu einem Ergebnis gekommen bin.

Ich muss überlegen. »Eigentlich nicht. Wir haben selten gespielt.«

Er sieht mich mit gespieltem Entsetzen an.

»›Monopoly‹!«, fällt es mir plötzlich ein. »Wir haben

›Monopoly‹ gespielt. Dabei hat sich meine Tante Hilda zum Straßen sammelnden Monster entwickelt, das keine Gnade kennt. Sie hat alles mit Häusern und Hotels zugepflastert, und die anderen mussten blechen.« Paul scheint sich über meine Tante zu wundern, deswegen füge ich hinzu: »Sonst ist sie immer total friedliebend.«

Es fühlt sich gut an, dass ich in dieser Hinsicht doch nicht so unbedarft bin.

»Aber die anderen Spiele kenne ich leider nicht«, gestehe ich.

»Du bist ja trotzdem groß geworden«, sagt Paul.

»Kommen dich deine Kinder eigentlich mal besuchen?« Es ist raus, bevor ich die Frage noch einmal durchleuchten kann.

»Das wäre sehr schön«, sagt er. »Aber das wird nicht passieren.« Er öffnet einen Küchenschrank und holt eine Pfeffermühle heraus. »Wir haben keinen Kontakt mehr. Seit der Beerdigung. Mir hat es Trost gegeben, dass Adeline auch nach ihrem Tod noch Menschen helfen konnte, aber meine Tochter und mein Sohn sind damit nicht zurechtgekommen. Und sie haben es mir nicht verziehen, dass ich mein Okay gegeben habe.«

Ich weiß nicht, was ich sagen soll. Es tut mir so unendlich leid!

»Ich habe es immer wieder versucht, aber dann habe ich sie gelassen, weil ich dachte, das wird wieder. Mit der Zeit. Das war ein großer Fehler. Gerade mein Sohn hätte mich gebraucht, aber das habe ich nicht gesehen. Er war immer der Unkomplizierte.« Er stützt sich auf die Arbeitsplatte. »Meine Tochter hat alle meine Versuche abgeblockt. Vielleicht irgendwann ...« Er lacht auf. »Da verbringst du dein Leben damit, Leute in ihren schwierigsten Stunden zu begleiten, und dann versagst du bei deiner eigenen Familie.«

Ich frage mich, ob ich ihn in den Arm nehmen kann, das traue ich mich aber nicht. Dann gehe ich doch hin und lege meine Hand auf seinen Unterarm.

Paul streichelt kurz darüber, dann seufzt er und richtet sich auf. »Wer macht die Salatsoße?« Er öffnet einen Hängeschrank, in dem viele Glasflaschen stehen, auf die handschriftlich *»Zitronenöl«, »Pflaumen-Balsamico«* und *»Estragon-Essig«* geschrieben ist.

»Mach du«, sage ich. »Ich decke den Tisch.«

Er holt tiefe Knochenporzellan-Teller aus dem Schrank. Ich bin mir sicher, dass er das Geschirr gemeinsam mit seiner Frau angeschafft hat, wahrscheinlich haben seine Kinder von diesen Tellern gegessen. Er wohnt in einem neuen Haus, doch die Erinnerungen hat er mitgebracht. Meine Erinnerungen, also diejenigen, die man anfassen kann, lagern größtenteils noch im Keller. Bis jetzt war ich nicht bereit, in die Kisten hineinzuschauen. Vielleicht ist es langsam an der Zeit, dass ich sie hervorhole. Oder sie von Fabian hervorholen lasse, denn ich selbst bin noch nie in diesem Keller gewesen.

Auf unseren Tellern türmen sich Kirschtomatenhälften und Gurkenwürfel. Maiskörner rutschen auf einem Balsamicosoßenfilm die Salatblätter hinunter. Paul reicht frisches Baguette dazu.

»Bereit zu erzählen?«, fragt er und nimmt sich ein Stück.

Ich schildere ihm mein Dilemma, dass ich Fabian helfen will, es mir aber davor graut, wieder mit Annegret zu arbeiten, und dass ich mir so schäbig vorkomme, wenn ich mir etwas anderes suche.

»Warum solltest du dich deshalb schlecht fühlen? Weil

sie dich in einem ungenutzten Zimmer haben schlafen lassen? Weil du von früh bis spät arbeitest und die meiste Zeit wahrscheinlich nicht einmal eine Überstundenvergütung verlangst?« Er zieht die Stirn kraus. »So ist es doch, oder?«

Ich nicke halb. »Ich muss raus, aber ich muss irgendwie auch drinbleiben.«

»Wieso musst du drinbleiben?«

»Weil ich es versprochen habe.«

»Wem hast du was versprochen?«

Ich erzähle ihm, dass ich Fabian zugesagt habe, ihm bei der Verwirklichung seines Plans zu helfen. Deswegen kann ich jetzt nicht einfach irgendwo anders arbeiten. Auch nicht in dem Laden am Friedhof.

Paul schüttelt den Kopf. »Das sehe ich anders. Fabian könntest du auch unterstützen, wenn du Domführungen veranstaltest oder im Drogeriemarkt an der Kasse sitzt. Oder hast du das Gefühl, du kannst ihn nicht allein lassen?«

»Das ist es nicht«, sage ich. Es verwundert mich, dass er Annegrets Gedanken aufgreift. Ihr wäre es am liebsten, wenn ich mich jeden Dienstag und Freitag mit ins Vereinsheim setzen und ihm auch sonst nicht von der Seite weichen würde. Manchmal frage ich mich, was Harald so angestellt hat, dass sie denkt, Beziehungen kommen mit einem Überwachungsauftrag daher. »Natürlich kann er das alleine«, bekräftige ich meine erste Antwort.

»Aber ab und zu braucht er einen Schubs, und dann wärst du gerne da, um ihm den zu verpassen.«

»So ungefähr.« Nur dass Fabian statt einem Schubs eher einen Tritt in den Allerwertesten benötigt. Das will ich aber nicht sagen.

»Wie wäre es, wenn du ihm mehr zutraust. Auch wenn er dann scheitern sollte – das hast du nicht zu verantworten. Es ist sein Projekt, und er muss es zum Erfolg führen.« Er schiebt seinen Teller zur Seite. »Viel wichtiger fände ich, dass du dir etwas suchst, wo du zufrieden arbeiten kannst. Und die Idee mit dem Laden am Friedhof finde ich gar nicht schlecht. Lass uns herausfinden, ob der noch zu haben ist.«

Paul geht zu seinem Telefon, ruft in seinem Handy das Adressbuch auf und tippt dann eine Nummer in das Mobilteil des Festnetzapparats. Er grüßt jemanden, fragt nach dem Geschäft, hört zu, verzieht sein Gesicht. Es folgen noch ein paar Minuten, in denen er und die Person am anderen Ende der Leitung sich über Sachen austauschen, über die man spricht, wenn man jahrelang geschäftlich miteinander zu tun hatte. Dann wünscht Paul einen schönen Abend, entschuldigt sich noch einmal für die Störung und legt auf.

Ich habe dem Gespräch so gespannt gelauscht, dass ich nicht weiteressen konnte.

»Sieht nicht gut aus, oder?«, frage ich Paul, als er zurückkommt.

Er schüttelt den Kopf. »Der Laden nebenan hat die Geschäftsräume gekauft oder will das demnächst tun, um die Fläche zu erweitern. Das Ganze ist bereits unter Dach und Fach.«

»Mist!«, fluche ich, doch das spiegelt nicht mal ansatzweise die Talfahrt wider, auf die sich meine Gefühle nun begeben. In meinem Kopf hatte ich bereits den gesamten Verkaufsraum eingerichtet!

Paul geht in die Küche, schenkt mir ein Glas Wein ein und holt eine Tafel Schokolade, die er öffnet und neben meinen Teller schiebt.

»Zwischengang«, sagt er trocken, und ich muss lachen.

Bei einem Glas Wein, das ich hinunterstürze, und zwei

Rippen Alpenmilchschokolade verabschiede ich mich von meinen grauen Wänden, den pastellblauen Regalen und dem Vintage-Ladentisch.

Paul lehnt seine Arme auf den Tisch. »Ich finde die Idee mit dem eigenen Geschäft gut. Und wenn es nicht am Friedhof ist, dann vielleicht an anderer Stelle in Bamberg?«

Nachdenklich wiege ich den Kopf hin und her. Im letzten Jahr haben zwei Floristen, die ich kenne, ihren Betrieb aufgegeben. Das Problem ist, dass die Leute ihre Blumen an der Kasse im Discounter mitnehmen. Manche können es sich nicht leisten, aber viele Leute, die genug Geld hätten, sind nicht bereit, es für Blumen auszugeben.

Ich nehme eine Scheibe Baguette, obwohl ich eigentlich schon satt bin, breche ein Stück ab und kaue darauf herum.

»Wenn ich schon das Risiko eingehe und ein eigenes Geschäft eröffne, dann möchte ich dort auch mein Ding machen. Außergewöhnliche Sträuße, beeindruckende Sachen, auch den 08/15-Strauß, wenn es denn sein muss. Und ich bezweifle, dass die Zahl der potenziellen Kunden in Bamberg groß genug ist. Die Touristen zählen ja nicht, schließlich können sie schlecht frische Blumen mit ins Hotel nehmen.«

»Kannst du dir denn vorstellen, in eine größere Stadt zu gehen?«

Vorstellbar wäre das, doch ich will es nicht wirklich, weil ich dann wieder wortbrüchig werden würde.

»Meine Tante wäre begeistert«, sage ich stattdessen. »Aber ich fände es sehr egoistisch, jetzt wegzugehen, nachdem es mir wieder besser geht.«

»Noch einmal: Du musst hier keine Schuld abtragen.« Paul sieht mich ernst an.

»Das weiß ich, aber ich möchte Fabian einfach unterstützen. Er hat so viel für mich getan, da kann ich jetzt nicht einfach auf und davon.« Ich zerre noch ein Stück vom Baguette herunter.

Paul blickt auf die Salatsoße. Entweder er sucht nach den richtigen Worten, oder er erzählt mental gerade dem Essig- und Ölgemisch, was er wirklich denkt.

»Außerdem war ich mein ganzes Leben lang unterwegs«, füge ich noch hinzu. »Ich möchte einfach mal an einem Ort bleiben.«

Das ist es. Das fühlt sich richtig an. Nicht umziehen zu wollen ist ein akzeptabler Grund.

»Okay«, sagt er. »Dann brauchst du etwas Eigenes, nicht zu weit weg und mit Kunden, die sich auf Extravagantes einlassen.«

Pauls Augenbrauen wandern über seiner Nase zusammen, während er nachdenkt.

»Es gibt da diesen Sargmaler«, fällt ihm dann ein. »Er macht wunderbare bunte Särge, richtige Kunstwerke. Florentine Wagener-Heinrich war sofort begeistert. Er hat eine Ausstellung im Allgäu.«

»Du meinst, ich soll die Blumen aufgeben und Särge bemalen?« Ich grinse, und er schüttelt den Kopf.

»Da habe ich geniale Ideen, und dieses junge Gemüse lacht mich aus.« Er tut so, als spreche er zu einem Publikum. »Nein, es geht um etwas anderes.«

Und dann erzählt er mir von seiner Eingebung.

10
Was wäre, wenn sie geht

It's easy to halve the potato where there's love.

Wo die Liebe wohnt, da teilt man gern.

IRISH SAYING

Sonntag, zweite Augustwoche

Natürlich musste ich über Maja Waldensteins Vorschlag nicht lange nachdenken. Hotelfloristin! Bei den Ansprüchen meiner zukünftigen Chefin kommt das fast an meinen Traum heran, eine royale Hochzeit auszustatten. Das Budget ist zwar etwas kleiner und der Blumenschmuck weniger üppig, aber dafür habe ich nicht bloß ein Ereignis, für das ich verantwortlich bin, sondern ich darf jeden Tag wunderbare Sachen kreieren – und ich kann es kaum erwarten, damit anzufangen.

Zum Glück haben Gina und Beppi einen Bekannten, der gerade einen Nachmieter sucht, sodass mir eine lange Wohnungssuche erspart bleibt. Und so kommt es, dass ich schon zehn Tage später mit Vee in einem gemieteten Van sitze und meine Habseligkeiten nach Klosterweinting fahre. Hilda und Lio fahren mit dem Auto hinterher. Dieses knieschonende Fahrarrangement hat sich Vee ausgedacht.

Meine neue Wohnung liegt in einem Sechzigerjahre-Haus an der Hauptstraße und hat zwei Zimmer – ein riesiges und ein winziges. Von außen wirkt das Haus langweilig, und die Fassade wird es auch nie auf eine Postkarte schaffen, aber die Wohnung mag ich. Wenn man sie betritt, landet man ohne »Umweg« über einen Flur in dem großzügigen Wohnraum. Er hat vier Fenster und einen Kachelofen, alle drei Türen befinden sich auf einer Seite, was ein bisschen seltsam wirkt, aber einen tollen Effekt hat. Vom Schlafzimmer aus gelangt man durch eine weitere Tür in das kleine Badezimmer, in dem sich eine sehr schmale weitere Tür befindet, durch die man in die Küche kommt, und die wiederum schließt an den Wohnraum an. Die Fenster gehen auf die Durchgangsstraße hinaus, was ich nicht gerade als malerisch bezeichnen würde, aber zumindest kann ich so schräg gegenüber die Tankstelle sehen, in der die Laurent-Geschwister arbeiten.

In Klosterweinting angekommen, dirigiere ich meine Tanten zur Tankstelle. Sie sollen Beppi und Gina kennenlernen.

Ein wenig hoffe ich ja, dass Sean auch da ist, allerdings erfüllt sich diese Hoffnung nicht: Im Tankstellencafé sitzen keine Gäste. Irgendwie habe ich mich gescheut, ihm zu schreiben. Wir hatten jetzt schon zwei komische Abschiede, und er hat sich auch nicht bei mir gemeldet.

Gina begrüßt uns herzlich, als wir hereinkommen. Beppi versorgt uns mit Willkommenskaffee und »Schön, dass du da bist«-Bananenkuchen – er nennt ihn wirklich so, als er ihn serviert. Beide wollen uns mit den Möbeln helfen. Gina schließt sich uns gleich an, Beppi verspricht nachzukommen, wenn das Café mittags schließt und er die Zapfsäulen auf EC-Betrieb umstellen kann.

Wenige Stunden später balanciert Gina auf einer Leiter und hängt meine Lampen auf. Beppi schraubt mit Hilda Bett und Kleiderschrank zusammen, und Vee schrubbt zuerst das Bad und dann jedes einzelne Fach in der Küche. Lio liegt neben mir und wartet darauf, dass das geschäftige Treiben endet.

Während ich die Bücherregale aufbaue, erfahre ich, dass Cinzia und Robert eine zusätzliche Kraft eingestellt haben, dass Lena für einen Nachhaltigkeitspreis nominiert ist und dass sich Sean auf einem Kongress befindet.

»Mit Dolores?«, frage ich und ernte einen verwunderten Blick von Gina.

»Nein, die ist hier«, sagt sie, und trotzdem versetzt es mir einen Stich.

Ehrlich gesagt, wäre es mir am liebsten, wenn sich die Frau einfach in Luft auflösen würde. Vielleicht könnte sie auch wegziehen. Ohne zu wissen, was sie beruflich macht, fände ich einen Job in einer Forschungsstation in der Arktis überaus passend. Sie soll in dieser Aufgabe ruhig aufgehen und Erfüllung finden. Hauptsache, sie ist weit weg und schwer erreichbar.

Gibt es das heutzutage noch? Schwer erreichbar?

Ein Teil von mir würde Gina gerne weiter befragen, Informationen sammeln, sich ein Bild von Dolores machen, aber ein anderer Teil setzt sich durch: Konzentrier dich auf den Neuanfang, den Job, die Lavendelhöfler. Lass das andere auf dich zukommen.

Als die Aufbauarbeiten abgeschlossen sind, bestellt Vee Pizza für alle, und kurz darauf sitzen wir zum ersten Mal um meinen Esstisch mit den zusammengewürfelten Stühlen: zwei sind Leihgaben aus Vees Keller, einer ist ein Überbleibsel aus Mamas und meiner »Reisezeit« und einer ein Neuzugang.

Beppi hat sich einen Umzugskarton herangezogen und redet mit Hilda über Musik. Hilda kennt sogar den Leiter des Begabtenprogramms an der Pariser Oper, bei dem Beppi mehrere Musiker-Sommerschulen besucht hat.

»Du musst sehr gut sein, wenn Hervé dich genommen

hat«, sagt sie. »Wie kommt es, dass du nicht bei einem großen Orchester bist?«

»Ich habe die Hochschule nicht abgeschlossen, sondern stattdessen andere Sachen gemacht, und jetzt ist die Musik nur noch ein Hobby.«

»Schade«, sagt Hilda bedauernd. »Sehr schade. Wenn du jemals auf die Idee kommen solltest, deinen Abschluss nachzuholen, kannst du dich jederzeit melden. Wenn du Hilfe brauchst oder jemanden, der jemanden kennt …«

»Soll ich den Ölstand und die Luft noch mal überprüfen, bevor ihr nachher fahrt?«, bietet Gina an. »Bei Mietfahrzeugen weiß man nie …« Sie zieht den Ärmel ihres T-Shirts herunter und bedeckt damit das Frauentattoo an ihrem Oberarm. Ich habe das Gefühl, dass sie nicht gerne an Beppis »andere Sachen« erinnert werden will.

Vee bedankt sich für das aufmerksame Angebot, und das übrige Gespräch gestaltet sich dann doch eher so, dass auch diejenigen mitreden können, die nichts mit klassischer Musik zu tun haben.

Am Abend verabschieden sich meine Aufbauhelfer. Gina und Beppi sind bei Maja Waldenstein eingeladen. Die drei scheinen ein besonderes Verhältnis zu haben, fast wie Großmutter und Enkel.

Dann bin ich zum allerersten Mal allein in meinen vier Wänden. Allein mit Hund. Ich kann machen, was ich will, kann Sachen liegen lassen oder aufräumen, kann früh aufstehen oder lang schlafen, muss sonntags nicht zu einem Familienessen erscheinen, bevor ich Hunger habe.

Meine erste Tat in meiner neuen Wohnung? Ich drehe »Creep« von *Radiohead* auf und tanze durch meine Zimmer. Ich ändere die letzten Sätze des Refrains und singe *»I know* *what I'm doing here, I do belong here«* laut und frei und glücklich. Beim nachfolgenden Lied »Don't Look Back in Anger« komme ich aber nur bis zum zweiten Refrain, weil es an meiner Tür klopft. Haben die Geschwister etwas liegen lassen? Wer sonst sollte mich hier aufsuchen?

Ich öffne die Tür. Davor steht eine Frau in Jogginghosen mit einem wirren Dutt auf dem Kopf und einem Mulltuch auf der Schulter. Sie erklärt mir, wie lange es dauert, ein Baby zum Schlafen zu bringen. Ihre Aufforderung, das Rumgehüpfe einzustellen, ist eindeutig keine Bitte.

Wenn wir umgezogen sind, hat Mama immer als Erstes Weinflaschen an die Nachbarn verteilt. Das hatte ich auch vor, aber erst in den nächsten Tagen. So wie es aussieht, muss ich wohl bei Robert und Cinzia etwas mehr investieren, als ich ursprünglich geplant habe.

Nach Tanzen ist mir jetzt nicht mehr zumute, aber ich setze Kopfhörer auf und wippe beim Zähneputzen zu *Common People* auf meiner Glücks-Playlist mit den Zehen.

Als ich aufwache, ist mein Herz leicht, und ich springe aus dem Bett. Ich freue mich auf meinen Job im Hotel, darauf, zu den Lavendelhöflern zu gehören (wenn auch indirekt), und darauf, endlich wieder arbeiten zu können. Natürlich hoffe ich auch, bald einmal Sean zu sehen, aber da muss ich mich wohl noch etwas gedulden.

Im »Sankt Anna« führt mich Arved, Maja Waldensteins Assistent, in eine der ehemaligen Klosterküchen: zwei Räume im Klosterkeller, mittelgroß und mit schmalen Fenstern. Diese werden zu meinem neuen Refugium. Auf dem Gang befinden sich sonst nur Lagerräume für Stühle, Tische und Gartenmobiliar, was bedeutet, dass ich hier unten für mich bin. Das gefällt mir.

Arved trägt mir auf, eine Liste mit den Utensilien zu erstellen, die ich für meine Ausstattung benötige. Mein Budget verschlägt mir kurz die Sprache, verschafft mir dann aber das Vergnügen, mich mit Arbeitstischen, Kühlräumen und anderen Arbeitsmitteln zu beschäftigen. Sogar ein Stehstuhl – »ergonomische Stehhilfe« nennt das der Katalog – wandert auf die Liste. Selbst nachdem ich in Vasen und Gefäße jeglicher Größe und Form investiert habe, habe ich noch ein Drittel des Budgets übrig.

Den Dienstag verbringe ich mit Planungen, und am Nachmittag habe ich ein Treffen mit Frau Waldenstein. Bei Tee und Gebäck erläutert sie mir, was sie sich für das »Sankt Anna« vorstellt: Ich soll die Bereiche der Rezeption, Lounge und die Restaurants mit Blumen versorgen. Außergewöhnlich sollen die Arrangements sein. Mal üppig, mal zurückhaltend, aber immer so, dass die Gäste das Gefühl haben, so etwas zum ersten Mal zu sehen.

Darüber hinaus wünscht sie sich in den Zimmern eine »winzige florale Begrüßung« – ihre Formulierung. Auf Wunsch der Gäste kann dieser Gruß ruhig auch verschwenderisch ausfallen. Die Umsetzung überlässt sie mir.

Das klingt so wunderbar, dass ich mich frage, wo der Haken ist. Maja Waldenstein sagt zwar, dass sie mir alle Freiheiten lässt, aber ich bin mir nicht so sicher, ob ihr Verständnis von Freiheit und die gängige Definition übereinstimmen. Wir werden sehen.

»Ich wollte Sie noch etwas anderes fragen«, sagt sie schließlich und schenkt mir eine weitere Tasse Tee ein. »Haben Sie irgendwelche Gedanken oder Wünsche, was die Ausstellung im Dezember betrifft?«

Ich muss überlegen. So etwas hat mich noch niemand

gefragt, und darüber habe ich mir auch noch nie Gedanken gemacht.

»Ich vertraue Ihnen da voll und ganz. Mama wäre begeistert, wenn sie wüsste, dass ihre Werke das ›Sankt Anna 2‹ eröffnen.«

Ich zucke mit den Schultern. »Am liebsten würde ich das Ihren Experten überlassen. Ich bin mir sicher, dass es großartig wird.«

»In Ordnung.« Maja wirkt verwundert. »Sollte Ihnen noch etwas einfallen, lassen Sie es mich wissen.«

Das sage ich ihr zu.

»Eine Bitte hätte ich noch: Wir haben einen speziellen Gast, eine enge Freundin, die in der Seesuite wohnt. Um ihre Gesundheit steht es nicht zum Besten. Ich wünsche mir, dass sie jeden zweiten Tag frische Blumen in ihrem Zimmer vorfindet. Dort soll immer Frühling sein.«

»Sehr gerne. Haben Sie denn besondere Wünsche?«

Sie scheint zu überlegen.

»Nein«, sagt sie schließlich. »Oder doch, aber nichts, was die Blumen betrifft: Wenn Sie Frau Schmidt begegnen, behandeln Sie sie wie jeden anderen Gast. Als wäre sie gesund.«

»Selbstverständlich, Frau Waldenstein.«

Damit ist unser Gespräch zu Ende.

Ich frage mich, welche gemeinsame Geschichte die beiden Frauen verbindet, ob sie Freundinnen sind oder Partnerinnen oder ehemalige Kolleginnen. Eigentlich geht es mich ja nichts an.

Bereits am Mittwoch sind alle Sachen geliefert und eingebaut. Am Donnerstagvormittag überprüfen Hausmeister und Elektriker noch einmal, ob alle Anschlüsse funktionieren. Ich stehe in meiner Klosterblumenküche und blicke mich um, immer wieder: mein Arbeitstisch, mein Werkzeug, griffbereit an der Wand dahinter angebracht, Regale mit Gefäßen und Vasen.

Im Hintergrund dudelt ein Radiosender, der mir gefällt, doch am liebsten lausche ich dem gelegentlichen Surren des Kühlraums für die Blumen. Ich möchte ihn die ganze Zeit ansehen und die Tür öffnen und schließen. Ich weiß, das muss ich mir aus Umweltschutzgründen nächste Woche wieder abgewöhnen, aber ich liebe es, die Tür aufzuschieben, die Kälte in meinem Gesicht zu spüren und die ersten Blumen bei Idealtemperatur zu betrachten. Lio liegt entweder auf ihrem Hundekissen bei mir oder tobt mit ihrem Hundesitterfreund durch den Park. Besser kann es kaum sein.

Am Freitag habe ich schon ein paar Probesträuße und Gestecke gemacht und sie in der Lobby, im Restaurant und in den Suiten platziert. Am nächsten Montag gegen sieben Uhr wird die Blumenlieferung kommen, und dann kann es richtig losgehen. Ich bin schon so aufgeregt!

Und auf noch etwas freue ich mich: das EFA am Samstag, meine erste Feier mit den Lavendelhöflern. An dem Abend wird auch Sean von seinem Kongress kommen, das habe ich inzwischen mitbekommen.

Am Freitagnachmittag mache ich mir ein paar Nudeln in meiner Küche daheim und beobachte die Hauptstraße des kleinen Ortes. Die Lieferung meiner restlichen Kisten soll heute noch erfolgen. Vee hat zwar gemeint, die Kartons könnten für unbestimmte Zeit bei der Umzugsfirma eingelagert bleiben, aber ich finde, es ist Zeit, dass ich Mamas Sachen hier habe. Ich muss sie sichten, auch wenn ich mich davor noch ein wenig fürchte, und damit abschließen.

Die beiden Kisten, die ich in meinem Dachbodenzimmer gelagert hatte, habe ich ausgeräumt. Seit meiner Portfoliosuche wusste ich, dass mich nichts Schlimmes erwartet. Das stimmt mich zuversichtlich, ein bisschen zumindest.

Ich schaue »Gilmore Girls« und genieße meine Nudeln.

Mein Bein ruht auf einem der Stühle. Das viele Stehen diese Woche hat ihm zugesetzt. Hoffentlich wird das bald besser.

Immer wieder stemme ich mich von der Couch hoch und recke meinen Hals, um nachzusehen, wo die übrigen Kisten bleiben. Irgendwann kommt tatsächlich ein Lieferwagen die Hauptstraße entlang. Die Fahrzeuge von »Umzüge Geier« erkennt man schon von weitem an ihrer knallroten Lackierung. Dass Vee ausgerechnet das Unternehmen erwischt hat, das den Eltern von Fabians Kumpel gehört, ist ein blöder Zufall. Aber gut, was weiß ein x-beliebiger Fahrer schon von mir und Fabian?

Ich stehe auf, trete ans Fenster und sehe den Van einparken. Als Fabian aus dem erhöhten Fahrerhaus springt und sich umschaut, bleibt mir kurzfristig die Luft weg. Schnell ziehe ich meinen Kopf zurück.

Was will er hier? Was fällt ihm ein? Wie hat er das denn wieder hinbekommen?

Es klingelt. Ich humpele zur Tür und drücke auf den Öffner.

»Eine Lieferung für Sie, gnädige Frau«, tönt es durch das Treppenhaus.

Fabian springt die Treppe hinauf, jeder Schritt rumst auf den Stufen.

»Geh leiser«, zische ich.

»Begrüßt man so einen guten Freund?«, fragt er und bleibt, breit grinsend, auf dem Treppenabsatz unterhalb meiner Wohnung stehen. Lio wedelt, und ich halte sie am Halsband fest.

Ich verkneife mir eine Bemerkung darüber, was gute Freunde ausmacht.

»Was willst du denn hier?«

Seine Haare sind sorgsam durcheinander. Das T-Shirt kenne ich nicht, die Schuhe sind auch neu.

»Ich dachte, du möchtest deine Kisten haben.«

»Ja, durch die Umzugsfirma. Deinetwegen gibt es jetzt Chaos bei ›Umzüge Geier‹.«

»Hab ich doch alles geklärt. Ich habe ihnen die Tour abgenommen.«

»Die war schon bezahlt.«

»Das regele ich schon«, verspricht er. »Außerdem, deiner Tante tut's doch nicht weh.«

»Darüber hast du nicht zu befinden.« Bisher habe ich leise gesprochen, doch das fällt mir zunehmend schwerer. »Wo sind meine Sachen?«

»Die Kisten sind im Van. Kommst du mit runter?«

Ich zeige auf mein Bein und sehe ihn verständnislos an.

»Dann mach ich das eben allein.« Er stöhnt genervt.

»Kein Mensch hat dich gebeten, das zu tun.«

Fabian trabt nach unten und beginnt damit, die Kartons in den dritten Stock zu hieven. Dabei ächzt er, als müsse er Felsblöcke bewegen.

Ich bleibe, auf das Geländer gestützt, stehen und warte, bis eine Kiste nach der anderen ihren Weg in das Zimmer findet. Am liebsten würde ich nachzählen, ob sie vollständig sind, doch ich habe keine Ahnung, wie viele Kisten er damals aus dem Künstlerhaus geborgen hat.

Mein Knie pocht, in meinem Oberschenkel zieht es, und mein Fuß kribbelt. Bestimmt liegt das am Ärger über Fabians eigenmächtige Aktion.

Elf Kisten später wischt sich mein Ex-Freund den Schweiß von der Stirn und sieht sich um.

»So wohnst du jetzt also«, stellt er fest.

Ich erwidere nichts und blicke eisig auf die Kistenstapel.

»Ist das alles?«, frage ich genervt.

»Das sind alle Kisten aus dem Keller. Soll ich dir ein Foto schicken, das du deiner Tante unter die Nase halten kannst?«

»Nein, danke. Ich glaube dir.«

»Ach, in der Hinsicht bin ich wohl vertrauenswürdig?«

Ich übergehe diese Bemerkung. In ein paar Minuten wird er nach Hause fahren, dann habe ich es hinter mir.

Auf jeden Fall muss Vee die Rechnung überprüfen. Sie wollte die Kosten für den Umzug unbedingt übernehmen, und seitdem streite ich mit ihr, weil es meine Sachen sind. Aber wer auch immer am Ende zahlt, Fabians »Arbeit« vergüten wir bestimmt nicht.

Bevor ich etwas sagen kann, durchquert er das Zimmer, fläzt sich aufs Sofa und sieht mich an.

»Soll ich dir etwas zum Trinken für die Fahrt mitgeben?«

»Hab ich dabei.« Er verschränkt die Arme hinter dem Kopf. »Aber ein Kaffee wäre nicht schlecht.«

»Ich habe noch keinen kaufen können«, entgegne ich.

Das entspricht insofern der Wahrheit, als ich, seit ich hier bin, noch nicht einkaufen gewesen bin. Allerdings bekomme ich die Tür meines Vorratsschrankes kaum zu, so voll ist er mit Nudeln, Reis, Tomatendosen, Schokoladentafeln und Vollkornbrotpackungen, die Hilda und Vee dort hineingestopft haben. Sie haben so viel gekauft, dass ein Teil in einer riesigen IKEA-Tasche auf dem Küchenboden steht. Dort befinden sich auch Kaffeebohnen, so viele, dass ich Beppi Konkurrenz machen könnte. Hoffentlich geht Fabian nicht auch noch in die Küche, dann würde meine Lüge auffliegen.

Doch anscheinend muss ich mir darüber keine Sorgen machen, denn inzwischen hat er sich meine Notizzettel geschnappt, auf denen ich die unterschiedlichen Kühlräume inklusive ihrer Vor- und Nachteile aufgelistet und mein gewähltes Modell mehrmals umkreist habe.

»Edel, edel, was du dir da anschaffst. Schwelgst ja ganz schön im Luxus.«

»Das ist nicht mein Kühlraum, sondern der des Hotels. Meine Chefin legt Wert auf erstklassiges Arbeiten, und deswegen möchte sie mich auch gut ausstatten.«

»Anders als das bei uns der Fall war, meinst du.«

»Bist du hergekommen, um zu stänkern?«

Er lächelt schief. »Gibt's an der Tanke da drüben so was wie Kaffee?«

»Du wirst dich nicht beschweren können.«

»Gehst du mit? Auf einen Abschiedskaffee?«

Ich will schon mit Nein antworten, als mir einfällt, dass es keine gute Idee ist, Fabian alleine zu Beppi und Gina zu schicken. Wer weiß, was er dort für einen Schwachsinn von sich gibt. Ich muss zusehen, dass ich ihn so schnell wie möglich loswerde, und wenn mich das ein Kaffeetrinken kostet, dann soll es eben so sein.

Ich gehe ins Schlafzimmer, um mir einen Pullover anzuziehen. Lio bleibt treudoof bei Fabian.

»Brauchst du Hilfe?«, ruft Fabian aus dem Wohnzimmer und lacht dreckig.

Ich verfluche, dass ich die Tür geöffnet habe. Warum habe ich die Lieferung der Kisten nicht anders geregelt? Andererseits, wie hätte ich ahnen sollen, dass Fabian sich einfach einmischt?

Ich hasse es, dass ich jetzt mit meinem Ex diesen bescheuerten Kaffee trinken muss, oder eher, dass ich ihn beim Kaffeekauf überwachen muss. Wenigstens habe ich die ganze Fabian-Geschichte dann überstanden.

Sollte ich jemals irgendein Bedauern darüber verspürt haben, dass wir nicht mehr zusammen sind – sein Eindringen in mein neues Leben hat jegliche Regung in dieser Richtung zunichtegemacht. Seine Art, seine Witze … ich habe das mal für charmant gehalten, doch inzwischen finde ich ihn nur noch abstoßend.

Jetzt muss ich zusehen, dass er meinen Neustart hier nicht

verdirbt. Zwar habe ich keine Ahnung, wovor genau ich Angst habe, aber ich fühle mich sicherer, wenn ich ihn bis zu seiner Abfahrt nicht aus den Augen lasse.

Stufe für Stufe quäle ich mich hinunter. Ich stütze mich auf dem Geländer ab und versuche, mein kaputtes Knie so wenig wie möglich zu beanspruchen.

Fabian geht nicht mit normalen Schritten vor mir, sondern springt von Stufe zu Stufe – oder lässt sich vielmehr mit seinem ganzen Gewicht auf jede Stufe fallen.

»Herrgott noch mal, lass das. Oben wohnt ein Baby und unten eine Seniorin. Nimm doch mal Rücksicht.«

»Kennst dich ja schon gut aus nach den paar Tagen.«

Ich verschweige ihm, dass ich ebenfalls durch Ruhestörung aufgefallen bin, und sende noch ein »Pst« hinterher.

»Bei uns hast du ewig gebraucht, bis du die Namen der Nachbarn gewusst hast.«

Ist er etwa gekommen, um mir Vorwürfe zu machen? Was soll das?

Ich bleibe kurz auf der Stufe stehen und überlege, ob ich umkehren soll, entscheide mich dann aber doch fürs Mitgehen. Als wir die Straße erreichen, entdecke ich, dass der Van offen steht. An der Rückwand lehnt noch ein großes Paket mit dem Bild eines Tisches. Irgendjemand hat einen Totenkopf auf den Karton gemalt.

»Das gehört nicht mir«, sage ich.

Fabian schaut erst zu dem Paket, dann zu mir.

»Das ist nur mitgefahren«, erklärt er und schließt die Türen. »Das bringe ich heute Abend noch zu Lennard.«

»Ach so«, sage ich.

Wahrscheinlich musste mal wieder etwas versteckt werden. Vor der Freundin oder der Steuer. Bestimmt ist gar kein Tisch drin, sondern ein sündhaft teurer Fernseher.

»Soll ich dich rübertragen? Nicht dass dich ein Lkw erwischt …« Fabian grinst.

»Du musst dir keine Sorgen um mich machen«, sage ich. »Pass lieber auf dich auf.«

Fabian lacht verächtlich.

Vorsichtig setze ich meinen Fuß auf die Straße, und er ergreift meinen Unterarm, um mich zu stützen. Unwillig schüttele ich ihn ab.

In der Tankstelle tritt Fabian an die Theke und studiert die angeschriebenen Getränke, dann sieht er sich zwischen den Verkaufsregalen um.

»Könnten auch mal neue Regale vertragen.«

»Das soll so sein.« Ich verlagere mein Gewicht auf das gesunde Bein und atme aus.

Nur zu gerne würde ich mich hinsetzen, aber das würde Fabian unter Umständen zu einem längeren Aufenthalt veranlassen, deswegen beiße ich die Zähne zusammen und lehne mich gegen das Regal mit der Scheibenflüssigkeit.

Schritte kündigen Beppi oder Gina an.

»Servus«, grüßt Beppi, als er durch die Tür tritt. »Was darf's denn für dich sein?«

»Meine Freundin schwärmt so von eurem Kaffee«, sagt Fabian.

Ich werfe ihm einen skeptischen Blick zu. Mein Ex-Freund hat offenbar seinen Charme-Modus eingeschaltet. Das heißt aber nicht, dass ich mich nun entspannen kann.

»Da beweist sie einen guten Geschmack. Was kann ich dir denn machen?«

»So einen Latte mit Schuss. Welche Flavours hast du denn?«

»Also, wir haben Schoko, Vanille, Karamell, Haselnuss …« In diesem Moment scheint er zu bemerken, dass ich auch im

Laden stehe. »Marie, hallo, ich habe dich gar nicht gesehen.« Er kneift die Augen zusammen. »Alles klar bei dir?«

»Hi, Beppi. Alles okay.«

»Willst du dich setzen? Du siehst ganz blass aus.«

Ich winke ab.

»Bist du dir sicher?«

Ich nicke.

Beppi widmet sich wieder Fabian, aber nicht, ohne mich immer wieder mit einem Seitenblick zu streifen.

»Dann gibt es Vanille – ach, den hatte ich ja schon –, weiße Schokolade, Karibik, Cookie Choco … Moment bitte.«

Er geht um die Theke herum und tritt neben mich.

»Du setzt dich jetzt da oben hin und ruhst dein Bein aus.« Ich öffne den Mund. »Nein, keine Widerrede. Ich habe keine Lust, nachher den Rettungswagen zu holen.«

»Also gut.« Ich humpele in Richtung der gepolsterten Sitzbänke, während Beppi neben mir herläuft, als habe er Angst, ich würde demnächst in die Gummibärchentüten fallen.

»Ich nehm Vanille und fettarme Milch«, sagt Fabian. »Es ist ja richtig schnuckelig, wie man sich hier um meine Freundin kümmert.«

Beppi blickt auf. »Ach, ihr kennt euch.«

»Fabian, bitte«, sage ich.

»Wir haben über ein Jahr eng … zusammengearbeitet«, sagt Fabian. »Bis sich Marie dafür entschieden hat, dass sie ihr Talent nicht weiter bei uns verschwenden will.«

Meine Zähne bohren sich in meine Unterlippe. Ich will hier keine Beziehungsdetails ausbreiten und mich nicht rechtfertigen müssen. Am allerwenigsten will ich einen peinlichen Streit beginnen.

Das weiß Fabian natürlich, und darauf baut er. Es ist gemein, was er hier tut.

»Aha«, sagt Beppi und geht wieder hinter die Theke.

»Hat sie dir das gar nicht erzählt?« Fabian grinst sein Charmeurgrinsen, und ich finde ihn nur noch abscheulich. »Ich hätte tolle Geschichten für dich auf Lager, Kollege.«

»Die wir hier aber nicht hören wollen!«

Gina ist unvermittelt im Laden erschienen, offenbar hat sie in der Küche dem Gespräch gelauscht. Sie steht dort zwischen Küchentür und Sitzgelegenheiten und richtet ihren frostigen Blick auf Fabian.

»Latte mit Vanille«, sagt Beppi. »To go«, fügt er hinzu und füllt Kaffeepulver in den Siebträger.

Keiner spricht ein Wort. Die Maschine speit dankbar laut den Kaffee in den Pappbecher. Fabian hat sich vom Tresen abgewandt und studiert, abfällig grinsend, das Angebot.

»Darf's noch was sein?« Beppi klingt, als würde er ein reguläres Verkaufsgespräch führen. »Manieren, vielleicht?«

»Ihr passt ja toll zusammen«, sagt Fabian und zieht seinen Geldbeutel heraus.

Beppi streift noch eine Pappmanschette um den Becher.

»Geht aufs Haus«, sagt er. »Unser Abschiedsgeschenk.«

»Danke, Beppi«, sagt Fabian.

»Herr Laurent für Sie«, sagt Beppi.

Fabian greift nach dem Becher, verzieht das Gesicht und lässt ihn wieder los. Beppi – oder Herr Laurent – legt einen Stapel Papierservietten daneben, doch Fabian ignoriert sie, fasst den Becher stattdessen am Deckel und geht in Richtung Tür.

Er sieht mich an, aber ich kann seinen Blick nicht deuten.

»Gute Fahrt.« Gina steht immer noch wie eine Rachegöttin neben den Bänken.

»Tschüss«, sage ich.

Die Tür fällt zu, und die Anspannung, die über dem Verkaufsraum gelegen hat, verschwindet.

Gina kommt zu mir an den Tisch und setzt sich.

»Was war das denn?«, will sie wissen.

»Ich habe keine Ahnung. Mein Ex-Freund hat die Sachen, die noch bei ihm waren, einfach selbst vorbeigebracht. Eigentlich sollte das ein Umzugsunternehmen machen.«

»Ein Versöhnungsversuch?«, fragt Beppi, und ich zucke mit den Schultern.

»Wenn er sich so versöhnt, möchte ich ja nicht wissen, wie er ist, wenn er sich streitet.« Gina schielt immer wieder durch die Scheibe. Offenbar befürchtet sie, dass Fabian dort noch herumlungert.

Beppi stellt ein Glas Cola vor mich hin. »Du siehst aus, als könntest du das brauchen.«

Ich trinke einen Schluck und stütze meine Ellbogen auf den Tisch.

»Hoffentlich war's das«, sage ich seufzend.

»Gut, dass du jetzt bei uns bist.« Gina legt eine Hand auf meine Schulter. »Sag mal, das mit deiner Verletzung …«

»Das war er nicht.« Ich bemühe mich zu lächeln. »Fabian ist vieles, aber nicht kriminell. Vor allem schlägt er keine Frauen.«

Eigentlich will ich nicht über meinen Ex sprechen, aber auf dem Erinnerungsfriedhof, auf den ich ihn endgültig schicken will, soll er wenigstens unter der korrekten Grabinschrift ruhen: *»Treuloser Idiot, Mamasöhnchen und fauler Fantast«*.

Gina verzieht das Gesicht. Ihr Urteil über Fabian hat sie offenbar gefällt.

»Ich kann es nur noch mal sagen: Gut, dass du da weg bist.«

Sie sieht zu ihrer Werkstatt hinüber.

»Ich soll dich übrigens von Sean grüßen«, wechselt sie dann das Thema, und mein Herz setzt einen Schlag aus, bevor ich merke, dass der Gruß nicht an mich, sondern an Beppi geht. »Es tut mir leid, ich muss den Wagen vom Gruber fertig machen; der steht morgen um acht hier auf der Matte. Aber wenn du später mit uns zu Abend essen willst, komm doch einfach rüber. Oder bleib direkt hier. Beppi kocht immer für fünf.«

»Das ist echt lieb von euch, aber ich habe drüben so viel zu tun.«

»Schade«, sagt sie. »Aber zum EFA morgen sehen wir uns.«

»Aber sicher«, verspreche ich.

Bei unserer Einräumaktion haben die Geschwister meinen Tanten von den Samstagabenden im Weinkontor vorgeschwärmt, und selbst hohes Fieber könnte mich nicht davon abhalten, dorthin zu gehen und das Wochenende zu feiern.

»Bleib noch eine Weile hier«, sagt Beppi. Wahrscheinlich befürchtet er, dass sich Fabian mit seiner Abfahrt Zeit lässt.

Er setzt sich zu mir und sieht die Post durch, während er mich mit Geschichten aus der Tankstelle unterhält. Ginas Briefe legt er ungeöffnet auf einen Stapel. Seine eigenen reißt er mit dem Daumen auf.

»Weißt du übrigens, dass die Schönbachbrücke erneuert wird?«, fragt er. »Xaver und seine Schafe haben es geschafft. Der Gemeinderat hat vorletzte Woche …«

Er hält inne und starrt auf das Schreiben. Wahrscheinlich stammt es von seiner Krankenversicherung, denn es ist ein Organspendeausweis beigefügt. Schnell durchforstet er den Stapel seiner Schwester, zieht einen Brief heraus und öffnet ihn. Auch er enthält ein bedrucktes Blatt und den Bogen, aus dem man den Ausweis heraustrennen kann. Erstaunt beobachte ich, wie Beppi alles in winzige Stücke zerreißt, die Schnipsel in den Mülleimer wirft und dann unter einer Ladung Kaffeesatz begräbt.

»Ich erkläre es dir irgendwann mal«, sagt er.

»Viele Leute haben ein Problem mit Organspende«, sage

ich, doch die Aktion verwirrt mich mehr, als ich zugeben will. Es ist nicht nur, dass er die Blätter beseitigt hat, auch die Vehemenz und die Eile stimmen mich nachdenklich.

Beppi vergewissert sich, dass Gina in der Werkstatt ist und uns nicht hören kann.

»Unsere Mutter ist von einem Raser überfahren worden«, erklärt er dann. »Einfach so, als sie über die Straße gegangen ist. Bei grün. Sie lag im Krankenhaus, und wir konnten uns zuletzt nicht noch einmal verabschieden und … Gina ist da sehr empfindlich.« Er dreht sich noch einmal um.

»Lass uns ein anderes Mal darüber reden«, sage ich und bemühe mich zu lächeln.

Ich drücke mich hoch. Fabian müsste inzwischen lange weg sein.

»Warte mal.« Beppi läuft hinter die Theke, packt etwas in eine Tüte und kommt wieder zurück. »Muffin. Mit Schokokrümeln, ohne Likör.«

Wie lieb von ihm!

Als ich durch die von Beppi aufgehaltene Tankstellentür trete, ist der Van verschwunden. Ich bleibe stehen, sehe die Straße hinunter und kontrolliere, ob er nicht etwas weiter entfernt parkt. Dann gehe ich in meine Wohnung und lasse mich verschwitzt auf die Couch fallen.

Was fällt ihm ein, hier aufzutauchen? Was fällt ihm ein, sich in mein neues Leben einzumischen? Immerhin hatte er sich dafür entschieden, nicht mehr Teil davon zu sein. Na ja, eigentlich habe ich das entschieden.

Draußen ist es inzwischen dunkel geworden. Im Licht der Stehlampe veranstalten die Kisten und ich einen Wettbewerb: Sie starren mich an, und ich starre zurück. Ich glaube, dass sie gewinnen werden, denn ich habe Angst vor dem, was sich in ihnen verbirgt. Noch stehen sie zwischen Esstisch und

Eingangstür und blockieren den Weg. Wahrscheinlich werde ich sie morgen in der Ecke stapeln und an Weihnachten mit Lichterketten behängen. Ein Keller, in den ich sie verfrachten könnte, gehört leider nicht zur Wohnung.

Wenn Vee und Hilda hier wären, wäre es leichter. Aber die sind in München, und deswegen muss ich mir anderweitig Hilfe suchen.

Auf meinem Handy rufe ich einen Entrümpelungsratgeber auf und lade mir dann das E-Book der Autorin herunter. Im Kapitel »Andenken und Geerbtes« erklärt sie mir, dass die wirklichen Erinnerungen im Herzen liegen. Man soll wenige, besondere Stücke aufheben und sich bei den anderen bedanken, um sie dann gehen zu lassen – was bedeutet, sie an eine Wohltätigkeitsorganisation zu geben oder wegzuwerfen.

Ob ich das mit dem Bedanken wirklich machen werde, weiß ich noch nicht, aber den Rest finde ich recht brauchbar. Ich versuche, alles andere auszuschalten und mich von den Worten der Ratgebertante coachen zu lassen.

Warum stelle ich mich eigentlich so an?

Ich denke an Mama, und fast kommt es mir so vor, als habe sie diese Frage gestellt.

Es sind nur Kisten, höre ich sie sagen. *Mach sie auf und schau, ob du etwas behalten willst, dann wirf den Rest weg.*

Ich kann sie vor mir sehen. Sie trägt eine gelbe Tunika und hat Farbspritzer auf den Armen, ihre zerzausten Haare hat sie mit einem Tuch aus dem Gesicht gebunden. Ihre Hände stemmt sie in die Hüften, das mache ich angeblich auch immer.

»Also gut«, sage ich und hieve mich hoch.

Ich stelle mich vor die erste Kiste, atme ein und betrachte die ineinander verschränkten Deckelteile.

»Na komm schon«, sage ich mir.

In diesem Moment surrt mein Handy.

Herzlich willkommen in Klosterweinting, steht da.

Der Absender lässt meine Atmung kurz aussetzen.

Hast du dich schon eingelebt?, schreibt Sean als Nächstes.

Ich bin gerade dabei, mich einzurichten, antworte ich. *Wie geht's dir?*

Total gut, schreibt er. *Gerade läuft ein Architektenkongress in Salzburg. Es geht um die neue Nutzung alter Baustrukturen, Denkmalschutz und so weiter. Ich konnte viel mitnehmen, am Montag treffe ich mich mit Maja und spreche mit ihr über die Ideen, die mir gekommen sind.*

Klingt gut, schreibe ich.

Falls du noch Hilfe brauchst, kannst du mir jederzeit schreiben. Ich kann alles: tragen, zusammenschrauben, Lampen aufhängen.

Das ist alles schon passiert. Aber sehr …

Ich zögere einen Moment. Dann tippe ich *»lieb von dir«* und drücke auf Senden.

Was machst du?, schreibt er zurück.

Gerade stehe ich vor ein paar Kisten, in denen die Sachen meiner Mutter sind. Die müssen noch ausgepackt werden.

Das stelle ich mir schwer vor.

Das ist es, bestätige ich und freue mich darüber, dass er mich versteht.

Noch einmal lese ich die letzten Worte, die er geschrieben hat, während er seine nächste Nachricht eintippt. Es fühlt sich an, als würde er die Hände auf meine Schultern legen, als wäre ich nicht mehr allein.

Ich atme ein und tippe drauflos.

Schade, dass du nicht da bist, hier könnte ich wirklich etwas Hilfe gebrauchen. Ich hätte gerne jemanden, der hineinsieht und mir sagt, was drin ist … Das klingt sicher blöd, aber dann könnte ich mich drauf einstellen. Ich schicke die Nachricht ab, dann tippe ich: *Du darfst mich gerne Weichei nennen.*

Er unterbricht sein Schreiben. Es dauert ein wenig, dann erscheint seine nächste Nachricht.

Das würde ich nie tun.

Sean startet einen Videoanruf. Ich wische über den Bildschirm und sehe sein Gesicht auf dem Display. Er scheint draußen zu sein, oder er hat in seinem Hotelzimmer kein Licht angemacht.

»So ist es einfacher.« Er hält inne und lächelt. »Hi«, sagt er noch mal.

In dem Fenster, das mich zeigt, sehe ich, dass ich strahle.

»Hi«, sage ich.

»Wenn du willst, kannst du den Karton öffnen und das Handy in die Kiste halten. Ich sage dir, was ich sehe – also, falls ich etwas erkennen kann –, und du entscheidest, ob du selbst hineinsehen willst.«

Ich habe keine Ahnung, ob das funktioniert, aber ich finde seine Idee so schön, dass ich sie unbedingt ausprobieren will.

»Du suchst die Kiste aus«, sage ich und schwenke das Handy so, dass er die Türme sehen kann.

»Wir fangen bei der Tür an und arbeiten uns zur Raummitte durch«, schlägt er vor. »Bereit?«

Ich atme durch und beiße mir auf die Lippen. Sollten Tränen kommen, werde ich versuchen, sie gleich abzufangen. Ich biege die Deckelteile auseinander, drehe meinen Kopf weg und halte mein Handy in den Umzugskarton.

»Siehst du etwas?«, frage ich.

»Kannst du eine Lampe neben den Karton stellen?«

Die Lampe über meinem Esstisch ist hell – zu hell, um in einer angenehmen Atmosphäre zu essen. Da muss unbedingt ein anderes Leuchtmittel hinein, aber für unsere Zwecke sollte es perfekt sein.

Ich schiebe die Sachen, die herumliegen, beiseite und zerre

den Karton auf den Tisch. Dabei bemühe ich mich, nicht hineinzusehen.

»Zweiter Versuch.« Ich halte mein Handy wieder ins Kisteninnere. »Besser?«

»Da sind erst einmal nur Zeitungen.«

Sie haben sich ja wirklich Mühe gegeben, alles gut zu verpacken, denke ich, schüttele aber gleich den Kopf. Fabian und Sabrina haben hier nichts zu suchen.

Ich entferne die oberste Zeitungsschicht und finde weitere Zeitungen und noch ein paar Zeitungen. Auf einer Seite befinden sich Farbspritzer.

»Oh nein, mit denen hat meine Mutter immer den Boden oder den Tisch abgedeckt, wenn sie gemalt hat. Ich denke, die Kiste kann komplett weg.«

»Meinst du nicht, dass sie vielleicht irgendwo erwähnt ist, in einem Artikel oder so?«

»Die hat sie ausgeschnitten und in einer Box aufbewahrt. Die habe ich hier.« Ich zeige in Richtung Regal. »Das war also schon einmal nichts.«

Unglaublich, was Fabian damals für einen Schwachsinn eingepackt hat. Aber eigentlich zeigt es mir, dass er wirklich gründlich war und alles berücksichtigt hat, was nicht von Feuer oder Löschwasser zerstört worden ist.

»Suchst du etwas Bestimmtes?« Sean fasst in Worte, was ich mich selbst gerade gefragt habe.

»Ich weiß es nicht. Vielleicht irgendein Erinnerungsstück. Etwas, woran ich nicht denke oder von dem ich annehme, dass es verbrannt ist. Und ich habe auch Angst, so etwas zu finden, weil ich dann heulen muss.«

»In dem Fall wäre es praktischer, wenn ich bei dir wäre«, sagt er.

Seine Worte wecken die Marienkäfer. Offenbar haben

sie sich nur schlafend gestellt. Nun surren sie durch meinen Bauch, und ich versuche, sie auf den Boden zurückzubeordern.

Dolores, sage ich ihnen, und bis auf ein paar hartnäckige Flieger landen sie.

»Nummer zwei«, sage ich, lege das Handy kurz ab und tausche die Kisten auf dem Tisch aus. »Es geht los.«

»Weißer Stoff«, sagt er. »Halt mal ruhiger … Ein Holzstab, vielleicht ein Kochlöffel oder ein Pinsel.«

Ich ziehe mein Handy aus der Kiste.

»Das sind Mamas Arbeitssachen. Oder ein Teil davon. Die Kittel und die Pinsel lagen überall herum. Die kann ich auspacken, das ist unverdächtig. Danke!«

»Dann machen wir mal weiter«, sagt er.

Auf diese Weise inspizieren wir fünf Kisten. Die nächsten Kisten sind aufgetürmt. Vier übereinander.

»Ich muss dich kurz ablegen, damit ich an die nächste herankomme.« Um Sean zu zeigen, was ich meine, halte ich mein Mobiltelefon in Richtung des Kistenturms.

»Ich weiß nicht, ob das mit deinem Bein so eine gute Idee ist«, sagt er zweifelnd.

»Das geht schon. Aber ich müsste dich mal etwas länger ablegen, weil ich einen Stuhl brauche.«

»Halt, lass mich das machen«, sagt er.

»Ich will dich ja nur ungern in deinem Tatendrang bremsen«, sage ich, »aber du bist in Salzburg.«

Das Bild wird unruhig, das Display dunkel. Es klopft, und ich wende mich zur Tür. Dann schaue ich zurück auf das Display, und Sean ist wieder klar zu sehen.

»Lässt du mich rein?«, fragt er.

Dass er im Auto gesessen hat, habe ich nicht bemerkt. Oder stand er vor meiner Tür?

Ich öffne ihm.

»Ich wollte dich nicht überrumpeln«, sagt er zur Begrüßung. »Aber ich stand schon unten im Flur. Die Nachbarin hat mich reingelassen. Dann dachte ich, dir ist das vielleicht nicht recht, also habe ich mich fürs Schreiben entschieden.«

Mein Herz klopft, und die Marienkäfer toben durch meinen Körper. Sagen kann ich gar nichts.

Er ist da. Er ist wirklich da. Bei mir. In meiner Wohnung.

»Du hättest gerne gleich raufkommen können«, sage ich.

Wir stehen uns gegenüber. Ich weiß nicht, ob ich ihn umarmen kann. Das würde ich gerne, aber ich bin unsicher, ob er das möchte. Die Hand reichen ist auch bescheuert. Lio kommt aus der Küche, wedelt und reibt ihren Kopf an Seans Knie. Er streichelt sie. Wir lächeln, und Sean sieht an mir vorbei.

»Ist das die Kiste?«, vergewissert er sich, und ich nicke.

Dann machen wir einfach weiter. Nur dass Sean jetzt die Kartons vom Stapel hebt und öffnet und mir den Inhalt schildert.

Plötzlich sind es nur noch Kartons. Kartons mit alten Sachen. Wir finden das Geschirr, das Mama in Barcelona bei einem Trödler entdeckt hat. Das kommt – nach einem Waschgang im Geschirrspüler – in meinen Schrank, genauso wie die Küchenutensilien. Neben der Tür stapeln wir die Kisten mit dem Zeitungspapier und den Klamotten, die Mama ohnehin entsorgen wollte. Die Bücher werde ich in den nächsten Tagen in mein Regal einsortieren.

In einem Karton sind ein Stapel Karten und Briefe sowie Mamas Notiz- und Skizzenbücher. Leider nicht alle, vor ein paar Jahren hat sie einen Teil verloren – leider die frühen, auch das, in dem die Skizze zu *Sonnenblumentage* war.

Seufzend schiebe ich den Gedanken beiseite.

Als wir fertig sind, trinken wir einen Tee, und Sean erzählt von seinem Kongress. Ursprünglich hatte er geplant, bis morgen dort zu bleiben, aber die Veranstaltungen am Samstag haben ihn nicht interessiert.

Wir sitzen an meinem Tisch und reden, und wenn es in Zukunft so sein sollte zwischen uns, dass wir gemeinsam etwas machen und anschließend miteinander reden – ganz freundschaftlich –, dann kann ich eigentlich ganz zufrieden sein.

Die Marienkäfer öffnen kurz ihre Flügel und surren, bleiben aber am Boden. Natürlich wäre es anders schöner, aber so ist es gut.

Es ist sehr spät, als er sich verabschiedet.

»Kommst du morgen aufs EFA?«, fragt er.

»Aber sicher!«

»Ich freue mich schon«, sagt er und berührt mich kurz an meinem Oberarm. Die Haut unter meinem T-Shirt kribbelt. »Bis morgen.«

Er zögert kurz, doch dann geht er, und ich sehe ihm nach.

Schlafen kann ich jetzt nicht, also setze ich mich vor das Regal und blättere durch die Notizbücher, bevor ich sie einräume. Ich sehe mir Mamas Entwürfe zu ihren Bildern an, dann bekommen sie einen Platz auf einem freien Regalbord.

Was soll ich mit den Briefen machen?

Kurz halte ich inne und betrachte die Notizbücher. Ich habe es tatsächlich geschafft, Mamas Skizzen anzusehen, ohne in Tränen auszubrechen. Jetzt bin ich sogar bereit, mich den anderen Sachen zu widmen.

Liebesbriefe sind keine darunter, bei denen hätte ich Hemmungen gehabt. Es sind eher Glückwunschkarten zu ihren Ausstellungen. Die Leute schreiben, was ihnen die Gemälde bedeuten. Auf einer Karte steht dreimal hintereinander das Wort *»Danke«* und darunter in steiler Schrift: *»dass Sie über Ihren Schatten gesprungen sind.«*

Die Unterschrift kann ich nicht entziffern. Ein senkrechter Strich, an den sich ein waagrechter anschließt. Das könnte alles heißen, von Arnold bis Zenker.

Wer schreibt denn solche Karten? Ist das jetzt ein Ausdruck von Begeisterung oder von Faulheit?

Ich sehe mir den Absender an und zwinkere einmal, zweimal. Das kann doch nicht sein!

10
Was wäre, wenn sie bleibt

Addig üsd a vasat, míg meleg.
Man muss das Eisen schmieden,
solange es heiß ist.
UNGARISCHES SPRICHWORT

Elenas Version:
Du musst Chancen nutzen,
sobald sie dir begegnen.

Samstag, Mitte August

Ich schreibe an Elena und frage sie, wann sie heute Zeit hat. Sie überlegt kurz. Alex ist nicht da, und sie will noch zwei Artikel für ihre Onlinezeitung fertig machen. Danach holt sie Wildfleisch für ihre Internetkunden ab, und anschließend hat sie Zeit für mich.

Wir verabreden uns auf dem Fußballplatz. Ich war schon so lange nicht mehr bei einem Spiel, dass ich mich dort mal wieder sehen lassen muss. Außerdem möchte ich Fabian zeigen, dass ich ihn unterstütze. Elena kommt, als die erste Halbzeit bereits läuft, und wir setzen uns auf die Betonstufen neben dem Platz.

In den letzten Tagen haben Paul und ich überlegt und getüftelt, und ich habe alles in meinem Notebook festgehalten. Langsam fühle ich mich bereit, jemanden einzuweihen. Elena ist meine Nummer eins, und wenn sie mir hilft, kann ich auch Fabian von meinen Plänen erzählen. Aber bevor er etwas erfährt, möchte ich, dass alles durchdacht und ausgereift ist.

»Was gibt es denn so Wichtiges?«, fragt sie und schielt neugierig auf den Leinenbeutel, der auf meinem Schoß liegt.

»Ich habe eine Idee, eine ganz wunderbare Idee. Also, eigentlich hatte Paul sie, aber wir haben sie gemeinsam ausgearbeitet. Und ich brauche deine Hilfe, ohne dich kann ich das nämlich kaum umsetzen.« Ich hole eine Mappe aus meinem Beutel und reiche sie ihr.

»Was schwebt dir denn vor?«, fragt Elena.

»Ein Online-Blumen-Shop«, sage ich und warte gespannt auf ihre Reaktion.

Sie lächelt breit. »Genial«, sagt sie dann.

Es sieht seltsam aus, wenn man sich am Rande eines Fußballspiels mit einem Notebook hinsetzt und Sachen ansieht, deswegen habe ich alles ausgedruckt. Während Elena meine Aufzeichnungen studiert, kann ich ihr förmlich dabei zusehen, wie sie nachdenkt.

»Die Webseite ist kein Problem, die bau ich dir«, sagt sie schließlich. »Wir nehmen etwas Schlichtes, damit die Blumen besser zur Geltung kommen. Ich sehe mich heute Abend auf ein paar ausgezeichneten Seiten um – also wirklich ausgezeichneten. Solchen, die Preise gewonnen haben.«

Ich nicke, um ihr zu signalisieren, dass ich verstanden habe.

»Verpackungen kriegst du günstiger, da suche ich dir einen Partner«, fährt sie dann fort. »Frag bei den Kohlmanns, ob du drei alte Gewächshäuser haben kannst, um sie als Lager zu benutzen. Wenn es losgeht, darfst du keine Verzögerungen haben, weil dir die Verpackungen ausgehen oder sonst irgendein Anfängerkram passiert.« Sie kneift kurz die Augen zusammen. »Wann willst du starten?«

»Am liebsten sofort.«

Sie nickt. »Ich mache dir die Verwaltung so leicht wie möglich. Die Bestätigungsmail schicken wir automatisch raus, und Lieferscheine können wir drucken, nachhaltiger wäre allerdings E-Mail-Versand; das musst du dir überlegen. Wenn die Kunden sich für ein Produkt entschieden haben, muss der Abschluss schnell und einfach gehen, sonst springen dir zu viele ab. Je mehr Zahlungsmöglichkeiten wir anbieten, desto besser. Zahlung auf Rechnung ist allerdings keine gute Idee, das bedeutet nur mehr Arbeit.«

Während ich ihr zuhöre, bin ich zugleich fasziniert, geschockt und zuversichtlich. Elena denkt jetzt schon an so viele Dinge, die mir erst nach und nach aufgegangen wären und dann das ganze Projekt verzögert hätten. Gleichzeitig freue ich mich auf das, was wir hier auf die Beine stellen. Allein würde ich das nicht schaffen, aber mit Elena und Paul an meiner Seite ...

»Es gibt eine Tierfutterfirma, auch ein Onlineshop. Da bellt es jedes Mal, wenn eine Bestellung eingeht«, sagt Elena. Sie scheint schon mitten in der Planung zu sein. »Schade, dass Blumen keine Geräusche machen.«

»Solange es nicht pupst, kannst du mir jedes Eingangsgeräusch einstellen«, sage ich und lache.

Die Leute um uns herum jubeln und schreien. Wir schauen auf, und ich sehe, wie die Mannschaft auf Fabian zurennt und ihn umarmt, ihm auf die Schulter klopft.

Schnell juble ich mit. Eine schöne Freundin bin ich! Während mein Freund sich auf dem Feld abmüht und sein Team in Führung bringt, überlege ich, welche Bezahlarten ich anbieten soll. Doch auch wenn ich nicht gerade dabei bin, ein neues Geschäft aufzubauen, fällt es mir schwer, neunzig Minuten lang zuzuschauen, wie der Ball hin und her geschossen wird, bis dann mal für wenige Sekunden etwas passiert und vielleicht sogar ein Tor fällt.

Irgendeine Faszination muss Fußball haben, sonst wären nicht so viele Leute verrückt danach, doch ich kann das einfach nicht nachvollziehen. Dabei würde ich einiges darum geben, Fußball auch toll zu finden.

Schräg gegenüber steht Sabrina auf der alten Tribüne und winkt mir zu. Allem Anschein nach ist sie alleine. Ich überlege, ob ich sie herüberbitten soll, aber mit unserer Planerei sind wir keine spannende Gesellschaft.

Zum nächsten Spiel werde ich auch gehen, und dann werde ich Sabrina mitnehmen. Die kennt sich aus, und wenn sie mir erklärt, warum die Spieler und der Schiedsrichter das tun, was sie tun, packt sie mich vielleicht auch, die Fußballbegeisterung. Nächstes Mal.

»Wenn sie das gewinnen, sind sie in der Relegation«, sagt Elena.

Ich nicke, obwohl ich keine Ahnung habe, was das heißt.

»Ist das gut?«, frage ich.

Sie lacht. »Für uns schon.«

Ich zucke mit den Schultern. »Mein Freund spielt. Das zählt.«

Sie grinst. »Ich stelle dir eine Liste mit Fragen zusammen, über die du dir Gedanken machen musst. Dann fange ich an.« Sie befeuchtet ihre Lippen und presst sie aufeinander. »Was wir unbedingt brauchen, sind gute Blumen, die den Transport überstehen und dann noch lange halten.«

»Mit unserem Lieferanten rede ich gleich morgen, das

sollte kein Problem sein. Die führen auch viele außergewöhnliche Sachen, leider ordert Annegret die nur nie. Und mit ein bisschen Vorlauf kriege ich auch die ganz wilden Sorten.«

»Bestell sie gleich, dann können wir am Ende der Woche Fotos machen. Die stellen wir unter *›Für anspruchsvolle Kunden‹* ein. Nein, das klingt zu altbacken. Egal, da fällt mir schon etwas ein.« Elena lacht. »Für die Fotos habe ich jemanden an der Hand: meine Cousine. Ich schreibe sie gleich mal an.«

Während Elena tippt und für kommenden Donnerstagabend ein Blumenshooting vereinbart, frage ich mich, was ich ohne sie tun würde.

»Alles klar«, sagt Elena in meine Gedanken hinein. »Donnerstag steht.«

Ich sehe sie nachdenklich an.

»Was?«, fragt sie.

»Am liebsten würde ich dich fragen, ob du bei mir einsteigen willst. Als Partnerin.«

Nun grinst sie breit. »Ich habe eben überlegt, ob du nicht Lust auf einen Kompagnon hättest. Du als kreative Hand, ich als die Verwaltungsfrau.«

»Hast du dafür denn überhaupt Zeit?«

»Na klar.« Sie nickt verwegen. »Die Wildsache läuft eh schleppend, ich hätte also noch Kapazitäten. Wir sollten auf eine ›Push and pull‹-Strategie setzen und uns zu gegebener Zeit über Onboarding unterhalten.«

Sie grinst, ich juble und falle ihr um den Hals, was für Irritationen bei den Zuschauern sorgt, weil einer unserer Spieler gerade einen Gegner gefoult hat und ein Elfmeter gegen Untergickelbach ansteht. So viel verstehe sogar ich vom Fußball.

Elena und ich stoßen mit Spezi auf unsere neue Geschäftsbeziehung an, dann verabschiedet sie sich. Sie will sich gleich an ein paar Webseiten-Entwürfe machen. Auf meinem Smartphone rufe ich die Bestellseite des Blumenlieferanten auf und lege Blumen und Grün in den Warenkorb. Die genauen Mengen gebe ich heute Abend ein, wenn ich meine Sträuße entworfen habe.

An Weihnachten könnten wir Adventskränze und andere Deko-Sachen anbieten. Dabei sollten wir das Angebot am Geschmack der Kundschaft ausrichten: verspielt, romantisch, üppig, kitschig (natürlich werden wir das anders nennen). Und zurückhaltende Sachen für die Puristen dürfen natürlich nicht fehlen.

Ich überlege mir gerade, ob ich Miniweihnachtsbäume in mein Sortiment aufnehmen soll, als ein langgezogener Pfiff ertönt. Wenige Augenblicke später steht mein Freund vor mir. Schweiß tropft von seiner Stirn, sein Trikot ist nass. Er gibt mir einen salzigen Kuss.

»Denen haben wir es gezeigt!«, sagt er.

»Super Spiel«, sage ich und füge schnell hinzu: »Tolles Tor!«

»Wir gehen zu Gianfranco Pizza essen. Kommst du mit?«

»Klar«, sage ich.

»Allerdings wollen die anderen danach noch Schafkopfen. Ist das okay?«

»Natürlich«, versichere ich. »Ich gehe dann nach Hause, und du kommst, wenn du sie alle unter den Tisch gekopft hast.«

»Du bist die Beste!«

Ganz so gut, wie er meint, bin ich zwar nicht. Aber wenn er Karten spielen geht, bedeutet das, dass ich den ganzen Abend ungestört planen kann. Nichts geht über eine Beziehung, in der man sich seine Freiheiten lässt.

Ich nutze meine Freiheit, um meine Bestellung abzuschließen und um lange mit Vee zu telefonieren. Ich erzähle ihr von Paul. Er hat so viele Menschen unterstützt, sie getröstet und ihnen in ihrer schwersten Zeit beigestanden, doch ihm und seinen Kindern hat niemand helfen können. Das lässt mir keine Ruhe.

Vee hört mir zu, wie ich ihr die Peerenboom'sche Familiengeschichte erzähle, zumindest den Teil, den ich kenne: von Joseph, dem Studienab- und In-Wohnungen-Einbrecher. Auch wenn er sich eher um den IT-Support gekümmert und Alarmanlagen ausgeschaltet sowie die Terminkalender der »Kunden« nach geeigneten Zeitfenstern durchforstet hat. Außerdem scheint er sich als Musiklehrer ausgegeben und die Häuser ausgekundschaftet zu haben.

Das alles hat Paul mir noch erzählt, während wir geplant haben. Irgendwie schien es ihm da plötzlich leichterzufallen, über seinen Sohn zu reden. Schon in dem Moment ist mir eine Idee gekommen, und die unterbreite ich jetzt Vee. Sie hat mit der Spendengala zu tun, außerdem mit Paul und seinen inzwischen erwachsenen Kindern, und sie erfordert Recherche und Einfluss. Meine Tante hat beides und ich den Patenkindbonus, was die Durchführung scheinbar unmöglicher Projekte angeht. Und mit dieser Kombination kriegt man alles hin.

11
Was wäre, wenn sie geht

May your heart be light and happy,
may your smile be big and wide,
and may your pockets always have a coin or two inside!

Möge dein Herz leicht und glücklich sein,
möge dein Lächeln breit sein,
und mögen sich in deinen Taschen immer ein oder zwei
Münzen befinden.

IRISH SAYING

Samstag, Mitte August

Ich habe nur wenige Stunden geschlafen. Es ist die Neugier, die mich aus dem Bett treibt. Die Nacht habe ich erst grübelnd und dann googelnd verbracht. Auch als ich mit Lio draußen war, habe ich an nichts anderes gedacht. Jonathan Genske hat meiner Mutter eine Karte geschrieben, das allein schon ist eine Sensation. Aber nicht nur das, er hat sich auch bedankt. Wofür? Für den Kunstgenuss?

Vom Regal hole ich mir den Ordner mit den Nachlassunterlagen meiner Mutter. Darin befindet sich unter anderem auch das Passwort ihren E-Mail-Account. Ich wollte ihn nie aufrufen, doch jetzt kann ich nicht anders.

Die ersten dreißig Nachrichten melden, dass das Postfach

voll ist. Danach kommen Ankündigungen für Pakete, Werbung, ein paar Mails von Mamas Galeristin.

Ich gebe »*Genske*« und »*Jonathan*« in die Suchleiste ein – kein Treffer. Entweder haben die beiden nicht per Mail kommuniziert, oder er hat eine E-Mail-Adresse, die seinen Namen nicht enthält.

Auch die Suche nach »*Kunsthandel*« bringt mich nicht weiter, also muss ich die Mails einzeln durchgehen. Das wird dauern.

Ich mache mir einen Kaffee, hole mir zwei Birne-Bananen-Riegel und lege los. Nach zwei Stunden habe ich noch keinen Hinweis gefunden. Es ist stickig und heiß in meiner Wohnung, und ich reiße alle Fenster auf.

Als ich das Küchenfenster öffne, sehe ich einen grauen Land Rover an der Zapfsäule halten, und mein Herz reagiert sofort. Es klopft schneller, als ich das Nummernschild sehe, noch schneller, als Sean aus dem Wagen steigt … und es bleibt fast stehen, als eine dunkelhaarige Frau vom Beifahrersitz klettert. Sie trägt ein Jeanskleid und Sneakers, hat halblange Haare.

Mir wird schlecht. Das muss Dolores sein.

Ich habe sie mir so anders vorgestellt! Nachdem sie offenbar mit Gina befreundet ist, habe ich eher an eine Frau im Rockabilly-Stil gedacht, mit Petticoat-Kleid, Ponyfrisur und Pferdeschwanz. Doch die Frau, die jetzt zu Beppi hineingeht, ist nicht gestylt, sondern wirkt lässig.

Ich kann gar nicht sagen, wie sehr mich das nervt. Diese blöde Kuh hat sich Sean geschnappt und sitzt jetzt auf dem Beifahrersitz, auf dem ich so gerne sitzen würde. Wahrscheinlich hat er sie jeden Abend angerufen und ihr erzählt, was er auf dem Kongress Tolles erfahren hat. Vermutlich hat sie Sean für seinen eigenen Vortrag die Daumen gedrückt und ihm aufmunternde Nachrichten geschrieben. Und abends dann der Videochat …

Ich hole mir eine Tüte Brotchips aus dem Küchenschrank und knalle die Tür wieder zu. Was fällt ihm ein? Warum räumt er mit mir die Kisten aus? Warum läuft er mit mir durchs Kloster und tut so, als wäre ich etwas Besonderes für ihn, wenn er diese dumme Kuh irgendwo sitzen hat?

Okay, ich merke selbst, wie unfair das ist, denn zu der Zeit hatte ich Fabian. Insofern kann ich ihm gar nichts vorwerfen. Ich war in einer Beziehung, als wir gemeinsam durch das Kloster gewandelt sind, und ich war kurz davor, genau diese Tatsache zu vergessen.

Ach, und während dieser Zeit hat Fabian höchstwahrscheinlich mit Sabrina rumgemacht, wofür ihr Ex-Freund mich dann so zugerichtet hat, dass ich mein Bein bis heute nicht voll belasten kann.

Meine Finger krallen sich um das Fensterbrett, und weiße Wandfarbe schiebt sich unter meine Nägel. Ich will und werde mich nicht von einem Mann abhängig machen. Ich habe hier alles, was ich will, und ich werde mir hier ein tolles Leben aufbauen. Sean als normaler, nicht als romantischer Freund wäre ein Gewinn, absolut. Darauf muss ich mich jetzt konzentrieren. Und wer weiß, vielleicht verschwindet diese Dolores ja irgendwann …

Später verbringe ich längere Zeit damit, mich für den Abend zu stylen. Laut Gina und Beppi sind die EFAs absolut entspannte Veranstaltungen, auf die man mit dem geht, was man gerade anhat.

Mithilfe von Vees Zauberkisten werde ich die Königin der legeren Veranstaltung sein. Ich werde so aussehen, wie man eben aussieht, wenn man auf ein entspanntes Event geht. Trotzdem will ich, dass es Sean umhaut, wenn er mich sieht. So viel zu meinen Vorsätzen!

Ich verzichte darauf, Vee und Hilda um eine Kleidungsberatung zu bitten. Bestimmt würden sie nachfragen, für wen ich mich so schön mache, und ein »für mich selbst« würden sie mir nicht abnehmen. Allerdings schicke ich Elena zwei Auswahlfotos, die sie aber nicht sieht. Mit dem grün-weiß gestreiften Oberteil sehe ich nicht so aus, als sei ich mit dem Segelboot angekommen (deswegen habe ich das blau-weiß gestreifte wieder ausgezogen), außerdem macht es gute Laune. Die weite Hose fühlt sich an meinen Beinen besser an als eine eng anliegende. Meine Haare habe ich mir zu einem Knoten im Nacken zusammengebunden. So hängen sie nicht im Weg rum.

Gemeinsam mit Gina und Beppi fahre ich zu meinem ersten EFA. Was sie mir darüber erzählen, klingt so gemütlich und praktisch und familiär. Robert und Cinzia verfüttern alles, was im Weinkontor nicht verzehrt worden ist, an die Lavendelhöfler. Zusätzlich bringen wohl auch die anderen ihre »Reste« mit, sodass sich ein buntes Büfett ergibt. Das Beste scheint allerdings die Musik zu sein. Jeder darf auf die Bühne und etwas beitragen, mit oder ohne Instrument, kunstvoll oder leidenschaftlich schief.

Wir parken vor einem Seiteneingang und laufen durch den Kreuzgang. Bestimmt ist Sean schon da. Die Aussicht, ihn gleich wiederzusehen, lässt meine Knie weich werden. Innerlich flattere ich.

Als wir die Treppen hinuntergehen, dringen Reden und Lachen an mein Ohr. Nur noch wenige Stufen.

Neben den Tischen, auf denen Robert und Cinzia Wein und Spirituosen präsentieren, stehen Leute und unterhalten sich. Einzelne sitzen in den Nischen neben den Weinregalen für die verschiedenen Anbauregionen und -länder oder lehnen an den hohen Tischen und Stühlen, die sonst zum Verkosten einladen. Direkt neben der Treppe befindet sich eine Theke mit italienischen Köstlichkeiten: Antipasti, Schinken, Salami.

Cinzia ist dabei, eine Schüssel mit eingelegten Paprikaschoten aufzufüllen, als sie aufblickt und mich anstrahlt. Sie reißt die Arme auseinander, kommt um die Theke herum und drückt mich fest, wobei sie ihre Hände von meinem Rücken weghält.

»Nicht dass ich dich mit Öl vollschmiere«, erklärt sie lachend. »Wie geht es dir? Wie schön, dich zu sehen. Wir warten schon die ganze Woche darauf, dass du vorbeikommst. Heute Morgen habe ich zu Robert gesagt, wenn sie nicht zum EFA auftaucht, holen wir sie das nächste Mal vorher ab.«

Die Wiedersehensfreude, die sie mir entgegensprudelt, rührt mich so sehr, dass ich die Tränen zurückhalten muss.

»Ich habe mich eingerichtet, meine Werkstatt – oder eher ›Küche‹ – ausgestattet, und jetzt kann es losgehen«, berichte ich und schniefe ein wenig. Dann drücke ich sie erneut, weil ich sonst anfange zu weinen.

Michael und Lena winken mir zu. Sean scheint noch nicht da zu sein. Ich versuche, nicht daran zu denken, was oder wer ihn vielleicht davon abhält, pünktlich hier zu erscheinen.

»Du musst dich in deiner Pause mal freimachen und hier essen. Wir bieten jetzt ein kleines Mittagsbüfett an: Antipasti, Pasta und Pizza, Espresso und ein süßer Abschiedsgruß. Von der *Torta della Nonna* habe ich noch etwas. Ich weiß, dass ihr Hotelleute gut versorgt werdet, aber ab und zu braucht man eben ein wenig Italien.« Sie strahlt mich an. »Was möchtest du trinken? Roberto, komm her und kümmere dich um Marie. Sie hat noch keinen Wein.«

Robert folgt der Aufforderung seiner Frau und umarmt mich ebenfalls.

»Ich hole dir mal was Feines. Wir haben einen hervorragenden *Faugères*, den musst du probieren.« Schon ist er verschwunden.

Cinzia kümmert sich wieder um ihre Schlüssel, entfernt zwei leere Schalen und füllt ein paar weitere aus großen Tupperbehältnissen auf.

Als Nächstes kommt Lena auf mich zu. Auch sie erkundigt sich nach meiner Verletzung und dem Verlauf meiner ersten Woche. Ich beantworte ihre Fragen und will dann wissen, wie es in ihrem Naturkosmetikgeschäft läuft, woraufhin sie mir von der neuen Aprikosencreme erzählt, die sie bald an die Kunden bringen will.

Und dann sehe ich sie. Zwischen den Bioweinen aus dem Burgenland und den Privatbrennereien aus Südtirol. Die Frau im Jeanskleid. Dolores. So muss es sich anfühlen, einen Eiszapfen in den Körper gerammt zu bekommen. Sie ist hier, am EFA. Und obwohl ich das geahnt habe, trifft es mich.

Lena fragt mich nach meinem Fuß, und ich gebe zu, dass es ihm besser gehen könnte. Sie erklärt mir, mit welchen Kräuterumschlägen ich den Heilungsprozess beschleunigen kann, und ich muss mich zwingen, sie anzusehen und nicht die dunkelhaarige Frau zu beobachten, die sich mit Michael unterhält.

Über Lenas Schulter hinweg suche ich den Raum ab, denn ich spüre förmlich, dass er da ist. Mein Herz beginnt, schneller zu schlagen, und ich versuche, mich auf Lenas Ausführungen zu konzentrieren.

Dort hinten steht er, bei Beppi, der sich mit Gina auf einer kleinen Bühne einrichtet. Eigentlich ist es mehr ein Podest, auf dem zwei Stühle stehen. Sean trägt ein blaues Hemd und eng geschnittene Hosen. Er erinnert mich an die Menschen, die nach Büroschluss in Trauben vor den Londoner Pubs stehen, noch in Businesskleidung, mit einem Pint in der Hand. Sean wirkt, als hätte man ihn direkt von der Insel hierhergebeamt. Mit den hochgekrempelten Ärmeln und den knallbunten Socken, die zwischen Hose und Schuhen hervorblitzen, strahlt er etwas Bodenständiges aus, und seine gebräunten Arme erinnern daran, dass er viel an der frischen Luft unterwegs ist.

Mit einer Hand hält er sein Weinglas, mit der anderen untermalt er seine Erzählungen. Seine Augen strahlen, er wirkt so gelöst, so heiter. Er sieht zu uns herüber, und ich wende den Blick ab.

Beppi und Sean gehen zu der Frauengruppe mit Dolores. Sie sagt etwas, berührt Seans Oberarm, und alle schütten sich aus vor Lachen. Am liebsten würde ich der Flaschenpyramide neben mir einen Schubs versetzen, doch glücklicherweise erscheint in diesem Moment Robert mit meinem Wein. Er lauscht Lenas Ausführungen zu Naturheilmitteln und schwärmt von einer Wundercreme, die es nur in italienischen Apotheken gibt, die er mir aber über Cinzias Cousine besorgen kann, wenn ich das möchte.

Die Eifersucht gräbt sich durch meine Wiedersehensfreude, und ich versuche, sie zurückzudrängen. Sean schaut zu mir herüber, und ich tue so, als hätte ich ihn nicht bemerkt. Es ist schrecklich! Ich bin wieder fünfzehn, und das hier ist eine bescheuerte Party, auf der ich nicht will, dass der gut aussehende Basketballspieler aus der Parallelklasse merkt, wie toll ich ihn finde. Nur dass aus dem Spieler ein Architekt geworden ist und aus der Prom Queen die Frau mit dem Jeanskleid. Das Spiel hat sich nicht verändert – oder ich habe nicht gelernt, nach anderen Regeln zu spielen.

Ich versuche, mich auf Robert zu konzentrieren, und bitte ihn, mir etwas über meinen Wein zu erzählen. Ich gebe zu, dass ich nichts über Weine weiß, und mache Robert damit glücklich. Er erläutert mir, was Bodenbeschaffenheit, Handlese und Holzfass für meinen *Faugères* getan haben, und ich will ihm auch wirklich zuhören, aber meine Gedanken weilen ein paar Meter weiter hinten im Raum.

Sean sieht herüber, und ich bestätige Robert durch interessiertes Nicken, dass ich ganz bei ihm bin. Dann winkt Cinzia ihn zu sich, und auch Lena entschuldigt sich, um auf die Toilette zu gehen, sodass ich plötzlich allein zurückbleibe. Wo soll ich denn jetzt hin? Ich will nicht einsam herumstehen, während Dolores hinten die Partyprinzessin gibt. Vielleicht sollte ich frische Luft schnappen, aber die Kombination aus Treppen und meinem lädierten Knie hindert mich daran, diesem Drang nachzugeben.

Zwischen den Tischen stehen Kisten und Klappstühle, wahrscheinlich für später, wenn die Musik beginnt. Ich könnte mir schon mal einen Platz suchen.

»Hallo!«, sagt die schönste Stimme der Welt neben mir.

Mein Bauch zieht sich zusammen, und ich spüre die Wärme in mein Gesicht schießen.

»Hi«, sage ich und drehe mich zu ihm um.

»Du bist ja sehr begehrt«, stellt er fest. »Man kommt gar nicht an dich ran.«

»Bei dir ist das nicht anders«, entgegne ich.

Als er mir in die Augen sieht, pocht mein Herz noch schneller. Weder Mund noch Kopf noch Herz wissen, was sie sagen oder denken oder fühlen sollen.

Mit einem Mal steht die Jeanskleid-Frau neben uns. Ich bücke mich nach meiner Handtasche und gebe vor, etwas zu suchen. Angestrengt versuche ich, meine Mimik in den Griff zu bekommen.

»Hallo«, sagt sie. Sie hat tatsächlich die Stirn, mich anzusprechen! »Wie geht's deinem Bein?«

Was fällt dieser Frau eigentlich ein? Sie hat Sean, da benötigt sie keine Informationen über meinen Zustand. Jedenfalls will ich ihr keine geben.

Länger kann ich allerdings nicht in der Tasche wühlen,

ohne dass es auffällt, also muss ich mich hochdrücken und sie ansehen. Dumme Kuh. Soll sie doch dorthin gehen, wo sie …

»Carla!« Entgeistert blicke ich auf die Frau, die fast meine Chefin geworden wäre. Ihre Haarfarbe hat sich von Hellblond zu Dunkelbraun verändert.

Sie lacht. »Du bist nicht die Erste, die so reagiert. Am Montag hat mich mein eigener Vater nicht erkannt, als er ins Geschäft kam. Er dachte, ich hätte eine neue Mitarbeiterin. Findest du es zu dunkel? Ich dachte, es sei einmal Zeit für eine Veränderung.«

»Nein, gar nicht. Aber ich habe dich auf den ersten Blick nicht erkannt.« Das ist eine glatte Lüge! Auch auf den einunddreißigsten Blick, mit dem ich ihr meine niederträchtigen Gedanken geschickt habe, ist mir nicht aufgefallen, dass sie das ist. »Entschuldigung, das hätte nicht passieren dürfen.«

»Vergiss es, du bist – wie gesagt – nicht die Einzige.«

Ich kläre sie nicht darüber auf, dass die Entschuldigung eher der Tatsache gilt, dass ich sie als vermeintliche Dolores am liebsten ins ewige Eis gewünscht hätte.

Moment! Wenn das nicht Dolores ist, welche Frau ist dann Dolores? Und wo ist sie?

Die Verwirrung packt mich, allerdings kann ich diesen Zustand gerade nicht auflösen, da ich Carla zuhören muss.

»Ich bin schon gespannt, was du dir für das Hotel alles ausdenkst«, sagt sie. »Ein wenig habe ich ja gehofft, dass Maja uns für Feiern beauftragt, da wusste ich allerdings noch nicht, dass sie ihre ›Sacher‹-Träume umsetzen will. Ich wusste gar nicht, dass sie solche Träume hat.«

Kurz sehe ich Sean an, dann aber hastig wieder weg, damit sein Blick nicht alles in mir lahmlegt. Ich wende mich Carla zu.

»Große Feiern werde ich alleine auch nicht stemmen können. Ich bin mir sicher, dass ich Maja dann um die Unterstützung einer professionellen Floristin bitten muss.«

Ich hoffe, dass mein Lächeln nicht schief wirkt, denn ich habe mich so in meine Abneigung gegen Dolores hineingesteigert, dass ich diese Hassgefühle nicht einfach ausknipsen kann. Doch Carla ist so freundlich, sie hat das nicht verdient.

»Wir finden schon einen Weg, gut zusammenzuarbeiten.« Sie grinst. »Ich muss noch mal kurz raus, bevor es anfängt«, sagt sie, kramt eine Zigarettenschachtel aus ihrer Handtasche und deutet mit ihrem Kopf in Richtung Treppe.

In diesem Moment schwappt die Welle der Erleichterung darüber, dass Carla die Jeanskleid-Frau ist, über mich.

»Wollen wir uns dort drüben einen Platz suchen?«, fragt Sean. »Es geht gleich los.«

Er sieht mich an, und mein Herz reagiert sofort: auf sein Lächeln, aber vor allem auf die Tatsache, dass er bei mir sitzen will. Es klopft so schnell, und ich merke, wie mein Verstand versucht, diesen Übermut zu bremsen. Er scheint aber chancenlos zu sein, und wenn ich ehrlich bin, tue ich auch nicht viel dafür, dass sich die Vernunft durchsetzen kann. Es fühlt sich gerade einfach zu schön an.

In einer Nische stehen zwei Weinkisten, die durch die darauf liegenden Kissen als Behelfssitzmöbel gekennzeichnet sind. Zwar können wir von dort aus die Bühne oder die Leute darauf nur sehen, wenn wir uns strecken, weil der Tisch mit den Weinen aus dem Elsass im Weg steht, doch es soll mir recht sein.

»Geht das mit deinem Knie?«, erkundigt sich Sean fürsorglich. »Oder soll ich dir eine Kiste holen, damit du das Bein hochlegen kannst?«

Ich versichere ihm, dass es reicht, wenn ich es ausstrecken kann, und setze mich etwas umständlich auf die Kiste. Anlehnen kann ich mich nicht, da sonst die Weinflaschen im Regal dahinter herunterfallen könnten.

Auf der Bühne fangen ein Gitarrist und ein Bassist an zu spielen. Eine Frau singt dazu, und Sean setzt sich neben mich. Die Kisten stehen sehr nah beieinander, sodass sich unsere Beine berühren. Ein wenig könnte ich nach links rutschen, aber ich tue es nicht, weil sich sein Bein an meinem so warm anfühlt.

Wir sitzen, lauschen, wie die Musiker *Sag mir, was du willst* von *Clueso* performen, und ich rücke noch ein wenig näher an ihn heran – natürlich ganz vorsichtig und unauffällig.

»Ist dein Bein schon fit genug für die Arbeit?«, fragt er und sieht mir direkt in die Augen, als gäbe es nur mich auf der Welt.

»Ich denke schon.« Obwohl ich flüstere, habe ich das Gefühl, viel zu laut und viel zu überschwänglich zu klingen. Ich muss dringend einen Gang – eigentlich sogar mehrere Gänge – herunterschalten. »Wie läuft es denn hier?«

»Vor dem Kongress war es anstrengend.« Er bewegt seinen Kopf hin und her, als wolle er eine Verspannung im Nacken lösen. »Wir mussten einen Restaurator entlassen, und nun suche ich Ersatz, was gar nicht so einfach ist.«

»Das tut mir leid. Darf ich fragen, warum?«

»Du darfst mich alles fragen.« Er legt kurz seine Hand auf meinen Oberschenkel, zieht sie aber gleich wieder zurück. »Er hat schlampig gearbeitet und das Deckenbild in der kleinen Kapelle eher verunstaltet als wiederhergestellt. Jetzt brauche ich jemanden, der seine Fehler ausgleicht und dann ordentlich weiterarbeitet. Du bist da nicht zufällig mütterlicherseits vorbelastet und kannst helfen?«

»Gegen mich wirkt dein Stümperator noch wie ein Meister.«

Er lacht, als er meine Wortneuschöpfung hört, und es ist ein echtes Lachen – offen, warm, liebevoll.

»Wenn du Zeit hast, kannst du dir mal meinen neuen Arbeitsplatz ansehen«, sage ich.

»Das mache ich auf jeden Fall«, verspricht er.

Das Licht im Kontor wirkt mit einem Mal wärmer, die Atmosphäre heimeliger, die Musik klingt noch beschwingter. Und ich kann sie nun wirklich schmecken, den Lavendel und die Tanne in meinem Wein.

Zwei Frauen betreten die Bühne. Sie kündigen an, »I Run To You« zu singen, und teilen uns mit, dass der Song von *Lady A* stammt, was mir leider überhaupt nichts sagt. Es ist ein schönes Lied, vor allem, weil die Frauen wunderbar zweistimmig singen.

Aus Versehen stoße ich gegen meine Tasche, die links neben mir an der Kiste lehnt. Sie rutscht auf den Boden, und wir bücken uns gleichzeitig, um sie wieder aufzuheben. Ich bin näher dran, muss mich aber strecken, um den Griff zu erreichen.

Ich spüre, wie Sean die Hände an meine Seiten legt, um zu verhindern, dass ich von der Kiste rutsche. Nötig ist das zwar nicht, dennoch lasse ich mir Zeit, damit mich seine Hände noch ein paar Sekunden länger halten. Allerdings will ich auch nicht wie eine Neunzigjährige wirken, die nicht mehr hochkommt, also richte ich mich wieder auf und lächle ihn an.

Unsere Blicke verhaken sich ineinander. Er nimmt die rechte Hand weg, dann die linke. Ich lehne mich zurück.

»Vorsicht, das Regal!«, sagt er und legt eine Hand an meinen Rücken, damit ich mich nicht am Holz stoße oder die Weinflaschen abräume. Beides ist eher unwahrscheinlich, aber ich mag es, dass er wieder eine Gelegenheit hat, mich zu berühren, und lehne mich in seine Hand hinein, die bisher eher vor dem Stoff meines Oberteils schwebt. Das Kribbeln breitet sich durch meinen ganzen Bauch aus und geht dann in meine Beine über.

»Es ist so schön, dass du da bist«, sagt er nahe bei meinem Ohr.

Fast fühlt es sich so an, als wären wir von unserem Klosterbesuch vor ein paar Wochen direkt hierhergekommen. Der verunglückte Abschied spielt keine Rolle mehr, und auch alles andere, was dazwischen passiert ist, ist weit weg. Bis auf eines …

Ich drehe meinen Kopf zu ihm hin, und er sieht mich an. Ich muss nach unten gucken, sonst kann ich nicht sprechen.

»Was ist mit Dolores?«, frage ich.

Es tut weh, ihren Namen zu sagen, und ich hasse es, das Thema anzusprechen, weil es gerade so wunderschön ist und ich das nicht zerstören will, aber ich kann nicht anders.

Er wirkt überrascht. »Du bist wirklich schon perfekt informiert.« Dann legt er den Kopf schief. »Was soll mit ihr sein?«

»Ich weiß nicht, ob ich das kann«, gestehe ich. »Eigentlich bin ich mir sogar ziemlich sicher, dass ich das nicht kann.«

»Ich kenne viele Leute, denen es so geht. Aber das kriegen wir hin.«

Unglaublich, wie locker er das nimmt und mit welcher Selbstverständlichkeit er darüber spricht. Ich komme mir ein wenig unbedarft vor und wünsche mir, auch beziehungsmäßig spannender und abgefahrener zu sein. Vielleicht bin ich das ja auch und habe es nur noch nicht herausgefunden.

»Ich kann die Zimmer hinter dem Büro ein bisschen gemütlicher einrichten, wenn du dich dort wohler fühlst.«

Hat er mir gerade zugehört? Ich habe kein Einrichtungsproblem. Ehrlich gesagt, ist es mir egal, ob er sich mit ihr auf den Bänken im Trailer trifft oder ein neues Sofa anschafft.

»Ja, aber was sagt sie denn dazu, dass ich hier einfach auftauche. Stört sie das nicht?«

Er schüttelt den Kopf, als sei das sehr weit hergeholt.

»Wieso sollte es?«, fragt er irritiert.

»Gina meinte, ihr seid total eng und habt schon so viel miteinander erlebt, und ich dränge mich nirgends rein.«

Er kneift die Augen zusammen und legt seine Stirn in Falten. Seine Lippen presst er aufeinander, um ein Schmunzeln zu verbergen. Auf einmal fällt bei mir der Groschen.

»Sie ist deine Schildkröte oder dein Roller oder …«, schlussfolgere ich, während er gleichzeitig sagt: »Du denkst, sie ist ein Mensch.«

Wir müssen lachen, und plötzlich merke ich, wie alle Leute aus dem Kontor uns ansehen.

»Auch wenn du offenbar mit anderen Dingen beschäftigt bist, Mr. Halligan, du wirst hier auf der Bühne gebraucht.« Beppi klingt amüsiert, und auch die anderen grinsen Sean an, als er aufsteht. »So, was hast du dir denn für heute Abend überlegt?«

»Gar nichts«, behauptet Sean. »Aber wir kriegen das spontan hin.«

Er flüstert Beppi etwas zu. Der grinst.

»Glaubt ihm kein Wort. Wir haben letzte Woche schon ausgemacht, was wir heute singen, und dazu brauchen wir euch alle. Kann ich bitte ein ›Ho‹ hören?«

»Hos« prasseln durch den Raum, und Beppi verzieht sein Gesicht.

»Das kriegen wir besser hin. Wir hätten gerne ein kräftiges, einstimmiges ›Ho‹.«

Die Lavendelhöfler rufen »Ho«, und Beppi scheint zufrieden zu sein.

»Sean, möchtest du vielleicht ein ›Hey‹ hören?«

»So ist es«, bestätigt er lachend. »Beppi hat euch ja schon beigebracht, wie das geht. Kann ich bitte das ›Hey‹ hören?«

Das Publikum ruft »Hey« und lacht, während Beppi zur Gitarre greift. Sie singen »Ho Hey« von den *Lumineers*, und alle Leute im Weinkontor – auch ich – singen »Hos« und »Heys«, so laut und so kräftig, dass Beppi anerkennend nickt und breit grinst, während Sean singt.

Bei *»You're my sweetheart«* sucht Sean meinen Blick. Auf einmal habe ich keine Schmerzen mehr in meinem Bein und spüre auch die harte Kiste nicht mehr.

Als das Lied zu Ende ist, bleibt Sean stehen, bis der Applaus abebbt.

»Carrickfergus«, ruft jemand.

Sean lächelt und nickt, als hätte er diesen Wunsch erwartet. Als er singt, hänge ich an jedem seiner Worte. Es klingt so irisch, so sehnsüchtig, so schön.

Die Gäste applaudieren, jubeln und pfeifen; Cinzia kommt auf die Bühne, umarmt Sean und sagt irgendetwas zu ihm. Dann verkündet sie, dass jetzt die obligatorische Pause ansteht.

Stühle quietschen über den Boden. Die Leute stehen auf, nehmen ihre Jacken, wühlen Zigarettenpackungen aus ihren Taschen und tragen ihre leeren Gläser zur Bar.

Ich kriege das alles mit, ohne es wirklich wahrzunehmen. Noch immer sitze ich in einer Blase, die er mit den Worten seines Liedes aufgebaut hat. Das Weinkontor, die Menschen, alles verschwimmt. Klar sehe ich nur Sean, der sich nun einen Weg zu mir bahnt. Er schiebt sich an dem Weintisch vorbei. Ich bin aufgestanden und stütze mich am Regal ab.

Jetzt ist er bei mir. Für ein paar Sekunden stehen wir einander nur gegenüber, dann löse ich mich vom Regal. Meine Fingerspitzen tasten nach Seans Hand, meine Finger legen sich zwischen seine, verflechten sich mit ihnen. Er schiebt seine andere Hand zwischen meinem Arm und meiner Taille hindurch und legt sie auf meinen Rücken. Er berührt nur wenige Quadratzentimeter, aber es ist, als würden elektrische Teilchen über meinen ganzen Körper flitzen.

Als ich den Kopf hebe, streicheln seine Fingerkuppen zuerst meine Stirn und dann meine Wange an seinem Bart entlang.

»Darf ich dich küssen?«, flüstere ich.

»Ja«, flüstert er zurück.

Sanft berühre ich seine Lippen mit meinen. Es ist mehr ein Streicheln, das in einen sehr langsamen, sehr zarten Kuss übergeht. Seine Hand wandert an meine Taille und legt sich behutsam an meine Seite.

»Wollen wir rausgehen?«, flüstert er.

Ich nicke, und wir schieben uns aus der Nische mit den Weinregalen heraus, gehen die Treppen hinauf. Draußen schlendern wir an den Lavendelhöflern vorbei, die mit Weingläsern in der Hand dastehen, reden und lachen.

Sean zieht seinen Architektenschlüsselbund aus der Tasche und schließt eine Holztür auf, die in den schmalen Gang führt, durch den wir vor ein paar Wochen schon einmal gelaufen sind. Er lässt mich vorausgehen und schließt die Tür wieder ab. Ich bleibe gleich hinter ihm stehen und berühre seine Hand. Er legt seine Arme um mich, und dann küssen wir uns noch einmal. Seine Lippen sind weich, und ich kann es kaum glauben, dass es passiert. Noch einmal passiert. Dass der Kuss vorhin keine Einbildung war.

Kurz öffne ich die Augen, streiche über sein Haar, halte inne. Er macht seine Augen auf und lächelt. Es muss wahr sein, denn solche Gefühle kann man nicht im Traum empfinden.

»Ich habe nicht gedacht, dass ich dir irgendwann einmal so nah sein darf«, flüstert Sean.

»Und ich habe es mir so sehr gewünscht.«

»Ich habe dauernd an dich gedacht. Und ich war so oft kurz davor, dir zu schreiben.«

Also doch. Es ist ihm genauso ergangen wie mir.

»Ich habe mich auch nicht getraut«, gestehe ich.

»Ich bin Maja so dankbar für das Casting.«

Seine Hand streichelt über meine Wange; sein Daumen über meinen Wangenknochen, mein Kinn, meine Lippen. Dann küssen wir uns erneut.

Längst ist vor der Tür niemand mehr zu hören. Aus dem Weinkontor dringt die Melodie von »More than words« leise an mein Ohr. Die Kälte der Nacht senkt sich von oben in den Gang und kriecht über meinen Rücken, weil mein Shirt immer wieder hochrutscht, wenn Sean seine Arme noch fester um mich schlingt. Einmal berührt er mit seiner Hand versehentlich meine nackte Haut, doch er zieht sie schnell wieder zurück und mein T-Shirt nach unten.

»Du fühlst dich schon ganz kalt an«, stellt er fest.

»Vielleicht sollten wir irgendwohin gehen, wo es warm ist«, schlage ich vor.

Er küsst mich auf die Nase, die Stirn und den Haaransatz. Dann schlingt er seinen Arm um mich, und wir schlendern eng umschlungen durch den Klostergang.

Sean sperrt Türen auf und zu, bis wir in den Hof gelangen, in dem sein Büro liegt. Den Mond kann man hinter den Dächern der hohen Klostergebäude nur erahnen, und so ist das Einzige, was ich klar erkennen kann, der silberfarbene Wohnwagenanhänger.

Vor dem Trailer bleibt er stehen und dreht mich so hin, dass ich den Wohnwagen ansehe.

»Darf ich vorstellen? Dolores. Dolores, das ist Marie. Sie wird uns öfter besuchen. Das hoffe ich zumindest. Und wenn du jetzt eifersüchtig bist, hast du allen Grund dazu.« Er küsst mich auf die Wange und sieht mich an. »Ich denke, die Verhältnisse sind jetzt klar.«

»Das sind sie«, sage ich und gebe ihm einen Kuss. Ein wenig doof komme ich mir schon vor, dass ich auf einen Wohnwagen eifersüchtig war. Aber wie soll ich denn wissen, dass er seinen Fahrzeugen Namen gibt?

»Wie heißen denn der Roller und das Auto?«, frage ich, um Aufregungen meinerseits vorzubeugen.

»Die haben keine Namen.« Er stupst mit seiner Nase an meine. »Du hast Dolores sehr ernst genommen, nicht wahr?«

»Was sollte ich denn sonst tun? Mal fährt sie übers Wochenende mit Gina weg, und dann bist du froh, dass du sie nachts wieder hast. Das klang mir alles nach einer selbstbewussten, sexuell selbstbestimmten Frau, die wahrscheinlich auch noch unglaublich gut aussieht – oder eben ein Wohnwagen ist.«

»Du warst eifersüchtig?« Er sieht mich hingerissen an.

»Ich hatte keine Lust auf Komplikationen.«

»Deswegen bist du auch nach dem Wettbewerb gefahren. Ich dachte, du bist noch nicht über deinen Freund hinweg oder ihr findet wieder zusammen.«

Ich schüttle den Kopf. »Nein, das ist vorbei und abgeschlossen.«

Ein langer Kuss folgt.

»Willst du Dol … den Trailer von innen sehen? Ich kann dir etwas Heißes zu trinken machen. Ich habe Kaffee, Tee und Kakao. Und wenn ich die Heizung anschalte, ist es im Nu schön warm.«

»Tee wäre toll!«

Er öffnet die Tür, tritt zur Seite und macht mit seiner Hand eine einladende Geste.

Ich habe keine Erfahrung mit Wohnwagen, deshalb weiß ich nicht, ob in allen so viel Platz ist. Dieser hier ist auf jeden

Fall sehr geräumig. Eine anthrazitfarbene Polstercouch nimmt einen großen Teil der Wand ein, die der Tür gegenüberliegt. Daneben befindet sich ein kleiner Tisch mit zwei Bänken, auf die jeweils nur eine Person passt.

Sean befüllt den Wasserkocher und stellt ihn an, dann öffnet er den Küchenschrank. Aus den Dosen mit frischen Blättern und den Teebeutelschachteln wähle ich einen Darjeeling aus und lege ihn auf die Arbeitsplatte.

Ich sehe mich um. Alles, was er besitzt, scheint hinter Türen und in Schubladen verborgen zu sein.

Am anderen Ende des Trailers kann man in eine Schlafkoje oder ein Schlafzimmer blicken. Das Bett sieht frisch bezogen aus, die Kissen sind aufgeschüttelt, die Decke gefaltet. Durch das gekippte Fenster dringt kühle Luft in die Kabine.

»Meine Güte bist du ordentlich«, stelle ich fest. »Wohnst du hier?«

»Meistens. Als sie repariert wurde, hatte ich das Zimmer im Hotel, und hinter dem Büro befinden sich zwei Räume, die ich als Schlaf- und Wohnzimmer herrichten könnte, aber das habe ich nicht. Das Bad nutze ich, die Küche auch, wenn ich etwas Größeres koche. Aber meistens bin ich hier. Wenn du weit weg bist von zu Hause, musst du irgendwo ein Gefühl von daheim bewahren.«

»Das ist also Dolores.«

»Ja, das ist sie.«

Plötzlich muss ich laut lachen und stecke ihn damit an.

Ich umarme ihn und streichle ihm zärtlich über das Gesicht. Auf einen Kuss folgt ein zweiter. Unsere Lippen und Zungen berühren sich und hören auch nicht damit auf, als der Wasserkocher sich abschaltet. Nach wenigen Momenten vergesse ich, wo wir sind. Alles scheint sich zu drehen, während ich in Seans Küssen versinke.

»So hatte ich das nicht geplant«, sagt Sean.

Es ist immer noch dunkel, draußen und im Trailer. Trotzdem kann ich sein Gesicht genau erkennen, weil es ganz nah vor meinem liegt.

»Ich habe gehofft, mir dir nach dem EFA alleine zu sein, mit dir zu reden und dich nach Hause zu fahren – na ja, und insgeheim habe ich vielleicht auf einen Abschiedskuss gehofft.« Er schiebt seinen Kopf noch näher an mich heran und küsst mich. Seine Lippen liegen ruhig auf meinen, und es dauert lange, bis wir uns wieder voneinander lösen. »Niemals hätte ich damit gerechnet, dass du hierbleibst.«

»Bist du jetzt enttäuscht?«, frage ich und stoße mit meiner Nasenspitze an seine.

Er schüttelt den Kopf. »In meiner Welt datet man eine richtig gute Frau mindestens dreimal, um ihr zu zeigen, dass man es ernst meint, und – ich weiß nicht, wie ich das ausdrücken soll – um ihr zu beweisen, dass man nicht nur mit ihr schlafen will.«

»Ich fühle mich nicht entehrt«, sage ich schmunzelnd. »Oder siehst du mich jetzt so?«, schiebe ich dann erschrocken hinterher. »Muss ich mir jetzt Gedanken machen?«

»Nein, auf keinen Fall. Ich hätte dir mit dem Daten nur zeigen wollen, dass du etwas Besonderes für mich bist.«

Ich sehe ihn verschmitzt an. »Wir können die Dates gerne nachholen, wenn du willst.«

»Du bist die Frau, die ich zehnmal hätte daten sollen. Oder hundertmal. Eigentlich kann ich dich gar nicht so oft daten, wie du es verdient hättest.«

Ich muss grinsen. »Irgendwann würde ich mir aber schon Gedanken machen, ob du nicht interessiert bist, ob du dir nicht sicher bist oder ob es da vielleicht jemand anders gibt.«

Während ich seinen Kopf heranziehe und ihn küsse, lasse

ich meine andere Hand an seinem Rücken hinuntergleiten. Ich spüre, wie sich seine Muskeln anspannen, als ich mich auf den Rücken lege und er sich auf mich rollt. Unsere Küsse sind mal weich, mal fordernd und fest, seine Hände streicheln mich in eine andere Dimension. Es gibt nur noch ihn und mich und unsere gemeinsamen Bewegungen.

Wir bleiben den ganzen Sonntag in seinem Trailer. Zwar nehmen wir uns vor, zu mir zu fahren, damit ich mir frische Kleidung holen kann, aber wir schaffen es nur bis in seine Zweitwohnung nebenan, wo wir immerhin duschen. In seiner größeren Küche bereitet Sean Reisnudeln mit viel Ingwer, Zitronengras und Gemüse zu. Ich darf einen Blick auf die nicht genutzten Räume werfen und kann verstehen, warum er den Trailer vorzieht. Sie haben einen rostbraunen Kachelboden und die wenigen Möbel sehen aus, als wären sie aus der Kollektion »Christliches Freizeitheim«. Vor allem die Buchenstühle mit dem ziegelroten Bezug.

Die Nudeln essen wir eng aneinandergekuschelt, während wir »Friends« auf seinem Notebook ansehen. Wir haben »Sherlock« probiert, das funktioniert aber nicht, weil wir es nicht schaffen, uns anderthalb Stunden auf die Handlung zu konzentrieren. Bei »Friends« kommen wir wieder rein, auch wenn wir oft die ein oder andere Folge zurückspulen müssen …

11
Was wäre, wenn sie bleibt

Mondd meg, ki a barátod megmondom ki vagy.
Sag mir, wer dein Freund ist, ich sage dir, wer du bist.
UNGARISCHES SPRICHWORT

Elenas Version:
Es kann der Netteste nicht in Frieden leben,
wenn er einen Egoisten zum Freund hat.

Sonntag, Mitte August

Fabian kommt erst frühmorgens nach Hause, und ich lasse ihn ausschlafen.

Zum Frühstück besorge ich Hörnchen. Die mag er gerne – auch wenn er damit die Ernährungsregeln bricht, die er sich selbst auferlegt hat. Ich decke den Tisch mit Kerzen und Blumen. Beim Bäcker habe ich eine der teuren Marmeladen aus eigener Herstellung erstanden. Erdbeer-Prosecco erscheint mir angemessen. Ich arrangiere Wurst und Käse, schnipple Obst in eine Schüssel und lege frische Eier bereit.

Fabian ist so angetan von dem gedeckten Tisch, dass ich mir vornehme, öfter ein gemütliches Frühstück zuzubereiten. Sonst verhindert das Mittagessen bei seinen Eltern, das immer um Punkt zwölf stattfindet, ein Sonntagsfrühstück, bei dem wir uns Zeit lassen können. Wenn wir ausgiebig frühstücken und nicht zum Mittagessen erscheinen, sind Fabians Eltern sauer. Wenn wir kommen und nichts essen, sind sie sauer, weil wir doch gewusst haben, dass sie für uns kochen.

Vielleicht wird sich das auch ab und zu ändern lassen. Ich könnte Harald und Annegret zum Frühstücken einladen, möglicherweise finden sie Gefallen daran.

Sofort fallen mir Einwände ein, die Harald angesichts der üppigen Frühstückstafel von sich geben wird: *Wer soll das alles essen? Wieso essen wir so spät? Es gibt doch gleich Mittagessen …*

Ich schiebe das Frühstücksproblem weg, lege die Eier ins Wasser und gieße Fabian Kaffee ein. Dann unterbreite ich ihm meinen Plan, den ich mit Paul ausgearbeitet und mit Elena perfektioniert habe.

Heute Morgen war ich früh wach, bin aber liegen geblieben und habe die Zeit damit zugebracht, mir die richtigen Worte zurechtzulegen. Die Mühe hätte ich mir sparen können, Fabian ist sofort begeistert. Er schlägt vor, den Onlinehandel in einem der alten Gewächshäuser zu starten, und bietet an, den Plan seiner Mutter zu unterbreiten.

Nachmittags startet er ein Videotelefonat mit Costa Rica. Nachdem er mit seiner Schwester geredet und die Babys ausgiebig bewundert hat, erklärt er Annegret, was ich vorhabe. Ich stelle mich schon auf Einwände, Bedenken und eine Absage ein, doch seine Mutter hört zu, denkt darüber nach und hat nichts dagegen. Ob es am Kontakt mit ihrer Tochter oder dem Enkel oder der entspannten Stimmung in Mittelamerika liegt, weiß ich nicht. Wichtig ist nur, dass sie einverstanden ist.

Kurz nach unserem Telefonat meldet sie sich allerdings noch einmal und macht zur Bedingung, dass die Geschäfte getrennt laufen und sie nicht haftbar gemacht werden kann. Als ich ihr das versichere, ist sie zufrieden. Am Ende ist ihre Skepsis doch durchgekommen, aber auf eine milde Art. Wir sollten sie öfter zu Britta schicken.

Die folgende Woche wird unsere arbeitsreichste, obwohl wir fast keine Aufträge haben. Der Geschäftsgang in der Gärtnerei ist mau, und Fabian hat nicht einen einzigen neuen Gartenbauauftrag. Das bedeutet, dass er morgens Gräber gießt, anschließend die Rasenmähkunden abarbeitet und dann seinen Schaugarten umgräbt. Weiterhin gleicht die Fläche einer Mondlandschaft, aber wenn er seine Pläne so umsetzen kann, wie er sich das vorstellt, wird dort bald ein Weg durch verschiedene Gartenarten führen.

Elena und ich inspizieren die Gewächshäuser, räumen alles heraus, was wir nicht brauchen können, vermessen und putzen. Am nächsten Nachmittag kommt ein Kumpel von Alex und richtet uns eines davon so her, dass es als Onlineshop taugt. Da wir ein stabiles und schnelles Internet benötigen und das Kabel von der Straße aus verlegt wird, fällt unsere Wahl auf das Gewächshaus ganz am Rand. Zum Glück hat Fabian schon so viel gebuddelt, dass wir das Kabel über das Schaugarten-Grundstück legen können und nur einen winzigen Teil des Privatgartens umgraben müssen. Hoffentlich wächst das wieder halbwegs zu, bis Annegret und Harald zurückkommen …

Dann werden die ersten Verpackungen geliefert, und wir stapeln sie in unserem Lager-Gewächshaus. Da die Kabelverlegung länger dauert als ursprünglich geplant, kann mein Freund nicht weiterarbeiten. Er will einen Gartenpflegetermin vom Ende der Woche vorziehen, aber das ist dem Kunden nicht recht, und Fabian mault herum.

Paul kommt mit Kaffee und belegten Broten vorbei, doch

als ich Fabian zu unserem Spontan-Picknick dazuholen will, ist er nicht mehr im Garten. Ans Handy geht er auch nicht. Was gibt es denn jetzt bitte Wichtigeres als sein Projekt?

Zwei Stunden später taucht er auf, besser gelaunt und mit Kuchen und Torte. Das ist seine Art, sich für seinen Ausfall vorhin zu entschuldigen. Er bleibt sogar und hilft uns, das richtige Tischarrangement für unser Arbeits-Gewächshaus zu finden. Gemeinsam überlegen wir, wie wir die Tische am besten stellen, um für den sehr optimistischen Fall vorbereitet zu sein, dass die Leute uns mit Bestellungen überhäufen.

Wir probieren mehrere Möglichkeiten aus, bauen um, packen die Probesträuße ein und wieder aus. Am Schluss finden wir einen Weg. Es ist alles noch nicht optimal, aber das wird sich hoffentlich finden, wenn der Verkauf erst einmal angelaufen ist.

Irgendwann vermeldet Alex' Freund, dass die Kabel erst morgen verlegt werden können, und Fabian verzieht sich an die Playstation.

Elena und ich machen weiter. Die Füße tun uns weh, der Rücken schmerzt, aber die Vorfreude treibt uns an. Wir haben ein Ziel, und wir sind uns sicher, dass es gut wird.

12
Was wäre, wenn sie geht

May your troubles be less
and your blessings be more
and nothing but happiness
come through your door.

Mögest du wenige Sorgen und
viele Segnungen erfahren,
und möge nur Glück in dein Leben treten.

IRISH SAYING

Montag, Mitte August

Am Montag betrete ich meine Blumenküche im Kloster mit einem großen Schlafdefizit, aber viel Energie. Als ich das Licht anknipse, finde ich dort mehrere Hemden mit dem Logo des »Sankt Anna« und mit meinem Namen, dazu dunkle Hosen und Cardigans. *»Ich wünsche Ihnen Freude und Schaffenskraft«*, steht auf einer mit M. Waldenstein unterschriebenen Karte. Besser kann es eigentlich nicht losgehen.

Lio liegt abwechselnd auf ihrer Hundedecke und darf mit dem Hotelhundesitter Johannes durch den Park toben. Ein wenig eifersüchtig bin ich schon. Nach den Aktivitäten mit diesem neuen »besten Freund« kommt es mir immer so vor, als erdulde sie das Gassigehen mit mir nur noch.

An meinem ersten Tag versorge ich die Restaurants und die Lounge mit Tischgestecken. Ich sprühe Ginkgoblätter mit Silberfarbe an und dekoriere einzelne Blüten dazu.

»Jetzt verstehe ich, wieso Maja Sie haben wollte«, meint der Restaurantleiter und sorgt dafür, dass meine Mittagspause kurz und die Arrangements für den fünfzigsten Geburtstag umwerfend werden.

Zu Hause dusche ich, und Sean fragt mich in einer Textnachricht, ob ich Sushi mag oder ob er lieber bei dem neuen Lokal mit den Spezialitäten aus Sri Lanka vorbeifahren soll. Ich kann mich nicht entscheiden.

Da ich am Wochenende kaum zu Hause war, fällt das Aufräumen weg. Bis Sean kommt, habe ich fast zwei Stunden; ich könnte also noch ein wenig Detektivin spielen …

In den letzten Tagen habe ich die Genske-Nachricht fast vergessen, doch jetzt öffne ich Mamas E-Mail-Account und klicke mich durch die Mails. Sie scheint jeden Newsletter abonniert und niemals eine Nachricht gelöscht zu haben. Habe ich die Mails anfangs einfach wieder geschlossen, beginne ich irgendwann damit, Werbung zu löschen. Kurz überlege ich, Lieferankündigungen und Zustellinformationen in den Papierkorb zu verschieben, entscheide mich aber doch dagegen.

Ehe ich mich versehe, ist es kurz vor acht. Bald kommt Sean. Zeit, die Suche abzubrechen. Ich setze Häkchen an alle Newsletter für Künstlerbedarf und will schon auf »Löschen« drücken, als ich sie sehe. *»Ihr Gemälde«* lautet der Betreff. Es ist kein Wunder, dass ich sie nicht gefunden habe, auf geschaeftsfuehrung@handelshaus.de wäre ich nicht gekommen.

Verehrte Cassandra,
es betrübt mich zu erfahren, dass Sie einen Verkauf Ihres Werkes »Sonnenblumentage« nicht erwägen. Vielleicht

möchten Sie noch einmal in sich gehen. Ich bin bereit, mein Angebot ein weiteres Mal deutlich zu erhöhen.
In Erwartung Ihrer Nachricht
Jonathan

Ich weiß nicht, wie oft ich die Mail lese. Das kann doch nicht wahr sein! Genske wollte mein Bild kaufen. Mein Bild! Meine *Sonnenblumentage*!

Es klingelt, und ich bewege mich wie in Trance zur Tür.

Sean strahlt mich an und schließt mich in die Arme. Da er in jeder Hand eine Tragetasche hält, verlegen wir uns auf den Begrüßungskuss.

»Moment«, sagt er und stellt sein »Gepäck« ab.

Anschließend nimmt er mich noch einmal in den Arm, lässt seine Hände über meinen Rücken gleiten und begrüßt mich mit vielen kleinen Küssen. Er sieht mich an, sagt: »Hallo«, und dann küssen wir uns wieder. Die Berührung seiner Lippen schaltet alle Gefühle an und jedes Denken aus. Ich spüre sie in meinem Bauch, meinem Schoß, einfach überall.

Irgendwann schiebt Lio ihren Kopf zwischen mein Bein und Seans Knie und fordert ihrerseits Aufmerksamkeit ein.

»Ich habe uns beides mitgebracht, weil mein Magen sich auch nicht festlegen wollte«, sagt Sean. »Wie war dein Tag? Hast du sie alle vom Hocker gehauen?«

Ich erzähle ihm vom Hotel, von meinen Gestecken, von den Reaktionen.

»Und was hat nicht gepasst?« Sean legt den Kopf schief und runzelt die Stirn.

»Nichts. Alles war gut. Vielleicht war es zu gut, und ich habe jetzt Angst, dass nach einem solchen Start alles schiefläuft.«

»Aber irgendetwas beschäftigt dich doch!«

Ich frage mich, woran er das gemerkt hat, wobei ich noch nie gut darin war, meine Gefühle zu verstecken.

»Es ist … Ich weiß nicht … Eine Spinnerei.«

Alles, was mit *Sonnenblumentage* zu tun hat, war immer heikel. Anfangs wollte ich nicht glauben, dass mein Bild wirklich verbrannt ist, also bin ich selbst noch einmal ins Haus gegangen, um danach zu suchen. Als dann die Versicherung den zerstörten Hausrat samt der Bilder – *Leaves of Green, Leaves of Red* und *Leaves of Blue* sowie *Sonnenblumentage* – ohne Aufhebens ersetzt hat, ist für mich eine Welt zusammengebrochen. Ich habe mehrmals nachgehakt und darauf gedrungen, dass genau überprüft wird, ob Mamas Werke nicht doch bei der Spedition festhängen oder im Lagerraum einer Galerie vergessen wurden. Am Ende war ich kurz davor, einen Privatdetektiv zu engagieren, damit er nach den Bildern – oder vielmehr: nach dem Bild – sucht.

Meine Tanten haben mich gewähren lassen, mir aber deutlich gesagt, dass sie diese Aktion für wenig erfolgversprechend halten.

Fabian war da unverblümter. Er war der Meinung, das sei einfach nur Geldverschwendung. Mehr als einmal haben wir uns gestritten, und …

Halt, ich will nicht an Fabian denken. Jedenfalls ist es bisher nie gut gelaufen, wenn ich mit jemandem über *Sonnenblumentage* und meine Hoffnung, es sei doch nicht verbrannt, gesprochen habe. Das muss jetzt nicht sein.

Sean legt den Kopf schief. »Lässt du mich daran teilhaben?«

Ich blinzele, weil ich mir nicht ganz sicher bin, ob er zwischendurch noch etwas anderes gesagt hat.

»Woran?«

»An der Spinnerei!«

»Später vielleicht. Lass uns erst mal was essen.« Ich klappe den Deckel des Notebooks zu. Hoso-Maki, Nigiri und die Inside-out-Rollen lenken mich tatsächlich eine Weile ab, außerdem erzählt Sean so lebhaft von den Treffen mit Maja und seinem Tag im Alten Kloster.

Auch das Geschirreinräumen kann ich noch überbrücken, doch dann nimmt mich Sean in den Arm und streichelt mir sanft über Stirn und Wange.

»Und jetzt erzählst du mir, welche *Spinnerei* dich die ganze Zeit mit dem Fuß unterm Stuhl scharren lässt.«

Ich seufze. »Es ist nur eine Vermutung oder ein Hirngespinst, nenn es, wie du willst. Ich will unsere gemeinsame Zeit nicht mit so etwas verschwenden.«

»*Honey*, ich gedenke, noch allerhand Zeit mit dir zu verbringen. Und ich bin an allen Sachen interessiert, die dich betreffen oder beschäftigen. Hirngespinste stehen da ganz weit oben auf der Liste.«

Ohne zu sehr ins Detail zu gehen, erzähle ich ihm von meinen Vorbehalten und sage ihm auch, dass ich schlechte Erfahrungen damit gemacht habe, jemanden in meine Überlegungen einzuweihen. Allerdings war bisher auch kein Jonathan Genske im Spiel.

Schließlich klappe ich mein Notebook auf und zeige Sean die Mail.

»Wow!«, sagt er, während er unablässig auf die Zeilen starrt.

Er setzt sich, und ich lasse mich auf den Stuhl neben ihm plumpsen. Sean wendet den Kopf zu mir.

»Und jetzt hoffst du, dass sie es ihm verkauft hat und es nicht verbrannt ist?«

»Ich hätte sie dafür gehasst, dass sie mein Bild verkauft. Allerdings muss ich sagen, ich wünsche mir, dass sie es getan hat.«

»Gibt es weitere Mails?«, hakt er nach.

»Das habe ich noch nicht herausfinden können.«

»Wollen wir das zusammen tun?«

Er schiebt das Notebook zu mir herüber, und mit einem Mal sind wir zwei Detektive. Natürlich sind wir Laienermittler, aber wir nehmen die Spur auf.

Tatsächlich finden wir noch weitere Mails. In einer lehnt Mama den Verkauf ab, und in der Antwort bietet Genske eine horrende Summe für mein Bild. In der letzten Mail schlägt ihm Mama vor, eine Kopie zu erstellen. Genske will sie zwar haben, offeriert dafür aber eine geringere Summe. Die ist immer noch mehr als doppelt so hoch wie das, was die Versicherung für das Original gezahlt hat. Der Mailverkehr endet damit, dass Mama am 5. Februar zusagt, das Bild anzufertigen.

»Wo stehen wir jetzt?«, frage ich und sehe Sean an.

»Dann lass uns mal kombinieren. Briefe, Karten oder irgendeine andere Form der Korrespondenz gibt es nicht? Rechnungen, Verkaufsbelege?«

Ich hole die Dankeskarte her. Sie ist nicht datiert, und den Poststempel des Umschlags kann man auch nur noch schwer entziffern.

Sean fragt mich nach Papier und schreibt *Sonnenblumentage* in die Mitte. Dann suchen wir im Internet nach Genskes Todestag – 14. Februar –, notieren das Datum des Brandes – 16. Februar – und gleichen diese Daten mit den Tagen ab, an denen die Mails versandt wurden. Neun Tage, bevor Jonathan Genske an dem Herzanfall verstorben ist, und elf Tage, bevor das Atelier gebrannt hat, hat Mama ihre Zusage geschrieben.

»Reichen neun Tage, um so ein Bild zu malen?« Sean fixiert mich.

»Locker. So etwas hat sie einen Nachmittag gekostet«, schätze ich. »Zwei vielleicht, wenn sie sehr exakt arbeiten wollte.«

Mein Gehirn arbeitet, und mein Magen rebelliert.

»Wenn du Glück hast, ist irgendwo da draußen eine Kopie von deinem Gemälde«, spricht Sean aus, was ich denke. »Neun Tage«, murmelt er dann.

Zusammen spielen wir die möglichen Szenarien durch. Wir müssen herausfinden, was in diesen neun Tagen passiert ist. Hat sie das Bild gemalt und es ihm geschickt? Dann ist es irgendwo da draußen. Es kann aber genauso gut sein, dass sie das Malen aufgeschoben hat und mit der Nachricht seines Todes keinen Anlass mehr hatte, die Kopie anzufertigen.

Mamas letztes Notizbuch enthält nichts, was darauf hinweist, dass sie an *Sonnenblumentage 2,* wie wir die Kopie kurzerhand taufen, gearbeitet hat. Und ich bin mir sicher, dass Vee nichts davon weiß, sonst hätte sie mir gegenüber etwas erwähnt.

»Was ist mit der Galeristin, die die Sachen deiner Mutter verkauft hat?«

»Die könnte ich fragen.«

Ich will ihr schreiben, doch Sean nötigt mich, sofort anzurufen.

»Es ist halb neun, und deine Mutter war eine ihrer wichtigsten Künstlerinnen. Da kann sie schon mal ans Telefon gehen«, meint er.

Frau Salvatori nimmt den Anruf tatsächlich entgegen. Sie ist verwundert, von mir zu hören, und noch verwunderter über mein Anliegen. Sie ist sich absolut sicher, einen solchen Verkauf nicht abgewickelt zu haben, sagt aber zu, in ihren Unterlagen nachzuschauen.

Eine knappe Stunde später ruft sie mich zurück und bestätigt ihre erste Aussage. Eine Kopie von *Sonnenblumentage* hat sie nicht verkauft. Sie bittet mich, sie auf dem Laufenden zu halten, sollte ich etwas herausfinden.

»Wie transportiert man Bilder?«, will Sean als Nächstes wissen.

»Es gibt Speditionen und Kurierdienste, die sich darauf spezialisieren.«

Er nickt. »Dann lass uns mal suchen.«

Wir durchforsten den Posteingang sowie den Ordner mit den gesendeten Mitteilungen nach Aufträgen oder Auftragsbestätigungen, werden aber nicht fündig.

»Du hast doch gemeint, deine Mutter hat nichts gelöscht. Dann müssen wir jetzt die Mails von den Paketdiensten durchgehen und sehen, ob sie etwas verschickt hat. Vielleicht gibt es eine Bestätigung.«

»Die hätte ich vorhin fast gelöscht«, sage ich.

Kurz überlegen wir, ob wir alles ausdrucken sollen. Dann entscheiden wir uns, einfach eine Liste zu erstellen.

Ich öffne die Mails und nenne Sean das Datum und den Kurierdienst, während Sean die Angaben notiert. Wir finden heraus, dass Mama am 3. Februar zwei Lieferungen von Paketdiensten bekommen hat, die sich auf Kunsttransporte spezialisiert haben. Dabei muss es sich um die *Leaves*-Bilder und *Sonnenblumentage* gehandelt haben. Das ist nichts Neues, denn davon ist die Versicherung auch ausgegangen. Wir finden keinen Hinweis darauf, dass Mama ein Gemälde verschickt hat. Alles, was uns die Liste zu bestätigen scheint, ist, dass sich die Bilder auf jeden Fall im Künstlerhaus befunden haben, als es gebrannt hat. Mehr ist da nicht. Das Ergebnis ist ernüchternd.

Wir gehen ins Bett und finden durchaus Möglichkeiten, uns abzulenken … Es ist das erste Mal, dass Sean bei mir übernachtet. Ich liebe es, dass er neben mir auf den Kissen liegt – na gut, manchmal auch unter oder über mir. Wir lieben uns, aber zwischendurch kommen wir immer wieder auf das Genske-Rätsel zurück.

Auch beim Frühstück bestimmt das Gemälde für Jonathan Genske unser Gespräch.

»Ist es möglich, dass sie es mit der Post verschickt hat?«, will Sean wissen.

Ich zucke mit den Schultern. »Vorstellen kann ich es mir. Mama wäre es zu umständlich gewesen, einen Kurierdienst zu beauftragen. Sie fand es schon nervig, wenn die Speditionen im Auftrag der Galerien ins Haus kamen und die Sachen verpackt und mitgenommen haben. Vielleicht hat sie *Sonnenblumentage 2* einfach in einen Karton gepackt und an Genske geschickt.«

Das ist natürlich sehr unwahrscheinlich, aber ich werde jeder Spur nachgehen, so klein sie auch sein mag.

Wir überlegen uns, was wir als Nächstes tun können. Unser Plan A besagt, wir müssen bei Jonathan Genskes Schwester nachfragen, ob sie zufällig irgendwo ein Bild von meiner Mutter rumliegen hat, das sie bei der Polizei nicht angegeben hat. Abgesehen davon, dass man so etwas nicht fragt – zumal, wenn man die andere Person nicht kennt und sie nie getroffen hat –, ist es unwahrscheinlich, dass man eine ehrliche Antwort bekommt, sollte man sich dennoch trauen, diese Frage zu stellen. Da Frau Genske keine Webseite hat und auch sonst nirgends auftaucht, bleibt uns nichts anderes übrig, als die Anwaltskanzlei zu kontaktieren, die sie vertritt.

Nach zwei Tagen bekommen wir eine höfliche Mail, in der man uns mitteilt, dass alle Bilder, die sich in Jonathan Genskes Besitz befunden haben, auf der bekannten Webseite einzusehen sind. Frau Genske habe umfassend mit den Behörden kooperiert. Sollte unser Bild nicht darunter sein, könnten wir entsprechend davon ausgehen, dass es sich nicht im fraglichen Nachlass befinde.

Die Mail ist höflich und distanziert, und zwischen den Zeilen steht überall: »*Lassen Sie uns gefälligst in Ruhe!*«

»Damit war zu rechnen«, sagt Sean.

»Ich lese da noch mehr heraus. Es befindet sich nicht im Nachlass, aber vielleicht woanders. Vielleicht hat er es seiner Schwester zum Geburtstag geschenkt und sich dann aus diesem Leben verabschiedet. Damit wäre es nicht im Nachlass.« Ich sehe ihn an. »Steigere ich mich da in etwas hinein?«

»Ja«, sagt er und: »Wir müssen an die Schwester ran.«

Ich lache kurz. »Kein Mensch kommt an sie heran, seit sie sich nach Kanada zurückgezogen hat. Willst du das Mailprogramm der Kanzlei hacken, um zu sehen, wohin sie ihre Rechnungen schicken?«

»Gute Idee«, findet Sean. »Aber vielleicht gibt es auch eine andere Möglichkeit …«

»Oh nein! Ich weiß, was du im Sinn hast, und das werde ich niemals tun.«

Ich tue es doch.

Es gibt einen Menschen, der weiß, wie man an die Schwester rankommt. Ob persönlich oder über die Anwälte, irgendwie muss Maja einen Weg haben, mit dieser Frau zu kommunizieren. Anders hätte sie die Ausstellung »FAKES« nicht an Land ziehen können.

Sicher weiß ich das natürlich nicht. Nach nur ein paar Tagen als ihre Angestellte liegt es mir sehr fern, sie zu fragen, ob sie ihre zurückgezogen lebende und von den Medien verfolgte Bekannte um einen Gefallen bitten kann. Also lasse ich zwei Wochen verstreichen, bemühe mich um exzellente Arbeit und hoffe inständig, irgendwann den richtigen Zeitpunkt sowie den Mut zu finden, um dieses heikle Thema anzusprechen.

Die Gelegenheit kommt, als Frau Waldenstein mich zu sich bittet, da sie den Geburtstag ihrer Freundin Frau Schmidt im kleinen Rahmen feiern möchte. Für die Blumendekoration hat sie genaue Vorstellungen: Ich soll sie mit dem Koch auf das Menü abstimmen, damit die Elemente der Gänge in dem Arrangement wiederzufinden sind.

Frau Schmidt ist mir bereits am ersten Abend hier aufgefallen. Die elegante Frau im Rollstuhl, mit dem weißen Pagenkopf und den roten Lippen. Damals habe ich nur noch nicht gewusst, dass sie eine enge Freundin von Maja Waldenstein ist. Seit ich hier bin, habe ich sie nur selten gesehen, was überwiegend daran liegt, dass ich die meiste Zeit weit weg vom Hotelbetrieb arbeite. Auch die anderen Angestellten sehen sie nur sporadisch. Oft fährt sie der Chauffeur des Hotels in einem Rollstuhl zu seinem Wagen und bringt sie nach einigen Stunden wieder. Gelegentlich sitzt sie mit Frau Waldenstein auf der Terrasse in der Sonne und trinkt Tee. Ansonsten bleibt sie in der Suite, wo sie auch viele der Mahlzeiten einnimmt.

Die Zimmermädchen berichten von großzügigen Trinkgeldern und reißen sich darum, bei ihr zu putzen. Ihre Räume wirken wie die anderen Hotelzimmer, nur dass dort ein paar Fotografien stehen und mehr Bücher, als sie ein normaler Gast im Gepäck hat. Und sie malt. Eine Staffelei, die so niedrig ist, dass man sie vom Rollstuhl aus erreichen kann, steht neben den Balkontüren.

Auch wenn ich die Vase in ihrem Bad mit Wasser fülle, sehe ich, dass Frau Schmidt nicht gesund ist. Die Dusche ist eingerichtet wie in einem Seniorenheim, mit Einstiegshilfe und einem Stuhl. Von den Zimmermädchen weiß ich, dass die

Minibar – bis auf Sekt, Orangensaft und Wasser – nur mit Medikamenten gefüllt ist.

Das einzige Mal, als ich sie getroffen habe, war sie über alle Maßen reizend. Nicht nur deswegen ist es mir ein Anliegen, etwas zu einem wunderbaren Geburtstagsessen beizutragen. Ich mache Maja ein paar Vorschläge und notiere mir die Sachen, die sie für gut befindet.

Dann lächelt sie mich an und sagt mir, dass ich ein Glücksgriff für das Haus bin.

»Übrigens habe ich George Bulsara für die Werkschau Ihrer Mutter gewinnen können. Er hat mehrere Sachen für die *Tate* in London gemacht.«

»Danke schön«, sage ich.

Es ist für mich immer wieder schwer zu fassen, mit welcher Leidenschaft Maja Waldenstein Mamas Ausstellung angeht.

Ich spüre, dass jetzt der Moment gekommen ist. Gerade hat sie mich für meine Arbeit gelobt, und sie hat irgendeine Kunstgröße für das »Sankt Anna 2« engagiert. Günstiger wird die Gelegenheit bestimmt nicht.

»Darf ich Sie etwas fragen?«

»Jederzeit.«

»Wenn Sie eine Gesamtschau der Werke meiner Mutter zeigen wollen … also … dann wollen Sie doch …« Ich sehe, wie Maja Waldenstein die Stirn runzelt. »Ich denke, Sie haben nicht alle Bilder.«

»Aber im Dezember werde ich alle haben.«

»Das meine ich nicht …«

Und dann nehme ich mir ein Herz und erzähle ihr von der Mail, von dem Bild und auch, warum es mir so wichtig ist.

Sie reagiert nicht ganz so schlimm wie befürchtet, aber auch nicht unbedingt begeistert.

»Und jetzt denken Sie, dass ich Frau Genske-Harding

anrufe und sie frage, ob bei ihr zufällig irgendwo ein Bild aus dem Nachlass ihres Bruders herumhängt, das sie nicht den Behörden gemeldet hat?«

Ich würde es anders formulieren, aber das ist ungefähr das, was mir vorschwebt.

Ich nicke.

Das Telefon klingelt, und Maja geht ran.

Da die Lavendelhöfler und die Tankstellen-Geschwister von ihr nur als Maja sprechen, nenne ich sie in Gedanken inzwischen ebenfalls so, auch wenn ich das nicht laut ausspreche. Das Du hat sie mir noch nicht angeboten.

»Sagen Sie ihr, ich komme gleich«, sagt sie knapp.

Ich stehe auf und will mich verabschieden.

»Ich werde darüber nachdenken«, verspricht sie. »Machen Sie sich aber keine allzu große Hoffnung.«

Zumindest hat sie nicht mit Nein geantwortet, denke ich.

Es ist mir unangenehm, sie darum zu bitten, und der Aufhänger mit der Ausstellung hat auch nicht so gezogen, wie ich mir das gewünscht hätte. Aber sie lehnt es nicht grundsätzlich ab, und das ist schließlich schon mal was.

In dem Moment, als ich die Klinke herunterdrücke, klopft es. Hinter der Tür steht Frau Schmidt in ihrem Rollstuhl, daneben Frederick, der Portier, der sie offenbar hierherchauffiert hat. Mit ihrem Gefährt blockiert Frau Schmidt den Gang, sodass ich zur Seite treten muss, um den Weg ins Büro freizugeben.

Sie begrüßt mich lächelnd.

Maja taucht hinter mir in der Tür auf.

»Ich wollte gerade zu dir hochkommen«, sagt sie.

»So lange kann ich nicht warten«, entgegnet Frau Schmidt. »Hattest du eine Besprechung?«

»Das ist Frau Landauer. Wir haben über die Arrangements gesprochen.«

»Das weiß ich doch. Die Blumenfee. Wir kennen uns bereits«, sagt Frau Schmidt.

So hat mich noch nie jemand genannt, aber ich mag den Ausdruck. Damit macht sie mich zu einer Art Märchenwesen, das von Zimmer zu Zimmer schwebt und mit einem Zauberstab für Blumenfreuden sorgt.

»Ich freue mich immer, wenn Sie einen neuen Strauß bringen. Ich fotografiere Ihre Blumen sogar.« Sie zieht ihr Smartphone hervor und öffnet die Galerie. »Wenn ich keine Lust habe zu lesen, sehe ich mir die an, während ich im Wartezimmer sitze. Mein Physiotherapeut fragt schon immer, ob ich ein neues Blumenbild für ihn habe.« Sie lacht.

»Danke schön. Ich kann Ihnen gar nicht sagen, wie sehr mich das freut«, versichere ich. »Morgen bekommen Sie wieder neue Blumen.«

Und mit dem Strauß werde ich alles bisher Dagewesene übertreffen, verspreche ich in Gedanken.

»Ich werde wieder ein Foto machen«, sagt sie.

»Wir haben Bulsara für die Ausstellung bekommen«, berichtet Maja.

»Wenn er nur halb so arrogant ist wie sein Vater, weiß ich nicht, ob das ein Anlass zur Freude ist«, meint Frau Schmidt zweifelnd.

Anscheinend weiß hier jeder, wer dieser Mensch ist.

»Du sollst ihn ja nicht heiraten. Er soll nur die Ausstellung machen.«

»Das Erste würde mir auch im Leben nicht einfallen!« Frau Schmidt schnaubt entrüstet.

Ich lächle und will mich schon an ihr vorbeidrücken, als sie ihre Hand hebt, als wolle sie mich zurückhalten.

»Sie müssen sich das anschauen«, sagt sie. »Es kommt nämlich an das neunte Weltwunder heran.«

Und bevor ich darüber nachdenken kann, was für sie denn das achte Weltwunder darstellt, sieht sie Frederick an. Der ist offenbar eingeweiht, er klappt nämlich die Fußstützen am Rollstuhl ein. Dann stützt er ihren Unterarm, während sie sich mit dem anderen Arm hochdrückt. Kurz sucht sie die Balance, findet sie aber schnell. Als sie ihre andere Hand öffnet, reicht ihr Frederick einen Stock, den er erst loslässt, als Frau Schmidt den Griff fest umschlossen hat.

»Achtung«, sagt sie, setzt den Stock ein Stück nach vorne und hebt vorsichtig erst den einen, dann den anderen Fuß, um einen winzigen Schritt zu gehen.

Sie atmet durch und macht einen weiteren Schritt, dann noch einen.

»Na, was sagst du?«, fragt sie, an Maja gewandt.

Meine Chefin steht in der Tür, und ich sehe, dass sie versucht, eine Träne wegzublinzeln.

»O mein Gott«, sagt Maja, und die zweite Träne fließt.

Frau Schmidts Augen leuchten. Sie erinnert mich an eine Medaillengewinnerin bei den Olympischen Spielen.

»Was habe ich Ihnen gesagt? Das neunte Weltwunder! Das achte reklamiert bestimmt jemand anders für sich.«

Sie fängt an zu wackeln. Maja stürzt nach vorne, um sie zu stützen, und Frederick schiebt geistesgegenwärtig den Rollstuhl hinter Frau Schmidt, in den sie sich ächzend fallen lässt.

»Wollen wir Tee trinken?«, fragt Maja und übernimmt den Rollstuhl von Frederick.

Ich verabschiede mich und kann gerade noch hören, wie Frau Schmidt verkündet, dass sie für nächste Woche eine Wanderung plant.

12
Was wäre, wenn sie bleibt

Bolond lyukból bolond szél fúj.
Aus einem dummen Loch weht dummer Wind.
UNGARISCHES SPRICHWORT

Elenas Version:
Bei bestimmten Leuten weißt du schon,
bevor sie den Mund aufmachen,
dass sie Blödsinn reden werden.

Donnerstag, Mitte August

Fabian klagt über Rückenschmerzen, bestimmt hat er sich übernommen. Ich will ihn zum Arzt schicken, aber er findet, dass er das nicht braucht, und denkt, dass er das mit einer heißen Dusche und Schmerzsalbe hinkriegt. Hilfe lehnt er ab. Er küsst mich, sagt, ich soll meinen Shop zum Erfolg führen, und schiebt mich aus dem Bad.

Etwas anderes als loszulegen bleibt mir auch nicht übrig, wenn unsere Online-Idee Erfolg haben soll, und deswegen stürze ich mich auf meine Sträuße. Heute Abend kommt Elenas Cousine und will fotografieren, da möchte ich gerne etwas vorzeigen können.

Elena meldet sich und schickt mir Screenshots von der Homepage. *»Blumen und mehr«* steht in schlichter Schrift auf der Startseite. Die klaren Farben und die übersichtliche Gestaltung passen zu uns. Dort, wo man später unser Angebot finden soll, hat sie irgendwelche Beispielfotos eingestellt.

Da nur wenige Kunden kommen, schreibe ich ihr, dass sie zu Hause weiter an unserer Zukunft basteln kann.

Irgendwann steht Erich, der Gelegenheitsmitarbeiter der Kohlmanns, in der Tür. Er will wissen, wie es im Schaugarten weitergeht. Soll er mit dem Anpflanzen anfangen oder lieber erst die Terrassenfläche pflastern? Ich bin überfragt und habe keine Ahnung, wo Fabian ist. Als Erich meint, Fabian sei noch gar nicht hier gewesen, bekomme ich es mit der Angst zu tun. Ob er doch etwas Schlimmeres hat?

Ans Handy geht er nicht. Ich sehe den Mitarbeiter an und weiß nicht, was ich sagen soll. Wenn wir uns nicht ranhalten, kommen Annegret und Harald zurück und finden eine Baustelle vor. Das haben wir so nicht geplant, und das hilft uns vor allem auf lange Sicht nicht weiter. Dann müssen wir uns wieder Annegrets Vorwürfe anhören, Fabian sei nicht bereit für die Geschäftsführung.

Da mein Freund weder auf Anrufe noch auf Nachrichten reagiert, frage ich Erich, was ihm sinnvoller erscheint. Er würde pflastern und die studentischen Aushilfen die Außenhecke pflanzen lassen. Das finde ich logisch, und so schicke ich ihn raus, damit er loslegen kann.

Unglücklicherweise stellen im Laufe des Vormittags viele Untergickelbacher fest, dass sie eine neue Schale auf ihrem Grab benötigen, und ich schaffe es kaum, drei Sträuße fertig zu binden. Schon bereue ich es, dass Elena heute nicht kommt. Aber ich will sie nicht von der Arbeit an unserer Homepage loseisen.

In meiner Mittagspause hält das geschlossene Tor potenzielle Kunden draußen. Ich schiebe mir zwei Birne-Bananen-Riegel in den Mund und schaffe es, noch ein paar Sachen für das Fotoshooting zu binden.

Gegen ein Uhr widerstehe ich der Versuchung, ein Schild an die Tür zu hängen, auf dem *»Wegen Umbaus heute Nachmittag geschlossen«* steht, und öffne das Tor wieder. Vom Schaugrundstück tönt Geschrei zu mir herüber. Fabians Wagen steht neben dem Zaun.

Ich gehe hinüber. Fabian zeigt auf die fast vollständig gepflasterte Fläche und tobt unkontrolliert, während Erich immer nur beteuert, er habe es genau so verlegt, wie es auf dem Plan eingezeichnet ist. Die Studenten lehnen etwas entfernt auf ihren Spaten und starren auf den rasenden Chef.

»Kann ich helfen?«, erkundige ich mich.

Nun geht Fabian dazu über, mich anzubrüllen. Er kann nicht verstehen, wieso ich Anweisungen gebe, die er nicht abgesegnet hat.

Jetzt reicht es aber! Was fällt ihm ein? Mit Mühe halte ich die Flüche und Beschimpfungen zurück, die darum betteln, herausgeschrien zu werden. Erich und die anderen sollen kein noch größeres Schauspiel zu sehen bekommen.

Aus meiner Hosentasche hole ich einen zerknitterten Geldschein.

»Trinkt bei Birgers einen Kaffee auf meine Kosten.« Ich gebe Erich den Schein und zwinge mich zu einem Lächeln.

Sofort lassen alle ihre Spaten stehen und trotten vom Grundstück. Ich warte, bis sie außer Sicht- und vor allem Hörweite sind, dann kann ich mich nicht mehr halten. Ich will es auch nicht.

»Sag mal, wie stellst du dir das vor? Du verschwindest den ganzen Vormittag, sagst nicht Bescheid, wo du bist, gehst nicht ans Handy. Dann versuchen wir, hier *dein* Projekt weiterzuführen, zu dem du keine Anweisungen hinterlassen hast, und du kommst zurück und brüllst rum. Hast du sie eigentlich noch alle?«

»Schau dir das doch mal an! Auf der Terrasse sollen sieben Beläge sein, nebeneinander, und zwar von hier nach dort.« Er zeigt von der Mauer zu einem Pfahl, der als Markierung in der Erde steckt. »Das ist verkehrt herum.«

»Na und? Glaubst du, das merkt einer?«

»Ja. Ich. Außerdem sieht es scheiße aus.«

»Dann musst du eben dableiben oder genaue Anweisungen hinterlassen. Sag deinen Leuten, was sie machen sollen, und geh dann zum Arzt.«

»Misch du dich nicht ein, wenn du dich nicht auskennst.«

»Doch, ich muss mich einmischen. Wir haben hier einen Deal. Du kriegst deinen Schaugarten, damit du deinen Eltern zeigen kannst, was du draufhast. Aber – Überraschung! – der baut sich nicht von alleine. Also musst du mal für ein paar Tage die Zähne zusammenbeißen und hier bis nachts werkeln, damit das Ding steht, bevor deine Eltern wieder da sind.«

»Ach, meinen Rücken soll ich ruinieren!«

»So schnell geht der nicht kaputt, außerdem machst du Sport. Jetzt stell dich nicht so an.«

»Für dich ist immer alles so einfach.«

»Nein, das ist es nicht. Ich schlafe seit Tagen wenig, damit ich alles fertig habe, wenn es losgeht. Meine Mittagspause habe ich durchgearbeitet, damit ich heute Abend etwas vorzuweisen hab. Und du?«

Er dreht sich weg. »Du hast ja keine Ahnung!«

»Dann red mit mir.« Ich seufze. »Fabian, ich bin auf deiner Seite. Ich will dir helfen. Du musst es aber auch zulassen.«

Er sagt nichts. Eigentlich müsste ich ihn jetzt in Ruhe lassen, aber das geht gerade nicht.

»Hör zu, entweder du lässt das jetzt so, weil kein Mensch je sehen wird, dass die Bodenbeläge ›verkehrt herum‹ sind, oder du reißt es raus und machst es neu. Wenn ich mir überlege, dass deine Eltern in fünf Tagen wiederkommen, würde ich sagen, du lässt es. Und wenn du Hilfe brauchst, dann frag, verdammt noch mal. Dann komme ich her und pflanze, und Elena hilft bestimmt auch, und wenn ich Paul frage, lässt er auch alles stehen und liegen. Du musst es nur sagen.«

»Kümmer du dich doch um dein Projekt.«

»Das mache ich auch. Aber eigentlich dachte ich, dass Garten und Shop unser gemeinsames Projekt sind.«

»Ich hab mich verkalkuliert«, gesteht er seufzend.

Mir wird schlecht.

»Inwiefern?«, frage ich misstrauisch.

»Ich habe zu wenig Pflanzen bestellt, und der Bagger war länger da. Das war echt teurer, und jetzt reicht es hinten und vorne nicht.«

»Aber du hast das doch alles durchgerechnet. Ich versteh das nicht.« Ich war dabei, als er die Planung erstellt hat; er hat sie mir sogar im Detail erklärt. Für mich klang das alles plausibel und durchdacht. Vor allem ist es nicht der erste Garten, den Fabian plant. »Wo hast du dich denn verrechnet?«

»Glaubst du mir etwa nicht?«, fragt er aggressiv. Dieser Tonfall ist sonst seiner Mutter vorbehalten.

»Doch, natürlich glaub ich dir. Aber ich will es auch verstehen.«

»Ich hab die besseren Steine genommen. Für den Hang, zum Abstützen, aber auch für den Weg und die Terrasse. Das wollte ich dann ausgleichen, indem ich einfach die Pflanzen bei meinem Kumpel hol.«

Ich versuche, nicht genervt auszusehen. Wenn Fabian von seinem »Kumpel« spricht, meint er einen Gärtner in Tschechien. Das sind zwei Stunden Fahrt hin und zurück. Die Qualität ist gut, die Preise im Vergleich zu unserem Lieferanten niedriger. Aber die Folgen! Wenn unser Stauden-Lieferant kommt und den Garten sieht, wird er sich fragen, woher die Pflanzen kommen. Dann überschlägt er im Kopf, wie viel ihm durch die Lappen gegangen ist, und das nächste Mal, wenn wir etwas außer der Reihe brauchen, wird er seinen Fahrer nicht noch einmal losschicken. Oder es wird heißen, dass nichts da ist und wir bis zum nächsten Tag warten müssen.

Bisher haben sich andere Kunden gedulden müssen, doch nach einer solchen Aktion werden wir das sein. Und zwar, was Stauden und was Blumen angeht, denn die Lieferanten sind Geschwister. Verdirbst du es dir mit dem einen, hast du auch den anderen vergrätzt. So läuft das hier.

»Du warst also heute Morgen in Tschechien«, stelle ich fest, werfe einen Blick auf den Pritschenwagen und sehe mir die Pflanzen an. »Reicht das denn?«

Ich verstehe nicht, weshalb er so weit fährt und dann nicht genug für den ganzen Garten mitbringt. Wenn wir unsere Partner schon verprellen, dann doch richtig.

»Es gab einen Zwischenfall ...«, beginnt er zögerlich.

Jetzt fängt auch mein Kopf an zu stechen.

»Der Zoll hat mich angehalten ...«, fährt er fort.

Mir wird schlecht. Der Pflanzentransport ist nicht illegal. Was hatte er sonst noch dabei?

»Da waren Zigaretten und was zu trinken im Auto. Auch für meine Kumpels.«

Jetzt ist es raus.

Ich schließe die Augen. »Was musstest du zahlen?«

»Die sind wie die Bescheuerten durch meine Pflanzen gegangen. Haben in den Töpfen nachgeschaut, ob da was drin ist«, erzählt er, ohne auf meine Frage einzugehen. »Ich hab noch gesagt: ›Hey, was soll das?‹, aber die kennen da nichts.«

Wie kann man bloß auf eine so blöde Idee kommen? Unsere Lieferanten haben ihre Geschäfte drei Orte weiter. Allein das Benzin, das er braucht, um nach Tschechien zu fahren! Und wie viel hat er denn bitte dabei gehabt? Das müssen Unmengen gewesen sein ...

Annegret-Sätze gehen mir durch den Kopf. Ich will sie nicht sagen.

»Wie viel Schnaps hast du denn mitgeführt?«

»Nicht so viel.«

Aber offenbar mehr als erlaubt. Wie alt ist er? Achtzehn? Muss er so einen Unsinn machen?

»Warum haben die Polizisten denn deinen Wagen durchsucht?«, setze ich meine Befragung fort. »Wieso hast du die Sachen nicht gleich rausgerückt?«

»Als ob das so leicht gewesen wäre!«

»Wo hattest du die Sachen denn?«

»Unterm Sitz und im Kofferraum. Beim Ersatzrad. Sonst sieht die ja gleich jeder.«

Wie blöd kann man sich eigentlich anstellen? Es ist doch klar, dass sie jeden Winkel durchsuchen, wenn er sich wie ein zweitklassiger Schmuggler verhält.

»Musstest du eine Strafe zahlen?«, frage ich noch einmal, und als er herumdruckst: »Wie viel?«

Er murmelt einen Betrag, den ich nicht genau verstehe, aber ich will gar nicht wissen, was vor »hundert« kam. Ich glaube, »zwölf« gehört zu haben, bin mir jedoch nicht sicher.

Stille. Ich stehe da und starre auf den Boden.

Fabian beginnt damit, die Sträucher, Bäume und Stauden von der Ladefläche zu holen – alles, was nicht Opfer der Razzia geworden ist. Dabei schimpft er über die Achtlosigkeit der Zollfahnder.

Immer sind die anderen schuld, denke ich.

Am liebsten würde ich jetzt Lio nehmen, sie ins Auto packen, zu Vee fahren – und nicht wiederkommen. Mir kommen die Räume meiner Ausbildungsstätte in den Sinn. Die hohen Decken und die bordeauxroten und fichtengrünen Wände, die mehr an ein exklusives Einrichtungshaus als an eine Gärtnerei erinnert haben. Dort will ich hin. Ich will meine Kunden wieder, die neunhundertdreiundsiebzigmal die Zusammenstellung ändern. Ich will Arztpraxen, Wellnesszentren und Unternehmensberatungen mit Blumen versorgen und von den Damen der High Society wie eine Dienstbotin behandelt werden.

In wenigen Tagen kommen Fabians Eltern zurück, Anfang September soll der Onlineshop starten. Elena vertraut mir. Ich habe Fabian versprochen, ihm zu helfen. Allerdings hatte ich keine Ahnung, was das bedeutet.

Ich trage mehrere Paletten Gräser und Bodendecker zum Mustergarten. Hin und her, hin und her.

»Hör zu, an der Baggerverzögerung ist der Onlineshop schuld. Das war wegen unserem schnellen Internet.« Die Arbeiten wegen des Kabels haben einen Tag gedauert. Wenn überhaupt. Aber ich brauche einen Vorwand, um ihm das Geld zu geben, und ein besserer fällt mir gerade nicht ein. Ich seufze. »Bestell die Pflanzen nach, und ich zahl sie dir.«

»Nein, das will ich nicht.«

»Hast du einen anderen Plan?« Ich klinge genervt und bemühe mich, das zu verbergen.

Er sagt nichts, bewegt stumm seine Schultern vor und zurück, als habe er sich etwas verklemmt und versuche nun, den Muskel zu lockern. Zumindest wirkt er nicht mehr so abweisend und mürrisch.

»Fabian, ich habe versprochen, dass ich dir helfe, deinen Traum wahr werden zu lassen, und das tue ich gern. Also bitte, stell dich nicht so an.«

»Ich überleg's mir«, sagt er.

Das Glöckchen über der Tür ruft mich an den Pflanztisch zurück.

»Lass nur, ich mach schon«, meint Fabian und geht hinüber.

Nachdem ich mich halbwegs beruhigt habe, kehre ich ebenfalls in die Gärtnerei zurück. Ich hole mir die Baccara-Rosen aus dem Schuppen und binde den nächsten Strauß. Dreimal nehme ich die Blumen und das Grün wieder auseinander.

Er hat einen Fehler gemacht. Oder nein, er hat nicht zu Ende gedacht. Die besseren Steine sind ja eine Aufwertung des Projekts.

Das mit der Schmuggelei ist dämlich, aber er wird nicht der Erste sein, dem so etwas passiert. Manche Leute schrammen die Stoßstange an, andere parken falsch. mein Freund hält sich nicht an Einfuhrmengen.

Ich denke an Paul und seine Kinder und daran, dass es Wichtigeres gibt als Geld. Das muss ich mir dauernd sagen, um meine Wut zu betäuben.

Elena kommt früher, und ich bin sehr dankbar, dass sie da ist. Ich brauche jemanden, bei dem ich mich über das Pflanzendesaster auskotzen kann. Es tut so gut, dass sie mich einfach schimpfen lässt.

»Hast du die Steine gesehen?«, fragt sie, bevor ich ihr von Fabians Begegnung mit dem Zoll erzählen kann.

Ich wundere mich über ihre Frage. »Klar, die lagen da rum oder waren verbaut.«

»Sind sie es wert?«, fragt sie. »Den höheren Preis, meine ich.«

Darüber habe ich bis jetzt noch nicht nachgedacht. Ich kann mich an die Pflastersteine erinnern, die er mir gezeigt hat, weiß aber nicht, ob die neuen anders aussehen. Es sind eben Steine.

»Fabian weiß schon, was er tut«, antworte ich ausweichend.

»Du bist echt zu gut für diese Welt«, sagt Elena. »Und wenn du mal ehrlich bist und Fabian nicht in Schutz nimmst?«

Ich will es nicht sagen, also antwortet sie für mich. »Dann erkennst auch du, dass er wirklich nicht das Zeug hat, den Laden hier zu führen.« Sie sieht mich an, und in mir krampft sich alles zusammen. »Annegret ist ein Drachen, fortschrittsscheu und ihre Mitarbeiterführung mittelalterlich, aber sie kennt ihren Sohn.« Elena hält inne, als überlege sie, ob sie noch mehr sagen soll.

»Jetzt lass es schon raus«, murmle ich und schließe vorsichtshalber die Glastür zum angrenzenden Gewächshaus. Das hier muss wirklich niemand hören.

»Britta hätte das hier im Griff gehabt, aber da kam Costa Rica dazwischen. Und jetzt hofft Annegret eben auf ein Wunder oder auf die Zeit oder …« Sie sieht mich an. »Auf eine Schwiegertochter, die das Heft in die Hand nimmt. Mit Hängen und Würgen hat sie es bis sechzig geschafft, und nun hat sie vermutlich Angst, dass sie noch bis achtzig hier steht – weil sie an die zweite Wahl übergeben muss.«

Elena hat recht. Das weiß ich, weil ich mir genau dasselbe gedacht, es mir aber nie eingestanden habe. Wahrscheinlich ist sie auch nach Costa Rica gereist, damit sie testen kann, wie es hier läuft.

Fabian steht plötzlich in der Tür und begrüßt Elena.

»Ich hab die Pflanzen bestellt«, informiert er mich dann.

»Okay«, sage ich und klinge sehr aufgesetzt. Er verschwindet wieder.

»Er hat nichts gehört«, sagt Elena. »Wir haben eine Zeitlang nichts gesagt, und vorher ging es um seine Mutter.«

Ich hoffe, dass sie recht hat.

Gerne würde ich Elena von der Zollsache erzählen, aber ich befürchte, dass sie dann weitere Wahrheiten ausspricht, die ich nicht denken will.

Gemeinsam schaffen wir es, alle Sträuße zu binden und einen Teil der Grabgestecke fertigzustellen, bis Elenas Cousine auftaucht. Während sie die Scheinwerfer aufbaut, fragt sie, ob sie morgen oder am Samstag noch einmal kommen könne, da sie heute bestimmt nicht alles fotografieren könne.

Ich bin erleichtert. So kann ich die Gestecke verbessern und schon einen Teil der Adventskränze vorbereiten. Bei dreißig Grad ist das zwar ziemlich seltsam, aber auf diese Weise sparen wir uns einen weiteren Termin und können die Fotos flexibel aufnehmen.

Das Shooting dauert. Ich lasse eine Familienpizza kommen und bringe Fabian einige Stücke hinaus.

Mein Freund steht auf dem Gelände, das einmal ein Garten werden soll, und setzt die Steine. Erich und die Helfer sind längst zu Hause.

Irgendwie berührt es mich, ihn so zu sehen. Er tut mir leid – und das hasse ich! Ich will nicht hier stehen und ihn bedauern. Ich will mich mit ihm freuen und mit ihm für ein gemeinsames Ziel arbeiten. Nur warum komme ich meinem Teil des Ziels dauernd näher, während sich Fabian auf der

Stelle bewegt und es bereits gänzlich verfehlt hätte, wenn ich ihn nicht aufgefangen hätte?

Aber so soll es doch sein, denke ich. Fängt man sich in einer Beziehung nicht auf?

Mein Magen beginnt zu grummeln, und ich will nicht weitergrübeln. Also winke ich mit dem Pizzakarton, und Fabian sieht auf.

»Gleich«, ruft er und schleppt noch zwei Steinplatten an ihren Platz. Er ächzt, während er sie einpasst und festklopft. »Ich habe es mir durchgerechnet«, sagt er. »Wenn ich morgen und am Samstagvormittag mit den Helfern arbeite und dann alleine weitermache, schaffe ich es bis Montagnachmittag.«

Er schiebt sich ein großes Stück Pizza in den Mund und kaut darauf herum.

»Ich helfe dir am Samstag und am Sonntag«, sage ich.

Dazu muss ich zwar das Shooting auf Freitag legen, aber das müsste gehen. Bestimmt ist Elenas Cousine so flexibel.

»Das ist klasse. Am Samstag haben wir am Nachmittag ein Spiel. Danach komme ich gleich wieder her und mache weiter.«

Ich atme tief ein und verkneife mir eine Erwiderung. Sein Garten, sein Plan, seine Freizeit.

Jeder Mensch arbeitet anders, sage ich mir. Mehrmals sage ich das, um andere Gedanken zu verdrängen, die in mir aufsteigen. Es sind keine netten Gedanken, und ich will sie nicht denken.

Fabian lässt seinen Blick über den Garten schweifen, in dem man schon die einzelnen Ebenen erkennen kann.

»Ich glaube, das wird richtig gut«, sagt er.

»Hmm«, mache ich und stelle den Karton auf den Stapel Terrassenfliesen. »Ich muss wieder hoch.«

»Sind wir fleißig!«, sagt Fabian.

Ich nicke, drehe mich um und laufe zum Gewächshaus. Wenn ich schnell gehe, holen mich die Gedanken vielleicht nicht ein.

Am Samstag kommt Fabian gleich nach dem Spiel wieder, Sabrina und Matze im Schlepptau. Zusammen graben wir Löcher, setzen Bäume, Sträucher und Hecken, pflanzen Stauden in Beete. Fabians T-Shirt ist schweißdurchtränkt, aber er macht keine Pause, außer um kurz etwas zu trinken. Er hat die Pflanzen so gestellt, dass wir sie nur aus den Töpfen nehmen und eingraben müssen. Auf diese Weise können alle Helfer weitgehend selbstständig arbeiten.

Sabrina arbeitet, als hinge ihr Leben davon ab. Sie sieht aus, als würde sie etwas beschäftigen, offenbar versucht sie aber, es sich nicht anmerken zu lassen.

Wir haben seit Wochen nichts mehr mit Sabrina unternommen – also Fabian schon, das übliche Feier-Zeug eben. Vielleicht sollten wir sie mal wieder einladen. Einen gemütlichen Abend scheint sie nötig zu haben.

Ich frage mich, ob sie noch unter der Trennung von ihrem Ex leidet – oder unter den Sachen, die er angeblich macht. Seitdem sind zwar ein paar Monate vergangen, aber das Verarbeiten kann dauern.

»Passt schon«, sagt Fabian immer, wenn ich mich nach ihr erkundige. Nur wirkt das auf mich nicht so. Vielleicht hat ihr Ex ja eine Neue, und das macht ihr zu schaffen. Oder sie hat mehr von seinen Machenschaften erfahren. So etwas wie das Spielermilieu, hohe Einsätze und Racheakte kenne ich nur aus Filmen. Das ist für mich so weit weg. Aber wahrscheinlich bin ich, was das angeht, ein wenig naiv. Jedenfalls wirkt sie, als habe sie etwas auf dem Herzen, als fühle sie sich überhaupt nicht wohl.

Ich pflanze mein Ziergrasbeet zu Ende, hole zwei Flaschen Spezi aus dem Kasten und gehe zu ihr hinüber.

»Ich glaube, du brauchst mal eine Pause«, sage ich und reiche ihr eine.

Ihr Mund lächelt, doch ihre Augen leiden. Sie blickt auf die Spezi.

»Fünf Minuten, dann machen wir weiter.« Ich lächle.

Sie legt ihre Pflanzschaufel nieder und setzt sich auf die Einfassung. Ihre Knie und Hände sind schmutzig. Ein Streifen Erde zieht sich über ihr Gesicht.

»Ist alles okay bei dir?«, erkundige ich mich.

»Wieso?«, fragt sie zurück, wischt sich über die Stirn und fügt einen weiteren Streifen hinzu.

»Du wirkst, als würde es dir nicht gut gehen. Ich mache mir nur Sorgen, das ist alles.«

»Mit mir ist nichts.« Sie trinkt einen Schluck. »Ich habe nur ... Weißt du ...«

»Du musst mir nichts erzählen, wenn du nicht willst«, sage ich.

»Mein ... Mein Cousin hat Probleme, ziemlich heftige, und ich versuche, ihm zu helfen, aber es geht nicht. Seine Frau hat keine Ahnung und ... manchmal frage ich mich, ob ich sie einweihen soll.«

Also lag ich vorhin falsch, und es hat doch nichts mit ihrem Ex zu tun.

»Würdest du es an ihrer Stelle wissen wollen?«, frage ich.

»Wahrscheinlich schon.« Sie zuckt mit den Schultern. »Aber ich bin ganz anders als sie, und deswegen weiß ich es nicht.« Sie hebt einen Erdklumpen auf und zerquetscht ihn mit den Fingern. »Außerdem bin ich mit ihm befreundet, also verwandt, aber eben auch ... Ist ja egal. Deswegen sollte ich vielleicht lieber den Mund halten.«

»Was sagt Fabian denn dazu?«

»Dass ich mir zu viele Gedanken mache. Dass es seine Sache ist und ich mich nicht einmischen soll.«

Das klingt wirklich nach Fabian.

»Sag ihm bitte nicht, dass ich was gesagt habe«, fleht sie mich an. »Sonst darf ich mir nachher wieder was anhören.«

Ihr letzter Satz verwundert mich. Ich hätte nicht gedacht, dass er so mit ihr spricht.

»Ich bin jetzt fast erleichtert«, sage ich.

Sie sieht mich überrascht an.

»Natürlich ist das mit deinem Cousin schlimm«, versichere ich hastig. »Aber ich hatte schon Angst, dir geht das mit deinem Ex-Freund immer noch nah.«

»Nein, das ist vorbei«, sagt sie und lächelt – diesmal habe ich sogar das Gefühl, dass es ein echtes Lächeln ist. »Was Männer angeht, bin ich ein hoffnungsloser Fall.«

Nun sieht sie sehnsüchtig aus. Offenbar hat sie wieder jemanden, oder sie ist verliebt. So wirkt sie zumindest. Am liebsten würde ich sie fragen, aber das finde ich übergriffig.

»Nein, ich habe keinen neuen Freund«, fügt sie hinzu, als habe sie meine Gedanken gelesen. »Und das wird auch nichts, der, den ich gerne hätte, ist vergeben.« Sie zuckt mit den Schultern. »Sich in Beziehungen einzumischen bringt nichts als Ärger und schlechtes Karma.«

»Oh. Ich wünsche dir so sehr, dass du jemanden findest, mit dem du richtig glücklich wirst.«

Beim Weiterpflanzen denke ich über den Cousin und seine ahnungslose Frau nach. Darüber, wie ätzend es ist, in einer Beziehung zu sein, in der man belogen wird.

Meine Gedanken kreisen um Sabrina und ihr Pech in der Liebe, dann landen sie irgendwann bei Fabian und mir. Wir sind beide so eingespannt, dass wir gerade eher Mitbewohner als ein Paar sind, dabei haben sich unsere Leben früher mal ergänzt.

Haben sie das wirklich? Oder lag das nur daran, dass ich in meiner Freizeit meist zu Hause war? Jetzt mit dem Shop, den Planungen und Fabians Freizeitprogramm sehen wir uns nur manchmal zum Essen und eben zum Schlafen. Zum *nebeneinander* schlafen. Mir ist es noch nicht einmal aufgefallen, dass wir in den letzten Wochen keinen Sex hatten. Solche Phasen gibt es, beruhige ich mich selbst. Das habe ich in Vees Magazin oft genug gelesen. Es wird auch wieder anders. Außerdem habe ich gelernt, dass man es einfach tun soll, anstatt auf *die* romantische Gelegenheit zu warten. Vielleicht sind wir jetzt schon in einer so fortgeschrittenen Beziehungsphase.

Ich nehme mir vor, demnächst Sex zu haben. Heute nicht, heute bin ich zu platt. Aber nächsten Freitag. Oder Samstag. Oder wenn wir das hier geschafft haben. Irgendwann eben.

Fabians Haare hängen wirr in die Stirn, sein T-Shirt ist verschmiert. So erschöpft, wie er aussieht, wird er sich heute bestimmt auch nicht mehr verausgaben wollen.

Es ist halb zwei, als wir aufhören. Fertig sind wir noch nicht, aber viel weiter, als ich es je zu hoffen gewagt habe. Wir klatschen uns ab. Zaghaft, weil keiner von uns mehr Kraft in den Armen hat.

Sabrina setzt sich auf die Begrenzungsmauer. »Es wird gleich wieder. Dann lauf ich heim«, sagt sie, als sie meinen Blick sieht.

Ich bitte Fabian, sie zu fahren. Nach all der Schufterei muss sie nicht auch noch zu Fuß gehen.

»Frag sie, ob sie morgen mit uns essen will«, sage ich leise, bevor er ins Auto steigt. »Sie gefällt mir nicht.«

»Das wird schon wieder.« Er tätschelt mir die Schulter.

Ich bin zu müde, um weiter über Sabrina nachzudenken. In der Wohnung drehe ich die Dusche auf und stelle mich mit geschlossenen Augen unter den heißen Strahl. Dann falle ich ins Bett und in einen tiefen Schlaf.

Am Montag kümmere ich mich zum letzten Mal um die Gärtnerei. Morgen ist Annegret wieder da.

Ich bin so froh. Irgendwie kann ich es noch gar nicht fassen, dass ich ab morgen zwar den gleichen Weg zur Arbeit haben werde, dass aber sonst alles anders sein wird. Auf eine gute Art anders.

Manchmal rumort mein Bauch, weil ich Angst habe, dass wir uns übernommen haben. Dass wir uns zu unüberlegt, zu spontan, zu »Bauch über Kopf« auf all das eingelassen haben. Diese Gedanken haben mich in den letzten Tagen immer wieder beschäftigt. Im Internet habe ich »Was Gründer beachten müssen«-Listen durchgeackert, aber nichts gefunden, woran mich nicht Paul oder Vee erinnert hätten oder worauf Elena und ich nicht selbst gekommen wären. Trotzdem habe ich Angst, dass wir scheitern und mit Pauken und Trompetenblumen und allen anderen Pflanzen, die wir an den Kunden bringen wollen, untergehen.

»Dann klappt es eben nicht«, hat Vee mich beruhigt. »Jeder setzt mal etwas in den Sand. Falls das passiert, machst du deinen Shop zu, schaust, was du daraus lernen kannst, und startest etwas Neues.«

Hilda und sie haben mich in den letzten Tagen noch öfter angerufen als sonst, um sich nach den Fortschritten zu erkundigen. Ich denke, sie freuen sich, dass ich mich freischwimme.

Zwar halten sie sich immer sehr zurück, wenn es um die Kohlmanns geht, aber es ist nicht zu übersehen, wie erleichtert sie darüber sind, dass ich allmählich Abstand gewinne.

Vee hat gefragt, ob sie mir journalistische Starthilfe geben darf, und ich habe Ja gesagt. Wir können jede Unterstützung brauchen, die wir kriegen können. Sie hat mir nicht verraten, was sie machen will, aber ich nehme an, dass in den nächsten Tagen ein Fotograf hier hereinschneien und sie in einer der nächsten Ausgaben über uns berichten wird.

Paul kommt gegen Mittag vorbei, um Blumen für einen Geburtstag zu kaufen. Er fragt, ob er mir noch helfen kann, und ich habe durchaus etwas, wobei ich Hilfe gebrauchen könnte. Zusammen tragen wir den Küchenschrank durch den hinteren Arbeitsraum bis in »unser« Gewächshaus. Die Ordnungssysteme für Bänder, Drähte und alle anderen Hilfsmittel habe ich im Laden bereits wieder zurückgebaut und durch die alten Pappschachteln und Gurkengläser ersetzt. Auch das Baumarktregal steht bereit, um Engel und Dünger wieder aufzunehmen. So fühlt es sich besser an. Wenn Annegret morgen kommt, hat sie einen frischen Anstrich, eine neue Arbeitsplatte und einen sehr sauberen Verkaufsraum, doch alles andere ist wie gewohnt. In den nächsten Tagen werde ich ihr unsere Spender für Bänder zeigen und fragen, ob sie die haben möchte. Vielleicht will sie ja sogar das Küchenbuffet übernehmen, wenn sie es sieht.

Paul fragt nicht. Er schleppt, zerrt und schiebt das Teil mit mir durch die Gänge und stellt es dann neben der Tür ab. Wir reden auch nicht, als wir zurückgehen, und ohne dass ich etwas gesagt habe, trägt er das Baumarktregal an seinen ursprünglichen Platz. Zum Abschied drückt er mir die Hand und haucht einen väterlichen Kuss auf meine Haare.

»Du bist eine von den Guten«, sagt er. Dann geht er.

Den Nachmittag verbringe ich in meinen neuen Geschäftsräumen. Ich überprüfe noch einmal alles, hole ein paar Kartons aus dem Lager-Gewächshaus und lege sie für die erste Bestellung bereit. Hoffentlich kommt die überhaupt rein. Ich rede mir gut zu und wiederhole Vees Aufmunterungen in meinem Kopf.

Währenddessen lausche ich immer wieder, ob Kundschaft in der Gärtnerei wartet. Sicherheitshalber habe ich im Verkaufsraum eine Klingel aufgestellt. Daneben liegt ein Zettel, auf dem steht, dass ich sofort komme, sobald sich ein Kunde bemerkbar macht. Bis jetzt hat das leider niemand getan. Ich vermute, dass – so wie in den letzten Tagen – einfach niemand da war. Allerdings traue ich es den Untergickelbachern zu, dass sie die Klingel sehen, aber nicht verwenden, um sich dann nächste Woche bei Annegret darüber zu beschweren, dass niemand da war. Nun gut, auch das werde ich überleben.

Ich gehe auf unsere Webseite. Die Startseite ist weiß und klar, auf der rechten Seite liegt eine Callablüte, links ist das Menü. Ich klicke unsere Sträuße durch, die Tischgestecke für Geburtstage, Taufen, Hochzeiten, Jubiläen und ohne Anlass, die Trauerfloristik, den Grabschmuck und die Weihnachtsdekoration. (Auch wenn die für Benutzer noch verborgen ist. Die Kunden sehen ein farbenfrohes *»Coming soon«* aufblinken.)

Unter *»Wer wir sind«* finden Interessenten Fotos von Elena und mir »bei der Arbeit«. Die haben wir am Freitag vor dem Blumenshooting gestellt. Das war eine spontane Bitte von Elena, die noch etwas für diese Rubrik gebraucht hat. Wenn ich davon nicht überrascht worden wäre, hätte ich mich umgezogen und meine Haare geglättet. Nun sehe ich wirklich so aus, als ob ich arbeite.

»Ich will mich ja nicht selbst loben, aber das ist die verdammt beste Webseite, die ich in meinem ganzen Leben gemacht habe, und es ist die schönste Blumen-Online-Webseite, die es gibt.«

Elena ist hinter mir ins Gewächshaus getreten, ohne dass ich sie gehört habe.

»Ich habe mehrmals gerufen, klingeln wollte ich nicht«, sagt sie. »Was wollte denn die Trautmann?«

Ich sehe sie stirnrunzelnd an. »Bei mir war sie nicht.«

»Dann ist sich die Dame wahrscheinlich zu fein, um zu läuten. Und so hat sie einen Grund, sich bei Annegret zu beschweren.«

Ich ziehe eine Grimasse. So gut kenne ich die Untergickelbacher nun schon. Sollte ich mich jetzt freuen?

»Ich wollte noch einmal kontrollieren, ob wir auch wirklich alles haben«, sagt Elena. »Aber ich nehme an, das machst du gerade auch.«

»Lass uns zusammen noch einmal alles durchgehen.«

»Okay.« Elena lacht. »Bing. Eine Bestellung kommt rein.«

»Ich bin so froh, dass es ›Bing‹ macht«, sage ich und bin froh, dass sie meine Idee mit den Pupsgeräuschen nicht umgesetzt hat.

»Konzentration bitte!«, mahnt Elena. »Okay, du schaust auf dein Handy, und die Bestellung ist da. Dann legst du los.«

Mit dramatischen Gesten stellen wir den Ablauf nach. Wir schlittern über den Betonboden, bauen einen Faltkarton zusammen, packen unseren imaginären Strauß hinein und holen den automatisch erstellten Aufkleber aus dem Adressetikettendrucker.

»Einen Nachhaltigkeitspreis kriegen wir auch noch«, sagt Elena. »Weil wir so wenig Papier verwenden.«

»Unser Co2-Ausstoß ist wahrscheinlich nicht so toll.«

»Da lassen wir uns auch noch etwas einfallen.« Sie nimmt mich in den Arm und flüstert: »Ich danke dir dafür, dass wir das hier machen. Danke, dass du mich als Partnerin gewählt hast. Danke, dass ich mich endlich wieder gut fühle.«

Sie sieht mich an.

»In letzter Zeit habe ich mich so unfertig gefühlt«, gesteht sie. »Klar, die Zeitung ist ein Herzensprojekt, aber finanziell war es schon knapp. Wenn ich den Job bei Kohlmanns nicht hätte, hätten wir nur von Alex' Geld gelebt, und das will ich eigentlich nicht. Ich kam mir so nutzlos vor. Aber jetzt ... Ich schlafe erfüllt ein, und wenn ich aufwache, hole ich sofort meinen Laptop ins Bett. Dann rufe ich unsere Webseite auf, um noch eine Schriftgröße zu ändern oder ein Bild ein wenig zu verschieben. Und ich fühle mich so gut. Wir sind Unternehmerinnen! Für so etwas habe ich eigentlich studiert. Deine Idee war das Beste, was mir seit Jahren passiert ist. Ich freue mich so auf alles!«

Sie drückt mich.

»Das werde ich dir nie vergessen.« Sie küsst mich zum Abschied auf die Wange und ruft: »Bis morgen«, dann geht sie.

Elena baut auf mich. Sie ist so glücklich, dabei wollte ich vor Kurzem noch alles hinschmeißen. Eigentlich müsste ich mich doch jetzt leicht fühlen. Wir haben etwas Tolles, Elena und ich.

Wahrscheinlich bin ich einfach zu kaputt, um mich gut zu fühlen.

Bevor ich noch weiter darüber nachgrübeln kann, kommt Fabian ins Gewächshaus.

»Sieht schon gut aus«, sagt er, als er mir über die Schulter schaut.

»Die professionellen Fotos müssen wir für dich auch machen«, entgegne ich.

Fabian hat mithilfe eines Homepage-Baukastensystems den Internetauftritt der Gärtnerei neu gestaltet. Damit hat Annegret nichts am Hut, und sie lässt ihm wirklich freie Hand. Er hat die Texte geschrieben, ich habe sie überarbeiten dürfen.

»Willst du mal schauen?«, fragt er.

Zusammen gehen wir durch seinen Schaugarten. Was ich sehe, lässt mich fast vergessen, welche Aufregung zwischendurch geherrscht hat. Die ehemalige Wiese mit Wildwuchs ist einem Gartenparadies gewichen. Hecken aus Hainbuche, Thuja- und Kirschlorbeer grenzen die Gartenteile voneinander ab. So ist der Besucher immer wieder überrascht, wenn er um eine der grünen Mauern herumläuft. Eine Thujahecke umgibt einen Familiengarten mit Sandkasten und Naschbeeten. Hinter einer Bambuswand – die noch etwas höher werden muss – befindet sich der japanische Garten mit Zierahorn, Kiesweg und Steinelementen. Neben der Terrasse fließt ein Bach.

»Den mag ich besonders gerne«, sage ich, als wir den Bauerngarten betreten.

Die Blütenflut lässt sich im Moment nur erahnen. Aktuell dominieren Gräser und Schmuckblätter, aber Fabian hat in ein Schild investiert, auf dem der Besucher den Garten im Frühjahr und Sommer sehen kann. (Es ist eine Computerzeichnung, trotzdem kann man sich dem Farbenrausch nicht entziehen.)

Den Gemüsegarten mit den Hochbeeten mag ich auch, weil die Beete so raffiniert verschachtelt sind, dass sie wie ein kleines Kunstwerk aussehen. Als ich das sage, legt er den Arm um mich und drückt mich fest.

»Das hättest du nicht gedacht, oder?«, fragt er lachend. »Ein bisschen künstlerisch kann ich auch sein. Vielleicht kommen meine Werke ja mal ins Museum, und du kannst mich bewundern. Vielleicht macht das Gärtnermuseum in Bamberg hier eine Außenstelle?«

Er hat einen Witz machen wollen, das weiß ich. Aber ich kann darüber nicht lachen. Von meinen Schultern über die Wirbelsäule hinunter verkrampft sich alles.

»Denkst du etwa, dass mir das wichtig ist?«, frage ich.

Ich bewege meinen Oberkörper, versuche, die Anspannung abzuschütteln. Das gelingt mir nicht, vor allem, weil ich die Bewegung nicht so auffällig ausführen will.

»Jetzt geht's richtig los, Marie, ehrlich. Ich habe einen Arschtritt gebraucht, aber jetzt wird alles anders. Meine Eltern werden auch sehen, was ich kann, und wenn Geld reingekommen ist, renoviere ich alles. Dann wird das eine richtig moderne Gärtnerei.« Er legt mir den Arm um die Schulter. »Und für dich habe ich mir auch was ausgedacht«, fährt er unbeirrt fort. »An Silvester fahr ich mit dir weg, in so ein Hotel wie das, was deine Tanten gebucht haben – so mit tollem Essen und Wellness und so. Du darfst dir dann alles aussuchen und dich den ganzen Tag massieren lassen.«

»Das musst du nicht tun.« Damit hätte ich im Leben nicht gerechnet. Das ist eine sehr süße Geste. Eigentlich, aber es drängt sich auch Mitleid zwischen Verwirrtheit und Rührung, und das möchte ich dort nicht haben.

»Doch. Du hast dich damals so gefreut, und dann ist nichts daraus geworden. Damals bist du zu mir auf die Kirchweih gekommen, also kann ich jetzt auch mal mit dir mitgehen.« Er schaut zu der Hecke hinüber. »Ich habe mir YouTube-Videos darüber angeschaut, wie man isst, wenn man in so ein Bonzenlokal geht.«

Ich hasse das Wort »Bonzen«, weil es so abwertend ist. Allein den Klang finde ich furchtbar. Es klingt, als würde man Schleim aushusten.

»So ist das nicht«, sage ich. »Du stellst dir das falsch vor. Ich denke, das ist einfach ein Ort, an dem die Menschen Freude an einer schönen Umgebung und gutem Essen haben.«

Wir gehen weiter und sehen uns die übrigen Gartenteile an. Ich versichere Fabian, dass ich es wirklich gelungen finde, aber meine Stimme klingt irgendwie künstlich dabei. Ich verstehe das nicht. Der Garten ist toll! Aber mir wollen seine Worte nicht aus dem Kopf ...

Am Dienstag kommen Annegret und Harald drei Stunden früher, als wir sie erwartet haben. Fabian kann gerade noch den Spaten zur Seite stellen und den Schlauch wegziehen. Eigentlich hatten wir geplant, sie mit einer Brotzeit zu empfangen und dann feierlich durch den Schaugarten und die Gärtnerei zu führen. Jetzt müssen wir improvisieren, vor allem, weil der Leberkäse noch beim Metzger liegt.

Wir gehen hinunter. Fabians Eltern laden die Taschen aus dem Auto. Eine kurze Umarmung, dann trägt er ihre Koffer ins Haus. Auch ich schnappe mir eine Reisetasche und laufe ihm hinterher.

»Gib mir gleich mal die Bücher«, sagt Annegret zur Begrüßung.

»Wir würden euch gerne etwas zeigen ...«

»Das hat Zeit«, erwidert sie.

»Es dauert nicht lange«, versichere ich.

»Lasst mich schnell aufs Klo, dann komme ich«, sagt Annegret wenig begeistert.

»Ihr habt was auf dem Grundstück gemacht«, sagt Harald, und ich bin froh, dass sich wenigstens einer für unsere Bemühungen erwärmt.

Fabian fegt noch einmal über die Steinterrasse, geht dann zu der zweiten Terrasse mit den unterschiedlichen Belägen und entfernt Blätter von den Holzdielen.

Ich stelle den Brunnen an, und der Bach neben dem Freisitz beginnt zu sprudeln. Fabian hat es wirklich hinbekommen, den Wasserlauf nicht kitschig oder künstlich wirken zu lassen. Wenn die Ziergräser daneben gewachsen sind, wird alles ganz natürlich aussehen. Hoffentlich sind Annegret und Harald auch begeistert. Und hoffentlich zeigen sie das. Bei beidem bin ich mir nicht sicher.

Fabian fängt seine Mutter neben den Garagen ab und erklärt ihr etwas. Ich kann nicht hören, was er sagt, und versuche, in den Gesichtern seiner Eltern zu lesen. Harald wirkt gespannt, bei Annegret weiß ich es nicht. Vielleicht will ich auch kein Wort für ihre Miene finden.

Wir gehen durch die verschiedenen Teile des Schaugartens.

»Hast du das ganz allein gemacht?«, fragt Harald.

»Erich und zwei Studenten haben geholfen«, antwortet Fabian. »Und Marie natürlich.«

»Seine Freunde haben am Samstag mit angepackt, aber das war nur noch für den letzten Schliff. Fabian hat sonst alles gemacht: geplant, eingekauft und gestaltet.«

Annegret sagt nichts. Sie betrachtet die Hecken und Pflanzen, als würde einer der Sträucher gleich lebendig werden und sie anspringen.

»Wo kommt das Geld her?«, fragt sie.

Fabian friert ein.

»Das ist mein PowerMAXX-Geld«, erklärt er gepresst. »Ich hab's gespart.«

»Und das hat gereicht?« Annegret blickt sich um.

»Er hat lange gespart«, sage ich. »Fabian hat alles gegeben, um den Kunden seine Ideen zu zeigen – und vor allem, um sie zu inspirieren.« Ich komme mir vor wie bei einer Gerichtsverhandlung. »Wenn sich das herumspricht und wenn die Leute das sehen, werdet ihr euch vor Aufträgen nicht mehr retten können.«

Harald haben wir, das kann ich sehen. Er braucht noch ein wenig, um es wirklich zu fassen. Aber ihm gefällt es, und er lässt sich von der Begeisterung anstecken. Annegret schaut, als habe man ihr etwas Unanständiges gezeigt.

»Ich habe den Verkaufsraum gestrichen. Willst du es sehen?«, frage ich.

Mir ist das zu blöd. Eigentlich sollte das die nächste Überraschung sein, aber mir ist die Lust vergangen. Das Mindeste, was ich tun kann, ist, sie von hier wegzulotsen. Dann kann Harald mit Fabian durch den Schaugarten gehen und sich umsehen. Die beiden können fachsimpeln, und vielleicht lobt Harald seinen Sohn sogar.

»Viel habt ihr ja nicht eingenommen«, sagt Annegret, als wir an den Gewächshäusern vorbeigehen.

»Ich kann die Kunden nicht herbeihexen«, entgegne ich.

Dann schweigen wir uns an und gehen am Schuppen vorbei zur Gärtnerei. Ich zeige ihr den neuen Anstrich und die Arbeitsplatte.

»Hat dein Sohn gemacht«, sage ich. Ich kann meinen schnippischen Unterton hören, sie ignoriert ihn.

»Hat er das da unten wirklich allein hinbekommen?«, fragt sie stattdessen.

»Ganz allein.«

»Und das Geld?«, fragt sie.

»Du solltest ihm mehr zutrauen«, sage ich. »Möchtest du die Gewächshäuser sehen, die Elena und ich gepachtet haben?«

Ich biete das anstandshalber an, deswegen bin ich auch nicht böse, als sie sagt, dass das jetzt nicht mehr ihr Bereich ist und sie dort nichts mehr verloren hat.

»Ich geh dann wieder zu den anderen«, sage ich und lasse sie in ihrem Verkaufsraum stehen.

Draußen setze ich mich auf die Steinbank im japanischen Garten und schaue zu, wie Fabian seinem Vater erklärt, welche Zwiebeln in der Erde ruhen und wie er die Stützmauern angelegt hat. Ich habe die beiden noch nie so intensiv miteinander sprechen sehen.

Irgendwann stehe ich auf und kündige an, eine Pizza zu holen. Die Metzgerei hat längst zu, unsere Brotzeitidee ist damit gestorben. Fabian zuliebe fahre ich zu Gianfranco, um die Steinofenpizza zu besorgen. Annegret würde ich heute nicht einmal die aus der Tiefkühltruhe vorsetzen.

Ich muss ziemlich lange warten. Im Gastraum ist jeder Tisch besetzt, und im Nebenzimmer scheint irgendein Turnier stattzufinden. Jedenfalls sitzen dort Männer mit hochgekrempelten Ärmeln um einen Tisch und spielen Karten. Es sieht so aus, als würden sie das schon einige Zeit machen. Bestimmt die Finalrunde von irgendeinem Schafkopf-Turnier, auch wenn ich keine Plakate sehen kann. Wenn Fabian nicht den Schaugarten gepflanzt hätte, hätte er bestimmt auch teilgenommen.

Ich blättere in einer alten Zeitschrift und schreibe an Vee, dann kommen endlich die Kartons. Als ich die Gaststätte verlasse, riecht es im Gang vor dem Nebenzimmer nach Zigarre.

Die Kartenspieler schienen sich schon sehr gut mit Gianfranco zu verstehen. Oder sie waren »Was kostet die Welt«-Gäste, die sich nicht darum scheren, was verboten oder erlaubt ist.

Bei Kohlmanns muss ich Fabian und Harald aus dem Schaugarten holen. Auch bei Tisch hört Harald nicht auf nachzufragen. Ich esse meine Pizza und höre zu, wie Fabian ausführlich jeden Schritt erklärt. Annegret kaut und wirkt abwesend.

Ich bin froh, dass niemand auf die Idee kommt, die Onlineshop-Räume anzusehen. Fabian soll seinen Abend haben.

Nach dem Essen bringe ich meinen Teller in die Küche.

»Ich geh schon mal hoch«, sage ich. »Lass dir Zeit.«

Fabian und Harald nicken und reden weiter.

»Vielleicht kommen ja wirklich mehr Kunden«, sagt Annegret, als ich die Wohnungstür öffne.

»Erzähl das Fabian«, sage ich und gehe.

13
Was wäre, wenn sie geht

May God give you
for every storm a rainbow
for every tear a smile
for every problem life sends
a faithful friend to share.

Möge Gott dir
für jeden Sturm einen Regenbogen,
für jede Träne ein Lächeln
und für jedes Problem
einen treuen Freund schenken,
der es mit dir teilt.

IRISH SAYING

Samstagabend, Anfang September

Der Samstag kommt und mit ihm ein Date, über das ich nicht mehr weiß, als dass ich um sieben Uhr vor Seans Büro stehen und dass ich warme Sachen anhaben soll. Die Temperaturen sind für die Jahreszeit ungewöhnlich kühl, deswegen bin ich sowieso immer dick eingepackt. Ob wir noch einmal zu der Insel fahren, diesmal mit dem Boot? Momentan möchte ich eher nicht durchs Wasser waten …

Um Punkt sieben finde ich mich im Alten Kloster ein. Sean

tritt durch die geöffnete Tür. Er sieht auf sein Handy und tippt noch schnell etwas, dann lächelt er mich an und gibt mir einen Kuss.

»Ich muss dich erst mal richtig platzieren«, sagt er und schließt den gegenüberliegenden Gebäudeteil auf.

Er geht mit mir ins erste Stockwerk und bittet mich, dort zu warten. Außerdem drückt er mir eine seltsam geformte Lampe in die Hand. Sie ist aus Metall und sieht aus wie ein Requisit aus einer Märchenaufführung.

»Da kommt aber kein Geist raus, wenn ich daran reibe?«

»Lass dich überraschen.« Er zuckt mit den Schultern und lächelt schelmisch. »Und halte dich bitte in der Nähe des Fensters auf. Ich bin gleich wieder da.«

Also bleibe ich zwischen Werkzeug, Eimern und Zementsäcken stehen und warte. Die Luft ist so trocken, dass ich hüsteln muss. Tagsüber hat die Sonne durch die Baustellenplanen vor dem Fenster geschienen und den Raum erwärmt. Ich überlege, ob ich meine Jacke ausziehen soll. Am liebsten würde ich einen Blick nach draußen werfen, aber ich will die Überraschung nicht verderben.

Von irgendwoher dringt Musik an mein Ohr. Bedeutet das, dass ich ans Fenster treten darf?

Ich mache einen Schritt darauf zu. Ein Schatten bewegt sich davor, dann höre ich leises Klopfen. Sean steht auf dem Gerüst und reicht mir die Hand.

Die Musik ist nun lauter. Die Melodie kommt mir bekannt vor. »A Whole New World«. Das ist aus *Aladdin*.

»Du musst rausklettern.« Er hält meine Hand, als ich meine Beine nach draußen bringe und auf dem Gerüst zum Stehen komme. »*Your ride, madam.*«

Mit der offenen Hand deutet er in den Hof. Dort steht ein Kleinbus, aus dem Innenraum kommt die Musik aus meinem Lieblings-Disneyfilm, und auf dem Dach liegt ein Teppich.

»Du wolltest doch schon immer einmal mit einem fliegenden Teppich reisen …«

Ich schüttele den Kopf, sehe nach unten, blicke wieder Sean an. Er klettert über das Geländer und lässt sich auf das Dach des Fahrzeugs herab, dann streckt er beide Arme aus und gibt mir Halt, während ich ebenfalls auf das magische Transportmittel klettere.

»Machen wir das jetzt wirklich?«

»Na sicher.« Er legt den Kopf schief. »Keine Angst, ich werde dich die ganze Zeit festhalten.«

»Ich habe keine Angst«, sage ich, balanciere ein paar Schritte nach vorne und lasse mich auf dem Teppich nieder.

Das ist der Wahnsinn!

Sean rutscht an mich heran, streckt seine Beine neben mir aus und legt seine Arme um mich. Dann klopft er auf das Dach.

Zentimeter für Zentimeter setzt das Fahrzeug zurück und schaukelt uns dabei hin und her. Der Teppich – oder der Wagen – bewegt sich ein Stück auf das Tor zu und stoppt.

»Alles klar da oben?«, dringt Beppis Stimme aus dem Fahrzeug.

»Alles wunderbar«, bestätige ich und lehne mich gegen Sean.

»Also dann: Kopf einziehen!«, ruft Beppi und lenkt den Van vorsichtig durch das steinerne Tor.

Es ist eine sternklare Nacht. Der Wind bewegt die Wiesen und Felder, ich höre das Brummen des Motors. Die Nachtfrische in meinem Gesicht macht mir nichts aus, im Gegenteil: Ich lehne mich an Sean, der seine Arme fest um mich schließt, und spüre seine Nähe. In mir breitet sich wieder diese Ruhe aus. Es fühlt sich an, als wäre diese Vertrautheit schon immer da gewesen. Seans Wange liegt an meiner. Zusammen fliegen wir durch die Felder und Wiesen.

Schließlich halten wir an einer Stelle, von der aus man das Tal überblicken kann. Gegenüber auf dem Berg erstrahlt die goldgelbe Beleuchtung des »Sankt Anna«, darunter schmiegt sich das Alte Kloster an den Fuß des Hügels.

»Etwas so Schönes habe ich noch nie erlebt«, sage ich.

»Ich auch nicht.« Sean küsst mich auf die Wange, auf die Stirn und auf die Nase. »Das liegt allerdings vor allem daran, dass ich es mit dir erlebe.«

Ich kuschele mich noch näher an ihn.

Sean klopft gegen das Dach, und der Van fährt weiter durch die Landschaft. Ein kalter Wind lässt mich frösteln, obwohl ich meine warmen Sachen an und Sean hinter mir habe. Wieder kommt der Kleinbus zum Stehen. Unter uns geht die Tür auf.

»So, Endstation«, verkündet Beppi. »Morgen fliegt der Teppich wieder nach Hause. Ist sechs Uhr zu früh?«

Er sieht Sean an. Der rutscht hinter mir weg und schwingt die Beine vom Wagendach herunter.

»Ist das okay für dich?«, gibt der die Frage an mich weiter.

Da ich keine Ahnung habe, was wir vorhaben, nicke ich.

Was machen wir hier eigentlich? Mein ganzer Körper kribbelt, und ich sehe mich um, finde aber keinen Hinweis auf das, was uns erwartet. Ich hatte angenommen, dass wir eine Weile durch die Gegend »fliegen« und unser Chauffeur uns dann wieder im Kloster absetzen würde. Dass unser magisches Gefährt ein Ziel ansteuert, war mir nicht bewusst.

Sean hilft mir vom Dach.

»Danke für meine erste Reise auf einem fliegenden Teppich«, sage ich zu Beppi.

»Du musst dich bei Sean bedanken«, sagt er grinsend. »Ich bin nur der Gehilfe.«

Sean drückt seinen Dank durch eine Männerumarmung aus.

»Morgen früh bin ich wieder hier. Seid pünktlich, bis um neun muss der Teppich entfernt sein, sonst tötet mich Gina.«

Beppi geht zum Wagen und öffnet die Fahrertür. Noch einmal dreht er sich um, als wolle er etwas sagen, schüttelt dann aber den Kopf, steigt ein und fährt.

»Worüber denkst du nach?«, fragt Sean.

»Über Beppi.«

Sean schmunzelt. »Da plane ich ein sensationelles Date, und du denkst an einen anderen. Muss ich mir etwa Gedanken machen, dass du mit meinem Kumpel durchbrennst?«

Ich sehe ihn ernst an. »Wofür ist Beppi eigentlich verurteilt worden?«

»Er hat Musikstunden gegeben und dabei hat er herausgefunden, wann die Hausbesitzer nicht da sind und wohl auch, wie das Haus gesichert ist, also ob es einen Alarm gibt und so weiter. Diese Infos hat er an seine damaligen Kumpels weitergegeben. Irgendwann hat man sie erwischt, und er hing mit drin.«

»Und sie sind hierhergezogen, damit er andere Leute kennenlernt?«

»Das ist der Hauptgrund.« Sean nickt. »Außerdem wollten sie weg von allem, was sie an ihre Mutter erinnert. Das hat sie wohl beide schwer mitgenommen.«

»Haben sie gar keinen Kontakt zu ihrem Vater?«

Er schüttelt den Kopf.

»Wir Lavendelhöfler sind alle ein bisschen kaputt. Hier hat jeder seine Geschichte.«

Er legt den Arm um mich und küsst mich lange. Anscheinend will er mich wieder auf Datemodus bringen, und das gelingt ihm ziemlich gut.

Bei den Bäumen handelt es sich nicht etwa um einen Wald, sondern um einen Baumstreifen, der am Ufer eines Sees steht. Nebelschwaden umwabern die Laternen entlang eines Steges, an dem große Boote vertäut sind.

Sean hält mich so fest, als habe er Angst, dass ich seitlich ins Wasser wegrutsche. Als wir am ersten Boot vorbeilaufen, erkenne ich, dass es sich nicht um seetüchtige Gefährte, sondern um Hausboote handelt. Es sind Würfel aus Holz und Glas, die auf einer Plattform auf der Oberfläche des Sees liegen. Ein Holzgeländer am Heck sowie ein Stahlseilgeländer am Bug ersetzen die Bootswand; dazwischen liegt der Wohnwürfel. Eine Treppe – oder eher eine Leiter – führt auf das Dach, das ebenfalls stahlseilbegrenzt ist.

»Bleiben wir hier?«, frage ich staunend.

»Wenn du willst. Ansonsten kann ich Beppi jederzeit anrufen und ihm sagen, dass er umkehren soll.«

»Nein.« Ich strahle ihn an. »Ich will unbedingt wissen, wie es darin aussieht.«

Sean sperrt eine Tür auf, und wir betreten den Würfel durch eine enge Schlafkabine mit Doppelbett. Wie im Hotel sind Bademäntel auf dem Bett drapiert, ein Stück Seife liegt darauf, Schokolade auf dem Nachttisch. Es riecht nach Orange und nach frischer Bettwäsche.

Die Kabine hat drei Glaswände. Das Wasser schimmert dunkelblau vor uns, weiter weg erkenne ich die Bäume am Ufer. Außer einer Couch, einem Esstisch mit vier Stühlen, einer Mini-Küchenzeile und einem Holzofen passt nichts in den winzigen Raum.

»Willst du hierbleiben?«, vergewissert sich Sean noch einmal.

»Natürlich!«

Sean geht zu dem Ofen, in dem das Feuer bereits heruntergebrannt ist, und legt Holzscheite nach. Ich knipse die Lampe auf dem Beistelltisch neben dem Sofa an und schalte das Deckenlicht aus.

Dann betrachte ich die nachtschwarze Natur um uns herum. Inzwischen haben die Wolken den Mond freigegeben, und sein Licht spiegelt sich auf der Wasseroberfläche. Ich höre das Glucksen des Sees, wenn er gegen das Boot schwappt, sehe die Bäume, die sich schwarz gegen das Dunkelblau des Himmels abheben.

Als Sean aufsteht, strecke ich meine Arme nach ihm aus, ziehe ihn zu mir her und schmiege mich an ihn.

»Ja zum Hierbleiben und Ja zu allem anderen, was uns hier heute noch so einfällt.«

»Denkst du etwa, ich hatte Hintergedanken, als ich das Boot gebucht habe?«

»Glaubst du, dass es jemanden gibt, der diese Hoffnungen oder Pläne nicht hatte?«, frage ich zurück.

Scheinbar nachdenklich wiegt er den Kopf hin und her.

Zunächst stehen wir eine Weile nur da und umarmen uns, dann beginnen wir, uns zu küssen. Ich lege seine Hand unter meinen Pullover und ziehe ihm auch seinen aus. Sean steuert küssend in Richtung Couch, doch ich lenke ihn in Richtung Esstisch um, wo ich eine Kondompackung aus meiner Handtasche friemele. Er hebt mich auf den Tisch, wo wir uns immer heftiger küssen. Seine Hände streicheln meine Schultern, meine Oberarme, meine Brust, meinen Bauch und gleiten über den Bund meiner Jeans.

»Couch«, murmle ich.

»Tschuldigung«, sagt er.

»Nicht Autsch, Couch«, sage ich. »Ich habe schon ein

lädiertes Knie, aber meinem Rücken geht's noch gut, und das soll auch so bleiben.«

»Moment!« Er geht zum Bett und kommt mit einer Decke wieder, die er auf die Couch wirft. Dann sieht er mich an. »Geht das für dich?«

Ich strecke den Daumen in die Luft.

»Also gut, du alte Frau!« Er hievt mich hoch und lässt mich auf das Sofa plumpsen. Wir lachen beide, ich ziehe ihn zu mir her, und wir küssen uns.

Später liegen wir noch immer auf der Decke, aber mittlerweile vor der Couch. Das Holz im Kaminofen ist wieder heruntergebrannt, und Sean geht nackt zum Korb, um zwei Scheite nachzulegen. Dann kriecht er wieder zu mir unter die Decke – inzwischen haben wir uns auch die zweite geholt –, legt sich auf die Seite und sieht mich an. Die Glut im Ofen greift auf die Holzscheite über, und die Flammen lodern hinter der Glasscheibe auf. Mal ist sein Gesicht im Dunkeln, dann sehe ich wieder die Bartstoppeln auf seinen Wangen, seine Augenbrauen, seine Augen.

»Ich habe Angst, dass du mich nicht mehr so ansiehst, wenn ich dir erzähle, was mit meiner Familie passiert ist«, sagt er leise.

»Ich werde dich immer so ansehen«, versichere ich.

Da ich nicht von Mord, Totschlag und anderen Gewaltverbrechen ausgehe, kann ich das auch ohne Weiteres behaupten.

»Es geht um eine Frau«, sagt er und deutet damit an, was ich bereits vermutet habe. »Ich habe gedacht, sie sei die Eine für mich und ich würde in meinem Leben nicht mehr glücklich werden, wenn ich sie nicht an meiner Seite habe.« Er küsst mich. »Das muss ich so erzählen, damit du nachvollziehen kannst, was ich empfunden habe.«

»Alles gut.«

»Du weißt hoffentlich, dass ich inzwischen anders denke und dass ich sehr, sehr, sehr glücklich bin und jeden Tag mit dir glücklicher werde, auch wenn ich am Vortag annehme, dass das gar nicht geht?«

»Weiß ich und merke ich mir.« Ich streichle ihm über die Wange. »Aber sag es trotzdem ab und zu.«

»Mache ich.«

Wir küssen uns.

»Jedenfalls hatte sie einen Freund, und ich habe immer gehofft, dass das irgendwann auseinandergeht, was aber nie passiert ist. Jedes Mal, wenn ich sie zusammen gesehen habe, dachte ich, ich sterbe. Es hat mich so gequält, und ich war fest davon überzeugt, dass sie mit mir noch viel glücklicher wäre.«

Er atmet tief durch und legt seinen Kopf auf die Arme.

»In meiner Familie sind alle mit ihrer Jugendliebe zusammen. Meine Eltern kennen sich seit der achten Klasse und sind seit der neunten zusammen, meine Schwester hat den Mann geheiratet, mit dem sie mit fünfzehn zusammengekommen ist, und ich dachte, bei mir ist das genauso. Ich habe Aisling während meiner Schulzeit geliebt und auf sie gewartet. Dann bin ich zum Studium weg und habe sie aus der Ferne weitergeliebt. Und jedes Mal, wenn ich zu Hause war, habe ich gehofft, dass sie endlich frei ist – was aber leider nie der Fall war.«

»Aber es ist doch sehr nobel von dir, dass du immer gewartet und nichts getan hast, um dich in die andere Beziehung einzumischen.«

»Warte, es geht noch weiter.« Er schluckt. »Der Grund, warum ich mich so zurückgehalten habe, war, dass ich mich auch ihrem Freund verbunden gefühlt habe. Das war nämlich mein Bruder. Ich weiß ja nicht, wie das in anderen Familien so läuft, aber in meiner tut man das nicht: dem Bruder die Freundin ausspannen.«

Er verzieht das Gesicht.

»Ich habe ein Auslandsjahr gemacht, in der Hoffnung, dass ich sie vergesse – vergeblich. Als ich wieder zu Hause war, hat mich meine Mutter irgendwann zur Seite genommen und mir gesagt, dass ich nicht verheimlichen muss, wen ich liebe, und dass ich immer ihr Sohn sein werde. Sie dachte wohl, ich lebe mit einem Mann zusammen und traue mich nicht, mich zu outen. Jedenfalls habe ich ihr gesagt, dass sie sich irrt, aber dass es da jemanden gibt, mehr nicht. Dennoch habe ich mir ihre Worte zu Herzen genommen und Aisling meine Liebe gestanden. Wie befürchtet, hat sie erwidert, dass aus uns nichts werden könne, da sie bereits mit meinem Bruder zusammen sei.«

Er seufzt und legt sich auf den Rücken.

»Ich bin nach Dublin gefahren und dachte, die Welt hat aufgehört sich zu drehen. Doch am nächsten Abend stand sie vor meiner Tür – und ist erst am späten Nachmittag des folgenden Tages wieder gefahren. In den nächsten Monaten hat sie viele ›Fortbildungen‹ in Dublin besucht und ich viele Wochenenden zu Hause verbracht. Immer wieder hat sie mir versichert, dass sie mit meinem Bruder reden wird. Dann bin ich für drei Monate in die USA, und sie hat versprochen, das in der Zwischenzeit zu klären.«

»Lass mich raten: Das hat sie nicht gemacht?«

»Nein.« Sean schüttelt den Kopf. »Ein paar Wochen später bekam ich eine Hochzeitseinladung, mein Bruder hatte ihr einen Antrag gemacht. Ich habe meinen Flug eine Woche vorverlegt und sie angefleht, ihn nicht zu heiraten.«

Er zögert, doch ich gebe ihm ein Zeichen, dass er weitersprechen soll.

»Während ihres Junggesellinnenabschieds hat sie dann

wohl das schlechte Gewissen gequält. Jedenfalls kam sie verheult mit ihrer Trauzeugin an, als wir gerade unseren Pokertisch aufgebaut hatten, und hat meinem Bruder ihren Seitensprung gestanden. Zum Glück nicht vor allen Leuten, die anderen sind rausgegangen.«

»Wie hat dein Bruder reagiert?«, hake ich nach.

»Er hat mit ihr Schluss gemacht, und sie ist gegangen. Als ich ihn trösten wollte, hat er gemeint, den einen Ausrutscher werde er ihr verzeihen … Also habe ich ihn darüber aufgeklärt, dass es Monate waren und dass ich der andere bin. Dann haben wir uns geprügelt.«

Jetzt muss auch ich schlucken. Meine Hände zittern, und mein Magen zieht sich zusammen, als wäre es gerade erst passiert und ich dabei gewesen.

»Wie ging es weiter?«, frage ich vorsichtig.

»Nun, als ich nach Hause gekommen bin, hat meine Mutter bereits auf mich gewartet. Sie war wohl von der Brautmutter darüber informiert worden, dass die Hochzeit nicht stattfinden würde, wusste aber nicht, weshalb – oder besser gesagt: wegen wem. Die Informationslücke habe ich dann geschlossen. Sie meinte, sie sei enttäuscht von mir und habe mir so etwas nicht zugetraut. Dann habe ich meine Sachen gepackt. Meine Schwester hat mich zum Abschied als Schwein beschimpft, und mein Vater sagte, er könne meinen Anblick nicht mehr ertragen, also habe ich dafür gesorgt, dass sie das auch nicht mehr müssen. – Ende der Geschichte.«

»Und dann? Hast du noch mal mit ihnen gesprochen? Hast du erklärt, dass es dir nicht um Sex ging, sondern dass du sie geliebt hast?«

Er schüttelt den Kopf.

»Wie lange ist das her?«

»Fünf Jahre.«

»Hat einer von euch mal probiert, wieder in Kontakt zu treten?«

Er schüttelt den Kopf. »Meine Schwester hat sich ein paarmal gemeldet, aber ich … ich kann das nicht. Ich verzeihe mir nicht, was ich ihnen angetan habe.«

»Ich finde das mittelalterlich – oder stur. Fehler passieren, die Liebe passiert. Ja, dein Fall ist sicher extrem unglücklich, aber – meine Güte – es ist vorbei. Sind sie wieder zusammen, dein Bruder und die Frau?«

Er bejaht meine Frage, und ich atme laut aus.

»Sean, ich kann deinen Wunsch, dich selbst zu bestrafen, nachvollziehen. Wirklich. Aber irgendwann ist es dann auch gut. Ich meine … fünf Jahre! Die vermissen dich doch! Vermisst du sie nicht?«

Er zuckt mit den Schultern.

»Ich bin wahnsinnig froh, dass du mich nicht hasst, und so erleichtert, dass ich dir das endlich gesagt habe, aber können wir es jetzt ruhen lassen?«

Mein Hirn feuert Fragen heraus, und sie scheinen sich in meinem Mund zu stauen. Ich presse die Lippen zusammen.

»Willst du nicht einmal …?«

Er schüttelt den Kopf und nimmt mich in den Arm. »Und bitte versuch auch du nicht, meine Eltern zu kontaktieren. Bitte!«

Er sieht mich fragend an.

»Ich finde dich wunderbar«, sage ich. »Ich habe noch nie jemanden kennengelernt, mit dem ich mich so wohlgefühlt habe und mit dem ich so auf einer Wellenlänge bin – bis auf diese eine Sache. Da verstehe ich dich überhaupt nicht, aber ich werde versuchen, es zu akzeptieren.«

»Das ist dein einziges Problem?«

»Sicher. Jeder macht Fehler, und du hast um deine Liebe

gekämpft. Blöd war natürlich, dass es die Freundin deines Bruders war, aber das Herz will, was das Herz will. Ich finde es schlimmer, wenn man sich das ganze Leben fragt, was gewesen wäre, wenn man es nicht getan hätte.«

Er lässt sich zurückfallen und schüttelt den Kopf.

»Du bist unglaublich! Ich hatte die ganze Zeit Angst, du verlässt mich, wenn du das erfährst«, gesteht er.

»Liebst du sie noch?«

Er überlegt.

Warum überlegt er? Muss er da wirklich überlegen?

»Nein«, sagt er schließlich. »Nicht mehr.« Er streckt seine Hand aus und legt sie auf meine Wange. »Ich bin sehr, sehr, sehr glücklich mit dir.«

Er küsst mich, und obwohl sich wieder alles dreht und ich mich in den Kuss fallen lasse, bleibt ein kleiner Zweifel zurück.

»Für mich gibt es nur noch dich«, sagt er in meine Gedanken hinein und streicht mit seinen Lippen über meinen Hals und meine Schultern.

Er berührt mich so zärtlich, dass mir die Tränen kommen und meine Zweifel fortspülen.

13
Was wäre, wenn sie bleibt

Mindennek megvan a maga ideje.
Alles hat seine Zeit.
UNGARISCHES SPRICHWORT

Elenas Version:
Irgendwann geht auch
dein Traum in Erfüllung.

Montag, Anfang September

Wir feiern Einweihung, allerdings nur ganz klein. Es gibt Sekt und ein paar Häppchen, die Elena beim Bäcker geordert hat.

Alex' und Elenas Eltern sind gekommen. Die Kohlmanns stehen ein wenig verloren in ihrem Gewächshaus. Paul strahlt über seinem Sektglas. Vee und Hilda können unter der Woche nicht kommen, und das ist okay für mich. Vielmehr bin ich sogar froh, dass sie mich nicht sehen, denn sie würden mich durchschauen. Ich versuche nämlich die ganze Zeit, den Felsblock in meinem Magen wegzulächeln.

Mit dem Onlineshop verwirkliche ich mir einen Traum. Ich weiß, dass er richtig gut werden kann. Trotzdem frage ich mich, ob wir einen Fehler gemacht haben. Vielleicht hätten wir unsere Produktions- und Lagerräume woanders unterbringen sollen. Nicht in den Gewächshäusern von Fabians Eltern, sondern in irgendeiner Lagerhalle.

Ich betrachte die anderen. Paul strahlt, und Elena sieht so glücklich aus. Ihre Eltern lassen sich alles genau erklären. Die Mutter macht mit ihrem Handy Fotos von unseren Geschäftsräumen.

»Für die Omas und für meine Schwester«, erklärt sie.

Lio liegt auf ihrem Hundekissen und kaut auf ihrem Spielzeug herum.

Harald sieht sich mit Fabian unsere Tische genauer an, und Annegret steht mit ihrem Sektglas daneben. Sie verabschiedet sich bald, da Kundschaft kommt. Aber sie wünscht uns viel Erfolg, womit ich nicht gerechnet habe.

»Dann lassen wir euch jetzt mal arbeiten«, sagt Paul und nimmt seinen Mantel.

Elena hält ihn auf. »Wir müssen noch gemeinsam nachsehen, ob schon eine Bestellung eingegangen ist!«

Das will er sich natürlich nicht entgehen lassen. Elena loggt sich ein. Die Oberfläche erscheint.

»Pups«, kommt es aus dem Lautsprecher.

Elenas Eltern sehen sich irritiert an, Paul muss sich das Lachen verkneifen, Fabian feixt, und ich schließe die Augen.

»Pups«, ertönt es noch mal. »Pups – Pups – Pups.«

Elena schaltet den Ton ab und grinst. Sie ist rot angelaufen.

»Was ist das denn?«, fragt ihre Mutter.

»Nicht so wichtig«, sagt sie. »Ein Witz für Marie.«

Die Mutter sieht mich an. Vorhin hat sie meinen positiven Einfluss auf Elenas Leben gelobt, doch nun wirkt sie, als müsse sie ihre Aussage noch einmal überdenken.

Dann fällt mein Blick auf den Bildschirm. Paul hat es bereits gesehen und strahlt. Er nimmt mich in den Arm und drückt mich fest.

»Ich habe es gewusst«, sagt er. »Bald werden die Räume hier nicht mehr reichen, und ihr werdet umziehen müssen.«

Er sagt das sehr leise, und ich kann nichts antworten. Ich fühle mich durchschaut, bin aber gleichzeitig dankbar dafür, dass er mich so lesen kann.

»Ist das so offensichtlich?«, frage ich.

»Ich denke, es hat keiner gemerkt.«

Die Gäste drängen sich um den Bildschirm.

»Wie viele Bestellungen sind es denn jetzt?«, fragt Harald.

»Einundfünfzig«, sagt Elena tonlos.

»Das muss ich gleich meiner Frau erzählen!«, ruft Harald. »Das ist ja – wie sagst du immer, Fabi? – der Burner!«

Fabian nickt. »Ich muss zu einem Kunden – Hecke schneiden«, sagt er und geht. Auch Elenas Eltern verabschieden sich schnell.

»Soll ich Kartons falten, während ihr arbeitet?«, bietet Paul an.

Ich nicke, und er krempelt seine Ärmel hoch.

»Wer bitte ist ›Baum und Jenter Publishing‹?«, fragt Elena.

Ich schüttle den Kopf. Konnte sie es also doch nicht lassen!

»Das ist meine Tante – oder vielmehr ihre Zeitschrift«, erkläre ich. »Schenkt sie sich selbst einen Strauß, oder geht er an Hilda?«

»Alle Bestellungen gehen an diese Rechnung!«

Ich höre auf, meine Schürze zu binden, und stütze mich auf den Schreibtisch. Zusammen mit Elena studiere ich die Liste. Zwanzig Sträuße gehen nach München und Umgebung. Ich nehme an, das sind irgendwelche Kunden. Die andere Hälfte geht an Leute überall in Deutschland, ein paar nach Österreich und in die Schweiz.

»Können wir international versenden?«, fragt Elena.

»Das ist ja nicht Australien.«

Ich nehme mein Handy heraus, rufe Vees Namen auf und stelle den Lautsprecher an. Ungewöhnlicherweise nimmt sie den Anruf gleich entgegen.

»Na, mein Spatz? Wie ist der erste Tag?«, erkundigt sie sich.

»Blumen und mehr, ich bin Marie Landauer. Kann ich bitte mit der Geschäftsführerin von ›Baum und Jenter‹ reden?«

»Oh, ein offizieller Anruf.« Ihre Stimme wird geschäftsmäßig. »Hier ist Genoveva Landauer.«

»Frau Landauer, Sie haben etliche Auslandsbestellungen aufgegeben. Das bieten wir gerade noch nicht an, wir arbeiten aber daran. Ich wollte Sie nur darauf hinweisen, dass sich die Auslieferung verzögern könnte.« Ich klinge wie eine Flugbegleiterin, die über die Sicherheitsvorkehrungen informiert.

»Sehr nett, dass Sie mich anrufen. Das sind sehr wichtige Blumengrüße, und es wäre mir sehr recht, wenn Sie diese zeitnah versenden könnten.«

»Sag mal, spinnst du, so viel zu bestellen?« Das sage ich in meinem normalen Tonfall – na ja, eigentlich eher in dem Tonfall, in dem ich normalerweise Leute anpampe. »Vee, das ist ja total lieb, aber wir müssen es doch selbst schaffen.«

»Klar. Und ich helfe euch dabei!«

»Indem du deine Zeitschrift ruinierst?«

»Kleine Aufmerksamkeiten erhalten die Werbekunden. Und sie erhalten einen Hinweis, was sie ebenfalls verschenken können.« Vee holt tief Luft. »Spätzlein, du musst die besten Sträuße machen, die du je gebunden hast. Und dann packst du noch Flyer und so ein Zeug hinein. Ich habe alle Influencer, mit denen wir zusammenarbeiten – also nicht alle, sondern die mit vielen Followern –, mit einem Blumengruß bedacht. Wenn nur die Hälfte etwas dazu postet, könnt ihr euch morgen bereits nach zusätzlichen Mitarbeitern umsehen.«

Mein Protest bröckelt und fällt in sich zusammen.

»Dein Wort in Gottes Gehörgang!«

Elena führt auf ihrem Schreibtischstuhl einen Tanz auf.

»Sie sind unglaublich, Frau Landauer!«, ruft sie. Dann schnappt sie sich ihr Handy und googelt den ersten Influencer.

»Übrigens habe ich ein paar Gefallen eingefordert. Es werden sich einige Leute bei dir melden. Jedenfalls wird ›Blumen und mehr‹ in ein paar Magazinen erwähnt werden.«

»Danke für diese Wahnsinns-Starthilfe«, sage ich.

Elena hat das Profil der Influencerin aufgerufen und reißt die Augen auf, als sie die Followerzahlen sieht. Mit ihren Lippen formt sie ein lautloses »Woooaaahhhh«.

»Ich wünsche euch viel Erfolg«, sagt Vee. »Elena, alles, alles Gute für euren Neuanfang. Ich hoffe, die Leute bestellen so eifrig, dass eure Seite zusammenbricht.«

»Das hoffe ich nicht!«, ruft Elena. »Also Ersteres schon. Danke an die Bestellerin der ersten Stunde.«

»Ach, wissen Sie, als Tante muss man doch ein bisschen Werbung für seine Nichte machen.«

»So ist es«, ruft Paul. »Ich bin die erste Aushilfe, die die Gründerinnen engagiert haben.«

Vee hält kurz inne. »Sind Sie der neue Vorsitzende des Kunstvereins Untergickelbach?«

»Der hoffe ich zu werden«, bestätigt Paul. »Heute bin ich aber in Sachen Blumenkunst unterwegs.«

»Das ist sehr lobenswert. Eigentlich sollte ich Tantendienst vor Ort leisten. Vertreten Sie mich gut. Wenn ich hier nicht gebunden wäre, würde ich Blumen heranschleppen und das Lager kehren.«

»Bis jetzt muss er nur Kisten falten«, mische ich mich ein.

»Ich hoffe, wir lernen uns bald mal kennen«, sagt Vee.

»Das wäre schön«, sagt Paul. »Alles Gute! Bis bald.«

Vee legt auf.

»Eine sehr nette Tante hast du«, stellt Paul fest.

Er hat keine Ahnung, dass Vee so viel mehr über ihn weiß, als dass er den Kunstverein übernehmen wird, und sie bereits eifrig recherchiert und plant. Hoffentlich findet er sie dann auch noch nett ...

Zugegeben, es hilft, wenn man eine Chefredakteurinnen-Tante hat. In zweieinhalb Stunden kommt der Paketdienst, und wir müssen noch dreißig Sträuße fertig bekommen. Seit Vees Starthilfeaktion klicken sich viele Blumenbegeisterte durch unsere Webseite. Die Sträuße laufen gut, und auch Grabgestecke habe ich schon etliche verschicken können. Der Renner aber sind die Sträuße zum Selbstarrangieren. Die Kunden bekommen die Blumen und eine Schritt-für-Schritt-Anleitung, wie sie den Strauß selbst binden.

Wenn es hoch hergeht, hilft immer wieder Paul aus. Er ist mein Verpackungsexperte und zudem unser Beschwerdemanager. Er hat die optimale Kundenbetreuungsstimme und beantwortet Nachfragen so charmant, dass die Leute sich gar nicht mehr erinnern können, weswegen sie sich eigentlich beschweren wollten.

Glücklicherweise melden sich ohnehin nur die notorischen Nörgler, denn auszusetzen gibt es wenig. Wir arbeiten schnell und verkaufen Qualitätsprodukte.

Dennoch: Man merkt einfach, dass Paul jahrelang Menschen in schwierigsten Situationen betreut hat. Es gab noch keinen unzufriedenen Anrufer, der nicht am Ende versöhnt aufgelegt hätte.

Beim Einpacken kann Paul auch von seinen Kunstvereinsplänen erzählen. Er möchte ein Haus suchen, um wieder Stipendien anzubieten. Seit dem Brand liegt dieses Projekt brach, und er will es wiederbeleben. Außerdem schwebt ihm eine Ausstellung vor, die über die Künstler informiert, die bisher den Untergickelbacher Skulpturenweg mit ihren Werken bestückt haben. Er will ein modernes Museumskonzept und nimmt Kontakt zu Leuten in ganz Europa auf.

Ich verspreche ihm Landauer-Devotionalien, so ich denn welche in den Kisten im Keller finde.

14
Was wäre, wenn sie geht

May the raindrops fall lightly on your brow.
May the soft winds freshen your spirit.
May the sunshine brighten your heart.
May the burdens of the day rest lightly upon.

Mögen die Regentropfen sanft auf deine Stirn fallen.
Möge der Wind deinen Geist erfrischen.
Möge die Sonne dein Herz leuchten lassen.
Möge die Last des Tages leicht auf dir liegen.

IRISH SAYING

Mittwoch, erste Oktoberwoche

Ich habe mir ein altes Fahrrad besorgt. Das heißt, ich habe Beppi gefragt, und er hat mir ein paar Tage später ein mintgrünes Rad mit hellblauen Streifen präsentiert. Es lässt sich leicht fahren, und es schadet weder mir noch meinem Knie, wenn ich mich mehr bewege.

Die Luft auf dem Weg zum Kloster ist klar und frisch, auf den Wiesen liegt der erste Reif. Ich kann die Kälte in meiner Lunge spüren und meinen Atem sehen. Auch wenn der Anstieg durch die Pappelallee mir noch Mühe bereitet, merke ich doch, wie ich mich Tag für Tag weniger anstrengen muss. Lio läuft neben dem Fahrrad her. Für gewöhnlich döst sie nach diesem Spaziergang den ganzen Morgen.

Auf meiner Agenda stehen heute Sträuße für die neuen Gäste, zwei Geburtstage und Blumen für die Lobby. Um eins will mich Maja sehen. Sie hat meinen halben Nachmittag geblockt, und ich vermute fast, dass wir eine Hochzeit planen oder ein anderes Event ausstatten müssen. Bestimmt wird auch Mamas Ausstellung Thema sein. Maja fährt jeden Tag ins Alte Kloster und geht dort dem Kurator auf die Nerven. Das glaube ich zumindest, denn als ich neulich die Blumen in der Lounge ausgetauscht habe, habe ich ein Gespräch mitbekommen. Nicht das ganze, aber einen Teil davon.

»*She fucking thinks this is the fucking* Tate Gallery«, meinte George Bulsara, der Kurator, zu seinem Assistenten.

Ich finde das lustig. Es ist schön, dass Maja so viel Leidenschaft an den Tag legt und dass es bei dieser Leidenschaft um Mamas Bilder geht. Regelmäßig präsentiert sie Pläne, fragt mich nach meiner Meinung und hält mich auf dem Laufenden. Aber irgendwie bin ich, was das angeht, wunschlos glücklich oder einfach zuversichtlich. Ich denke, dass man sich für diese Werkschau keinen besseren Verfechter wünschen kann als Maja. Sie lässt sich jeden Haken, jeden Strahler zeigen, überprüft jeden Schattenwurf, sitzt jedes Sofa probe. Und wenn Frau Schmidt sie nicht ab und zu bremsen würde, hätte Bulsara wahrscheinlich schon längst gekündigt. Vermutlich hält ihn sein Honorar davon ab.

Auch heute zeigt Maja mir einen Plan mit der Aufteilung der Räume, die noch einmal geändert wurde, und ich versichere ihr, dass ich ihr vertraue und mich die Ideen beeindrucken. Nach etwa einer halben Stunde hat sie mir alles erklärt, und ich frage mich, was jetzt auf der Tagesordnung steht.

»Ich habe weitere Neuigkeiten«, sagt sie, und auch wenn

unser letztes Gespräch schon lange her ist, weiß ich sofort, dass sie von der Genske-Erbin spricht. »Leider keine guten. *Sonnenblumentage* befindet sich nicht unter den Gemälden im Nachlass. Es tut mir sehr leid.«

Obwohl ich damit gerechnet habe, trifft mich diese Nachricht wie ein Boxhieb in den Bauch. Ich habe meine Hoffnung nicht im Griff gehabt. Eigentlich war mir klar, dass ich mich auf so eine Antwort einstellen muss, dennoch habe ich mir immer öfter vorgestellt, dass irgendwann die Mitteilung oder sogar das Paket kommt.

Hallo Frau Landauer,

wir haben es doch gefunden. Wenn Sie wollen, können wir den Kauf rückgängig machen.

Etwas in der Art.

Ob Genskes Schwester und ihre Anwälte auch wirklich gründlich gesucht haben?

»Ich kann mir vorstellen, wie sehr Sie das trifft und wie unbefriedigend das ist, deswegen dürfen Sie Einsicht in das Inventar nehmen. Es war mir möglich, etwas für Sie zu arrangieren. Sie dürfen sich versichern, dass das Bild nicht da ist.«

Wie konnte sie das ahnen? Kennt sie mich so gut? Die Antwort hätte mich nicht zufriedengestellt, und wahrscheinlich hätte ich genau das tun wollen, was Maja mir nun vorgeschlagen hat: mich selbst überzeugen. Ob ich mich getraut hätte, diese Anfrage durchzusetzen, steht auf einem anderen Blatt.

»Wann kann ich denn nach München fahren? Ich nehme an, die Sachen sind in der Kanzlei?«

Sie schüttelt den Kopf. »Drüben im kleinen Seminarraum wartet Doktor Weigand auf Sie. Sie müssen ein paar Formulare unterschreiben, und dann können Sie sich über die Verzeichnisse hermachen. Ich nehme an, die Sträuße und Arrangements für heute sind fertig?«

Ich nicke.

»Na dann …«, sagt sie.

Doktor Weigand ist Mitte fünfzig, und alles an ihm, von der Frisur bis zu den handgenähten Schuhen, hätte mir verraten, dass er Jurist ist. Ich muss unterschreiben, dass ich Stillschweigen bewahren und Frau Genske-Harding nicht juristisch belangen werde. Das ist auch der Grund, weshalb mich die Erbin Einsicht nehmen lässt: Sie hat Angst, dass sie wieder in den Medien erscheint, in Verbindung mit der Künstlerinnentochter, die ein Bild sucht.

Maja hat früher einmal gesagt, dass die Schwester von Jonathan Genske ihre Ruhe haben möchte. Das ist der Auftrag der Kanzlei. Es geht ihnen gar nicht so sehr darum, dass ich mein Bild finde, sondern vielmehr darum, dass ich nicht rumstochere. Ich würde niemals die Medien einschalten, aber das weiß sie nicht, und da meine Tante Journalistin ist, wollen die Anwälte wahrscheinlich auf Nummer sicher gehen.

Doktor Weigand weist auf einen Tisch, auf dem mehrere Bücher liegen, außerdem etliche Ausdrucke. Er sagt nichts dazu, also vertiefe ich mich in die Listen.

In seiner Anfangszeit hat Jonathan Genske alle seine Käufe und Verkäufe handschriftlich notiert, später hat er wohl die Vorzüge eines Buchhaltungsprogramms entdeckt. Am Ende komme ich zu dem Ergebnis, das mir Maja bereits angekündigt hat: *Sonnenblumentage* ist nie im Besitz von Jonathan Genske gewesen. Weder das Original noch die Kopie. Diese hat wohl nie existiert. Alles war umsonst. Unsere Liste mit den Lieferdaten, unsere Theorie, die Mails an die Kanzlei, das Gespräch mit Maja … na ja, nicht ganz. Ich muss mich wohl damit abfinden, dass es mein Bild wirklich nicht mehr gibt.

Die Nacht hat sich über Klosterweinting gelegt. Sie hüllt den Ort, das Haus und auch mich ein. Ich will das so. Ich sitze auf meinem Sofa, habe die Beine angezogen und die Arme darumgelegt. Ich will hier im Dunkeln sitzen und Abschied nehmen. Die Kanzlei scheint mir tatsächlich die vollständigen Unterlagen überlassen zu haben. Teilgeschwärzt, aber vollständig. Der Anwalt hat an seinem Notebook gearbeitet, während ich die Bücher durchgegangen bin – und nichts gefunden habe.

In meiner Erinnerung sehe ich immer noch die Aufzeichnungen vor mir. Eine Zeitlang habe ich gebraucht, bis ich die steile, enge Schreibschrift entziffern konnte, mit der Jonathan Genske seine Gemälde katalogisiert hat. Ein Spaziergang durch alle kunstgeschichtlichen Epochen, von der Renaissance ins 20. Jahrhundert und zurück. Es scheint fast, als habe er sie alle irgendwann besessen: Dürer, Rembrandt, Gauguin, Richter.

Die letzten Eintragungen waren von Anfang Februar kurz vor seinem Tod. *Sonnenblumentage* stand da nicht.

Ein Genske-Kauf war die gute Spur, die vielversprechende. Alles, was jetzt bleibt, sind Vermutungen. Ich stehe wieder am Anfang und muss mich erneut mit dem Gedanken auseinandersetzen, dass mein Bild wahrscheinlich doch verbrannt ist.

Sean kommt. Ich höre sein Auto und drücke auf den Türöffner, bevor er klingeln kann. Wir wollten zusammen zu Abend essen. Eigentlich habe ich gesagt, dass ich heute koche, aber ich habe noch nicht einmal meine Arbeitsklamotten ausgezogen. Lio springt auf und wedelt.

»Ich dachte, du bist noch nicht da, weil alles dunkel ist«, sagt er zur Begrüßung und schaut mich besorgt an. »Ist alles okay?«

Ich lehne mich an ihn, spüre, wie er seine Arme um mich legt und mich festhält.

»Erzähl's mir«, bittet er mich.

Ich denke an das Stillschweigeabkommen, das ich unterschrieben habe, aber ich bin mir sicher, dass man mit seinem Partner darüber reden darf. Vor allem, wenn es jemand wie Sean ist.

»Komm mit aufs Sofa. Dann breche ich eine Vereinbarung, mache mich strafbar und dich zum Komplizen.«

»Ich finde es toll, wenn du dramatisch bist.« Er setzt sich, nimmt meine Hände und lächelt. *»Partners in crime.«*

Und dann erzähle ich.

Wenn der Anwalt vor meinen Augen einen Scheiterhaufen aufgeschichtet und *Sonnenblumentage* verbrannt hätte, wäre es für mich kaum schlimmer gewesen. Es fühlt sich an, als hätte ich das Bild zum zweiten Mal verloren. Was komisch ist, denn ich hatte es ja ohnehin nicht mehr.

Sean versucht, mich zu trösten, und gemeinsam spielen wir die Möglichkeiten durch. Entweder Mama hat das Bild gemalt und es ist zusammen mit dem Original in Flammen aufgegangen, oder sie hat es gar nicht erst angefangen. Beides kann ich mir vorstellen, auch wenn ich es nicht will.

Sicher, ich könnte mir einen guten Künstler suchen und es noch einmal malen lassen, aber das wäre nicht dasselbe. Ich kann mir ja die Fotos ansehen oder meine Handyhülle. Es geht darum, dass mich meine Mutter gemalt hat, als sie mich noch gar nicht kannte, und darum, dass das wirklich ich bin. Es ist das Gefühl, dass ich mit dem Bild verbinde, und Sean versteht das. Er hält mich fest, küsst meine Haare, meine Stirn und meinen Mund.

»Nimm dir mal für Freitag nichts vor. Und für Samstag auch nicht!«

Ich blinzle hoch. »Samstag ist EFA. Und Cinzias Geburtstag.«

»Bis dahin sind wir wieder hier.«

»Wo fahren wir denn hin?«

»Das wirst du schon sehen.«

Am Freitagmittag packt er mich ins Auto. Wohin er mich verschleppen will, hat er mir nicht verraten, und solange er dabei ist, ist mir das auch egal. Er hat mir versichert, dass ich nichts Elegantes benötige, es sei denn, ich habe Lust darauf. Auch Outdoorkleidung hat er als unnötig deklariert, ich nehme also an, dass wir nicht Zelten gehen. Lio darf zu ihrem Freund, dem Hotelhundesitter, und sie freut sich so sehr, dass ich fast ein wenig eifersüchtig bin.

Als wir losfahren, scheint die Sonne. Ich sitze neben meinem Freund, meine Hand liegt auf seinem Bein. Im Radio läuft »Viva la Vida« von *Coldplay*, und mein Herz wird leicht.

»Verrätst du mir jetzt, wo wir hinfahren?« Ich setze meine Sonnenbrille auf und sehe Sean über die Gläser hinweg an.

»Wir haben nicht eines, sondern mehrere Ziele.«

»Konkreter wird's nicht?«

Er schiebt seine Sonnenbrille nach unten und schaut mich ebenfalls über die Gläser hinweg an. Dann schüttelt er den Kopf, führt meine Hand zu seinem Mund und küsst sie. Ich kuschle kurz mein Gesicht an seinen Oberarm, soweit das mein Sicherheitsgurt zulässt.

»Ich mag den Himmel hier«, sagt Sean. »Wenn du ein wenig Grün dazugibst, hast du die Farbe des Meeres bei mir zu Hause.«

Ich sehe nach oben in das tiefe Blau. Die zarten Wolken wirken, als habe man mit einem Füller kleine Striche und Schwünge hineingezeichnet.

»Irgendwann zeige ich es dir«, verspricht er. »Meinen See und mein Dorf.«

Er greift meine Hand, die nun wieder auf seinem Bein liegt, drückt sie und hält sie fest.

Nach einer Dreiviertelstunde Fahrt erreichen wir Regensburg. Das habe ich fast geahnt.

Sean streichelt mir übers Gesicht, während wir Kurs auf ein Parkhaus nehmen.

»Jedes Mal wenn ich mich mit der Denkmalschutzbehörde treffe und durch die Innenstadt laufe, denke ich mir: *Das würde ich Marie gerne mal zeigen, da würde ich mit Marie gerne mal reingehen. Ob man da gut essen kann? Das muss ich mit Marie mal ausprobieren.* Und heute und morgen – setzen wir das in die Tat um.«

Sean parkt den Wagen in der Tiefgarage am Bismarckplatz. Die Taschen lassen wir im Auto, bis wir später ins Hotel einchecken können. Sean streckt einen Arm aus, und ich kuschele mich hinein. Zusammen laufen wir die Treppen hinauf und werden von den Barockgebäuden, die den Platz umsäumen, willkommen geheißen.

Während wir über den Bauernmarkt bummeln, beobachte ich die Leute. Die Mütter, die ihre Babys in der Trage vor dem Bauch schuckeln und die größeren Kinder mit einer Laugenbrezel im Fahrradanhänger ruhigstellen. Die Männer und Frauen, die Kartoffelsuppe an einem Stehtisch löffeln und ihren Wochenendeinkauf neben sich auf dem Boden stehen haben. Die Frauen in den exklusiven Wintermänteln mit den aufwendigen Fönfrisuren, die Biogemüse kaufen, um es dann mit dem SUV in ihre Vorortvilla zu transportieren. Die Studenten, denen man die lange Clubnacht deutlich ansieht, während sie, scheinbar kälteresistent, auf der Brunnenumrandung sitzen und Fair-Trade-Kaffee aus ihren Thermosbechern trinken. Es duftet nach Quiche und Bratwurst, nach Bauernbrot und Tee, nach Suppe und Dampfnudeln.

Ich bleibe an jedem Wagen und an jedem Stand stehen, um Gemüse, Gewürze und Selbstgebranntes zu betrachten. Sean lässt sich mitziehen.

»Wenn ich dir zu lange brauche, sag es einfach. Dann gehen wir weiter.«

Er schüttelt den Kopf. »Ich könnte dir stundenlang zusehen, wie du hier mit den Waren flirtest.«

Mit einer Tüte Aprikosen in Vollmilchschokolade sowie einer weiteren Tüte Apfelringe in weißer Schokolade verlassen wir den Bauernmarkt. Sean hat seinen Schein so schnell über den Tresen der Schokomanufaktur gereicht, dass ich meinen automatenfrischen Fünfzig-Euro-Schein wieder in der Tasche verschwinden lassen musste.

Wir schlendern durch die Gassen, essen eine Kleinigkeit im »Café Lila« und bummeln über den Haidplatz und den Kohlenmarkt in Richtung Dom. In einer der Gassen steht eine junge Frau, wahrscheinlich eine Studentin, und hält uns Flyer entgegen. »DATES« heißt die Ausstellung junger Künstler, die in einer Pop-up-Galerie in der Wahlenstraße gezeigt wird. Sean schüttelt den Kopf, aber ich stecke den Flyer in die Jackentasche.

»Kunstbanause«, sage ich und knuffe ihn in die Seite.

»Umweltverschmutzerin«, gibt er zurück und grinst.

»Die Arme friert sich hier alles ab, um ein paar Leute zu finden, die sich die Sachen ansehen.« Ich werfe ihm einen tadelnden Blick zu. »Bevor sie die Sachen nicht verteilt hat, geht sie sicher nicht weg. Ich rette sie sozusagen vor der Lungenentzündung.«

»Du bist so süß«, sagt er, geht zurück und lässt sich auch einen Flyer geben.

Wir gehen ins »Haus der Bayerischen Geschichte«. In der Gesandtenstraße stöbern wir durch den Buchladen und essen im Café gegenüber Brot mit hausgemachtem Aufstrich.

»Ins Hotel oder noch ein bisschen weiter?«, fragt mich Sean.

Ich strecke meine Füße unter dem Tisch aus, bewege sie von oben nach unten und von rechts nach links.

»Platt bin ich schon«, gestehe ich. »Aber wenn wir jetzt ins Hotel gehen, sehe ich, ehrlich gesagt, nicht, dass wir es heute noch mal verlassen.«

»Aha!« Sean grinst. »Bist du so müde?«

Ich mag die Falten, die sich um seine Augen bilden, wenn er lacht.

»So ist es«, bestätige ich. »Ich werde ins Bett fallen, sofort einschlafen und vor dem Frühstück nicht wieder aufwachen.«

»Dann kann ich die ganze Zeit von Rugby zu Hurling und Gaelic Football schalten. Klingt nach einer fabelhaften Nacht.« Er sieht auf die Uhr. »Ich hole mir noch ein Sixpack, dann steht meinem Glück nichts mehr im Weg.« Er beugt sich zu mir hinüber und flüstert mir ins Ohr: »Wenn du neben mir liegst, kann ich mich kaum auf Ballspiele konzentrieren.«

»Du weißt schon, dass du mir gerade eine Steilvorlage für Witze mit ›balls‹ geliefert hast?«

Er schüttelt den Kopf. »*That's what I love about you.*«

Wir lassen die Witzeleien und küssen uns stattdessen.

Nachdem wir unsere Taschen aus dem Auto geholt haben, beziehen wir unser Zimmer in einem Hotel in der Bachgasse. Das »Hotel Orphée« ist in einem ehemaligen Barockpalais untergebracht.

»Ich bin gespannt, was du sagst«, sagt Sean, als wir die Tür zu unserem Reich für eine Nacht aufschließen.

Dunkle Holzdielen, eine leinenweiß bezogene Sitzgruppe und ein gold-rot gemusterter Sessel laden dazu ein, gemütlich zu lesen, Tee zu trinken oder – für den Anfang – seine Sachen darauf zu werfen. Mitten im Raum steht ein Himmelbett. Zarte weiße Vorhänge winden sich um schwarze Metallpfosten, ein Kronleuchter hängt darüber.

Sean tritt hinter mich und legt die Arme um meine Taille.

»Gefällt es dir?«, möchte er wissen.

»Es ist so wunderbar!«, schwärme ich. »Hier könnte man einen Roman verfilmen.«

Ich laufe zum Fenster und blicke über die Altstadt. Einzelne Türme ragen aus dem roten Dächermeer. Aus den Schornsteinen tanzen Rauchfahnen in den Himmel. In der Gasse unter unserem Zimmer gehen die Laternen an. Es ist schön und friedlich. Dann drehe ich mich um und betrachte unser Zimmer.

»Das Zimmer hat was von ›*Zimmer mit Aussicht*‹.«

»Klingt gut, auch wenn ich das Buch nicht gelesen habe.«

»Du hättest dir den Film ansehen können.«

Er verzieht das Gesicht. »Wenn du mir jetzt sagst, dass es sich um deinen absoluten Lieblingsfilm handelt, ziehe ich das in Betracht. Ansonsten sage ich eher Nein.«

»Keine Angst. Meinen Lieblingsfilmjoker hebe ich mir noch auf.« Ich sehe ihn an, bin unendlich dankbar und glücklich. »Wären da nicht die Lichtschalter und die Steckdosen, könnte man wirklich glauben, Napoleon schaue nur kurz nach seinen Truppen und käme dann gleich wieder zurück, um seine Geliebte zu treffen.«

Sean wirft einen Blick auf sein Handy und legt es auf den Tisch.

»Ich komme zwar auch von einer Insel, aber ich bin weder klein noch laufe ich immer mit der Hand in der Jacke herum.«

»Stimmt. Zum Kaiser von Frankreich willst du dich auch nicht ausrufen lassen.«

»Doch, das steht nächste Woche an. Ich wollte dir das schonend beibringen. Deswegen der Aufwand mit dem Hotel und so.«

»Hm. Alles klar. Da hat Maja bestimmt ihre Finger im Spiel. Und wenn du dann auf dem Thron sitzt, schiebst du ihr mal kurz ein paar Sachen aus dem Louvre als Leihgabe für ihre Galerie rüber.«

»Du hast uns durchschaut.« Er lacht. »Manchmal glaube ich, dass sie die auch so bekommen würde, einfach, weil sie sich mit irgendeinem Minister auf einem Festival betrunken hat, der dann für sie einen Sonderparagraphen ausgräbt.«

»Zuzutrauen wäre es ihr.« Ich nicke. »Aber nun mal die Karten auf den Tisch: Was hast du dir wirklich dabei gedacht, als du dich für dieses Hotel entschieden hast?«

Er grinst. Dabei schiebt er seine Zähne in die Unterlippe, was mich vermuten lässt, dass ich richtigliege.

»Eine gewisse Hoffnung schwang da schon mit.«

Ich nicke, weil ich diese Hoffnung teile.

Kurz darauf verschwindet Sean im Bad, und ich krame in meiner Tasche nach meinem Kulturbeutel, der sich ziemlich gut versteckt. Da sind das Deo, das ich in letzter Minute noch in die Tasche geworfen habe, und die Kondompackung, die ich gleich am Anfang in die Seitentasche gelegt habe, weil es nichts Nervigeres gibt, als schnell noch in die Drogerie rennen zu müssen. (Zumal man die in einer fremden Stadt erst ausfindig machen muss.) Ich verteile die Kondomstreifen an strategisch günstigen Stellen, dann wühle ich wieder nach meinem Necessaire. Nichts. Schließlich befördere ich meine Kleidung auf den Sessel. Zwischen der richtig guten Unterwäsche, den Hosen, Oberteilen und warmen Socken liegt auch der Pyjama, den ich wahrscheinlich nicht lange tragen werde, den ich aber vorsichtshalber mitgenommen habe, weil man eben nicht ohne Pyjama verreist. Kein Kulturbeutel.

»Ach Sean, wir müssen doch noch einmal raus. Ich habe meine Waschsachen vergessen.«

Er steckt seinen Kopf durch die Badezimmertür.

»Sofort?« Ich kann ihm ansehen, dass er sich die Gestaltung der nächsten Stunden anders vorgestellt hat.

»Halt irgendwann vor acht«, sage ich.

»Kriegen wir hin. Ich gehe jetzt zurück ins Bad und hoffe, dass du nachkommst.« Er zwinkert verwegen. »Es wird dort einiges passieren, und ich denke, du wirst es sehr mögen.«

»Dann bin ich gespannt.«

Als ich die Augen öffne, bin ich allein im Bett – dorthin haben wir unsere Aktivitäten irgendwann verlegt. Ich muss eingedöst sein. Bestimmt ist Sean nur kurz ins Bad gegangen.

Ich drehe mich auf den Rücken, wickele mich fester in die Decke ein. Mein Körper erinnert sich noch an alles. Ich liebe es, Seans Gewicht auf mir zu spüren, seine Küsse auf meiner Haut. Ich liebe es, dass er automatisch das Richtige tut – oder Unerwartetes, was sich sehr richtig anfühlt.

Wo ist er denn nun? Aus dem Badezimmer ist kein Mucks zu hören.

»Sean?«

Ich richte mich auf, horche in die Stille. Es ist kurz nach acht. Der Wind rüttelt leicht an den Fenstern, Dunkelheit hüllt die Häuser ein. Das warme Licht der Straßenlaternen spiegelt sich in den Glasornamenten des Kronleuchters.

Die Tür geht auf, Sean tritt in das Zimmer. Leise schließt er die Tür und stellt seine Schuhe gleich daneben ab. Ohne das Licht anzuknipsen, schält er sich aus Schal und Jacke, die er an den Messinghaken neben der Tür platziert. Erst jetzt sieht er zum Bett.

»Du bist ja wach«, stellt er fest.

»Wo warst du denn?«

Auf Strümpfen kommt er zum Bett herüber, setzt sich auf

die Kante und drückt seine kalten Lippen auf meine Schulter. Die Kälte hat seine Wangen rot gefärbt, er ist außer Atem und strahlt mich an.

Während seine Küsse von der Schulter zum Hals wandern, lässt er eine Geschenktüte auf die Decke über meinem Schoß fallen.

»Damit du dich wohlfühlst.«

»Das tue ich doch. Habe ich den Eindruck vermittelt, es wäre anders?«

Er grinst. »Durchaus nicht. Aber ich denke, dass eine eigene Zahnbürste den Wohlfühlfaktor um einiges erhöht.«

Ich öffne die Tüte, in der sich neben der Zahnbürste auch Gesichtswasser- und Cremepröbchen befinden. Dann entdecke ich Duschgel und Lotion einer exklusiven Naturkosmetikfirma.

»Ich hatte schon alles im Einkaufskorb, doch als die Verkäuferin mitbekommen hat, dass du deine Sachen vergessen hast, hat sie mich großzügig mit diesen Produktproben ausgestattet. Also habe ich mich aufs Duschgelkaufen verlegt.«

Ich kann mir vorstellen, dass die Verkäuferin auch ohne Hintergrundgeschichte von Seans Auftreten und seinem Charme hingerissen gewesen wäre. Die Erwähnung der vergesslichen Freundin hat sie dann vermutlich endgültig für ihn eingenommen. Das ist in Ordnung für mich, und ich bin auch ein wenig stolz, dass ich mit diesem Mann Alltag, Wochenende und Hotelzimmer teile.

»A penny for your thoughts.«

»Ich beglückwünsche mich gerade dafür, dass ich einen so guten Männergeschmack habe. Und ich hoffe, du beglückwünschst dich dafür, dass du eine so sensationelle, gut aussehende …«

»… ›bescheidene‹ hast du vergessen.«

»… unsagbar tolle Freundin hast«, fahre ich ungerührt fort. »Wenn du eine Wiederholung der Aktionen der letzten Stunden möchtest, würde ich meine Worte vorsichtiger wählen.«

»Das will ich gar nicht, ich möchte etwas Neues machen.«

»Mit ›Wiederholung‹ meine ich die Aktion an sich, und das schließt zusätzliche Neuerungen ein.«

»Ah so. Hmm.« Er steht auf. »Ich gehe jetzt ins Bad, und danach werde ich dich davon überzeugen, dass du mich durchaus neben dir haben willst.«

Die Badezimmertür schließt sich. Ich schlüpfe aus dem Bett und gehe zu dem Tablett, auf dem eine Flasche Wasser mit zwei Gläsern als Aufmerksamkeit für die Gäste bereitsteht. Ich schenke mir ein Glas ein und leere es in einem Zug.

Seans Handy vibriert und tanzt auf dem Tisch herum. Ich schiele hinüber und sehe das Bild einer Frau. Einer schönen Frau, soweit ich das von meinem Standort aus beurteilen kann.

Mit einem großen Schritt stehe ich vor dem Handy, auf dem die Terminerinnerung surrt. Vom Display aus schaut mich eine Frau an. Sie hat schwarze lange Haare und grüne Augen, darüber dicke geschwungene Brauen, die Nase ist schmal. Sie hat etwas von Schneewittchen, auch wenn ihre Lippen rosa und nicht »rot wie Blut« sind.

Erst jetzt sehe ich den Erinnerungstext: *»Happy birthday, love of my life.«* Überall sind Herzchen.

Entsetzen sticht in mein Herz. Das Handy verstummt, das Bild verschwindet, und ich starre immer noch auf das schwarze Display. Was mache ich jetzt?

Nicht austicken, nicht das Falsche sagen, nicht bei Sean, ermahne ich mich selbst.

Ich muss hier raus, mich sortieren. Gerade kann ich das nicht, weil meine Gedanken durchdrehen und mein Inneres zittert. Die Marienkäfer sind das nicht, vielmehr irgendwelches Ungeziefer. Ich sammle meine Unterhose vom Boden auf, streife mir Jeans und Pulli über und schlüpfe barfuß in meine Schuhe.

Sean steckt seinen Kopf aus der Tür. Er grinst, dann sieht er mich fragend an.

»Musst du noch mal weg?«

Ich versuche, ruhig zu atmen.

Mach jetzt keinen Fehler, sagt die Ratgeberstimme. *Sag nichts. Geh raus. Denk nach. Mach irgendwas, aber mach ihm keine Szene.*

»Ich muss mal kurz an die frische Luft.« Meine Worte klingeln so gestammelt, so abwesend, dass ich selbst erschrecke.

Er kommt näher.

»Geht's dir nicht gut?«, erkundigt er sich besorgt. »Ist was passiert? Ist was mit deinen Tanten?«

»Ich habe noch etwas vergessen«, behaupte ich.

»Was brauchst du denn noch?«, fragt er.

Bleib ruhig. Mach keinen Fehler. Bleib …

»Klär du einfach deine Geburtstags-Angelegenheiten.«

Oh nein! Das wollte ich nicht sagen. Ich wollte erst nachdenken. War das jetzt falsch?

Er runzelt die Stirn. »Meine *was*?«

Ich muss jetzt gehen. Sonst sage ich etwas, was ich später nicht zurücknehmen kann. Ich will hier nichts kaputt machen, aber ich bin kurz davor zu schreien und zu toben und zu wüten, und ich muss einen klaren Kopf bekommen. Jetzt!

»Moment!« Sean hält mich zurück, sanft, aber bestimmt. »Ich weiß nicht, was du meinst und was ich getan haben soll, also lass es uns klären.«

Er dreht mich so, dass ich ihn ansehen muss. Sein Blick wirkt entschlossen und verwirrt, irgendwie auch traurig. Das kann ich fast nicht ertragen.

Ich suche nach sicheren und fairen Worten, aber ich finde keine.

In dem Moment klingelt das Handy wieder. Die Erinnerungsmelodie lässt uns aufschauen. Sean sieht beiläufig auf das Display.

»*Fuck*«, ruft er dann, läuft zum Tisch, drückt das Bild, die Frau und die Melodie weg. »Marie, ich hab nicht gewusst …!«

»Pst!« Ich lege meinen Finger an den Mund. »Nicht!«

In dem großen Spiegel hinter ihm sehe ich mein Gesicht. Ich habe irgendwie einen irren Ausdruck in den Augen.

»Marie, nimm das bitte nicht ernst«, fleht Sean. »Ich weiß, wie blöd das aussieht, aber …«

»Ich muss nachdenken«, sage ich, »lass mich einfach.«

Ich klinge hektisch und lege eine Entschlossenheit in meine Worte, die ihn hoffentlich daran hindert, mich zurückzuhalten. Er steht einfach nur da, und sein Blick drückt aus, wie hilflos er sich fühlt.

Ignoriere das, denk nach, mach keinen Aufstand, sagt die Stimme wieder, von der ich hoffe, dass es die der Vernunft ist.

Ich reiße meine Jacke an mich und renne aus dem Zimmer.

In den Regensburger Gassen ist die Nach-Einkaufs-Ruhe eingekehrt, und der Vor-Ausgeh-Trubel hat noch lange nicht begonnen. Bis auf einzelne Hundeausführer und die zwei Frauen, die, mit Einkaufstüten bepackt, aus einem Café kommen, gehört die Innenstadt mir, und das ist auch gut so: Ich kann jetzt keine Menschen ertragen.

Die Kälte senkt sich herab. Ich habe die falschen Schuhe angezogen. Die Absätze sind breit und nicht sehr hoch, aber ich kann nicht so schnell laufen, wie es die Verzweiflung fordert. Ich holpere über das Pflaster, über den Kohlenmarkt, vorbei an der Statue des Don Juan de Austria, die Gasse runter zum Fluss. Irgendwo dort unten muss die Donau sein!

Weshalb ich ausgerechnet dorthin will, weiß ich auch nicht,

aber es zieht mich zum Wasser. Ein schmaler roter Wegweiser schickt mich dreihundertfünfzig Meter nach rechts. Das Pflaster hier ist rauer und lässt es zu, dass ich mich schneller bewege, fast kann ich rennen.

Als ich an der Brücke ankomme, bin ich außer Atem. Meine Seite sticht genauso wie die kühle Luft in meiner Lunge, und mir ist ziemlich schlecht. Das liegt zum Teil am Rennen, zum Teil aber auch daran, dass ich lange nichts gegessen habe, und wahrscheinlich auch an der dummen Grinsefrau, die sich über Seans Handy Zugang zu unserem Hotelzimmer verschafft hat.

In meinen Jackentaschen finde ich keinen Birne-Bananen-Riegel, dabei bräuchte ich so dringend einen!

Ich gehe ein paar Schritte auf der Brücke und schaue in die Novembernacht. Nebelgespenster schweben über der Donau. Ihnen folgt eine Nebelwand, die sich langsam auf die Brücke zubewegt. Auf ihrem Weg verschluckt sie die Häuser und Lichter an den Ufern.

Meine Gedanken beruhigen sich. Eigentlich bräuchte ich jetzt Elena oder Vee und Hilda, aber bei meinem überstürzten Aufbruch habe ich Handy und Portemonnaie liegen lassen. Also muss ich das hier alleine hinkriegen.

Was war das jetzt? Seans Handy erinnert ihn an den Geburtstag seiner ehemaligen Freundin ... Affäre ... was auch immer. Mit Herzchen! Das ist so bescheuert! Eine Erinnerung an sich wäre schon ziemlich daneben, aber die Herzen waren ...

Mir fällt kein Wort dafür ein. Verletzend?

Ein anderer Gedanke drängt sich nach vorne: Was ist eigentlich so schlimm daran, dass er sich an den Geburtstag seiner Ex-Freundin erinnert? Dass er ihr gratuliert hat, halte ich für kaum denkbar.

Langsam kommt mir mein Verhalten ziemlich dämlich vor. Es waren die explodierenden Herzchen, die dafür gesorgt haben, dass meine Sicherungen durchbrennen. Was hat er eigentlich gesagt? Ich kann mich fast nicht erinnern. Er wollte es erklären, oder? Warum habe ich nicht zugehört?

Da haben wir es, Fabian hat mich innerlich beschädigt. Das, was ich mit Sean habe, ist etwas ganz anderes. Wir haben jetzt schon eine Vertrautheit und eine Tiefe erreicht, die ich mit Fabian auch in zehn Jahren nicht gehabt hätte. Mir fällt kein einziges Mal ein, bei dem ich mich anders geben oder mit meiner Meinung hinterm Berg halten musste. Bei ihm kann ich einfach ich sein. Sean ist so sehr mein Mensch, wie es nur ein einziger Mensch sein kann.

Die Luft ist feucht und kriecht über die Schuhe zu meinen nackten Füßen, aber in mir breitet sich Wärme aus, wenn ich daran denke, was ich für ein Glück und was ich für einen Freund habe. Mit einem Mal kann ich es nicht erwarten zurückzukommen. Er muss sich solche Sorgen um mich machen! Oder er fragt sich, ob etwas mit mir nicht stimmt …

Meine Finger sind inzwischen so kalt, dass ich sie in die Taschen stecken muss. Meine linke Hand taucht in ein Papiermülllager aus leeren Riegelpackungen ein. Am Brückeneingang hängt ein Mülleimer an einem Laternenpfosten. Coffee-to-go-Becher quellen aus dem Metallkorb. Ich knülle die Papierchen zusammen und merke, dass sich darunter noch etwas anderes befindet. Beim Auseinanderziehen des Knäuels entdecke ich den Fünfzig-Euro-Schein, den ich auf dem Markt nicht gebraucht habe. Ich deponiere den Taschenmüll im obersten Becher und bin dankbar für das Geldgeschenk, das ich mir selbst gemacht habe. Am liebsten würde ich irgendetwas Gutes kaufen, Versöhnungsschokolade oder so etwas, aber die Läden in der Innenstadt haben bereits geschlossen.

Gegenüber der Brücke liegt ein Irish Pub. Ich laufe so schnell zurück, wie es auf dem Kopfsteinpflaster eben geht. An der Ampel muss ich ewig warten, bis es grün ist.

Eine Gruppe junger Leute kommt die Straße heruntergelaufen, sie drängen in den Pub. Und mit einem Mal steht Sean vor mir. Er muss hinter den Studenten gegangen sein.

Er sagt etwas auf Irisch, was ich nicht verstehe, und schlägt sich eine Hand vors Gesicht. Ich kann nicht einschätzen, ob das jetzt ein gutes oder ein schlechtes Zeichen ist. Also stehe ich nur da und wünsche mir, dass er mich festhält. Gleichzeitig habe ich Angst, dass das nie wieder passieren könnte.

Dann legen sich seine Arme um mich. Wie es dazu gekommen ist, weiß ich nicht genau. Bin ich auf ihn zugestürzt oder er auf mich?

Ich schließe die Augen. Es zählt nur, dass er da ist und mich festhält. Ich presse mich eng an ihn, kann weder denken noch sprechen, aber ich spüre, wie die Erleichterung durch meinen Körper fließt.

Unendlich lange stehen wir da und halten uns fest. Fast fühlt es sich an, als würde ich mich auflösen in dieser unendlichen Liebe, und aus irgendeinem Grund weiß ich, dass es Sean genauso geht. In diesem Augenblick verschmelzen wir zu einem Ganzen, weil es passt, weil es so sein soll, weil wir wollen, dass es so ist, und weil es nicht anders sein kann.

»Ich habe solche Angst um dich gehabt«, sagt er an meinem Ohr.

»Ich bin doch nur durch die Stadt gelaufen.«

»Eben. Es ist dunkel, und es gibt einen Fluss, und wer weiß, wer um diese Uhrzeit alles rumläuft.«

»Es ist ja nichts passiert. Ich war auch nur auf der Brücke.«

Er nimmt mein Gesicht in beide Hände und sieht mich ernst an.

»Lauf nie wieder weg.« Er küsst mich. »Du darfst Fehler machen und falsche Dinge sagen, und ich werde das auch tun. Aber dann reden wir darüber und schaffen es aus der Welt.«

Sean nimmt mich in den Arm und drückt mich so fest an sich, als habe er Angst, ich würde wieder davonlaufen.

»Nichts auf der Welt ist so groß, dass es uns etwas anhaben kann, das weiß ich«, flüstert er.

Ich kann nicht einschätzen, wie lange wir so dastehen und uns einfach nur halten. Ich tauche in die Umarmung ein, weil ich einen Moment lang gedacht habe, er wird mich nie wieder so in den Arm nehmen.

»Ich habe mich dämlich benommen. Das Foto oder die Erinnerung ... es ist okay. Also, eigentlich ist es nicht okay, aber es ist nicht so schlimm.«

Auch Sean setzt sich auf.

»Marie, vorhin im Auto, als der Nachrichtensprecher im Radio das Datum genannt hat, ist mir eingefallen, dass Aisling heute Geburtstag hat – und ich habe gemerkt, dass es mir egal ist. Zum ersten Mal seit Ewigkeiten ist es einfach ein Ereignis an diesem Tag, das ich zur Kenntnis nehme ... und dann geht mein Tag weiter. Es hat für mich keine Bedeutung mehr. Das ist mir heute Morgen klar geworden.«

Er legt seine Hand an mein Gesicht.

»Dass der Eintrag noch im Kalender steht, habe ich auch gesehen. Es war mir so egal, dass ich noch nicht einmal auf die Idee gekommen bin, ihn zu löschen. Und die ... ›Gestaltung‹ ... Ich habe nicht daran gedacht, was ich vor Jahren an Verzierungen hinzugefügt habe.« Sean nimmt mein Kinn in die Hand und streichelt mit dem Daumen darüber. »Jetzt tut es mir leid, dass ich es nicht gelöscht habe. Wenn ich auch nur einen Gedanken daran verschwendet hätte, dass diese Erinnerung loslegen könnte, während du danebenstehst, hätte ich das getan. Ich will dich nicht verletzen oder dich in Angst versetzen. Und es tut mir leid, dass ich das getan habe.«

»Es ist okay und vorbei.« Ich lege mein Gesicht in seine Hand, dann streiche ich mit meinem Zeigefinger über seine Nase. »Mein überstürzter Aufbruch war superdämlich, das ist mir dann auch aufgegangen. Das nächste Mal reden wir und schaffen es aus der Welt.«

»Wir können auch schreien und schimpfen. Aber keiner läuft weg.«

»Keiner läuft weg«, bestätige ich, und wir besiegeln unser Übereinkommen mit einem Kuss.

Ein Knurren – oder eher ein Stöhnen – lässt uns innehalten.

»War das dein Bauch?«, frage ich.

Er nickt. »Ich habe schrecklichen Hunger.«

»Meinst du, wir kriegen irgendwo ohne Reservierung einen Tisch?«

Sean wiegt den Kopf hin und her. »Durch die Fenster sah es überall ziemlich voll aus.« Er schaut auf das Schild mit der irischen Harfe. »Lass es uns hier probieren.«

Die Eingangstür steht offen, doch ich muss eine zweite Tür öffnen. Als wir eintreten, legt sich die Wärme auf mein Gesicht. Der holzgetäfelte Raum ist nicht groß, an der Wand hängen Metallschilder mit Guinness- und Kilkenny-Logo, und um die Tische drängen sich viele Menschen, die auf einen Bildschirm starren, auf dem ein Rugby-Spiel läuft.

Wir finden einen Platz an der Bar. Sean lässt mich auf dem einzigen freien Stuhl Platz nehmen. Der bullige Mann mit dem Harfenlogo auf dem Poloshirt erkundigt sich nach unseren Wünschen.

»*A pint of lager*«, bestellt Sean und sieht mich an.

»Cider für mich«, sage ich.

Dann sagt Sean etwas, und der Mann, der gerade den Zapfhahn herunterzieht, um das Bierglas zu füllen, reißt die Augen auf. Es beginnt eine Unterhaltung auf Englisch, von der ich kein Wort verstehe. Ich kriege nur mit, dass der Barkeeper Rían heißt.

Der Mann lächelt breit und stellt unsere Biere vor uns hin. Dann sagt er etwas und verschwindet durch eine Tür.

»Kennt ihr euch?«, frage ich.

»Na klar, wir sind nur drei Millionen. Da kennt jeder jeden.«

»Und im Ernst?«

»Er kommt aus einem kleinen Ort bei Sligo. Über Umwege und wegen der Liebe hat es ihn hierherverschlagen. Ansonsten haben wir uns über das Spiel unterhalten. Was das Essen angeht, sind sie schon ziemlich ausgeräubert, aber er sieht nach, was er uns noch anbieten kann.«

Er schaut auf den Bildschirm, auf dem *»United Rugby Championship – Munster Rugby V Connacht Rugby«* steht. *»Limerick City – Thomond Park Stadium«* wird nun eingeblendet.

»Da war ich oft mit meinem Dad«, sagt Sean.

Seit wir hier sind, hat sich etwas verändert. Sean strahlt von innen heraus, wie ich das noch nie bei ihm gesehen habe. Die Erinnerung lässt seine Augen glänzen.

»Danach haben wir immer Fish and Chips gegessen, und ich durfte Cola trinken. Das war eine absolute Ausnahme! Und einmal ist mir so schlecht geworden, dass ich alles auf die Rückbank gekotzt habe.«

Der Mann mit dem Harfenshirt kommt zurück. Wieder redet er dieses irische Englisch mit meinem Freund. Dann geht er in die Küche.

»Ich verstehe kein Wort«, gestehe ich.

»Du hörst dich rein«, prophezeit Sean. »Es ist, wie er gesagt hat, sie sind völlig ausgeräubert. Keine Suppe mehr, keine Burger mehr, aber er hat noch etwas vom Lachs und vom Roastbeef, und sie könnten uns Sandwiches machen. Ich habe gesagt, dass uns das recht ist.«

»Das ist jetzt der Landsmann-Bonus, oder?«

»Ich weiß es nicht«, sagt Sean.

Irgendwann tritt eine Frau aus der Küche und stellt zwei Teller vor uns hin. Toastscheiben, dick belegt mit Lachs oder Roastbeef, mit Tomaten, Gurken und einer Soße, daneben ein Häufchen Chips.

Rían kommt wieder. Wenn er nicht gerade Guinness zapft oder Getränke aus dem Kühlfach unter der Theke holt, steht er bei uns und unterhält sich mit uns – in erster Linie natürlich mit Sean, der übrigens recht hat: Langsam gewöhne ich mich an das irische Englisch, und immer mehr verstehe ich auch, was sie sagen.

Als sich der Pub leert, holt der Ire eine Flasche hervor. An der Bewunderung meines Freundes kann ich erkennen, dass es kein Whiskey ist, den man mal eben so trinkt. Ich bekomme auch ein Glas, auch wenn das eigentlich Verschwendung ist, weil ich den Unterschied nicht ermessen kann. Der Whiskey schmeckt jedenfalls rauchig und brennt, und mein Bauch wird warm.

Während Rían sich um die letzten Gäste kümmert, legt Sean den Arm um mich und küsst mich auf die Wange.

»Das ist Irland«, sagt er. *»A little home.«*

In diesem Moment nehme ich mir vor, an seine Familie zu schreiben. Ich weiß noch nicht, wie und an wen, aber ich muss das tun.

Als wir das Lokal verlassen, hat sich der Nebel gelichtet. Im Schutz der Brückenhäuser stehen zwei Musiker, ein Mann und eine Frau, die gemeinsam der Kälte trotzen: Er spielt Gitarre, sie sitzt auf einer Kistentrommel und klopft mit ihren Händen auf die Holzbox. Der Platz scheint mit Bedacht gewählt zu sein, denn viele Touristen und Einheimische bummeln über die Brücke nach Stadtamhof oder kommen von dort, freuen sich über den Gesang, der ihren Spazierweg begleitet, und lassen Münzen oder sogar Scheine in den offenen Gitarrenkasten fallen.

Sean und ich laufen auf die Steinerne Brücke und legen unsere Köpfe in den Nacken, um die Sterne zu betrachten. Hier über dem Fluss ist es noch kälter als zwischen den Altstadthäusern. Ich lehne mich an Sean, lausche dem Rauschen des Wassers und den Stimmen der Leute, die an uns vorbeilaufen. Von irgendwoher kommt Musik. Der Wind trägt den Gesang zu uns. Ich kenne das Lied nicht, aber Sean kann den kompletten Text. Er legt die Arme fester um mich und singt leise mit.

Der Songtext, den ich bei einer späteren Googlesuche dem Duo *The Shires* zuordnen werde, fordert mich dazu auf, mein Herz von ihm halten zu lassen und die Eine zu sein. Ich muss mich nie wieder allein fühlen, verspricht das Lied und auch Sean, der das leise in mein Ohr flüstert und mich dann sanft küsst.

Am nächsten Morgen bleiben wir lange im Zimmer. Wir kuscheln, reden und lieben uns, und es fühlt sich an, als wären wir seit gestern noch enger zusammengewachsen. Sean will mich, und ich will ihn, vor allem aber wollen wir uns. Ich liege hier und tauche tief ein in diese Wärme, diese Geborgenheit und dieses Einssein. Dabei fühle ich eine Ruhe in mir, die völlig neu für mich ist. Als Sean sich an mich schmiegt und mich in den Nacken küsst, schließe ich die Augen.

Um kurz nach zwölf lagern wir unsere Taschen hinter der Rezeption ein und überlegen, wo wir hingehen wollen. Die

Führungen durch das »Reichstagsmuseum« sind für heute ausgebucht, und das »Kunstforum Ostdeutsche Galerie« befindet sich im Umbau.

»Lass uns doch zu dieser Ausstellung gehen«, schlage ich vor und hole den zerknitterten Flyer aus meiner Jackentasche. Auf der Rückseite finden wir einen Kartenausschnitt. Der Ausstellungsraum, das »Degginger«, befindet sich in der Wahlenstraße, und die ist nur ein paar Schritte entfernt.

Sean nickt. »Dann wollen wir uns mal ansehen, was ihnen zu ›DATES‹ alles eingefallen ist.«

In den verglasten Rundbögen des Kulturzentrums in der Wahlenstraße laden Poster zu der Ausstellung ein. Am Eingang sitzt eine Frau – ich schätze sie auf Mitte zwanzig –, die ihre Zöpfe zu zwei Dutts links und rechts oben am Kopf gebunden hat. Sie heißt uns willkommen. Bei Fragen sei sie immer für uns da, versichert sie und wünscht uns viel Spaß.

»DATES« beginnt mit einer Fotocollage: ein küssendes Paar als Scherenschnitt vor einem Hintergrund in Knallfarben. Das nächste Bild zeigt Datteln. Zwei Damen mit toupierten weißen Haaren und bunten Wintermänteln fragen sich, wieso das Bild hier hängt. Sean erklärt den zwei Kunstliebhaberinnen, dass *»dates«* das englische Wort für Datteln ist. Ich überlasse meinen Freund der Begeisterung der Damen und gehe zum nächsten Bild: Es sind unzählige Polaroid-Fotos von LGBTQ+-Paaren, die, wenn man sie mit Abstand betrachtet, einen Regenbogen ergeben.

Die Damen belegen Sean weiterhin mit Beschlag, und ich bleibe vor einer Leinwand stehen, an die Rechnungen gepinnt sind. Die Künstlerin hat die Rechnungen aller Online-Bestellungen eines Hochhauses zusammengestellt: Am 8. April, das ist der Tag ihres Projekts, haben die Leute fünf Obst- und Gemüsekisten bestellt, außerdem Babybodys und Schlupfhosen, einen Gasgrill, Socken mit fröhlichen Motiven, Fußballschuhe, Parfüm, eine Hemdenbügelpuppe, ein Erotik-Überraschungspaket, Schuhe, eine Sitzgruppe, Pullover, Kosmetik von einem Teleshoppingkanal, zwei Kommunionkleider, Bücher, eine Holzeisenbahn, drei Waschmaschinen und jede Menge Bücher. Ich habe noch nicht alle Rechnungen angesehen, da schließt Sean zu mir auf.

»Na, du Witwentröster?«

»Sie wollten mich zum Abendessen in den Bischofshof einladen. Ich habe erwidert, dass ich mit meiner wunderbaren, einzigartigen und wunderschönen Freundin unterwegs bin und deswegen leider ablehnen muss.«

Er zwinkert, und ich ziehe ihm seine Schiebermütze über die Augen.

»Was hast du wirklich gesagt?«, will ich wissen.

»Genau das«, versichert er und setzt sich die Mütze wieder auf. »Und dass du bestimmt eifersüchtig wärst, wenn ich zwei so attraktive Damen anschleppen würde.«

»Ich sage es doch: Du bist ein Witwentröster.«

»Die sahen nicht so aus, als ob sie getröstet werden müssten.«

Er wendet sich dem Kunstwerk zu und kneift die Augen zusammen. Lange starrt er die Papiere an.

Ich trete zurück und fotografiere die Collage.

»Wahnsinn, was die Leute an einem Tag in einem Haus so alles bestellen«, sage ich.

»Hmmm«, sagt er. »Als Sozialstudie in einem Zeitungsartikel vielleicht, aber als Kunstwerk … Wenn ich alle Handwerker- und Materialrechnungen von einem Tag sammle und an meine Pinnwand hefte, kann ich das auch.«

»Aber auf die Idee bist du noch nicht gekommen.«

»Doch, nur hefte ich sie in einen Ordner ab beziehungsweise ich lasse das die Buchhaltung machen.« Er zeigt auf einen der weiß gestrichenen Holzquader, auf dem kleinere Objekte präsentiert werden. »Ich nehme diese Säule. Dann drapiere ich den Ordner oben drauf und verteile ein paar Rechnungen kunstvoll auf dem Boden. Das ist dann mein Beitrag zu ›Dates‹.«

»Ich würde es mir anschauen, und ich wäre stolz auf dich. Vielleicht würde Maja es in ihrer Galerie ausstellen …« Das Grinsen kann ich mir nicht verkneifen.

Wir sehen uns den Rest der Exponate an und gehen dann nach draußen.

»Meine ›Witwen‹ haben mir übrigens noch einen Tipp gegeben«, sagt Sean und sieht mich triumphierend an.

»Jetzt bin ich aber gespannt.«

»Lass dich überraschen.« Er schmunzelt, und ich frage mich, in welche Regensburger Lokalgeheimnisse sie ihn eingeführt haben.

Sean führt mich ins »Die Oma in da Antn«. Dort genießen wir Kaffee und den Ausblick, bevor wir uns am Abend wieder auf den Weg nach Klosterweinting machen. Cinzia verbindet heute ihren Geburtstag mit dem EFA, und da wollen wir unter keinen Umständen fehlen.

Auf der Heimfahrt schweigen wir. Es ist ein reiches und liebevolles Schweigen. Ich nutze es, um über Seans Familie nachzudenken – darüber, wie ich den Kontakt wiederherstellen kann. Sean hat mich gebeten, seine Eltern nicht zu kontaktieren, doch seine Geschwister hat er in diesem Zusammenhang nicht erwähnt. Den Bruder schließe ich aus, deswegen muss ich mich wohl an die Schwester wenden. Sie hat sich schließlich auch bei ihm gemeldet.

In Gedanken formuliere ich den Brief oder die E-Mail. Ich muss mir noch überlegen, welche Form ich für angemessener halte oder ob ich vorsichtshalber beides schreibe. Die Worte kommen so leicht zu mir. Ich hoffe, dass sie mir einfallen, wenn ich alleine bin.

Sean legt eine Hand auf meinen Oberschenkel und ich eine auf seinen. Hoffentlich klappt das. Und hoffentlich sieht er das nicht als Vertrauensbruch an.

Kurz vor Klosterweinting fährt Sean plötzlich an den Straßenrand. Ich sehe ihn verwundert an.

»Ist dir schlecht?«

»Zeig mir noch mal die Fotos, die du in der Ausstellung gemacht hast.«

Ich hole mein Handy heraus und reiche es Sean. Er blättert durch die Galerie, findet, was er gesucht hat, und zieht das Bild mit den Fingern größer, um die einzelnen Rechnungen betrachten zu können.

»Schau dir mal auf allen Belegen das Datum an«, sagt er, und ich frage mich, was das für einen Sinn haben soll, da die Bestellungen eines Tages dokumentiert werden.

Und dann sehe ich es. Die Rechnungen tragen allesamt das Datum 8.4., doch dazwischen hängt der Beleg eines amerikanischen Unternehmens, und auf diesem ist der Tag mit 4/8 angegeben.

Das ist es! Das ist die Lösung!

Wir müssen uns natürlich die Bestätigungen der Lieferfirmen noch mal ansehen, aber wenn ich richtigliege, ist uns eine ähnliche Verwechslung passiert, und irgendein Bild ist erst nach dem Brand geliefert worden …

In Klosterweinting angekommen, fahren wir zuerst in meine Wohnung. Ich öffne das E-Mail-Postfach meiner Mutter und lese die Eingangsdaten vor. Sean sitzt mit seiner Liste daneben und gleicht ab.

Tatsächlich: *»Ihr Paket wurde zugestellt 03/02«* heißt es im Betreff und in der Mail. So habe ich es Sean damals diktiert: 3. Februar.

Ich habe das Datum des Maileingangs ignoriert, und das ist der 2. März. Wahrscheinlich war ich müde oder unachtsam oder beides. Jetzt sehen wir den Unterschied deutlich: Das Datum des Maileingangs zeigt die deutsche Datumsangabe an, 02.03. Doch am 2. März war das Atelier bereits abgebrannt und Mama schon eine Woche nicht mehr am Leben.

Irgendetwas ist Anfang März geliefert worden, und da der Absender der E-Mail die *Urban Gallery* ist, muss es mindestens eines von Mamas Bildern gewesen sein. Die erste Frage ist natürlich: Welches? Bestimmt kann ich das durch eine Mail an Mamas ehemalige Galeristin klären. Die zweite – vielleicht interessantere – Frage ist: Wer hat die Lieferung angenommen?

Ich stehe auf und laufe im Zimmer hin und her. Am liebsten würde ich sofort bei dem Kurierdienst anrufen. Oder die Galeristin.

Sean drückt mir das Telefon in die Hand, und natürlich erreiche ich bei beiden nur den Anrufbeantworter.

»Ich werde alles tun, um dir zu helfen«, verspricht Sean und nimmt mich in den Arm. »Aber heute Abend können wir nichts mehr tun.«

Meine Hände zittern noch, aber langsam fließt seine Ruhe in meinen Körper.

»Lass uns zu Cinzia und Robert gehen, damit du auf andere Gedanken kommst!«

14
Was wäre, wenn sie bleibt

Amit jókedvvel teszel, nem esik nehezedre.
Was du guter Laune tust,
fällt dir nicht schwer.
UNGARISCHES SPRICHWORT

Elenas Übersetzung:
Mit einem Lächeln arbeitet es sich
besonders gut.

Montag, zweite Oktoberwoche

Die Arbeitsabläufe in der Gärtnerei haben sich verändert, die Atmosphäre auch. Ich habe das Gefühl, Annegret ist entspannter geworden. Vielleicht wirkt Costa Rica noch nach.

Fabian geht seinen normalen Tätigkeiten nach und macht die Gärten seiner Kunden winterfest. Im Herbst ist ein Schaugarten nicht so attraktiv. Er hat sich die Gärten von fünf Kunden angesehen – zwei Neugestaltungen, zwei Umgestaltungen, eine Vorgartenanlage – und Angebote rausgeschickt, allerdings noch nichts zurückbekommen. Fünf Angebote sind nicht schlecht, gerade für diese Jahreszeit, aber er hatte wohl gehofft, ähnlich viel Erfolg zu haben wie Elena und ich mit unserem Unternehmen. Natürlich weiß er, dass das unrealistisch ist … hoffe ich zumindest.

Ich komme jeden Abend später in die Wohnung. Eigentlich müsste ich auch noch meinen Nachtschlaf einstellen, um die Flut an Aufträgen zu bewältigen. Nächste Woche wird es besser, da fängt eine Floristin bei uns an. Außerdem haben sich zwei Senioren als Halbtagskräfte beworben – sie werden das Verpacken übernehmen.

Ich habe Fabian gefragt, ob er bei uns aushelfen kann, aber er hat abgelehnt. Er sagt, er müsse seiner Mutter helfen. Und tatsächlich: Am Nachmittag sehe ich ihn Schalen bepflanzen.

Seit letzter Woche steht sogar das Küchenbuffet im Verkaufsraum. Ich habe Annegret gefragt, ob sie es gebrauchen kann, weil es bei uns im Weg steht und wir mit den Paketen sonst so schwer durch die Tür kommen. Das stimmt zwar nicht ganz, denn Pakete schaffen wir auf der anderen Seite aus dem Raum, aber etwas Besseres ist mir nicht eingefallen.

»Na ja, wenn es bei euch stört«, meinte sie nur.

Nun schauen die Engel aus den Glastüren heraus, und die Düngerflaschen lagern hinter den Schiebetüren, wo sie niemand sieht. Nur eine hübsche Tafel – auch die habe ich »übrig gehabt« – verweist darauf, dass Annegret Spezialdünger führt. Von Harald weiß ich, dass die Kunden positiv auf die Umgestaltung reagiert haben und dass Annegret sich wohlfühlt, und das freut mich.

Fabian hat zu seinen Fußball- und Feuerwehrterminen Abende im Fitnessstudio hinzugefügt. Alle seine Kumpels haben sich Trainingspläne ausarbeiten lassen, und er will ihnen in nichts nachstehen. Ausgeglichen macht ihn das nicht. Ich denke, er ist frustriert, weil bei ihm das Training nicht so gut anschlägt. Jedenfalls finde ich, dass man seine Einheiten noch nicht so deutlich sieht, was ich ihm natürlich nicht gesagt habe.

Wenn er heimkommt, ist er oft mürrisch, und ich bin meist so platt, dass wir nur noch nebeneinander im Wohnzimmer sitzen. Er spielt auf der Konsole, und ich sehe mir etwas Belangloses auf meinem Notebook an, weil ich mich auf etwas anderes nicht konzentrieren kann.

Auch zum Nachdenken bin ich zu müde. Ich akzeptiere die Situation und lasse den Dingen ihren Lauf. Der Onlineshop benötigt meine ganze Kraft.

Was ich mir allerdings nicht nehmen lasse, sind meine Abendessen mit Paul. Heute bin ich früher aufgebrochen, und Paul ist noch nicht mit dem Kochen fertig, als ich ankomme. Er platziert mich in einen Sessel, schiebt mir den Hocker unter die Füße und bringt mir eine Cola.

Ich zerre eine Zeitschrift aus dem Stapel unter dem Wohnzimmertisch und blättere darin herum, schaue mir in erster Linie die Fotos an. Dabei stolpere ich über ein Dossier mit dem Titel »Die Frauen an ihrer Seite«. Es geht um berühmte Männer aus Politik, Wirtschaft und Gesellschaft und darum, was deren Frauen im Hintergrund für sie getan haben. Verkannt als schönes Beiwerk, haben sie oft die Fäden in der Hand gehalten.

Ich lese den Artikel, weil eine der Frauen, um die es geht, Barbara Genske ist. Sie hat sich so sehr im Hintergrund gehalten, dass von ihr kaum Fotos existieren, den Kunsthandel hat allerdings sie geführt. Ihr Mann war der Schöngeist, sie die Geschäftsfrau.

Sie war es auch, die Jonathan Genske dazu gebracht hat, Raub- und Beutekunst, die noch unter seinem Vater erworben wurde, an die Besitzer beziehungsweise deren Erben zurückzugeben. Angeblich war er von dieser Idee gar nicht so begeistert. Das Image als Vorreiter und Vordenker, als moralisches Vorbild ist ihm also gar nicht gerecht geworden, weil er von seiner Frau zu diesen guten Taten gezwungen wurde.

Auch nach der Scheidung wohnte sie in der Wohnung gegenüber der ihres Mannes. Im Leben gingen sie zwar getrennte Wege, aber was das Geschäftliche anging, blieben sie Partner.

Ob sie von den gefälschten Bildern gewusst hat, wird wohl ihr Geheimnis bleiben. Frau Genske leidet offenbar an Demenz und kann dazu nicht mehr befragt werden.

Ich sehe mir das Foto an. Das Gesicht der Frau ist hinter der Sonnenbrille kaum zu erkennen. Sie trägt ein Kostüm und sieht sehr schick aus. Das fand wohl auch der Journalist, denn in der Bildunterschrift heißt es: *»Heutzutage hätte sie als Modeikone gegolten. Barbara Genske 1967 in einem Kostüm von Givenchy. Die Sonnenbrille ›The Manhattan‹ trug auch Audrey Hepburn in* Frühstück bei Tiffany. *An ihrem Arm baumelt die legendäre Kelly Bag von Hermès.«*

Paul ruft mich zum Essen.

»Was hat dich denn gerade so fasziniert?«, möchte er wissen.

Ich erzähle ihm von dem Artikel. Während wir das Zitronenhähnchen genießen, spekulieren wir über Jonathan Genske und darüber, wer die Bilder gemalt haben könnte.

»Wahrscheinlich irgendein Student, den er gut bezahlt hat«, meint Paul.

Ich halte das für plausibel und erzähle ihm, dass mir Mama mal erklärt hat, wie man Bilder älter aussehen lässt: Man setzt sie der Witterung aus, föhnt sie, und sogar Tee hilft dabei, einem Gemälde Patina zu verleihen. Wahrscheinlich ist genau das mit den Genske-Fälschungen passiert.

Anfang Dezember wird *Living My Way* die Benefizgala abhalten, zugunsten der »Cassandra Landauer Stiftung«, und

Paul wird mich begleiten. Sie findet im Klosterhotel »Sankt Anna« statt, einen Tag nach der Ausstellungseröffnung. Ich kann es nicht erwarten, dorthin zu fahren und Paul mitzunehmen. Wir werden in dem Hotel unterkommen, das die »FAKES«-Ausstellung beherbergt.

»Dort werden wir uns mal nach den Teebeutelspuren umsehen«, scherzt Paul.

»Unbedingt«, sage ich und lächle.

Glücklicherweise kann ich Geheimnisse besser für mich behalten als meine Tante. Es wird dort an diesem Wochenende nämlich noch eine Überraschung geben. Eine, von der kaum jemand weiß, nur Vee, Hilda, ich, Maja Waldenstein, die Hotelbesitzerin und das Team von *Living My Way* ...

15
Was wäre, wenn sie geht

May your joys be as bright as your morning
and your sorrows merely be shadow that fade
in the sunlight of love.

Möge die Freude so hell wie der Morgen sein
und deine Sorgen nur Schatten,
die im Sonnenlicht der Liebe vergehen.

IRISH SAYING

Montag, zweite Oktoberwoche

»Sind Sie immer noch an den Bildern dran?«, fragt die Galeristin, als sie mich anruft. Am Sonntag habe ich Mails an sie und an den Kurierdienst geschrieben.

Ich weiß nicht, ob sie mich für eine Fantastin hält oder ob sie mein Eifer beeindruckt. Es ist mir auch egal. Jedenfalls bestätigen mir ihre Antworten und die Mail der *Urban Gallery,* dass in Hamburg *Leaves of Green, Leaves of Red, Leaves of Blue* sowie *Sonnenblumentage* ausgestellt waren. Durch ein Versehen, das man ausdrücklich sehr bedauere, sei eines der vier Pakete nach der Ausstellung falsch adressiert worden und an die Dependance in Berlin gegangen. Dort habe es zwischen den Bildern für eine neue Ausstellung gestanden, bis man den Irrtum bemerkt und korrigiert habe. Man habe es samt einem Entschuldigungsschreiben per Kurier an die Künstlerin geschickt. Welches Bild es gewesen ist, kann man mir nicht sagen.

Vom Kurierdienst erhalte ich einen Scan der unterschriebenen Empfangsbestätigung. Das Paket ist angekommen, jemand hat es entgegengenommen. Zu einer Zeit, als das Künstlerhaus schon nicht mehr bewohnt war und meine Mutter bereits nicht mehr unter uns weilte.

Ich sehe mir die Unterschrift an. Das kann »Landauer« oder »Lothringen« oder »Leipzig« oder etwas ganz anderes heißen.

Das Bild scheint jedenfalls nicht verbrannt zu sein. Nur, wo ist es? Und um welches der vier Bilder handelt es sich?

Das Haus durfte niemand betreten (eigentlich). Waren Statiker da, Handwerker, Leute von der Versicherung oder schlicht ein Nachbar? Hat es sich der Fahrer des Kurierdienstes unter den Nagel gerissen? Wer ist der oder die Unbekannte? Und wieder stehe ich vor unzähligen Fragen.

Ich rufe Sean an und erzähle ihm von den Neuigkeiten. Er will in seiner Mittagspause in meine Blumenküche kommen, damit wir reden können.

»Was macht man mit einem Gemälde? Verkaufen oder behalten?« Sean sitzt auf meinem Arbeitstisch und lässt die Beine baumeln. Dabei starrt er auf meine Tischgestecke, doch wahrscheinlich sieht er sie gar nicht. Lio, die auf dem Boden sitzt und wedelt, wartet vergebens auf ihre Streicheleinheit. »Wer auch immer unterzeichnet hat, hat nicht damit rechnen können, dass die Gemälde in seinen Besitz übergehen. Was mache ich, wenn ich Gemälde habe, die mir nicht gehören?« Er sieht auf. »Weißt du, wie groß die Bilder waren?«

Ohne aufzustehen oder die Füße von meinem Arbeitstisch zu nehmen, zeige ich mit der Hand eine Höhe an. Dann stelle ich meinen Salat auf meinem Schoß ab und breite die Hände aus.

»Ein Meter zehn mal siebzig Zentimeter, so was in dem Dreh?« Sean verzieht den Mund zu einem schiefen Lächeln. »Das ist auf jeden Fall zu groß, um so ein Bild in einer Tasche verschwinden zu lassen. Du brauchst ein Auto und kannst es nicht einfach so wegtragen.«

»Wenn du anständig bist, gibst du es irgendwo ab. Ich war zu der Zeit in Untergickelbach. Es wäre kein Problem gewesen, mich zu kontaktieren.«

Sean nickt. Eine Weile starren wir vor uns hin.

»Ich frage Elena. Sie soll sich umhören und mitüberlegen.« Ich zögere ein wenig. »Lach jetzt bitte nicht, aber … Sollen wir zur Polizei gehen? Ach nein, das bringt wahrscheinlich nichts. Auf der Dringlichkeitsskala stehe ich da ganz weit unten.«

»Ich habe auch gerade überlegt, ob wir die Versicherung kontaktieren. Aber du sagst ja selbst, dass die Bilder nicht so wertvoll waren. Ich weiß nicht, wie schnell sie da Ermittlungen einleiten.«

»Früher oder später muss ich sie sowieso kontaktieren. Schließlich habe ich Geld für etwas bekommen, was offenbar nicht verbrannt ist.« Dann kommt mir noch eine Idee. »Soll ich einen Detektiv engagieren?«

Ich komme mir komisch vor, so etwas laut auszusprechen.

»Du meinst, damit er nachforscht, ob das Bild angeboten worden ist – oder sogar noch angeboten wird?« Sean wiegt nachdenklich den Kopf hin und her. »Ich weiß etwas Besseres …«

Sean schaltet Beppi ein. Er kommt abends in meine Wohnung, und wir erzählen ihm von *Sonnenblumentage* und unseren Theorien. Er grinst und sagt zu, seine alten Kontakte zu reaktivieren.

»Ich tue, was ich kann«, verspricht er und drückt mich. »Marie, das ist viele Monate her. Sollte es verkauft worden sein, ist es gut möglich, dass wir nichts finden. Ich werde alles versuchen, was in meiner Macht steht, aber ich will nicht, dass du enttäuscht bist.«

Ich versichere ihm, dass ich mich auch noch mal damit abfinden kann, wenn das Bild verschollen ist. Damit tanze ich mal wieder auf dem schmalen Seil zwischen »verbrannt« und »verschollen«, aber an diesem Ort habe ich bereits eine Art Zweitwohnsitz.

Ich weiß ja noch nicht einmal, nach welchem Bild wir gerade suchen. Allerdings schwöre ich mir eins: Sollte es da draußen irgendwo sein, bringe ich es nach Hause – auch wenn das bedeutet, dass ich mit Beppi irgendwo einsteigen muss.

Bevor er geht, legt er uns ein Schweigegebot auf – Gina darf nichts von alldem erfahren.

Der November kommt und mit ihm noch mehr Nebel. Sicherheitshalber habe ich sowohl eine E-Mail als auch einen Brief an Seans Schwester geschrieben. Beide sind abgeschickt, aber ich habe noch keine Antwort erhalten. Ich versuche, mich auf meine Arbeit zu konzentrieren und mich nicht zu fragen, ob sie meine Nachrichten schon erhalten hat oder mir der Spamordner meine Familienzusammenführung durchkreuzt. Gestern gab es einen Bericht über einen Postboten, der drei Jahre lang Briefe in seiner Wohnung gehortet hat. Ich hoffe, dass der Postbote, der meinen Brief austragen soll, ein gesundes und ausgeglichenes Leben führt, und meine Zeilen nicht in einem Sack mit Glückwunschkarten und Rechnungen vermodern.

Ich starte früh und knipse früher als sonst das Licht in meiner Blumenküche aus. Das kann ich mir auch nur erlauben, weil ich meine Mittagspausen auf wenige Minuten beschränke. Aber das tue ich, um eher bei Sean zu sein.

Manchmal kommt er zu mir und hilft mir, meine Gestecke in den Kühlraum zu schichten, damit er mich schneller bei sich hat. An anderen Tagen fährt er schon voraus in meine Wohnung und stellt mir die dampfende Auflaufform mit Makkaroni and Cheese auf den Tisch, sobald ich mich aus meinen Arbeitssachen geschält und mir die Hände gewaschen habe.

Ich genieße unsere gemeinsame Zeit so sehr, dass ich mich frage, ob so etwas wirklich passieren kann. Noch nie in meinem Leben habe ich mich so wohlgefühlt. Seit ich mit ihm zusammen bin, bin ich kein neuer Mensch, sondern *ich* geworden. Mit Sean bin ich ganz und gar Marie.

Sechs Wochen vor Weihnachten haben wir eine Videokonferenz mit einem bulgarischen Paar. Sie haben sich mit ihrer Verwandtschaft überworfen und wollen nun in kleiner Runde mit ihren engsten Freunden heiraten.

Mein Herz hüpft, denn die beiden sind königliche Hoheiten, und auch wenn ich nicht das Spektakel mit Hunderten von Gästen und einem Blumenrausch ausstatten darf, das ich mir immer erträumt habe, so habe ich doch meine erste royale Hochzeit. Es ist lustig, dass ich »erste« denke, aber irgendwie habe ich momentan das Gefühl, dass alles möglich ist.

Noch auf dem Weg zurück in meine Blumenküche bekomme ich einen Anruf aus Untergickelbach. Es ist Elena. Sie gibt den Hörer weiter, und ich verstehe zunächst nicht, warum Herr Peerenboom sich meldet. Er freut sich, mit mir zu sprechen, und fragt erst einmal ausführlich nach, wie es mir geht und was ich tue. Offenbar ist er nach Untergickelbach in die Apothekervilla gezogen und führt nun den Kunstverein. Da der Verein nach wie vor keine ausreichend großen Ausstellungsräume hat, lagern viele Bilder im Keller der Villa. Vor Kurzem hat er dort mit Frau Zeiler und Frau Mellrich die Gemälde katalogisiert.

»Ich denke, ich kann Ihnen helfen. Wir haben ein Bild gefunden!«, sagt er. »Ein Bild, das Ihre Mutter gemalt hat!«

15
Was wäre, wenn sie bleibt

Ki mint vet, úgy arat.
Man erntet, was man sät.
UNGARISCHES SPRICHWORT

Elenas Version:
Lehn dich zurück und
lass das Karma arbeiten.

Freitag, Mitte November

An diesem Wochenende braucht Paul meine Hilfe. Er möchte die Bilder des Kunstvereins sichten, die noch in der Villa gelagert sind. Eigentlich wäre das eine Aufgabe, bei der ihm die anderen Mitglieder helfen können, aber Paul hat durchblicken lassen, dass er keinen großen Wert darauf legt, Frau Zeiler und Frau Mellrich dabeizuhaben.

»Mit denen habe ich noch genug zu tun, wenn es um die Ausstellungsräume geht«, sagt er und verdreht die Augen.

Was den Kunstverein angeht, hat er einiges bewegt. Zukünftig soll eine Ausstellung über Leben und Werk der Künstlerinnen und Künstler informieren, die bisher in Untergickelbach gearbeitet haben. Dazu soll es einen Neubau geben, damit man auch alle angemessen präsentieren kann. Einen Architekten haben sie noch nicht, aber die Suche läuft.

Ausstellungsräume hat der Verein ebenfalls gefunden, und auch hier scheint Paul die treibende Kraft gewesen zu sein, was er natürlich nicht offen zeigt. Wenn er mir davon erzählt, dass die Bilder künftig im Pfarrhaus und der ehemaligen Vogtei gezeigt werden sollen, sagt er immer: »Wir haben mit dem ehemaligen Pfarrer gesprochen« oder: »Wir haben uns einen Termin in der Gemeinde geben lassen«. Dabei ist mir klar, dass er hinter diesen Initiativen steckt und die Kontakte aus seiner Zeit als Bestatter nutzt. Sein Plan ist es, die kunstinteressierten Besucher von Haus zu Haus pilgern zu lassen. Der Skulpturenweg wird sozusagen um einen Künstlerweg ergänzt. Auch die Geschäftsleute von Untergickelbach werden von diesem Konzept profitieren, da die Touristen auf ihrem Weg sicher Kaffeepausen einlegen, zu Mittag essen oder in den ein oder anderen Laden gehen.

Lio und ich treffen am Nachmittag in der Apothekervilla ein. Paul versorgt Lio mit Wasser und einer Knabberstange, mich mit Kaffee und Torte. Er scheint extra nach Bamberg gefahren zu sein, um Eierlikörsahne, Macarons und Apfelkuchen zu holen. Er weiß, dass ich immer lange vor den wunderbar dekorierten Schaufenstern in der Langen Straße stehe, mir den Besuch der Konditorei aber meistens verkneife.

»Bei dem, was uns bevorsteht, muss ich dich vorher ein wenig ›bestechen‹«, meint er.

Ich halte das für Blödsinn, denn bei all der Hilfe, die er uns mit dem Onlineshop geleistet hat und leistet, müsste ich für ihn wochenlang Gemälde katalogisieren, um mich auch nur ansatzweise zu revanchieren.

»Außerdem hätte ich noch ein Anliegen«, sagt Paul. »Würdest du mir die Skizzenbücher deiner Mutter zur Verfügung stellen? Für das neue Künstlerhaus ... Ich will nur sehen, ob wir sie in die Ausstellung einbinden können. Als Kopie.«

Was für eine Frage, selbstverständlich bekommt er die von mir.

»Ich habe aber keine Ahnung, in welchem Zustand sie sind«, werfe ich ein. »Ehrlich gesagt, weiß ich nicht einmal, wie viele noch da sind. Aber du kriegst sie.

Ich muss Fabian bitten, mir die Kisten herauszusuchen.«

Im Keller der Villa machen wir uns an die Bilder. Ein ganzer Raum steht voller Regale, auf deren Böden schmale Kartons in unterschiedlichen Größen lagern. Es handelt sich um Erwerbungen des Vereins und Werke der Stipendiaten. Am Anfang kommen wir zügig voran. Doktor Wagener hat die Bilder mit Eingangsdatum in ihrer Kladde vermerkt, die Kartons mit Aufklebern versehen, auf denen Name und Werk stehen, und auf den ersten beiden Regalen chronologisch aufgereiht.

Abwechselnd überprüfen wir die Kartons, und ich liebe es, dass mir beim Öffnen immer wieder der Geruch von Ölfarbe in die Nase steigt. Das erinnert mich an früher.

Mama hat für den Verein die Ballerina-Skulptur und das Wandgemälde in der Aussegnungshalle geschaffen. Die *Leaves*-Trilogie – *Leaves of Red, Leaves of Green* und *Leaves of Blue* – war auch für den Kunstverein gedacht, doch die Bilder sind verbrannt. Genauso wie *Sonnenblumentage.* Das habe ich zwar lange nicht akzeptieren wollen, aber die schnelle Zahlung der Versicherung, die Zurückhaltung meiner Tanten und Fabians Unverblümtheit haben in mir jegliche Hoffnung erstickt.

»Jetzt wird es kompliziert«, sagt Paul.

Ich stelle meine Gedanken ab und den Karton mit dem Männerakt zurück.

»Ab hier werden die Aufzeichnungen lückenhaft.« Er hält mir das Buch hin. Teilweise sind eine oder sogar zwei Seiten unvollständig, manchmal sogar leer, dann folgen wieder exakte Eintragungen.

»Wahrscheinlich erkennt man hier die Phasen, in denen Doktor Wagener im Krankenhaus war, und die anderen, in denen es ihr besser ging«, sage ich.

Paul stimmt mir zu. »Oben sind Kartons, in denen sie oder ihre Zugehfrau oder wer auch immer die Lieferbescheinigungen oder andere Benachrichtigungen gesammelt hat. Vermutlich wollte sie diese später nachtragen.«

»Haben die Damen vom Kunstverein immer noch Angst, Florentine könnte sich Bilder unter den Nagel gerissen haben?«, frage ich.

Er wiegt den Kopf hin und her. »Zumindest sagen sie es nicht laut.«

Wir müssen beide schmunzeln.

»Kannst du eigentlich noch?«, will Paul wissen.

»Klar«, sage ich. Mein Rücken tut mir von heute Morgen weh, und meine Finger haben schon einige Risse vom Kartonöffnen, aber für Paul mache ich hier auch die Nacht durch. »Wenn du noch einen Kaffee hättest, würde ich allerdings nicht Nein sagen.«

Paul verschwindet nach oben und kommt mit Espresso, Cola und Wasser zurück.

Auf einem Tisch breiten wir Listen aus, auf denen die Namen der bisherigen Stipendiaten und deren Werke vermerkt sind. Die Kartons, die jetzt kommen, haben keine Aufkleber. Wir müssen sie öffnen, Signaturen und Darstellung abgleichen. Es dauert ewig.

»Weißt du was?«, sagt Paul, nachdem wir etwa ein Drittel zugeordnet haben. »Die Akribie meiner Vorgängerin in allen Ehren, aber es genügt mir völlig, wenn die Bilder da sind. Ich werde mich bestimmt nicht hinsetzen und auch noch heraussuchen, wann wir das Bild bekommen haben.« Seine Augen verengen sich zu schmalen Schlitzen. »Und wenn Frau Mellrich oder Frau Zeiler das wissen wollen, dürfen sie sich gerne über die Kartons hermachen. Ich werde das jedenfalls nicht tun.«

Das bringt mich zum Lachen, weil er schon richtig in Untergickelbach angekommen zu sein scheint.

»Du liegst, was die Damen angeht, ganz auf meiner Linie«, sage ich und ziehe den nächsten Karton aus dem Regal.

»Erika Zeiler hat mich neulich gefragt, ob ich mit ihr ins Theater gehen möchte.« Er verstellt seine Stimme so, dass er fast wie seine Vereinskollegin klingt. »Das E. T. A.-Hoffmann-Theater gibt Ibsen. Möchten Sie mich begleiten? Die Freundin, mit der ich das Abo teile, macht gerade eine Kur.«

»Und? Willst du?«, frage ich.

»Bin ich verrückt?«, sagt er entsetzt.

Vorsichtig hebe ich den Karton herunter. Er ist geöffnet worden, und – wie genial – er verfügt über einen Aufkleber.

»Jackpot«, sage ich. »Hier müssen wir nicht lange … Oh Gott!«

Die Buchstaben verschwimmen vor meinen Augen, und ich zwinkere, um die Adresse noch einmal zu lesen. Das kann nicht sein. Tränen schießen mir in die Augen.

Paul eilt herüber, liest den Adressaufkleber, nimmt mir den Karton aus der Hand und mich in den Arm.

Ich zittere, meine Hände, meine Knie, alles.

»Lass uns reinschauen«, sage ich und löse mich aus seiner Umarmung.

Paul sieht mich an. »Willst du …?«

Ich schüttle den Kopf. Dann sehe ich ihm zu, wie er die Flügel der Verpackung öffnet und die Folie entfernt. Das Bild zeigt uns seine Rückseite, aber ich weiß schon jetzt, dass es von Mama ist. Sie hatte den Spleen, von allen Farben, die sie verwendet hat, eine Probe auf der Rückseite zu hinterlassen.

»Falls sich einmal Restauratoren um meine Bilder kümmern sollten, werden sie mich dafür lieben«, hat sie immer gesagt.

Ich sehe die Striche ganz deutlich. Farbproben von Himbeerrot bis Mahagoni. Wenn Paul die Leinwand umdreht, werden wir *Leaves of Red* sehen.

Und tatsächlich: Blätter, dicht an dicht, als hätte ein Windstoß sie über die Leinwand verteilt.

»Aber es ist doch verbrannt«, sage ich immer wieder durch die Tränen, die nicht aufhören wollen, über meine Wangen zu fließen. Lio kommt her und stupst mit ihrem Kopf gegen mein Bein.

»Ich kann mir das auch nicht erklären«, sagt Paul und spricht dann meinen nächsten Gedanken aus. »Laut Inventarliste des Vereins sollen es drei Bilder sein. Allerdings sind sie durchgestrichen.«

Ich wage es kaum zu denken ... aber vielleicht befindet sich auch »mein« Bild in diesem Keller.

Paul scheint einen ähnlichen Gedanken zu haben. »Dann sehen wir jetzt mal nach, ob wir noch eine Überraschung erleben.«

Ich nicke, aber statt zu den Kartons zu gehen, sinke ich auf den Boden und starre auf Mamas Bild. Wie durch einen Nebel bekomme ich mit, wie Paul Karton für Karton herauszieht und nach den anderen *Leaves*-Bildern sucht.

Nach einer Weile setzt er sich neben mich.

»Es sieht so aus, als sei es das Einzige«, sagt er. »Die anderen Bestände sind katalogisiert, da befinden sie sich sicherlich nicht.«

»Es ist okay«, flüstere ich. »Alles gut.«

Langsam begreife ich, was eben geschehen ist. Ich strecke meine Hand aus und fahre mit den Fingern über die unebene Struktur, fühle die Farbe, die Mama auf diese Leinwand aufgetragen hat. Dieses Bild ist ein Geschenk. Ein unerwartetes Geschenk. Auch wenn es sich nicht um *Sonnenblumentage* handelt.

»Wie kann das sein? Wie kommt es hierher?«, frage ich.

»Wir werden versuchen, genau das rauszufinden«, sagt Paul. »Aber erst einmal stehst du von diesem Kellerboden auf.«

In seinem Wohnzimmer verfrachtet mich Paul in einen seiner neuen hohen Sessel, stellt das Bild auf die Armlehnen des Sessels gegenüber und fängt an, in Ordnern zu blättern und in Kartons zu wühlen. Er scheint nichts zu finden und holt weitere Kartons und Ordner, ebenfalls ohne Erfolg. Schließlich lässt er sich auf die Couch fallen und lehnt sich zurück.

»Kann ich dir helfen?«, frage ich.

Er schüttelt den Kopf. »Lass mich mal nachdenken ...«

Mein Kopf ist leer. Vielleicht flitzen auch die Gedanken so schnell durch mein Gehirn, dass ich ihnen nicht hinterherkomme. Momentan kann ich jedenfalls nichts anderes tun, als dazusitzen und zu starren.

Irgendwann steht Paul auf und geht zum Telefon. Wen er wohl anruft? Wahrscheinlich Florentine. Aber ob die etwas von dem Bild weiß?

Ich höre Paul in der Küche reden. Am liebsten würde ich aufstehen und zuhören, aber vielleicht will er das nicht. Das Gespräch endet, und ich höre Geschirrklappern.

Dann kommt Paul mit einem Tablett wieder, zieht sich einen dritten Sessel heran und schiebt den Hocker zwischen uns. Nun sitzen wir im Kreis, Paul, *Leaves of Red* und ich, auf Pauls neuen Ohrensesseln, die mit ihrer Form zum Charme der alten Villa passen, aber dank des samtähnlichen Bezugs dennoch modern wirken.

In der Mitte steht ein großer Teller mit Wurstsemmeln, wie ich sie nur aus alten Fernsehserien kenne. Semmelhälften mit runden Wurst- und sauren Gurkenscheiben.

Erst jetzt merke ich, dass ich wirklich Hunger habe, und während ich mir die Salamisemmel schmecken lasse, erzählt mir Paul von seinem Telefonat. Er hat nicht mit Florentine gesprochen, sondern Frau Rothenbichler, die Zugehfrau, angerufen. Sie hat früher bei der Apothekerin sauber gemacht und putzt inzwischen einmal die Woche für Paul.

»Frau Rothenbichler konnte sich ziemlich genau erinnern«, sagt er. »Doktor Wagener hatte einen Termin mit dem Gutachter am Künstlerhaus. Der wollte ihr die Schäden zeigen, die Brand und Löschwasser hinterlassen haben. Während sie vor dem Haus standen, muss dieser Kurier vorbeigekommen sein und das Paket mit dem Gemälde vorbeigebracht haben. Doktor Wagener hat es entgegengenommen und später geöffnet. Sie war wohl außer sich vor Überraschung und Freude. Dann hat sie herumtelefoniert und in Erfahrung gebracht, dass das Bild irrtümlich bei einer Dependance der Hamburger Galerie gelandet ist und sie dort den Irrtum auch nicht gleich bemerkt haben. Jedenfalls haben sie es schließlich an die richtige Adresse – also an deine Mutter – geschickt.«

Dass irgendetwas mit den *Leaves*-Bildern war, taucht dunkel in meiner Erinnerung auf. Aber kurz danach kam der Brand und dann Mama ins Krankenhaus. Nachdem sie gestorben war, habe ich nicht mehr daran gedacht, dass es eine Verwirrung gab.

»Wir können Anfang der Woche bei der Galerie in Hamburg anrufen und fragen, wann sie die anderen Bilder geschickt haben«, schlägt Paul vor. »Aber ich fürchte, sie sind pünktlich gekommen. Also vor dem Unglück.«

»Wir können es versuchen«, sage ich.

In mir blitzt die Hoffnung auf, *Sonnenblumentage* zu finden, aber ich lasse nicht zu, dass dieser Gedanke zu viel Raum beansprucht. Dass *Leaves of Red* aufgetaucht ist, ist ein Wunder. Anders kann man es nicht nennen. Noch mehr zu erwarten, wäre vermessen.

Später fährt Paul mich nach Hause. Ich bedanke mich für die wunderbaren Brote und sage ihm, dass sie in dieser Situation genau das Richtige waren.

»Die habe ich meinen Kindern auch immer gemacht, wenn sie sich mit Freunden gestritten haben oder wenn sie blutige Knie hatten, weil sie vom Roller gestürzt sind. Das sind magische Brote.«

»Wie heißt dein Sohn eigentlich?«, frage ich. »Deine Tochter ist Geneviève, aber den Namen deines Sohnes weiß ich noch gar nicht.«

»Geneviève und Joseph«, sagt er. Er spricht auch den Jungennamen französisch aus.

»Allerdings haben sie sich selbst anders genannt. Bei ihren Freunden waren sie nur Gina und Beppi.«

16
Was wäre, wenn sie geht

Two people shorten the road.

Der Weg erscheint kürzer,
wenn du ihn zu zweit gehst.

IRISH SAYING

Freitag, erstes Dezemberwochenende

Einen Tag vor der Eröffnung laufe ich mit Sean und Maja durch die Ausstellung. Gina ist auch dabei, Maja hat sie eingeladen. Manchmal glaube ich, Gina ist für Maja die Enkelin, die sie nie hatte, und Maja ist für Gina eine Art Großmutterersatz.

Frau Schmidt ist nicht mitgekommen. Ich vermute, dass sie eine Überdosis Landauer hatte und sich lieber im Hotel ausruht.

Die Ausstellungsräume sind licht und hell. Wenn ich nicht wüsste, dass ich hier in Klosterweinting bin, würde ich annehmen, ich bin in der Tate oder im MoMA. Es gibt große Räume, in denen Abfolgen hängen, aber auch Nischen, in denen man ein Werk in Ruhe auf sich wirken lassen kann.

Ich laufe durch die Ausstellung und bin ganz still. Hin und wieder schlucke ich schwer, und unter meinen Augen scheinen sich Tränen zu stauen. Noch fließen sie nicht, weil ich sie mit aller Kraft daran hindere, aber ich weiß nicht, wie lange ich das schaffe.

Sean geht neben mir, ich spüre seinen Blick auf mir ruhen. Ab und zu nimmt er meine Hand, und wenn ich stehen bleibe, legt er seine Hand auf meinen Rücken. Auch das hält die Tränen in Schach.

Ein Raum wird mit *»Sketches – Entwürfe«* angekündigt.

»Oh!« Ich bleibe stehen. Damit habe ich nicht gerechnet. Alle vier Wände sind vom Boden bis zur Decke mit Mamas Skizzen tapeziert.

Sean nimmt meine Hand und hält sie fest. Deswegen hat er also Mamas Bücher gebraucht. Nicht etwa, weil Beppi etwas recherchieren will!

»Keine Angst. Sie haben deine Bücher nicht zerrupft. Es sind Reproduktionen«, sagt er.

Ich kann nichts sagen, nur nicken.

Glaswände trennen die Doppelseiten an der Wand von den Besuchern. Wenn man die Tafel neben dem Eingang nicht studiert hat, könnte man fast meinen, es seien die Originale.

Langsam gehe ich an den Wänden entlang, lese Mamas Schrift, betrachte ihre Bleistiftzeichnungen, ihre Kolorationen. Jetzt spüre ich, wie die Tränen über meine Wangen laufen.

Ich sehe sie vor mir, wie sie am Küchentisch in Amsterdam sitzt und die Häuser skizziert. Vorher beim Spazierengehen hat sie einen Entwurf gezeichnet.

Ein paar Schritte weiter die Backsteinhäuser. Brooklyn. Ich kann die Notarztsirenen im Hintergrund noch hören.

In diesem Raum ist Mama lebendig. So sehr, dass ich fast das Gefühl habe, dass sie neben mir steht.

Jetzt hab dich nicht so, scheint sie zu sagen. *Ist doch toll geworden.*

Meine erdachte Mama ist weniger kritisch als meine reale –

oder eher real gewesene. Sie hätte sich sicher erst einmal aufgeregt, dass hier Unfertiges ausgestellt wird. Aber irgendwie habe ich auch das Gefühl, es würde ihr gefallen.

Sean und Maja stehen in der Mitte des Raumes und beobachten mich. Gina sitzt auf einer Holzbank und schaut auf ihr Handy.

»Sag Bescheid, wenn du für den nächsten Raum bereit bist«, bittet mich Maja.

»Das bin ich«, sage ich.

Sofort erhebt sich Gina. Maja und Sean wechseln einen raschen Blick. Mechanisch laufe ich auf sie zu. Irgendetwas ist dort. Etwas, womit ich noch weniger rechne als mit den Entwürfen.

Wir betreten einen schmalen Raum. Er ist komplett leer. Ich drehe mich um, kann aber nirgends etwas entdecken. Ein Beamer hängt an der Decke, und Maja hält eine Fernbedienung in der Hand. Als sie auf eine Taste drückt, tritt Sean hinter mich und hält mich fest. Dann erscheint eine Projektion von *Sonnenblumentage* auf der Wand, groß und schön und klar. Für wenige Sekunden habe ich angenommen, sie hätten es gefunden.

Ich betrachte die Sonnenblumen, den Himmel und die blaue Figur, die mich darstellt. Seltsamerweise bin ich nicht traurig oder enttäuscht darüber, dass es sich nicht um das Original handelt. Ich kann das Bild sogar anschauen, ohne zu weinen.

»Hast du schon nach links geguckt?«, fragt Sean und dreht meinen Kopf sanft in diese Richtung.

Dort erscheint eine Feder – ebenfalls eine Projektion – und bewegt sich über die Wand. Tinte fließt aus ihrer Spitze. Bereits nach den ersten zwei Buchstaben weiß ich, was dort in wenigen Sekunden stehen wird.

Und nun rührt es mich doch, was ich hier sehe. Denn die Buchstaben, die aus der Feder fließen … das ist die Handschrift meiner Mutter. Die Feder bewegt sich von links nach rechts, bis in Mamas Schrift *»To my unborn daughter«* an der Wand steht.

Dreimal sehe ich der Feder zu, wie sie schreibt. Dann drehe ich mich zu Maja Waldenstein um.

»Danke«, flüstere ich.

Wir stoßen mit Maja auf ihre neue Galerie an. Sie hat Champagner im Kühlschrank bereitgestellt und bietet mir bei der Gelegenheit das Du an. Mit Sean und Gina ist sie bereits per Du. Ich weiß nicht, ob mir die Ehre wegen der Ausstellung zuteilwird oder weil ich Seans Freundin bin, aber das spielt auch keine Rolle. Ich freue mich, doch ich bin total fertig. Mamas Werke zu sehen, hat mich sehr mitgenommen. Der Alkohol tut sein Übriges, und so bin ich ziemlich beschwipst, als ich mit Sean zu seinem Büro laufe. Wir wollen mit Gina und Beppi zu Abend essen. Ich bin froh, dass ich bei mir zu Hause schon aufgeräumt und geputzt habe. Morgen kommen meine Tanten, und obwohl sie generell entspannt sind, was Ordnung angeht, wäre es mir schon lieber, wenn sie meinen neuen Freund in einer angenehmen Umgebung kennenlernen.

Gina will gleich nachkommen, Beppi ist noch bei der Probe. Am Tag nach der Ausstellungseröffnung findet im Eventstadel die Weihnachtsgala von *Living My Way* statt. Wie jedes Jahr treten Künstler auf, und dazwischen spricht ein Moderator mit Prominenten und Betroffenen. Meist sind seine Gesprächspartner beides.

Die Gala gibt es schon lange. Bis vor zwei Jahren hat die Redaktion immer einen anderen Spendenzweck ausgewählt, doch nun ist es zum zweiten Mal in Folge die »Cassandra

Landauer Stiftung«, der das Geld zugutekommt. Das soll wohl auch so bleiben.

Lio wedelt, als wir die Tür aufmachen. Ich gehe mit ihr noch ein paar Minuten nach draußen, damit wir später in Ruhe essen können; Sean bleibt drin. Er will schon einmal das Gemüse für seine unglaublichen vietnamesischen Nudeln schnippeln.

Beppi kommt vor Gina, setzt sich auf den Tisch und stellt seine Füße auf einem Stuhl ab. Es sind die rotbezogenen Jugendherbergsstühle, da stört das niemanden. Wir nutzen die Zeit, bevor Gina eintrifft, und erzählen ihm von dem Anruf aus Untergickelbach.

»Leider haben wir *Sonnenblumentage* nicht gefunden«, schicke ich voraus. »Meine Freundin hat beim Kunstverein recherchiert, und anscheinend war die ehemalige Vorsitzende am Künstlerhaus, als *Leaves of Red* angenommen wurde. Es hat eine kleine Odyssee hinter sich und die Zeit gemütlich zwischen anderen Gemälden im Keller verbracht.«

Ich zucke mit den Schultern.

»Seans Idee war so genial«, fahre ich dann fort. »Und jetzt weiß ich, dass ein Bild das Feuer überlebt hat, weil es zur Zeit des Brandes gar nicht im Haus war.«

»Das ist cool«, sagt Beppi. »Kriegst du das Bild wieder?«

Ich schüttle den Kopf. »Das will ich gar nicht. Es war ja ohnehin für den Kunstverein gedacht.«

Beppi verschränkt seine Finger ineinander und lässt die Knöchel knacken.

»Was *Sonnenblumentage* angeht, bleiben wir jedenfalls dran. Ich kann dir immer noch nichts versprechen, aber wenn ein Bild unvermutet aufgetaucht ist …«

»Heißt das noch gar nichts«, falle ich ihm ins Wort.

Ich weiß nicht, ob es an der Ausstellung liegt oder am

Alkohol oder an der Aussicht auf einen gemütlichen Abend, jedenfalls mache ich langsam meinen Frieden damit, dass das Gemälde verschwunden ist. Natürlich werde ich nicht aufhören nachzuforschen. Aber ich merke, dass ich damit leben kann, wenn ich *Sonnenblumentage* nicht mehr in Händen halten werde.

Gina kommt und verschwindet im Bad, dann macht sie es sich auf einem der Stühle bequem.

Es entsteht eine Pause. Ich nehme mir die Papiertüte mit den Champignons, kippe sie auf ein Holzbrett und hole ein Messer aus der Schublade.

»Habt ihr schon gebucht?«, fragt Sean ganz unvermittelt.

Ich sehe Gina und Beppi an. Bis jetzt hat mir niemand gesagt, dass sie verreisen wollen.

»Na klar, Brunei«, antwortet Beppi. »Gina wollte nach Tadschikistan. Das ist mir dann doch touristisch zu wenig erschlossen.«

Ich warte darauf, dass jemand den Scherz auflöst, dass eine Pointe kommt und alle anfangen zu lachen, aber nichts dergleichen geschieht. Beppi schenkt ein Glas Wein ein und drückt es seiner Schwester in die Hand.

»Reicht die Berghütte nicht mehr?« Sean scheint das Gespräch absolut ernsthaft zu führen. Ich erkenne keine Anzeichen von Ironie oder Sarkasmus, weder bei ihm noch bei den Geschwistern.

»Das haben wir jetzt schon so oft gemacht.« Gina seufzt. »Und bei der Anreise hast du trotzdem das sentimentale Gedudel im Supermarkt und die kitschigen Engel in den Fenstern.« Sie verdreht genervt die Augen. »Dieses Jahr gehen wir auf Nummer sicher. Nachdem Somalia raus ist, bleiben noch zwei Länder, in denen Weihnachten verboten ist.«

Vor meinem ersten Weihnachten ohne Mama hatte ich

Angst, aber das Fest ist einfach zu schön, um es ausfallen zu lassen. Finde ich. Außerdem waren da Vee und Hilda – und ja, auch Fabian und seine Familie –, und irgendwie ging es dann schon. Natürlich war ich sentimental und auch traurig. Aber es war okay.

»Meine Tanten freuen sich übrigens darauf, euch wiederzusehen«, versuche ich, das Gespräch auf unbelastetes Terrain zu lenken. »Sie kommen knapp vor der Eröffnung. Aber bestimmt wollen sie später essen gehen oder so.«

»Ich freue mich auch«, sagt Beppi.

Ich beginne damit, die Champignons in Scheiben zu schneiden, und schiele hinüber zu Sean. Er sieht ein bisschen nervös aus, was ich sehr süß finde. Er hat sich gestern schon seinen Bart gestutzt, und an seinem Schrank hängen drei Hemden, die mehr als exakt gebügelt sind. Das sind sie zwar immer, aber diese sind geradezu perfekt. Zwar denke ich, dass er bei Vee und Hilda ein Heimspiel haben wird, andererseits kann es ja nichts schaden, wenn er sich Mühe gibt.

»Ich würde zur Ausstellung und dann zum Essen mitkommen, wenn ihr mir Bescheid sagt«, meint Gina.

»Zur Gala nicht?«, frage ich.

Beppi sieht seine Schwester an, Sean sieht Gina an, und ich sehe die beiden an. Beppi weiß etwas, und Sean hat wahrscheinlich eine Ahnung.

»Sie geht nicht hin«, sagt Beppi.

»Aber warum denn?«, frage ich.

Ich durchforste mein Gehirn nach einer Erklärung. Habe ich möglicherweise irgendetwas gesagt oder getan, was sie mir übel nimmt? Mir fällt nicht ein, was das sein könnte.

Sean legt seine Hand auf meinen Rücken.

»Muss ich ihr das jetzt erklären?«, fragt Beppi gereizt.

Gina schaut ihren Bruder an, als wolle sie ihn lynchen. In

einem Comic würden Laserstrahlen aus ihren Augen schießen, und Beppi würde zu Staub zerfallen.

»Ich will auf keine Veranstaltung gehen, die etwas mit dem Thema Organspende zu tun hat. Das ist alles.«

Einen Moment lang weiß ich gar nicht, was ich denken soll. Ich schaue von einem zum anderen und warte auf eine Erklärung. Mir fallen die Briefe von der Versicherung ein, die Beppi zerrupft hat. Die Stimmung ist aufgeladen, so, als würde gleich etwas explodieren.

»Es ist etwas Privates«, fügt Gina hinzu.

Sie hat das nicht hart oder unfreundlich gesagt, trotzdem fühlt es sich wie eine Ohrfeige an. Sie beugt sich über ihre Handtasche, zieht den Reißverschluss auf und holt eine Packung Zigaretten heraus.

»Kurz vor Weihnachten hat unser Vater unsere Mutter umgebracht«, lässt sie dann die Bombe platzen.

Diese Erklärung gefriert alles ein: meine Gedanken, meine Bewegungen, wahrscheinlich auch meine Mimik. Es fühlt sich an, als wäre die Luft im Raum ein paar Grad kälter geworden.

Mein Gehirn springt als Erstes wieder an. Beppi hat mir von dem Raser erzählt und dass sie sich nicht von ihrer Mutter verabschieden konnten. Danach hat er darüber nie wieder ein Wort verloren. Ich habe die üblichen Sachen vermutet, Unfall oder Krankheit, aber an so etwas habe ich in meinen schlimmsten Albträumen nicht gedacht.

Sean kommt zu mir und nimmt mir das Messer aus der Hand, das mitten im Schneidevorgang in der weißen Kappe des Champignons verharrt. Ich habe einfach aufgehört weiterzuschneiden. Ich spüre, wie er seinen Arm um mich legt, und sinke in seine Umarmung. Ich würde gerne etwas sagen, aber mir fällt nichts ein, was auch nur annähernd angebracht wäre. Vielleicht sind es diese Gesten, die Beppi zu einer Klärung veranlassen.

»Unsere Mutter hatte einen Unfall, und die Ärzte meinten, wenn sie noch länger warten, könnten sie die Organe nicht mehr nehmen. Also hat unser Vater sie freigegeben – und wir sind zu spät gekommen.«

»Er hat sich über den Tisch ziehen lassen.« Ginas Stimme zittert. »Wenn sie sich angestrengt hätten, hätten die Ärzte sie retten können. Aber die waren nur scharf auf ihre Organe.« Sie kramt scheinbar ziellos in ihrer Handtasche. »Was haben sie uns nicht alles erzählt. ›Sie müssen dankbar sein, dass vielen Leuten ein neues Leben geschenkt wird. So ist ihr Tod zumindest nicht sinnlos.‹«

Sie spricht mit verzerrter Stimme und klingt sehr abfällig.

Ich beiße mir auf die Lippen, aber dann schwappen die Worte doch aus meinem Mund.

»Genau das habe ich mir gesagt, als meine Mutter gestorben ist, immer und immer wieder. Und mir hat es geholfen.«

»Mir nicht. Weder damals noch heute.« Sie rafft eine Zigarettenpackung aus ihrer Tasche, wühlt weiter, flucht. »Mensch, Scheiße! Sean, hast du ein Feuerzeug?«

Sean zieht eine Schublade auf, nimmt eine Schachtel Streichhölzer heraus und wirft sie Gina zu. Sie fängt sie mit der linken Hand, dreht sich um und geht nach draußen.

In der Küche ist es still. Sean schneidet für mich die letzten Champignons in Scheiben.

»Ich habe gar nicht gewusst, dass sie raucht«, sage ich.

»Sie fängt ein paar Wochen vor Weihnachten an und hört dann irgendwann im Januar wieder auf«, erklärt Beppi. »Dezember ist nicht unser Monat, November auch nicht. Aber wenn ich an Neujahr aufwache, wirkt es meist wie ein böser Traum, und ab dann wird es besser.«

In meinem Gehirn klicken die Gedanken ineinander wie Zahnräder, die endlich in die richtige Position rutschen und einen Mechanismus in Gang setzen. Das ist also der Grund dafür, dass sie hier gelandet sind. Das ist wahrscheinlich auch der Auslöser für Beppis Absturz und die Erklärung dafür, dass Gina ihn dauernd beschützt.

»Schau nicht so«, sagt Beppi zu mir. »Es ist okay, wir kommen zurecht. Erst kommt Weihnachten, und dann kommen wir wieder zurecht.«

»Habt ihr vorher nicht darüber geredet? Über die Organspende, meine ich.«

»Schon. Wir haben ›noch nicht‹ gesagt. Das heißt, Gina war eher beim Nein, und ich wusste nicht, was richtig ist.«

Seine Augen sind klein und dunkel. Jetzt wirkt er wieder wie der verlorene Poet und hat so gar nichts mehr von dem Rockabilly mit der Violine.

»Wir sind gefahren. Ich hatte ein Konzert, und mein Vater hat darauf bestanden, dass ich spiele. Gina hat mich begleitet.« Er schluckt schwer, dann lacht er bitter auf. »Angeblich hat sich Mamas Zustand in der Zwischenzeit rapide verschlechtert.«

Beppi schaut mich traurig an.

»Wir haben uns verabschiedet, jeden Abend. Und jedes Mal hatte ich Angst, dass es das jetzt gewesen ist. Ich hatte Angst, wenn ich mich nicht verabschiede, beschwöre ich es vielleicht herauf. Und dann ist sie trotzdem gestorben.« Seine Stimme zittert. »Sie haben uns angerufen, und wir haben versucht zu kommen, aber da war es schon zu spät. Alles wegen der beschissenen Verfügung.«

Wütend haut er mit der Faust auf den Tisch.

»Ich hätte dableiben sollen. Ich hätte sie nicht alleine lassen sollen«, wirft er sich vor. »Unser Vater hat gemeint, dass so viele Leute ein wunderbares Weihnachtsgeschenk bekommen.«

Sein Gesicht sieht verzerrt aus, und ich überlege, ob ich ihn in den Arm nehmen soll, aber ich weiß nicht, ob er das will.

»Nach den Feiertagen hätte man ihre Organe nicht mehr nehmen können. Gina meint, das hat ihm irgendein Arzt eingeredet.« Er seufzt. »Unsere Mutter war noch nicht bereit zu sterben. Sie war so voller Leben, und sie hat noch so viel vorgehabt. Sie hatte Pläne, was sie noch alles mit uns machen will, und so vieles, worauf sie sich gefreut hat.«

»Aber bei einem Unfall ist doch niemand bereit zu sterben, und fast jeder hat so viel vor«, werfe ich ein. Unsere Geschichten ähneln sich. Ich weiß, wie es ist, wenn man auf den Tod wartet. Bei Mama haben sie mir von Anfang an wenig Hoffnung gemacht. Trotzdem muss ich mich zurückhalten. Meine Familie ist so sehr pro Organspende, dass ich Angst habe, etwas Falsches zu sagen. Na ja, nichts Falsches, aber etwas Verletzendes. Hildas Tante hat dank einer Spenderniere ihre Dialyse beenden können. Meine Mutter hat immer gesagt, wenn ihr etwas passieren sollte, sollen sie alles nehmen, was sich gebrauchen lässt, um anderen zu helfen. Ich habe einen Organspendeausweis ganz vorne in meinem Portemonnaie und zusätzlich einen im Handschuhfach in meinem Auto.

Nein, mein Umfeld hätte eine solche Verbitterung wahrscheinlich nicht zugelassen. Wahrscheinlich wäre sie gar nicht erst aufgekommen.

Vee hat mich einmal zu einer Gesprächsrunde in einem Krankenhaus mitgenommen. Damals war ich etwa zwölf Jahre alt und sie noch bei einem Nachrichtenmagazin beschäftigt. Die Geschichten haben mich nachhaltig beeindruckt, vor allem diejenigen der Spendenempfänger und ihrer Angehörigen. Diese Dankbarkeit und das Lebensglück haben sich mir eingeprägt.

Ich erinnere mich auch noch gut an die Aufklärung der

Mediziner, welche Vorsichtsmaßnahmen getroffen werden, und an ihre Versicherung, dass man keine Angst davor haben müsse, dass Menschen, die noch gerettet werden können, als »Ersatzteillager« missbraucht werden.

Ich bin mir sicher, dass die Ärzte auch bei Beppis und Ginas Mutter nach Protokoll gehandelt haben, aber wahrscheinlich hätte die Familie intensivere Betreuung gebraucht. Die Verzweiflung derer, die zurückgelassen werden, die mit dem Tod nicht zurechtkommen … Ich frage mich, ob Gina und Beppi einen Therapeuten hatten. Die wenigen Therapiestunden, die ich hatte, haben sich für mich immer unnütz und lächerlich angefühlt, aber vielleicht haben sie doch etwas bewirkt.

»Willst du sie holen?«, fragt Sean.

»Gleich«, sagt Beppi. Er trinkt sein Bier aus und sieht mich dann an. »Ich komme zur Gala, und ich spiele auch. Danach rufe ich meine Schwester an. Zur Feier kommt sie dazu.«

Er stellt seine leere Bierflasche ab und rutscht vom Tisch herunter.

»Sie meint das nicht so, aber sie kommt von ihrer Schiene nicht runter.« Er legt mir die Hand auf die Schulter. »Kopf hoch! Sie wird schon wieder.«

Dann geht er.

Ich sehe Sean dabei zu, wie er das Gemüse mit dem Messer vom Brett in die Pfanne schiebt. Anschließend dreht er sich zu mir um und nimmt mich in den Arm.

»Ich habe dir gesagt, dass wir alle ein wenig kaputt sind, zu manchen Zeiten mehr als zu anderen.«

Ich kuschle mich an seine Schulter. Als ich seine Wärme und seine Hände auf meinem Rücken spüre, werde ich sofort ruhiger, doch meine Gedanken rasen immer noch.

»Die Tätowierung auf ihrem Arm, die Frau. Das ist ihre Mutter, oder?«

Sean nickt.

»Ihr Vater … lebt der noch?«, will ich wissen.

»Ich denke schon. Ich habe jedenfalls nichts Gegenteiliges gehört.«

»Das heißt, irgendwo sitzt ein Herr Laurent, der nicht nur seine Frau, sondern auch seine Kinder verloren hat. Vermutlich grämt er sich entsetzlich.«

»Das weiß ich nicht, aber ich weiß, dass er nicht Laurent heißt«, sagt Sean. »Gina und Beppi haben den Namen ihrer Mutter angenommen.«

»Wie hießen sie denn vorher?«, frage ich.

Sean runzelt die Stirn. »Sie haben es mal gesagt, aber ich habe es mir nicht gemerkt. Irgendwas mit … Ich weiß es nicht. Klang niederländisch.«

»Was ihnen passiert ist, ist schlimm, aber das andere kann ich nicht verstehen. Ich würde alles, absolut alles geben, wenn ich meine Mutter noch einmal sehen könnte. Und hier laufen Menschen herum, die ihre Eltern noch haben – oder zumindest einen Elternteil – und es nicht zu schätzen wissen. Aber wahrscheinlich gibt es das viel öfter, als ich es mir vorstellen kann. Oder vorstellen will.«

»Du siehst deinen Vater doch auch nicht.«

»Das ist etwas anderes. Wir kennen uns kaum und waren uns nie nahe.«

»Widersprichst du dir nicht?«, fragt Sean.

»Nein«, sage ich und löse mich aus seiner Umarmung.

In dem Moment wird mir klar, dass Sean selbst einer von diesen Menschen ist, die ihre Familie haben und lieben und es dann doch nicht hinkriegen, wieder an einem Tisch zu sitzen. Ich öffne den Oberschrank.

»Meinst du, wir brauchen vier Teller? Oder eher drei? Bloß zwei?« Man hört mir an, dass ich sauer bin.

»Ich weiß, was du denkst, und ich kann dich verstehen, weil ich auch so denken würde.« Die Gemüsestücke zischen in der Pfanne. »Wenn du einmal so weit gegangen bist, ist es schwer, wieder zurückzugehen.«

Er rührt in der Pfanne. Gedankenverloren. Familienverloren.

Das Essen wird dann doch noch angenehm. Gina hat sich beruhigt, ob es die Zigaretten waren oder Beppi oder die zwei Gläser Wein, weiß ich nicht. Vielleicht ist es auch die Suppe. Seine überirdische Tom-Kha-Gai-Suppe hat Sean schon gestern gemacht, damit sie über Nacht im Kühlschrank durchziehen kann. Sie ist zugleich cremig, scharf und süß, und irgendwie kann man nicht mürrisch oder traurig sein, wenn man sie isst.

Nach der Suppe stellt Gina die Teller zusammen und geht auf eine weitere Zigarette nach draußen. Ich helfe Sean das benutzte Geschirr in die Küche zu tragen.

»Ich finde es so schlimm, dass sie vor Weihnachten fliehen. Am liebsten würde ich sie einladen und mit ihnen ein ›Nicht-Weihnachten‹ feiern«, sage ich leise.

Nachdem wir alles abgestellt haben, zieht er mich an sich.

»Das ist ein wunderbarer Vorschlag von dir. Wenn ich dich nicht ohnehin schon lieben würde, jetzt wäre es endgültig um mich geschehen.« Er küsst mich nahe beim Ohr. »Ich bin aber trotzdem froh, dass die beiden ihre Reise bereits gebucht haben, denn unser erstes Weihnachten möchte ich mit dir verbringen – als richtiges Fest, nicht als die Anti-Version.«

»Wir hätten nachfeiern können.«

Natürlich ist es mir auch lieber, wenn wir alleine feiern können, aber angesichts der traurigen Geschichte der Geschwister hätte es sich nicht so schlimm angefühlt, einfach einen normalen Abend miteinander zu verbringen.

Wir gehen wieder hinaus und tragen die Nudeln auf. Die Stimmung ist fast wieder wie immer. Seans Essen, der Wein und sein Talent, fröhlich und ungezwungen zu plaudern, vertreiben jede Missstimmung. Das Mochi-Eis, das er in Pistaziengrün und Himbeerrot gezaubert hat – Kokos hat nicht geklappt, und ich konnte die misslungenen Kugeln schon vor dem Kochen vertilgen –, schmeckt himmlisch.

Gina öffnet eine weitere Flasche Wein. Wir haben früh angefangen, und als ich auf die Uhr blicke, wundere ich mich, dass es erst halb neun ist.

Beppi hebt sein Glas. »Auf die Freunde, die sich anfühlen, als wären sie Familie.«

Gina lächelt ihm zu. Als sie ihr Glas ergreift und es uns entgegenstreckt, wirkt sie aufgeräumt. Wir prosten ihr zu.

In dem Moment klopft es an der Tür. Zuerst denke ich, ich hätte mich geirrt – vor allem, weil niemand sonst reagiert. Nun klopft es erneut, aber lauter, und auch die anderen blicken zur Tür.

»Das ist bestimmt Maja, die etwas vom Eis abhaben will«, witzelt Beppi.

»Solange es nicht die weiße Frau ist, die angeblich durch den Eventstadel spukt …« Sean lacht und geht zum Eingang.

Er öffnet – dann lacht er nicht mehr. Er sagt auch nichts mehr.

Es ist tatsächlich eine weiße Frau. Sie trägt eine weiße Mütze und einen weißen Mantel mit Stickereien. Fast sieht sie wie die Schneekönigin aus Andersens Märchen aus, nur dass ihr das Blaukalte im Gesicht fehlt. Sie sagt irgendetwas, das ich nicht verstehe – vermutlich spricht sie Irisch –, und dann liegen die beiden sich in den Armen. Ihre weißen Arme schlingen sich um Seans Hals. Er hat die Augen geschlossen.

Gina, Beppi und ich starren auf die Szene. Ich spüre, dass

Gina mich anschaut, und bekomme auch mit, wie sie und Beppi einen besorgten Blick wechseln.

Die Frau schluchzt und sagt wieder etwas Unverständliches. Sean hat die Augen geöffnet, so viel kann ich sehen. Er sieht aus, als traue er seiner eigenen Wahrnehmung nicht.

Jetzt lösen sich die beiden voneinander.

Die Frau hat schwarze Mascara-Spuren auf den Wangen. Ich schätze, sie ist etwa vierzig Jahre alt. Sie ist kleiner als Sean und ein wenig rundlich. Mit ihrem bestickten Mantel und den roten Wangen wirkt sie wie die Repräsentantin Finnlands, die Leute zum Urlaub im Norden animieren möchte.

Sean hat den Arm um sie gelegt und dreht sie nun zu uns um.

Lio ist aufgesprungen, wedelt die Unbekannte an und lässt sich von ihr am Kopf streicheln.

»Ich wusste nicht, dass du einen Hund hast«, sagt die Frau auf Englisch. Sie hat einen sehr starken Akzent.

»Das ist Lio, und sie ist mein Adoptivhund. Eigentlich gehört sie Marie.« Er zeigt auf mich. »Das ist Marie, und das sind meine Freunde, Gina und Beppi. *Everybody, this is Alanna. My sister.*«

Die Frau kommt zu mir und legt ihre Arme auf meine Unterarme.

»Bless the lord, he got himself a girl«, sagt sie.

»She is not just a girl. She is the most wonderful person walking upon the face of this earth.« Sean sagt das ganz leise.

Bis jetzt habe ich den berühmten Kloß im Hals für eine literarische Erfindung gehalten, jedenfalls hatte ich noch nie einen. Ein Engegefühl schon, aber nichts, das auch nur entfernt knödelähnlich war. Aber jetzt spüre ich ihn, er ist da, klar und deutlich. Offenbar ist er direkt mit den Tränendrüsen verbunden, denn ich merke, wie sich ein Tropfen über meine Wange stiehlt.

Die Arme, die mich jetzt umschließen, sind Alannas. Ihr Parfüm erinnert an Himbeeren und Orangen, ihre Haare riechen ein wenig nach Haarspray. Ihre Hände sind noch kalt, wahrscheinlich war sie länger draußen unterwegs. Ob sie mit dem Auto da ist?

Keine Ahnung, warum mir solche Details durch den Kopf gehen. Bevor ich mich fragen kann, wo sie wohnt, betäubt die liebevollste Erstumarmung, die ich je erhalten habe, meine Gedanken.

»*Welcome to our family*«, höre ich neben meinem Ohr.

Beppi und Gina sind ebenfalls aufgestanden und begrüßen Alanna – Gina mit Handschlag, Beppi breitet seine Arme aus.

Dann sieht Alanna sich um. Ich sehe das Zimmer mit ihren Augen, den Tisch mit den großen Kerzen, die Weingläser, die leere Flasche und den frisch entkorkten Zweigelt. Sie betrachtet die Wände, an denen die Fotos des aktuellen Bauabschnitts hängen: Fotos von Deckengemälden, Putten, Säulen, manchmal aber auch Ecken, Fenstersimse und Stufen.

»Du bist immer noch ein Arbeitstier«, stellt sie fest. »Aber schön, dass deine Freunde dich wohl ab und zu ablenken.«

»Haben Sie eine Ahnung! Wir müssen ihn zwingen, ab und zu auch mal zu arbeiten«, behauptet Beppi, und Alanna lacht.

»Möchtest du etwas essen?«, fragt Sean. »Also, du bleibst doch ein bisschen, oder?« Er reibt die Handflächen an seiner Hose.

»Gerne«, sagt sie.

Sean verschwindet in Richtung Küche, und ich gehe hinterher. Er lehnt die Tür an, stützt sich an der Arbeitsplatte ab und atmet aus.

»Bist du okay?«, frage ich und lege meine Hände auf seine Schultern.

»Ich denke schon.« Er nimmt mein Gesicht und küsst mich, dann sieht er mir in die Augen. »Sie hat mich nicht vergessen.«

»Natürlich hat sie das nicht. Sie ist deine Schwester.«

Er zieht mich an sich und hält mich fest. Sein Kopf liegt an meinem Hals. Ich streiche ihm übers Haar und küsse seine Stirn.

»Alles wird gut«, verspreche ich, weil ich es so meine und weil ich sicher bin, dass es so kommen wird.

»Es ist schon alles gut. Seit ich dich habe.« Er küsst mich.

»Dann wird alles noch besser«, sage ich, die Lippen auf seinen. Er stupst mit seiner Nase an meine.

So ungern ich mich jetzt von ihm löse, nebenan warten seine Schwester und unsere anderen Gäste.

»Ich hole noch einen der schrecklichen roten Stühle«, sage ich im Hinausgehen.

Sean öffnet den Oberschrank, in dem sich die Teller befinden.

Als ich mit meinem Hinterteil die Tür aufstemme, um den Stuhl, den ich mit beiden Händen tragen muss, hindurchzubugsieren, erzählt Alanna gerade, dass sie oben im Hotel ein Zimmer hat.

»Ich habe mich nach meiner Ankunft gleich auf die Socken gemacht. Für ein Abendessen war ich zu nervös.« Sie lächelt und sieht Sean an, der einen Teller Nudeln hereinbringt. »Ich wusste ja nicht, ob ich dich finde und ob du mich reinlässt.«

»Ich denke, wir brechen auf und lassen euch allein«, sagt Gina.

Einen Moment überlege ich, ob ich das auch anbieten soll. Ich will nicht gehen, aber vielleicht ist es besser, Sean und Alanna Zeit und Ruhe zu geben.

»Nein!« Alanna hebt beschwichtigend die Hände. »Um Himmels willen. Ich bin hier reingeplatzt und habe den Abend gestört.« Ihr Lächeln ist ebenso herzlich wie ihre Umarmungen. »Ich möchte euch alle gerne kennenlernen. Außerdem möchte ich genau wissen, was mein Bruder so treibt. Und wenn ihr mit dabei seid, erfahre ich mehr.«

»Setz dich«, sagt nun auch Sean, und um dem ganzen Nachdruck zu verleihen, schenkt er Gina noch ein Glas Wein ein. Er fragt Alanna, ob er das Essen aufwärmen soll, und als sie verneint, fragt er: »Was machst du hier?«

»Dich besuchen und mich vergewissern, dass du lebst«, antwortet sie. »Ach ja, und dann war da noch die Tourismus-Messe in Wien. Ich musste ohnehin über München fliegen. Und mit einem Mietwagen ist man tatsächlich in nicht mal zwei Stunden hier.«

»Wie hast du mich gefunden?« Er sieht immer noch aus, als betrachte er die Welt durch einen Nebel.

»Das bleibt mein Geheimnis.« Sie legt den Kopf schief. »Im Ernst, Sean: Wie findet man jemanden? Eine Zeitlang war das wirklich schwierig. Du schienst wie vom Erdboden verschluckt zu sein. Aber Google sei Dank bin ich irgendwann auf einen aufstrebenden Architekten gestoßen, der ein Klosterhotel so nachhaltig restauriert hat, dass er dafür ausgezeichnet wurde.« Sie zuckt mit den Schultern. »Bis dahin hatte ich noch überlegt, ob ich auf die Messe in Wien gehe, dann war mir klar, dass ich dahin muss.«

Sie nimmt einen Schluck Wein. Ich frage mich, ob die Geschichte so stimmt oder ob sie meinen Brief bekommen hat.

»So, jetzt will ich es aber wissen«, sagt Alanna. »Ist Seany-Pawny immer noch so eine Nervensäge wie früher, oder hat er sich geändert?«

»Seany-Pawny?« Beppi, der gerade einen Schluck Wein getrunken hat, hustet, als habe er sich verschluckt, und ich ahne, dass uns dieser Name in nächster Zeit noch öfter begegnen wird.

»So haben wir ihn immer genannt.« Alanna lehnt sich

zurück. »Es steckt noch nicht mal eine witzige Geschichte dahinter. Wir haben nur gerne gereimt, und dabei ist wohl Seany-Pawny herausgekommen.«

Beppi prustet bei der erneuten Erwähnung des Spitznamens los, und rote Sprenkel verteilen sich auf der Tischdecke. Gina sieht ihren Bruder genervt an.

»Kommt in die Wäsche.« Sean lächelt Gina aufmunternd an, doch sie guckt weiterhin ernst.

Dann erzählt Sean vom Kloster. Gemeinsam mit Beppi beschreibt er die Lavendelhöfler und gibt Majas Lebensgeschichte zum Besten. Anschließend schildern wir ihr die EFA-Treffen. Sie fragt nach meiner Arbeit und nach der Tankstelle.

Gina erzählt einsilbig, alle Details kommen von Beppi und Sean. Nach nicht ganz zwei Stunden steht sie auf. Sie entschuldigt sich, sagt, sie sei müde, und bedankt sich bei Sean für das Essen. Sie verabschiedet sich von Alanna und drückt ihre Freude darüber aus, dass sie einander kennengelernt haben. Es klingt sehr förmlich, aber ich denke, sie ist aufrichtig. Zum Schluss umarmt sie Sean und küsst mich auf die Wange.

»Alles in Ordnung? Hast du was?«, frage ich leise.

»Ich bin ein bisschen müde und nicht so der Familienmensch«, antwortet sie ebenso leise.

Sie sieht ihren Bruder an, und er steht auf, ein wenig widerwillig, vermute ich, auch wenn er sich Mühe gibt, das nicht zu zeigen. Die Verabschiedungsrunde beginnt erneut, und ich beobachte Gina. Ich bin mir sicher, dass sie viel mehr Familienmensch ist, als sie es je zugeben würde. Ich weiß nicht, ob sie sich manchmal wünscht, dass ihr Vater unvermittelt vor der Tür steht. Vielleicht stand er ja sogar schon mal dort und sie hat ihn nur nicht hereingelassen?

»Ich kümmere mich um sie«, sagt Beppi zu mir, noch bevor ich ihn genau darum bitten kann.

Das nehme ich als weiteren Beweis dafür, dass ich mit meiner Vermutung nicht ganz falschliege. Wie gerne würde ich etwas für Gina tun! Doch ich habe das Gefühl, dass sie jetzt allenfalls Beppi sehen will.

»Alles okay?« Sean sitzt bereits wieder am Tisch, gemeinsam mit seiner Schwester. Ich stehe immer noch am Fenster und starre auf den laternenhellen Klosterhof.

»Ich mache mir Gedanken um Gina.«

»Wir gucken morgen mal, wie es ihr geht.« Seans Wangen sind gerötet. Er unterdrückt ein Gähnen. Auf mich wirkt er auf zufriedene Weise aufgedreht. Und gelöst. Ja, das ist es. Gelöst und glücklich.

Ich beginne damit, alle Besteckteile auf einen Teller zu legen.

»Lass stehen!«, sagt Sean.

Er streckt seinen Arm aus und bedeutet mir, zu ihm zu kommen. Mit dem Fuß angelt er den Stuhl, der seinem am nächsten steht, und zieht ihn ganz nah zu sich heran. Ich tauche unter seinem Arm hindurch und setze mich. Er drückt mich und küsst meine Stirn, meine Nase und auch meinen Mund. Alanna lächelt und trinkt einen Schluck Wein.

Seans Brustkorb hebt und senkt sich einmal, zweimal.

»Wie geht es denn allen?«, möchte er dann wissen.

Ich bin mir sicher, dass er eigentlich etwas anderes fragen wollte. *Hassen sie mich noch*? Aber wahrscheinlich fragt man das nicht einfach so, vor allem, wenn man nicht weiß, ob die Antwort vielleicht »Ja« lautet.

»Meistens sehr gut.« Alanna stellt das Glas hin und legt ihre Hände ineinander. »Sie vermissen dich, und zwar sehr. Mum leidet, aber sie versucht, sich nichts anmerken zu lassen, und Dad sagt gar nichts. Allerdings habe ich ihn im Schuppen schimpfen hören. Er hat dich zum Teufel gewünscht, weil du dich nicht meldest und weil du uns im Stich gelassen hast.«

Sean zieht die Augenbrauen hoch.

»Was hast du denn erwartet? Wir lieben dich, verdammt noch mal. Ja, du hast Mist gebaut, und wahrscheinlich redet man im Ort noch in fünfzig Jahren darüber. Aber die reden auch noch über Neal O'Riordan und seine nackte Fischertour und darüber, dass Ruth Flannigan betrunken wie zehn Leprechauns mit ihrem Auto die Kirche demoliert hat.«

Bei der Erwähnung des letzten Vorfalls muss ich schmunzeln.

»Die Geschichte möchte ich gern hören«, sage ich.

Ich erfahre nicht nur alles über dieses Ereignis, sondern auch viele weitere Anekdoten aus dem kleinen Ort an der Küste. Dabei rutsche ich an Sean heran und kuschele mich noch ein wenig näher an ihn.

»Gott, ihr seid so schrecklich verliebt«, sagt seine Schwester.

Sie fischt die einsame Nudel, die am Rand der Schüssel klebt, heraus und schiebt sie sich in den Mund.

Sean schlingt beide Arme um mich, zieht mich fest an sich und küsst mich auf Schläfe und Wange. Sein Gesicht kann ich nicht sehen, weil er es an meines gelegt hat, aber ich spüre, dass er strahlt, und ich strahle auch, alles in mir explodiert fast vor Liebe und Glück.

»Aisling erwartet übrigens ein Kind.«

»Okay«, höre ich Sean sagen. Er rutscht keinen Zentimeter von mir weg und hält mich weiter fest. »Das wievielte ist es denn?« Sean spricht sachlich, und für mich klingt es nicht aufgesetzt.

»Das erste.« Alanna sieht ernst aus. »Es war wohl nicht so leicht.«

»Dann passt doch alles.« Wieder klingt er nicht emotional oder unecht. Kurz streichelt er mir über den Rücken, als wolle er mir eine Extraversicherung geben, dass wirklich alles in Ordnung ist.

Sean und seine Schwester unterhalten sich noch eine Weile über gemeinsame Bekannte. Es ist sehr spät, als wir den Tisch abräumen. Alanna und ich tragen die Sachen in die Küche, und Sean bestückt den Geschirrspüler. Danach gehe ich kurz ins Bad. Irgendjemand hat das kleine Fenster offen gelassen, die Fliesen sind eiskalt. Ich schließe es und lege den Riegel um.

Während ich mir die Hände wasche, betrachte ich mich im Spiegel. So sehe ich also aus, wenn ich absolut glücklich bin. Müde und zuversichtlich und … ja, angekommen. Ich traue mich nicht, den »Bis dass der Tod uns scheidet«-Gedanken zu Ende zu denken, aber ich hätte nichts dagegen, wenn dem so wäre.

Als ich die Badezimmertür öffne, höre ich die Frage, vor der ich mich den ganzen Abend gefürchtet habe.

Alanna sagt irgendetwas, das ich nicht verstehe, gefolgt von: »Du bist sehr verliebt.«

»Nein«, sagt er. »Ich liebe sie, und ich will in diesem Leben nichts mehr ohne sie machen. Deswegen kann ich ohne sie gar nichts sagen. Wenn ich irgendwohin gehe, dann nur mit ihr. Immer vorausgesetzt, sie will das auch.«

Ich presse meine Hände an die Brust, weil ich Angst habe, dass mein Herz sonst direkt herausbricht. Mit einem Mal ist es so groß, dass es von meinem Körper nicht mehr gehalten werden kann.

»Ich habe euch zusammen gesehen, und ihr seht so glücklich aus, dass einem das Herz aufgeht. Kommst du … kommt ihr an Weihnachten?«, fragt Alanna erwartungsvoll.

»Bist du dir sicher, dass die anderen das wollen?«

»Es wäre ihr größter Wunsch.«

»Ich komme, wenn Marie mitkommt.«

»Es wird uns eine Freude sein.«

Ich schleiche mich ins Bad, damit die beiden nicht mitbekommen, dass ich ihr Gespräch belauscht habe.

Wenige Minuten später verabschieden Alanna und ich uns mit einer Umarmung.

»Wir würden uns sehr freuen, wenn ihr an Weihnachten zu uns kommt, also zu Mum und Dad, meinem Mann und mir … einfach zu uns allen.« Sie schiebt mich ein Stück weg und sieht mich an. »*When I count my blessings, I count you twice. May God bless you.*«

Ich habe keine Ahnung, was man auf so etwas erwidert.

»Danke«, sage ich. »Ich würde mich freuen, alle kennenzulernen.«

Dann geht Alanna. Sean und ich stehen in der Tür, Arm in Arm, und sehen ihr nach, wie sie durch den Torbogen läuft und uns noch einmal zuwinkt. Sean hat angeboten, ihr den Fahrdienst des Hotels zu rufen, aber sie meinte, sie brauche jetzt ein bisschen kalten Wind um die Nase.

»Hör mal«, sagt er, »das mit Weihnachten kannst du dir in Ruhe überlegen. Wir können auch zu Vee und Hilda, oder du kannst zu ihnen, falls du alleine …«

»Bist du verrückt geworden?«, unterbreche ich ihn. »Weihnachten möchte ich mit dir feiern, und dann ist es mir schon fast egal, wo. Bis vorhin habe ich von einem einsamen – also einsam im positiven Sinne – Weihnachten mit dir geträumt. Aber ich denke, dass ein Weihnachten mit deiner Familie noch besser ist.« Ich sehe ihn an. »Vee und Hilda sind cool, was so etwas angeht. Die besuchen wir vorher oder nachher.«

Wir gehen hinein und betrachten den Tisch, an dem sich heute so viel ereignet hat.

»Wie geht es dir?«, frage ich Sean.

»Ich bin noch etwas überwältigt von alldem. Aber wenn die Aufregung vorbei ist, wird sich wahrscheinlich alles sehr gut anfühlen.«

Er nimmt mich in den Arm und sieht mich an.

»Du hast sie verständigt. Du hast ihr gesagt, wo ich bin.«

Es ist eine Feststellung, keine Frage.

Ich beiße mir auf die Lippen. Leugnen kann und will ich es nicht, also nicke ich.

»*Thank you*«, sagt Sean und drückt mich fest an sich.

Am Samstagabend soll die Galerie eröffnet werden, Vee und Hilda sind bereits da. Sie besuchen mich in meiner Wohnung und treffen dort zum ersten Mal Sean. Er hat Kaffee gekocht – Cappuccino für mich, Milchkaffee für Hilda, einen doppelten Espresso für Vee und einen normalen Kaffee für sich – und sich dann mit uns an den Tisch gesetzt.

Während meine Tanten Plätzchen zum Begrüßungskaffee essen, beobachte ich, wie sie mit Sean umgehen. Ich versuche, die Atmosphäre zu erspüren, ihre Gesichter zu entschlüsseln und zwischen den Zeilen zu lesen. Anfangs sind sie höflich und wachsam. Offensichtlich hängt ihnen die Fabian-Erfahrung noch nach, sodass Sean kritischer beäugt wird, als er es verdient hat. Doch schneller, als ich das erwartet habe, entspannt sich die Atmosphäre, und wir unterhalten uns locker und gelöst.

Der Abend verläuft wunderbar. Maja stellt Vee und mich vor, und ich bin dankbar, dass meine Tante das Reden übernimmt. Gemeinsam mit Vee und Hilda pilgere ich noch einmal durch die Ausstellung. Danach stehen wir um hohe Tische und plaudern mit den Lavendelhöflern, die sich nach und nach einfinden. Ein wenig erinnert mich der Abend an die erste Galerieeröffnung, nur dass sich so viel verändert hat. Zum Guten verändert.

Es ist spät, als wir meine Tanten im Hotel abliefern.

»Er ist ein Prinz«, sagt Hilda zu mir, als wir uns zum Abschied umarmen. »Von ihm darfst du dich gerne nach Irland entführen lassen.« Sie gibt mir einen Kuss auf die Wange. »An Weihnachten!«, fügt sie lachend hinzu. Über ihre Schulter sehe ich, wie Vee Sean an sich drückt.

Ein Gefühl der Wärme breitet sich in mir aus. Ich bin leer und erschöpft, aber auf angenehme Weise. Eigentlich kann alles so bleiben.

Moment! Ein bisschen was darf sich noch ändern: Sean sollte wieder mit seinen Eltern zusammenfinden. Das wäre ein tolles Weihnachtsgeschenk. Für Sean und für seine Familie, eigentlich für alle.

Den Flug hat er gebucht. Zwei Tickets nach Dublin, dann einen Mietwagen, damit wir an die Westküste kommen. Irgendwie habe ich immer wieder Angst, dass etwas dazwischenkommt. Es wird schon gut gehen, versuche ich, mich dann zu beruhigen.

16
Was wäre, wenn sie bleibt

Ahol nagy a szükség, közel a segítség.
Wo die Not groß ist, ist die Hilfe in der Nähe.
UNGARISCHES SPRICHWORT

Elenas Version:
Wer Hilfe braucht,
wird Hilfe bekommen.
(Vor allem wenn er/sie Marie kennt.)

Sonntag, erste Dezemberwoche

Vee, Hilda und ich wohnen in dem Hotel, in dem wir eigentlich vor Monaten unser gemeinsames Wochenende verbringen wollten. Lio ist auch dabei. Es gibt hier einen Hundesitterservice, der sich um sie kümmert, wenn wir in Sachen Kunst unterwegs sind. Von den Kohlmanns ist niemand mitgefahren. Fabian spielt auf irgendeinem Advents-Fußballturnier, Annegret muss zur Weihnachtsfeier des Frauenvereins, und Harald wollte alleine nicht mit. Er fühle sich unter so vielen wichtigen Menschen unwohl, hat er mir gesagt. Ich habe ihm zwar erklärt, dass er ja Vee, Hilda, Paul und mich hat, aber es scheint, als ob ihm schon meine Tanten zu »wichtig« sind.

Gestern haben wir gemeinsam mit Maja Waldenstein die

Ausstellung eröffnet. Ich musste die ganze Zeit mit den Tränen kämpfen und habe von den Reden, der Musik und den Leuten fast nichts mitbekommen.

Heute Morgen ist Paul Peerenboom angekommen. Er hatte am Samstag eine Sitzung des Kunstvereins, die er nicht absagen konnte. Wir haben zusammen gefrühstückt. Dabei konnte er endlich meine Tanten kennenlernen. Die drei sind auf einer Wellenlänge. Was für ein Glück! Sie haben sich so angeregt unterhalten, dass wir sicher auch einmal miteinander essen gehen können, wenn mich Vee und Hilda in Untergickelbach besuchen.

Am späten Vormittag habe ich mir mit Paul die gefälschten Genske-Bilder angesehen, und weil wir keinen Hunger hatten, habe ich ihm anschließend direkt Mamas Ausstellung gezeigt.

Mit Paul zusammen konnte ich mich auch zum ersten Mal darüber freuen. Keine Ahnung, warum mich das gestern so mitgenommen hat. Vielleicht weil *Sonnenblumentage* und zwei der *Leaves*-Bilder nicht dabei sind. Man hätte sie als Drucke oder Kopien ausstellen können, aber das kann ich jetzt auch nicht mehr ändern. *Leaves of Red* hängt als Leihgabe des Kunstvereins bei den *Nature*-Bildern. Das passt ganz gut, und wenn man es nicht weiß, merkt man gar nicht, dass zwei Gemälde fehlen.

Die Weihnachtsgala von *Living My Way* findet im sogenannten Eventstadel statt. Er befindet sich, ebenso wie die Galerie mit Mamas Bildern, im zweiten Klosterkomplex, den Maja Waldenstein gerade herrichten lässt.

Die Gala ist genau so, wie man sich eine Benefizveranstaltung wünscht: ein bisschen glamourös und ziemlich herzerwärmend. Auf das Essen freue ich mich jedes Jahr schon Wochen vorher – und darauf, von Vees Tisch aus irgendwelche Promis zu beobachten, die bei uns oder an einem der Nebentische sitzen.

Mit ihnen zu sprechen traue ich mich nicht, aber es ist trotzdem cool. Natürlich weiß ich, dass das normale Menschen sind, die einfach ein Talent dafür haben, viele Leute zu erfreuen. Dennoch reizt mich dieses Prominententreffen jedes Jahr. Ich mag die Dekoration in Silber und Weiß, und ich kenne mehr Sportler und Schauspieler als die letzten Male.

Wir sitzen mit Maja Waldenstein an einem Tisch. Später soll noch eine enge Freundin dazukommen, aber die scheint sich zu verspäten.

Ich bin aufgeregt. So aufgeregt, als würde ich auf der Bühne des Olympiastadions stehen und für achtzigtausend Menschen singen. Der Grund für meine Aufregung ist Paul. Er wirkt ernst und berührt, aber er versucht, es zu überspielen, wenn er sich mit meinen Tanten unterhält.

Das Thema »Organspende« geht ihm nach der Geschichte mit seiner Frau sehr nahe. Ich sitze neben ihm und bekomme fast kein Wort heraus, wegen dem, was später kommen wird und von dem Paul keine Ahnung hat. Er wischt sich jetzt schon dauernd die Hände an der Hose ab und nestelt an seiner Krawatte.

Hoffentlich geht unser Plan auf. Hoffentlich klappt alles.

Paul stößt mich vorsichtig mit seinem Ellenbogen in die Seite, als der Doppelolympiasieger im Bobfahren mit seiner Frau an unserem Tisch vorbeigeht. Das Januarheft von *Living My Way* wird in einem Sonderteil über die Veranstaltung berichten. Das Interessanteste für die Leser – und für die Leute, die viel Geld ausgegeben haben, um an einem dieser Tische zu sitzen – sind die vielen Fotos, die der Hausfotograf des Magazins heute schießt. »Verkaufsstarke Seiten« nennt das

Vees Assistent, »Verantwortung« meine Tante, die weiß, wie sie die Eitelkeit der Leute für Gutes nutzen kann.

Der Fotograf heißt Phil und ist ziemlich nervig. Offenbar glaubt er, wenn er mich beeindruckt, bringt ihm das Pluspunkte bei meiner Tante. Er kommt dauernd an unseren Tisch, schraubt Objektive auf seine Kamera und erzählt von seinen Aufträgen an gefährlichen Schauplätzen. Dann entschuldigt er sich immer, weil er viel zu tun hat, und geht. Ich hoffe, dass er länger wegbleibt. Er hat mir versprochen (seine Wortwahl) oder damit gedroht (meine Wahrnehmung), mir seinen Lieblingscocktail mischen zu lassen, und ich kenne nichts, was ich momentan weniger gerne trinken möchte.

Die Moderatorin beginnt den Abend damit, dass sie ein kurzes Interview mit meiner Tante führt. Vee stellt heraus, wie wichtig die Bereitschaft zur Organspende ist und wie viele Menschen dadurch gesunden oder überleben können.

Dann ist es Zeit für Musik. Die erste Gruppe, die auftritt, ist eine Independent-Band, mit der Hilda einmal ein paar Unplugged-Konzerte bestritten hat. *The Neverwheres.* Sie spielen ein Lied, das mir so gut gefällt, dass ich es auf meine Happy-Playlist setzen will. Die habe ich lange nicht ergänzt; es wird also Zeit.

Anschließend spricht ein Arzt darüber, dass man keine Angst davor haben müsse, dass einem Organe entnommen werden, obwohl man wieder genesen könne.

Pauls linke Hand krampft um die Serviette, und seine Rechte umfasst die Linke, als wolle er sich beruhigen. Ohne nachzudenken, lege ich meine Hand auf seine. Er lächelt angespannt, und ich bezweifle langsam, dass meine Idee wirklich so grandios ist. Was ist, wenn alles schiefgeht und unsere so sorgsam geplante Überraschung in einer Katastrophe endet?

Ein groß gewachsener Mann kommt an unseren Tisch und unterhält sich leise mit Vee. Als er geht, dreht sie sich um und nickt mir zu. Der Mann ist der Assistent von Vees Freundin Maja Waldenstein. Sie hat Geneviève kennengelernt, als Joseph im Gefängnis saß. Nach seiner Entlassung hat sie ihnen geholfen, eine Tankstelle in der Nähe des Hotels zu übernehmen.

Nach allem, was ich weiß, war es kein Problem, Pauls Sohn für einen Auftritt zu engagieren. Allerdings wollte die Tochter auf keine ›Organspende-Gala‹ gehen, deswegen musste Maja sich wohl einiges ausdenken, um sie herzubekommen. Offenbar hat sie die Tochter heute als Fahrdienst für ihre Freundin, die im Rollstuhl sitzt, verpflichtet.

Inzwischen sitzt diese Frau Schmidt an unserem Tisch. Sie ist eine reizende Dame, die mit meinen Tanten plaudert und ansonsten angetan der Veranstaltung folgt.

»Ich liebe Ihre Handtasche«, sagt Vee.

»Die habe ich schon ewig. Ein Hochzeitsgeschenk meines verstorbenen Mannes«, sagt diese und lächelt.

»Das ist eine Kelly Bag«, flüstert Vee mir zu, und ich nicke abwesend.

Es muss eine besondere Tasche sein, so ehrfürchtig, wie meine Tante davon spricht, und irgendwo habe ich schon einmal etwas über diese Tasche gelesen oder gehört. Aber dafür habe ich jetzt keinen Kopf. Wenn Majas Freundin da ist, bedeutet das wohl, dass auch Pauls Tochter eingetroffen ist. Und das wiederum bedeutet, dass Maja ihr die Briefe geben wird.

Unsere erste Idee war es, diejenigen, die ein Spenderorgan von Pauls Frau erhalten haben, einzuladen. So hätten Pauls Kinder sich eventuell damit versöhnen können, dass Paul nicht widersprochen hat. Vielleicht könnten sie das Geschenk sehen, das neue Leben, die Chance, die Dankbarkeit der Empfänger. Aber das geht nicht. In Deutschland dürfen sich Spender- und Empfängerfamilien nicht kennenlernen, das soll beide Seiten schützen. Die Spender vor Empfängern, die aus lauter Dankbarkeit keine Distanz kennen – oder vor der Erkenntnis, dass das Herz der weltoffenen Tante nun in einem grantigen Kleingeist schlägt. Natürlich sollen auch die Empfänger geschützt werden. Kann ja sein, dass auch die Spenderfamilien einen an der Waffel haben.

Was wir allerdings erhalten haben, sind Briefe. Briefe, in denen die Empfänger anonym schildern, welches Geschenk ihnen gemacht wurde: keine Dialyse, keine Schmerzen, viele Jahre mit der Familie. Wenn ich Vees Nicken richtig deute, liest Pauls Tochter nun gerade die Briefe. Hoffentlich nimmt sie die richtig auf. Hoffentlich funktioniert unser Plan.

Jetzt bräuchte ich jemanden, der meine Hand nimmt. Ich schiebe sie in Pauls, und er drückt sie.

Ein Schauspielerehepaar erzählt seine Geschichte. Sie hat ihm das Leben gerettet, indem sie ihm eine Niere gespendet hat. Das Ganze haben sie nun in einem Drehbuch verarbeitet, natürlich abgewandelt und mit viel dichterischer Freiheit interpretiert. Aber der Kern der Sache ist ihnen wichtig: Mehr Leute zum Organspenden zu animieren.

Ausschnitte aus dem Film werden gezeigt, auf das Ausstrahlungsdatum am zweiten Weihnachtsfeiertag hingewiesen, dann gibt es wieder Musik. Ein irischer Musiker singt nachdenkliche Balladen – so stimmungsvoll, dass einem fast die Tränen in die Augen steigen. Der Applaus ist lang anhaltend, aus dem hinteren Teil des Saales kommen Begeisterungsrufe. Ich vermute mindestens einen Iren unter den Gästen. Auch dieser Sänger hat durch eine Spenderleber ein neues Leben geschenkt bekommen. Er erzählt seine Geschichte und dankt seiner Freundin, die seit sieben Jahren an seiner Seite ist.

Und so geht es weiter. Ein Kabarettist – in seiner Brust schlägt ein neues Herz – stellt eine ziemlich sarkastische Nummer über das Thema vor, aber er scheint einen Nerv zu treffen, denn die Anwesenden können darüber lachen. Weitere Musik, weitere Gespräche. Dann kündigt die Moderatorin ein Streichquartett an, und ich halte die Luft an.

Die vier Musiker, drei von ihnen noch recht jung, haben bereits auf der Bühne Platz genommen. Nun richten sich die Scheinwerfer auf sie, und sie beginnen zu spielen. »Kanon« von Pachelbel.

»Das war das Lieblingslied meiner Frau«, sagt Paul.

Ich nicke und kann weiterhin kaum atmen. Vermutlich hat er noch nicht genau hingesehen.

Er nimmt einen Schluck Wein, dann lehnt er sich zurück und schließt die Augen. Wahrscheinlich denkt er an seine Frau.

Ich bin ein wenig verzweifelt, sehe Hilda und Vee an und zucke mit den Schultern, aber sie signalisieren mir, ruhig zu bleiben. Applaus brandet auf, als die Musiker enden. Paul klatscht, ganz langsam und bewusst.

Er öffnet die Augen, blickt auf die Bühne – und erstarrt. Jetzt sieht er ihn. Pauls Hände frieren in der Klatschbewegung ein.

Ich sitze neben ihm und warte darauf, dass er reagiert. Das ist Hildas und meine Aufgabe, Vee koordiniert den Rest. Wenn alles glatt läuft, nimmt Maja Waldenstein nun Pauls Sohn beiseite und gibt ihm in einem Nebenraum die Briefe, die seine Schwester schon kennen müsste. Hoffentlich geht das gut!

Wir haben uns gegen eine Inszenierung auf der Bühne

entschieden. Sicher hätte das eine wunderbare Versöhnung werden können, aber wir wollen niemanden vorführen. Alle Menschen haben heute freiwillig und voller Dankbarkeit von ihrem Spenderorgan gesprochen. Wir wollen eine Familie, die sowieso schon leidet, nicht auch noch auf die Bühne zerren.

Paul dreht sich zu mir um.

»Das da oben, gerade ... Das war mein Sohn«, stammelt er.

Ich nehme seine Hand und halte sie fest. Aus den Augenwinkeln sehe ich, dass der Assistent wieder bei Vee steht. Er redet lang. Länger, als man für »Alles klar, sie wollen ihren Vater sehen« braucht.

In mir krampft sich alles zusammen. Wenn sie ihm nun nicht begegnen wollen? Wenn sie die Dankbarkeit in den Briefen kaltgelassen hat?

Vee dreht sich zu Paul um. »Wir können jetzt in einen Nebenraum gehen und Sie können Ihren Sohn treffen. Aber nur, wenn Sie das möchten.«

Das bisschen Farbe, das noch in Pauls Gesicht verblieben ist, nachdem er Joseph erkannt hat, weicht nun auch noch. Hoffentlich wird er nicht ohnmächtig.

»Ist das in Ordnung? Möchtest du ihn sehen? Oder brauchst du noch einen Moment?«, frage ich.

»Nein. Wir können gehen«, sagt er.

Ich hake mich bei ihm unter, und Hilda läuft auf seiner anderen Seite. Gemeinsam gehen wir hinter Vee und dem Assistenten her.

Vee hat nur von seinem Sohn gesprochen, also ist irgendetwas schiefgegangen. Eigentlich war es doch geplant, dass er beide Kinder wiedersieht. Die Tochter scheint sich zu weigern oder noch nicht bereit zu sein. Paul kann das nicht wissen, bisher hat er ja nur den Sohn gesehen.

Hoffentlich kriegen wir das gut hin. Hoffentlich klappt das Wiedersehen und sie können wieder zueinanderfinden. Langsam. Vorsichtig.

Wir stehen vor einer Tür.

»Sind Sie bereit?«, fragt Vee.

Hilda, Vee und ich sehen Paul an. Er nickt, und Vee klopft.

Maja Waldenstein öffnet, lässt ihn eintreten.

Draußen hören wir ein »Hallo Papa«, dann schließt Frau Waldenstein die Tür. Tränen laufen über meine Wangen, und ich wische sie mit dem Handrücken weg. Hilda reicht mir ein Taschentuch. Sie und Vee weinen vor Rührung.

Einen Moment später kommt Maja Waldenstein heraus. Auch ihre Augen sind gerötet.

»Sie reden«, teilt sie uns mit. »Sie sitzen da und reden. Drüben im Hotel habe ich einen Tisch für uns reservieren lassen. Seid doch so nett und geht voraus. Ich möchte gerne noch nach Gina sehen.«

»Wie geht es ihr?«, fragt Vee.

Maja wiegt den Kopf hin und her. »Die Briefe haben sie sehr mitgenommen, aber ihren Vater will sie nicht sehen. Ich lasse sie jetzt erst einmal zur Ruhe kommen. Abwarten.«

17
Was wäre, wenn sie geht

May the dreams you hold dearest
Be those which come true.

Mögen die Träume, die dir am wichtigsten sind,
diejenigen sein, die wahr werden.

IRISH SAYING

Ein Tag vor Heiligabend

Die Maschine rollt auf der Landebahn aus. Wir erhalten die übliche Anweisung, sitzen zu bleiben, und die Crew bedankt sich. Sobald das Terminal in Sicht kommt, klicken die Gurte derjenigen, die gleich den Gang blockieren werden, auch wenn die Türen noch geschlossen sind.

Ich nehme Seans Hand, die auf der Lehne zwischen unseren Sitzen liegt, und drücke sie. Mit beiden Händen umschließt er meine Hand.

»Ich bin wirklich hier«, sagt er, als könne er es selbst nicht glauben.

Dann schaut er nach draußen auf den nassen Asphalt, auf das Gepäckauto, das neben der Maschine zum Stehen kommt, auf die Männer in den Regenjacken, die um das Flugzeug herumeilen.

Die Tür öffnet sich, und die Menschen, die Rucksack an

Bauch und Handtasche an Ellbogen im Gang stehen, schieben sich nach draußen. Als die Abstände zwischen den Aussteigenden größer werden, steht auch Sean auf und holt meine Tasche und seinen Rucksack aus dem Gepäckfach. Dann reicht er mir meine Jacke, und wir schlängeln uns durch den engen Mittelgang. Nachdem wir uns von den Flugbegleitern verabschiedet haben, betreten wir den Dubliner Flughafen.

Zweisprachige Schilder leiten uns durch Flure, an Süßigkeiten- und Getränkeautomaten vorbei, durch die Passkontrolle und hinaus in die Empfangshalle. Ich bin ganz froh, dass wir etwas später hinauskommen, denn inzwischen haben sich die mit Teddybären, Blumen und Willkommensschildern bepackten Angehörigen bereits in Richtung ihrer Fahrzeuge begeben. Sean ist schon aufgeregt genug, da braucht er diese geballte Begrüßungsliebe nicht auch noch.

Während wir am Mietwagenschalter warten, tippt Sean eine Nachricht an Alanna. Außer ihr und der Großmutter, die ebenfalls eingeweiht ist – Sean hatte Sorge, sie könne sonst einen Herzanfall erleiden, wenn er plötzlich vor ihr steht –, weiß niemand, dass wir soeben gelandet sind und in wenigen Stunden auf Valentia Island eintreffen werden.

Ich schreibe an Vee und Hilda, dass wir gut gelandet sind und sehe mir das Bild an, das Beppi von Lio geschickt hat. Gina und er haben ihre Reise storniert. Sie wollen in Deutschland bleiben, allerdings ohne Baum und Musik und Geschenke, und sie haben angeboten, Lio zu nehmen, während wir in Irland sind. Ich hoffe, dass mein verwöhntes Vieh sie ein wenig ablenkt. Bis jetzt klingen sie aber ganz okay.

Sean ist schweigsam. Er ist so still, dass ich Angst bekomme. Angst, dass Alanna sich irrt, Angst, dass seine Familie sich nicht freut. Eine solche Erfahrung möchte ich ihm unbedingt ersparen.

In den letzten Tagen hat Sean abwesend gewirkt. Er hat zwei Teller und ein Glas zerbrochen, Lios Napf umgeschüttet und den Range Rover beim Ausparken gegen einen Pfosten gesetzt. Es wird Zeit, dass wir das hinter uns bringen.

In der Passage, die zu den Parkdecks führt, liegt ein Supermarkt. Sean zieht mich hinein. Ich sehe ihm zu, wie er suchend durch die Regale schlendert, bis er vor den Keksen stehen bleibt. Kurz scannt er das Angebot, um dann zielsicher nach Schokoladenplätzchen zu greifen. Strahlend präsentiert er mir die orangefarbene Packung.

»Die habe ich so vermisst. Das sind die allerbesten.« Er holt zwei weitere Rollen und schlendert dann zum Regal mit den Knabbereien, wo er mir einen Multipack Riffelchips in die Hand drückt.

Kaum haben wir den Markt verlassen, reißt er auch schon eine Keksrolle auf, lässt mich den ersten Keks nehmen und schiebt sich den zweiten in den Mund. Mit geschlossenen Augen kaut er auf der Getreide-Schokoladen-Masse herum. Die Kekse sind grobkrümeliger als die Schokokekse, die ich bisher gegessen habe. Vor allem aber mag ich sie, weil Sean sie so sehr liebt und er gerade einen Kindheitsflashback zu haben scheint.

Ich verstaue die Einkäufe im Rucksack. Sean wartet, bis ich den Reißverschluss geschlossen habe, dann zieht er mich an sich. Seine Hände streichen über meine Wangen, und er legt seine Lippen auf meine.

»*Welcome to Ireland, my love*«, sagt er leise.

Im Radio des Mietwagens läuft die Version von »So This is Christmas« von *The Corrs*. Die Radiomoderatoren sprechen hier schneller als bei uns, aber vielleicht kommt mir das auch nur so vor. Die Zuhörerbeteiligung scheint ebenfalls höher zu sein. Dauernd rufen Leute an und berichten, wie sie Weihnachten verbringen.

Immer wieder zeigt Sean nach draußen und erzählt mir etwas über früher, über sein Land, über ein Erlebnis. Dann versinkt er in seinen Gedanken. Ich lege eine Hand auf sein Bein und versuche, ihm alle Kraft und Ruhe zu vermitteln, die ich in mir finden kann.

Eine Keksrolle und vier Mini-Chipspackungen später fahren wir über eine Brücke nach Valentia Island. »*Céad mile fáilte*« steht auf einem großen Banner, das über dem Ortseingang von Knightstown – Seans Heimatort – gespannt ist. Dass das letzte Wort »Willkommen« heißt, habe ich inzwischen herausgefunden. Sean verrät mir, dass das andere wörtlich übersetzt »Hunderttausendmal willkommen« bedeutet.

»Die Reinigung gibt es nicht mehr«, stellt er fest. »Aber der Buchladen ist noch da … und der Sandwichladen … und die Apotheke. Dort ist das Finnegan's.«

Er hält den Wagen an, was kein Problem ist, da sonst kein Verkehr herrscht. Ich schaue auf ein weißes Gebäude mit dunklen Holzelementen.

»*Bar and Restaurant – Wine and Spirits*« steht in goldener Schrift auf dem schwarzen Holz.

Vor der Tür entdecke ich eine Tafel.

»*If you don't drink, how will your friends know you love them at 2 a.m.?*«

Hoffentlich liegen wir um zwei Uhr früh im Bett und müssen nicht in der Bar sentimentale Nachrichten an die Lavendelhöfler schreiben, weil es mit den Eltern so mies gelaufen ist.

»Da trifft sich abends der ganze Ort«, erklärt mir Sean. »Wenn du durch die Tür dort gehst, kommst du ins Hinterzimmer. Da treffen sich die Leute aus dem Ort, wenn vorne zu viele Touristen sind. Aber die kommen erst an Ostern wieder, momentan sind wir unter uns.«

Ich freue mich, dass er mich schon zu den Einheimischen zählt.

Er beugt sich zu mir hinüber und sieht aus dem Beifahrerfenster.

»Dass sie das mal in Angriff nehmen«, meint er und zeigt auf ein Haus auf der anderen Straßenseite. Hinter dem Gerüst kann man die Fassade schlecht erkennen. »Das war mal eine Pension. Doch dann ist die Besitzerin verstorben, und die Erben haben es immer mehr verkommen lassen.« Er beugt sich noch ein wenig weiter vor. »Es ist ein richtiger Schatz. Hoffentlich haben sie fähige Leute.«

Das Gerüst knarrt und ächzt, als wolle es Sean von den Arbeitern erzählen.

»Dort vorne habe ich immer Brot geholt.«

Sean befindet sich in einem Heimatrausch. Erinnerungen sprudeln aus ihm heraus. Auf der einen Seite will er mir seinen Heimatort zeigen, auf der anderen Seite würde er sich wahrscheinlich am liebsten im Pub hochprozentige Schützenhilfe holen. Dass mit Alanna alles glatt laufen wird, ist klar. Aber was ist mit seinen Eltern und seinem Bruder, was mit der schwangeren Aisling?

»Das ist die Bibliothek und das die Gästevermittlung.«

Er fährt durch den Ortskern hindurch und hält in einer Wohnstraße.

»Da vorne ist es«, sagt er schließlich und stellt den Wagen am Straßenrand ab. »Da vorne, das mit dem grünen Vorgarten.«

Ich erkenne sofort, was er meint. Drei Einfahrten entfernt hüllt Efeu eine Mauer ein. Der Seewind streicht über den Kugelahorn. Die übrigen Einfahrten sind pflanzenlos, und so ist der grüne Vorgarten eine eindeutige Beschreibung.

Seans Hände liegen immer noch am Lenkrad. Er starrt nach vorne.

»Alles wird gut.« Ich rutsche zu ihm hinüber und umarme ihn. »Mein Bauch sagt das auch, und der irrt sich nie.«

Mein Bauch hat sich wirklich noch nie getäuscht. Ich war nur manchmal dämlich genug, etwas anderes zu machen als das, was er angezeigt hat.

Seufzend löst Sean seinen Sicherheitsgurt. Ich rutsche zurück auf meinen Sitz, und wir steigen aus. Draußen laufe ich zu ihm und strecke meinen Arm aus.

»Bereit?«, frage ich.

Er nickt und nimmt meine Hand.

Wir gehen an zwei kahlen Vorgärten vorbei. Ein Plastikschneemann sitzt auf Betonpflaster. Der andere Garten ist mit Kies aufgeschüttet, der vor den Feiertagen offenbar geharkt wurde. Ein Mistelkranz und eine Laterne schmücken den Eingang, Autos stehen in den Einfahrten. Natürlich, es ist ja der 23. Dezember.

Bei den Halligans windet sich ein Weg aus Natursteinen zu der dunkelgrünen Haustür hin. Ein Gartentor gibt es nicht, zwei hüfthohe Säulen mit Steinkugeln flankieren den Eingang. Efeu und Gräser wachsen in geordneter Wildheit.

Sean zeigt in den ersten Stock. »Dort oben war unser Zimmer, meins und Conors, daneben das von Alanna.«

»Vielleicht ist es noch da«, sage ich.

Der Löwe mit dem Anklopfring im Maul scheint golden in der beginnenden Dämmerung. Wir bleiben stehen, und Sean atmet tief durch. Seine Hand stoppt wenige Zentimeter vor dem Ring, als wäre der Löwe echt und würde beißen. Er zieht die Hand zurück, fixiert den Türklopfer, streckt die Hand wieder danach aus.

In dem Moment geht die Tür auf. Eine rotblonde Frau wendet uns den Rücken zu. Sie spricht in den dahinterliegenden Flur, ermahnt jemanden, das Essen auf dem

Herd noch einmal umzurühren, dann dreht sie sich nach vorne.

Ihr Gesicht ist rundlich. Ihre Augen sind braun, wie die von Sean. Sie weiten sich, ihr Mund öffnet sich, schließt sich leicht. Einen Moment lang wirkt sie, als traue sie sich nicht, das zu glauben, was sie sieht.

»Mum«, sagt Sean mit heiserer Stimme, und sie stürzt sich ihm entgegen. Ihre Arme schließen sich um ihn, ihr Gesicht drückt sich an seines. Ich bin zutiefst bewegt.

»My baby«, schluchzt sie. *»My baby is home.«*

Auch Sean kann die Tränen nicht mehr zurückhalten.

Ein Mann erscheint in der Tür. Er sieht Alanna so ähnlich, nur eben älter, und auch Sean entdecke ich in seinen Zügen.

»Alanna said that she …?« Ungläubig blickt er auf seine Frau, dann erkennt er augenscheinlich, wen sie da umarmt, und ruft: *»Holy Mother of God!«*

Sean blickt auf, und auch Seans Mutter sieht ihren Mann an, ihr Gesicht ist rot. Ihr Arm liegt immer noch um Seans Rücken. Es wirkt, als habe sie Angst, er könne abheben und davonfliegen.

»Five years«, poltert der Vater los, und ich fahre zusammen. *»Five goddamn years.* Ich dachte, wir hätten dich anders erzogen.«

Er spricht *»five«* wie »oi« aus, Sean macht das manchmal auch.

Ich bin unfähig, mich zu rühren. Stumm starre ich auf das Gesicht des Mannes. Das klingt schlimmer als das, was ich mir ausgemalt habe. Meine Fantasie war so auf ein Happy End aus, dass sie die Katastrophenszenarien nicht zu Ende gedacht hat.

»Five fucking years.«

»Fergal«, ruft die Mutter, doch er dreht sich einfach um und verschwindet im Haus.

Auf der Straße sind Stimmen zu hören. Zwei Kinder rennen in den Vorgarten.

Ich drehe mich um und sehe Alanna mit einem dritten Kind auf dem Arm. Der Mann neben ihr trägt eine große Kiste, aus der Plastikschüsseln herauslugen.

Die Kinder laufen an mir vorbei und stürzen auf ihre Großmutter zu. Die wischt sich über die Augen und umarmt den Jungen und das Mädchen.

»Hast du geweint?«, fragt der Junge und schaut bestürzt auf ihr Gesicht.

»Oh, Ronan, du Baby. Sie weint, weil Onkel Sean wieder da ist«, sagt das Mädchen, das noch kein Teenager ist, aber schon so klingt. »Der war in Deutschland, und jetzt ist er hier.«

Sie dreht sich zu Sean um.

»Hallo, *uncle* Sean«, sagt sie cool und umarmt seine Taille.

»Hallo Keela«, sagt er und erwidert die Umarmung.

Alanna kommt näher und küsst mich auf die Wange.

»Schön, dass du mitgekommen bist«, sagt sie lächelnd, dann sieht sie ihren Bruder und ihre Mutter an. »Mum hat für ein Wunder gebetet, und du hast es wahr werden lassen. Wir verdanken dir so viel.« Sie drückt mich an sich. »Ich sage dir das gleich, weil das in dem ganzen Trubel sonst bestimmt untergeht. – Weiß er es?«

Ich nicke.

»Von mir hätte er es nicht erfahren«, versichert sie.

»Hi, Seany-Pawny, das ist Fionn, dein Neffe.« Sie wendet sich ihrem Sohn zu. »Und das ist der Onkel, von dem ich dir erzählt habe.«

Der Kleine fängt an zu weinen und verbirgt sein Gesicht an der Schulter seiner Mutter.

»Wenn wir noch länger hier stehen, lasse ich das Essen fallen, und wir müssen verhungern«, meldet sich Alannas Mann zu Wort. Dann stellt er die Kiste auf den Boden und hält mir die Hand hin. »Ich bin Garvan. Und du bist der gute Geist der gegenwärtigen Weihnachten?«

»Marie reicht völlig«, sage ich und schüttle seine Hand.

»Lasst uns reingehen«, bittet Seans Mutter.

Die Kinder stürmen voraus.

Alanna drückt ihre Mutter. »Wo ist Dad?«

»Im Schuppen, denke ich«, sagt sie.

Alanna nickt, als habe sie damit gerechnet, dann geht sie ins Haus, und ich höre sie rufen: »Ronan, Schuhe aus. Keela, heb deine Jacke auf. Was machen deine Schuhe hier im Flur? Willst du, dass jemand darüberfällt?«

Sean steht reglos da, als müsse er so viel verarbeiten, dass er alle Bewegungen eingestellt hat. Seine Mutter dreht sich zu mir um und scheint mich zum ersten Mal richtig wahrzunehmen.

Sean erwacht aus seiner Trance. *»Mum, this is Marie.«*

»Ich bin Ailbhe«, sagt sie und küsst mich auf beide Wangen. »Und du bist die Frau, die ihn zurückgebracht hat?«

»Das hat Alanna gemacht. Und das Flugzeug. Und das Mietauto«, sage ich mit belegter Stimme.

Der Esstisch der Halligans ist aus dunklem Holz. Er füllt fast das ganze Zimmer aus, zumal, wenn wir außenherum sitzen. Auf dem Tisch stehen zwei Teekannen, daneben Plätzchen, Kuchen und Sandwiches sowie das mitgebrachte Essen von Alanna.

Inzwischen sind weitere Familienmitglieder eingetroffen: die Großmutter und eine Tante, die uralt aussieht und irgendwie gar nicht richtig mit den anderen verwandt ist, so genau habe ich das nicht verstanden. Auch ohne Alannas Kinder, die im Wohnzimmer herumtoben, ist der Raum proppenvoll.

Jeder Gast hat ein wenig mehr Wiedersehensfreude hereingebracht.

Mittendrin sitzt Sean. Er wirkt müde, aber auf eine glückliche Art. In dem Spiegel, der über dem Kamin hängt, kann ich sein Gesicht sehen, während er sich mit seiner Großmutter unterhält. Mit beiden Händen umfasst sie seine Hand und hört ihm zu.

Der Spiegel zeigt mir auch, wie reisezerzaust und erschöpft ich aussehe. Aber ich strahle von innen heraus. Mein Gesicht glüht, und auf Seans Wangen zeigen sich die gleichen roten Kreise.

»Was habe ich gehört? Der verlorene Sohn ist zurück?«

Ein Mann im mittleren Alter steht im Türrahmen, und eine kleine, zierliche Frau drückt Seans Mutter einen Salat in die Hand.

»Uncle Torin.« Sean lächelt, steht auf und lässt sich von dem Neuankömmling in die Arme schließen. Auch die Frau kriegt eine kurze Umarmung.

»Wurde langsam Zeit«, sagt der Onkel.

Als Seans Mutter die Tupperschüssel öffnet, steigt mir der Geruch von frischen Kartoffeln und Sahne in die Nase.

Sie stellt die Schüssel auf den Tisch neben den Bulgursalat der anderen Tante. Die orangebraune Kasserolle mit dem Roastbeef von Alanna (sie hat sich vorbereiten können) steht inmitten von weißen Porzellanbehältnissen mit blauen Blumen. Offenbar hat Seans Großmutter ihre Aufregung mit Backen und Kochen bekämpft, denn von ihr stammen ein *Shepherd's Pie,* ein *Apple Pie* und ein Kuchen mit Beeren sowie einer dicken Schicht Meringue.

Alannas Mann holt zwei Stühle aus der Küche. Doch noch ehe wir so zusammengerutscht sind, dass wir die Neuankömmlinge auch am Tisch unterbringen können, steht Seans

Großvater in der Tür, in der Hand Sodabrot, das er heute gebacken hat. Es ist noch warm. Ich vermute, dass auch er eingeweiht worden ist.

Eine Nachbarin im Alter von Seans Eltern spitzt zur Tür herein und stellt *Fishcakes* hin. Sie fragt Sean, wie es ihm geht, wo er jetzt wohnt und ob er zurückkehren will.

Er antwortet: »Gut. In Bayern. Man wird sehen.«

Dann mustert sie mich von oben bis unten. An meiner Hand scheint ihr Blick hängen zu bleiben. Sie redet ein wenig mit der jüngeren Tante und geht wieder.

»Die hat die Neugier ja beinah umgebracht«, stellt Seans Mutter fest und riecht argwöhnisch an den Fischküchlein.

»Und Archie muss auf sein Mittagessen verzichten«, ergänzt Torin. »Sie hat mir heute Morgen noch erzählt, dass sie nach Portmagee fährt und frischen Fisch für sein Leibgericht mitbringt.« Er blickt auf die Alibi-Essensgabe und nimmt sich einen Fischtaler. »Du musst also keine Angst haben, die sind frisch.«

Herzhaft beißt er hinein, blickt über den Tisch und kündigt an, neue Getränke zu holen.

»Dafür weiß morgen der ganze Ort über mich Bescheid«, behauptet Sean lachend.

»Über dich, über deinen Job, deinen Wohnort, deinen Familienstand, deine Freundin und die Marke deines Pullovers«, bestätigt Alanna grinsend.

Weitere Onkel, Tanten und Cousinen strömen ins Haus und verdrängen die Kinder aus dem Wohnzimmer. Teller und Gläser balancierend, belagern sie das gesamte Untergeschoss.

Wen ich nicht sehe, ist Seans Bruder. Ich nehme an, dass die Neuigkeit auch zu ihm durchgedrungen ist, und frage mich, ob es ein Wiedersehen geben und wie es ablaufen wird. Ich weiß zwar nicht, wie die Halligans Weihnachten feiern, aber ich vermute mal, irgendwann wird er seine Eltern sehen wollen.

Alanna steckt ihre Kinder ins Elternschlafzimmer und macht ihnen einen Disneyfilm an. Anschließend zeigt sie mir, wo die Toilette ist.

Bevor sie wieder hinuntergeht, frage ich sie nach Conor.

»Ich weiß nicht, wie das wird und ob er kommt.« Sie seufzt. »Man kann nicht alles auf einmal haben. Aber auch das werden wir noch hinkriegen.«

Als ich zurückkomme, steht Sean unten an der Treppe und wartet auf mich.

»Alles klar bei dir?«, erkundigt er sich.

Ich nicke. »Und bei dir?«

Statt zu antworten, strahlt er mich an und nimmt mich fest in die Arme.

»Deine Familie ist der Hammer«, sage ich zwischen seinen Armen hindurch. »Ich weiß zwar immer noch nicht, wer jetzt wirklich mit dir verwandt ist und wer zu den Nachbarn gehört, aber ich liebe es.«

»Kann ich dich für einen Moment alleine lassen?« Sean streicht mir sanft über die Wange. »Dad ist immer noch im Schuppen.«

»Ich komme zurecht«, versichere ich.

Er atmet tief ein und verschwindet in Richtung Hintertür.

Ich gehe ins Esszimmer. Mein Stuhl ist inzwischen belegt, und ich will die Frau nicht aufscheuchen. Also fische ich leere Flaschen vom Tisch und bringe sie in die Küche. Am Küchentisch steht Seans Mutter vor einem Kartoffelschalenberg.

»Das Mittagessen für morgen.« Sie sammelt die Schalen auf und wirft sie in den Müll. »Eigentlich sollte es das Chowder geben, aber wenn die Meute gegangen ist, wird kaum etwas übrig sein.« Sie sieht mich an. »Stell die Flaschen dorthin.« Sie deutet auf eine Tür. »Kannst du vielleicht umrühren? Nicht dass es ansetzt.«

Ich nehme den Kochlöffel, der auf einem Teller liegt, öffne den Topfdeckel und rühre die Suppe um. Kartoffelstücke tauchen auf und gehen im Strudel wieder unter. Krabben und Fischstücke zeigen sich kurz an der Oberfläche.

»Danke, dass du meinen Sohn heimgebracht hast«, sagt sie mit zittriger Stimme. Deswegen drehe ich mich auch nur halb um: Ich möchte nicht, dass es ihr peinlich ist. »Alanna hat mir vorhin erzählt, dass du ihr geschrieben hast«, fügt sie hinzu und zieht einen Hocker unter dem Tisch hervor. »Wenn du möchtest, kannst du mir gerne Gesellschaft leisten. Aber ich will dich nicht vom Feiern abhalten.«

Ich ziehe den Hocker noch ein Stück weiter hervor, setze mich und frage nach einem Kartoffelschäler. Nach einigen Beteuerungen, dass dies nicht nötig sei, übergibt sie mir ihren. Dann holt sie einen zweiten mit rotem Plastikgriff heraus, und gemeinsam schälen wir weiter.

»Was sagen denn deine Eltern dazu, dass du Weihnachten mit wildfremden Menschen verbringen wirst?«

Ich erzähle ihr von Mama, von Vee und Hilda, von meinem Nomadenleben. Der Untergickelbach-Teil fällt kurz aus, der Klosterteil entsprechend länger. Auch die erste Begegnung mit Sean in der Tankstelle lasse ich nicht aus.

Während sie – die Küchenmaschine ignorierend – beginnt, die Kartoffeln mit der Hand zu schneiden, schildere ich auch den Empfang, die Klostertouren und die EFAs. Ich beschreibe Beppi und Gina, Maja und einige Lavendelhöfler, und sie saugt lächelnd alles auf. Von Zeit zu Zeit stecken Leute ihren Kopf in die Küche und verabschieden sich – meist mit einem »Bis morgen«.

Irgendwann steht Sean hinter mir.

»Ich hatte schon Angst, du wärst wieder nach Hause geflogen, weil dich unsere Familie gleich am ersten Abend überfordert«, behauptet er.

Ich schüttle lachend den Kopf.

Seine Mutter streicht ihm über die Wange.

»Marie hat so schön erzählt, ich würde jeden deiner Leute sofort erkennen und mich blind im Kloster zurechtfinden.« Sie wischt sich über die Augen. »Wo ist dein Dad?«

»Er zieht sich um, dann kommt er runter.«

Sie nickt. »Werde ich in diesem Jahr noch etwas anderes kochen können als Räucherfisch?«

Sean verzieht das Gesicht. »Ich fürchte, nein.«

Am nächsten Morgen wollen Sean und ich mit seinen Eltern in einem kleinen Boot hinüber nach Church Island fahren, um uns die Kapelle mit dem Sonnenblumenhimmel anzuschauen. Als wir beide vor die Haustür treten, bemerke ich, dass ich meinen Schal vergessen habe, drehe mich um und ziehe ihn von der Garderobe im Flur.

Als ich wieder herauskomme, steht Sean mitten auf dem Weg. Ein Mann blockiert den Eingang zum Garten.

Ich betrachte den Fremden, der nichts sagt und Sean nur anstarrt. Dann holt er aus und verpasst meinem Freund einen so heftigen Faustschlag auf die Nase, dass er zu Boden geht. Ich schreie auf, laufe zu Sean und knie mich hin. Er rappelt sich hoch und hält eine Hand vor seine Nase, Blut quillt durch seine Finger.

Ailbhe tritt aus dem Haus, schaut Sean erschrocken an und rennt zurück.

»Alles okay. Es sieht schlimmer aus, als es ist«, versichert er und betrachtet seine Hand.

»Ist dir schwindlig?«, frage ich besorgt.

Er schüttelt den Kopf und blickt zur Gartentür. Der Mann ist verschwunden.

»Das war mein Bruder«, erklärt er.

Seine Mutter kommt mit einem Kühlpack zurück, und ich führe Sean in die Küche, wo er von Ailbhe versorgt wird.

Sie will wissen, wer das gewesen ist. Als sie erfährt, dass es ihr Zweitgeborener war, der Sean so zugerichtet hat, wirkt sie nicht überrascht. Dennoch ist sie wütend.

Seans Gesicht sieht schlimm aus, aber zumindest scheint nichts gebrochen zu sein. Die Nase verfärbt sich langsam blau.

Fergal kommt hinzu, hört, was passiert ist, und murmelt vor sich hin.

»Vielleicht hat er jetzt alles rausgelassen und kommt morgen zum Essen«, sagt Sean. Als Ailbhe und ich ihn verstört ansehen, fügt er hinzu: »Kommt, ich hab's verdient.«

Mit etwas Verspätung brechen wir auf. Sean will sich von einer kleinen Verletzung, wie er es nennt, den Tag nicht verderben lassen. Ich sehe ihn immer wieder an, und er beteuert jedes Mal, dass es ihm gut geht.

Kurz darauf sitzen wir zu viert im Familienboot, das Sean steuert. Der Ozean zeigt Verständnis für mich. Für meinen ersten Ausflug schickt er Anfängerwellen, die das Boot nur sacht schaukeln. Entweder das, oder ich bin die geborene Seefahrerin.

»Zeig mal, dass du es nicht verlernt hast.« Mit diesen Worten hat sein Vater Sean das Steuer überlassen, und für meine Begriffe schippert er uns durch die Bucht, als habe er nie etwas anderes gemacht. In dem dicken Pullover und dem Ölzeug darüber wirkt er anders, aber dennoch vertraut.

Seans Vater verkündet, dass er es genießt, chauffiert zu werden. Auf diese Weise könne er nun endlich auch mal mit seiner Frau Händchen halten.

Gestern Abend, als wir im Bett lagen, hat mir Sean erzählt, dass sein Vater seit jeher Fische räuchert, wenn er sich ärgert oder etwas verarbeiten muss. Auch gestern ist er deswegen in den Schuppen gegangen. Dort werden die Fische vorbereitet. Der Räucherofen befindet sich im Garten dahinter.

Sean hat gar nichts sagen müssen. Er hat sich neben seinen Dad gestellt und mit ihm die Fische hinausgetragen. Dort standen sie dann, und irgendwann haben sie sich umarmt.

»Don't you ever go away again«, hat sein Vater gesagt.

Das war alles. Dann war es wieder gut.

»Willst du nicht mehr nach Klosterweinting?«, habe ich ihn gefragt, ohne sicher zu sein, welche Antwort ich eigentlich hören will. Natürlich möchte ich, dass Sean glücklich ist, hier oder woanders. Dennoch habe ich mich gefragt, wo ich in dieser Geschichte bleibe.

»Nein, so meint er das nicht«, hat Sean mir versichert. »Ich soll nicht mehr ohne Abschied gehen, in Kontakt bleiben. Das wollte mein Vater damit sagen. Außerdem gehe ich ohne dich sowieso nirgendwohin.« Dann hat er sich an mich gekuschelt. *»I'm home.«*

Am Steuer des Bootes wirkt Sean glücklich und gelöst. Das Nachdenkliche ist von ihm abgefallen. Seine Eltern sitzen ihm gegenüber und strahlen von innen heraus. So muss Weihnachten sein.

Das Meer liegt wie ein blauer Teppich um uns herum. Ich sehe die Wiesen und den Hafen, der immer kleiner wird.

Sean macht es spannend. Er will mich erst um die Insel schippern, damit ich das ganze Touristenerlebnis bekomme, bevor wir zu Church Island fahren. Ich glaube, er möchte auch selbst seine Heimat wiederentdecken. In der Ferne zeigt er mir die Blasket Islands, den Blick auf Skellig Michael und Little Skellig. Ich kann die spitz zulaufenden Felsen im Dunst erkennen.

»Seit sie dort *Star Wars* gedreht haben, trampeln noch mehr Touristen auf unserer schönen Insel herum«, grummelt Seans Vater vor sich hin. »Wenigstens auf Little Skellig dürfen sie nicht erscheinen. Das gehört allein den Vögeln.«

Er erklärt mir, welche Arten dort nisten, deutet auf Vögel, die über uns fliegen, und nennt ihre Namen. Ich hätte sie allesamt als Möwen bezeichnet.

»Auf der einen Seite brauchen wir die Touristen. Wir leben von ihnen, und sie bringen viel Geld rein.« Er schaut genervt. »Andererseits würde ich sie manchmal gerne auf Skellig aussetzen.«

»Wer renoviert eigentlich das alte Bed and Breakfast gegenüber dem ›Finnegan's‹?«, fragt Sean.

»Irgendein Typ aus Cork. Er will dort wieder Gäste unterbringen, aber er ist kaum da. Stattdessen engagiert er einfach irgendwelche Handwerker.« Fergal schnauft. »Ich ärgere mich jedes Mal, wenn ich vorbeifahre. Meiner Meinung nach sind das Stümper. Wenn er Leute von hier nehmen würde, hätte er Qualitätsarbeit, den Menschen bedeuten die Häuser hier was. Aber die anderen … Die denken doch bloß ans Geld.«

Sean winkt mich zu sich herüber und legt den Arm um mich.

»Gleich haben wir es geschafft«, sagt er.

Die Insel ist winzig. In der Mitte erhebt sich die Kapelle, in deren Innerem ich bald den Sonnenblumenhimmel sehen werde, der mir so vertraut ist.

Mein Magen zieht sich zusammen, und ich fühle mich wie früher an Heiligabend, kurz bevor das Glöckchen klingelt und die Wohnzimmertür aufgeht. Nur dass mein Gefühl schon seit heute Morgen andauert. Und nun nähern wir uns tatsächlich Church Island.

Sean drosselt die Geschwindigkeit. Inzwischen kann ich

Grabsteine erkennen, halbrunde Natursteine und ein paar keltische Kreuze, die von der Sonne beschienen werden.

Wir legen an, Sean und sein Vater vertäuen das Boot, dann bringen sie das Gebinde an Land, das sie auf das Grab der Urgroßeltern legen wollen. Auch Seans Tante liegt dort begraben.

Vor dem Schlafengehen hat seine Mutter erwähnt, dass sie morgens zur Gärtnerei fahren wolle, um etwas für die Gräber zu besorgen. Ich bin ihr zuvorgekommen. Sean hat mich nach Portmagee gebracht, wo ich mich mit Tannenzweigen, Misteln und Rosen versorgt und zwei Gebinde zusammengestellt habe.

Ich hatte das Gefühl, Seans Mutter wusste nicht, was sie sagen sollte, als sie dazukam.

»Das ist nur eine Kleinigkeit«, hatte ich gesagt und schnell »Für den ersten Feiertag morgen binde ich etwas Fröhliches« hinzugefügt.

»Für uns auf dem Land ist der Tod nichts Trauriges«, hat sie mir erklärt. »Natürlich weinen und leiden wir, und es schmerzt, dass uns ein geliebter Mensch verlassen hat. Aber gleichzeitig sind wir davon überzeugt, dass dieses Ende auch ein neuer Anfang ist und es dem Verstorbenen gut geht.« Dann hat sie gelächelt. »Manche Familien kommen durch den Tod wieder näher zusammen, und die Angehörigen von Schwerkranken lernen, sich auf das Leben zu konzentrieren. Der Tod muss also nichts Schlimmes sein.«

Das geht mir durch den Kopf, als wir durch das Eisentor treten, das in die Mauer eingelassen ist.

»Das Tor brauchen wir, damit niemand davonläuft«, behauptet Fergal schmunzelnd, und ich bin mir nicht sicher, ob er mich nicht veräppeln will. Mein Blick wandert zu Sean.

»Das stimmt tatsächlich«, bestätigt er. »Dad macht ausnahmsweise mal keinen Scherz.«

»Früher hatten die Leute hier in der Region Angst, die Toten würden wiederkommen«, beginnt Seans Vater. »Dann ist ein Priester auf die Idee gekommen, den Friedhof auf eine Insel zu verlagern.«

»Weil Tote nicht schwimmen können?« Ich wundere mich. In meiner Vorstellung dürften ein paar Meilen Ozean für einen Geist kein Hindernis darstellen. Leider habe ich Horrorfilme bisher gemieden, aber ich werde das nachprüfen.

»Erinnere mich daran, dass ich als Geist herkomme und ausprobiere, ob ich es wirklich nicht über das Wasser schaffe.«

Seans Mutter schüttelt der Kopf. »Darüber macht man keine Scherze, Kinder.« Sie wendet sich ab und geht zielstrebig durch die Grabreihen.

Sean zuckt mit den Schultern. »Das haben die Nonnen ihrer Schule verpfuscht«, behauptet er grinsend. »Von mir aus kannst du Geisterwitze machen, bis … Mir fällt jetzt nichts ein.«

Seans Vater zeigt zur Kapelle. Es führt kein richtiger Weg dorthin, eher ein Trampelpfad. Während wir laufen, erzählt er von der Geschichte der Insel und des Friedhofs, aber die Aufregung sorgt dafür, dass seine Worte an meinen Ohren vorbeirauschen.

Endlich bin ich da! Nachdem ich mir wochenlang vorgestellt habe, wie es wohl sein wird, kann ich jetzt gar nicht sagen, ob es so ist wie in meiner Fantasie oder schlechter oder besser.

Die Eichentür ist neu, das sieht man sofort. Auch dazu hat Seans Vater eine Geschichte auf Lager. Die Leute von Valentia Island haben ein Jahr lang Spenden gesammelt, bis Breandán – das ist der Schreiner – eine Tür anfertigen konnte, die zu der Kirche passt, aber auch Salz und Wind getrotzt.

Ich fixiere den Schlüssel, den er heute Morgen im Pfarrbüro abgeholt hat, und warte darauf, dass er ihn endlich dazu benutzt, das spendenfinanzierte, handgezimmerte Wunderwerk zu öffnen.

Fergal beginnt, über die Geschichte der Kapelle zu referieren, aber ich kann nicht zuhören.

»Dad«, unterbricht Sean seinen Vater. »Erzähl ihr das später.«

Er weist mit seinem Kopf zur Tür hin.

»Sagt seinem alten Vater, dass er still sein soll«, grummelt Fergal, und endlich kann der Schlüssel seine Funktion erfüllen.

Als Seans Vater die Tür aufzieht, drängt der Geruch von Weihrauch und feuchten Wänden ins Freie. Ich habe mir ein Quietschen oder Knarren vorgestellt, aber sie öffnet sich lautlos. Sean wirft mir einen »Dein Moment«-Blick zu und schiebt mich vorsichtig in den Innenraum.

»Ich schau mal nach deiner Mutter«, höre ich seinen Vater sagen.

Das Innere der Kapelle ist größer und heller als in meiner Vorstellung. Das einzig Dunkle sind die Kirchenbänke, die rechts und links des Ganges, der zum Altar führt, aufgereiht stehen. Es zieht mich nach vorne. Jeden Schritt, den ich auf den Natursteinboden setze, versuche ich, mir einzuprägen.

Die Wände der Kirche sind relativ kahl, auf einer Säule thronen Heilige. Ich weiß nicht, welche es sind, und ich will es auch nicht herausfinden.

Zwei Stufen trennen den Altarraum vom Innenraum. Und dann sehe ich es: die Decke, meine Malerei, den Himmel von *Sonnenblumentage.* Goldgelbe Blumen auf tiefblauem Untergrund. Das Bild wirkt so gar nicht sakral, es erinnert eher an ein Kinderzimmer.

Es ist still, in mir drin und um mich herum. Vor etwa fünfundzwanzig Jahren hat Mama hier gestanden, vielleicht sogar an derselben Stelle, und diesen Sonnenblumenhimmel angesehen. Sie fand ihn so inspirierend, dass sie ihn in einem Bild verewigt hat. In einem Bild, auf dem sie auch ihr ungeborenes Kind gemalt hat.

Und dann fällt es mir ein: Ich war schon hier. Mit ihr. In ihrem Bauch. Auch ich komme zurück. Irgendwie.

Sean tritt neben mich und bleibt mit etwas Abstand stehen. Ich strecke meine Hand nach hinten. Er ergreift sie, und ich ziehe ihn an mich heran. Seine Hände umfassen meine Taille. So stehen wir da und schweigen.

Ich versuche den Himmel in mich aufzunehmen, die Position jeder Blume, das Blau.

»Ich fotografiere es für dich, dann kannst du es dir immer wieder anschauen.«

Sean lässt mich los, und ich denke an meine Mutter. Eigentlich habe ich mich überall zu Hause gefühlt, einfach, weil sie bei mir war. Fremd war ich erst in Untergickelbach, auch wenn ich mir das nicht eingestanden habe. Mit einem Mal verstehe ich, dass Heimat für mich kein Ort ist, sondern immer die Person meiner Mutter war.

Ich spüre, dass mir Tränen über die Wangen laufen. Es ist mir nicht peinlich, sie befreien mich. Aus den Augenwinkeln nehme ich Sean wahr, und mir wird klar, dass er meine neue Heimat ist. Mit ihm habe ich mich immer zu Hause gefühlt.

Ich blicke auf die Sonnenblumen und verspreche mir, dass ich sie in Zukunft oft ansehen will – gemeinsam mit Sean und mit seiner Familie. Ich bin so gespannt, wo unsere Reise hingeht.

Seans Anorak raschelt. »Dreh dich mal schnell um«, sagt er. Dann macht er ein Foto. »Meine Eltern finden es furchtbar, in der Kirche zu fotografieren. Aber solange sie es nicht sehen …«

Ich lächle in seine Richtung, und er löst noch einmal aus.

»Ich warte draußen«, sagt er.

»Ich komme mit.« Ein letztes Mal schaue ich zur Decke hinauf.

Sean hält die Tür auf und mir seine Hand hin.

»Erinnere mich später daran, dass ich dir etwas Wichtiges sage«, bittet er mich.

»Unbedingt«, antworte ich, und zusammen gehen wir aus der Kirche.

Die Feiertage bei den Halligans sind ganz anders als Weihnachten bei uns und mir gleichzeitig doch so vertraut. Das Haus duftet nach all den Köstlichkeiten, die Fergal für den morgigen ersten Weihnachtstag vorbereitet hat.

Ailbhe fragt mich, ob ich auch eine Weihnachtstradition aus meiner Familie beisteuern möchte, damit ich mich zu Hause fühle. Für jemanden wie mich, der weitgehend traditionsfrei aufgewachsen ist, stellt diese Frage eine Herausforderung dar. Aber ich finde es so lieb, dass sie mich einbinden will, also zerbreche ich mir den Kopf darüber, welche Tradition ich beitragen kann.

Die ersten Weihnachten, an die ich mich erinnere, haben wir bei meinen Großeltern verbracht, und ich weiß noch, dass es dort Plätzchen gab. Die waren allerdings so staubtrocken, dass ich die Erinnerung mit einem Glas Wasser wegspülen muss, weil es sich in meinem Mund mit einem Mal so krümelig anfühlt. Die Plätzchen taugen noch nicht einmal als beigesteuerte Tradition, wenn ich sie in Schokoladenguss ertränke. Außerdem hätten die Halligans dann das Gefühl, ich wolle sie vergiften.

Alle anderen Weihnachten haben wir zu viert verbracht, Mama, Hilda, Vee und ich. Da gab es immer etwas anderes zu essen. Wir haben vor Heiligabend kurz beratschlagt, wonach uns der Sinn steht: Raclette, Fondue, Wokpfännchen oder auch Bratwürste.

Und dann fällt es mir ein: Das Gericht, das für mich am meisten nach Weihnachten schmeckt, ist der Apfelstrudel, den Hilda immer zubereitet hat und den wir spätabends mit heißer Vanillesauce verzehrt haben. Hilda hat eine Zeitlang in Wien studiert und von ihrer Zimmerwirtin einen Mehlspeisen-Crashkurs erhalten. Die Zutaten müsste ich hier bekommen, die Zubereitung wird allerdings eher ein Abenteuer werden …

Ich rufe Hilda an und lasse mir durchgeben, was ich brauche. Dann erkundige ich mich bei Fergal nach einem freien Zeitfenster in der Küche. Er sieht mich an, als hätte ich ihn gerade gefragt, ob wir heute Nachmittag mal kurz beim Präsidenten vorbeischauen könnten, und Ailbhe erlaubt mir, das Esszimmer zu nutzen. Die wenigen Zutaten, die wir benötigen, haben die Halligans zu Hause, und bei den Äpfeln hilft Alanna aus.

Dann belegen wir das Esszimmer, dessen Boden Seans Mutter mit Malervlies ausgelegt hat.

»Damit wir nicht allzu viel putzen müssen«, wie sie sagt.

Sean stellt aus dem gleichen Grund alle Stühle auf den Flur, und dann geht es los. Hilda, zugeschaltet über Seans Laptop, backt in München Strudel, und wir backen auf Valentia mit.

Ailbhe kommt dazu und unterhält sich noch ein wenig mit meinen Tanten. Für den morgigen Nachmittag lädt Seans Mutter sie zu einem gemeinsamen Videokaffeetrinken ein.

Am 25. Dezember gibt es die Geschenke. Ailbhe hat für Fergal ein Wochenende in einem Hotel auf den Kanalinseln, was zu Gelächter führt, denn er hat für sie das gleiche Hotel gebucht.

Ailbhe entschuldigt sich dafür, dass für mehr als einen Gutschein kaum Zeit gewesen ist, und überreicht mir mein

Geschenk. Ich bekomme einen dicken Schal und darf mir eine Wachsjacke aussuchen.

»Das ist deine Ausrüstung, damit du bald wiederkommst«, fügt Ailbhe noch hinzu. Die Karte, die sie geschrieben hat, rührt mich zu Tränen. *»Something to keep you warm, for you brought warmth back to our house.«*

Sean bekommt ein Stück Papier, und ich sehe, dass seine Augen feucht werden. Er zeigt mir die Urkunde über seinen Anteil am Grundstück der Großeltern.

»Es ist nicht groß«, sagt Fergal, »aber groß genug für ein Haus und ein wenig Garten.«

Seine Schwester und sein Bruder haben dasselbe bekommen, und nun soll auch er seinen Anteil haben.

Sean schließt seine Arme um mich. Aneinandergekuschelt bleiben wir sitzen und schweigen. Allerdings nicht lange, denn Alanna und Garvan kommen mit den Kindern an. Sie wünschen uns frohe Weihnachten. Keela, Fionn und Ronan fallen ihren Großeltern und Sean um den Hals, und auch ich bekomme eine Umarmung um die Taille von Fionn, eine normale Umarmung von Keela und ein cooles Nicken von Ronan. Dann nehmen die drei ihre Großeltern eine Weile komplett für sich ein.

Sean setzt sich auf den Sessel am Fenster und zieht mich auf seinen Schoß.

»Ist es zu viel für dich?«, erkundigt er sich besorgt.

Ich schüttle mit dem Kopf. Er zeigt mir die Urkunde.

»Wir haben einen Ort, an den wir zurückkommen können«, sagt er. »Kannst du dir so etwas vorstellen, hierher zurückzukommen? Du musst nicht jetzt antworten, das hat Zeit.«

»Ich kann mir vieles vorstellen, solange du dabei bist. Willst du denn wieder hier leben?«

»Irgendwann vielleicht – oder eher: irgendwann bestimmt. An meine Familie gewöhnst du dich sicher.«

Ich muss lachen. »Deine Familie ist das allergrößte Argument für ein Leben hier.«

»Ehrlich?« Er betrachtet Alannas Kinder, die eine Geschenkpapierschlacht veranstalten und laut um die Aufmerksamkeit ihrer Eltern und Großeltern buhlen.

»Das hier, das Chaos, das hatte ich noch nie, dabei habe ich mir das immer gewünscht: Geschwister und Omas und Opas und Beieinandersitzen und Gewusel und lautes Feiern und Durcheinanderreden.«

Sean beobachtet seine Nichte und seine Neffen und wiegt den Kopf hin und her.

»Es ist aber nicht immer Weihnachten«, argumentiert er. »Und so viele Leute, die alles wissen und sich in alles einmischen, sind gewöhnungsbedürftig. Sie können einem auch auf die Nerven gehen.«

»Dann sollen sie das gerne tun, solange sie wollen«, sage ich. »Bis ich alt und grau und runzlig bin.«

Er sieht mich an, als hätte ich mich in eines dieser Feenwesen verwandelt, die hier überall herumlaufen, wenn man daran glaubt.

»Ich liebe dich, falls du das vergessen hast.«

»Ich liebe dich auch. So sehr. Es ist ein Wunder, dass ich dich getroffen habe.«

»Du bekommst dein Geschenk später«, flüstert er. »Wenn wir alleine sind.«

»Okay, du auch«, sage ich, auch wenn ich es kaum erwarten kann, ihm endlich meinen Gutschein für eine Übernachtung im Baumhotel zu geben.

Abends machen wir uns fertig, um in die Kirche zu gehen, und nach dem Gottesdienst sind wir bei Alanna eingeladen. Sie bewohnt ein modernes Haus etwas außerhalb von Knightstown. Vom Wohnzimmer aus blickt man auf das Meer, das man im Dunkeln allerdings nur erahnen kann. Kerzen, Lichterketten und kleine Lampen erleuchten die Fenster. Im Küchenfenster steht eine einzelne, hohe Kerze.

»Die soll Maria und Josef den Weg weisen«, sagt Sean. »Das machen aber nicht mehr viele Leute.«

Instrumente lehnen neben dem Fenster, und auch Fergal holt einen Instrumentenkoffer aus dem Auto. Mir fällt auf, dass, abgesehen von den ohnehin zahlreich vorhandenen Sitzgelegenheiten, noch weitere Hocker, Bänke und Stühle bereitstehen.

Bevor ich Sean danach fragen kann, strömen Leute jeglichen Alters in den Raum. Einige glaube ich von unserer Begrüßung zu kennen. Bald sind etwa dreißig Leute versammelt: Die Kinder müde, aber noch aufgekratzt von der Freude über die Geschenke. Die Erwachsenen zufrieden vom Festessen und über den toten Punkt hinaus.

Fergal, Alanna, ihr Mann und ein paar andere Leute, die ihre Instrumente mitgebracht haben, fangen an, *The Twelve Days of Christmas* zu spielen, und alle singen mit, laut und schief, aber dafür umso herzlicher. Ich sehe mich um.

»Sag mal, ist der ganze Ort hier versammelt?«, frage ich.

Sean sieht sich um.

»Der alte Declan Ryan ist nicht da, aber der mag ohnehin keine Menschen«, erklärt er dann lachend, und ich knuffe ihn in die Seite. »Alle nicht, aber sehr viele.«

Ailbhe setzt sich dazu, Fergal übergibt ihr die Bodhrán-Trommel und nimmt selbst eine Geige zur Hand. Die Musiker stimmen das nächste Lied an. Ich kenne es nicht, deswegen lehne ich mich an Sean und höre zu.

Die Gesichter der Menschen um mich herum wirken ruhig und zufrieden. Einige kenne ich von neulich Abend, andere habe ich noch nie gesehen. Seans Mutter sieht zu mir herüber und lächelt mich an.

Was nun geschieht, kommt mir sehr vertraut vor. Ein älterer Mann steht auf und singt »The Fields of Athenry«. Er singt, ohne dass ihn die Musiker begleiten, aber die Gäste hören angetan zu.

Nach ihm singt Seans Großvater »Whiskey in the Jar«. Es scheint, als erzählten sie mit ihren Liedern Geschichten, fast alle klingen sehnsuchtsvoll, manche traurig, viele fröhlich. Garvan hat seine Flöte abgelegt und sorgt dafür, dass jeder etwas zu trinken hat.

Fergal sieht Sean an. »Es wird Zeit.«

Alle Blicke richten sich auf meinen Freund, aufmunternd, froh, auch ein wenig neugierig. Er steht auf und geht zu den Musikanten.

Sean stimmt *Carrickfergus* an, und ausnahmslos alle singen mit. Als er geendet hat, klopft ihm Fergal auf den Rücken, und Alanna küsst ihn auf die Wange.

Sean setzt sich wieder neben mich. Er strahlt von innen heraus, und zwar auf eine Art und Weise, wie ich es noch nie vorher erlebt habe. Er ist angekommen, er ist zu Hause, und ich bin so glücklich, wenn ich ihn ansehe.

»*Thank you*«, sagt er leise und zieht mich an sich.

Als die Leute am späten Abend aufbrechen, geschieht etwas völlig Unerwartetes. Sie kommen zu mir und verabschieden sich von mir, dabei legen mir viele ihre Hand auf die Schulter und tätscheln meinen Oberarm, manche drücken mich sogar an sich. Und alle bedanken sich!

»*Thank you for bringing him back*«, ist das Häufigste, was ich höre.

»Aber ich habe doch gar nichts gemacht«, sage ich.

»Oh, you've done a lot, girl«, sagt eine alte Frau und strahlt mich an.

Ich bin noch ganz weggetreten von dieser Erfahrung, als wir zusammen die Flaschen und Gläser einsammeln und die Stühle und Bänke an ihren Platz räumen. Fergal steht am Becken und spült, bis Alanna meint, den Rest mache sie morgen.

Die Kinder schlafen auf dem Sofa, halb übereinander. Fionn liegt auf Ronans Bauch, Keela zusammengerollt am Fußende. Alanna weckt Ronan auf, Sean legt sich Keela über die Schulter, und ich schnappe mir Fionn. Alanna dirigiert mich zum richtigen Zimmer, und ich verfrachte ihn in sein Bett.

Dort schlägt er noch mal die Augen auf und schenkt mir ein schläfriges Lächeln. Mit seiner kleinen, warmen Hand streicht er über meine Wange.

»You are my favourite auntie«, sagt er und schließt seinen Kuschelpanda fest in die Arme.

Die Liebesbekundung lässt mir die Tränen in die Augen schießen. Ich habe kaum Erfahrung mit Kindern und weiß nicht, was man in einer solchen Situation macht. Aber ich habe den Drang, seine kleine Hand zu nehmen und sie zu küssen.

Eine ganze Weile bleibe ich an seinem Bettchen stehen und schaue dabei zu, wie sich seine kleine Brust hebt und senkt. Noch immer bin ich von seinen Worten aufgewühlt. Meine Hand streichelt die weiche Kinderwange, doch irgendwann reiße ich mich los.

Vor dem Zimmer bleibe ich stehen und tupfe mir die Tränen aus den Augen, die ungebeten dort auftauchen. Als ich Schritte auf der Treppe höre, stoße ich mich vom Türrahmen ab und setze ein Lächeln auf.

»Da bist du ja.« Sean bleibt auf dem Treppenabsatz stehen. »Ich dachte schon, du hast dich dazugelegt und bist eingeschlafen.«

»Viel hat nicht gefehlt«, sage ich mit belegter Stimme.

»Alles klar?« Sean legt seine Hand unter mein Kinn und sieht mich prüfend an. Flüsternd erzähle ich ihm, was sein Neffe gesagt hat.

»Garvan hat drei Schwestern, und zwei davon haben einen Knall«, sagt Sean, ebenfalls im Flüsterton. »Obwohl, nein, wenn ich es genau bedenke, sind sie alle drei nicht ganz dicht. Und ich meine nicht auf die lustige Weise. Sie sind schreckliche Nervensägen. Die hast du also schon mal ausgestochen.«

»Eins zu null für mich.«

»Ich würde das eher einen Erdrutschsieg nennen. Meine Eltern vergöttern dich.«

»Übertreib mal nicht.«

»Glaub mir einfach.«

Er küsst mich lang und zärtlich, und in diesem Kuss liegen so viele Liebeserklärungen, dass mir schwindelig wird.

Lange sitzen Alanna und Garvan, Ailbhe und Fergal, Sean und ich noch um den Kamin, bis wir uns schließlich verabschieden. Garvan hilft mir in meine Jacke, und ich binde mir meinen Schal um, als ich merke, dass Alannas und Seans Blicke auf mich gerichtet sind.

Ich sehe sie verwirrt an. »Was?«

»Sag du es ihr«, sagt Sean. »Mir glaubt sie ohnehin wieder nicht.«

»Ich habe nur gerade gesagt, dass ich mir immer eine Schwester wie dich gewünscht hätte und mein Bruder verdammt noch mal gut zu dir sein soll, damit ich dich behalten kann.«

»Bis jetzt besteht keine Gefahr, dass ich abhaue«, sage ich, und wieder durchflutet mich dieses warme Gefühl.

Es stürmt, als wir zurück zu Seans Elternhaus laufen. Sean hat den Arm fest um mich gelegt, und wir stemmen uns gegen den Wind. Sprechen ist nicht möglich, aber das macht nichts. Ich muss erst einmal all diese Liebeserklärungen verkraften. In meinem Kopf spule ich dauernd zurück, bis zu den Stellen, an denen Fionn und Alanna so lieb zu mir waren, und höre mir die Worte in meiner Erinnerung so oft an, bis sie sich in mein Gehirn eingebrannt haben.

17
Was wäre, wenn sie bleibt

Ha nem csinálok semmit, abból nem lehet baj.
Wenn ich nichts tue,
werde ich keinen Fehler machen.
UNGARISCHES SPRICHWORT

Elenas Übersetzung:
Auch dem besten Bäcker verbrennt
mal ein Kuchen.

Heiligabend

Vormittags habe ich den Baum geschmückt und die letzten Geschenke eingepackt.

Annegret bekommt einen Friseurgutschein und eine exklusive Handcreme. Eigentlich ist mir das zu unpersönlich, aber wenn ich Annegret einmal »Färben, Schneiden, Föhnen« bei »Carmens Haarstudio« schenke, kann ich mir wenigstens sicher sein, dass sie ihn nutzt. Eine Tube der Handcreme kostet so viel wie der Jahresvorrat ihrer bevorzugten Marke. Niemals würde sie sich so ein Produkt kaufen, aber ich hoffe, sie freut sich trotzdem – oder gerade deswegen.

Für Harald habe ich ein Sitzkissen, das sich winzig zusammenfalten lässt und auf dem man angeblich drei Stunden bei Minusgraden sitzen kann, ohne die Kälte zu spüren. Ich halte diese Behauptung für gewagt, aber für die Spiele des FC Untergickelbach wird die Kissenleistung reichen.

Fabian habe ich eine neue Spielekonsole besorgt. Er war beim Weihnachtsfrühschoppen, sodass ich in Ruhe werkeln und »Drei Nüsse für Aschenbrödel« schauen konnte.

Die letzten Abende habe ich versucht, Fabian darauf anzusprechen, ob ihn etwas belastet, doch er sagt sowieso immer, dass alles passt und alles gut ist. Wenn er schlecht drauf ist – und das war er in den letzten Wochen häufig –, wird er laut und verzieht sich. Alles, was ich heute will, ist, den Heiligen Abend hinter mich zu bringen.

Bei Kohlmanns dauert das Weihnachten-Feiern nicht lange, und dafür bin ich dankbar. Annegret ist platt von der Arbeit in der Gärtnerei, deswegen gibt es bloß ein spätes Kaffeetrinken mit Stollen. Das ist das traditionelle Weihnachtsgeschenk der Nachbarin, und erfahrungsgemäß benötigt man eine halbe Tasse Tee pro Bissen, um ihn runterzuspülen. Also habe ich vor einen Teller mit Plätzchen (von Elenas Mama) und Lebkuchen (selbst gekauft) beizusteuern, denn ich habe keine Lust auf Wüstenstollen.

Paul schickt ein Bild von der Gans, die er auf Niedrigtemperatur gart. Seine Kinder wollen kommen. Beide. In vielen Telefonaten haben sie sich wieder angenähert, deswegen hat Paul das ganze Haus hergerichtet. Momentan ist zwar nur ein Tagesbesuch geplant, aber er hofft, dass sie spontan über Nacht bleiben.

Ich freue mich so für ihn. Eigentlich würde ich lieber bei ihm Heiligabend feiern, aber das kann ich natürlich niemandem sagen.

»Warte mal«, sagt Fabian, bevor wir gemeinsam zu seinen

Eltern hinuntergehen, und nimmt mir den Plätzchenteller aus der Hand. »Ich denke, das mit uns, das ist schon etwas Gutes. Und deswegen …«, er zieht einen Ring aus seiner Hosentasche und schiebt ihn mir über den Finger, »… habe ich gedacht, das kann auch jeder sehen.«

Ich starre auf meine Hand und versuche zu begreifen, was gerade passiert ist. Dann schaue ich auf Fabians Hand. Dort steckt ein ähnlicher Ring.

Bevor ich etwas sagen kann, zieht er mich an sich und presst seine Lippen auf meine. Er überrumpelt mich mit dem Kuss so wie vorher mit dem Ring.

»Unten warten sie schon«, sagt er und öffnet die Tür.

Ich muss meinen Beinen den Befehl geben, sich in Bewegung zu setzen.

Was war das gerade? Was bedeutet das? Sind wir jetzt verlobt? War das ein Antrag?

Mein Magen zieht sich zusammen, und in meinem Kopf dröhnt es. Ich habe das Gefühl, dass ich mir selbst dabei zusehe, wie ich die Treppen hinunterlaufe.

Das soll er gewesen sein? Der Moment, auf den so viele Frauen hinfiebern? Ich habe mir noch nie eine Prinzessinnenhochzeit gewünscht, wirklich nicht. Aber gerade merke ich, dass ich doch ein paar Ansprüche habe, was einen Antrag angeht – so gefällt er mir jedenfalls nicht.

»Frohe Weihnachten«, rufe ich in Richtung Wohnzimmer und gehe ins Bad.

Dort setze ich mich auf den Wannenrand und starre auf den Badezimmerteppich. Dann hole ich mein Handy heraus, mache ein Foto von meiner Hand und schicke es mit dem Hinweis *»Schau mal«* an Elena.

Ich bin erleichtert, als sich die Häkchen direkt blau färben. So ein Glück.

Elena beginnt sofort zu tippen.

Elena: *Was ist das?*

Ich: *Ich weiß es nicht.*

Elena: *Bist du verlobt?*

Ich: *Keine Ahnung. Vielleicht. Er meinte, »weil es so gut passt, soll das jetzt jeder sehen.« Oder so ähnlich.*

Elena: *Aha! Wie finden wir das?*

Ich: *Das frage ich mich auch. Aber da ich nicht weiß, was es heißt, weiß ich auch nicht, wie ich es finde.*

Elena: *Willst du verlobt sein?*

Ich: *Keine Ahnung.*

Was ich weiß, ist, dass mir schwummrig ist, seit der Ring an meinem Finger steckt. Ich will jetzt nicht rausgehen. Ich will jetzt nicht an diesem Tisch sitzen und reden, weder über den Ring noch über irgendetwas anderes. Nicht einmal auf die schokoladigen Plätzchen von Elenas Mama habe ich Lust.

Also schreibe ich: *Ich muss mich erst einmal mit dem Gedanken anfreunden.*

Elena: *Über uns wird im Januar eine Zwei-Zimmer-Wohnung frei.*

Oh Gott. Klinge ich so verzweifelt? Ist es so offensichtlich, was ich denke?

Das Schlimme ist, dass mich diese Nachricht beruhigt. Es gibt einen Weg raus aus dieser Situation. Natürlich gibt es den! Aber eigentlich will ich das nicht denken.

Was ist mit mir los? Fabian ist der Mann, auf den die Hälfte der Untergickelbacherinnen scharf ist. Und es könnte wirklich schlechter laufen. Vielleicht war er in letzter Zeit wegen des Antrags so aufgeregt und wollte sich nicht verplappern. Könnte ja sein. Wir waren beide ziemlich beschäftigt, möglicherweise gibt sich das wieder.

Es klopft an der Tür.

»Marie, mach mal schneller«, ruft Harald. »Es ist dringend.«

Ich stehe auf, greife nach dem Duftspray, neble den Raum ein und öffne die Tür. Eine Meeresbrise-Wolke begleitet mich nach draußen.

Ohne ein weiteres Wort stürmt Harald an mir vorbei und knallt die Tür zu.

Annegrets Blick, als ich das Wohnzimmer betrete, verrät mir, dass Fabian sie über das große Ereignis aufgeklärt hat. Auf dem Tisch stehen die Kristallgläser, die nur zu besonderen Anlässen hervorgeholt werden. Noch sind sie allerdings leer.

Fabians Mutter betrachtet die Ringe und lobt den Geschmack ihres Sohnes. Annegret umarmt so gut wie nie jemanden, auch nicht in Situationen, in denen es eigentlich üblich ist. Jetzt wäre so eine Situation, doch sie bleibt sich treu, und dafür bin ich ihr unendlich dankbar.

Harald kommt mit einer Sektflasche an, entkorkt sie umständlich und gießt jedem ein Glas ein.

»Jetzt hab ich gedacht, wir feiern Weihnachten, und dann so was!« Er hebt sein Glas.

»Manchmal ist er halt doch vernünftig«, sagt Annegret.

Harald drückt mir ein Glas in die Hand. Drei Gläser stoßen mit meinem zusammen, und ich zwinge meinen Mund zu lächeln.

Fabian legt einen Arm um mich, und ich stehe da wie eine Statistin. Eine Statistin, die keine Ahnung hatte, dass sie in einem Hochzeitsfilm mitspielt, obwohl sie sich für die Alltagsdoku beworben hat.

Ich trinke das Glas aus und bin froh, dass sich nun alle Kohlmanns wieder setzen und zur Heiligabend-Ordnung übergehen. Einen Moment lang hatte ich Angst, dass nun Fragen kommen wie: »Gibt's schon einen Termin?«, »Wie viele Gäste ladet ihr ein?«, »Habt ihr schon ein Lokal?« Aber dazu sind die Kohlmanns entweder zu müde oder zu wenig hochzeitsbegeistert. Und wieder bin ich froh, dass es so ist. Außer den Kristallgläsern, in die nach und nach der Rest der Flasche gekippt wird, erinnert nichts mehr an diesen Zwischenfall, von dem ich immer noch nicht weiß, ob das eine Verlobung war.

Ich könnte Fabian nach draußen bitten und ihn fragen ...

Genau, das könnte ich eigentlich tun. Zwar komme ich mir bescheuert vor, aber alles ist besser als diese Ungewissheit. Also nutze ich die Zeit, in der Harald in der Küche das Abendessen vorbereitet, und gehe mit Fabian vor die Tür. Er steckt sich eine Zigarette an.

»Was hast du deinen Eltern erzählt?«, frage ich.

Er sieht mich an, als hätte ich gefragt, ob er morgen Reis oder Nudeln essen will.

»Dass ich dir einen Ring geschenkt habe«, erwidert er knapp.

»Und was denken sie jetzt?«

»Was man halt denkt.«

Ich hasse es, wenn er solche Antworten gibt!

»Und was denkt man halt?«, hake ich nach. Die Ungeduld hat das Regiment übernommen und lässt mich jedes Wort einzeln betonen.

»Dass wir zusammenbleiben und irgendwann heiraten.« Er bläst den Rauch in die eisige Luft. Die Wolken steigen nach oben und verschwinden.

»Und gibt es da nicht den Teil, wo man die Frau fragt, ob sie eigentlich will?« Ich sehe ihn an, und er grinst. »Kann es sein, dass du den ausgelassen hast?«

»Du kriegst deinen Antrag schon noch. Irgendwann. Lass mich mal machen.«

»Und was war das dann da oben?«

»Ich hab dir halt einen Ring geschenkt.«

Ich kann seiner Logik nicht folgen. Um ehrlich zu sein, bin ich mir immer noch nicht sicher, was das jetzt eigentlich sein soll und warum seine Eltern nun glauben, dass wir verlobt sind. Trotzdem fühle ich mich erleichtert. Dass es noch einen Heiratsantrag geben soll, beruhigt mich seltsamerweise. Das heißt, er hat mich nicht komplett übergangen. Vor allem heißt es, ich kann mir bis dahin darüber klar werden, was ich will.

Als wir ins Wohnzimmer zurückkehren, ist das komische Gefühl in meinem Magen verschwunden. Ich kann sogar Plätzchen essen. Später gibt es Bratwürste mit Sauerkraut, während der Heimatsender uns mit Chören und Schlagersängern beschallt. Danach tauschen wir Geschenke aus. Wir geben uns die verpackten Sachen, wünschen uns frohe Weihnachten und öffnen das Papier. Ich bekomme eine Decke. Die schlammbraune Farbe ist gewöhnungsbedürftig, aber der Stoff fühlt sich sehr weich an.

»Damit du nicht frierst, wenn du deine Bücher liest«, sagt Annegret.

»Die trocknet schnell«, sagt Harald. »Aber in den Trockner darfst du sie nicht stecken.«

Ich sehe auf das Etikett. Das Trocknersymbol ist durchgestrichen, und von offenen Flammen soll ich das Teil auch fernhalten. Da wir keinen Kamin haben, werde ich das wohl hinkriegen. In einem Umschlag, der auf dem Geschenk klebt, befindet sich außerdem ein Gutschein für einen Drogeriemarkt.

Annegret und Harald packen ihre Geschenke aus und sagen nicht viel. Das bedeutet, dass sie zufrieden sind. Fabian bedankt sich überschwänglich für die Konsole. Ich denke, er freut sich wirklich.

Gegen acht wird Annegret müde. Um Viertel nach acht gibt es eine Weihnachtsshow im Zweiten, und die will sie in Ruhe sehen. Also gehen wir nach oben.

Fabian schließt seine neue Konsole an und spielt eine Runde Autorennen – ein neues Spiel, das er auch von mir hat. Um halb zehn bricht er dann auf. Seit sie sechzehn sind, trifft sich die Clique, »wenn die Oma und der Opa ins Bett wollen«.

Matze veranstaltet jedes Jahr an Heiligabend eine Feier im Haus seiner Eltern. Sie haben einen Partykeller mit Bar und einer Lichtanlage. Matze ist ein Nachzügler und seine Eltern sind ziemlich alt.

Letztes Jahr war ich dabei, aber ich habe dieser Weihnachtsfeier mit lauter Musik und viel Alkohol nichts abgewinnen können und mich nur nach meinem Sofa gesehnt. Dieses Jahr bin ich schlauer: Ich schicke Fabian alleine hin, dann schnappe ich mir Lio, und wir gehen spazieren.

Die Luft ist eisig, und der Schnee, der letztes Wochenende überraschend und reichlich gefallen ist, knirscht bei jedem Schritt. Der Schnee leuchtet unter dem friedlich-dunklen Himmel, sogar die Sterne kann man sehen. Fast wirkt es, als wüsste die Natur, dass heute Heiligabend ist. Die Bäume in der Ferne zeichnen sich schwarz gegen den Nachthimmel ab. Kein Wind, nur Schnee und Himmel und Sterne.

Lio und ich laufen über den Kapellenberg und durch das Wäldchen. Am Waldrand bleibe ich stehen, blicke über die Landschaft und denke an Mama. Das habe ich den ganzen Tag getan, aber hier in der Winterwunderlandschaft fehlt sie mir besonders. Wenn sie noch da wäre, hätten wir sicher mit Vee und Hilda gefeiert …

Ich denke an meine Tanten. Es hätte sich falsch angefühlt, mit ihnen zu feiern, und doch wünsche ich mir jetzt, ich würde mit ihnen, eingehüllt in die weiche Decke, in der Altbauwohnung sitzen und den heißen Likör trinken, den Hilda immer macht. Er besteht aus Sahne, Alkohol und weißer Schokolade, und nach zwei Gläsern schläft man im Sessel ein. Bei ihnen kann man das, im Sessel einschlafen. Um diese Zeit hätten wir auch den Apfelstrudel schon gegessen.

In Gedanken schicke ich ganz viel Liebe zu meinen Tanten, zu Elena und ihrer Familie und zu Paul. Ob er einen schönen Heiligen Abend hatte? Ich hoffe es so sehr! Hoffentlich ist mit seinen Kindern alles gut gegangen.

Ich rufe Lio, die sofort aufhört, auf dem verschneiten Feld herumzuschnüffeln, und zu mir herrennt. Zusammen laufen wir in Richtung Ort zurück.

Auf dem Weg vor uns geht jemand. Er läuft auf uns zu, und er ist alleine. Wahrscheinlich jemand, der das Weihnachtsessen oder den Besuch der Verwandten verdauen muss, vielleicht auch beides.

Lio hebt den Kopf, dreht ihn ein wenig hin und her, dann spurtet sie los. Ich rufe, doch sie lässt sich nicht davon abhalten, den Spaziergänger zu begrüßen. So schnell es geht, laufe ich hinter ihr her. Viele Leute gibt es nicht, die sie so begrüßt. Eigentlich nur …

»Paul?«

Er winkt mit der einen Hand, nimmt sie aber gleich wieder herunter, um meinen Hund, der wedelt und um Pauls Beine springt, zu streicheln.

Mein Magen krampft sich zusammen. Warum ist er hier unterwegs? Warum alleine?

»Was machst du denn hier?«, frage ich.

Das hört sich eigentlich zu unverbindlich an, aber mir fällt nichts Besseres ein.

Wo sind deine Kinder? Warum gehst du spazieren? Ist etwas passiert?

All diese Fragen klingen so, als würde ich etwas Schlimmes vermuten. Das tue ich zwar tatsächlich, aber ich will noch ein paar Sekunden lang so tun, als wäre alles in Ordnung.

»Ich laufe euch entgegen.«

Ich lege die Stirn in Falten und schüttle den Kopf.

»Der Nachbarsjunge hat vor einer Stunde einen Kasten Bier und ein paar andere Flaschen in seinen Kofferraum gewuchtet und ist gefahren«, erklärt er. »Also habe ich angenommen, dass du ungefähr zu diesem Zeitpunkt Lio nimmst und dich aufmachst.«

Seine Nachbarn zu beobachten gehört zu Untergickelbach wie der Brunnen auf dem Marktplatz. Dass Paul diese Eigenart so schnell übernommen hat, überrascht und amüsiert mich. Der Nachbarsjunge ist Justin aus Fabians Fußballmannschaft, der – auch so ein Untergickelbacher Ding – in der Einliegerwohnung seiner Eltern wohnt.

»Wie war es mit deinen Kindern?«, erkundige ich mich.

»Schön, fast wie früher. Sie haben sich aber schon hingelegt, sind erschöpft von der Arbeit oder vom Feiern. Sie haben wohl bis heute Morgen in irgendeinem Weinhandel verbracht.«

Ich bin erleichtert, sie sind tatsächlich geblieben, und es gab keine Katastrophe.

»Am Anfang waren wir etwas steif und unsicher. Aber ich denke, wir haben es ganz gut hingekriegt.« Er sieht sich um, scheint aber nichts richtig wahrzunehmen.

Irgendetwas hat er auf dem Herzen, das kann ich deutlich erkennen.

»Ich habe im Kaminhaus angeschürt«, sagt er. »Willst du dich ein bisschen aufwärmen? Oder bist du auch müde?«

Nach dem Spaziergang bin ich etwas wacher, und zu Hause würde ich ohnehin nur alte Filme glotzen und irgendwann auf der Couch einschlafen. Also komme ich gerne mit.

Das Kaminhaus ist ein komischer Bau auf dem Gelände der Apothekervilla. Es verfügt über zwei große Fenster an der Frontseite, zwei weitere Fenster sind in der schmalen Seitenwand eingelassen. Die Eingangstür ist unerwartet hässlich, dunkles Holz mit gelben Wabenfenstern. Paul will sie nächstes Jahr unbedingt austauschen, was ich absolut nachvollziehen kann. Gegenüber der Tür befindet sich ein großer offener Kamin. Vier Sessel stehen auf einem alten Teppich, davon abgesehen, gibt es nur einen niedrigen Tisch und einen Servierwagen. Das war's. Die Möbel stammen noch von Frau Doktor Wagener. Ob Paul sie behalten will, weiß ich nicht. Mit ihrem Samtbezug und dem Korbrücken, vor dem dicke Kissen stehen, versprühen sie einen seltsamen Charme.

Paul hilft mir aus meiner Jacke, und ich lege Handschuhe, Schal und Mütze auf dem Fensterbrett ab. Nachdem ich meine Stiefel von den Füßen gezogen habe, tapse ich auf Strümpfen über den kalten Boden, setze mich auf einen Sessel und ziehe die Beine an.

Paul nimmt eine Decke von der Steinbank neben dem Kamin und gibt sie mir. Das Feuer hat die Steine erhitzt, und die wiederum haben die Wärme auf den Stoff übertragen. So langsam wird es gemütlich.

In die flauschige Decke gewickelt, sehe ich Paul dabei zu,

wie er Holz nachlegt und aus einer Thermoskanne Tee in zwei Tassen gießt. Zitronenaroma steigt mir in die Nase.

Auf dem Serviertisch stehen Brownies. Paul erzählt, dass sein Sohn sie gebacken hat, nimmt sich eine Tasse Tee und setzt sich mir gegenüber.

Meine Finger trommeln auf die Armlehne.

»Wir müssen ein Gespräch führen, das es eigentlich gar nicht geben darf«, fängt er an.

Ich sehe ihn erwartungsvoll an und vergesse fast zu atmen. Also ist doch etwas passiert! Etwas, was ihn so sehr beschäftigt, dass er mitten in der Nacht durch den Wald stiefelt, weil er hofft, mich dort zu treffen.

»Es wird nie ein Gespräch gegeben haben«, versichere ich. »Du kannst mich übrigens auch einfach anrufen oder mir eine Nachricht schreiben, wenn du etwas auf dem Herzen hast.«

»Ich weiß«, sagt er. »Aber ich habe selbst ein bisschen Bewegung gebraucht, musste mal durchatmen.« Er sieht mich an. »Bist du versorgt?«

Ich nicke.

Er steht auf, geht zum Korb neben dem Fenster, nimmt sich eine Limonade heraus und öffnet sie.

Mein Kopf spielt verschiedene Szenarien ab. Ist er krank? Oder eines seiner Kinder? Hatten sie Streit?

Vielleicht hat es auch gar nichts mit seiner Familie zu tun. Hat er einen geheimen Kellerraum entdeckt und dort eine tiefgekühlte Leiche gefunden?

Er setzt sich wieder. »Du willst wirklich nichts?«

Ich umfasse die Holzarmlehnen meines Sessels und rücke ihn nach vorne. Nun sitze ich so nahe bei Paul, dass ich seine Hand nehmen kann.

»Du kannst mir alles erzählen«, sage ich statt einer Antwort. »Ich werde schweigen, niemand wird etwas erfahren. Und ich werde alles tun, was in meiner Macht steht, um dir zu helfen.«

Seine Finger sind kalt und angespannt. Ich lege sie auf meine linke Hand und lege meine rechte darüber.

Paul atmet tief ein und aus. »Ich komme mir vor wie ein Verräter, aber ich muss darüber reden.«

Es geht sicher um seine Kinder, sonst würden wir wahrscheinlich in seiner Küche sitzen. Hier kann uns niemand hören. Bis auf Lio, aber die hat sich vor dem Kamin ausgestreckt und döst.

»Ich habe dir doch erzählt, dass Beppi nach dem Tod meiner Frau ziemliche Probleme hatte«, beginnt er.

Ich nicke.

»Jetzt hat Gina mit mir gesprochen und mir etwas gebeichtet. Vorhin, als ihr Bruder schon im Bett war. Jedenfalls ist Gina noch aufgeblieben und hat mit mir aufgeräumt und abgespült. Als ich sie in den Arm genommen und ihr gesagt habe, wie sehr ich sie liebe, ist sie in Tränen ausgebrochen.«

Er sieht ins Feuer.

Mir fällt auf, dass er wieder dazu übergegangen ist, die Kosenamen seiner Kinder zu verwenden, und ich frage mich, ob das damit zu tun hat, dass sie nun wenige Meter von uns entfernt schlafen und die Feiertage nicht in einem anderen Leben mit fremden Leuten verbringen.

»Sie hat gesagt: ›Papa, ich bin auch froh, dass ich dich wiederhabe. Aber …‹« Paul bricht ab, und ich kann deutlich erkennen, dass er mit sich ringt. »Dann hat sie etwas gesagt, was mir fast das Herz gebrochen hat. ›Papa, ich habe Geheimnisse, die mich manchmal nicht schlafen lassen, und ich kann niemandem davon erzählen. Und wenn ich sie dir anvertraue, bist du sicher enttäuscht von mir.‹«

Er trinkt und schluckt.

»Also habe ich ihr gesagt, dass sie meine Tochter ist und ich sie immer lieben werde, egal, was sie angestellt hat. Und dann habe ich sie erzählen lassen.«

Das Feuer knackt, ein Scheit fällt nach unten. Wir blicken beide zum Kamin und sehen zu, wie die Funken stieben.

Ich kann kaum denken, so gespannt bin ich und so sehr fühle ich mit Paul.

»Gina und Maja Waldenstein, die Hotelchefin, haben offenbar ein sehr enges Verhältnis. Sie haben sich kennengelernt, als Beppi im Gefängnis war. Damals hat sie die weinende Gina an der S-Bahn-Haltestelle aufgelesen und auf einen Kaffee eingeladen. Die beiden mochten sich sofort, also hat Frau Waldenstein Gina ihre Hilfe angeboten. Beispielsweise hat sie dafür gesorgt, dass Gina und Beppi die Tankstelle in Klosterweinting übernehmen können.« Er räuspert sich kurz. »Eines Abends fand Gina Frau Waldenstein völlig aufgelöst vor. Ihr Bruder sei verstorben, hat sie erzählt, und habe ihr – obwohl sie seit Jahrzehnten keinen Kontakt hatten – all seinen Besitz hinterlassen. Dieses Erbe habe allerdings einige Tücken ...«

An dieser Stelle pausiert Paul und sieht mich an.

»Du wirst es nicht glauben, wer der Bruder ist«, sagt er, dann lässt er die Bombe platzen: »Jonathan Genske.«

Ich schnappe nach Luft.

»Das ist nicht dein Ernst«, sage ich.

»Doch.« Er nickt. »Sie hatten sich entzweit, dann ist sie nach Frankreich gegangen und hat dort ihr Vermögen angehäuft. Außerdem hat sie geheiratet, sich scheiden lassen und den Namen behalten, lange bevor sie nach Deutschland zurückgekommen ist.«

Paul erzählt weiter, dass sich Maja Waldenstein mit den

Behörden in Verbindung gesetzt und zugesichert hat, alle Museen und Galerien mit den Originalen zu versorgen. Um das Ansehen der Museen nicht zu beschädigen, hat man sich darauf geeinigt, das Ganze ohne großes Aufhebens zu machen. Wenn das Original im Museum hing, blieb es dort. Wenn es eine Kopie war, erfolgte ein Austausch.

Tatsächlich scheint es nur einen einzigen Fall gegeben zu haben, bei dem eine Kopie im Museum gelandet ist. Genske fand den Museumsdirektor wohl so unsympathisch, dass er ihm eine Kopie angedreht hat.

Ich frage mich, wo Gina ins Spiel kommt. Bisher klingt das eigentlich alles recht anständig. Auch wenn ich es immer noch nicht fassen kann, dass Maja Waldenstein die Schwester von Jonathan Genske ist!

Ich sehe Paul gespannt an. »Obwohl sie sich entzweit hatten, teilten Maja Waldenstein und ihr Bruder wohl die Ansicht, dass Kunst etwas für Leute ist, die etwas davon verstehen oder die sich daran erfreuen, und nichts für diejenigen, die damit nur angeben wollen.«

Ich nicke, und langsam dämmert mir, worauf die Geschichte hinausläuft.

»Jedenfalls hat Maja Genske, wie sie damals noch hieß, Bilder für ihren Bruder kopiert. Rothkos und Pollocks und Kandinskys und so weiter. Sie hat sich alte Leinwände und Farben besorgt, außerdem irgendwelches Zeug, das die Maler vor 1950 verwendet haben, und dann die Bilder kopiert. Irgendein Dozent hat ihr wohl mal gesagt, sie habe kein Talent zum Malen, woraufhin sie ihr Studium abgebrochen hat. Irgendwann hat sie sich den Spaß gemacht und mit Jonathan gewettet, selbst er könne Kopie und Original nicht unterscheiden. Das konnte er tatsächlich nicht, und so wurde ein Geschäftsmodell geboren. Sammlern, denen es nur ... ich sage mal ... ums Angeben ging, haben sie die Kopie angedreht. Die Gutachten hat Genskes Frau abgegeben, damit war es so gut wie wasserdicht.«

Paul schüttelt mit dem Kopf, als könne auch er all das kaum glauben.

»Irgendwann kam es wohl zum Streit, und sie haben nicht mehr miteinander gesprochen«, fährt er dann fort. »Allerdings ist sie mit ihrer Schwägerin in Kontakt geblieben. Die wiederum hat auch nach ihrer Scheidung weiterhin mit Genske zusammengearbeitet, offenbar war sie diejenige, die das Geschäft geführt hat. Als sie schwer krank geworden ist, wollte sie in ihrem Leben aufräumen und hat angekündigt, die Sammler über den Betrug informieren zu wollen. Dabei hat sie sich mit ihrem Ex-Mann gestritten, und er hat einen Herzanfall erlitten.«

»Okay!« Mehr kann ich gerade nicht sagen. Ich muss die Geschichte erst einmal sacken lassen. »Paul ... die Schwägerin, das war die Modeikone aus deiner Zeitschrift. Weißt du noch?«

»Daran musste ich auch schon denken«, bestätigt er kopfnickend, dann fährt er fort: »Frau Waldenstein ist mit Gina nach München gefahren und hat diese Frau Schmidt abgeholt, damit sie nicht befragt wird. Maja Waldenstein hatte Angst, dass irgendjemand einmal die Frage stellt, wo die Fälschungen herkommen. Wenn das aufgeflogen wäre, hätte das alles zerstört, was sie sich aufgebaut hatte. Deswegen haben sie den Mythos von der weit weg lebenden Erbin lanciert. Vor ein paar Monaten ist Gina dann nach Österreich gefahren und hat dort, gemeinsam mit Maja Waldenstein, die Wohnung des Bruders durchsucht. Die beiden haben alles mitgenommen, was darauf hindeuten könnte, dass Maja etwas mit den Bildern zu tun hat.«

»Aber warum erst so spät?«

»Das habe ich auch nicht verstanden. Der Ausgleich mit den Geschädigten war wohl hinter den Kulissen bereits angelaufen. Jedenfalls war sie diejenige, die der Polizei den anonymen Tipp gegeben hat. Damit hat sie wohl gleichzeitig ihre erste Ausstellung beworben, die sie im Hotel hat.«

»Belastet es Gina sehr?«

Paul wiegt den Kopf hin und her. »Ich denke, sie musste es einfach jemandem anvertrauen. Ich hatte nicht das Gefühl, dass sie leidet. Sie sieht sich wohl eher als eine Art Robin Hood.«

Eine Stunde später sitzen wir immer noch in dem Kaminhaus. Inzwischen habe ich Holz nachgelegt. Wir reden über Maja Waldenstein und Gina.

»Da mache ich mir die ganze Zeit darüber Gedanken, was mein Sohn wohl anstellt und mit welchen Leuten er verkehrt. Aber während sich Beppi anscheinend einen rechtschaffenen Lebenswandel zugelegt hat, hilft meine Tochter, Straftaten zu vertuschen, und macht mit der inkognito lebenden Schwester eines bekannten Kunstbetrügers gemeinsame Sache.«

Er sieht mich an. Und dann prusten wir beide los. Wir lachen so laut, dass Lio aufwacht und aufgeregt zwischen uns hin- und herläuft.

Ein kalter Teerest befindet sich in meiner Tasse. Ich hebe sie an und stoße damit gegen Pauls halbvolle.

»Auf die Familie«, sage ich. »Hauptsache, man hat eine.«

Es ist sehr spät oder sehr früh – je nachdem, wie man es nimmt –, als ich mit Lio heimlaufe.

»Kommst du am zweiten Feiertag zum Kaffee?«, fragt Paul. »Zu mir und meiner missratenen Brut?« Er sagt das mit einem liebevollen Lächeln.

»Auf jeden Fall«, sage ich. »Und ich werde dir endlich Mamas Notizbücher mitbringen.« Dann ziehe ich die Nase kraus. »Oder soll ich warten, bis deine Tochter wieder weg ist? Wer weiß, was sie damit macht?«

»Ich denke, wir können es riskieren.«

Am Morgen des ersten Weihnachtstags führe ich ein langes Videotelefonat mit Vee und Hilda. Was den Ring angeht, reagieren sie pragmatisch.

»Wenn es dir nicht passt, streifst du ihn ab und gehst«, sagt Vee.

So einfach ist es allerdings nicht, wenn man diejenige ist, die den Ring am Finger hat.

Danach öffne ich Elenas Geschenk. Das ist in der Aufregung gestern untergegangen. Ihre Mutter hat mir Arbeitsschürzen genäht, mit verschiedenen Mustern und großen Taschen. Damit sehe ich aus, als wäre ich einem Sonntagabend-Kitschfilm entsprungen.

Ich ziehe eine an, mache ein Foto und schicke es an Elena mit der Film-Bemerkung, nur dass ich »Romantikfilm« schreibe.

Daraufhin ruft sie mich an und teilt mir mit, dass ihre Mutter das Foto wunderschön findet und dass wir es auf die Homepage stellen sollten.

»Hast du die Karte eigentlich schon gelesen?«, fragt sie.

Ich entschuldige mich, dass ich dazu noch nicht gekommen bin, und ziehe den Umschlag unter dem Papierhaufen hervor.

Ich bin dir so dankbar für diese Chance, für unser gemeinsames Start-up. Seit wir das haben, bin ich ein neuer Mensch. Ich fühle mich so wertvoll, und es gibt mir ein gutes Gefühl, gebraucht

zu werden. Ich habe mir immer gewünscht, einmal IT-Chefin in einem tollen Unternehmen zu sein. Nun sind wir beide die Chefinnen, und es läuft besser, als ich es mir je erträumt hätte. Weil wir das nun zusammen machen, schlafe ich jeden Abend zufrieden ein und freue mich jeden Morgen, zur Arbeit zu gehen. Ich war beruflich noch nie so glücklich und zufrieden.
Ich freue mich auf das neue Arbeitsjahr mit dir und den Blumen und auf alles, was da noch so kommen mag.

Ich bin gerührt und ebenfalls dankbar, als ich das lese. Und eines wird mir klar: Meine Zelte abzubrechen und woanders neu anzufangen ist erst einmal keine Option.

Durch mein Telefonat sind wir spät dran. Eigentlich wollte mir Fabian vor dem Turnier noch die Kiste mit Mamas Notizbüchern aus dem Keller holen, doch dafür haben wir jetzt keine Zeit mehr.

»Ich suche sie dir heute Abend raus«, verspricht er.

Das Weihnachtsturnier, das Fabians Freunde veranstalten, ist spaßiger als gedacht. Matzes Vater grillt, und wir spielen Fußball, Tischtennis und Kicker. Für jede Disziplin bekommen wir einen neuen Partner zugelost.

Fabians Freunde sind entspannt. Es scheint wirklich um »die Gaudi« zu gehen, wie Sebastian immer betont, und weniger ums Gewinnen. Damit habe ich nicht gerechnet.

Sabrina wird mit Fabian zusammengelost. Während der Kickerpartie flüstert sie dauernd etwas in Fabians Ohr, und er macht Witze, die sie weiterführt. Die beiden wirken vertraut und eng.

Ich sehe, dass die Frauen an der Bar das registrieren und mich prüfend mustern. Müsste mich das Verhalten der beiden stören? Warum tut es das nicht? Bin ich wirklich so cool, oder hat es einen anderen Grund, dass ich nicht eifersüchtig bin? Diesen Gedanken denke ich mal wieder lieber nicht zu Ende …

Bier, Glühwein und Schnaps fließen in Strömen, Fabian und die anderen trinken viel. Ich habe Angst, dass er mir später beim Durchforsten der Kisten auf die Notizbücher kotzt. Fast bin ich versucht, in den Keller zu gehen und selbst die Umzugskisten zu holen. Aber Fabian hat den Schlüssel zu Hause hängen lassen, und so vertagen wir die Aktion.

»Morgen brauche ich sie aber«, sage ich, und Fabian verspricht, am nächsten Morgen zum Haus seiner Großeltern zu fahren und die Kiste mit den Notizbüchern zu holen.

Er ist gut drauf, als wir heimkommen. Er schläft mit mir und dann ein. Ich bleibe wach und habe keine Ahnung, was richtig ist.

18
Was wäre, wenn sie geht

In Ireland the inevitable never happens
and the unexpected constantly occurs.

In Irland sind wir es gewöhnt,
dass das Unvermeidliche nie
und das Unerwartete andauernd geschieht.

IRISH SAYING

Zweiter Weihnachtsfeiertag

Nachts habe ich ein paarmal klopfende und polternde Geräusche gehört. Es klang, als würde der Wind Gartenmobiliar oder andere nicht befestigte Gegenstände durch die Gegend peitschen. Die Morgennachrichten, die in der Küche im Radio laufen, melden Staus und empfehlen Umleitungsstrecken, da eine Brücke, die offenbar sehr zentral und wichtig ist, aufgrund von Sturmschäden nicht befahren werden darf. Der Sturm hat Häuser abgedeckt, Fahrzeuge beschädigt und Mobilfunkmasten abgeknickt.

»O'Malley hat einen Teil seiner Weide verloren. Sie ist ins Meer gekracht«, sagt Fergal.

»Hat er das nicht erwartet?«, fragt Ailbhe.

»Doch, aber man hofft ja immer, dass es trotz allem nicht passiert. Seid bloß vorsichtig, wenn ihr rausgeht.«

»Sean kennt sich doch aus«, meint Ailbhe, aber auch sie macht ein Gesicht, als wäre es ihr lieber, wir würden zu Hause bleiben.

»*Ten feet from the cliff, lady*«, sagt Fergal ernst.

Auf dem Weg zur Klippe legt Sean mir wieder eine Hand aufs Bein. Ich liebe es, wenn wir so fahren. Irgendwann parkt er den Wagen neben der Straße, dann dreht er sich zu mir um.

»Meine Familie liebt dich. Meine Mutter hat es mir gestern Abend gesagt, mein Vater schon davor. ›*She's a fine girl*‹ – das waren seine Worte. Höher kannst du bei ihm nicht aufsteigen.«

Ich kuschele mich noch ein wenig näher an ihn. »Sie machen es einem auch leicht. Sie haben mich einfach angenommen, als gehöre ich dazu.«

Ich kenne sie jetzt erst wenige Tage, eigentlich eher wenige Stunden, und fühle mich bereits wie daheim!

»Wenn du willst: Meine schreckliche, chaotische, wilde, aber sehr liebe Familie ist deine schreckliche, chaotische, wilde, aber sehr liebe Familie.«

»Das ist ein gutes Geschenk, ein sehr gutes sogar.« Ich lächle. »Was ist eigentlich mit meinem anderen Geschenk? Meinem Weihnachtsgeschenk?«

»Das kann ich dir hoffentlich bald zeigen«, sagt er und checkt sein Handy. »Ich hab noch nichts gehört.«

Die Luft an diesem Morgen ist klar und sauber. Vom Meer her riecht es nach Salz und Algen, und die ganze Welt scheint auf ein neues Kapitel zu warten. Ein schmaler Weg führt zu der Anhöhe.

Und dann sieht man sie: Die Klippen rechts und links, die steil abfallen, unten ist ein Strand. Ich kann nicht erkennen, wie man dorthin gelangen soll.

Es ist fast zu mild für einen Dezembertag. Die Sonne steht am Himmel und malt gelbe Sprenkel auf die Wellen. Ich sehe das Blau des Wassers und das Grün der Wiesen neben der Klippe. Etwas weiter entfernt brechen sich die Wellen an den Felsen. Es ist so schön, dass mir die Worte fehlen.

Sean stellt sich hinter mich und legt seine Arme um meine Taille. Gemeinsam schauen wir auf die wunderbare Natur.

»Für mich war das immer der perfekte Ort für den ersten Kuss.«

»Hm, dafür sind wir leider zu spät. Aber wir könnten so tun, als wäre es unser erster Kuss.«

Sean nimmt meine Hand und dreht mich zu sich herum.

Er grinst sehr breit. »So.«

»Fängst du deinen ›ersten Kuss‹ mit ›so‹ an?«, frage ich augenzwinkernd.

»Es ist ja ein angekündigter erster Kuss.«

»Jetzt streng dich mal bitte ein bisschen an.«

»Okay, von mir aus …« Er rollt mit den Augen und grinst.

Mit seinen Fingerspitzen berührt er meine Wangen, mein Kinn, küsst mich zart auf die Nase und legt dann seine Lippen auf meine. Er küsst alles weg, meine Gedanken, die Umgebung, die Zeit. Da sind nur noch er und seine Arme, die mich halten, seine Lippen und der Gefühlssturm in meinem Inneren. Ich will nur noch so geküsst und so gehalten werden, ich will mich nur noch so aufgehoben und so angenommen fühlen.

»Ich kann dich immer noch nicht fassen«, sagt er. »Du bist mein Meer, meine Wellen, mein Wind, meine Sonne, mit dir habe ich nie gerechnet. Du bist mein Anfang und mein Ende, mein Ziel und mein Weg, und ich will immer wieder mit dir gehen und bei dir ankommen.«

Bestimmt werde ich mich immer an diesen Moment erinnern können, aber ich will diesen Ort mitnehmen.

»Ich mache ein Foto«, sage ich zu Sean, der gerade wieder auf sein Handy schaut und auf irgendetwas zu warten scheint.

Er nickt. »Geh nicht zu weit vor«, ruft er.

»Ich habe das mit den Klippen durchaus verstanden«, sage ich schmunzelnd.

Eine gute Fotografin bin ich nicht. Vielmehr probiere ich mit dem Handy herum, und irgendwann kommt dann zufällig mal ein gutes Bild heraus. Jetzt stehe ich – in einem Abstand, den man durchaus als respektvoll bezeichnen kann – da und versuche, die Farben festzuhalten, bevor der Wind sie verwischt.

Ich gehe noch einen Schritt zurück, da der Wind hier vorne wirklich stark weht und ich kein Risiko eingehen will. In dem Moment rumpelt es. Anscheinend schickt der Sturm auch noch ein Gewitter hinterher. Gewitter klingen hier offensichtlich anders, irgendwie dumpfer und ächzender, aber vielleicht ist es auch einfach zu weit weg.

Es rumpelt ein weiteres Mal. Ich höre Sean irgendetwas rufen und drehe mich um. Er rennt zu mir und zerrt mich zurück. Wir sehen, wie ein paar Hundert Meter entfernt einzelne Felsen ins Meer fallen. Mit jedem Aufprall spritzt das Wasser hoch.

Dann rumpelt es ein drittes Mal, und ein Teil der Klippe stürzt ab. Es geht viel langsamer, als ich es mir vorgestellt hätte. Fast wirkt es, als senkten sich die Felsen ab, dann landen Gras und Steine im Meer.

Stille. Ich höre nur den Wind und die Wellen um uns herum.

»Das hätte genauso gut hier passieren können«, sagt Sean, und in dem Moment stelle ich fest, dass ich die ganze Zeit über die Luft angehalten habe. »Lass uns gehen.«

Wir fahren zurück in den Ort und stellen das Mietauto gegenüber vom »Finnegan's« ab. Dort ist eine freie Fläche, die als Parkplatz genutzt wird. Windböen verfangen sich in den Fahnen vor dem Pub, zerzausen die Winterheide in den Kästen. Das Gerüst an der alten Pension ächzt im Sturm.

Seans Handy vibriert.

»Wahrscheinlich deine Mutter«, orakle ich. »Du sollst nicht reinkommen, weil dein Bruder dort ist, um dir die nächste zu verpassen.«

Er grinst gequält.

»Beppi« steht auf dem Display, und Sean nimmt den Anruf entgegen.

»Und?«, fragt er. Dann hört er zu. »Warte mal, ich schalte den Lautsprecher ein.« Er tippt auf das Lautsprechersymbol. »Wir sitzen im Auto. Marie hört dich jetzt.«

»Ihr sollt nicht fahren und telefonieren. Was da alles passieren kann …«, höre ich Beppi.

»Merk's dir«, sagt Sean.

»Wir stehen auf einem Parkplatz«, sage ich. »Frohe Weihnachten!«

Dann beiße ich mir auf die Lippen. Wie blöd von mir, dem Weihnachtshasser so etwas zu wünschen!

Beppi übergeht es.

»Also, dann hör mal zu«, sagt er. »Wir hatten gestern ein ganz spezielles Date mit dem mutmaßlichen Besitzer deines Gemäldes. Mein Kumpel und ich sind zum Treffpunkt gefahren. Der Typ war ein Dilettant, Trittbrettfahrer, Anfänger … keine Ahnung. Jedenfalls haben wir ihn auf diesem Autobahnparkplatz getroffen. Er will das Geld sehen, ich sage ihm, dass ich mich erst davon überzeugen will, dass er das Bild hat, und dann holt er es aus dem Lieferwagen, um es uns zu zeigen. Anschließend hat ihn mein Kumpel davon in Kenntnis gesetzt, dass er es wohl ohne Geld rausrücken muss.«

Ich höre zu und bin mir nicht sicher, ob das gerade wirklich passiert.

Jetzt sehe ich Sean an. Er nickt und nimmt meine Hand.
»Seine Nase hat ziemlich was abgekriegt«, fährt Beppi fort.
Ich hoffe immer noch, dass ich das gerade tatsächlich erlebe.
»Beppi?«
»Ja.«
»Hast du's wirklich gekriegt? Mein Bild.«
»Dein Bild. Ganz wirklich«, bestätigt Beppi.

18
Was wäre, wenn sie bleibt

A könnyû is nehéz a nemakarónak.
Auch das Leichte ist dem Nichtwollenden schwer.
UNGARISCHES SPRICHWORT

Elenas Version:
Schlechte Menschen gibt es überall,
vor allem dort, wo du sie nicht vermutest.

Zweiter Weihnachtsfeiertag

Am nächsten Morgen bereitet mir Fabian ein Weihnachtsfrühstück zu, einen Traum aus Toast, Ei, Obst und Lachs. Frühstück zu machen ist für ihn als Langschläfer der ultimative Liebesbeweis. Elena würde sagen, er könne sich auch einmal etwas anderes einfallen lassen. Aber für mich ist das okay. Langsam beginne ich mich zu entspannen.

Dieser zweite Weihnachtsfeiertag gehört Annegrets Schwester Elisabeth und deren Familie. Annegret und Harald fahren schon am Vormittag hin, Fabian will nachkommen. Er hat die ganze Zeit mit mir im Bett verbracht. Fast habe ich den Eindruck, als wolle er mit seinen Zärtlichkeiten meine Zweifel auslöschen.

Es scheint zu funktionieren: Als er zum Mittagessen aufbricht, bin ich so hormonerfüllt, dass mich der Ring zum ersten Mal nicht stört. Er nimmt sogar Lio mit, weil Elisabeths Enkel sie so gerne mögen. Sonst kümmert er sich nie um sie. Vielleicht wird doch alles gut, denke ich.

Ich bleibe noch ein wenig im Bett liegen. Die Tante kenne ich nicht so gut, deswegen habe ich auch kein schlechtes Gewissen dabei, wenn ich dieses Familienfest auslasse und zum Kaffeetrinken zu Paul gehe. Er freut sich, dass ich nicht erst zum Abendessen komme, und ich werde seine Kinder endlich richtig kennenlernen.

Außerdem wird ein Freund von ihnen erwartet. Er ist Architekt und will sich den Skulpturenweg und das Grundstück ansehen, auf dem das neue Künstlerhaus entstehen soll. Paul hat ihn flüchtig beim Galaabend kennengelernt, und seine Kinder halten große Stücke auf ihn. Er hat wohl das Hotel renoviert, und Paul mag ihn.

»Oh nein!« Jetzt haben wir vergessen, die Notizbücher zu holen.

Genervt lasse ich meinen Kopf in die Kissen sinken. Wie kann ich nur so schusslig sein? Ich muss die Bücher heute mitbringen, das habe ich mir fest vorgenommen.

Hastig schreibe ich Fabian, dass er noch mal zurückkommen soll. Die Tante wohnt in Litzendorf. Das liegt auf der anderen Seite von Bamberg, aber die Strecke ist zumutbar.

Ich dusche und ziehe mich gerade an, als ich unten jemanden an der Haustür höre. Barfuß stürme ich die Treppe hinunter ... und sehe Harald, der mit zwei Tüten aus der Wohnung kommt.

»Du bist ja noch da«, stellt er fest und hebt die Tüten hoch. »Wir haben die Geschenke für Elisabeths Enkel stehen lassen. Das war vielleicht ein Geschrei.«

Ich bedauere, dass es nicht Fabian war, der deswegen zurückgefahren ist, und frage ihn nach dem Schlüssel für den Keller.

»Der ist am Schlüsselbrett. Nimm ihn dir doch.«

Er geht zurück, stellt die Tüten ab und händigt mir den Bund aus. Eine Unzahl an kleinen und großen Schlüsseln hängt daran, dazu ein Plastikschild: *Haus Oma.*

Ich schreibe an Fabian: *Wir haben die Bücher vergessen. Wo sind denn meine Sachen?*

Nach einer Dreiviertelstunde sind die Häkchen an der Nachricht immer noch nicht blau. Ich rufe ihn an, aber er hört sein Handy nicht. Also nehme ich mir den Schlüssel und fahre zum Haus der Großeltern. Dann muss ich mich eben durchwühlen.

Der Haustürschlüssel ist leicht zu finden, der Keller unverschlossen, anders als die Abteile. Das Siedlungshaus aus den Fünfzigern hat einen großen Keller, abgeteilt mit Holzverschlägen. Diese sind größtenteils verschalt, sodass man nicht sehen kann, was sich dahinter befindet. Ich nehme mir die kleinen Schlüssel vor und stecke sie nacheinander in die Vorhängeschlösser, bis einer sich drehen lässt.

Es gibt vier Abteile und zwei Kellerräume. Für ein Haus mit drei Wohnungen finde ich das viel.

Das erste Abteil scheint früher einmal der Kohlenkeller gewesen zu sein, einige Briketts liegen noch auf dem Boden.

Auch das zweite Abteil war wohl mal ein Kohlenkeller, zumindest lassen das die schwarzen Spuren an der Wand vermuten. Inzwischen dient er als Möbellager von Fabians Kumpel. Einige IKEA-Kartons, die wohl von einer Kommode stammen, stehen darin. Auch eine Sackkarre und ein IKEA-Tisch – oder vielmehr dessen Karton. Irgendein Scherzkeks hat Totenköpfe darauf gemalt.

Ich löse die Schlüssel, die ich nun zuordnen kann, vom

Ring und lege sie neben die Türen. So komme ich schneller voran.

Das dritte Abteil beherbergt eine Tischtenn splatte, eine Hantelbank und einen Heimtrainer. Wieder nichts. Der Schlüssel wandert auf den Boden, und ich probiere mich am nächsten Vorhängeschloss.

Im letzten Abteil stehen Fahrräder, Skier, ein Waschkessel, ein alter Tisch mit Stühlen und viele Kisten. Ich biege die Deckel auseinander, hebe die Zeitung an und sehe Mamas Geschirr. Freude darüber, dass es den Brand überlebt hat, mischt sich mit der Erleichterung, endlich den richtigen Raum zu haben.

Ich sehe in weitere Kisten und finde bald zwei Kartons mit Notizbüchern. Ich nehme eines heraus und blättere es auf. Auf der einen Seite sehe ich Mamas Schrift, auf der anderen eine Bleistiftskizze von »Frau mit Pullover«. Ich blättere weiter und betrachte den kolorierten Entwurf des Bildes. Wärme breitet sich in mir aus. Mama ist nicht hier, das weiß ich. Aber ihre Schrift zu lesen und ihre Ideen vor mir zu haben lassen sie mir so nah sein!

Mein Atem geht laut, aber ich weine nicht. Paul hat recht: Irgendwann löst die dankbare Erinnerung die Tränen ab. Und es fühlt sich gut an, dass bald viele Leute die Ideen meiner Mutter sehen werden. Eine Art »Cassandra-Landauer-Archiv« soll in einem Teil des neuen Gebäudes entstehen, und ich weiß, das wäre wieder einer dieser Momente gewesen, in dem sie barfuß durch den Garten gesprungen wäre. Davon hätte sie wahrscheinlich auch der Schnee nicht abgehalten.

Heute Abend fahren Pauls Kinder wieder nach Klosterweinting, und ich bin mir sicher, er wird sich gleich über die Kisten hermachen. So wie ich ihn kenne, wird er viele Fragen haben, und ich freue mich jetzt schon darauf, über Mama und ihre Arbeit zu reden.

Ich spitze noch in andere Kisten hinein und finde eine weitere mit Notizbüchern. Die werde ich auch mitnehmen.

Ein Blick auf mein Handy sagt mir, dass ich in zwanzig Minuten bei Paul sein soll. Es wird Zeit, dass ich loskomme.

Ich zerre die Kisten aus dem Keller und verschließe die Tür. Wie ich diese Dinger die Treppe hinaufbringen soll, weiß ich nicht. Mir fällt die Sackkarre ein, und ich gehe zurück in den Kohlenkeller. Leider steht sie hinter den IKEA-Kartons, und der Keller ist so schmal, dass ich nicht daran vorbeikomme.

Schwerer als die Kisten mit Mamas Unterlagen können die Kartons auch nicht sein, denke ich und verfrachte sie in den Gang, damit ich die Sackkarre herauskriege.

Die Kartons sind erstaunlich leicht. Ich hole die Karre, schiebe sie unter Mamas Kisten und zerre diese, Stufe für Stufe, aus dem Keller. Die Hälfte der Notizbücher schichte ich auf den Rücksitz, so kann ich den Rest samt Kiste in den Kofferraum wuchten. Dasselbe mache ich mit der zweiten.

Die Schlepperei hat lange gedauert. Vor fünf Minuten hätte ich bei Paul sein müssen, und ich schreibe ihm, dass es zwar ein bisschen später wird, ich dafür aber die Notizbücher dabeihabe.

Die Sackkarre stelle ich zurück an ihren alten Platz, dann schiebe ich die Kartons zurück. Ich frage mich, wer auf die Idee gekommen ist, die Piratenwarnungen darauf zu malen. Der Totenkopf ziert jeden Karton! Mit dem Finger biege ich die Lasche nach unten, um zu sehen, was darin ist. Ich fühle mich schlecht, weil man so etwas nicht tut, aber die Piratendekoration ist wirklich zu dämlich.

Der Inhalt ist zu klein für den Karton. Tatsächlich sieht es aus, als stecke eine Leinwand darin, und ich stecke meinen Arm hinein, um sie herauszuholen. Grüne Punkte bedecken die Fläche, und ich starre auf die Bäume, die sich vor meinen Augen formen.

Wer um alles in der Welt hat eine Kopie von *Leaves of Green*? Ich habe noch nicht einmal gewusst, dass man etwas anderes als Drucke kaufen kann!

Und dann sehe ich sie. Die Striche. Auf der Rückseite. Mamas Restauratorenspleen. Ihr Markenzeichen.

Ich fahre mit den Fingern über die Farblinien. Dann fällt mein Blick auf die zwei anderen Kartons, und meine Hände fangen an zu zittern. Mit dem Schlüssel schlitze ich das Paketband auf, das in mehreren Schichten den Karton verschließt.

Ich reiße die Leinwand heraus und sehe *Leaves of Blue*. Ich kann kaum atmen, sehe den dritten Karton an. Wenn *Leaves of Green* und *Leaves of Blue* in diesen Kartons sind ... Ich traue mich nicht weiterzudenken.

Meine Finger berühren den letzten Karton. Er ist rau und kalt.

»Marie!« Fabian steht hinter mir. Ich habe ihn nicht kommen hören.

»Ich wollte dir deine Kartons holen und ...« Sein Blick fällt auf die Bilder.

Ich starre ihn an, und er senkt den Blick.

»Das habe ich nicht gewollt«, sagt er schließlich.

In meinem Kopf sind zu viele Fragen.

»Wem gehören die Kartons?«, höre ich meine Stimme. Ich bin überrascht, dass es ausgerechnet diese Frage ist, die sich durchgesetzt hat.

»Dir.«

»Nein«, sage ich. »Ich habe Mamas Bilder nicht in IKEA-

Kartons gepfercht und dich darum gebeten, sie hier aufzubewahren. Also noch mal: Wem gehören die Kartons?«

»Das sind … Das waren Sabrinas Kartons.«

Ich atme laut aus.

»Sie hat sich den Tisch und die Kommoden gekauft, und ich hab sie ihr aufgebaut. Anschließend habe ich angeboten, die Kartons zum Container zu bringen. Und dann bin ich noch mal zum Künstlerhaus gefahren. Ich weiß nicht, wieso. Vielleicht wollte ich schauen, ob noch etwas drin ist, bevor sie es abreißen. Da war dieser Schrank unter der Treppe, eigentlich mehr so ein Verschlag, und darin waren sie, die Bilder. Also habe ich sie eingepackt. Und dann bin ich weggegangen, zu Gianfranco. Wir haben Karten gespielt, und ich hab verloren. Viel verloren. Und …«

Er schluckt ein paarmal heftig.

»Marie, die Typen dort, das sind Zocker, harte Zocker«, fährt er dann fort. »Und die verstehen keinen Spaß. Vor allem, wenn du nicht zahlst. Neulich haben sie einen Typen aus Bischberg krankenhausreif geprügelt, weil er seine Schulden nicht gezahlt hat. Ich hab gedacht, wenn ich die Bilder verkaufe, komm ich an das Geld, und es tut keinem weh. Du kriegst das irgendwann von der Versicherung wieder, hast also nichts verloren …«

Ich traue meinen Ohren nicht, doch die Geschichte ist noch nicht zu Ende.

»Und dann bin ich am nächsten Abend nach Marienbad gefahren, ins Casino, und dort hab ich gewonnen. So viel, dass ich alles bezahlen konnte. Da habe ich die Bilder in den Keller getan. Zuerst wollte ich sie verkaufen. Lennard wollte mir dabei helfen, sie ins Darknet zu stellen. Aber ich habe gesehen, wie du an dem Bild hängst, und zu dem Zeitpunkt habe ich gemerkt, dass ich dich wirklich mag, also hab ich die Anzeige gelöscht und die Bilder hier gelagert. Ich wollte sie dir geben, so oft, aber ich hab nicht gewusst, was ich dir sagen soll.«

Meine Hand berührt immer noch das Paket. In mir scheint alles schwarz zu sein. Ich habe Angst, darüber nachzudenken, was er gerade gesagt hat. Es war schon schlimm, es zum ersten Mal zu hören – ich weiß nicht, was passiert, wenn ich die Gedanken noch einmal durch meinen Kopf schicke.

»Hast du was mit Sabrina?«, frage ich. Keine Ahnung, wie ich jetzt darauf komme.

»Nein.« Er schüttelt den Kopf. Sehr heftig. »Aber sie ... sie weiß es. Sie ist dagegen, dass ich spiele. Ich mach das viel weniger, eigentlich kaum noch. Und ich musste ihr versprechen, dass ich sie mitnehme, damit sie aufpassen kann. Sie bremst mich – wenn ich mich bremsen lasse. Sie ist toll, und davon ...« Er zeigt auf die Pakete. »... hat sie keine Ahnung. Sie hat oft gemeint, ich soll es dir sagen, das mit dem Spielen, aber ich hatte Angst, dass du dann gehst. Seit du da bist, sind meine Eltern so ruhig, und sie lassen mich in Ruhe. Damals, als sie das Grundstück an Reisig verkauft haben, damit ich meine Schulden bezahlen kann, damals habe ich versprochen, dass ich aufhöre. Und das habe ich auch. Ziemlich lange sogar, bis nach der Kirchweih. Bloß neulich ... da hat es mich wieder gepackt, ich weiß auch nicht. Und dann habe ich das halbe Geld für die Pflanzen verspielt, und ich habe mich so geschämt, und ich wollte dich nicht enttäuschen. Du darfst meinen Eltern nichts sagen. Und du darfst nicht gehen. Wenn du weg wärst, würden sie mir wieder nicht trauen.«

Ich will schreien und toben, aber ich kann nicht. Ich ramme den Schlüssel oben in den Karton und zerre ihn zur anderen Seite. Dann reiße ich die Front auf. Blauer Himmel, goldene Sonnenblumen und darunter in Blau ein Mädchen.

Ich starre auf die Leinwand. *Sonnenblumentage.* Ich kann nicht glauben, dass es da ist. Dass die Bilder da sind. Dass sie nicht verbrannt sind.

»Ich liebe dich«, sagt Fabian.

Seine Worte rauschen an mir vorbei. Erwidern kann ich nichts. Also packe ich die Leinwände und bringe sie in mein Auto. Ich funktioniere. Denken, reden, all das geht nicht. Ich bewege mich wie ferngesteuert. Vor der Haustür komme ich ins Rutschen, kann aber verhindern, dass ich auf dem Boden lande. Es ist glatt geworden. Die Bilder halte ich nach oben, um sie nicht zu beschädigen.

Die Türen meines Volvos stehen immer noch offen. Ich werfe meinen Mantel in den Fußraum vor dem Rücksitz und stelle die Gemälde darauf, ganz vorsichtig. Dann nehme ich die Decke aus dem Kofferraum und hülle sie damit ein.

Fabian steht hinter mir.

»Soll ich dir helfen?«, fragt er.

»Du sollst gar nichts mehr«, sage ich und steige ins Auto.

19
Was wäre, wenn sie geht

The future is not ours to know,
and it may never be.
So let us live and give our best
and give it lavishly!

Wir wissen nicht, was
in der Zukunft geschehen wird,
und werden es auch nie erfahren,
deswegen lasst uns leben
und unser Bestes geben.

IRISH SAYING

Zweiter Weihnachtsfeiertag

Tränen tropfen in meinen Schoß. Sie müssen von mir sein, dabei habe ich gar nicht gemerkt, dass ich angefangen habe zu weinen.

Wir stehen auf diesem Parkplatz vor dem Pub. Um uns herum zerrt der Wind an den Bäumen, reißt Zweige ab und bauscht die Planen an dem Gerüst auf.

»Marie, du musst die ganze Geschichte hören.« Beppi erzählt weiter. »Mein Kumpel meinte zu dem Typen, er soll sich nicht in Geschäftsbereiche einmischen, die ihn nichts angehen, und hat ihm wohldosiert eine auf die Zwölf gegeben.«

Er macht eine Pause.

»Aber, was soll ich sagen? Hier steht es: dein Bild. Es ist unversehrt, wunderschön, und gekostet hat es uns auch nichts. Dich kostet es allerdings etwas … das dickste Steak, das du auftreiben kannst, und einen Kasten Bier, wenn du wieder da bist.«

»Du hast *Sonnenblumentage*?«, frage ich noch einmal. »Wirklich und wahrhaftig?«

»Ich schicke dir ein Foto, damit du es mir auch glaubst.« Beppi freut sich, das höre ich an seiner Stimme.

»Du kriegst von mir alles, was du willst«, sage ich. »Absolut alles.«

»Na, na, na«, kommentiert Sean schmunzelnd. »Sagen wir mal: fast alles.«

»In dem Fall überlasse ich dir sogar den seltsamen IKEA-Karton, in dem er es transportiert hat. Er hat einen Totenkopf darauf gemalt. So ein Depp!«

Ich weiß nicht, was ich sagen soll. Mein Kopf ist leer und übervoll zugleich.

Da kommt ein Bild auf meinem Handy an und gleichzeitig auch auf Seans. Ich tippe das Foto an – und tatsächlich: Da ist es, mein Bild. Meine *Sonnenblumentage.*

»Und noch eins …«, sagt Beppi. »Wenn ihr meiner Schwester jemals sagt, was ich gestern Abend gemacht habe und mit wem, gebe ich meinem Kumpel einen Tipp, wo ihr die wertvollen Sachen aus dem Kloster lagert.«

»Meine Lippen sind versiegelt«, schwört Sean. »Ehrenwort!«

Dann verabschieden wir uns von Beppi.

Ich sitze im Auto und starre auf mein Bild. Es dauert eine Weile, bis ich mich von dem Anblick lösen kann.

Seans Hand liegt auf meinem Bein.

Plötzlich schrecke ich auf. Der Karton. Der Karton mit dem Totenkopf!

»Sag mal, was hat Beppi eben gesagt? Was war auf dem Karton?« Vielleicht irre ich mich ja.

Sean presst die Lippen aufeinander.

»Wieso?«, fragt er ausweichend.

»Ich habe den Karton schon einmal gesehen«, antworte ich tonlos. »Hat dir Beppi gesagt, ob er den Verkäufer … Weiß er, wer das war?«

Sean nimmt meine Hände. »Ich wollte, dass du das erst irgendwann erfährst. Dass du dich jetzt nur freuen kannst.«

Der Wind fegt ein Stück Dachrinne von dem alten Bed and Breakfast. Es landet krachend auf dem Asphalt.

»Wollen wir reingehen, bevor noch die Scheibe zerbirst?« Sean sieht mich fragend an. »Oder brauchst du einen Moment?«

Ich schüttle den Kopf.

Wir steigen aus. Seans Eltern stehen bereits vor dem Pub.

Sonnenblumentage – mein Bild ist wieder da. Ich muss es noch einmal ansehen und ziehe mein Handy heraus, während ich zu ihnen laufe.

»Deine Jacke«, ruft Sean.

Er holt unsere Sachen vom Rücksitz und schwenkt sie wie eine Fahne. Im Augenblick spüre ich keine Kälte.

Dass ich *Sonnenblumentage* habe, kann ich noch nicht glauben, es ist noch nicht bei mir angekommen. Ich muss Vee Bescheid geben, und ich weiß noch nicht, was ich mit Fabian mache. Das muss ich erst sacken lassen.

Auf der anderen Seite sehe ich Seans Eltern. Ich winke ihnen zu und drehe mich um. Wo bleibt Sean?

In dem Moment höre ich ein Rattern, gefolgt von einem Knall, dann wird es dunkel.

19
Was wäre, wenn sie bleibt

A baj nem jár egyedül.
Ein Unglück kommt selten allein.
UNGARISCHES SPRICHWORT

Elenas Version:
Mit dem Unglück ist es
wie mit der nervigen Verwandtschaft:
Du willst nicht, dass es kommt, und
dann bleibt es auch noch länger,
als du es ertragen kannst.

Zweiter Weihnachtsfeiertag, abends

Ich starte den Wagen. Ich muss weg. Wohin? Ich weiß es nicht. Einfach nur weg.

Es hat geschneit, nur ein wenig, dennoch drehen die Räder meines Wagens beim Anfahren durch. Fabian schreit irgendetwas, offenbar will er mich zum Anhalten bewegen. Es ist mir egal. Irgendwie schaffe ich es, das Auto vom Straßenrand wegzubewegen. Die Reifen rutschen auf der Schneedecke, und ich umklammere das Lenkrad.

Immer wieder schaue ich auf die braune Decke, unter der die Bilder liegen. Ich kann es immer noch nicht glauben, dass sie hier im Auto sind!

Normalerweise brauche ich zehn Minuten bis zu Paul, doch heute dauert es ewig. Ich schleiche durch die Straßen. Der Schnee liegt noch unberührt auf dem Asphalt.

Wo fahre ich nochmal hin?

Zu Paul, denke ich. Wohin auch sonst? Ich brauche Zeit und jemanden, mit dem ich reden kann.

Aber seine Kinder sind bei ihm!

Egal, ich kann ins Gästezimmer oder ins Kaminhaus. Ach, sollen sie doch ruhig hören, was passiert ist.

Es ist glatt. In diesem Wohngebiet gilt rechts vor links. Ich bremse, aber der Volvo rutscht einfach weiter. Ich klammere mich ans Lenkrad und hoffe, dass der Wagen nicht gegen eines der Autos am Straßenrand stößt. Das wäre das Letzte, was ich jetzt gebrauchen kann.

Ich fahre langsam, versuche, nur sanft zu bremsen, und hoffe, dass niemand aus der Seitenstraße kommt. Immer wieder sehe ich die Decke, unter der die Bilder sind. Dann verbanne ich alle Gedanken aus meinem Kopf, starre auf die Straße und bete, dass ich heil bei Paul ankomme.

An der großen Kreuzung bei der Kirche muss ich bremsen. Der Volvo schlingert und rutscht über die Haltelinie. Gott sei Dank ist niemand auf der Vorfahrtsstraße.

Die Verzweiflung bringt mich zum Weinen. Ich bin verzweifelt, weil ich für die Strecke ewig brauche, und habe Angst, dass ich gegen die nächste Mauer rutsche. Gleich habe ich es geschafft. Ich muss nur noch den Berg hochkommen und abbiegen. Dafür habe ich zwei Möglichkeiten. Wenn ich auf der Hauptstraße fahre und aus dem Ort hinaus, muss ich nur einmal bremsen. Wenn ich durch den Ort hindurchfahre, muss ich das mindestens dreimal. Ich entscheide mich für den Umweg und hoffe, auf diese Weise sicherer anzukommen.

Es fängt an zu schneien. Dicke Flocken, wie im Märchen. Toll, wenn man im warmen Zimmer sitzt und hinausschaut, bescheuert, wenn man im Auto unterwegs ist.

Meine Finger krampfen sich um das Lenkrad, die Tränen laufen nun unentwegt. Flocken wirbeln mir entgegen, und ich habe Mühe, die Straße zu erkennen.

»Bitte, bitte, bitte, lass mich ankommen. Lass mich sicher ankommen«, murmle ich, ohne zu wissen, mit wem ich eigentlich spreche.

Ich biege in die Straße zwischen den Feldern ein. Nicht mehr lange. Nicht mehr weit.

Mein Volvo kämpft sich den Hügel hoch. Nur noch auf der anderen Seite hinunter, dann habe ich es geschafft.

Das Auto wird schneller, und ich versuche, nicht zu stark zu bremsen. Dort vorne sind die Häuser, dort wohnt Paul. Nicht mehr weit.

Plötzlich bricht das Heck aus. Es rutscht zur Seite, und ich reiße das Lenkrad herum. Der Volvo schlingert über die Fahrbahn, durchbricht die Schneewehe auf der Seite. Es rumpelt, ich werde hin und her geschleudert, falle in den Gurt. Mein Kopf knallt gegen das Lenkrad. Dann wird es still.

20
Was wäre, wenn sie geht

May the kindness you spread
Keep returning to you.

Möge die Güte, die du in die Welt bringst,
immer zu dir zurückkehren.

IRISH SAYING

Einen Tag später

Irgendetwas piept. Ist das mein Wecker? Warum kann ich ihn nicht finden? Ich muss ihn ausschalten. Das Piepen macht mich wahnsinnig! Ich will weiterschlafen.

Wie spät ist es eigentlich? Ist es schon hell? Oh nein, ich muss meine Blumen fertig machen!

Ich versuche, meine Augen zu öffnen, aber irgendwie wollen mir meine Lider nicht gehorchen. Ich lasse es zu, dass ich wieder wegdämmere.

Jemand steht vor meinem Bett. Was macht er da? Wie ist er in mein Schlafzimmer gekommen? Wer ist das? Ist Sean da? Ich taste nach ihm. Dort ist ein Kabel? Was macht das in meinem Bett?

Das Piepen ist auch noch da. Kann denn niemand diesen Wecker abstellen?

Meine Lider sind tonnenschwer, aber diesmal zwinge ich

sie, sich zu öffnen. Die Person vor meinem Bett scheint sich darüber zu freuen. Sie sagt irgendetwas, was ich nicht genau hören kann.

In meinen Ohren rauscht es, und meine Augen wollen sich schließen. Ich lasse es zu.

Irgendetwas fühlt sich schön an. Und warm. Da ist eine Hand, die meine hält. Ich greife nach der Hand, damit sie nicht loslässt, und merke, dass nun irgendetwas passiert.

Jemand sagt meinen Namen, und ich muss sehen, wer das ist. Das ist Seans Stimme. Er sitzt neben meinem Bett. Wieso liegt er nicht neben mir? Habe ich verschlafen? Erst jetzt merke ich, dass das gar nicht mein Bett ist.

»Marie, hörst du mich?«

Was ist das denn für eine Frage? Natürlich höre ich ihn.

Bist du bescheuert?, will ich sagen, aber es fällt mir schwer.

Ein Arzt kommt und untersucht mich. Er will Sean nach draußen schicken, doch ich protestiere, soweit ich das kann. Er soll bei mir bleiben!

Der Arzt fragt mich, ob ich weiß, warum ich hier bin, und als ich mit dem Kopf schüttele, erzählt er mir etwas von einem Gerüst und einer Operation. Es hört sich nicht lustig an, aber ich verstehe ihn so, dass ich in absehbarer Zeit wieder nach Hause kann.

Am Ende sagt er noch, dass ich Sean heimschicken soll, weil er endlich Schlaf braucht. Dann lässt er mich allein.

Sean hält meine Hand – na ja, eigentlich ist es eher mein Unterarm – mit beiden Händen. Er sieht ein wenig derangiert aus, mit seinen Augenringen, und auch der Bart wächst recht wild.

»Ich bin so froh, dass du aufgewacht bist«, sagt er.

»Was soll ich denn sonst machen?«, frage ich.

Das Sprechen tut weh, aber ich will nicht, dass er sich Sorgen macht. Es tut mir so leid, dass er so elend aussieht, und ich muss etwas tun, damit sich das ändert.

Er erzählt mir, dass der Wind einen Teil des Gerüsts umgerissen hat, das dann auf mich gefallen ist. Seine Eltern lassen mich grüßen, ebenso seine Schwester und all ihre Kinder. Alle freuen sich darauf, dass ich entlassen werde, denn dann wollen sie mich verwöhnen und pflegen, bis ich von Klippen springen und durch Höhlen tauchen kann. Das habe ich zwar nicht vor, aber das mit dem Verwöhnen klingt gut.

»Ich habe noch etwas für dich.« Er zögert. »Du musst mir aber versprechen, dass du jetzt nicht mit Herzrasen oder so etwas reagierst. Es ist etwas Schönes.«

Erst jetzt fällt mir die Beppi-Geschichte wieder ein.

»Alanna hat es mir ausgedruckt. Ich wollte etwas haben, wenn du aufwachst. Das ist nur ein Foto, aber bald kannst du dein Original anschauen.«

Ich nehme das Bild in die Hand, blicke auf das Blau und die Sonnenblumen und die kleine blaue Figur. Er hält meine Hand, und ich halte das Foto. Noch immer kann ich nicht glauben, dass *Sonnenblumentage* bei mir sein wird.

»Guckst du mal kurz?« Sean nimmt sein Handy. »Ich weiß nicht, ob du das jetzt aufnehmen kannst, aber sie lynchen mich, wenn ich es dir nicht vorgespielt habe.«

Er startet ein Video, das seine gesamte Familie zeigt. Jemand zählt leise: *»One, two, three«*, dann rufen sie: *»Get well soon. We love you.«* Sie winken und rufen ihre Wünsche durcheinander. Neben all den lieben Sachen kann ich eindeutig »Von Gerüsten hältst du dich aber in Zukunft fern« hören, das kommt von Fergal. Fionn sagt irgendetwas von einem Drachen, den er mir zeigen will.

Ich lasse mir das Video dreimal vorspielen und bitte Sean, einen Minigruß von mir aufzunehmen, in dem ich verspreche, die schnellste Genesung hinzulegen, die dieses Krankenhaus je gesehen hat. Bevor er ihn abschickt, zeigt er mir die Aufnahme, und ich erschrecke ein wenig, als ich mich sehe. Mein Gesicht ist kalkweiß, und die Abschürfungen sehen schlimm aus. Aber so sieht man nun mal aus, wenn man unter einem Gerüst begraben lag.

Ich drücke Seans Hand so fest, wie ich kann.

»Kannst du kurz herkommen? Ich will ein bisschen mehr von dir spüren als nur deine Hand.«

Es ist mir egal, ob die Schwestern etwas sagen, ich brauche das jetzt. Zur Seite rutschen kann ich leider kaum, und so quetscht Sean sich auf das schmale Stück Bett und kuschelt sich an mich. Meine Seite schmerzt, offenbar bin ich dort auch verletzt. Blaue Flecken fühlen sich so an. Ich kann sie nicht sehen, aber ich spüre sie, jetzt, da Sean neben mir liegt.

Sagen möchte ich nichts. Es fühlt sich unglaublich gut an, ihn bei mir zu haben! Sein Bart kratzt so schön über meine Wange. Auch hier stören die Verletzungen, aber es ist mir egal. Ich bin froh, dass ich überhaupt noch etwas spüren kann.

Vorsichtig drehe ich meinen Kopf und suche seine Lippen. Wahrscheinlich schmecke ich wie verwesender Zombie, doch es scheint ihm egal zu sein.

»Wenn ich hier raus bin, möchte ich gerne gar nichts ändern«, sage ich. »Alles soll so bleiben, wie es ist. Mit dir, mit uns. Und am besten soll es immer so weitergehen.«

Er küsst mich. »Unfälle könnten wir auslassen«, sagt er.

»Ja, und Familienkatastrophen, die Versöhnungen erfordern. Und wir könnten, wenn es sehr kalt ist, öfter bei mir schlafen statt in Dolores.«

»Das sollten wir hinkriegen. Und wenn wir keinen Bulgursalat mehr essen müssten, wäre das auch toll.«

»Echt? Den liebe ich! Na gut … Ist Couscous okay?«

Er verzieht das Gesicht, sagt dann aber, er wolle es probieren.

Eine Schwester kommt herein und fordert Sean auf, draußen zu warten, während sie die Verbände wechselt. Ich bitte sie, uns eine Minute zu geben.

»Geh nach Hause, und schlaf dich aus«, sage ich zu meinem Freund. »Du siehst schrecklich aus, und es reicht, wenn das einer von uns tut. Morgen arbeiten wir weiter an unserer Liste von Sachen, die trotzdem anders werden müssen.«

»Kann ich dich wirklich alleine lassen?«

»Weglaufen werde ich nicht. Außerdem werde ich hier rundum versorgt.« Ich verziehe das Gesicht ein bisschen zu sehr, und meine Wange schmerzt unter dem großen Pflaster. »Na gut, das war gelogen. Ich werde heute Nacht mit der netten Schwester losziehen, die Nacht durchfeiern und jeden Typen anlabern, der auch nur ansatzweise heiß ist.«

»Gut, dass du es erwähnst, ich habe das Gleiche vor.«

Er beugt sich zu mir. »Ich liebe dich«, sagt er.

»Und ich dich erst«, erwidere ich.

20
Was wäre, wenn sie bleibt

Ember tervez, Isten végez.
Der Mensch plant,
Gott entscheidet.
UNGARISCHES SPRICHWORT

Elenas Version:
Manches kann man nicht beeinflussen.

Zweiter Weihnachtsfeiertag, später am Abend

Da ist jemand. Er spricht mit mir. Ich spüre, wie mich jemand hochhebt. Ich glaube, dass ich nicht mehr im Auto bin. Es wird kalt. Sehr kalt. Jemand legt eine Decke über mich.

»Können Sie mich hören?«

Ich will etwas sagen. War das ein Ja?

»Sie hatten einen Unfall. Ich habe den Rettungswagen verständigt. Die kommen so schnell, wie es geht. Haben Sie Schmerzen?«

»Nein.« Das muss ich gewesen sein.

»Okay. Wie heißen Sie?«

Ich sage: »Marie«, aber er wiederholt die Frage immer wieder. Ich versuche es noch einmal, und jetzt muss er mich verstanden haben.

»Okay, Marie. Ich bin Sean. Sie hatten einen Unfall. Ich

habe die *Ambulance* gerufen. Sie kommen. Bleiben Sie bei mir.«

Ich spüre eine Hand an meiner Wange. Es fühlt sich schön an. Ich will die Augen aufmachen. Es geht. Da ist ein Mann. Dunkelhaarig, mit Bart. Er lächelt.

»Da sind Sie ja. Okay, Marie. Sie müssen wach bleiben. Wir schaffen das zusammen. Okay? Wir beide. Wir schaffen das. Wir halten Sie wach, bis die *Ambulance* kommt. Okay, Marie?«

Ich nicke. Draußen sind Farben. Es blinkt. Aber dunkel ist es auch.

»Marie, wo kommen Sie denn her?«

»Von überall«, sage ich.

»Sehr schön. Ich bin aus Irland. Valentia Island. Dort ist es traumhaft schön. Sie sollten dort mal hinfahren.«

Ich würde so gerne schlafen. Es ist so kalt.

»Waren Sie schon mal in Irland, Marie?«

»Nein«, antworte ich.

»Oh, das müssen Sie unbedingt machen. Es ist wunderschön dort. Valentia Island ist wunderschön. Man kann dort wunderbar wandern. Klippen gibt es auch. Und Strände. Und wir haben einen tollen Pub in Knightstown. Wenn Sie mal in Irland sind, sagen Sie Bescheid, dann trinken wir dort ein Pint.«

Meine Lider sind so schwer. Die Stimme ist immer weiter weg.

»Marie. Nicht einschlafen! Wenn es Ihnen wieder gut geht, gehen Sie mit mir ein Bier trinken, okay? Ein Pint!«

»Ich mag kein Bier.«

»Dann trinken Sie etwas anderes. Mögen Sie Cider?«

»Mhm.«

»Heißt das Ja oder Nein?«

»Nein«, sage ich.

Warum können wir das nicht später besprechen? Ich bin so müde. Ich muss ein bisschen schlafen.

»Marie, Augen auf! Bleiben Sie wach. Bleiben Sie bei mir.«

Ich reiße die Augen auf. Es fällt mir schwer, sie offen zu halten.

»Marie!«

Ich möchte wach bleiben, aber ich kann nicht. Ich bin so müde.

21
Was wäre, wenn sie geht

There is no language like the Irish
for soothing and quieting.

Keine Sprache vermag dich so zu beruhigen
und deine Schmerzen so zu lindern
wie das Irische.

IRISH SAYING

Einen Tag später

Sie kommen zu dritt, um mich zu versorgen. Obwohl sie mich schnell und effektiv aus- und wieder einwickeln, fühlt es sich an wie eine Ewigkeit. Lernschwester Nona rollt den Verband ab und hält ihn ihrer Kollegin Delana hin, damit sie große Stücke abschneiden kann.

Sie kümmern sich sehr gut um mich, sogar mehr, als es mir lieb ist. Nur dass ich auf eine Bettpfanne gehen soll, ist mir nicht recht. Ich überlege, das Essen einzuschränken, um diese Notwendigkeit auf ein Minimum zu beschränken.

Irgendwann sind sie fertig. Ich sehe aus dem Fenster auf die Wolken, die vor dem rosafarbenen Himmel fast lila wirken.

Es klopft leise. Wahrscheinlich haben sie das Fiebermessen vergessen. Hoffentlich ist alles, was ich an Medikamenten benötige, in dem Tropf und in den Tabletten, und sie kommen nicht auf die Idee, mir ein Zäpfchen zu geben. Das habe ich schon immer gehasst.

Schwester Nona stellt ein Tablett auf den Nachttisch. Eigentlich bin ich ganz froh, dass sie Sean heimgeschickt haben. Natürlich hätte ich ihn gerne bei mir, aber ich habe Angst, dass er vor Erschöpfung umkippt. Am liebsten wäre es mir, sie hätten ihm ein Bett ins Zimmer gestellt.

Die Schwestern haben mir erzählt, dass er wirklich die ganze Zeit an meinem Bett gesessen hat. Er durfte in einem Beistellbett schlafen und hat sich Sandwiches in der Cafeteria geholt, damit er nur ja nicht von meiner Seite weichen musste.

»War es so schlimm?«, frage ich Nona.

Sie zögert und kaut auf ihrem Mundwinkel herum.

»Es war haarscharf«, antwortet sie schließlich mit ihrem irischen Akzent, den ich ziemlich schwer verstehe.

Sie sieht aus, als wolle sie etwas hinzufügen, sagt aber nichts weiter. Ich überlege, ob ich nachfragen soll, aber das kann ich auch morgen noch tun.

Ich nehme das Foto von *Sonnenblumentage* in die Hand und schaue es mir lange an. Bald schon kann ich es endlich wieder im Original betrachten.

Die Nacht legt sich über die dunklen Wolken. Mit einem Kopf voller wunderbarer Gedanken schlafe ich ein.

Sean verbringt den ganzen nächsten Tag bei mir, doch ich schlafe fast die ganze Zeit. Es fällt mir so schwer, die Augen offen zu halten, und es tut mir so leid, dass er sich die ganze Zeit langweilen muss. Doch er wirkt gar nicht gelangweilt, eher besorgt.

Seine Mum ist für eine Stunde gekommen, damit er kurz nach Hause gehen kann. Sie streichelt mir über die Wange und hält meine Hand, und mir kommen sofort die Tränen. Ich will nicht weinen, aber ich kann nicht anders.

»Hast du Schmerzen, Liebes?«, fragt sie. »Soll ich die Schwester rufen?«

Ich bringe ein gepresstes Nein heraus.

»Es ist, weil du so lieb zu mir bist«, erkläre ich.

»Dann muss ich wohl sofort damit aufhören und stattdessen ekelhaft zu dir sein.« Lachend zieht sie meine Decke gerade. »Du hast mir meinen Sohn zurückgebracht. Zu dir müsste ich lieb sein, selbst wenn du ein furchtbarer Mensch wärst, was du nicht bist. Gott sei Dank. Außerdem nehme ich an, dass du irgendwann meine Schwiegertochter wirst. Ob nun offiziell oder ohne Trauschein, das weiß ich nicht, und das ist mir auch egal. Und ich will eine nette Schwiegermutter sein. *Kill the cliché!*«

Sie sieht sich um und holt eine Leinentasche von dem zweiten Stuhl im Raum.

»Weißt du, was ich in Filmen immer schön finde?«, fragt sie. »Wenn die Freundin und die Mutter sich gemeinsam Babybilder anschauen. Das wollte ich schon immer einmal machen. Hast du Lust?«

Selbst wenn ich ein erklärter Babybilderhasser wäre, könnte ich ihr diesen Wunsch nicht abschlagen. Und das bin ich nicht.

Ich nehme an, dass Garvan Alannas Bilder nicht sehen wollte, aber ich frage mich, wie es mit Aisling ist. Sie hätte ja sogar zwei Alben angucken können!

Bei dem Gedanken muss ich lachen, und mein Bauch zwickt.

Wir vertiefen uns in Seans Kindheit. Sean ist längst wieder da, als wir auf der letzten Seite ankommen. Er hat sich zu uns gesetzt und sich noch nicht einmal beschwert.

Dann lässt Ailbhe uns alleine. Ich richte ihr Grüße an alle

aus und verspreche, mich gut zu führen und bald wieder rauszukommen.

»Bist du müde?«, fragt Sean.

»Ein bisschen«, sage ich.

Er zieht seine Schuhe aus und legt sich neben mich in mein Bett. Ich rieche seinen typischen Geruch und spüre seinen Bart an meiner Stirn.

»I love you«, sage ich.

Delana ist heute zum Nachtdienst eingeteilt. Sie sieht herein, misst Fieber und gibt mir meine Medikamente.

»So, offiziell ist die Besuchszeit zu Ende. Das nächste Mal, wenn ich reinschaue, müssten Sie weg sein.« Sie schmunzelt und senkt ihre Stimme. »Aber ohne Brille sehe ich ziemlich schlecht, und es kann sein, dass ich die immer abnehme, wenn ich hereinkomme.«

Dann schließt sie die Tür.

»Die hast du ja ganz schön eingewickelt«, sage ich.

»Wenn es solche Effekte zeigt, mache ich das wieder«, sagt Sean.

Er holt sein Tablet heraus, und wir schauen uns »Friends« an. Viel Platz haben wir nicht, und lachen kann ich auch nicht, aber ich fühle mich zutiefst geborgen, und irgendwann schlafe ich an seiner Schulter ein.

SEAN

Um fünf wache ich auf. Es ist Zeit für mich zu gehen. Ich gebe Marie einen Kuss auf die Stirn. Vorsichtig, damit sie nicht aufwacht.

Im Stationszimmer findet die Übergabe statt. Ich drücke mich vorbei, damit mich niemand sieht und Delana keinen Ärger bekommt.

Ich habe den Aufzug noch nicht erreicht, als ich Schritte höre. Hektik bricht aus. Die Pflegekräfte eilen den Gang hinunter. Ein seltsames Gefühl lässt mich zurückgehen, und ich sehe gerade noch, wie Delana in einem Zimmer verschwindet. Dort liegt Marie.

Marie liegt auf dem weißen Kissen, ihr Gesicht wirkt sanft und still. Ein Nachbarsjunge fragt, ob da Schneewittchen liegt, und die Mutter verbietet ihm den Mund. Ich kann ihn verstehen. Mit den dunklen Haaren und dem kleinen Sträußchen sieht sie aus wie aus einem Märchen. Nur der Sarg ist aus dunklem Holz und nicht aus Glas, und auch wenn einer der Sargträger stolpern sollte, wird wohl kein Apfelstück aus ihrem Mund fallen. Wir sind hier leider nicht im Märchen. Das ist die Wirklichkeit, und seit gestern um 5.23 Uhr hasse ich die Wirklichkeit.

Beerdigungen in meiner Familie sind noch immer traditionell. In den Städten hat man das aufgegeben, aber hier bleibt man bis zum Schluss bei seiner Familie. Für meine Eltern war es keine Frage, dass Marie ein Familienbegräbnis bekommt, und ihre Tanten haben nach kurzem Überlegen zugestimmt.

»Das würde sie sich wünschen«, haben sie gesagt.

Seit gestern Nachmittag bringen die Nachbarn Essen vorbei, bleiben kurz bei Marie stehen und sprechen ein kleines Gebet. Die meisten kommen meinetwegen und meiner Eltern wegen, doch die wenigen, die sie kennengelernt haben, sind hier, weil sie Marie gleich gemocht haben. Wie kann es einem auch anders gehen?

Alanna steht mit Dad in der Küche und verstaut die Berge an Essen im Kühlschrank. Familie, Freunde und Nachbarn haben so viel vorbeigebracht, dass wir mehrere große Trauergemeinden verköstigen könnten. Die Schüsseln und Platten stehen Rand an Rand auf dem Tisch. Essen kann ich nichts.

Ich habe mich immer gefragt, was in dem Angehörigen vorgeht, der neben dem Sarg sitzt. Was denkt er, wenn die Leute sich verabschieden und versuchen, tröstende Worte zu finden?

Nichts. Das kann ich jetzt sagen. Es ist eher so, dass die Gedanken hereinschwappen und wieder wegfließen. Die Menschen, die an den Sarg herantreten, nimmst du mal mehr, mal weniger wahr. Es ist ein Rauschen im Hintergrund, das dir versichert, dass du nicht alleine bist.

Wenn Leute etwas Außergewöhnliches sagen, tauche ich kurz aus meinen Gedanken auf. Aber sobald sie sich umdrehen, habe ich ihre Worte schon wieder vergessen und sinke in mein Gedankenmeer hinab.

Meine Familie ist den ganzen Tag um mich. Sie kommen und drücken mir etwas zu trinken in die Hand. Ich bin ihnen dankbar dafür, dass sie sich sonst zurückhalten und mich einfach sein lassen. Sie sind da, und das tröstet mehr als alles andere.

Auf dem Flur und im Wohnzimmer stehen die Leute, die ich kenne, seit ich denken kann. Sie bleiben eine Weile und kehren dann in ihren Alltag zurück. Für sie ist es nur ein kurzer trauriger Moment. Für mich ist es mein Leben.

Marie hat nicht gelitten, das haben mir die Ärzte mehrmals versichert. Es sei ganz schnell gegangen.

Ich frage mich, ob sie das jedem erzählen, damit das unfassbar Schlimme nicht noch unerträglicher wird. Vielleicht sollte ich ihnen einfach glauben.

Es war ein Aneurysma. Ob es schon vorher da war oder ob es durch den Unfall kam, kann niemand sagen. So lautet die medizinische Erklärung.

Die nichtmedizinische lautet, dass man mir soeben die Frau genommen hat, mit der ich mir alles hätte vorstellen können. Ich hoffe, dass sie das gewusst hat, aber eigentlich bin ich mir da ziemlich sicher. Mit ihr hätte ich in jedem Land glücklich werden können, zu zweit, ohne Kinder oder mit zehn, auf einem Bauernhof oder in einer Stadtwohnung. Hauptsache, sie wäre da gewesen.

Ich rufe mir meine Marie-Momente ins Gedächtnis. Marie in der Tankstelle, Marie auf dem Empfang, wir beide im Kloster, wir beide auf dem Boot, Aufwachen mit Marie, Einschlafen mit Marie. Ich würde alles geben, um das noch einmal erleben zu können.

Die Frau im Sarg sieht gar nicht mehr aus wie sie, eher wie eine Erinnerung an sie. Macht das die Seele, wenn sie verschwindet? Wo sie wohl hingeht? Hoffentlich an einen Ort, der so wunderbar ist wie Marie. Vielleicht ist sie bei ihrer Mutter.

Alanna kommt mit den Kindern herein. Sie waren bis jetzt in der Schule. Die Normalität soll ihnen helfen. Keela schaut bloß mit großen Augen auf den Sarg, doch Fionn fängt an zu schluchzen, so unvermittelt und so herzzerreißend, dass es ganz still wird im Haus.

»Sie soll nicht tot sein!«, schreit er, dann rennt er raus.

Jetzt fangen auch die anderen an zu weinen. Meine Mum taucht in der Küchentür auf. Ich schüttle den Kopf und gehe in den Garten, wohin er verschwunden ist. Ich finde Fionn im Räucherschuppen. Er ist eben der Enkel seines Großvaters. Als ich mich zu ihm auf den Boden setze, dreht er sich nicht um, beginnt aber zu schimpfen.

»Mrs. Sweeney schreit uns immer an, wenn wir den Ball zu ihr in den Garten schießen, und einmal hat sie ihn sogar kaputt gemacht. Papa sagt, das stimmt nicht, aber ich habe es gesehen! Warum hat Gott nicht sie zu sich genommen? Das wäre besser gewesen.«

Insgeheim stimme ich ihm zu. Warum nicht Mrs. Sweeney? Aber das kann ich Fionn nicht sagen.

»Bestimmt hat sie auch einen Mann und Kinder und Freunde, die dann traurig wären.«

»Bei der wäre niemand traurig«, behauptet mein Neffe. »Bist du sehr traurig?«

»Ich bin sehr, sehr traurig«, bestätige ich. »Das Leben kann manchmal verdammt gemein sein.« Und weil ich denke, dass man es bei einem Vierjährigen nicht bei einer solchen Aussage belassen darf, füge ich hinzu: »Aber es wird wieder besser, und es ist oft sogar sehr, sehr schön.«

Ich versuche, so viel Überzeugung wie möglich in meine Worte zu legen, was mir ungeheuer schwerfällt. Schön ist so weit weg, und ich kann mir nicht vorstellen, dass dieser Schmerz, der sich in mein Herz krallt und mit seinen Stacheln mein gesamtes Inneres martert, jemals aufhört.

»›Verdammt‹ darf man nicht sagen.«

»Ich denke, in dem Fall darf man das. Da dürfte man sogar noch schlimmere Worte sagen.«

»So wie ›beschissen‹?«

»Zum Beispiel.«

»Ich find es beschissen«, sagt er. »Und verdammt saublöd dumm.«

»Jawohl. Verdammt saublöd dumm«, rufe ich.

»Du, Leben, manchmal bist du verdammt saublöd dumm!«, schreit Fionn. »Und kacke-scheiß-blöd-pipi-doof!«

Dann schreien wir gemeinsam: »Leben, du bist kacke-scheiß-blöd-pipi-doof.«

»Und stinker-arsch-blöd!«

»Leben, du bist stinker-arsch-blöd!«, schreien wir im Schuppen, als es gegen die Tür klopft.

»Kacke-scheiß-blöd-pipi-doof«, schreit Fionn noch einmal.

Mein Dad öffnet die Tür einen Spalt.

»Fionn«, sagt er, »deine Oma möchte, dass du in die Küche kommst. Sie hat Kuchen für dich!«

Ich bleibe auf dem kalten Dezember-Boden im Schuppen meines Vaters sitzen, und nun kommen die Tränen. Sie kommen unaufhaltsam, und der Schmerz droht mich zu überwältigen.

Ich schreie noch einmal die ganzen Worte, die sich Fionn ausgedacht hat. Es tut gut, es rauszulassen. Wenigstens kann mich hier niemand hören. Also lasse ich zu, dass die Trauer das Kommando übernimmt.

Ich erfinde eigene Schimpfwortkombinationen und schreie sie hinaus.

»Verfickte Scheiße«, schreie ich, da klopft es an der Tür, und Garvan schaut herein.

»Ähm, äh, Sean. Maries Tanten sind da.«

Der Schmerz, der seinen Foltergriff während des Schreiens etwas gelockert hat, schiebt seine Krallen nun wieder tiefer in mein Innerstes. Ich habe furchtbare Angst, sie zu treffen. Wahrscheinlich geben sie mir die Schuld ...

Ich atme durch, putze mir die Nase und schleppe mich hinaus. Was Garvan mir vorenthalten hat, ist, dass die Tanten offenbar mit ums Haus herumgekommen sind. Sie stehen da, Hilda in einem schwarzen Hosenanzug, Vee in einer engen schwarzen Hose mit einem dunklen Cape.

Sie starren auf mich, auf meine zerknitterte Hose und meine schmutzigen Hände. Keine Frage, dass sie mich gehört haben. Der Mann, der ihre Nichte nach Irland entführt hat, sitzt schreiend im Dreck. Das müssen sie denken. Ich bin mir sicher, dass ihnen das durch den Kopf geht.

Es tut so weh, dass es mir egal ist, was irgendjemand denkt. Ich weiß nicht, was ich sagen soll. Der Schmerz drückt mir den Hals zu. Ich kann kaum schlucken, geschweige denn sprechen.

»Ich habe auch geschrien«, sagt Hilda. »Ich bin in den Probenraum und habe geschrien, laut und lange. Vielleicht hätte ich auch schimpfen sollen. Ich kann mir vorstellen, dass das sehr befreiend ist.«

Sie geht auf mich zu und umarmt mich. Mein Hals wird noch enger, und ich spüre wieder Tränen in meinen Augen. Vee kommt dazu, und gemeinsam stehen wir da und weinen.

»Wollen wir zu ihr gehen?«, fragt Vee irgendwann.

Ich führe sie ins Haus durch den Flur, in dem andere Nachbarn, andere Freunde stehen.

Meine alte Lehrerin, Mrs. Finnegan, steht vor dem Sarg und murmelt ein Gebet. Sie nickt mir kurz zu und verlässt dann das Zimmer.

Wir sind ganz alleine. Vee und Hilda gehen nah an den Sarg. Sie weinen lautlos. Ich bleibe im Hintergrund, bis ich sehe, dass Vee ihre Hand ausstreckt. Ich gehe hin und ergreife sie.

Irgendwann kommen meine Eltern, und meine Mutter stellt sich zu uns. Ich weiß nicht, wie sie das macht, ob es Gespür ist oder Erfahrung, aber genau im richtigen Moment begrüßt sie Maries Tanten und bietet ihnen eine Stärkung in der Küche an.

Sie sieht mich fragend an, doch ich schüttele den Kopf. Ich will nun bei ihr bleiben.

Bei meiner Marie.

21
Was wäre, wenn sie bleibt

Jobb későn, mint soha.
Besser spät als nie.
UNGARISCHES SPRICHWORT

Elenas Version:
Irgendwann bricht die Sonne
auch durch die dickste Wolkendecke.

Letzter Tag des Jahres

Wie sie da liegt. Sie sieht aus, als wäre sie nicht von dieser Welt. Sie erinnert mich an Schneewittchen. Nur der rote Mund fehlt. Es ist ungehörig, jemanden so anzustarren, aber sie ist so schön.

Und so oft kommt es auch nicht vor, dass man sich ein Krankenhauszimmer mit einer Berühmtheit teilt. Das Beste ist aber, dass sie mich ablenkt. Sie kann so lustig erzählen, und sie hat so viele spannende Leute getroffen! Außerdem bringt ihr Freund jeden Tag tonnenweise Produktproben mit.

»Such dir was aus, Marie«, sagt sie dann immer und reicht mir den Karton, und sie gibt keine Ruhe, bis ich nicht unverschämt viele in meinen Nachttisch geräumt habe. Nicht dass ich das brauche, schließlich überschüttet mich Vee mit solchen Dingen, aber gerade bin ich für alles dankbar, was mir guttut.

Mein Bein ist gebrochen, mehrmals. Außerdem habe ich einen Milzriss (hatte, muss man sagen, denn ich wurde operiert) und noch ein paar Sachen hier und da, weswegen mich die Ärzte noch ein wenig dabehalten. Sie werden nicht müde zu betonen, was ich für ein Glück hatte. Wenn man mein Auto ansieht, klingt das plausibel. Wenn man meine Schmerzen hat, nicht.

Fabian war da, am Tag nach der OP, aber ich habe meine Augen kaum öffnen können. Und dann ist Vee gekommen und hat ihn abgelöst.

Am nächsten Tag habe ich Vee alles erzählt. Fabian ist nicht gekommen. Er hat mir geschrieben, dass er nicht auf die Station gelassen wurde. Das war sicher Vees Werk, aber ich bin ihr nicht böse. Eher dankbar. Ich muss mich erst sortieren.

Am Tag danach hat er mich besucht. Er hat sich entschuldigt, immer und immer wieder. Das hat er bereits per Handy gemacht. Ich denke, er hat mir in den letzten Monaten nicht so viele Nachrichten geschrieben wie in den letzten Tagen. Als er kam, hatte er ein blaues Auge.

»Es war das letzte Mal«, hat er mir versichert. »Ich war so verzweifelt, da bin ich zu Gianfranco. Aber ich höre auf, ganz sicher.«

Ich habe ihm einen Ausdruck gegeben und ein paar Flyer, die mir die Krankenschwester besorgt hat.

»Ich brauch keine Selbsthilfegruppe für Spielsüchtige«, hat er gemeint. »Ich brauch dich.«

»Es tut mir leid«, habe ich gesagt und den Kopf geschüttelt.

Daraufhin ist er gegangen.

Im Nachhinein ärgere ich mich darüber, dass ich so etwas gesagt habe. Ihm sollte es leidtun, nicht mir!

Vee hat meine Sachen abgeholt. Ich werde in den nächsten Wochen nicht arbeiten können, aber Elena hat alles im Griff. Sie hat eine Aushilfe eingestellt und bindet selbst Sträuße. Jetzt nach Weihnachten gehen die Aufträge auf ein normales Maß zurück, aber es läuft immer noch richtig gut.

Wir müssen uns Gedanken machen, wie es weitergehen soll. Elena weiß, was passiert ist, noch nicht alles, aber genug. Ich bin sicher, wir werden einen Weg finden, auch wenn ich keine Ahnung habe, wie der aussehen soll.

»Werd erst einmal gesund«, hat sie mir gesagt, als sie hier war, aber ich konnte sehen, dass sie Angst hatte. Angst davor, dass ihr Traum zerbricht wie mein Bein, als sich mein Auto überschlagen hat.

Am nächsten Tag kommt Hilda an. Sie bringt gute Laune, lustige Geschichten vom Orchester und leckeres Gebäck für die Schwestern mit. Vanillecroissants, Nusshörnchen und Apfeltaschen ... es ist so viel, dass auch das Personal der beiden Nachbarstationen etwas abbekommt.

Ende der Woche darf ich nach Hause, so haben es die Ärzte formuliert. Sie sagen das so einfach. Nur hat sich am zweiten Weihnachtsfeiertag nicht nur mein Auto überschlagen und in Schrott verwandelt, sondern auch ein Großteil meines Privatlebens.

Paul hat angeboten, mich mit Lio bei sich aufzunehmen, aber ich will ihn nicht so beanspruchen. Andererseits könnte ich vom Sofa aus bei Elena mitarbeiten und wäre vor Ort.

»So etwas geht auch von unserem Sofa aus«, sagt Vee. »Und in die Gärtnerei willst du ja wohl nicht mehr.«

Vee würde am liebsten alle Vertreter unseres Rechtssystems auf Fabian loslassen. Was Strafen angeht, hat sie ihre antike bis mittelalterliche Seite entdeckt. Insgeheim bedauert sie es, dass es aus der Mode gekommen ist, Löwen und Bären auf Menschen zu hetzen.

Ich will das nicht, Fabian ist geschlagen genug. Hilda meint, dass ihm der persönliche Totalschaden helfen könnte, einen Weg aus der Spielsucht zu finden. Es beschäftigt mich, aber mit jedem Tag weniger.

Dass mein Bild die ganze Zeit so nah war, kann ich immer noch nicht fassen. Vor allem nicht, dass mein Freund mitbekommen hat, wie sehr es mich belastet, dass *Sonnenblumentage* nicht mehr da ist, und er trotzdem nichts gemacht hat. Die vierzigtausend Euro für das Grundstück, der Vollautomat, der unser Budget übersteigt, Annegrets Misstrauen, das Training, das keinen Effekt hat ... alles erscheint in einem anderen Licht.

»Er hätte es dir vor die Haustür stellen können. Auch ein anonymer Tipp wäre möglich gewesen. Er hätte es in der Friedhofskapelle aussetzen können.« Vor allem Elena ist sehr kreativ, wenn es darum geht, Auswege für Fabian zu finden, die er nicht gesehen hat. Vielleicht wollte er sie nicht sehen. Auch nur eines der Bilder zu verkaufen hätte viele seiner finanziellen Probleme gelöst. Aber wahrscheinlich nur kurzfristig, bis er wieder gespielt und verloren hätte.

Sabrina hat mir geschrieben, sich entschuldigt und mir ihre Gewissensbisse geschildert.

Oft habe ich dich einweihen wollen, hat sie geschrieben und mich um Verzeihung gebeten.

Kümmere dich um Fabian, habe ich ihr geantwortet. *Hilf ihm, da rauszukommen.*

Sie wollte mich auch besuchen, doch ich habe abgelehnt. Ich möchte einen Schlussstrich unter all das ziehen.

Paul kommt jeden Tag, bringt Blumen, Pralinen, Obst und

Zeitungen. Am ersten Tag hat er mir sogar eine Zahnbürste und Toilettenartikel vorbeigebracht, bis Vee übernommen hat.

Auch heute besucht er mich, aber nicht lange, denn meine Tanten und er wollen meine Sachen aus dem Haus der Kohlmanns holen. Später kommen sie wieder und wir feiern Silvester, zumindest bis zum Ende der Besuchszeit.

Mein Kram wird bei Paul unterkommen. Viel ist es ja nicht. *Sonnenblumentage* und die anderen Bilder wohnen schon bei ihm. Mein Ersthelfer hat meine Sachen aus dem Auto geborgen, nachdem mich der Krankenwagen abgeholt hat, dann ist er zu Paul gefahren. Dorthin war er nämlich unterwegs, der Architektenfreund von Pauls Kindern. Der massive Schneefall hat aus seiner Anfahrt einen Marathon gemacht – Unfälle, eine Autobahnsperrung –, doch für eine Umkehr war er schon zu weit. Und dann, kurz vor dem Ziel, hat er meinen Volvo im Feld gesehen und die Rettung gerufen.

Paul hat sich Sorgen gemacht, um seinen unbekannten Gast und um mich. Und noch mehr Sorgen, als der Gast die Sachen des Unfallopfers ins Haus gebracht hat und Paul meine Tasche erkannt hat. Die Bilder hat er erst am nächsten Tag registriert, als er aus dem Krankenhaus gekommen ist. Dort hat er die Nacht verbracht, von dort aus hat er meine Tanten verständigt, und dort war er, bis ich aus dem OP kam.

Hilda und Vee kommen herein. Sie haben frische Sachen für mich dabei. Mit ihrer Hilfe schlüpfe ich aus meinem Nachthemd und in eine weite Hose, ein Shirt und einen Cardigan. Er ist neu und sehr weich. In ihren Thermosbechern haben sie frischen Kaffee. Ich kriege Bio-Limonade, weil sich Koffein nicht mit meinen Medikamenten verträgt.

Dann klopft es wieder. Paul steckt seinen Kopf durch die

Tür, dann kommt er rein und umarmt meine Tanten. Von ihm weiß ich, dass er sie in den letzten Tagen ein paarmal zum Essen eingeladen hat, und von Vee, dass sie oft erst sehr spät ins Hotel zurückgefahren sind. Sie haben viele Gemeinsamkeiten.

»Gut siehst du aus«, sagt Paul, als er mich in den Arm nimmt. »Es geht aufwärts.« Er legt mir zwei Rätselhefte hin. »Vielleicht geht der Tag damit schneller herum. Ich weiß, dass es ein Großmuttergeschenk ist, aber ungewöhnliche Zeiten verlangen nach ungewöhnlichen Mitteln.«

Schnell versichere ich ihm, dass ich Kreuzworträtsel und Sudoku toll finde, und das meine ich auch so. Ich bin um jede Beschäftigung dankbar, die nicht mit einem Bildschirm zu tun hat.

»Ich habe dir noch jemanden mitgebracht«, sagt er dann. »Er wartet draußen. Ich soll erst fragen, ob es dir recht ist.«

22
Was wäre, wenn sie geht

A family of Irish birth will argue and fight
but let a shout come from without
and see them all unite.

Eine irische Familie wird sich streiten und kämpfen,
aber lass nur eine Querele von außen kommen
und sie werden zu einer Einheit werden.

IRISH SAYING

Vorletzter Tag des Jahres

Die letzten Nachbarn und Freunde haben unser Haus verlassen. Vee und Hilda haben sich zu Marie gesetzt. So habe ich das Gefühl, dass es okay ist, wenn ich mich für einen Moment zurückziehe.

Ich gehe nach oben in mein Zimmer, ziehe meine Klamotten aus und versuche, nicht darüber nachzudenken, dass dort Maries Jeans über dem Stuhl hängt, dass darunter ihr T-Shirt liegt und dass dort in der Ecke ihre Tasche steht. Ich kann und will die Sachen nicht verschieben oder auch nur anfassen, weil Marie die Letzte ist, die sie berührt hat und es mir das Gefühl gibt, da ist noch etwas von ihr.

Dann stelle ich mich unter die Dusche und meine Gedanken ab. Während das heiße Wasser über meinen Körper fließt, stehe ich einfach nur da, atme und schließe die Augen.

Meine Mutter hat mir einen schwarzen Pullover und eine dunkle Jeans herausgelegt. Die Hose gehört mir, den Pullover muss sie mir besorgt haben. Auf einem Stuhl liegen weitere dunkle Kleidungsstücke, die ich nicht kenne, gewaschen, gebügelt und zusammengelegt. Schwarz tragen tröstet mich. Für viele ist es eine überkommene Tradition, und ich weiß, dass viele Menschen sagen, sie trauern im Inneren und müssen das nicht nach außen kehren. Ich empfinde die schwarze Kleidung wie eine Rüstung, die jedem meinen Ausnahmezustand signalisiert und die Menschen zur Umsicht im Umgang mit mir aufruft. Am liebsten wäre mir ein Pullover mit der Aufschrift *»Bitte nicht ansprechen«*.

Am Schrank hängt der Anzug, den ich morgen tragen werde. Noch will ich nicht daran denken. Ich bin fertig angezogen, ohne dass ich mitgekriegt habe, wie die Kleider den Weg an meinen Körper gefunden haben. Auf dem Weg nach unten höre ich meine Familie diskutieren.

»Ich bleibe die Nacht über bei ihm«, sagt mein Vater.

»Auf gar keinen Fall«, widerspricht Alanna. »Mit deinem Herzen brauchst du deinen Schlaf. Ich bleibe, und morgen fahre ich nach Hause und richte die Kinder für die Beerdigung her.«

»Kommt nicht infrage! Dann baust du noch einen Unfall.«

»Lass deinen Vater die erste Hälfte machen, und um zwei übernehme ich«, schlägt meine Mutter vor.

»Ich schaffe das alleine«, sage ich, und an ihren Gesichtern sehe ich, dass sie nicht mit mir gerechnet haben.

»Die letzte Nacht verbringst du nicht alleine. Du brauchst morgen alle Kraft und …«

»Ich bleibe bei ihm.« Alle Köpfe drehen sich zum Flur hin. Mein Bruder steht in der Tür. Sein Blick richtet sich auf mich. »Wenn du mich lässt.«

Ich habe keine Ahnung, wie es meine Eltern geschafft haben, dass wir Marie auf Church Island beerdigen dürfen. Aber ich bin ihnen dankbar, und es fühlt sich richtig an. Diesmal steuert mein Vater das Boot, als wir übersetzen. Der Himmel ist grau. Wirklich hell ist es heute nicht geworden, aber die Menschen hier kennen den Weg im Schlaf.

Hilda und Vee sitzen bei uns. Alanna, Garvan und die Kinder haben Gina und Beppi im Boot, die heute Morgen angekommen sind. Neben uns, vor uns und hinter uns sind viele Boote, die alle zur Insel fahren. Auf dem Bug jedes Bootes steht eine Laterne.

»Es wäre so schön, wenn es nicht so traurig wäre«, sagt Vee, die auf die Lichter hinüberblickt, die auf den Wellen schaukeln.

Marie kommt mit dem letzten Boot. Mein Bruder, mein Vater, Conor und ich warten am Steg, nehmen den Sarg auf die Schultern und tragen ihn durch die Gräberreihen zur Kapelle. Unsere Freunde und Bekannten stehen Spalier und singen »May the Road Rise to Meet You«, bis wir die Holztür erreicht und den Sarg vor dem Altar abgestellt haben. Sie ist zurück, unter ihren Sonnenblumen. Eigentlich ein tröstlicher Gedanke, mich bringt er zum Weinen.

Unser Priester spricht, als habe er Marie gekannt. Bei unserem Gespräch hat er mich gefragt, ob ich auch etwas sagen will, aber ich kann nicht. Gestern Abend hat er sich noch mit Hilda und Vee besprochen, und auch sie haben ihm von Marie erzählt. Vielleicht kann er deswegen so reden, dass man sie vor sich sieht.

Beppi spielt »Everybody Hurts« vom *R. E. M.*, und Gina und Alanna singen dazu. Ich habe keine Ahnung, wann sie das geprobt haben, aber es klingt, als wollten sie uns alle trösten. Das hätte Marie gefallen, dessen bin ich mir sicher.

Ich habe versprochen, gleich nachzukommen. Meiner Mutter ist es nicht recht, dass ich noch hierbleibe, obwohl ich das angekündigt habe. Sie will mich bei der Feier dabeihaben. Ich weiß, dass die Feier im Pub wichtig ist, weil man dort wieder ins Leben zurückgeholt werden soll, beim Essen, Lachen und Sich-Erinnern, aber ich will das noch nicht.

Mein Dad bleibt hier und wartet draußen vor dem Tor. Er hat einen Whiskey dabei, der mich aufbauen und aufrichten, der den Schmerz betäuben soll. Doch so viel Whiskey, wie ich dafür bräuchte, kann ich gar nicht trinken.

Das hier geht nur mich etwas an. Mich und Marie. Ich stehe an ihrem Grab und sage ihr all das, was ich ihr viel öfter hätte sagen sollen.

Irgendwann tritt Beppi neben mich.

»Ich muss dir etwas gestehen«, sagt er. »Ich war die ganze Zeit in sie verliebt. Wenn du nicht gewesen wärst ...«

Ich lege ihm den Arm um die Schulter.

Gina kommt heran und nimmt meine Hand.

»Warst du auch in sie verliebt?«, fragt Beppi.

Seine Schwester schüttelt den Kopf. »Sie war mir zu anständig.«

Dann tätschelt sie mir den Arm, als wolle sie sich entschuldigen.

»Im Pub erzählen sie jetzt Geschichten, und …«, sage ich. »Ich kann das nicht.«

»Wir trinken mit dir, und wir erzählen für dich«, sagt Beppi. »So lange, bis du wieder Worte hast.«

22
Was wäre, wenn sie bleibt

All's well that ends well.
Minden jó, ha vége jó.
Ende gut, alles gut.

INTERNATIONALES SPRICHWORT

Letzter Tag des Jahres

Paul geht zur Tür. Ich setze mich auf, zerre mein Haargummi aus meinen Haaren, kämme mit den Fingern hindurch und fasse sie am Hinterkopf wieder zusammen. Keine Ahnung, ob das etwas geholfen hat.

Vee schüttelt den Kopf und lächelt.

»Du siehst wunderbar aus«, versichert sie mir. »Außerdem bist du im Krankenhaus.« Sie zwinkert mir zu.

Und dann sehe ich ihn zum ersten Mal richtig: den Mann, der mich aus dem Auto gezogen hat. Inzwischen weiß ich, dass mich die Kälte umgebracht hätte, nachdem ich verletzungstechnisch halbwegs glimpflich davongekommen bin.

Und meine Tanten wissen das auch.

Hilda stürmt auf Sean Halligan zu, bevor er richtig den Raum betreten hat. Sie ergreift seine Hände, und ein deutsch-englisch-isländischer Dankesschwall ergießt sich über den Mann. Dann zieht sie ihn zu sich hinunter und drückt ihn fest. Auch Vee gibt ihm die Hand und bedankt sich. Ich kann hören, dass ihre Stimme zittert.

Während meine Tanten meinen unerwarteten, aber doch willkommenen Besuch mit Beschlag belegen, kann ich ihn mir genauer ansehen. Er hat zimtbraune kurze Haare, die sich in einer Welle über den Kopf legen. Sein Bart bedeckt das Kinn, die Oberlippe und den unteren Teil seiner Wangen. Es ist ein gepflegter Bart.

Er trägt ein Hemd und Jeans, dazu braune geschnürte Schuhe. Sie erinnern ein wenig an Trekkingschuhe, aber die Art, mit der man doch auf Asphalt oder einem Waldweg geht und weniger querfeldein. Auf mich wirkt er, als könne er auch einen Drei-Zentner-Mann aus dem Auto ziehen. Vielleicht entwirft er die Häuser nicht nur, sondern baut sie auch gleich selbst.

Sean beantwortet die Fragen meiner Tanten und lächelt dabei. Ich habe das Gefühl, dass er sich über die Anerkennung freut, ihm das Ganze aber ein wenig unangenehm ist.

Neben meinem Bett steht Paul und grinst.

»Da muss er durch«, sagt er. Als Sean Halligan zu mir herüberschielt, macht Paul uns offiziell miteinander bekannt. »Marie, das ist Sean. Sean, so sieht sie aus, wenn sie bei Bewusstsein ist.«

Ich lächle und strecke meine Hand aus. Er kommt näher und schüttelt sie, dann gibt er mir einen Blumenstrauß.

»Es ist komisch, einer Floristin Blumen zu schenken, aber Paul hat mir diesen Onlineshop empfohlen.« Er zwinkert mir zu.

Unsere Blumen scheinen wirklich etwas auszuhalten, wenn der Strauß in die Oberpfalz geliefert und dann wieder hierherchauffiert worden ist.

»Das ist ein sehr schöner Strauß«, sage ich. »Und weit gereist.«

»Das eher weniger. Paul hat ihn für mich abgeholt.« Er schaut auf mein Bein. »Wie geht es Ihnen denn?«

»Lebensretter dürfen ›Du‹ sagen«, sagt Hilda und nimmt mir die Blumen aus der Hand, um eine Vase zu besorgen.

»Das denke ich auch.« Paul schaut von mir zu Sean. »Ihr kommt bestimmt alleine zurecht. Wir haben heute noch einen Umzug vor uns, und ich sollte langsam den Transporter abholen.« Er dreht sich zu Vee um. »Wollen wir?«

Sie nickt. »Bis später, Spätzchen«, sagt sie und nimmt ihren Mantel.

Hilda kommt mit der Vase zurück, füllt im Bad Wasser ein und stellt die Blumen auf das Fensterbrett. Sie gibt mir einen Kuss auf die Wange, tätschelt Sean Halligans Oberarm und nimmt ihre Jacke, die sie über den Stuhl gelegt hat. Hinter seinem Rücken grinst sie mich breit an, und ich hoffe, dass er das nicht sieht.

Vorhin habe ich Vee eine Liste gegeben, auf der steht, wo meine Sachen lagern. Harald wird meine Tanten und Paul in die Wohnung lassen. Ich habe keine Ahnung, ob sie mit den Kohlmanns reden werden, und falls ja, weiß ich nicht, worüber. Und ich merke, dass es mir egal ist. Der Schlussstrich wird länger und die Linie dicker, und das fühlt sich gut an.

»Bis später«, verabschiedet sich Hilda und geht zu Paul und Vee, die in der Tür warten.

Dann sind wir allein, Sean Halligan und ich.

»Können Sie ... Kannst du noch liegen? Oder nervt es schon langsam?«

»Bewegen kann ich mich noch nicht wirklich. Insofern bleibt mir nichts anderes übrig.« Ich verziehe mein Gesicht.

»Es ist seltsam«, sagt er. »Wenn man Stress hat, wünscht

man sich nichts mehr, als eine Woche im Bett zu verbringen. Sobald man das muss, nervt es furchtbar.«

»Da ist was dran. Aber Paul, meine Tanten und Elena – das ist meine Freundin – tun alles, um mich abzulenken. Außerdem habe ich auch noch eine spannende Bettnachbarin. Die versorgt ihre Follower vom Bett aus mit Krankenhausgeschichten. Gerade macht sie wahrscheinlich wieder irgendein Video.«

»Das ist wahrscheinlich erholsamer«, sagt er schmunzelnd.

Ich biete ihm etwas von den heutigen Mitbringseln an. Und ich zeige auf die Bar, die mir Hilda in meinem Nachttisch eingerichtet hat. Dort hat sie das ganze Sortiment einer Bio-Limonaden-Firma untergebracht, nachdem sie das Angebot in der Cafeteria gesehen hat. Außerdem habe ich Schokolade und Birne-Banane-Riegel für drei.

»Vielleicht lacht dich das mehr an? Meine Tanten haben mich versorgt.« Ich beuge mich nach unten, doch Sean hält mich zurück.

»Ich mach das schon«, sagt er. »Möchtest du auch etwas?«

Als ich auf meine Flasche zeige, öffnet er die Tür, um sich die Orangen-Ingwer-Limonade herauszunehmen.

Dann sehe ich ihn an, atme ein und frage ihn das, was mir die ganze Zeit durch den Kopf geht.

»Kannst du mir bitte erzählen, was an diesem Tag los war?«, frage ich. »Einmal will ich es hören. Es ist komisch, wenn man dabei war und sich an so gar nichts erinnern kann.«

»Das glaube ich.«

Und dann erzählt er, und zwar so, als wäre das, was er getan hat, etwas ganz Normales. Aufstehen, arbeiten, einkaufen, Leute aus dem Auto ziehen. Oder in seinem Fall: ins

Auto steigen, zur Einladung fahren, Frau retten, Besuch antreten.

Als er endet, schweigen wir eine Weile. Es ist kein unangenehmes Schweigen. Wir kennen uns kaum, und doch haben wir schon eine Ausnahmesituation miteinander erlebt.

»Ich habe die ganze Zeit überlegt, was ich dir sage, wenn ich dich sehe. Schreiben wollte ich dir auch schon. Aber irgendwie klingt alles so dramatisch. Deswegen ... Kann ich einfach ›Danke‹ sagen und dich irgendwann zu einem schicken Essen einladen?«

Er nickt. »Du musst dich nicht bedanken. Aber auf das Essen freue ich mich.«

Als er lächelt, bilden sich Fältchen um seine blauen Augen.

»Es dauert aber noch, bis ich mich wieder frei und selbstständig bewegen kann.«

»Wir haben Zeit«, sagt er. »Übrigens sind wir schon verabredet.«

Ich kneife die Augen zusammen. »Seit wann denn das?«

»Als du immer wieder weggedämmert bist, habe ich dir gesagt, dass ich dich auf ein Pint einlade.«

»Dann verbinden wir das.«

Es wirkt, als wolle er noch etwas sagen, doch dann nickt er bloß.

Sean bleibt den ganzen Vormittag. Er erzählt von seiner Arbeit im Alten Kloster, von Pauls Kindern und von Maja Waldenstein. Als mein Tablett mit dem Mittagessen kommt, will er sich verabschieden.

Oh nein, ich möchte unbedingt noch mehr von den Lavendelhöflern wissen! Gerade hat er mir von einem Paar erzählt, das einen Weinhandel und ein Bistro eröffnet hat. Samstags treffen sich dort alle möglichen Leute, um miteinander zu essen, zu trinken und Musik zu machen. Er schildert das so lebendig, dass ich das Gefühl habe, selbst schon einmal bei so einem EFA gewesen zu sein.

»Schade«, sage ich. »Aber ich will dich nicht aufhalten. Du musst ja heute Abend im Weinkontor sein.«

Er steht auf. »Das war ein cooler Vormittag. Ich wollte eigentlich nur eine halbe Stunde bleiben und dann eine Führung machen: ›Hexenkunst und Teufelswerk‹.« Er schaut auf die Uhr. »Aber die läuft schon seit einer halben Stunde.«

»Sollen wir nachschauen, ob wir noch eine Führung finden?«

Ich greife nach meinem Handy und googele »Stadtführungen Bamberg«.

»›Faszination Weltkulturerbe‹ wäre um zwei. Es gibt eine ›Bier-Führung‹ zur gleichen Zeit. Später gäbe es eine ›Katakomben-Führung‹, aber die scheint schon ausgebucht zu sein.«

»Ich überlege mal, wo es mich eher hinzieht«, sagt er.

»Es war echt schön.« Ich schaue auf mein Handy. »Gib mir mal deine Nummer. Vielleicht fällt mir noch irgendetwas Spannendes ein, was du dir ansehen kannst. Dann schreibe ich dir.«

Er diktiert mir seine Nummer, und ich rufe ihn an, damit er auch meine hat.

»Schade, dass du nicht mitgehen kannst«, sagt er bedauernd.

»Irgendwann wieder. Dann laufe ich mit dir vom Domberg über Kloster Michelsberg zur Altenburg – von mir aus über alle sieben Hügel und über sämtliche Bierkeller.«

»Ich freue mich darauf«, sagt er lachend.

Seine Hand fühlt sich warm an und ein bisschen schwielig. Offenbar ist er jemand, der selbst mit anpackt. Unsere

Hände bleiben ein wenig länger ineinander liegen als nötig, und selbst dann muss ich mich zwingen, meine Hand wegzuziehen.

»Viel Spaß«, wünsche ich ihm. »Pass auf dich auf.«

»Du auch«, sagt er. Dann geht er zur Tür und schließt sie hinter sich.

Ich lehne mich in meine Kissen und starre aus dem Fenster. Mein Zimmer ist mir nie so leer vorgekommen wie jetzt.

Ich schimpfe mit meinem Bein. Musste es unbedingt mehrmals brechen? Konnte es sich nicht als ein wenig stabiler erweisen? Dann hätte ich bloß ein paar blaue Flecke, und nichts würde mich davon abhalten, jetzt mit Sean durch Bamberg zu laufen.

Die orangefarbene Haube liegt noch immer auf meinem Mittagessen. Was gibt es heute eigentlich? Ich habe völlig vergessen, was ich bestellt habe.

Mein Handy halte ich immer noch in der Hand. Ich rufe seine Nummer auf und tippe eine Nachricht.

»Falls du später keine Lust mehr auf schöne Innenstädte und tollen Cappuccino hast: Ich biete ein durchschnittliches Krankenzimmer und Kaffee aus der Thermoskanne. Oder Bio-Limonade.«

Ich drücke auf Senden, bevor ich überlegen kann, ob das aufdringlich wirkt. Die vergangenen Stunden waren so schön. Ich bin mir sicher, dass wir uns auch jetzt noch unterhalten würden, wenn die Schwester nicht mit dem Tablett hereingeplatzt wäre. Und wieso sollte ich das nicht sagen? Vor einer Woche war ich mehr tot als lebendig auf dem OP-Tisch. Ich sage nun, was ich denke, was ich fühle und was ich mag, und wenn das irgendjemandem nicht passt, kann ich nicht helfen.

Ich ziehe den an der Nachtkommode befestigten Klapptisch heran und hebe den Deckel auf. Essensdunst schlägt mir entgegen. Eine übersichtliche Anzahl an Fleischstücken schwimmt in einer hellen Sauce, daneben liegt Reis. Leider ist er sehr verkocht, doch immerhin hat sich die Küchenmannschaft die Mühe gemacht, ihn in Form zu bringen.

Mit der Gabel fahre ich in das Reiskunstwerk, breche einen Teil heraus und schimpfe in Gedanken noch vor mich hin, als es klopft.

Sean schiebt sich durch die Tür.

»Ich habe mir unten ein Sandwich geholt.« Er zeigt mir eine Tüte aus der Cafeteria. »Aber auf dem Weg nach draußen ist mir aufgefallen, dass ich gar nicht in die Stadt möchte. Also, ich will schon. Aber es wäre schöner, wenn du dabei wärst, weil wir dann weiterreden könnten. Und jetzt bin ich wieder da.« Er sieht mich an. »Wenn dir das recht ist.«

Ich strahle ihn an. Er hängt seine Jacke über den Stuhl und geht zum Händewaschen.

Drei Monate später …

Hilda und Vee sind mit nach Irland gekommen. Ich denke, dass sie Angst hatten, mich alleine fahren zu lassen. Angst davor, dass mir diese Reise zu anstrengend werden könnte, immerhin darf ich erst seit ein paar Wochen wieder hinters Steuer. Und einmal quer über die Insel bis nach Valentia Island zu fahren wäre eine Herausforderung, das sehe ich ein. Ich hätte den Bus nehmen oder bis Shannon fliegen können, aber davon wollten meine Tanten nichts wissen. Schließlich hatten sie schon immer einmal vor, Irland zu besuchen: um die vielen Sachen anzuschauen, die sie in ihrem Reiseführrer mit Klebezetteln markiert haben, und um das Deckengemälde zu sehen, das Mama zu ihrem Bild inspiriert hat. Der Hauptgrund aber ist, dass sie mich gerne noch ein bisschen betüddeln möchten. Sie würden das nie zugeben, aber der Unfall scheint ihnen einen riesigen Schreck eingejagt zu haben. Also fahren sie mit. Und Lio macht Urlaub bei Paul.

Ich habe nichts dagegen, im Gegenteil, ich freue mich sogar. Mit Vee und Hilda zu verreisen ist lustig. Wir gehen dauernd gut essen und übernachten in schönen Hotels. Auch in Dublin, wo wir vor drei Tagen gelandet sind. Drei Tage sind viel zu wenig Zeit, um uns all das anzusehen, was uns interessiert.

Wir haben die »Anfänger«- oder »Highlights«-Tour gemacht – so hat Sean unser Programm genannt: Trinity College, Dublin Castle, Christ Church Cathedral. Wir haben in St. Stephen's Green Sandwiches gegessen und die National Gallery, das Gefängnis von Kilmainham sowie die Jameson Destillerie besucht, außerdem so ein tolles Haus, das vom Keller bis zum Dach eingerichtet ist wie im 19. Jahrhundert. Abends hatten wir Karten für ein Konzert des Dublin Philharmonic Orchestra. Es war wundervoll und zu kurz, aber ich war nicht immer richtig bei der Sache. Das liegt daran, dass ich so hibbelig bin. An Tag fünf holen wir nämlich unseren Mietwagen ab und fahren nach Valentia Island. Sean wird dann schon vor Ort sein. Meine Tanten amüsieren sich darüber, wie aufgeregt ich bin, aber ich kann es nicht verbergen.

Sean und ich schreiben uns viel. Sehr viel. Einmal hat er mich noch in Bamberg besucht, danach ein paarmal in München. Dazwischen war er bei seiner Familie in Irland, »um einiges zu klären«. Das waren seine Worte.

Inzwischen kenne ich die ganze Geschichte. Er hatte etwas mit der Freundin seines Bruders angefangen und damit die Familie ziemlich durcheinandergebracht. Die letzten Jahre hatte er keinen Kontakt, doch das will er nun ändern.

Ich habe ihm gut zugeredet, über das Telefon sowie über Sprach- und Textnachrichten, als er vor sechs Wochen zum ersten Mal nach fünf Jahren wieder nach Hause gefahren ist. Er hat mir zurückgeschrieben, zunächst aufgeregt, dann erleichtert und dankbar, als das Wiedersehen gut gelaufen ist.

Morgen wird er wieder nach Irland fliegen, und seine Familie freut sich auf ihn – aber bestimmt nicht so sehr wie ich.

Am Abend liege ich auf dem Bett vor meinem Notebook und erzähle Sean von unserem Tag. Er liegt vor seinem Notebook, hört zu und gibt witzige Kommentare über die *»First Time Tourists«* ab. Dann erzählt er mir von den Fortschritten beim Klosterumbau und davon, dass Maja Waldenstein ein Casting veranstalten will. So eine Veranstaltung gab es wohl vor ein paar Monaten schon einmal. Damals wurde ein Mitarbeiter für das Blumengeschäft im Klosterhof gesucht, und nun will Frau Waldenstein eine Hotelfloristin wie im »Hotel Sacher«.

»Wäre das nicht was für dich?«, fragt er.

Ich lasse meinen Kopf auf die Bettdecke sinken und überlege.

»Interessant stelle ich mir das schon vor«, sage ich schließlich. »Aber ich will Elena nicht alleine lassen.«

»Den Onlineshop kannst du bestimmt weitermachen. Eigentlich würde sich nichts ändern. Du entwirfst die Sachen und schickst Elena die Baupläne, und sie lässt sie von ihren Leuten nachbauen.«

Ich lache. »So technisch hat das noch niemand ausgedrückt.«

»Aber so macht ihr das doch schon die ganze Zeit.«

»Das stimmt.«

»Siehst du: Es würde sich nicht viel ändern.«

»Es würde sich viel ändern. Ich müsste mir eine Wohnung suchen und umziehen. Wer weiß, was das für Leute sind, die in diesem Dorf wohnen.«

»Ganz schlimme. Du hast recht, du solltest es lassen.«

»Ich müsste das Casting erst einmal für mich entscheiden.«

»Da sehe ich kein Problem. Das machst du im Schlaf.«

»Meinst du?«, frage ich zweifelnd.

»Das weiß ich.«

»Überleg dir gut, was du sagst. Wir würden uns dann ziemlich oft über den Weg laufen.«

Er sieht mich an, so eindringlich, wie man das über einen Bildschirm kann.

»Das wäre schön«, sagt er leise.

Mein Bauch kribbelt. Eigentlich kribbelt mein ganzer Körper. Ich denke an Sean, und die Marienkäfer, die sich seit Ewigkeiten nicht mehr gezeigt haben, flattern aufgeregt durcheinander.

»Das wär es wirklich«, bestätige ich und lächle so breit, dass es fast schon wehtut.

»Ich fliege morgen um halb zehn«, sagt er.

»Um die Zeit übernehmen wir unseren Mietwagen.«

»Schreib, wenn du in Portmagee bist«, bittet er mich.

»Das mache ich.«

Ich drücke einen Kuss auf meine Hand und lege sie auf den Bildschirm. Er macht dasselbe. Seit Kurzem verabschieden wir uns so. Seit er die Sache mit seiner Familie geklärt hat, seit ich weiß, was damals passiert ist, seit er weiß, dass ich damit kein Problem habe.

»Gute Nacht«, sage ich.

»Gute Nacht«, sagt er. Dann wird der Bildschirm dunkel.

Draußen höre ich einzelne Autos vorbeifahren. Der Regen trommelt auf mein Fensterbrett.

Ich lege mich auf den Rücken, schaue an die Zimmerdecke und genieße die Ausgelassenheit der Marienkäfer in meinem Bauch. So jemanden wie Sean habe ich noch nie getroffen. Ich habe viele Leute sagen hören, jemand sei *ihr Mensch.* Obwohl ich das bisher nie nachvollziehen konnte, habe ich sie immer ein wenig beneidet. Doch seit ich Sean kenne, weiß ich, wie sich das anfühlt, wenn jemand *dein Mensch* ist. Ich fühle mich komplett. Und ich hoffe, dass es ihm genauso geht. Eigentlich denke ich, dass es so ist, auch wenn wir es noch nicht ausgesprochen haben. Geküsst haben wir uns ebenfalls noch nicht, nur zum Abschied umarmt. Das ist nur einer der Gründe, warum ich es nicht erwarten kann, dass es endlich morgen wird.

Die Fahrt auf der M7 zieht sich. Sean ist schon vor drei Stunden zu Hause angekommen. Er hat mir einen Screenshot von einer Karte geschickt und das Haus seiner Eltern deutlich markiert.

Meine Eltern freuen sich, soll ich euch sagen.

So ein Glück, dass wenigstens die sich freuen, schreibe ich zurück.

In Knightstown wohnen wir in einem Bed and Breakfast in der Nähe des Hafens.

Wir kommen später an als geplant, machen uns kurz frisch und dann auf zu Seans Familie.

Eine Frau mit rotblonden Locken öffnet die Tür.

»Herzlich willkommen«, sagt sie, breitet ihre Arme aus und strahlt.

Hinter ihr erscheint ein Mann. Er sieht aus wie Sean, nur mit grauen Haaren und ohne Bart.

»Haben Sie uns gefunden? In diesem allerletzten Winkel von Irland.«

»Das war kein Problem«, sagt Vee. »Vielen Dank für die Einladung. Wir freuen uns schon seit Wochen.«

Sie schaut mich nicht an, aber ich weiß, dass sie mich damit ein wenig ärgern will.

Seans Eltern begrüßen meine Tanten, dann wendet sich seine Mutter mir zu.

»Ich bin Ailbhe«, stellt sie sich vor. »Schön, dass du hier bist, Marie.« Sie schließt mich in die Arme und drückt mich.

Sie ist die Frau, der du nach fünf Minuten deine Lebensgeschichte erzählst und die du nachts um halb drei anrufst, wenn dein Leben aus den Fugen geraten ist. Ihr grauer Pullover mit dem bunten Muster riecht nach Waschmittel und Parfüm, und ihre Umarmung fühlt sich nach Zuhause an.

»Ich freue mich sehr, dich endlich kennenzulernen«, sagt sie, und irgendwie weiß ich, dass sie es auch so meint.

Sean steht hinter ihr und strahlt mich an. Sie bittet uns ins Esszimmer. Meine Tanten folgen ihr, doch ich bleibe stehen, weil ich die Einzige bin, die Sean noch nicht begrüßt hat.

Der Flur ist schmal und jetzt, da die Esszimmertür zugefallen ist, auch recht dunkel.

Sean legt beide Hände auf meine Unterarme und sieht mich an.

»Endlich«, sagt er leise.

Ich schiebe meine Hände an seiner Taille vorbei und umarme ihn. Er riecht nach frischer Kleidung und ein wenig nach Eau de Toilette. Als er mich fest an sich drückt, fühlt es sich einfach nur gut an. Hunger, Durst, alles ist verschwunden. Ich will nur noch so gehalten werden. Bei unseren bisherigen Treffen gab es nur zufällige Berührungen, zögerliche Umarmungen, vielleicht habe ich Zeit gebraucht.

Nun spüre ich seine Hand an meiner Wange und seinen Bart an meiner anderen. Ganz sanft berühren seine Lippen meine Haut. Ein Kribbeln durchläuft mich. Mein Herz klopft. Die Marienkäfer heben ab.

»Keela, Ronan, Fionn … Essen«, ertönt es aus dem Esszimmer.

Die Tür geht auf, und Seans Mutter steckt den Kopf hindurch.

»Ihr auch«, sagt sie. »Essen! Marie hat eine lange Fahrt hinter sich.«

Sean lächelt, haucht einen weiteren Kuss auf meine Lippen. Sein Daumen streicht über meine Schläfe. Unsere Nasenspitzen berühren sich. Einen Augenblick verharren wir so.

Dann lösen wir uns voneinander, gehen zu den anderen.

Fergal, Seans Vater, ist der Entertainer in der Familie. Er erzählt wilde Geschichten über die Menschen auf der Insel und bringt unablässig Speisen und Getränke auf den Tisch. Seans Schwester Alanna unterhält sich mit Vee. Ihr Mann Garvan arbeitet noch und kommt später nach. Es ist lustig, laut und so vertraut, als würden wir uns schon ewig kennen.

Gegen acht brechen wir auf in den Pub. Nur Garvan fährt mit den Kindern nach Hause.

Wir gehen zu Fuß. Seans Vater ist damit beschäftigt, Vee und Hilda den Ort zu zeigen. Sean und ich laufen hinterher. Unsere Hände stoßen immer wieder aneinander. Irgendwann ergreift er meine, und wir laufen das letzte Stück Hand in Hand.

»Schönes Haus«, sage ich, als wir an einem kleinen Bed and Breakfast vorbeilaufen.

»Das ist frisch renoviert«, sagt er. »Und endlich fertig. Meine Eltern haben mir erzählt, dass der Wind an Weihnachten das Gerüst zum Einsturz gebracht hat. Drei Autos hat es demoliert. Ein Wunder, dass niemand verletzt wurde. Das hätte böse ausgehen können.«

Wir überqueren die Straße und betreten den Pub. Sean geht zur Bar und holt Getränke für unsere ganze Gruppe. Sein Vater hilft ihm, sie zum Tisch zu tragen. Dann setzt sich Sean auf einen Schemel neben mich, so nahe, dass sich unsere Oberschenkel berühren. Ich kann seine Wärme durch meine Jeans spüren. Seine Hand liegt auf meinem Rücken, und ich lehne meinen Oberkörper in Seans Richtung.

Der Raum füllt sich schnell. Die Leute gehen an unserem Tisch vorbei, begrüßen die Halligans und dann auch uns. In kürzester Zeit sind wir mit dem halben Ort bekannt – nicht dass ich mir die Namen alle merken könnte.

Ein Mann besteht darauf, dass wir die Fischsuppe probieren.

»Alles mein Fang von heute«, sagt er stolz.

Fergal erklärt Hilda und Vee, dass die Fische, die hier serviert werden, tatsächlich auch vor der Küste gefangen werden.

»Wenn sie nichts fangen, gibt es Kartoffeln«, behauptet er grinsend.

»Das ist noch nie vorgekommen, wenn ich rausgefahren bin«, versichert der Fischer und lacht.

An einem Tisch fangen zwei Frauen und ein Mann an, ein irisches Volkslied zu spielen. Hilda dreht sich um, wie elektrisiert. Die Gespräche verstummen, und die Leute wippen im Takt mit.

Fergal holt eine flache Trommel aus einer Hülle, steht auf und geht zu den Musikern hin. Die begrüßen ihn und gehen direkt zum nächsten Lied über.

»Das Instrument ist eine Bodhrán«, klärt Sean mich auf.

»Mein Vater hat sie von seinem Vater, und irgendwann kriege ich sie.«

»Und Alanna?«, frage ich.

»Sie hat Großvaters Fiddle bekommen. Siehst du gleich.«

Wie aufs Stichwort steht seine Schwester auf, nimmt eine Geige aus einem Kasten und geht zu den Musikern. Sie spielt das nächste Lied mit.

Danach singt ein Mann a cappella. Das Lied ist sentimental, seine Stimme rau. Ich bekomme eine Gänsehaut.

Seans Hand liegt ganz nah bei meiner. Seine Fingerspitzen tasten in Richtung meiner Hand, dann berührt er die Innenseite meiner Finger und schiebt seine Hand langsam in meine.

»Wir haben heute besondere Gäste«, sagt Fergal, als das Lied endet. »Ihr habt sie alle schon gesehen. Aber damit auch die späten Gäste es noch mitkriegen: Heute sind Hilda, Vee und Marie aus Deutschland bei uns angekommen, und wir freuen uns sehr, dass sie ein paar Tage bleiben.«

Die Leute sehen zu uns herüber, lächeln und nicken.

»Willkommen«, rufen einige.

»Hilda ist übrigens Musikerin. Sie spielt in einem bekannten deutschen Orchester.« Ich höre einige Ahs. »Jedenfalls denke ich, das sollten wir uns nicht entgehen lassen.«

»Aber ich habe doch meine Geige gar nicht da«, sagt Hilda. Sie wirkt ein wenig hilflos.

Am Nebentisch steht ein Mann auf und überreicht ihr sein Instrument. Fast ehrfürchtig steht er da.

Hilda nimmt Geige und Bogen entgegen, streicht über den Körper des Instruments.

»Was für eine Schönheit. Darf ich die wirklich spielen?«, fragt sie, und der Mann nickt.

»I love your aunt«, sagt Sean.

»Das tue ich auch!«

Hilda spielt zu Hause auf einem sehr alten und wertvollen Instrument, und die Fiedel, die sie gerade bekommen hat, ist sehr einfach, das kann sogar ich erkennen. Dennoch behandelt sie die Geige, als habe man ihr soeben eine Stradivari gereicht. Und ich weiß, dass sie die Wertschätzung nicht spielt. Für Hilda sind alle Instrumente bedeutend, und dass diese Violine hier wahrscheinlich seit Jahrzehnten jedes Wochenende Leute zusammenbringt, ist für sie ein Geschenk.

Sie geht nach vorne und sagt: *»This is of your very own Hamilton Harty. And it is called ›An Irish Symphony‹. This is just a little piece.«*

Die Musik ist anders als das, was sonst hier gespielt wird, aber die Leute lauschen andächtig und applaudieren lange, als sie geendet hat.

»But before you think, there was this boring violinist from Iceland ... Listen to this«, sagt sie anschließend.

Hilda hebt den Bogen und fängt an zu spielen. Etwas Fröhliches, Irisches. Die anderen Musiker stimmen spontan mit ein, und auch die Leute im Pub fangen an zu singen. Alle, auch Ailbhe und Sean.

Ich starre nach vorne auf meine Tante. Sie schwebt in einer anderen Sphäre.

Sean singt laut und ausgelassen und drückt mich fest an sich.

Nach dem Lied klatschen und jubeln die Leute im Pub.

Hilda möchte sich wieder zu uns setzen, aber Fergal hält sie auf.

»Du willst doch jetzt nicht gehen«, sagt er und zieht ihr einen Hocker hin.

»Jetzt werdet ihr mich aber bis zum letzten Lied nicht mehr los«, sagt sie.

An einem anderen Tisch steht eine Frau auf und beginnt zu singen, die Musiker begleiten sie. So geht es weiter, bis sich der Mann an der Gitarre irgendwann an Fergal wendet.

»Nur, weil du uns Hilda mitbringst, heißt das nicht, dass dein Junge vom Haken ist.«

Alle blicken auf Sean.

»Come on, Sean«, ruft der Mann, und Sean steht auf.

»Ich bin gleich wieder da«, flüstert er mir ins Ohr, während er an den Tischen vorbei nach vorne geht.

»Ich denke, ihr wisst, was kommt«, sagt er.

»Hey«, rufen die Leute. »Ho«, folgt gleich darauf.

Ich weiß ebenfalls, was jetzt kommt. Vor ein paar Wochen haben wir eine gemeinsame Playlist angelegt. Wir haben uns über Musik unterhalten und festgestellt, dass wir vieles, was der andere mag, nicht kennen. Am nächsten Tag hat Sean diese Playlist erstellt, zu der wir eifrig Lieder hinzufügen. »Ho hey« ist von den *Lumineers.* Das weiß ich inzwischen, denn ich habe mir das Lied in Dauerschleife angehört.

Sean singt. Er wisse nun, wo er hingehöre und was er falsch gemacht habe. Er klingt fröhlich, fast überschwänglich.

Ich bin mir nicht sicher, ob es jemand außer mir gemerkt hat, aber an dieser Stelle hat er den Text angepasst. Der Originalsong lautet ähnlich, aber anders. Das ist sein Text, seine Erkenntnis. Dann singt er den Refrain und lässt keinen Zweifel daran, dass dies auch mein Lied ist und dass wir dabei sind, unsere gemeinsame Geschichte zu schreiben.

Vee wirft mir einen Blick zu. Sie mag Sean, das ist ihr deutlich anzusehen.

Die andere Frau, die mich ansieht, ist Seans Mutter. Sie nimmt meine Hand und drückt sie.

»You brought my boy home«, sagt sie.

»Das hat er ganz alleine gemacht«, widerspreche ich.

»Deine Geschichte hatte gehörigen Anteil daran«, ist sie sich sicher.

Dann kommt wieder der Refrain. Seans Blick und meiner verhaken sich ineinander, über die vielen Menschen hinweg. Die Leute klatschen, als der Song endet, und schon steht ein Mann bei den Musikern und fängt an, »The Irish Rover« zu singen.

Sean geht zur Bar und kommt nach einer Weile mit einer neuen Runde Getränke zurück.

»Ich muss schneller sein«, sagt Vee und schüttelt den Kopf. »Die nächste hole ich.«

Noch im Stehen trinkt Sean einen großen Schluck aus seinem Glas. Dann beugt er sich zu meinem Ohr hinunter.

»Kommst du mit an die frische Luft?«, fragt er.

Als ich aufstehe, nimmt Sean meine Jacke vom Stuhl und legt sie mir über die Schultern.

Auf dem Hof hinter dem Pub ist die Luft klar und kalt. Aus dem Hinterzimmer hört man »Say so« von *Doja Cat*.

»Da feiert die Jugend«, sagt Sean lächelnd.

»Ich mag das Lied auch«, gestehe ich.

»Du bist ja auch noch sehr jung!«

»Ganze fünf Jahre trennen uns, alter Mann.«

Er geht leicht in die Knie und beginnt, seinen Oberkörper im Takt der Musik zu bewegen. Dann tanzen wir auf dem Hinterhof des »Finnegan's«. *Jason Derulos* »Savage Love« löst den Song ab. Wir müssen beide lachen, weil der Sänger zu Beginn eines Lieds immer seinen Namen nennt. Irgendwie ist uns das beiden aufgefallen.

Ich mag es, wie Sean sich bewegt. Er tanzt gut, irgendwie cool, und ich muss ihn dauernd ansehen.

Ein paar Jugendliche kommen nach hinten, reißen die Augen auf und kehren sofort wieder um.

Wir lachen, dann nimmt Sean meine Hand und zieht mich fest an sich. Ich spüre seine Hände auf meinem Rücken und rieche sein After Shave.

»Ich gehöre zu dir, und du gehörst zu mir«, flüstert er nah bei meinem Ohr. Er hält inne. »Darf ich dich küssen?«

»Unbedingt«, sage ich leise. Die Marienkäfer heben ab und surren wie wild durch meinen Bauch. Mein Herz klopft. Seine Nase streicht über meine Wange, sein Mund haucht einen Kuss dorthin und auf meine Lippen, dann küssen wir uns richtig.

Es ist der Kuss, der alles um mich herum auflöst. Der Kuss, in den ich eintauche und in dem ich mich völlig verliere, um irgendwann wieder zu mir zu finden und zu wissen, dass ich angekommen bin und dass es genau so sein soll.

»Komm mit«, sagt er.

Sean nimmt mich an der Hand und zieht mich vom Hof, weg vom Pub. Er legt mir den Arm um die Schulter.

»Wo gehen wir hin?«, frage ich.

»Ich will dir was zeigen.«

Wir laufen eine Weile, bis wir die letzten Häuser hinter uns gelassen haben. Dabei halten wir uns so eng umschlungen, als wären unsere Oberkörper aneinandergeklebt. Wind weht vom Meer heran, und ich liebe den Geruch und die Frische in meinem Gesicht. Vor allem liebe ich es, dass Sean mich fest im Arm hält.

»Wir sind angekommen«, sagt Sean und verlangsamt seine Schritte. Vor uns ist das Meer, über uns der sternübersäte Himmel. Wir bleiben stehen, nahe beieinander, versunken in unserer Umarmung. Sean hält mich, und ich halte ihn. Irgendwann drehe ich mich zu ihm hin. Er sieht mir in die Augen, und ich kann nicht wegschauen. Das will ich auch gar nicht. Ich liebe die Art, wie er mich ansieht, wie er in mich hineinzusehen scheint, wie er erkennt, was mich ausmacht. Und ich lasse das zu. Da ist nichts, was ich verbergen will.

Meine Hand streichelt über seine Wange, seine Bartstoppeln. Der Küstenwind streift mein Gesicht, zerzaust meine Haare.

Mit seinen Fingerspitzen schiebt Sean die Strähnen aus meinem Gesicht. Dann legt er seine Arme noch fester um mich. Seine Lippen sind nah bei meinen, und ich spüre ihre Wärme, eine zarte Berührung. Dann küssen wir uns. So, dass meine Knie nachgeben, dass meine Haut kribbelt. Ich vergesse alles um uns herum. Es gibt nur noch ihn und mich.

Viele Küsse später lehne ich mich an seine Brust. Meine Augen sind geschlossen. Mein Herz klopft laut gegen meine Brust.

»Das wollte ich schon immer mal machen«, sagt Sean. »Das bin ich meinem fünfzehnjährigen Ich schuldig. Für mich war diese Stelle auf dieser Klippe immer der perfekte Ort für den ersten Kuss.«

»Genau genommen, ist das nicht der erste Kuss. Aber das muss dein fünfzehnjähriges Ich ja nicht erfahren.«

»Inzwischen weiß ich auch, dass es nicht auf den perfekten Ort ankommt, sondern auf die perfekte Frau.« Er legt den Zeigefinger unter mein Kinn und hebt meinen Kopf an. *»I love you.«*

»Und ich liebe dich.«

Im Hintergrund höre ich das Meer, das gegen den Felsen rollt. Für eine wunderbare Unendlichkeit halten wir uns. Ich atme Seans Nähe und genieße seine Wärme. Von seinen Armen will ich gehalten werden, in seinen Armen will ich einschlafen. Heute und morgen und übermorgen. Jeden

Abend. Für immer. Dieser Moment ist ein Traum, den ich weiterträumen will.

»Wollen wir zurückgehen?«, fragt Sean irgendwann.

»Einen Augenblick«, sage ich. »Aber du darfst jetzt nicht lachen.«

Ich gehe ein paar Schritte vor, ziehe mein Handy heraus und halte den Ausblick fest, den Himmel, das Meer, die Sterne. Es ist ein Moment, an den ich mich immer erinnern werde. In meinem Herzen habe ich ihn bereits, aber ich will mir das immer wieder anschauen können. Nach ein paar Aufnahmen sehe ich nach, ob mir zumindest eine gelungen ist. Der Anblick kommt mir vertraut vor, aber bevor ich darüber nachdenken kann, spüre ich eine Hand, die an meiner Jacke zieht, und dann Seans Hände an meiner Hüfte.

»Keine Angst, ich geh nicht weiter vor«, sage ich.

»Ich will nur sichergehen«, sagt er.

»Dass ich nicht runterfalle?«

»Dass ich in ein paar Jahrzehnten auch noch mit dir hier oben stehen kann.«

Ich lache, schiebe ihn weit weg von der Klippe und küsse ihn.

»Sieht so aus, als haben wir noch viel vor«, sage ich.

»Wir haben ein ganzes Leben vor«, sagt Sean.

Er legt den Arm um mich, und wir laufen zurück in den Ort.

Über den Klippen leuchten die Sterne.

ENDE